O JOGO DAS CONTAS DE VIDRO

Obras do autor

A arte dos ociosos
Demian
Felicidade
O jogo das contas de vidro
O lobo da estepe
Narciso e Goldmund
Narrativas
Para ler e pensar
Pequeno mundo
Sidarta
Sonho de uma flauta e outros contos

PREFÁCIO DE WALDEMAR FALCÃO

HERMANN HESSE

O JOGO DAS CONTAS DE VIDRO

**TRADUÇÃO DE
LAVINIA ABRANCHES VIOTTI
E FLÁVIO VIEIRA DE SOUZA**

19ª EDIÇÃO

EDITORA RECORD
RIO DE JANEIRO • SÃO PAULO
2024

EDITORA-EXECUTIVA Renata Pettengill	**REVISÃO** Glória Carvalho
SUBGERENTE EDITORIAL Mariana Ferreira	**CAPA** Leonardo Iaccarino
ASSISTENTE EDITORIAL Pedro de Lima	**DIAGRAMAÇÃO** Beatriz Carvalho
AUXILIAR EDITORIAL Juliana Brandt	**TÍTULO ORIGINAL** Das Glasperlenspiel

CIP-BRASIL. CATALOGAÇÃO NA PUBLICAÇÃO
SINDICATO NACIONAL DOS EDITORES DE LIVROS, RJ

H516
19ª ed.

Hesse, Hermann
  O jogo das contas de vidro / Hermann Hesse; Tradução de Lavinia Abranches Viotti, Flávio Vieira de Souza; prefácio de Waldeman Falcão. – 19ª ed. –
Rio de Janeiro: Record, 2024.
  504 p.; 23 cm)

  Tradução de: Das Glasperlenspiel
  ISBN 098-85-01-11987-2

  1. Ficção alemã. I. Viotti, Lavinia Abranches. II. Souza, Flávio Vieira de.
III. Falcão, Waldemar. IV. Título.

20-64693

CDD: 833
CDU: 82-3(430)

Meri Gleice Rodrigues de Souza – Bibliotecária – CRB-7/6439

Título original: Das Glasperlenspiel

Copyright © 1943 by Fretz & Wasmuth, Zurique.
Todos os direitos reservados por Suhrkamp Verlag, Frankfurt

Texto revisado segundo o novo Acordo Ortográfico da Língua Portuguesa.

Todos os direitos reservados. Proibida a reprodução, no todo ou em parte, através de quaisquer meios. Os direitos morais do autor foram assegurados.

Direitos exclusivos de publicação em língua portuguesa somente para o Brasil adquiridos pela
EDITORA RECORD LTDA.
Rua Argentina, 171 – Rio de Janeiro, RJ – 20921-380 – Tel.: (21) 2585-2000,
que se reserva a propriedade literária desta tradução.

Impresso no Brasil

ISBN 098-85-01-11987-2

Seja um leitor preferencial Record.
Cadastre-se no site www.record.com.br
e receba informações sobre nossos lançamentos e
nossas promoções.

EDITORA AFILIADA

Atendimento e venda direta ao leitor:
sac@record.com.br

Aos peregrinos do Oriente

Sumário

PREFÁCIO   9

O JOGO DAS CONTAS DE VIDRO:
ENSAIO DE INTRODUÇÃO POPULAR À SUA HISTÓRIA   13

Vocação   43
Cela Silvestre   77
Anos de estudo   97
Duas ordens   127
A missão   155
Magister Ludi   181
No cargo   205
Os dois polos   233
Um diálogo   255
Preparativos   285
A circular   307
A lenda   333

OBRAS PÓSTUMAS DE JOSÉ SERVO   385

Poesias do discípulo e do estudante universitário   387
As três existências   403
O confessor   441
A encarnação hindu   471

Prefácio

Quando eclodiu a revolução de costumes capitaneada pelo movimento *hippie* no final dos anos 60, uma de suas principais bandeiras era o orientalismo. Os Beatles adotaram a técnica de meditação ensinada pelo iogue Maharishi Mahesh; muitos jovens daquela época aderiram aos fundamentos do movimento Hare Krishna, liderado pelo venerável Srila Prabhupada; o escritor e pensador Alan Watts explicava ao Ocidente as sutilezas do Zen; e os livros de Hermann Hesse estavam presentes em todas as cabeceiras e mochilas dos peregrinos que havia espiritualidade mais ampla e mais abrangente do que os dogmas que haviam engolido durante a infância e a adolescência.

A presença de Hesse nesta configuração não era casual, nem gratuita. Representava, na verdade, o reconhecimento de um dos primeiros *peregrinos do Oriente* — não por acaso, *O jogo das contas de vidro* é dedicado a estes peregrinos — como sendo aquele que, na literatura, abriu as portas para uma realidade diferente da que estávamos acostumados a vislumbrar com os antolhos do cartesianismo e do pragmatismo ocidental. A expansão da consciência, instrumentada pelas técnicas orientais e impulsionada pela chegada das drogas lisérgicas, não se satisfazia com os estreitos limites do materialismo que ditava as regras na nossa metade do mundo.

Com alguma flexibilidade, pode-se inclusive afirmar que Hermann Hesse teria sido o primeiro dos *hippies*, não só pela sua aproximação com o Oriente, mas também por toda a sua história de rebeldia contra os valores que lhe haviam sido impingidos na infância e na juventude. Filho de pastores protestantes, Hesse foi preparado para ser teólogo e enviado para o seminário de Maulbron, do qual fugiu em seguida, recusando-se a desempenhar o papel que haviam escolhido para ele sem consultá-lo. É curioso constatar que acabou sendo através do histórico missionário da família que ele chegou até a Índia, que, por uma dessas ironias da sincronicidade, era a terra natal de sua mãe, sem dúvida a figura mais forte e marcante de sua vida. Seu avô materno foi um dos pioneiros das missões protestantes que rumaram para o subcontinente indiano visando a conversão de seus habitantes. Jamais ele poderia imaginar que, anos mais tarde, seu neto faria o caminho inverso, migrando do cristianismo que ele tentara pregar para o hinduísmo que ele procurara converter aos valores cristãos.

Um dado importante a ser enfatizado: a despeito de todo o aspecto contemplativo do hinduísmo e das religiões orientais em geral, Hesse preservou toda a sua rebeldia e a sua inesgotável capacidade de não se conformar com as verdades prontas e estabelecidas. Toda a sua obra, e não só os títulos que abordam o Oriente, está permanentemente impregnada de um inconformismo salutar e evolucionário. Para ficar apenas nas obras mais conhecidas, os personagens-título de *Demian* e *Sidarta* são rebeldes por excelência, sendo que Sidarta chega à suprema pretensão de questionar o próprio Buda a respeito dos caminhos que levam à iluminação.

Também em *O jogo das contas de vidro* este inconformismo está presente, embora mais sutil e burilado pela maturidade do autor e do próprio personagem principal. Escrito quando Hesse estava prestes a completar setenta anos de idade, o romance já começa por quebrar algumas regras do *establishment* da época. Embora situado num futuro remoto — o ano de 2200 —, não houve nenhuma preocupação do autor em fazer dele aquilo que se chamaria mais à frente de ficção científica. Não existem aparatos que caracterizem o progresso científico e tecnológico deste futuro, como máquinas impressionantes ou feitos impossíveis. Castália, a comunidade espiritual onde se passa a história, paira de certa maneira fora das pressões temporais, num universo quase imóvel, onde jovens de grande erudição e capacidade intelectual são recrutados para se dedicarem a uma vida voltada para o estudo e o refinamento mental, ocupando-se em desenvolver e apresentar teses cuja forma é o próprio *jogo das contas de vidro*. A música, a astronomia e a matemática são as principais ferramentas de interação e entrelaçamento destes conhecimentos aparentemente diversos. As contas de vidro dizem respeito à forma diferenciada pela qual o musicista Bastian Perrot resolveu simbolizar os sinais gráficos e as notações musicais, que considerava confusas, utilizando-se de contas coloridas, que facilitavam a memorização das notas e de suas orientações de dinâmica musical. Percebe-se como presente na história — pela natureza do seu próprio enredo — um tributo a todas as grandes escolas e todos os grandes sábios do passado que se empenharam na busca esotérica das correlações entre os diversos ramos do conhecimento humano. O próprio texto introdutório cita nominalmente a escola pitagórica, os antigos textos chineses que fundamentam o I Ching, a espiritualidade árabe no seu apogeu intelectual e as escolas gnósticas e ocultistas de todos os tempos e lugares.

O romance é pleno de sutilezas onomásticas e homenagens intelectuais e hereditárias. Como afirmam muitos estudiosos da obra de Hesse, existe em *O jogo das contas de vidro* uma tentativa de reconciliação com suas origens familiares. Daí a razão da escolha para vários personagens, de nomes e sobrenomes cuja origem remete aos pais e avós do escritor. Além disso, o sobrenome original do personagem principal, Knecht, significa servo ou servidor. Seu nome completo, traduzido para a nossa língua, acaba se transformando numa declaração inicial de grande impacto: José Servo (ou Servidor).

Em outra indicação clara da tentativa de Hesse de pacificação com o cristianismo contra o qual se rebelou na juventude, Servo, como mestre do jogo, é designado por seus superiores para ensiná-lo a monges beneditinos dirigidos pelo padre Jacobus, um intelectual brilhante e estudioso de história. Ao confrontar o mundo perfeito e imóvel de Castália com as movimentações históricas do mundo "real" exterior, José Servo percebe a contradição entre ambos e sente a necessidade de buscar um ponto de conciliação entre eles. Para isso, pede para ser dispensado de seu trabalho na comunidade em que vivia e decide ser professor de crianças. É neste momento que ocorre o súbito e inesperado desfecho da suposta biografia do personagem, sem que isto signifique o final da história.

Refeito o leitor da frustração do desfecho súbito, como no próprio jogo das contas de vidro cujo objetivo final era "o sonho de apreender o universo espiritual em sistemas concêntricos", o romance se desdobra neste momento em círculos concêntricos. O gênio criador de Hesse, que já havia elaborado a obra como sendo uma biografia de José Servo, dá seguimento ao trabalho criando apêndices que trazem obras póstumas de autoria do próprio Servo. Primeiramente nos são apresentadas "poesias do discípulo e do estudante universitário". O ponto alto desta elaboração, porém, se dá na parte denominada "As três existências", na qual estão registradas três encarnações anteriores do *mestre do Jogo*. Como num crescendo musical, Hesse/Servo nos presenteia com três textos de extrema sensibilidade e beleza, e que não por acaso culminam naquele denominado "A encarnação hindu". Num elaborado jogo de atração e repulsão pelos apegos da vida material, o personagem se defronta com aquilo que o hinduísmo chama de *maia*, a ilusão que perpassa e confunde toda a nossa existência neste mundo de formas e sombras. Mais não deve ser dito, para manter viva a curiosidade do leitor. Outra vez, o desfecho inusitado e ao mesmo tempo clarificador da obra e da busca de Hermann Hesse ao longo de toda a sua vida nos presenteia com sua síntese e sua culminação, além de reafirmar sua paixão pela Índia e pelo repositório de ensinamentos que esta cultura trouxe e ainda traz para nós, pobres ocidentais emaranhados no véu de *maia*.

Waldemar Falcão
Rio de Janeiro, julho de 2002

O jogo das contas de vidro:
Ensaio de introdução
popular à sua história

non entia enim licet quodammodo levibusque hominibus facilius atque induriosius verbis reddere quam entia, verumtamen pio diligentique rerum scriptori plane aliter res se habet: nihil tantum repugnat ne verbis illustretur, at nihil adeo necesse est ante hominum oculos proponere ut certas quasdam res, quas esse neque demonstrari neque probari potest, quae contra eo ipso, quod pii diligentesque viri illas quase ut entia tractant, enti nascendique facultati appropinquant.

Albertus Secundus

tradt. de cristall. spirit. ed. Clangor et Dollof. lib. I. cap. 28

Em tradução manuscrita de José Servo:

... sob certo aspecto, é mais fácil aos indivíduos levianos, e requer menor responsabilidade, descrever com palavras as coisas inexistentes do que as existentes, mas com o historiador respeitoso e consciencioso dá-se justamente o contrário: não há nada que fuja tanto à descrição por meio de palavras e que seja mais necessário apresentar aos homens do que certas coisas que não têm aparência real e cuja existência não se pode comprovar, mas que, justamente pelo fato de indivíduos respeitosos e conscienciosos as tratarem como coisas existentes, são levadas a dar mais um passo em direção do ser e da possibilidade de nascer.

Nossa intenção é que este livro seja um repositório do pequeno material biográfico que conseguimos encontrar sobre José Servo, o Ludi Magister Josephus III, como ele é chamado nos arquivos do Jogo de Avelórios. Não somos cegos para ignorar que esta tentativa está ou parece estar em contradição com as leis e os costumes que dominam a vida espiritual. A extinção de toda a vida individual, a classificação mais completa da personalidade humana dentro da hierarquia da educação estatal e das ciências, é exatamente um dos supremos princípios de nossa vida espiritual. E esse princípio foi realizado de tal modo por uma longa tradição que hoje em dia é extremamente difícil, e quase sempre completamente impossível, encontrar particularidades sobre a biografia e a psique de indivíduos que foram excelentes servidores dessa hierarquia; em muitos casos, nem mesmo o nome dessas pessoas pode ser comprovado. Isso porque o ideal de anonimidade da organização hierárquica é uma das características da vida espiritual de nossa Província, e esse ideal está muito próximo de sua realização.

Se nós, apesar disso, insistimos na tentativa de registrar algumas passagens da vida do Ludi Magister Josephus III, e esboçar levemente os traços de sua personalidade, estamos cientes de que não o fizemos por amor ao culto da personalidade e em desobediência aos costumes, mas, pelo contrário, apenas para servir à verdade e à ciência. Há um velho pensamento que diz: quanto maiores a agudeza e a severidade com que formularmos uma tese, tanto mais irresistivelmente ela clamará pela sua antítese. Aceitamos e respeitamos os pensamentos em que se baseia a anonimidade de nossos serviços públicos e de nossa vida espiritual. Mas ao observar a pré-história dessa mesma vida espiritual, especialmente na evolução do Jogo de Avelórios, temos a prova irrefutável de que qualquer fase evolutiva, qualquer construção, qualquer modificação, qualquer período importante, quer tenha um significado progressista ou conservador, indicará de modo infalível não propriamente o seu único e pessoal autor, mas evidenciará com maior clareza o seu aspecto na pessoa que introduziu a modificação, na pessoa que foi o instrumento dessa modificação e desse aperfeiçoamento.

Na verdade, o que hoje entendemos por personalidade é bem diferente do conceito em que a tinham os biógrafos e historiadores de épocas antigas. Especialmente em relação aos autores que, nos tempos antigos, manifestavam inclinação para a biografia, poderíamos dizer que o essencial numa personalidade consistia em suas anomalias, suas peculiaridades e, com frequência, em seu aspecto patológico, ao passo que nós, hoje em dia, só falamos de personalidades importantes ao deparar com indivíduos sem nenhuma espécie de originalidade ou peculiaridade, indivíduos que se adaptaram o mais possível à generalidade, conseguindo assim servir de modo perfeito ao ideal da superpersonalidade. Observemos as coisas com maior exatidão, e veremos que a Antiguidade já conhecera esse ideal: a personagem do "sábio" ou do "homem perfeito" entre os antigos chineses, por exemplo, ou o ideal da ética socrática mal se diferenciam do ideal da atualidade; grandes organizações espirituais, como a Igreja Católica Romana em sua época de maior poder, conheceram princípios semelhantes, e muitas dentre as suas grandes personalidades, como Santo Tomás de Aquino, por exemplo, quais estátuas da Antiguidade grega, antes nos parecem representantes clássicas de um tipo do que individualidades. Todavia, nos tempos que precederam a reforma da vida espiritual, reforma que principiou no século XX e da qual somos herdeiros, esse ideal genuíno da Antiguidade parecia prestes a extinguir-se. Admiramo-nos ao encontrar, por exemplo, nas biografias daqueles tempos a enumeração minuciosa dos irmãos do herói, ou o número de cicatrizes e incisões psíquicas que as fases da meninice, da puberdade, da luta pela fama e pelo amor lhe deixaram. A nós, homens de hoje, não interessam a patologia ou a história de família, nem as paixões, a digestão ou o sono de um herói; nem mesmo a formação da sua espiritualidade, a educação que adquiriu com estudos e leituras de sua preferência etc. nos são de especial importância. Para nós só é um herói, e uma pessoa digna de especial interesse, quem por natureza e pela educação foi colocado na situação de deixar fluir quase por completo sua pessoa na função hierárquica, sem ter por isso perdido o impulso enérgico, fresco e digno de admiração que perfaz o aroma e o valor de um indivíduo. E caso surjam conflitos entre a pessoa e a hierarquia, consideramos esses conflitos a pedra de toque para avaliar a grandeza de uma personalidade. Quanto menos aceitamos o rebelde, levado a romper com a ordem estabelecida, por seus desejos e paixões, com tanto maior respeito refletimos sobre o valor do sacrifício, sobre a verdadeira tragédia.

Só quando se trata de um herói, do homem realmente modelar, parece-nos permitido e natural o interesse pela sua pessoa, por seu nome, feições e gestos, porque não consideramos de modo nenhum a hierarquia perfeita ou a organização sem atritos, como maquinismos formados por partes sem vida e por si só indiferentes; para nós elas são um corpo vivo, formado de partes e órgãos, cada qual possuindo sua maneira de ser e sua liberdade peculiar, e participando do milagre da vida. Nesse sentido é que nos esforçamos por colher pormenores sobre a vida do Mestre do Jogo de Avelórios, José Servo, e principalmente sobre sua obra de escritor. Foi-nos também possível examinar vários manuscritos seus, que consideramos dignos de leitura.

O que tencionamos narrar a respeito da pessoa e da vida de Servo já é conhecido, na sua totalidade ou em parte, entre os membros da Ordem, e principalmente entre os jogadores de avelórios. Por essa razão nosso livro não se dirige apenas ao mencionado círculo, mas espera encontrar compreensão entre leitores alheios a ele.

Para o limitado círculo a que nos referimos, nossa obra não necessitaria de prefácio nem de comentários. Mas já que desejamos angariar também leitores da vida e da obra escrita do nosso herói que não pertençam à Ordem, temos a obrigação de apresentar a esses leitores pouco informados uma pequena e popular introdução ao sentido e à história do Jogo de Avelórios. Tal tarefa apresenta suas dificuldades. Queremos frisar que esta introdução é propositadamente popular e não tem a mínima pretensão de esclarecer questões sobre os problemas do Jogo e da sua história, que mesmo dentro da Ordem são discutidas. Para uma apresentação objetiva desse tema ainda é preciso esperar muito tempo.

Não esperem portanto de nós a história e a teoria completa do Jogo de Avelórios. Mesmo autores de maior mérito e com mais competência do que nós não estariam em condições de fazê-lo. Isso será feito futuramente, caso não se venham a perder as fontes e as condições de espírito necessárias a essa tarefa. Este ensaio pretende menos ainda ser um compêndio do Jogo de Avelórios, mesmo porque tal tratado nunca será escrito. Aprendem-se as regras desse jogo dos jogos do mesmo modo que outras regras usuais. Isso requer muitos anos de prática, e nenhum iniciado teria interesse em facilitar o aprendizado.

As regras, a linguagem figurada e a gramática do Jogo constituem uma espécie de linguagem oculta altamente evoluída de que participam várias ciências e artes, especialmente a matemática e a música (ou seja, a musicologia). Tal linguagem tem a possibilidade de expor o conteúdo e os resultados de quase todas as ciências e de relacioná-los entre si. O Jogo de Avelórios contém portanto a suma e os valores da nossa cultura, manejando-os assim como, na época do apogeu das artes, um pintor manejava as cores de sua paleta. Todos os conhecimentos, pensamentos excelsos e obras de arte que a humanidade produziu em suas épocas criadoras, tudo que os períodos posteriores produziram em eruditas considerações sob a forma de conceitos, apropriando-se intelectualmente daquele saber criador, todo esse imenso material de valores espirituais é manejado pelo jogador de avelórios como o órgão é tocado pelo organista. O órgão de que se trata é de uma perfeição quase inconcebível. Seus manuais e pedais tateiam o inteiro cosmo espiritual, seus registros são quase incontáveis; teoricamente se poderiam reproduzir no jogo, com esse instrumento, todo o conteúdo espiritual do Universo. Esses manuais, pedais e registros são fixos, e somente em teoria se poderiam fazer modificações e tentar aperfeiçoá-los em seu número e ordem — o enriquecimento da linguagem do Jogo pela inclusão de qualquer novo conteúdo depende de severíssimo controle por parte da Direção Superior do Jogo. Ao contrário, continuando com a nossa comparação, dentro dessa estrutura fixa, dentro da complicada mecânica desse órgão gigantesco, é dado a cada jogador um número imenso de possibilidades e combinações. É quase impossível, entre milhares de jogos diferentes, haver dois que se assemelhem, a não ser superficialmente. Mesmo que dois jogadores, por acaso, escolhessem um mesmo e reduzido número de temas para o seu jogo, esses dois jogos, conforme a maneira de pensar, o caráter, o sentimento e o virtuosismo do jogador, poderiam apresentar um aspecto e uma sequência completamente diversos.

Em última instância, depende inteiramente do historiador fixar os primórdios e a pré-história do Jogo de Avelórios. Como todas as grandes ideias, ele não teve propriamente um princípio, porém, como ideia, sempre existiu. Nós já o encontramos em germe, como ideia, pressentimento e ideal, em muitas épocas da Antiguidade, como em Pitágoras, por exemplo. Depois, nos últimos tempos da Antiguidade, nos círculos helenístico-gnósticos e não menos entre os antigos chineses. Encontramo-lo novamente no apogeu da vida espiritual árabe-mourisca. Em seguida, os traços da sua pré-história levam, através da escolástica e do humanismo, às academias dos matemáticos dos séculos XVII e XVIII, até chegar às filosofias do romantismo e às ruas dos sonhos mágicos de Novalis. Todo e qualquer movimento espiritual tendo em mira o ideal de uma *Universitas Litterarum* — as academias platônicas, os círculos de elites intelectuais, a procura de aproximação entre as ciências exatas e as mais liberais, qualquer tentativa de conciliação entre a ciência e a arte, ou entre ciência e religião — fundamenta-se nessa ideia eterna que para nós tomou forma no Jogo de Avelórios. Espíritos como Abelardo, Leibniz, Hegel conheceram sem dúvida o sonho de apreender o universo espiritual em sistemas concêntricos e reunir a beleza vivente do espírito e da arte à mágica força formulativa das disciplinas exatas. Na época em que a música e a matemática viveram quase simultaneamente o seu classicismo, eram comuns as aproximações, a fecundação entre essas duas disciplinas. E dois séculos antes encontramos em Nicolau de Cusa frases oriundas da mesma atmosfera, como esta, por exemplo: "O espírito molda a própria potencialidade para tudo medir à maneira da potencialidade e da absoluta necessidade, para tudo medir à maneira da unidade e da simplicidade, assim como Deus o faz, e à necessidade de relação, para tudo medir tendo em vista sua própria peculiaridade. Finalmente ele forma a própria e determinada potencialidade para tudo medir tendo em vista sua própria existência. Além disso, o espírito mede também por meio de imagens, pela comparação, quando se serve do número e das figuras geométricas, relacionando-se com elas como símbolos." Aliás, não é somente esse pensamento do Cusano que, já então, parecia referir-se ao nosso Jogo de Avelórios, e que se origina de uma direção imaginativa semelhante aos jogos ideativos do Jogo ou a eles corresponda. Várias, direi mesmo muitas alusões se poderiam encontrar no Cusano. A ventura que ele encontrava na matemática, sua capacidade e prazer em usar figuras e axiomas da geometria euclidiana em conceitos teológico-filosóficos, empregando-os como comparações, como imagens explicativas, parecem estar muito próximo da mentalidade do Jogo, e às vezes o seu latim (cujos vocábulos não raro são criados por ele, não tendo sido compreendidos por latinista algum) lembra a plasticidade livre e criadora do Jogo.

Como o mote da nossa dissertação indica, Albertus Secundus também faz parte dos maiores do Jogo de Avelórios. E temos a impressão, sem poder prová-la com citações, que a ideia do Jogo também dominava os músicos eruditos dos séculos XVI, XVII e XVIII, os quais, para compor, se baseavam em especulações matemáticas. Em um ou outro trecho da literatura antiga, deparamos com lendas sobre jogos de grande sabedoria e força mágica, inventados e jogados por eruditos e monges, ou em principados do espírito. Apresentavam-se, por exemplo, sob a forma de jogos de xadrez, cujas figuras e campos, além do significado habitual, tinham ainda um significado oculto. Também são bem conhecidas aquelas narrações, lendas e sagas dos tempos juvenis de todas as civilizações, que atribuem à música, de preferência às outras artes, uma regência oculta ou um código do cidadão e do Estado. Desde a velha China até às sagas dos gregos, o pensamento de uma vida ideal, paradisíaca, dos homens, sob a hegemonia da música, tem um papel importante. A esse culto da música ("em transformações eternas, do canto a força oculta nos saúda aqui na terra" — Novalis) o Jogo de Avelórios está intimamente ligado.

Mesmo considerando eterna a ideia do Jogo e, portanto, tendo existido e atuado muito antes de ser realizada, essa realização, na forma como a conhecemos, tem sua história peculiar, cujas etapas mais importantes vamos tentar descrever sucintamente.

O movimento espiritual — cujos frutos, entre muitos outros, são a instituição da Ordem e o próprio Jogo de Avelórios — teve início em um período da história que, desde as pesquisas fundamentais do historiador de literatura Plinius Coldecabras, traz o nome, cunhado por ele, de "a época folhetinesca". Tais denominações são bonitas, mas perigosas, e incitam sempre a considerações pouco justas desta ou daquela situação da vida humana no passado, e, assim sendo, a época "folhetinesca" não foi absolutamente desprovida de espírito nem tampouco pobre de espírito. Mas, conforme Coldecabras, essa época parece ter conseguido pouquíssimo com o seu espírito, ou, antes, não soube dar ao espírito, dentro da economia da vida e do Estado, o posto e a função que lhe competem. Para falar com franqueza, conhecemos muito mal aquela época, apesar de ter sido o solo em que vicejou quase tudo o que caracteriza hoje em dia a nossa vida espiritual. Ela foi, de acordo com Coldecabras, uma época particularmente "burguesa", que favoreceu de modo considerável o individualismo. Se, para aludir à sua atmosfera, apresentamos excertos da exposição de Coldecabras, de uma coisa temos certeza: esses excertos não são uma invenção, nem foram exagerados ou desfigurados em sua essência, documentados que são pelo grande pesquisador com uma infinidade de documentos literários e outros. Concordamos com o erudito autor, o único até hoje a dedicar à época "folhetinesca" uma pesquisa séria. Não nos esqueçamos de que é fácil e insensato torcer o nariz diante dos erros ou vícios de épocas afastadas.

A evolução da vida espiritual na Europa parece ter tido, desde o início da Idade Média, duas grandes tendências: a de libertar o pensamento da crença em qualquer influência autoritária, o que significa a luta da razão, que se sentia soberana e emancipada, contra o domínio da Igreja Católica Romana, e, — por outro lado — a procura oculta mas apaixonada de legitimar sua própria liberdade, a procura de uma autoridade nova, com base na própria razão e adequada a esta. Generalizando, pode-se dizer perfeitamente que o espírito ganhou a luta por essas duas metas contraditórias em princípio, luta que foi também com frequência cheia de estranhas contradições. Não nos é permitido indagar se as vantagens obtidas contrabalançaram os inumeráveis sacrifícios, se a atual organização da vida espiritual é suficientemente perfeita e terá longa duração, para que os sofrimentos, convulsões e anormalidades dos processos contra os hereges, as fogueiras da Inquisição e o destino de tantos "gênios" que terminaram na loucura ou no suicídio apresentem um aspecto de justificado sacrifício. A história realizou-se — se foi boa, ou se teria sido melhor que não se realizasse, se reconhecemos o seu "sentido" ou não, nada disso tem importância. Assim sendo, as lutas que se travaram pela "liberdade" do espírito tiveram lugar e, naquela afastada época folhetinesca, deram de fato ao espírito uma liberdade inaudita, que lhe foi impossível suportar. É que ele havia superado por completo a tutela da Igreja e, em parte, a do Estado, porém não achara ainda uma legislação autêntica, formulada por ele próprio e merecedora do seu respeito, uma nova e autêntica autoridade e legitimidade. Os exemplos de casos de aviltamento, venalidade e menosprezo do espírito daquela época, narrados por Coldecabras, são em parte realmente espantosos.

Temos de reconhecer que não estamos em condições de dar uma definição clara das produções que nos levaram a chamar aquela época de "folhetinesca". Conforme parece, os "folhetins" eram produzidos aos milhões, perfazendo uma parte particularmente apreciada da matéria jornalística, sendo o nutrimento principal do leitor ansioso de instruir-se. Esses "folhetins" falavam a respeito de milhares de assuntos eruditos, ou melhor, "cavaqueavam" sobre eles e, conforme parece, os mais inteligentes folhetinistas consideravam com ironia o seu próprio trabalho — Coldecabras, pelo menos, afirma ter deparado com inúmeros trabalhos desse tipo que, pela total falta de clareza, lhe pareceram antes uma autozombaria de seus autores. É bem possível que tais artigos industrializados contivessem uma infinidade de ironias e autoironias, para cuja compreensão seria necessário encontrar novamente a chave. Os autores de tais brincadeiras pertenciam em parte às redações dos jornais, ou eram escritores "livres", sendo mesmo com frequência considerados poetas, mas parece que muitos deles pertenciam à classe dos intelectuais, havendo até mesmo professores universitários de nomeada. Um dos assuntos preferidos desses artigos eram anedotas sobre a vida de homens e mulheres célebres e sua correspondência, e tinham por título, por exemplo, *Friedrich Nietzsche e a moda feminina em 1870*, ou *Os pratos preferidos do compositor Rossini*, ou *O papel representado pelos cães fraldiqueiros na vida de cortesãs célebres*, e outros semelhantes. Além disso, apreciavam-se as considerações sobre assuntos de conversa das pessoas abastadas, como *O sonho da fabricação sintética do ouro no decorrer dos séculos*, ou *A tentativa de influenciar a atmosfera por meio da física e da química*, e centenas de coisas assim. Quando lemos os títulos mencionados por Coldecabras, estranhamos menos que existissem pessoas que devorassem esses artigos como leitura quotidiana do que o fato de autores de nome, classe e sólido preparo se "servirem" desse gigantesco consumo de interessantes ninharias. É característico o emprego do termo "servir", que também caracterizava a relação daquela época entre o homem e a máquina. Havia épocas em que era apreciadíssimo o questionário feito a personalidades conhecidas sobre assuntos do dia, ao qual Coldecabras dedicou um capítulo especial, e no qual, por exemplo, químicos ou virtuoses de piano opinavam sobre política, ou atores apreciados, dançarinos, atletas, aviadores e até mesmo poetas se expressavam sobre as vantagens ou inconvenientes da vida de solteiro, sobre as prováveis causas das crises financeiras etc. etc. Tratava-se apenas de ligar um nome conhecido a um tema atual: leiam-se em Coldecabras os exemplos, por vezes notáveis, que ele cita às centenas. Como já dissemos, em toda essa laboração se mesclava uma boa parte de ironia, talvez mesmo uma ironia demoníaca, desesperada, e para nós é muito difícil compreender isso tudo; mas para a grande massa que, naquele tempo, parece ter sido composta de leitores fervorosos todas essas coisas grotescas eram sem dúvida aceitas com seriedade e confiança. Se acaso um quadro célebre trocava de dono, um manuscrito valioso era vendido em leilão, um antigo castelo incendiava-se ou o portador de um nome da antiga nobreza envolvia-se em algum escândalo, os leitores se informavam, em milhares de folhetins, de todos esses fatos e, além disso, já no mesmo dia ou no dia seguinte recebiam um farto material anedótico, histórico, psicológico, erótico etc. a respeito do respectivo assunto. Sobre cada acontecimento quotidiano derramava-se uma torrente de frases entusiásticas; todo esse noticiário trazia a marca de mercadoria apresentada às pressas e sem responsabilidade, o que ficava patente pela sua apresentação, classificação e formulação. Além do mais, parece que pertenciam também à classe dos folhetins certos jogos que serviam para que os leitores entrassem em autoatividade e faziam com que eles se empanturrassem de conhecimentos; uma longa anotação de Coldecabras sobre o estranho tema das "palavras cruzadas" refere-se a isso. Naquela época milhares e milhares de pessoas, que em sua grande maioria se entregavam a trabalhos pesados e tinham uma vida difícil, nas horas livres ficavam curvadas sobre quadrados e cruzes compostos de letras, enchendo os espaços vazios, de acordo com certas regras. Deus nos livre de ver nisso tudo só o aspecto ridículo ou insensato, e abstemo-nos de ironias a tal respeito. Essas pessoas, com seus "enigmas" infantis e jogos intelectuais instrutivos, não eram absolutamente crianças ou Pheakos levianos. Pelo contrário, participavam com angústia das fermentações e terremotos políticos, econômicos e morais, travavam inumeráveis e apavorantes guerras, muitas lutas intestinas, e seus joguinhos instrutivos não eram apenas infantilidade sem sentido, antes provinham de uma profunda necessidade de fechar os olhos e, diante de problemas insolúveis e pressentimentos angustiosos de aniquilamento total, refugiar-se no mais simples e inocente dos mundos ilusórios. Essas pessoas aprendiam com empenho a guiar automóvel, a jogar difíceis jogos de cartas, e dedicavam-se sonhadoramente a decifrar palavras cruzadas, porque se encontravam diante da morte, do medo, da dor e da fome, quase sem defesa; da Igreja não tinham mais o conforto, e do espírito não recebiam mais o conselho. Os mesmos que liam tantos artigos e ouviam tantas conferências não se outorgavam tempo nem esforços para se tornarem fortes contra o medo, para combaterem o pavor da morte, e viviam a tremer descrendo do futuro.

Realizavam-se também conferências, e vamos comentar em poucas palavras esses folhetins de nobre espécie. Além dos artigos citados, profissionais e aventureiros do espírito ofereciam aos cidadãos daquela época, ainda presos à ideia que se fazia da instrução, ideia aliás que já perdera seu antigo significado, conferências em grande número, em forma de discursos solenes em ocasiões especiais, em selvagem concorrência e numa quantidade quase incompreensível. Um cidadão de uma cidade de tamanho regular ou a mulher desse cidadão podiam ouvir conferências em média uma vez por semana, e nas cidades grandes quase todas as noites. Nessas conferências o ouvinte se instruía teoricamente sobre qualquer tema: obras de arte, poetas, intelectuais, pesquisadores e viagens, podendo conservar-se completamente passivo. Pressupunha-se tacitamente um prévio conhecimento do assunto, certo preparo e faculdades de compreensão por parte do ouvinte, o que não se dava na maioria dos casos. Havia conferências divertidas, entusiásticas ou humorísticas sobre Goethe, por exemplo, em que este, de fraque azul, descia de uma diligência e seduzia mocinhas de Estrasburgo ou de Wetzlar, ou a respeito da cultura árabe, em que uma quantidade de expressões eruditas em voga eram baralhadas como num copo de dados, e cada um se alegrava ao julgar reconhecer uma ou outra dessas expressões. Ouviam-se conferências sobre poetas, cujas obras nunca se haviam lido ou pensado ler, viam-se ao mesmo tempo reproduções de quadros ou fotografias em projeções luminosas, e lutava-se, exatamente como nos folhetins jornalísticos, em meio a um dilúvio de imagens e fragmentos de saber desprovidos de sentido. Em resumo, estava-se bem próximo da atroz depreciação da palavra, que antes de mais nada, bem em segredo e em pequeníssimos círculos, ocasionou o heroico e ascético contramovimento que surgiu logo após com grande força e foi o início de uma nova autodisciplina e dignidade do espírito.

A insegurança e contrafação da vida espiritual daquela época, a qual, em muitos sentidos, demonstrava possuir energia e grandeza, é por nós, homens de hoje, explicada como um sintoma do horror que se apossou do espírito ao encontrar-se, no final de uma época de aparentes vitórias e prosperidade, diante do nada: uma enorme pobreza material, um período de tempestades políticas e bélicas, e uma desconfiança de si próprio brotada com ímpeto das trevas, de um dia para o outro, uma desconfiança da sua própria força e dignidade, e até mesmo de sua própria existência. Não obstante, no período em que se pressentia a decadência ainda havia produções espirituais de enorme elevação, entre outras o início de uma ciência musical de que somos os gratos herdeiros. Mas assim como é fácil classificar dentro da história universal, com beleza e sentido, qualquer período do passado, o presente, seja ele qual for, é incapaz de classificar-se a si mesmo, de modo que naqueles tempos, à medida que as exigências e a produtividade do espírito baixavam a um nível modestíssimo, apossavam-se dos intelectuais terrível incerteza e desespero. É que se acabara de descobrir (descoberta já pressentida desde Nietzsche, aqui e acolá) que a juventude e o período criador da nossa cultura pertenciam ao passado, que a decrepitude e o ocaso haviam surgido e, em razão dessa descoberta pressentida por todos, e por muitos formulada sem rebuços, se esclareciam muitos sinais inquietantes dos tempos: a mecanização insulsa da vida, a profunda queda da moral, a falta de crença dos povos, a falta de veracidade da arte. Como naquela maravilhosa lenda chinesa, a "música da decadência" havia ressoado e, como o baixo ameaçador de um órgão, vibrava já há dezenas de anos, derramava-se qual corrupção nas escolas, nos jornais, nas academias, derramava-se como neurastenia e doenças mentais na maioria dos artistas e críticos sérios, debatia-se qual selvagem e diletântica superprodução em todas as artes. Havia várias maneiras de se contrapor a esse inimigo que se infiltrava e que não era mais possível libertar de seu feitiço. Podia-se procurar afastá-la como uma ilusão, e para esse fim os anunciadores literários da teoria da decadência da cultura ofereciam muitas armas cômodas; além disso, quem entrava em luta com aqueles ameaçadores profetas era ouvido pelo cidadão e adquiria influência sobre ele, porque o fato de a cultura, que ontem ainda se acreditava possuir e de que tanto se orgulhava, estar desprovida de vida, o fato de a instrução tão apreciada pelo cidadão ter deixado de ser uma genuína instrução, como a arte apreciada por ele deixara de ser genuína, parecia-lhe tão insuportável e chocante como a repentina inflação monetária e a ameaça de perder a fortuna com as revoluções. Além do mais, para combater o pressentimento da decadência havia ainda o comportamento cínico: ia-se dançar, e explicava-se qualquer preocupação pelo futuro como uma tolice arcaica, cantavam-se inspirados folhetins sobre o próximo fim da arte, da ciência e da linguagem, constatavam-se, com uma volúpia semelhante à do suicida, a completa desmoralização do espírito, a inflação das ideias no mundo do folhetim, nesse mesmo mundo que se havia construído de papel. Era como se víssemos com cínica apatia, ou com excitação de bacanal, que não só a arte, o espírito, os costumes e a probidade desapareciam no abismo, mas também que o mesmo acontecia com a Europa e o "mundo". Entre os bons reinava um pessimismo taciturno, e entre os maus, um pessimismo pérfido. Era necessário primeiramente haver uma demolição do que sobrevivera e uma certa mudança de ordem do mundo e da moral, por meio da política e da guerra, antes que a cultura fosse capaz de uma verdadeira auto-observação e de uma nova organização.

Nesse ínterim, essa cultura não adormecera durante os decênios de transição, porém, justamente durante a sua decadência e a aparente missão, de que se incumbiam artistas, professores e folhetinistas, ela levou em alguns domínios ao intenso despertar da consciência e à autoanálise. Já na época de maior florescência do folhetim havia por toda parte pequenos grupos isolados, decididos a permanecer fiéis ao espírito, e esses grupos se empenhavam em salvar para a posteridade um germe de boa tradição, de disciplina, de método e moralidade intelectual. De acordo com o conhecimento que nos é possível ter hoje sobre esses fatos, parece que o processo de autoanálise, do despertar e da resistência consciente realizou-se principalmente em dois grupos. A moralidade cultural dos intelectuais refugiou-se nas pesquisas e nos métodos pedagógicos da história da música, porque esta ciência atingira então o seu apogeu. Em meio ao mundo folhetinesco, dois célebres seminários haviam conseguido criar um método de trabalho de exemplar pulcritude e escrupulosidade. E como se o destino quisesse confortar essa minúscula e corajosa coorte, deu-se no apogeu dessa época sombria aquele suave milagre, um acaso que atuou como uma confirmação divina: a redescoberta dos onze manuscritos de Johann Sebastian Bach, entre os bens deixados por seu filho Friedemann! O segundo ponto de resistência contra a degenerescência foi a Liga dos Peregrinos do Oriente, cujos irmãos submetiam-se a uma disciplina mais anímica do que intelectual e cultivavam a devoção e o respeito — desse lado nossa forma atual de cultivo do espírito e do Jogo de Avelórios recebeu sérios impulsos, especialmente quanto ao aspecto contemplativo. Também às novas concepções sobre a essência da nossa cultura e às suas possibilidades de sobrevivência, os Peregrinos do Oriente haviam trazido sua contribuição, não tanto por trabalhos científico-analíticos como pela faculdade que possuíam de penetrar de um modo mágico em épocas e períodos culturais afastados, faculdade essa que eles deviam à prática de antigos exercícios ocultos. Havia, por exemplo, entre eles musicistas e cantores, dos quais se garante possuírem a faculdade de executar peças musicais de épocas antigas com a maior perfeição e a antiga pureza, como, por exemplo, tocar e cantar uma peça de 1600 ou 1650 como se todas as modas, requintes e virtuosismos de épocas subsequentes fossem desconhecidos. Isso, no tempo em que a procura de dinâmica e de gradações dominava as execuções, e em que diante da execução e da "maneira" do maestro quase se esquecia a própria música, era uma coisa inaudita. Conta-se que os ouvintes em parte não entenderam nada, em parte porém prestaram atenção e pela primeira vez em sua vida pensaram estar ouvindo música, quando uma orquestra dos Peregrinos do Oriente, pela primeira vez, executou publicamente uma suíte da época de Haendel, de modo perfeito e sem exageros nem maneirismos, com a simplicidade e a pureza de um outro tempo e de um outro mundo. Um membro dessa sociedade construiu no átrio do edifício da Liga, entre Bremgarten e Morbio, um órgão semelhante aos da época de Bach, tão perfeito quanto o próprio Johann Sebastian Bach o poderia ter mandado construir. O construtor do órgão, de acordo com uma regra já então em uso na sua Liga, ocultara o próprio nome sob o pseudônimo de Silbermann, que ele tomara de seu precursor do século XVIII.

Assim nos aproximamos das fontes em que se originou o nosso conceito atual de cultura. Um dos mais importantes foi o conceito da mais recente ciência, a história da música e a estética musical, assim como de um subsequente e rápido progresso da matemática, a que se seguiu uma gota de óleo da ciência dos Peregrinos do Oriente e, em íntima relação com o novo conceito e significado da música, aquela jovial, resignada e corajosa tomada de posição a respeito do problema da idade cultural. É inútil gastar palavras com esse assunto, por ser conhecido de todos. O fato mais importante decorrente dessa nova orientação, ou, antes, dessa nova classificação dentro do processo cultural, foi uma ampla renúncia à criação de obras de arte, a gradual separação da vida espiritual das atividades profanas e — não menos importante e o ápice de tudo isso — o Jogo de Avelórios.

Sobre os primórdios do Jogo exerceu a maior influência o incipiente e profundo estudo da musicologia. Nós, herdeiros dessa ciência, cremos conhecer melhor e em certo sentido compreender melhor a música dos séculos XVII e XVIII do que épocas anteriores (inclusive o classicismo) o fizeram. Naturalmente nós, que os sucedemos, relacionamo-nos com a música clássica de um modo completamente diverso daquele dos homens das épocas criadoras; o nosso respeito, nunca demasiado, pela genuína música, respeito repleto de espiritualidade e resignada melancolia, é completamente diverso do prazer suave e ingênuo com que se dedicavam à música, naqueles tempos que estamos inclinados a invejar, por serem mais felizes do que o nosso, desde que nos esqueçamos das situações e dos destinos em que essa música surgiu. Há muitas gerações que não consideramos mais, como quase todo o século XX o fez, a filosofia ou a poesia como as duas maiores realizações do período cultural que fica entre o fim da Idade Média e o nosso tempo. Desde que nós — pelo menos em linhas gerais — renunciamos a rivalizar com aquelas gerações, desde que renunciamos ao culto do predomínio da harmonia e da dinâmica puramente sensual na música, o qual principiou no romantismo e dominou durante dois séculos o estudo musical, acreditamos — ao nosso modo naturalmente, ao nosso modo não criador, epígono, mas respeitoso! — possuir uma visão mais pura e correta da cultura de que somos herdeiros. Não possuímos absolutamente o entusiasmo produtivo excessivo daqueles tempos, e para nós é um espetáculo quase incompreensível observar como o estilo musical pôde se conservar tanto tempo nos séculos XV e XVI, e entre a produção musical gigantesca daquela época parece não se encontrar nada de mau, e como, ainda no século XVIII, em que principiou a degenerescência, ergue-se um fogo de artifício de estilos, modas e escolas, com vida efêmera mas brilhante e consciente — mas acreditamos ter compreendido o mistério, o espírito, a virtude e o fervor religioso daquelas gerações, manifestados no que hoje chamamos de música clássica, e os ter tomado por modelo. Temos, por exemplo, pouca ou nenhuma consideração pela teologia e pela cultura religiosa eclesiástica do século XVIII, ou pela filosofia do racionalismo, mas consideramos as *Cantatas*, as *Paixões* e as *Aberturas* de Bach a máxima sublimação da cultura cristã.

Aliás, a relação da nossa cultura com a música tem por modelo uma imagem antiquíssima e extremamente venerável, a que o Jogo de Avelórios dedica enorme respeito. Recordemo-nos que na legendária China dos "velhos reis" era reservada à música dentro da vida da nação e da corte um papel muito importante; identificava-se até a evolução musical com a da cultura e da moral, e até mesmo com a do reino, e o professor de música tinha de cuidar da preservação e da pureza das "tonalidades antigas". Caso houvesse uma decadência musical, era um sinal seguro da decadência do governo e da nação. E os poetas narram terríveis lendas acerca das tonalidades proibidas, demoníacas e desviadas do céu, como, por exemplo, a tonalidade de Chiang Shang e de Chiang-tsé, a "música da decadência", que ao ser entoada sacrilegamente no castelo real provocou trevas no céu, o tremor dos muros que tombaram e a queda do príncipe e do reino. Em vez de muitas outras frases de antigos autores, registramos aqui algumas passagens do capítulo sobre música do livro *Primavera e outono*, de Liu Bu We.

"As origens da música são muito remotas. Ela se originou da medida e tem suas raízes no grande Um. A grande Unidade gerou os dois polos; os dois polos geraram a energia das trevas e da luz.

"Quando o mundo está em paz, quando todas as coisas estão em calma, obedecendo em suas transformações ao seu superior, então a música pode atingir a perfeição. Quando os desejos e paixões não se encaminham por falsas vias, então a música pode aperfeiçoar-se. A música perfeita tem suas causas. Ela se originou do equilíbrio. O equilíbrio se originou do direito, o direito se originou do sentido cósmico. Por isso só se pode falar sobre música com um homem que tenha reconhecido o sentido cósmico.

"A música baseia-se na harmonia entre o céu e a terra, na concordância do sombrio e do luminoso.

"As nações decadentes e os homens maduros para o declínio também não se privam da música, mas sua música não é jovial. Por isso, quanto mais ruidosa é a música, tanto mais melancólicos se tornam os homens, tanto mais decadente o país, tanto maior a queda do príncipe. Desse modo a essência da música também se perde.

"O que todos os sagrados príncipes apreciavam na música era a sua jovialidade. Os tiranos Chieh e Chou Hsin executavam música ruidosa. Consideravam belas as sonoridades fortes, e interessante a ação da quantidade maciça. Aspiravam a sonoridades novas e raras, a sons nunca ouvidos por nenhum ouvido; procuravam superar-se um ao outro e excederam todas as medidas e metas.

"A causa da decadência do estado Chiu foi ter descoberto a música mágica. É bastante ruidosa essa música, mas na verdade afastou-se da essência da música. Pelo fato de se ter afastado da própria essência da música é que essa música não é jovial. Se a música não é jovial, o povo murmura, e a vida deperece. Tudo isso surge por se desconhecer a essência da música e ter em vista apenas sonoridades ruidosas.

"Por isso a música de uma época harmoniosa é calma e jovial, e o governo equilibrado. A música de uma época inquieta é excitada e colérica, e seu governo é mau. A música de uma nação em decadência é sentimental e triste, e seu governo corre perigo."

As frases desse chinês indicam-nos com bastante clareza as origens e o próprio sentido de toda a música, sentido que está hoje quase perdido. Assim como a dança, e qualquer outro exercício artístico, a música foi, em tempos pré-históricos, um ato de magia, um dos antigos e legítimos atos de magia. Começando pelo ritmo (bater palmas, bater com os pés no chão, bater com pauzinhos, arte primitiva de tambor), ela era um meio enérgico e conhecido para "afinar" um grupo menor ou maior de pessoas, um meio de levar sua respiração, batida de coração e estado sentimental a bater no mesmo compasso, um meio de incitar os homens ao apelo e ao exorcismo dos poderes eternos, à dança, à luta, às fileiras da guerra, ao culto sagrado. E essa essência original, pura e poderosa, essa essência mágica, conservou-se na música muito mais tempo do que nas outras artes; basta lembrar os inúmeros depoimentos dos historiadores e poetas sobre a música, desde os gregos até à Novela de Goethe. Na prática, a marcha e a dança nunca perderam o seu significado. Mas voltemos ao nosso tema!

Queremos falar agora em breves palavras sobre os primórdios do Jogo de Avelórios. Ele teve origem, conforme parece, simultaneamente na Alemanha e na Inglaterra, e em ambos os países era exercitado nos pequenos círculos de musicólogos e de músicos que trabalhavam e estudavam nos novos seminários de teoria da música. E quando se compara o estado primitivo do Jogo com os estados subsequentes e o atual, o efeito é o mesmo que ao compararmos a grafia musical das épocas anteriores a 1500, e seus sinais musicais primitivos, entre os quais faltam até as barras de divisão, com uma partitura do século XVIII ou mesmo do século XIX, com sua confusa profusão de denominações abreviadas para a dinâmica, os tempos, as frases etc., que não raro faziam da impressão de tais partituras um complicado problema técnico.

O Jogo, no princípio, não passava de uma insignificante maneira de memorização e um exercício de concatenação entre os estudantes e musicistas, e, como já dissemos, era praticado tanto na Inglaterra como na Alemanha, ainda antes de se ter "descoberto" na Universidade Musical de Colônia o seu nome, o mesmo que ele tem hoje, após tantas gerações, apesar de há muito tempo não ter mais nada a ver com avelórios. Seu criador, Bastian Perrot, de Calw, serviu-se dessas contas de vidro. Era ele um musicólogo algo estranho, mas inteligente e muito sociável, e usava os avelórios em lugar de letras, números, notas ou outros sinais gráficos. Perrot, que também deixou um tratado, *O apogeu e a decadência da arte do contraponto*, encontrou no Seminário de Colônia um modo de jogar que os alunos haviam desenvolvido bastante: um transmitia ao outro, nas formas abreviadas usadas em sua ciência, motivos ou os primeiros compassos de composições clássicas, e o segundo tinha de responder com a continuação da peça, ou melhor, com uma voz superior ou inferior, dando uma resposta ao tema, e assim por diante. Era um exercício de memória e de improvisação, possivelmente muito parecido (ainda que não o fizessem naquela época com fórmulas teóricas, mas de um modo prático, ao címbalo, ao alaúde, com a flauta ou cantando) com os exercícios praticados entre os aplicados alunos de música e contraponto no tempo de Schütz, Pachelbel e Bach. Bastian Perrot era uma pessoa que gostava de ofícios manuais, havendo construído vários pianos e cravos à maneira dos antigos instrumentos, e é quase certo ter pertencido à Liga dos Peregrinos do Oriente. Uma lenda a seu respeito narra que ele conseguia tocar violino à velha maneira, olvidada a partir de 1800, com o arco bem curvo e as crinas reguladas à mão. Perrot, tomando por modelo um simples aparelho para as crianças aprenderem a contar, construiu para seu próprio uso uma moldura com uma dúzia de fios de arame em que podia enfiar contas de vidro de variado tamanho, forma e cor. Os fios equivaliam à pauta, as contas aos valores etc., e assim ele grafava com esses avelórios frases e temas musicais, variando-os, transpondo-os em várias tonalidades, ampliando-os, transformando-os e combinando-os com outros temas. Tecnicamente, esse jogo não passava de uma brincadeira, mas os alunos o apreciaram, ele foi copiado e ficou em voga na Inglaterra também. Durante algum tempo os exercícios musicais foram praticados dessa maneira primitiva e agradável, e, como sucede com frequência, uma instituição importante e destinada a ter longa vida derivou seu nome de uma coisa insignificante e efêmera. A instituição que proveio desse brinquedo instrutivo de avelórios metidos em fios de arame conserva até hoje o nome popular de Jogo de Avelórios.

Dois ou três decênios depois, parece que o interesse dos estudantes de música pelo Jogo diminuiu, porém ele começou a ser praticado pelos matemáticos, e, durante muito tempo, um dos traços característicos da história do Jogo foi ele ser sempre preferido, praticado e aperfeiçoado pela ciência que atingia seu ponto máximo de evolução ou passava por uma fase de renascimento. Entre os matemáticos, o Jogo chegou a uma técnica e sublimação extremas, adquirindo mesmo consciência e tornando-se cônscio de suas próprias possibilidades; paralelamente dava-se nessa época uma evolução geral da consciência cultural. Essa época havia saído vitoriosa da grande crise. Como Plinius Coldecabras o exprimiu, "ela sentia-se, com modesta altivez, semelhante a um fim de época, e parecia-lhe representar um papel correspondente ao último período do classicismo, ou aos tempos helenístico-alexandrinos".

Disse-o Coldecabras. Para terminar a história do Jogo de Avelórios, constatamos que esse jogo, tendo se transferido dos seminários de música para os de matemática (alteração que se realizou quase mais depressa na França e na Inglaterra do que na Alemanha), desenvolveu-se tanto que conseguia formular problemas de matemática com sinais e abreviaturas especiais; essas fórmulas abstratas eram desenvolvidas pelos jogadores, os quais praticavam com seus parceiros essas progressões seriais e outras possibilidades de sua ciência. Esse jogo de fórmulas matemático-astronômicas requeria enorme atenção, espírito vigilante e concentração, e entre os matemáticos, já naquela época, era consideradíssima uma pessoa com fama de bom jogador de avelórios, o que a colocava no plano de um matemático de primeira ordem

O Jogo foi posto em uso e imitado, temporariamente, por quase todas as ciências, cada qual dentro de seu próprio domínio, como se pode constatar no âmbito da filologia clássica e da lógica. A análise dos valores históricos musicais levara a enquadrar sequências musicais em fórmulas físico-matemáticas. Pouco mais tarde a filologia principiou a usar esse método e a mensurar as formações da linguagem como a física o faz com os fenômenos da natureza; a pesquisa das artes plásticas veio juntar-se a essas últimas experiências, e, quanto à arquitetura, suas relações com a matemática já datavam de muito tempo. Foram-se descobrindo então, entre as fórmulas abstratas assim encontradas, relações, analogias e correspondências. Cada uma das ciências que adquiria a prática do Jogo criava para esse fim uma linguagem especial de fórmulas, abreviaturas e combinações, e entre a elite da juventude intelectual esses jogos, com suas fórmulas em sequência e diálogos, eram muito apreciados. O Jogo não consistia apenas em um exercício ou divertimento: era a vivência consciente e concentrada de uma disciplina do espírito; os matemáticos, principalmente, o executavam com uma virtuosidade e uma severidade formal a um tempo ascéticas e esportivas; o prazer que isso proporcionava tornava mais fácil a renúncia dos intelectuais a prazeres e aspirações profanos. O Jogo de Avelórios representou importante papel na completa superação do folhetim e na renovada alegria pelas disciplinas exatas do espírito, o que deu lugar a uma nova disciplina do espírito de severidade monacal. O mundo se transformara. Podia-se comparar a vida espiritual da época do folhetim a uma planta degenerada que dissipa a vida em hipertrofiadas excrescências, e as correções que se seguiram, a uma poda até as raízes. Os jovens que queriam dedicar-se a atividades do espírito não compreendiam sob esse conceito um petiscar nas universidades, onde os restos de uma instrução superior já ultrapassada lhes eram oferecidos por célebres e loquazes professores sem autoridade: eles tinham de aprender agora metodicamente e com a mesma seriedade ou mais seriedade ainda do que os engenheiros o faziam anteriormente nas escolas politécnicas. Tinham de percorrer um caminho íngreme, precisavam exercitar sua inteligência, purificando-a e intensificando-a com exercícios escolástico-aristotélicos, devendo além disso renunciar por completo a todos os bens considerados pelos intelectuais, durante gerações e gerações, dignos de aspiração — dinheiro ganho com rapidez e facilidade, celebridade, honras públicas, louvores nos jornais, casamento com filhas de banqueiros e donos de fábricas, fartura e luxo na vida material. Os poetas de grandes tiragens, prêmios Nobel e lindas casas de campo, os grandes médicos condecorados e servidos por criados de libré, os acadêmicos com esposas ricas e salões luxuosos, os químicos dos conselhos fiscais da indústria, os filósofos donos de fábricas de folhetins e as conferências arrebatantes em salas repletas, com aplausos e ofertas de flores — todas essas figuras haviam desaparecido, e até hoje não reapareceram. Certamente havia ainda uma profusão de jovens talentosos, os quais tomavam por invejável modelo essas figuras, mas as vias de acesso às honrarias, à riqueza, à fama e ao luxo não passavam mais pelos auditórios, seminários e teses de doutorado; as profissões intelectuais, em profunda decadência, haviam falido aos olhos do mundo, mas em compensação esses jovens dedicavam-se agora ao espírito com uma devoção penitente e fanática. Os talentos que aspiravam de preferência ao brilho e à vida regalada tinham de voltar as costas à espiritualidade, até então pouco amável, e procurar as profissões às quais se deixara a possibilidade de conduzir a uma vida confortável e à fortuna.

Tomaria tempo demais descrever de que modo a vida do espírito, após sua purificação, conseguiu impor-se também dentro do Estado. Em breve se constatou que haviam bastado algumas gerações em que reinara uma disciplina do espírito frouxa e desprovida de consciência para trazer sérios danos até mesmo à vida prática, pois a competência e a responsabilidade em todas as profissões elevadas, e mesmo nas profissões técnicas, tornaram-se cada vez mais raras. Isso fez com que a cultura do espírito dentro do Estado e entre o povo, e especialmente o ensino em geral, fossem monopolizados cada vez mais pelos intelectuais, e mesmo hoje em dia, em quase todos os países da Europa, o ensino que não permaneceu sob o controle da Igreja Católica Romana está nas mãos daquela Ordem anônima, que recruta seus membros entre a elite intelectual. Embora a severidade e a pretensa altivez dessa casta sejam por vezes incômodas à opinião pública, apesar de inúmeros indivíduos se haverem revoltado contra ela, essa direção continua inabalável, e o que a conserva e protege não é apenas sua integridade, sua renúncia a bens e vantagens que não sejam os do espírito; essa casta é também protegida por se ter generalizado o conhecimento ou o pressentimento da necessidade desse rigoroso método para preservar os bens da civilização. Sabe-se ou pressente-se: se o pensamento perder sua pureza e atividade, e o respeito pelo espírito não reinar mais, em breve os navios e os automóveis deixarão de se locomover direito, e então, tanto para os aritmógrafos do engenheiro como para a matemática dos bancos e da bolsa, estarão em perigo valores morais e autoridade, e sobrevirá o caos. De qualquer modo, passou-se muito tempo até que se reconhecesse que a técnica, a indústria, o comércio etc. também necessitam da base comum de uma moral e honradez espirituais.

O que ainda faltava ao Jogo de Avelórios naquele tempo era a aptidão para a universalidade, a ascensão a páramos mais elevados do que as Faculdades. Os astrônomos, os estudiosos de grego, de latim, de filosofia escolástica e de música praticavam seus jogos engenhosos, mas o Jogo tinha para cada faculdade, cada disciplina e suas ramificações, uma linguagem própria e determinadas regras. Passou-se meio século antes que fosse dado o primeiro passo para ultrapassar esse limite. A causa dessa lentidão foi sem dúvida antes moral do que formal e técnica: seria possível encontrar os meios para ultrapassar esse limite, mas, de conjunto com a severíssima moral da nova espiritualidade, reinava um receio puritano de "allotria", da confusão de disciplinas e categorias, e um profundo e justo temor de uma nova queda no pecado da brincadeira e do folhetim.

A ação de um único indivíduo, levando o Jogo de Avelórios, quase de um salto, à consciência de suas próprias possibilidades, e decorrentemente ao limiar de um aperfeiçoamento universal, fez progredir o Jogo, e foram de novo as relações deste com a música que ocasionaram esse progresso. Um suíço, musicólogo e ao mesmo tempo amador fanático da matemática, deu ao Jogo um novo impulso, o que o levou a um desenvolvimento extremo. Não é mais possível averiguar o nome burguês desse grande homem, pois sua época já não conheceu mais o culto da personalidade nos domínios da vida espiritual; nos anais da história ele continua a viver como Lusor (e também Joculator) Basiliensis. Sua descoberta, como toda descoberta, foi sem dúvida devida a um esforço e um dom pessoais, mas não se originou em absoluto de uma necessidade e de uma aspiração particular apenas, porém foi movida por força mais poderosa. Entre os intelectuais do seu tempo existia um desejo ardente de encontrar uma forma de expressão para as novas ideias, e havia um forte anseio pela filosofia, pela síntese; sentia-se que a ventura reinante até então pela simples delimitação de cada disciplina era insuficiente, e aqui e ali um intelectual rompia as barreiras da sua especialidade, tentando atingir a generalidade. Sonhava-se com um novo alfabeto, com uma nova linguagem figurada em que fosse possível fixar e transmitir as novas vivências espirituais. Desse fato dá testemunho um artigo muito profundo de um intelectual que viveu naqueles anos, publicado sob o título de "Exortação chinesa". O autor desse artigo foi ridicularizado por boa parte de seus contemporâneos, que o consideravam uma espécie de Dom Quixote, mas não obstante era um intelectual que gozava de consideração no ambiente da sua especialidade, a filologia chinesa; ele fala sobre os perigos que ameaçariam a ciência e a cultura do espírito, apesar da atitude reinante nesses domínios, caso renunciassem a criar uma linguagem figurada internacional em que fosse possível exprimir, como acontecia com os caracteres chineses, as coisas mais complicadas, sem se perder a fantasia e a força criadora pessoais, e isso numa grafia compreensível a todos os intelectuais do mundo. O passo mais importante para realizar essa exigência foi dado por Joculator Basiliensis. Ele descobriu para o Jogo de Avelórios as bases de uma nova linguagem, uma linguagem de símbolos e fórmulas em que a matemática e a música participavam igualmente, e em que foi possível reunir fórmulas da astronomia a fórmulas musicais, conduzindo-se por assim dizer a matemática e a música a um denominador comum. Apesar de esse fato não ter levado a evolução a seus máximos limites, a origem de tudo o mais que sucedeu na história do nosso apreciado Jogo foi essa descoberta do desconhecido de Basiléia.

O Jogo de Avelórios, que havia sido até então uma ocupação privada, ora dos matemáticos, ora dos filólogos ou dos músicos, arrastou cada vez mais na sua trilha todos os verdadeiros intelectuais. Muita academia antiga, muita Loja, e especialmente a antiquíssima Liga dos Peregrinos do Oriente dedicaram-se a ele. Algumas ordens católicas também pressentiram no Jogo uma nova atmosfera espiritual e se deixaram seduzir por ele, especialmente em algumas abadias de beneditinos, onde o Jogo ganhou inúmeros adeptos, tendo-se de novo tornado aguda a questão a respeito da sua aceitação, seu apoio ou proibição pela Igreja e pela Cúria.

Desde o ato memorável do basilense, o Jogo desenvolveu-se com rapidez, atingindo a perfeição que ainda hoje conserva e tornando-se a súmula de tudo o que se refere ao espírito e à música, um culto sublime, a Unio Mystica dos membros da *Universitas Litterarum*. Ele representa na nossa vida, por um lado, o papel da arte, por outro, o da filosofia especulativa, e na época de Plinius Coldecabras, por exemplo, lhe foi dada não raro uma denominação proveniente da poesia da época folhetinesca, tendo sido nessa época a aspiração máxima de muito espírito apocalíptico: a denominação de Teatro Mágico.

O Jogo de Avelórios, desde seus primórdios, havia se desenvolvido ao infinito quanto à técnica e à amplitude dos assuntos; e quanto às pretensões intelectuais exigidas do jogador, o Jogo se tornara uma arte e uma ciência sublimes. Mas nos tempos do basilense ainda lhe faltava uma coisa essencial. Até essa época os jogos tinham consistido em enfileirar, em pôr em ordem, agrupar e contrapor ideias concentradas de vários domínios da vida intelectual e artística, em um rápido memorizar de valores e formas para além do tempo, um rápido voo virtuosístico pelo reino do espírito. Só bem mais tarde penetrou aos poucos no Jogo o conceito da contemplação, herdado do inventário espiritual da pedagogia, e proveniente especialmente dos hábitos e costumes dos Peregrinos do Oriente. Já se havia notado um inconveniente: o fato de pessoas com a faculdade de memorizar muito desenvolvida, mas sem outras qualidades, poderem tornar-se virtuoses e jogar maravilhosamente, conseguindo assombrar e desconcertar parceiros, com sua faculdade de apresentação rápida de inumeráveis ideias. Mas aos poucos esse virtuosismo foi sendo proibido severamente, e a contemplação tornou-se parte importantíssima do Jogo, sendo considerada mesmo o essencial, entre o público que via e ouvia os jogos. Então começou a manifestar-se seu aspecto religioso. O importante não era mais seguir intelectualmente as sucessões de ideias e o mosaico espiritual de um jogo, com atenção rápida e memória exercitada, mas sim, necessariamente, uma dedicação mais profunda e anímica. Isto é, após cada símbolo que o dirigente do Jogo evocava, era necessário entregar-se a uma calma meditação sobre esse símbolo, seu conteúdo, sua origem e seu sentido, o que obrigava os parceiros a fixar-se intensa e organicamente no conteúdo do símbolo. A técnica e o exercício da contemplação eram comuns a todos os membros da Ordem e das ligas do Jogo pertencentes às Escolas da Elite, onde esses membros se dedicavam com o máximo cuidado à arte de contemplar e meditar. Desse modo se evitou que os hieróglifos do Jogo degenerassem, transformando-se em simples caracteres escritos.

Até então o Jogo de Avelórios, apesar de muito apreciado entre os intelectuais, tinha se conservado uma ocupação meramente privada. Podia-se jogá-lo sozinho, com um parceiro apenas ou com muitos, e havia até jogos engenhosos, bem compostos e de sucesso, que eram às vezes escolhidos e se tornavam conhecidos, admirados e criticados de cidade em cidade, de país a país. Mas o Jogo começou lentamente a enriquecer-se com uma nova função ao tornar-se um festival público. Ainda nos nossos dias, cada um é livre de praticá-lo, e especialmente os mais jovens o praticam com zelo. Mas a expressão "Jogo de Avelórios" evoca sempre em primeiro lugar os jogos solenes e públicos. Eles se realizam sob a direção de alguns mestres excelentes, que o *Ludi Magister* ou Mestre dos Jogos por sua vez dirige em cada país, e sob a atenção respeitosa dos convidados e o interesse tenso dos ouvintes de todas as partes do mundo; muitos desses jogos têm a duração de dias e semanas e, enquanto são celebrados, tanto os participantes quanto os ouvintes vivem, de acordo com determinadas prescrições que se estendem até à duração do sono, uma vida de privações, altruísta, comparável à vida regrada e penitencial que os participantes de exercícios de Santo Inácio levavam.

Pouca coisa falta acrescentar. O Jogo dos jogos, sob a influência da variada hegemonia ora desta ou daquela ciência, ora desta ou daquela arte, transformara-se numa espécie de linguagem universal em que os jogadores, por meio de símbolos com profundo significado, podiam exprimir certos valores culturais e relacioná-los entre si. Em todos os tempos o Jogo esteve em íntima relação com a música e em geral desenvolvia-se de acordo com regras musicais ou matemáticas. Um tema, dois temas, três temas eram apresentados, executados, submetidos a variações, sofrendo um destino semelhante ao de um tema de fuga ou de uma frase de concerto. Um jogo podia, por exemplo, partir de uma configuração astronômica dada, ou do tema de uma fuga de Bach, de uma frase de Leibniz ou Upanishad e, partindo desse tema, conforme a intenção e o talento do jogador, desenvolver e construir o motivo condutor apresentado ou, por meio de reminiscências de ideias análogas, enriquecer sua expressão. Se com os símbolos do Jogo o principiante era capaz de estabelecer paralelos entre uma música clássica e a fórmula de uma lei da natureza, o conhecedor e mestre podia conduzir o tema inicial livremente até chegar a infinitas combinações. Foi apreciada durante largo tempo em uma certa escola de jogadores a técnica de expor um ao lado do outro dois temas, ou conduzi-los em oposição um ao outro, e finalmente reunir harmoniosamente dois temas ou ideias contrários, tais como lei e liberdade, indivíduo e sociedade. Dava-se enorme importância, num jogo como esse, em apresentar dois temas ou teses completamente iguais quanto ao valor, sem tomar partido nem por um nem por outro, desenvolvendo a tese e a antítese com a maior pureza. Eram pouquíssimo apreciados, com algumas exceções geniais, os jogos com desfecho desarmonioso, negativo ou cético, e às vezes até mesmo proibidos, e isso estava em íntima relação com o sentido que o Jogo, no seu melhor período, havia adquirido para os jogadores. Ele significava uma forma superior e simbólica de procura da perfeição, uma sublime alquimia, uma aproximação daquele Espírito uno em si mesmo, acima de todas as imagens e pluralidades, de Deus. Assim como os pensadores devotos de tempos antigos representavam a vida das criaturas encaminhando-se para Deus, a variedade do mundo das aparências completa apenas na unidade divina, e só nela pensada até o fim, assim também as figuras e fórmulas do Jogo de Avelórios construíam, musicavam e filosofavam numa linguagem universal, que se abeberava em todas as ciências e artes, num jogo livre e num anseio pela perfeição, pelo ser puro e pela plena realidade. "Realizar" era uma expressão apreciada pelos jogadores, e eles sentiam que seu ato era um caminho do devir para o ser, do possível para o real. Seja-nos permitido lembrar mais uma vez as frases já citadas de Nicolau de Cusa.

Aliás, as expressões da teologia cristã, quando formuladas de modo clássico, tomando o aspecto de um bem cultural comum, eram naturalmente aceitas na linguagem simbólica do Jogo; e alguns dos principais conceitos da fé ou o texto de uma passagem da Bíblia, uma frase de um Padre da Igreja ou do texto latino da missa podiam ser aceitos no Jogo com a mesma facilidade e exatidão que um axioma da geometria ou uma melodia de Mozart. Não é exagero o que ousamos dizer agora: para o estreito círculo dos genuínos jogadores de avelórios, o Jogo era quase um culto religioso apesar de abster-se de qualquer teologia própria.

Na luta comum pela existência, em meio das forças sem espiritualidade do mundo, os jogadores de avelórios e a Igreja Romana se encontravam numa situação de mútua dependência e, assim sendo, não podiam chegar a uma decisão definitiva, apesar de ter havido com frequência motivos para isso; essas duas potências teriam razão para separar-se, por sua comum honradez intelectual e o ideal de uma formulação profunda e clara. Mas essa separação nunca se realizou. Roma contentava-se em manifestar-se com relação ao Jogo, ora com benevolência, ora de maneira negativa, e, dentro das congregações religiosas, assim como nas mais elevadas fileiras do clero, muitos indivíduos de talento praticavam o Jogo. E o próprio Jogo, desde que existiam jogos públicos e um Ludi Magister, estava sob a proteção da Ordem e das autoridades do ensino, as quais se comportavam sempre, com relação a Roma, com a máxima cortesia e cavalheirismo. O papa Pio XV, que nos seus tempos de cardeal fora ainda um bom e fervoroso jogador de avelórios, quando se tornou papa não só abandonou para sempre o Jogo, como tentou também mover-lhe um processo nessa ocasião; por pouco os católicos não ficavam proibidos de praticar o Jogo. Mas o papa morreu antes disso, e uma biografia muito bem lida a respeito dessa personalidade que não deixou de ter certa importância fala a respeito de suas relações com o Jogo de Avelórios, explicando-as como uma paixão que, como papa, ele só podia dominar sob a forma da inimizade.

O Jogo transformou-se em uma organização pública primeiramente na França e na Inglaterra, e os outros países o seguiram com bastante rapidez. Anteriormente ele tinha sido praticado livremente por particulares e círculos privados, mas há muito tempo que recebera um incentivo dos poderes públicos no sentido de organizar-se em sociedade pública. Então, em cada país foi instituída uma comissão e nomeado um diretor do Jogo, intitulado Ludi Magister, e sob a sua direção os jogos foram elevados a jogos oficiais, a festividades intelectuais. O Magister, como todos os altos funcionários da cultura do espírito, conservava-se anônimo; a não ser alguns íntimos, ninguém mais conhecia seu nome real. Unicamente no caso de grandes jogos oficiais, pelos quais o Ludi Magister era responsável, os meios de divulgação oficiais e internacionais, como as emissoras de rádio etc., eram postos à sua disposição. Além da direção dos jogos públicos, fazia parte dos deveres do Magister o auxílio aos jogadores e às Escolas do Jogo, mas antes de mais nada ele tinha de zelar com a maior severidade pelo seu aperfeiçoamento. Só o Conselho Mundial de todos os países podia resolver sobre a admissão (coisa que hoje raramente acontece) de novos sinais e fórmulas, sobre a ampliação das regras do Jogo e as vantagens ou desvantagens da admissão de novas matérias. Caso consideremos o Jogo uma espécie de linguagem universal do espírito, os Conselhos Federais, sob a direção de magísteres, fazem o papel de academias que zelam pela existência, continuação e pureza dessa linguagem. Cada Conselho Federal está de posse do arquivo do Jogo, isto é, de todos os sinais e códigos cifrados, experimentados e admitidos, cujo número há muito se tornou maior do que os caracteres chineses antigos. Em geral, para se considerar competente um jogador de avelórios, era necessário ele ter realizado o exame final nas escolas superiores, especialmente nas Escolas da Elite, porém pressupunha-se tacitamente no aluno o conhecimento profundo de uma das ciências mais representativas, ou da música. O sonho de quase todos os jovens de quinze anos nas Escolas da Elite era tornar-se membro do Conselho do Jogo ou mesmo chegar a Ludi Magister. Mas, mesmo entre os doutorandos, apenas uma parte insignificante persistia seriamente no orgulho de servir ativamente ao Jogo de Avelórios ou de trabalhar pelo seu aperfeiçoamento. Para esse fim, esses entusiastas do Jogo cultivavam com afinco as matérias do Jogo e a meditação, e nos "grandes" jogos formavam um círculo íntimo de participantes devotos e respeitosos, que davam aos festivais públicos seu caráter solene e os preservavam de degenerar em apresentações apenas decorativas. Para esses jogadores e entusiastas, o Ludi Magister é um príncipe ou um sacerdote, quase uma divindade.

Mas para cada jogador em particular, e especialmente para o Magister, o Jogo de Avelórios em primeiro lugar é música, aproximadamente no sentido das palavras pronunciadas por José Servo sobre a essência da música clássica:

"Consideramos a música clássica um extrato e o resumo da nossa cultura, por ser sua mais clara e significativa expressão e manifestação. Possuímos nessa música a herança da Antiguidade e do cristianismo, um espírito de devoção jovial e corajoso, uma moral cavalheiresca insuperável. Em última instância, moral significa toda e qualquer expressão clássica cultural, uma exemplificação concentrada do comportamento humano. Entre os anos de 1500 e 1800 compôs-se muita música, os estilos e meios de expressão eram os mais diversos possíveis, mas o espírito ou, antes, a moral foi sempre a mesma. É sempre a mesma a atitude humana expressa pela música clássica, ela sempre repousa na mesma espécie de conhecimento da vida e aspira à mesma espécie de superação do acaso. A expressão da música clássica significa conhecimento da tragédia da humanidade, afirmação do destino humano, coragem, alegria! Seja ela representada pela graça de um minueto de Haendel ou de Couperin, pela expressão delicada de uma sensualidade sublimada, como em muitos italianos e em Mozart, trata-se sempre de um ato de resistência, de coragem diante da morte, de cavalheirismo, e vibra nela o som de um riso sobre-humano. Tais vibrações devem ressoar também no nosso Jogo de Avelórios e em toda a nossa vida, atos e sofrimentos."

Essas palavras foram anotadas por um discípulo de Servo. Com elas terminamos nossas considerações sobre o Jogo de Avelórios.

Vocação

Ignoramos totalmente as origens de José Servo. Como tantos outros alunos de Escolas da Elite, ele deve ter perdido os pais na infância ou então, por viver em situação difícil, foi adotado pela Direção do Ensino. De qualquer modo, ele não foi afetado pelo conflito entre a Escola da Elite e os pais, que pesou sobre muitos outros alunos nos anos da juventude, dificultando sua entrada para a Ordem e transformando em muitos casos jovens talentosos em caracteres difíceis e problemáticos. Servo pertence à classe dos indivíduos venturosos, que parecem ter nascido e ser predestinados para Castália, para a Ordem e o serviço das instituições oficiais de ensino; e, ainda que não lhe fosse desconhecida a problemática da vida espiritual, foi-lhe dado viver sem amargor pessoal a tragédia de uma vida dedicada ao espírito. Não foi propriamente essa tragédia que nos incitou a dedicar à personalidade de José Servo as mais profundas reflexões; o que nos levou a isso foi antes a maneira tranquila, jovial e mesmo radiosa com que ele cumpriu seu destino, empregou seu talento e realizou sua missão. Como toda personalidade de valor, ele possui o seu *daimonion* e o seu *amor fati*, mas este último se apresenta sem aspectos sombrios e sem fanatismo. Sem dúvida, ignoramos tudo aquilo que ficou oculto, e não devemos nos esquecer de que os fatos históricos, ao serem consignados, por mais que isso se faça com sobriedade e boa vontade, permanecem sempre poesia, e sua terceira dimensão é a ficção. Não sabemos absolutamente, e escolhemos como prova disso dois grandes exemplos, se a vida de Johann Sebastian Bach ou de Wolfang Amadeus Mozart foi aprazível ou atribulada. É verdade que Mozart tem para nós a comovente graciosidade de um talento precoce, que desperta o nosso amor, e Bach, a resignação edificante e consoladora ao sofrimento e à morte, qual uma entrega à vontade paternal de Deus, mas de modo algum isso é revelado por intermédio de suas biografias ou dos fatos de sua vida privada, mas somente por suas obras, em sua música. Além disso, acrescentamos involuntariamente à imagem de Bach, cuja biografia conhecemos ao imaginá-la de acordo com sua música, o seu destino póstumo: em nossa fantasia ele, ainda em vida, sorri e cala-se, ao saber que após sua morte toda a sua obra será esquecida, seus manuscritos desaparecerão como papéis sujos, em seu lugar seu filho se tornará conhecido como o "grande Bach", obtendo sucesso, e mais tarde sua obra ressuscitará em meio às incompreensões e à barbárie da época folhetinesca etc. E do mesmo modo inclinamo-nos a pensar ou fantasiar que Mozart, ainda vivo e em plena e sadia atividade, tinha consciência de estar protegido nas mãos da morte, pressentia estar envolto pela morte. Onde quer que exista uma obra, o historiador não pode deixar de considerá-la a metade inseparável da vida de seu criador, perfazendo com esta uma vivente unidade. Assim o fazemos em relação a Mozart e a Bach, e assim também com Servo, apesar de que ele pertença à nossa época desprovida de espírito criador e não tenha deixado uma "obra" no sentido daqueles mestres.

 Ao tentar descrever a vida de Servo, procuramos também interpretá-la, e se como historiador temos de lamentar profundamente a ausência de informações realmente autênticas sobre a última parte de sua vida, deu-nos coragem para o nosso empreendimento exatamente o fato de que esse período se tornasse legendário. Aceitamos a lenda, trate-se ou não de uma piedosa fantasia. Assim como nada sabemos sobre o nascimento e as origens de Servo, nada sabemos sobre o seu fim. Mas não temos nenhum motivo de julgar que esse fim tenha sido casual. Vemos sua vida, tal como é conhecida, erguer-se gradualmente diante de nós com toda a nitidez, e, se julgamos acertado aceitar a lenda como digna de crédito, fazemo-lo porque aquilo que ela narra a respeito da última fase dessa vida corresponde perfeitamente às fases precedentes. Confessamos mesmo que o desvanecer-se dessa vida em uma lenda parece-nos uma coisa orgânica e autêntica, assim como a existência de um astro que desaparece e que para nós "declinou" é um fato que não temos escrúpulos em aceitar. José Servo, no mundo em que nós, autor e leitor deste esboço, vivemos, atingiu na sua vida e com suas ações as mais excelsas altitudes, tendo-se tornado, como Magister Ludi, o guia e o exemplo de todos os que possuíam uma cultura do espírito ou ansiavam por ela; ele administrou e ampliou de forma modelar a herança espiritual que recebera e foi sacerdote de um templo sagrado para cada um de nós. Porém não só atingiu as regiões de um mestre e conservou o posto de um mestre, colocado no ápice da nossa Hierarquia: percorreu também essas regiões e ultrapassou-as em uma dimensão que só podemos respeitosamente pressentir, e por isso parece-nos plenamente justificado e de acordo com a vida que levou o fato de ter sua biografia ultrapassado as dimensões usuais, e no final passar para a lenda. Aceitamos esse fato maravilhoso e alegramo-nos com ele, sem pretender perscrutá-lo profundamente. Mas até o ponto em que a vida de Servo pertence à história, até um determinado dia, nós a consideramos como tal e nos esforçamos por registrar a tradição exatamente como ela se apresentou à nossa pesquisa.

    Da sua infância, isto é, do tempo que precedeu sua entrada nas Escolas da Elite, só conhecemos um único acontecimento, mas que tem sua importância e um significado simbólico, porque representa o primeiro e grande apelo do espírito, o primeiro ato da sua vocação, e é característico que esse apelo tenha vindo da música e não da ciência. Devemos esse trechinho de biografia, como quase todas as recordações da vida pessoal de Servo, a um fiel administrador e aluno seu, que anotou muitos pensamentos e narrativas do grande professor.

    Servo teria então doze ou treze anos, e era estudante de latim na cidadezinha de Berolfingen, ao lado da floresta de Zaber, onde aparentemente nasceu. Na verdade, o menino já recebera há muito tempo um estipêndio para a escola de latim, e havia sido indicado com o maior empenho pelo professor de música, duas ou três vezes já, para as Escolas da Elite, apesar de ignorá-lo e não ter tido até então nenhum encontro com a Elite e menos ainda com os mestres da Direção do Ensino. Nessa ocasião foi-lhe transmitido por seu professor de música (ele aprendia então violino e alaúde) que em breve talvez chegasse a Berolfingen o Mestre de Música, para inspecionar o ensino dessa matéria na escola. José devia estudar bastante, para não deixar em apuros seu professor. Essa notícia excitou profundamente o menino, porque era natural que ele soubesse perfeitamente quem era o Mestre de Música. Sabia também que ele não só vinha de uma das mais elevadas regiões da Direção do Ensino, do mesmo modo que o inspetor que aparecia duas vezes por ano na escola, como fazia parte dos doze semideuses, era um dos treze dirigentes supremos dessa respeitada instituição e representava uma instância superior para os assuntos musicais de todo o país. O próprio Mestre de Música, o Magister Musicae em pessoa, viria a Berolfingen! Só havia no mundo uma pessoa mais lendária e misteriosa para José: o Mestre do Jogo de Avelórios. Pelo anunciado Mestre de Música, ele sentia de antemão um enorme respeito mesclado de temor, imaginando-o ora um rei, ora um mágico, um dos doze apóstolos ou um dos legendários artistas da época do classicismo, um Miguel Praetorius, um Cláudio Monteverdi, um J. J. Froberger ou um Johann Sebastian Bach — e ele se alegrava também profundamente, com um prazer mesclado de receio, ao pensar no momento em que esse astro apareceria. O fato de que o semideus e arcanjo, um dos misteriosos e poderosos dirigentes do mundo intelectual, viesse em carne e osso à pequenina cidade e aparecesse na escola de latim, o fato de ver o Mestre, de ele talvez dirigir-lhe a palavra, examiná-lo, censurá-lo ou louvá-lo era uma coisa fantástica, uma espécie de milagre, uma aparição celeste rara; pela primeira vez em decênios, conforme asseguravam os professores, um Magister Musicae em pessoa vinha à cidade visitar a pequena escola de latim. O menino imaginava ver diante de si essa personagem, nas mais variadas circunstâncias, e pensava principalmente que haveria uma grande festividade e uma recepção, como para o novo prefeito que tomara posse do cargo, com banda de música e bandeiras pelas ruas, talvez até com fogos de artifício; os camaradas de Servo também tinham a mesma esperança. A alegria do menino só se empanava pelo pensamento de que talvez ele próprio se iria encontrar nas proximidades do grande homem, sendo por esse erudito censurado acremente em vista de sua maneira de tocar e de suas respostas. Esse receio era um tormento agridoce, e muito em segredo, bem no fundo da consciência, ele achava que a esperada festa, com bandeiras e fogos de artifício, não seria tão bonita, tão excitante, solene e ao mesmo tempo maravilhosamente jovial, quanto a circunstância de que ele, o pequeno José Servo, ia ver de perto um homem que fazia essa visita a Berolfingen um pouquinho por sua causa, porque vinha inspecionar o ensino de música, e o professor de música aparentemente achava possível que ele examinasse também o menino.

Mas ai! Talvez não o fizesse, certamente não o faria, isso não era possível, decerto o Mestre tinha mais o que fazer do que ouvir um garoto tocar violino, veria e ouviria apenas os alunos mais velhos e adiantados. Com tais pensamentos o menino esperava pelo grande dia, e esse dia chegou, principiando com uma desilusão: não se ouvia música nas ruas, não havia bandeiras e coroas de flores penduradas nas casas, tinha-se de tomar, como em outro dia qualquer, os livros e cadernos e ir para a classe, e nem mesmo aí havia o menor indício de decoração e festividade, era tudo como nos outros dias. A aula começou, o professor, como sempre, usava o habitual paletó, e não disse uma palavra, nenhuma frase a respeito do hóspede de honra.

Mas na segunda ou terceira aula ele de fato chegou. Bateram à porta, o bedel entrou, cumprimentou o professor e avisou que o aluno José Servo devia comparecer diante do professor de música, tomando o cuidado de pentear-se, lavar as mãos e limpar as unhas. Servo ficou pálido de susto, retirou-se da escola, subiu correndo ao internato, guardou seus livros, lavou-se e penteou-se, tomou a tremer o estojo do violino e seu caderno de exercícios musicais e encaminhou-se, com a garganta apertada, às salas de música no edifício anexo. Um seu colega, excitado, recebeu-o ao pé da escadaria, indicando um quarto de estudos, e anunciou:

— Você deve esperar aqui até que o chamem.

Não demorou muito, e para ele já se passara uma eternidade, quando o libertaram dessa espera. Ninguém o chamou, mas um homem entrou, um homem que no princípio lhe pareceu velhíssimo, um homem de cabelos brancos, com uma bela fisionomia, de expressão luminosa, de olhos azul-claros, com um olhar penetrante, que poderia provocar receio; mas esse olhar não era só inquiridor: era também jovial, de uma jovialidade sem risadas ou sorrisos, mas de um brilho suave e calmo. Estendeu a mão ao menino, inclinando a cabeça, sentou-se circunspecto no banquinho diante do velho piano de estudos e disse:

— Tu és José Servo? Teu professor parece estar satisfeito contigo, creio que ele gosta de ti. Vem, vamos tocar um pouco juntos.

Servo já havia tirado o violino do estojo, o ancião tocou o lá e o menino afinou seu instrumento, fitando depois o Mestre de Música com olhar interrogativo e receoso.

— Que gostarias de tocar? — perguntou o mestre.

O aluno não conseguiu responder, pois o respeito que sentia pelo ancião fazia-o quase extravasar-se, nunca vira um homem como aquele. A tremer tomou do caderno de música e estendeu-o ao homem.

— Não é isso — disse o Mestre. — Desejo que toques de cor, não precisas tocar nenhum exercício, mas alguma coisa simples que saibas de cor, talvez uma cantiga do teu gosto.

Servo, confuso e enfeitiçado por aquela fisionomia e aqueles olhos, não conseguiu responder e, envergonhadíssimo pela confusão em que estava, não conseguiu dizer nada. O Mestre não insistiu. Tocou com um dedo os primeiros sons de uma melodia, fitando interrogativamente o menino, que inclinou a cabeça, tocando logo com animação essa mesma melodia, uma antiga canção cantada com frequência na escola.

— Mais uma vez! — disse o Mestre.

Servo repetiu a melodia, e o Mestre tocou em seguida uma segunda. Então a velha cantiga ressoou a duas vozes no quartinho de estudos.

— Mais uma vez!

Servo tocou, e o Mestre tocou a segunda voz e uma terceira ainda. Ressoou a três vozes pelo quarto a antiga e linda cantiga.

— Mais uma vez!

E o Mestre tocou mais três vozes.

— Uma linda cantiga! — disse o Mestre baixinho. — Toca agora o mesmo no contralto!

Servo obedeceu e tocou, depois que o Mestre lhe deu a primeira nota, tocando em seguida as outras três vozes. E o ancião repetia sempre: "Mais uma vez!", com expressão cada vez mais jovial. Servo tocou a melodia no tenor, sempre acompanhada por duas ou três contrapartes. Tocaram muitas vezes a canção, sem precisar trocar palavras, e a cada repetição a cantiga por si só se enriquecia de ornamentos e melismas. O pequeno e desornado recinto iluminado pela alegre luz da manhã ecoava festivamente.

Após um instante o ancião parou.

— Basta? — perguntou ele.

Servo balançou a cabeça negativamente e recomeçou, ao passo que o Mestre entrava com três vozes, e as quatro vozes se estendiam em linhas delicadas e claras, conversando, apoiando-se mutuamente, cruzando-se e envolvendo-se em joviais arcos e figuras, e o menino e o ancião em nada mais pensaram, entregando-se às linhas que se irmanavam e às figuras que elas formavam ao encontrar-se; envoltos em sua trama eles tocavam, embalando-se suavemente, e obedecendo a um invisível mestre de capela. Até que enfim o Mestre, ao terminar de novo a melodia, virou a cabeça, perguntando:

— Gostaste, José?

Agradecido, Servo fitou-o, radiante. Exultava de alegria, mas não conseguiu dizer nada.

— Tu sabes por acaso — perguntou o Mestre — o que é uma fuga?

Servo fitou-o com expressão de dúvida. Ele já havia ouvido fugas, mas nas aulas não se tinha ainda falado nisso.

— Está bem — disse o Mestre —, então eu vou explicar. Para que compreendas mais depressa, vamos compor nós mesmos uma fuga. Então: uma fuga deve ter um tema, e não precisamos procurar muito esse tema, porque já o temos na nossa cantiga.

O Mestre tocou uma pequena série de notas, um trechinho da melodia da canção aludida, e os sons vibraram maravilhosamente, assim desligados do seu conjunto, sem pé nem cabeça. Ele tocou o tema mais uma vez e continuaram logo, vindo em seguida a primeira entrada, depois a segunda transformou a sequência de quintas em uma sequência de quartas, a terceira repetiu a primeira uma oitava acima, e do mesmo modo a quarta repetiu a segunda, terminando a exposição com uma cadência na tonalidade da dominante. O segundo período modulou de modo livre para outras tonalidades, e o terceiro, aproximando-se da subdominante, terminou com uma cadência no tom fundamental. O menino olhava para os sábios e pálidos dedos do executante, percebendo na expressão contida de seu rosto o leve reflexo do desenvolvimento musical, enquanto seus olhos repousavam sob as pálpebras semicerradas. O coração do menino palpitava de respeito, de amor pelo Mestre, e, ao ouvir a fuga, parecia-lhe escutar música pela primeira vez, pressentindo, por detrás da composição que surgia, o espírito, a benfazeja harmonia de lei e liberdade, de servidão e domínio; ao mesmo tempo ele se entregava e se voltava a esse espírito e a esse mestre, vendo refletidos nesses minutos sua própria pessoa e sua vida, o mundo todo — nesses minutos conduzidos pelo espírito da música, que os organizava e lhes conferia significado. Quando a execução terminou, ele viu aquele homem venerado, aquele mágico e rei conservar-se ainda por um breve instante inclinado levemente sobre as teclas, com as pálpebras semicerradas, uma leve luz interior a iluminar-lhe a fisionomia, e ficou na dúvida se devia exultar de alegria pela ventura desses instantes, ou chorar porque eles haviam passado. Então o ancião ergueu-se lentamente do banquinho do piano, fitou-o com seus olhos azuis e joviais, com olhar penetrante mas afável, e disse:

— A maneira mais fácil de duas pessoas ficarem amigas é quando tocam juntas. É uma maravilha! Tenho esperanças de que havemos de conservar nossa amizade, eu e tu. Talvez tu aprendas também a compor fugas, José.

Dizendo isso, estendeu-lhe a mão e partiu; chegando à porta, virou-se mais uma vez e, despedindo-se, cumprimentou com um olhar e uma amável e leve inclinação de cabeça.

Muitos anos mais tarde Servo contou ao seu aluno: quando ele saiu de casa, achou a cidade, o mundo inteiro diferentes e maravilhosos, mais do que o seriam se bandeiras e coroas, festões e fogos de artifício os ornamentassem. Ele havia experimentado a vivência da vocação, que se pode perfeitamente chamar de sacramento: a revelação e o convidativo abrir-se do mundo ideal, que até então a alma adolescente só conhecera em descrições ou em sonhos ardentes. Esse mundo não existia só em sítios distantes, no passado ou no futuro; não, ele estava presente e ativo, irradiando, enviando mensageiros, apóstolos, embaixadores, pessoas como esse velho Magister, que aliás, conforme a opinião de José, não devia ser tão velho assim. E desse mundo, por intermédio de um daqueles veneráveis mensageiros, ele, o alunozinho de latim, recebera também uma exortação e um chamado! Esse foi o resultado dessa vivência para José, e passaram-se semanas até que ele se certificasse realmente de que as consagradas horas daquele acontecimento mágico correspondiam a um acontecimento exato no mundo real, e que o apelo não fora apenas uma ventura e uma exortação no interior de sua alma e de sua consciência, mas também uma dádiva e uma exortação das potências terrestres. Porque com o decorrer do tempo não era mais possível ocultar-se o fato de que a visita do Mestre de Música não havia sido nem um acaso nem uma verdadeira inspeção à Escola. O nome de Servo estava fazia muito tempo, em decorrência das informações de seus professores, na lista dos alunos que pareciam dignos de serem educados nas Escolas da Elite ou haviam sido indicados à Direção Superior. Servo não só fora louvado como bom estudante de latim, e por seu caráter afável, mas especialmente recomendado e elogiado pelo professor de música, e por isso o Mestre de Música, por ocasião de uma viagem oficial, decidira dedicar algumas horas para visitar Berolfingen e conhecer esse aluno. Para o Mestre não era tão importante o latim e a agilidade dos dedos do aluno (confiava nos boletins dos professores, a cujo estudo ele de qualquer maneira dedicava uma hora), mas saber se o menino tinha em todo o seu ser o estofo de um musicista num sentido mais elevado, se era inclinado ao entusiasmo, à adaptação, ao respeito e ao culto. Por boas razões, os professores das escolas oficiais eram em geral parcos com a recomendação de alunos para a "Elite", mas ainda assim podia haver proteções por motivos equívocos, e não raro algum professor, por falta de visão, recomendava um aluno preferido que, além de aplicação, ambição e atenção para com os professores, poucos méritos possuía. Justamente esta última espécie de alunos era antipática ao Mestre de Música, e ele percebia imediatamente se um examinando tinha consciência de que se tratava do seu futuro e de sua carreira. Pobre do aluno que lhe parecia demasiado jeitoso, demasiado consciente e inteligente, ou que tentava adulá-lo! Esse aluno, em muitos casos, já estava de antemão reprovado, antes de qualquer espécie de exame.

Mas o velho Mestre de Música gostara do aluno Servo, gostara muito dele, e ao continuar a viagem recordara-se do menino com prazer, não escrevera em seu caderno nenhuma anotação ou resultado do exame, mas levou consigo a recordação daquele menino tão animoso e modesto, e ao chegar em casa escreveu com o próprio punho o seu nome na lista dos alunos que tinham sido examinados por um membro da Direção do Ensino e que eram considerados dignos de serem admitidos.

José tinha ouvido falar na Escola, numa ou noutra ocasião, da lista — que se chamava entre os alunos de latim "o livro de ouro" e que também tinha a respeitosa denominação de "catálogo dos esforçados" — de diversas maneiras. Quando um professor aludia à lista, mesmo que fosse apenas para demonstrar ao aluno que um garoto como ele naturalmente nunca poderia pensar nisso, suas palavras tomavam um tom solene, respeitoso e até presumido. Mas, se eram os alunos que falavam do catálogo dos esforçados, faziam-no quase sempre de um modo irreverente e com exagerada indiferença. Certa vez José ouviu um aluno dizer:

— Bolas! Vão para o diabo com esse catálogo idiota! Um rapaz de fibra não é mencionado nele, tenho certeza. Nele os professores só anotam os nomes dos mais refinados vadios e aduladores.

Seguiu-se uma época estranha após essa bela vivência. No princípio ele ignorava por completo pertencer agora aos *electi*, à *flos juventutis*, como são chamados na Ordem os alunos da Elite; não pensava em absoluto nas consequências práticas e nos resultados visíveis daquele acontecimento em seu destino e na vida comum, e enquanto para seus professores ele já era um aluno escolhido e próximo a despedir-se, para ele próprio a escolha de que fora alvo limitava-se quase a uma experiência interior. Mesmo assim, isso teve uma influência marcante em sua vida. A hora passada com aquele mágico já lhe fazia realizar ou aproximar dentro de seu próprio coração o que até ali fora só um pressentimento, mas o que ela principalmente despertara nele fora a separação nítida de ontem e de hoje, do que já era e ainda viria a ser no futuro, como se passa com alguém ao despertar de um sonho, que, apesar de encontrar-se no mesmo ambiente visto em sonhos, não duvidará por isso do estado de vigília em que se encontra nesse momento. Existem muitas espécies e formas de apelos à vocação, mas o cerne dessa vivência é sempre o mesmo: a alma desperta, transformada ou mais elevada, pelo fato de que, em lugar dos sonhos e pressentimentos íntimos, de súbito um apelo exterior, um fragmento da realidade se apresenta e intervém. No presente caso o fragmento de realidade fora a figura do Mestre: aquela venerável e semidivina figura do conhecido Mestre de Música, um arcanjo do céu supremo, surgira em carne e osso, tinha olhos azuis oniscientes, sentara-se num banquinho ao piano de estudos, havia tocado com José, tocado maravilhosamente, demonstrando-lhe quase sem palavras o próprio sentido da música, abençoara-o e desaparecera de novo. As consequências que disso talvez decorressem não se revelaram logo a Servo, porque ele se encontrava ainda profundamente impressionado e ocupado com o eco imediato e íntimo daquele acontecimento. Qual uma jovem planta, desenvolvendo-se até então silenciosa e hesitante, que de súbito principia a respirar e a crescer, como se em uma hora milagrosa, de repente, as leis da sua própria forma se lhe tornassem conhecidas e ela aspirasse então intimamente a realizá-las, o menino principiou, após ter sido tocado pela mão daquele mágico, a concentrar e distender rapidamente e com ímpeto suas forças, sentindo-se transformado, sentindo-se crescer, sentindo novas expansões, novas harmonias entre si e o mundo, podendo vencer por vezes tarefas na música, em latim, na matemática, muito além de sua idade e de seus camaradas, sentindo-se capaz de qualquer trabalho e estudo, por vezes, esquecendo-se de tudo, sonhando com nova e desconhecida suavidade e completa entrega de si mesmo, ficava ouvindo o vento ou a chuva, observava longamente uma flor ou a correnteza de um rio, sem nada compreender, tudo pressentindo, repleto de simpatia, de curiosidade, de vontade de compreender, levado pelo próprio eu a um eu alheio, ao mundo, ao mistério e ao sacramento, ao jogo das aparências, belo e doloroso.

Desse modo, principiando em seu íntimo e transformando-se em entusiasmo, em afirmação do interior e do exterior, realizou-se o apelo em José Servo; em completa pureza, ele percorreu todos os seus degraus, experimentou todas as suas venturas e todos os seus receios. Sem o estorvo de repentinas revelações e indiscrições, teve lugar esse nobre acontecimento, típico da adolescência e da pré-história de todos os espíritos nobres, com harmonia e equilíbrio, o interior e o exterior desenvolviam-se, cresciam em direção um do outro. Quando, no final dessa evolução, o aluno se tornou consciente de sua situação e de seu destino exterior, quando se viu tratado pelos professores como um colega, ou até como um hóspede de honra, cuja partida se espera a cada instante, pelos colegas admirado ou invejado, evitado e mesmo suspeito, por alguns adversários motejado e odiado, dos antigos cada vez mais afastado e abandonado — já há muito tempo o mesmo fenômeno de afastamento e individuação se havia dado em seu íntimo, e ele sentia interiormente que os professores, de superiores passavam cada vez mais a camaradas, os antigos amigos passavam a companheiros que se haviam atrasado no caminho, e ele não se sentia mais, em sua escola e em sua cidade, em meio de semelhantes e no lugar adequado, porém isso tudo se embebera de uma morte furtiva, de um fluido de irrealidade, um odor de coisa passada, tornara-se uma coisa provisória, um traje usado que já não se adaptava a nada mais. E essa emancipação de uma pátria até então harmônica e amada, esse despojar-se de uma forma de vida que não mais lhe pertencia, e lhe era inadequada, essa vida de alguém que se despede, que recebeu um apelo exterior, com horas de extrema ventura e de irradiante consciência de si próprio, resultou um enorme suplício, uma opressão e um sofrimento quase insuportáveis; ele sentia que tudo o abandonava, sem ter a certeza de que fosse ele mesmo quem tudo abandonava, talvez o próprio culpado desse desfalecer, desse alheamento a seu amado mundo habitual, por sua ambição, presunção e orgulho, por infelicidade e falta de amor. Entre as dores que acompanham um verdadeiro apelo, estas são as mais amargas. Quem recebe o apelo da vocação não só recebe um dom e uma ordem, mas também torna-se culpado, assim como o soldado, chamado dentre as fileiras de seus camaradas para ser elevado a oficial, tanto mais merece essa elevação, quanto mais a paga com um sentimento de culpa, ou mesmo de má consciência.

Contudo, Servo estava fadado a sofrer essa evolução sem estorvos e em completa inocência: quando afinal o Conselho de Professores lhe comunicou a distinção que lhe fora outorgada, e a sua breve admissão na Escola da Elite, no primeiro momento ele teve uma enorme surpresa, mas logo em seguida pareceu-lhe que tudo isso já lhe era há muito tempo conhecido e esperado. Só então recordou-se que a palavra *electus* ou "menino da Elite" lhe tinha sido dirigida como uma expressão pejorativa. Ele ouvira-a quase sem tomar consciência desse fato, mas a interpretara como um simples escárnio. Não o queriam chamar de *electus*, era a impressão que ele tinha, mas dizer: "Você, seu orgulhoso, que se julga um *electus*!" Às vezes sofria com o repentino sentimento de estar se tornando um estranho entre os seus camaradas, mas ele próprio nunca se consideraria um *electus*: o apelo não lhe parecera uma subida de posto, mas apenas uma exortação e um incitamento interiores. No entanto não tivera consciência disso e, apesar de tudo, não o pressentira sempre, centenas de vezes? Agora ele amadurecera, seus sentimentos de ventura confirmavam-se, legitimavam-se, o sentido de seus sentimentos revelava-se, e não suportava mais os trajes que usava, agora velhos e apertados, mas possuía outros novos à sua disposição.

Ao ser admitido na Elite, a vida de Servo fora transplantada a outro plano, esse foi o primeiro e decisivo passo de seu desenvolvimento. Nem todos os alunos da Escola da Elite, ao serem admitidos, passavam pela mesma experiência do apelo interior. Esse apelo é um dom ou, se nos quisermos exprimir de um modo banal, é uma sorte. Aquele a quem é dado recebê--lo tem sua vida acrescida de um *plus*, como quem teve a sorte de ter sido bem-dotado de qualidades físicas e morais. A maioria dos alunos da Elite, quase todos os alunos, aliás, ao serem escolhidos, sentem-se extremamente felizes e consideram uma honra essa escolha; muitos deles haviam desejado ardentemente essa distinção. Mas a passagem da escola comum da cidade natal para as escolas de Castália é, para a maioria dos escolhidos, mais difícil do que eles pensam, e a muitos traz inesperadas desilusões. Principalmente para os alunos felizes e amados em casa dos pais, essa passagem significa uma penosa despedida e renúncia, e, assim sendo, uma considerável parte das desistências, especialmente nos dois primeiros anos de Escola da Elite, não se dá em razão de falta de talento e de aplicação, mas porque o aluno não soube adaptar-se à vida de internato e principalmente à ideia de que no futuro as ligações com a família e a pátria se tornarão cada vez mais frágeis, terminando por levá-los a respeitar somente à Ordem e só a ela pertencer. Aparecem de quando em vez alunos que, ao contrário, sentem-se satisfeitos por abandonar a casa dos pais e a escola antipatizada por eles; libertos talvez de um pai severo ou de um professor de que não gostam, no princípio sentem uma impressão de alívio, mas por imaginarem que essa mudança trará enormes e impossíveis modificações em sua vida; se isso não acontece, desiludem-se logo. Os alunos ambiciosos e exemplares, os pedantes, também nem sempre conseguiam manter-se em Castália. Isso não significa que não estivessem à altura de seguir os estudos, mas na Elite o principal não eram os estudos e matérias de ensino, e sim as metas educacionais e artísticas, que obrigavam por vezes os alunos a depor as armas. De qualquer modo, no sistema das quatro grandes Escolas da Elite, com suas inúmeras subdivisões e sucursais, havia possibilidades suficientes para os mais variados talentos, e um matemático ou um filósofo ambiciosos, caso possuíssem realmente o estofo de um sábio, não deviam temer sua falta de talento para a música ou a filosofia. De quando em quando havia até em Castália fortes tendências para cultivar certas especialidades unilaterais, e os defensores dessa tendência não só criticavam e escarneciam os "fantasistas", isto é, os musicistas e os musicais, como chegaram muitas vezes a renegar e desaprovar dentro de seu círculo toda espécie de atividade musical e, principalmente, o Jogo de Avelórios.

A vida de Servo, conforme a conhecemos, passou-se toda em Castália, a mais sossegada e jovial região de nosso país montanhoso, região chamada com frequência "Província Pedagógica", de acordo com a expressão do poeta Goethe, e por isso, mesmo com o risco de enfadar o leitor com assunto já seu conhecido, queremos fazer um esboço dessa célebre Castália e da estrutura de suas escolas.

Essas escolas, chamadas simplesmente Escolas da Elite, são um sistema seletivo sábio e elástico, que permite à sua Direção (um Conselho de Estudos com vinte conselheiros, dez representantes da Direção do Ensino e dez da Ordem) escolher os mais belos talentos em todas as regiões e escolas do país, para enriquecer com eles a Ordem e os mais importantes postos da vida educacional e pedagógica. As inumeráveis escolas normais, ginásios e outros estabelecimentos de ensino do país, sejam de caráter humanístico ou científico-técnico, em mais de noventa por cento são para a nossa juventude estudiosa escolas preparatórias para as profissões assim chamadas profissões liberais e terminam com o exame de admissão à universidade, onde imediatamente é absorvido um determinado estudo para cada especialidade. Esse é o conhecido estudo normal dos nossos estudantes. Tais escolas fazem razoáveis exigências e, dentro das suas possibilidades, afastam os alunos pouco inteligentes. Ao lado delas, ou acima delas, existe o sistema das Escolas da Elite, em que só são admitidos, a título de experiência, os alunos que se salientaram por qualidades de inteligência e caráter. Não é por meio de exames que se é admitido nelas, mas os alunos da Elite são escolhidos de acordo com o critério dos professores e recomendados a Castália. Um aluno de onze ou doze anos, por exemplo, um belo dia recebe de seu professor a notícia de que no próximo semestre pode entrar numa escola de Castália, e deve refletir, para saber se acaso se sente apto e disposto a isso. Se o aluno aceita, após o prazo para refletir, e recebe também a permissão de ambos os progenitores, então uma das Escolas da Elite o admite por um período experimental. Entre os diretores e professores superiores dessas escolas (e não entre professores de universidades) é que se recrutam os membros da Direção do Ensino, estando a cargo desta a direção de todo o ensino e de todas as organizações da vida espiritual do país. O aluno da Elite, caso não seja reprovado em qualquer matéria e mandado de volta às escolas comuns, não terá que pensar mais em nenhum estudo especializado ou ganha-pão, pois é entre os alunos da Elite que a Ordem e a Hierarquia das instituições culturais recrutam todos os seus funcionários, desde os professores até os postos superiores: os doze diretores de estudos ou "Mestres" e o Ludi Magister, diretor do Jogo de Avelórios. Na maioria das vezes os alunos terminam o último ano das Escolas da Elite na idade de vinte e dois e vinte e cinco anos, sendo então recebidos na Ordem. Daí por diante todas as instituições de ensino e os institutos de pesquisas da Ordem e da Direção do Ensino estão à disposição dos ex-alunos das Escolas da Elite: as universidades da Elite, que lhe são reservadas, as bibliotecas, os arquivos, laboratórios etc., juntamente com um enorme colégio de professores e as instituições do Jogo de Avelórios. Quem, durante os anos de estudo, revelar um talento especial para línguas, filosofia, matemática ou seja o que for, nos graus superiores das Escolas da Elite é selecionado para estudar a matéria que oferecer o melhor alimento ao seu talento; quase todos esses alunos acabam por tornar-se professores especializados de escolas públicas e universidades, e continuam, mesmo após deixar Castália, como membros perpétuos da Ordem, isto é, conservam-se nitidamente separados dos "comuns" (que não se formaram na Elite) e nunca poderão — caso não peçam demissão da Ordem — tornar-se especialistas "liberais" como o médico, o advogado, o técnico etc., porém subordinam-se durante toda a sua existência às regras da Ordem, de que fazem parte, entre outras, a renúncia aos bens materiais e o celibato. O povo os chama, com expressão irônica e ao mesmo tempo respeitosa, de "mandarins". Dessa maneira a maioria dos ex-alunos da Elite encontra sua missão definitiva. Mas o último e reduzido número de alunos, o mais fino escol das escolas de Castália, pode escolher um estudo livre e sem prazo determinado, uma vida dedicada ao esforço meditativo espiritual. Grandes talentos que, por desigualdades de caráter ou outras razões, ou talvez por deficiências físicas, não se adaptam ao posto de professor ou a cargos de responsabilidade nas instituições superiores ou inferiores de ensino, continuam a estudar, a pesquisar e a colecionar e, como pensionistas da Direção do Ensino, seus trabalhos para a coletividade consistem na maioria dos casos em atividades de pura erudição. Alguns se destinam a conselheiros das comissões de dicionários, aos arquivos, às bibliotecas etc., enquanto outros empregam sua erudição de acordo com a divisa *"l'art pour l'art"*, e muitos dedicaram-se já a assuntos remotíssimos e às vezes estranhos, como por exemplo, aquele Lodovicus Crudelis, que, em um trabalho de trinta anos, traduziu todos os textos da Antiguidade egípcia em grego e em sânscrito, ou Chattus Calvensis II, que em quatro massudos volumes manuscritos *in folio*, deixou uma obra sobre "a pronúncia do latim nas universidades do sul da Itália nos fins do século XII". Essa obra era a primeira parte de uma "História da pronúncia do latim, do século XII ao século XVI", mas, apesar das suas mil folhas manuscritas, conservou-se fragmento e não encontrou continuador. É compreensível que se fizessem ironias de toda espécie sobre trabalhos de pura erudição como esse, e seu valor positivo para o futuro da ciência e para o povo não se pode prever de modo algum. Todavia a ciência, como no passado a arte, necessita de um determinado e vasto campo de atividade, e por vezes o pesquisador de um dado tema, pelo qual ninguém se interessa a não ser ele, consegue acumular um saber que irá prestar a seus colegas coevos excelentes serviços, como no caso de um dicionário ou de um arquivo. Sempre que possível, tais trabalhos eruditos, como o acima citado, eram impressos. Deixava-se aos eruditos propriamente ditos quase completa liberdade em seus estudos e práticas, sem se chocar com muitos trabalhos, que aparentemente não traziam proveitos imediatos ao povo e à comunidade, e que eram aos olhos dos profanos brincadeiras supérfluas. Muitos desses eruditos eram ridicularizados por seus estudos, mas nunca foram criticados ou privados de seus privilégios. Não eram apenas tolerados pelo povo, mas gozavam também de sua estima, e para isso contribuía, apesar de todas as anedotas que contavam a seu respeito, o fato de os membros da classe erudita pagarem a liberdade espiritual de que gozavam com o seu sacrifício pessoal. Gozavam de comodidades, alimento, vestuário e moradia modestos, tinham magníficas bibliotecas à sua disposição, coleções, laboratórios, mas em compensação privavam-se não só de conforto, casamento e vida familiar, como também, sendo uma comunidade monacal, se conservavam afastados da concorrência da vida profana, sem possuir propriedades, títulos nem privilégios, tendo que contentar-se com parcos bens materiais. Caso algum deles quisesse esbanjar anos e anos de vida na decifração de determinada inscrição antiga, isso lhe era permitido, e ainda recebia auxílio; mas se acaso pretendesse levar uma boa vida, possuir trajes elegantes, dinheiro ou títulos de honra, deparava com proibições terminantes, e quem desse importância à satisfação desses apetites voltaria em geral já em seus anos de juventude para o "mundo", tornando-se professor especializado remunerado, professor particular, jornalista, ou então casava-se, ou procurava levar de qualquer modo a vida, a seu gosto.

Quando o menino José Servo teve de despedir-se de Berolfingen, foi acompanhado à estação por seu professor de música. José sentiu ter de afastar-se dele, e seu coração encheu-se de um sentimento de solidão e incerteza, quando, ao partir, a cumeeira em degrau, pintada de claro, da antiga torre do castelo mergulhou no horizonte e desapareceu. Muitos alunos, ao viajarem pela primeira vez, partem com sentimentos muito mais veementes, desanimados e em lágrimas. José já estava com o coração desprendido do passado e suportou bem a despedida. E a viagem não foi longa.

Foi-lhe destinada a escola de Freixal. Ele já havia visto fotografias dessa escola no escritório do reitor. Freixal era a maior e mais nova colônia escolar de Castália, suas construções eram recentes, nenhuma cidade havia nas proximidades, apenas um pequeno povoado, uma espécie de aldeia, rodeada de arvoredo cerrado; por detrás, jovial, estendia-se em uma planície o instituto, construído em um amplo e livre retângulo, em cujo centro, dispostas como o número cinco em um dado, cinco imponentes sequoias erguiam seus escuros cones. A imensa praça era em parte coberta de relva e em parte de areia, e interrompida apenas por duas grandes piscinas de água corrente, às quais se descia por largos e baixos degraus. À entrada dessa praça ensolarada ficava a escola, o único edifício alto do estabelecimento, com duas asas laterais, cada qual com átrios de cinco colunas cada um. As outras construções que rodeavam a praça por três lados eram baixas, acachapadas e sem ornamentos, todas do mesmo tamanho, cada qual com uma arcada e uma escada de poucos degraus, dando para a praça; em quase todas as aberturas das arcadas havia vasos de flores.

À chegada, conforme o costume de Castália, o menino não foi recebido por um bedel e conduzido ao reitor ou a um colégio de professores, mas por um colega, um menino bonito e alto, trajado de linho azul, alguns anos mais velho do que José, que estendeu a mão ao recém-chegado, dizendo:

— Eu sou Oscar, o aluno mais velho da Casa Hellas, onde vais morar, e encarregaram-me de te dar as boas-vindas e introduzir-te na escola. Na escola tu só serás recebido amanhã, temos bastante tempo para dar uma vista de olhos por aí, e tu em breve vais ficar conhecendo tudo. Nos primeiros tempos, até que te acostumes aqui, peço-te considerar-me teu amigo e mentor, e também teu protetor, caso fores ofendido pelos colegas; muitos pensam ter a obrigação de atormentar um pouco os novatos. Mas não há de ser nada de sério, eu te prometo. Agora vou conduzir-te primeiro à Casa Hellas, o nosso edifício escolar, para que vejas onde vais morar.

Assim, como de costume, Oscar o Noviço, escolhido pela direção da casa para mentor de José, deu-lhe as boas-vindas e de fato se esforçou por bem representar o seu papel. Isso em geral agrada aos *seniores*, e quando um menino de quinze anos se esforça em cativar outro de treze, com um tom afável de colega, e com pequeninos favores, consegue-o sem dúvida alguma. José, nos primeiros dias, foi tratado pelo mentor como hóspede do qual se pretende, caso venha a partir no dia seguinte à chegada, que leve uma boa impressão da casa e do anfitrião. José foi conduzido ao quarto de dormir, que devia compartilhar com mais dois meninos; serviram-lhe torradas e uma taça de suco de fruta, mostraram-lhe a Casa Hellas, uma das dependências do grande quadrilátero, mostraram-lhe onde devia pendurar sua toalha de rosto no quarto de banho de vapor e o cantinho em que poderia ter vasos de flores, caso isso lhe desse prazer, e antes de anoitecer foi ainda conduzido ao encarregado da lavagem de roupa, na lavanderia, onde procuraram uma roupa azul que lhe servisse e a ajustaram ao seu tamanho. Desde o primeiro instante José sentiu-se bem na escola e gostou da maneira com que Oscar o tratava, mal se notava em José qualquer espécie de embaraço, apesar de aquele menino mais velho e já aclimatado em Castália ser para ele, naturalmente, um semideus. O novato ouvia de bom grado as pequenas vantagens e exibições de Oscar, quando este, por exemplo, entremeava na conversa uma complicada citação grega, para em seguida recordar amavelmente que era evidente ser impossível ao novato compreender essas coisas, era natural que assim fosse, quem poderia exigir dele tal coisa!

De resto, a vida de internato não representava nada de novo para Servo, ele se adaptou sem dificuldade. Aliás, não nos foi transmitido nenhum fato importante dos anos que ele passou em Freixal — o pavoroso incêndio no edifício da escola não pôde mais ter sido presenciado por ele. Alguns boletins seus encontrados trazem casualmente as maiores notas em música e em latim, sendo em matemática e em grego um pouco mais altas do que a média regular, e no "Livro da Casa" encontram-se de intervalo a intervalo anotações a seu respeito com os dizeres *ingenium valde capex, studia non angusta, mores probantur*, ou *ingenium felix et profectuum avidissimum, moribus placet officiosis*. Os castigos que possivelmente tenha recebido em Freixal não nos é mais possível verificar, porque o livro dos castigos, juntamente com muitos outros, foi um dos holocaustos do incêndio. Um colega de Servo parece ter assegurado mais tarde que, nos quatro anos de escola em Freixal, o menino foi castigado uma única vez, por ter se negado terminantemente a declarar o nome de um colega que praticara um ato proibido. Essa narrativa parece digna de crédito. Servo foi sempre um bom colega e não gostava de lisonjear seus superiores, mas não é crível que em quatro anos esse tenha sido o único castigo que recebeu.

Em razão de possuirmos tão poucos documentos sobre a primeira Escola da Elite frequentada por Servo, citamos um trecho de uma de suas preleções a respeito do Jogo de Avelórios. Não existem manuscritos de Servo de tais preleções para principiantes, mas um aluno as estenografou com redação própria. Servo, nesses trechos, fala sobre as analogias e associações no Jogo de Avelórios, fazendo diferença entre as associações "legítimas", isto é, compreensíveis a todos, e as subjetivas. Ele diz o seguinte: "Para dar-vos um exemplo dessas associações privadas, que não perdem seu valor por serem terminantemente proibidas no Jogo de Avelórios, vou narrar-vos uma associação do meu tempo de estudante. Eu teria os meus catorze anos, e estávamos nos dias que precedem a primavera, em fevereiro ou março; um colega convidou-me então uma tarde para irmos cortar alguns galhinhos de sabugueiro, que ele queria usar como tubos na construção de um pequeno moinho de água. Nós partimos, e deve ter feito um dia de excepcional beleza, quando não na natureza exterior, pelo menos em meu coração, porque ele se conservou na minha memória, acompanhado de uma pequena vivência. O solo estava úmido mas sem neve, às margens dos rios e riachos já tudo brotava verdejante, nos arbustos nus os rebentos e os primeiros brotinhos já se aureolavam de um sopro de cor, e o ar tinha um contraditório perfume de vida, de terra úmida, de folhagem apodrecida e sementes novas, a cada momento esperávamos sentir o perfume das primeiras violetas, apesar de não terem desabrochado ainda. Chegamos ao sítio em que estavam os sabugueiros, cheios de pequeninos rebentos, mas ainda despojados de folhas, e ao cortar um galho eu senti um perfume agridoce e penetrante, qual um concentrado de todos os perfumes primaveris, somados e potencializados. Fiquei atordoado, cheirei minha faca, cheirei minha mão, o galho de sabugueiro, era de sua seiva que vinha aquele perfume penetrante e irresistível. Não falamos sobre isso, mas meu colega também cheirou longa e pensativamente o seu canudinho, o perfume também o impressionara. Toda experiência interior tem sua magia, e minha vivência consistiu no fato de a entrada da primavera, que já se anunciara, penetrando em mim com intensidade e um sentimento de ventura desde os meus primeiros passos pela campina úmida e escorregadia, ao perfume da terra e dos rebentos, se transformara com o *fortissimo* do perfume do sabugueiro, concentrando-se e intensificando-se, até tornar-se um símbolo sensível e um encantamento. Talvez, se essa pequena vivência tivesse permanecido um caso isolado, eu nunca mais teria olvidado um tal perfume, pelo contrário, qualquer novo encontro posterior com ele teria provavelmente despertado em mim, até à velhice, a recordação da primeira experiência em que eu tivera a consciência do perfume. Mas outra vivência se acrescentou a essa. Eu havia encontrado em casa do meu professor de piano um velho álbum de músicas, que muito me atraiu, um álbum de canções de Franz Schubert. Eu o havia folheado, certa vez em que tivera de esperar pelo professor, e ele atendera então ao meu pedido, emprestando-me o álbum por alguns dias. Nas minhas horas livres eu vivi então entregue aos prazeres do descobridor, eu não conhecia ainda nada de Schubert, e fiquei nessa ocasião encantado com sua música. E então descobri, no dia daquele passeio até os sabugueiros ou um dia depois, a canção de Schubert *As auras suaves despertaram*, e os primeiros acordes da parte de piano deram-me a impressão de antigos conhecidos meus: esses acordes tinham o mesmo perfume do pezinho de sabugueiro, agridoce, intenso e concentrado, cheio de prenúncios de primavera! Desde esse instante a associação — prenúncio de primavera — perfume de sabugueiro — acordes de Schubert — exerce em mim o seu poder, e ao ouvir o primeiro acorde sinto imediatamente o perfume acre da planta, e ambos significam: prenúncio de primavera. Essa associação me é preciosa, e por nada eu me privaria dela. Mas a associação, o palpitar de suas experiências sensórias ao pensamento 'prenúncio de primavera', é coisa privada, só minha. Certamente pode-se transmiti-la a outrem, assim como eu acabo de narrá-la. Mas não é possível transferi-la a outrem. Posso tornar compreensível a minha associação, mas não posso conseguir que essa associação privada se transforme também em qualquer de vós em um símbolo válido, em um mecanismo que ao nosso apelo reage infalivelmente e desenvolve-se sempre da mesma maneira."

Um dos colegas de Servo, que mais tarde chegou a arquivista do Jogo de Avelórios, costumava contar que Servo era um menino calmo e jovial, que ao tocar um instrumento musical tinha às vezes uma expressão encantadora de reflexão ou de extrema ventura, e raras vezes o viram manifestar-se com veemência e paixão, a não ser, por exemplo, no jogo rítmico de bola, que ele muito apreciava. Mas uma ou outra vez esse menino tão amável e sadio fora vítima de ironias ou dera preocupações, por exemplo, em certos casos de dispensa de alunos, o que acontece necessariamente, em especial nos cursos primários das Escolas da Elite. Quando pela primeira vez um colega de classe faltou à aula e ao brinquedo, não aparecendo também no dia seguinte, e correu a notícia de que ele não adoecera, porém fora dispensado, tendo já partido para não voltar mais, Servo não só ficou tristonho, mas durante vários dias parecia estar mesmo transtornado. Anos depois ele próprio assim se expressou a esse respeito: "Quando um aluno de Freixal era despedido e nos deixava, eu o sentia sempre como uma morte. Se me perguntassem a razão da minha tristeza, eu diria que era piedade pelo infeliz, que por leviandade e preguiça tinha prejudicado seu futuro, e era também medo de que talvez acontecesse um dia o mesmo comigo. Só depois que muitos casos semelhantes se deram, e eu não acreditava mais que teria o mesmo destino, comecei a ver as coisas mais a fundo. Então não considerei mais o afastamento de um *electus* como uma infelicidade ou um castigo, pois já sabia que os próprios dispensados, em muitos casos, voltavam de bom grado para casa. Eu sentia que não existiam apenas julgamento e castigo, cujas vítimas eram os levianos, mas que o 'mundo' exterior, de onde nós, os *electi*, havíamos vindo, não deixara de existir, conforme me parecia, e era para muitos uma grande e sedutora realidade, que os atraía e finalmente os chamava de volta. E talvez isso se desse não só em casos individuais, mas se passasse com todos, talvez não fosse certo serem os mais fracos e inferiores a sentirem o apelo do mundo longínquo: talvez sua aparente queda não fosse uma queda nem um sofrimento, porém um salto e uma atuação, e talvez nós, os ajuizados, que ficávamos em Freixal, fôssemos os fracos e os covardes." Veremos que mais tarde esses pensamentos voltaram a preocupá-lo com muita vivacidade.

    Era sempre uma grande alegria para ele encontrar-se de novo com o Mestre de Música. Este vinha pelo menos de dois em dois meses, ou de três em três, a Freixal, visitava e examinava as aulas de música, e tinha também amizade com um dos professores, sendo não raro seu hóspede por alguns dias. Certa vez ele dirigiu em pessoa os últimos ensaios para a apresentação de um Vésper de Monteverdi. Antes de mais nada, porém, ele se preocupava com os mais talentosos dentre os alunos de música, sendo Servo um dos que merecia a honra de sua paternal amizade. De quando em vez ele se sentava ao piano com Servo durante uma hora em um dos quartos de estudo, tocando peças dos compositores de sua preferência ou um exemplo tirado dos antigos métodos de composição. "Compor um cânone com o Mestre de Música, ou ouvi-lo desenvolver *ad absurdum* um cânone mal construído, dava um sentimento de solenidade ou um entusiasmo sem igual, muitas vezes mal se podiam conter as lágrimas, e outras vezes não se conseguia parar de rir. Saía-se de uma aula dele como de um banho ou de uma massagem."

Quando se aproximou para Servo o fim do curso de Freixal — ele e mais doze alunos da sua classe deveriam ser admitidos numa escola com classes mais adiantadas —, o reitor dirigiu a esses candidatos as palavras usuais, em que mais uma vez lembrava aos promovidos o sentido e o regulamento das escolas castálicas e de certo modo lhes pressagiava em nome da Ordem o caminho que depois de percorrido lhes outorgaria o direito de ingressar nessa Ordem. Esse discurso solene faz parte do programa da festividade que a escola realiza para os alunos promovidos, e em que estes são tratados como convivas pelos professores e colegas. Durante esses dias realizam-se sempre apresentações bem preparadas — dessa vez foi uma grande cantata do século XVII —, e o próprio Mestre de Música viera para ouvi-la. Após as palavras do reitor, quando se encaminhavam para o refeitório todo decorado, Servo aproximou-se do Mestre com uma pergunta:

— O reitor — disse ele — contou-nos o que se passa fora de Castália, nas escolas e universidades comuns. Ele disse que os alunos dessas escolas dedicam-se em suas universidades às profissões "liberais". Trata-se de profissões, se compreendi bem, que na maioria não conhecemos aqui em Castália. Que ideia devo fazer a esse respeito? Por que chamam de "liberais" a essas profissões? E por que justamente nós, castálicos, não devemos escolhê-las?

O Magister Musicae levou o jovem a um canto, conservando-se debaixo de uma sequoia. Um sorriso quase sarcástico enrugou a pele em redor de seus olhos, quando ele respondeu:

— Tu tens o nome de Servo, meu caro, e talvez por isso a palavra "liberal" possua para ti tanto encanto. Mas neste caso não a leves tão a sério! Quando pessoas estranhas a Castália falam de profissões liberais, essa expressão talvez ressoe aos nossos ouvidos com um tom sério e mesmo patético. Mas para nós tem um sentido irônico. A liberdade dessas profissões consiste em serem escolhidas pelo estudante. Isso dá uma aparência de liberdade, apesar de na maioria dos casos ser a escolha mais da família do que do aluno e haver muitos pais que preferem morder a língua a deixar ao filho a liberdade da escolha. Mas talvez seja uma calúnia o que estamos dizendo, afastemos essa objeção! Admitamos que exista liberdade, mas ela só se limita ao ato da escolha de profissão. Depois disso acabou-se a liberdade. Desde os estudos feitos na universidade, o médico, o advogado, o técnico estão presos a um currículo escolar muito rígido, que termina com uma série de exames. Caso eles passem nos exames, recebem seu diploma e poderão exercer sua profissão com aparente liberdade. Serão porém escravos de poderes baixos, vão depender do sucesso, do dinheiro, do seu orgulho, da procura de fama, da simpatia ou antipatia que despertarão nos outros. Têm que se candidatar a eleições, ganhar dinheiro, tomar parte na luta brutal das castas, das famílias, dos partidos e dos jornais. Em compensação, têm a liberdade de conseguir sucesso e fortuna e ser odiados pelos que não os conseguiram, ou vice-versa. Com o aluno da Elite e futuro membro da Ordem dá-se o contrário a todos os respeitos. Ele julga poder avaliar melhor do que os professores suas próprias qualidades. Dentro da Hierarquia ele deixa sempre que o coloquem no lugar e na função escolhidos para ele pelos seus superiores — caso as coisas não se passem ao contrário e sejam as qualidades, o talento e os erros do aluno que obriguem os professores a colocá-los nesse ou naquele lugar. Em meio a essa aparente falta de liberdade, os *electi* possuem, após terminados os primeiros cursos, a maior liberdade que se possa imaginar. Aqueles que escolheram as profissões "liberais" são obrigados, dentro da sua especialidade, a submeter-se a um programa limitado e definido, com exames fixos, ao passo que o *electus*, logo que principia a estudar por sua conta, leva tão longe a liberdade que muitos deles passam a vida inteira, conforme sua própria escolha, dedicando-se a estudar assuntos remotíssimos e às vezes até malucos, sem que ninguém os aborreça, enquanto eles não se afastarem da moralidade. Aquele que tem qualidades para professor é escolhido para professor, o educador dedica-se a educar, o tradutor a traduzir, encontrando cada qual automaticamente o lugar em que poderá ser útil, sendo livre dentro de sua atividade. E além disso está livre por toda a sua vida da "liberdade" de profissão que significa uma terrível escravidão. Não conhece as lutas pelo ouro, pela fama, pela posição, não conhece partidos nem a discordância entre personalidade e função, entre a vida privada e a pública, nem depende do sucesso. Tu estás vendo, meu filho: quando se fala de profissões liberais, a palavra "liberal" tem um sentido bem irônico.

A despedida de Freixal marcou na vida de Servo o fim de um período. Até então ele passara uma infância feliz, vivera numa organização e numa harmonia tácitas e quase sem problemas, mas agora começava um período de lutas, de desenvolvimento e de problemas. Ele tinha uns dezessete anos de idade quando lhe participaram sua breve promoção para um curso mais elevado, e também a de um certo número de colegas seus. De então em diante, por algum tempo não houve para os escolhidos nenhuma questão mais importante e discutida do que o lugar para o qual seriam transferidos. De acordo com a tradição, cada um deles só foi avisado nos últimos dias antes da partida, e havia férias nos dias que decorriam entre a festa da despedida e a partida. Durante essas férias deu-se um belo e importante fato na vida de Servo: o Mestre de Música convidou-o para visitá-lo durante uma excursão a pé e a hospedar-se com ele por uns dias. Isso representava uma grande e rara honra. Com um camarada também promovido — porque Servo ainda pertencia a Freixal, e os alunos desse grau não tinham a permissão de viajar sozinhos —, uma madrugada ele se encaminhou em direção da floresta e das montanhas, e quando os dois, após três horas de subida à sombra da floresta, chegaram a um cume livre, avistaram lá abaixo, já bem pequenina e muito nítida, a paisagem do seu Freixal, reconhecível pela massa escura das cinco árvores gigantescas, no quadrilátero coberto de relva, com os espelhos de água das bacias, o edifício alto da escola, a administração, a aldeiazinha e o célebre bosque de Freixal. Os dois jovens pararam e olharam para baixo. Muitos dentre nós recordam-se dessa linda vista, que não se diferençava muito da vista atual, porque os edifícios, após o grande incêndio, foram reconstruídos quase com o mesmo aspecto de antes, e três das altas árvores sobreviveram ao incêndio. Ao avistarem lá embaixo a sua escola, que era há anos a sua pátria e da qual iriam em breve despedir-se, ambos sentiram-se intimamente comovidos.

— Creio que nunca observei bem como ela é linda — disse o companheiro de José. — Pois é, isso talvez aconteça porque eu a vejo pela primeira vez como uma coisa que tenho de deixar e da qual preciso despedir-me.

— É isso — disse Servo —, tu tens razão, comigo acontece o mesmo. Mas, apesar de termos de ir embora daqui, a bem-dizer não deixamos realmente Freixal. Deixam-na realmente só aqueles que partiram para sempre, como o Otto, por exemplo, que escrevia maravilhosos versos humorísticos em latim, ou o nosso Charlemagne, que sabia nadar tão bem debaixo da água, e outros mais. Esses despediram-se realmente e se desligaram daqui por completo. Há muito tempo eu não me recordava deles, e agora me lembrei de novo. Não vás rir de mim, mas esses meninos que partiram têm para mim, apesar de tudo, alguma coisa de imponente, assim como o anjo rebelde Lúcifer tem certa grandiosidade. Talvez tenham feito uma coisa errada, podemos admitir que cometeram um erro, mas, seja como for, fizeram alguma coisa, realizaram algo, ousaram dar um salto e é preciso coragem para isso. Nós que fomos aplicados, pacientes e ajuizados, não fizemos nada, não demos salto nenhum.

— Eu não sei — retrucou o outro —, muitos deles nada fizeram nem ousaram, mas simplesmente ficaram na pândega, até que os mandaram embora. Mas pode ser que eu não te compreenda bem. Que queres dizer com salto?

— Isso significa a possibilidade de abandonar qualquer coisa, tomar as coisas a sério, ora... dar um salto! Eu não tenho desejos de dar um salto para voltar ao meu antigo lar e à minha antiga vida, eles não me atraem, eu quase os esqueci. Mas eu desejaria, quando chegar a hora e for necessário, desapegar-me também e saltar, não para voltar a um estado inferior, mas para a frente e para cima.

— Ora, é para lá que estamos indo. Freixal foi uma etapa, a outra será mais elevada, e finalmente a Ordem nos espera.

— É, mas não foi isso que eu quis dizer. Continuemos a andar, *amicu*, é tão agradável caminhar, isso me fará ficar alegre de novo. Nós dois ficamos muito tristonhos.

Nessa disposição de espírito e com essas palavras, que aquele colega nos transmitiu, anuncia-se já tempestuoso período da juventude de Servo.

Durante dois dias os caminhantes seguiram, até chegar ao lugar em que morava naquela época o Mestre de Música, em Monteporto, onde ele dava um curso para dirigentes no convento que lá havia. O colega foi levado à hospedaria, enquanto Servo recebeu uma pequena cela na residência do Magister. Mal ele tirou as coisas de dentro do seu saco alpino e se lavou, seu hospedeiro entrou. O venerável Mestre deu a mão ao jovem, sentou-se com um leve suspiro em uma cadeira, fechou os olhos um instante, como costumava fazer ao sentir-se muito cansado, e depois disse, fitando amavelmente José:

— Desculpa-me, não sou um hospedeiro muito bom. Tu estás chegando de uma caminhada a pé e deves estar muito cansado, e para ser franco eu também estou, tive um dia bem trabalhoso. Mas, se não estiveres já com sono, desejaria levar-te logo para passar uma hora comigo no meu quarto. Tu podes ficar dois dias aqui, e amanhã podes convidar também o teu acompanhante para vir almoçar comigo, mas infelizmente não tenho muito tempo para dedicar-te. Por isso vamos ver como passaremos as poucas horas que posso passar em tua companhia. Vamos começar já, não é?

Ele conduziu Servo a uma cela grande e abobadada, onde não havia móvel nenhum, a não ser um velho piano e duas cadeiras. Ali eles sentaram-se.

— Tu vais em breve para um grau superior — disse o Mestre. — Aí tu aprenderás muita coisa nova, coisas lindas, e o Jogo de Avelórios tu também logo começarás a experimentar. Isso tudo é belo e importante, mas há uma coisa mais importante do que tudo: tu vais aprender a meditar. Aparentemente todos o aprendem, mas não devemos querer sempre averiguar a fundo as coisas. Desejo que aprendas a meditar bem e de modo correto, tão bem quanto aprendeu a música, então tudo o mais virá por si mesmo. Desejo dar-te eu próprio as duas ou três primeiras lições, e por esse motivo convidei-te a vir aqui. Hoje, amanhã e depois de amanhã vamos procurar meditar uma hora sobre a música. Agora vão te servir um copo de leite, para que não sintas sede nem fome, o que te iria atrapalhar. O jantar será trazido mais tarde para nós dois.

Bateram à porta, e trouxeram um copo de leite.

— Beba devagar, bem devagar — aconselhou o Mestre. — Não te apresses e não fales enquanto beber.

Servo tomou lentamente o seu copo de leite frio. Diante dele estava sentado o venerado Mestre, de novo de olhos cerrados, com a fisionomia envelhecida mas amável, cheia de paz, e com um sorriso interior, como se ele houvesse mergulhado em pensamentos, qual um homem fatigado a tomar um escalda-pés. O Mestre irradiava calma. Servo sentiu essa calma e acalmou-se também.

Então o Magister virou-se em sua cadeira e pôs as mãos sobre o teclado do piano. Tocou um tema e em seguida uma variação, parecia uma peça de algum mestre italiano. Disse ao hóspede que imaginasse o desenvolvimento dessa música como uma dança, uma série ininterrupta de exercícios de equilíbrio, uma sucessão de passos menores ou maiores partindo do centro de um eixo de simetria, devia reparar apenas na figura que os passos formavam. Tocou mais uma vez os mesmos compassos, ficou um momento a refletir sobre o que tocara, tocou-os de novo e, com as mãos pousadas nos joelhos, permaneceu imóvel, com os olhos semicerrados, impassível, rememorando e meditando sobre a música ouvida. O aluno também ficou a ouvi-la interiormente, vendo trechos de pauta diante de si, algo que se movimentava, andando, dançando e pairando no ar; procurou reconhecer e decifrar esse movimento, como as curvas de voo de um pássaro. Essas curvas se confundiam e se perdiam de novo, e ele tinha de recomeçar do princípio; durante um instante perdeu a concentração, e ficou em um espaço vazio, olhando atrapalhado em seu redor. Viu o rosto calmo e concentrado do Mestre, pairando na meia-luz, depois voltou ao espaço espiritual do qual deslizara, ouviu de novo a música vibrando nesse espaço, viu-a caminhar, viu-a inscrever no espaço a linha de seu movimento, viu e contemplou os pés dançarinos do invisível...

Teve a impressão de que se passara muito tempo, ao deslizar para fora desse espaço, sentindo de novo a cadeira em que estava sentado, o soalho de pedra atapetado de esteiras, a luz crepuscular que declinara por detrás das janelas. Tinha a sensação de que alguém o observava, e erguendo os olhos viu o olhar observador do Mestre de Música incidir sobre ele. O Mestre inclinou levemente a cabeça, tocou com um dedo só, pianíssimo, a última variação daquela música italiana, e ergueu-se da cadeira.

— Fica aí sentado — disse ele —, eu voltarei. Procura ainda a música dentro de ti, repara na figura que ela desperta interiormente! Mas não te esforces demais, isso não passa de uma brincadeira. Se adormeceres, não tem importância.

O Mestre retirou-se, porque havia ainda um trabalho a executar, que aquele dia atarefadíssimo ainda lhe reservava, um trabalho difícil e desagradável, de que não gostava nada. Tratava-se de um aluno do curso de regência, um homem de talento mas vaidoso e arrogante, com quem ele ainda tinha que falar a respeito de certas descortesias, a quem tinha de demonstrar o erro em que laborava, a quem tinha que mostrar a um só tempo suas preocupações e superioridade, sua estima e autoridade. Deu um suspiro. Que tristeza não existir uma ordem definitiva, não haverem desaparecido por completo os erros reconhecidos como tais! Tinha-se de combater de contínuo os mesmos defeitos, arrancar sempre as mesmas ervas daninhas! O talento sem caráter, o virtuosismo sem hierarquia, que haviam dominado na vida musical da época folhetinesca e haviam sido exterminados por completo na renascença musical, vicejavam e medravam de novo.

Quando ele voltou para jantar com José, encontrou o menino silencioso mas satisfeito, tendo também desaparecido seu cansaço.

— Que beleza! — disse o menino, como a sonhar. — A música desvaneceu-se por completo, transformou-se.

— Deixe que seu eco vibre dentro de ti — disse o Mestre, enquanto o levava para um pequeno aposento, onde a mesa já estava posta, com pão e frutas. Após terem comido, o Mestre convidou José para visitar no dia seguinte o curso de regência. Antes de retirar-se e levar o hóspede para a cela, disse-lhe:

— Ao meditar, viste alguma coisa, a música te apareceu como uma figura. Se isso te causa prazer, procura desenhá-la.

Na cela de hóspedes, Servo encontrou sobre a mesa uma folha de papel e lápis, e antes de deitar-se procurou desenhar a figura em que a música se transformara para ele. Desenhou uma linha e, partindo lateralmente desta, fez curtas linhas transversais, ansiosas por afastar-se, fazendo lembrar de longe a disposição das folhas no galho de uma árvore. Não ficou satisfeito com o resultado do desenho, mas sentiu prazer em repetir várias vezes a tentativa, e finalmente, como a brincar, transformou a linha num círculo, de onde as linhas laterais irradiavam qual flores numa coroa. Depois deitou-se e dormiu logo. Em sonhos, voltou ao pico do monte acima das florestas, onde na véspera descansara com seu companheiro, vendo lá embaixo o seu querido Freixal. Ao passo que ele fitava o panorama, o quadrilátero do edifício da Escola tornou-se oval e depois se foi transformando em um círculo, numa coroa, que se pôs a girar lentamente. Foi girando cada vez mais depressa e, por fim, girando com enorme rapidez, rebentou, espalhando-se pelo ar qual um punhado de estrelas cintilantes.

Ao despertar, ele não se lembrava mais de nada, porém mais tarde, durante um passeio matinal com o Mestre, este lhe perguntou se havia sonhado, e ele teve a impressão de ter passado em sonhos por experiências desagradáveis ou excitantes; pôs-se a refletir e tornou a encontrar o sonho, que descreveu, admirando-se de sua inocência. O Mestre ouvia com atenção.

— Devemos dar importância aos sonhos? — perguntou José. — Podemos decifrar seu significado?

O Mestre fitou-o nos olhos e disse concisamente:

— Devemos dar importância a tudo, porque tudo pode ser decifrado.

Após dar alguns passos, perguntou com expressão paternal:

— Para que escola gostarias de ir?

José corou. Rapidamente e em voz baixa, disse:

— Acho que para Cela Silvestre.

O Mestre inclinou a cabeça, concordando.

— É o que eu pensava. Tu conheces o velho adágio: *Gignit autem artificiosam...*

Com o rosto ainda rubro, Servo terminou o adágio, conhecido de todos os alunos: *Gignit autem artificiosam lusorum gentem Cella Silvestris.* Ou seja: Cela Silvestre é que produz o engenhoso povo dos jogadores de avelórios.

O ancião fitou-o com carinho.

— Parece que esse é o teu caminho, José. Tu sabes que nem todos estão de acordo com o Jogo de Avelórios. Dizem que ele é um substituto das artes e que os seus jogadores são beletristas, não podendo mais, a bem-dizer, serem considerados intelectuais, mas apenas uns artistas fantasistas e diletantes. Tu verás o que há nisso de verdade. Talvez faças uma ideia mais elevada do Jogo de Avelórios do que aquilo que ele te poderá oferecer, ou talvez aconteça o contrário. Não há dúvida que esse jogo oferece perigos. Justamente por isso nós o apreciamos, pois aos caminhos sem perigo mandam-se só os fracos. Mas tu não deves te esquecer daquilo que muitas vezes eu te disse: nossa missão é conhecer de modo correto os contrastes, primeiramente como tal e depois como polos de uma unidade. O mesmo se dá com o Jogo de Avelórios. Quem tiver uma natureza artística apaixona-se por esse jogo, porque nele podemos entregar-nos a fantasias. Os especialistas de qualquer ciência desprezam tais contrastes — e muitos músicos também —, porque lhes falta o grau suficiente de severidade na disciplina que os especialistas podem atingir. Bem, tu vais conhecer esses contrastes e com o tempo descobrirás que não se trata de contrastes de objetos, mas de sujeitos, e que, por exemplo, um artista cheio de fantasia não evita a matemática pura ou a lógica pelo fato de conhecê-las e poder opinar sobre elas, mas porque instintivamente se inclina para outras matérias. Nessas inclinações e aversões instintivas e apaixonadas tu podes perceber claramente as almas mesquinhas. Na verdade, isto é, nas almas elevadas e nos espíritos superiores não existem essas paixões. Cada um de nós é apenas um homem, apenas uma experiência, algo que se encaminha. Mas deve encontrar-se num caminho em que a perfeição também se encontra, deve aspirar ao centro, e não à periferia. Preste atenção: pode-se ser um pensador lógico ou um gramático, e ao mesmo tempo estar repleto de fantasia e de música. Pode-se ser musicista ou jogador de avelórios, e ao mesmo tempo uma pessoa inclinada a obedecer às leis e à ordem estabelecida. O homem que nós temos em vista e ao qual aspiramos, e que pretendemos chegar a ser, poderia diariamente trocar sua ciência ou sua arte com qualquer outra pessoa; no Jogo de Avelórios poderia fazer irradiar a mais cristalina lógica, e na gramática a mais criadora fantasia. Assim deveríamos ser, a qualquer momento deveria haver a possibilidade de nos colocarem em outro posto, sem que opuséssemos resistência, e sem nos deixarmos perturbar.

— Acho que compreendi — disse Servo. — Mas as pessoas com fortes simpatias e aversões não serão justamente as naturezas apaixonadas, e as outras, ao contrário, as mais calmas e afáveis?

— Aparentemente está certo o que tu dizes, mas de fato não está — disse rindo o Mestre. — Para sermos aptos a tudo e satisfazermos a todas as exigências, não é preciso possuir um *minus* de energia psíquica, de impulsos e calor, mas sim um *plus*. O que tu chamas de paixão não é nenhuma energia psíquica, mas um atrito entre a alma e o mundo exterior. Onde reinam os sentimentos apaixonados não existe um *plus* de enérgicos desejos e aspirações, mas esses sentimentos se dirigem a uma meta solitária e falsa, e por essa razão a atmosfera se torna tensa e pesada. Quem centralizar a mais sublime energia do desejo, quem a dirigir ao verdadeiro ser, à perfeição, terá uma aparência mais calma do que a pessoa apaixonada, porque a labareda do seu ardor não é sempre visível, e porque, por exemplo, ao discutir essa pessoa não grita nem gesticula. Mas eu te digo: esse homem arde, queima!

— Ah! Se pudéssemos ao menos adquirir sabedoria! — exclamou Servo. — Se existisse ao menos um ensinamento em que pudéssemos acreditar! Todas as coisas se contradizem, passam ao lado umas das outras sem se tocar, e em parte alguma existe a certeza. A tudo se pode conferir um dado significado ou o significado contrário. Podemos apresentar a história universal como um processo de evolução e progresso, e considerá-la ao mesmo tempo decadência e absurdo. Não existirá a verdade? Não existe um ensinamento genuíno e válido?

O Mestre nunca o ouvira falar com tanta veemência. Deu mais uns passos e depois disse:

— Existe a verdade, meu caro! Mas o "ensinamento" que desejas, absoluto, perfeito, o único ensino que conduz à sabedoria, esse não existe. Tu não deves aspirar a um ensinamento perfeito, meu amigo, mas ao aperfeiçoamento de ti próprio. A Divindade está dentro de ti, e não em conceitos e livros. A verdade é vivida, e não ensinada teoricamente. Prepara-te para as lutas, José Servo, estou vendo que elas já principiaram.

Durante esses dias José pôde ver o querido Magister, pela primeira vez, em sua vida de todos os dias e em seu trabalho, e muito o admirou, apesar de só poder ver uma pequena parte do que ele realizava diariamente. Mas o que mais o fez apegar-se ao Mestre foi este ter-se interessado por ele, tê-lo convidado em meio ao seu trabalho, o fato de um homem tão sobrecarregado de tarefas e que parecia muitas vezes cansadíssimo ainda reservar algumas horas para ele, e não as horas apenas! A iniciação na arte de meditar não lhe causara tão profunda e duradoura impressão, conforme ele mais tarde pôde verificar melhor, pela sua técnica sutil e peculiar, mas pela personalidade, pelo exemplo do Mestre. Seus mestres posteriores, que lhe ensinaram no ano seguinte a arte de meditar, deram-lhe mais instruções, um ensino mais exato, sob um controle mais severo, e apresentavam mais questões, sabiam fazer mais correções. O Mestre de Música, seguro da sua influência sobre o adolescente, quase sem falar ou ensinar apresentava os temas e os provava com o seu exemplo. Servo observava o Mestre, ele parecia às vezes tão idoso e abatido, e em seguida, de olhos semicerrados, se ensimesmava, para logo após fitar com tanta calma, com tanta energia, tão jovial e afável — e nada poderia levar José à mais profunda certeza do caminho que levava às fontes, do caminho que levava da inquietação ao repouso. O que o Mestre tinha a dizer sobre o assunto, Servo o ficou sabendo em conversas casuais, em um outro breve passeio ou durante uma refeição.

Sabemos que Servo recebeu do Magister naquela época certas indicações e diretivas para o Jogo de Avelórios, mas suas palavras não nos foram transmitidas. José ficou impressionado com os esforços de seu anfitrião para agradar seu companheiro, para que ele não se sentisse um simples acessório. Aquele homem parecia pensar em tudo.

A breve permanência em Monteporto, as três horas de meditação, o curso de regência a que assistiu e as poucas conversas com o Mestre tiveram enorme significado para Servo. O Mestre escolhera com segurança a época mais frutuosa para sua rápida atuação. A finalidade principal de seu convite fora fazer o adolescente tomar gosto pela meditação, mas por si só esse convite também tinha a sua importância, como uma distinção, um sinal de que lhe dedicavam consideração e esperavam algo dele: foi esse o segundo grau do apelo. Haviam-lhe permitido observar as regiões interiores, e quando um dos doze mestres chamava um aluno para partilhar de sua companhia com tanta intimidade, isso não significava apenas uma simpatia pessoal. As ações de um mestre ultrapassavam sempre os limites dos atos pessoais.

À despedida, os dois alunos receberam pequenos presentes, José um caderno com duas Aberturas de Corais de Bach, seu companheiro uma elegante edição de bolso de Horácio. Quando Servo se despediu, disse-lhe o Mestre:

— Dentro de alguns dias tu vais ficar sabendo para que escola foste destinado. Irei menos vezes lá do que a Freixal, mas havemos de nos ver ali de novo, se eu continuar com saúde. Se tiveres prazer nisso, podes escrever-me uma carta por ano, principalmente a respeito dos teus estudos de música. Não te é proibido criticar teus professores, mas eu dou pouco valor a essas coisas. Tu vais conhecer muita coisa nova, e espero que sejas bem-sucedido. A nossa Castália não deve ser apenas um lugar de seleção, mas antes de tudo uma hierarquia, um edifício em que cada pedra só recebe seu sentido por pertencer ao conjunto. Desse conjunto não parte nenhum caminho, e quem mais se eleva e maiores tarefas recebe não adquire maior liberdade por isso mas toma cada vez mais responsabilidade sobre si. Até logo, meu jovem amigo, foi uma alegria para mim a tua visita.

Os meninos partiram e, durante o percurso, estiveram mais alegres e loquazes do que na vinda. Aqueles poucos dias respirando outro ar e vendo outras coisas, o contato com outros círculos sociais os haviam desembaraçado e libertado de Freixal e da atmosfera de despedida que lá reinava, tornando-os duplamente curiosos em conhecer as modificações de sua vida e o futuro. Durante várias paradas na floresta ou acima de algum despenhadeiro íngreme dos arredores de Monteporto, eles tiraram do bolso suas flautas de madeira e tocaram melodias a duas vozes. E ao alcançarem de novo a colina sobre Freixal, e o panorama do Instituto e das árvores, tiveram a impressão de que a conversa que haviam tido já pertencia a um longínquo passado, pois as coisas haviam adquirido um novo aspecto. Não disseram palavra, envergonhando-se um pouco dos sentimentos e das palavras de outrora, que haviam perdido tão depressa sua atualidade e sentido.

Em Freixal eles souberam no dia seguinte o destino que teriam. Servo foi destinado a Cela Silvestre.

Cela Silvestre

"Cela Silvestre é que produz o engenhoso povo dos jogadores de avelórios", reza o velho adágio sobre essa afamada escola. Entre as escolas castálicas do segundo e terceiro grau, era a mais "musical", isto é, enquanto nas outras escolas dominava de modo absoluto uma determinada ciência, como, por exemplo, em Keuperheim a filologia antiga, em Porta a lógica aristotélica e a escolástica, e em Planvasto a matemática, em Cela Silvestre, pelo contrário, havia uma tendência tradicional para a universalidade e a confraternização entre a ciência e as artes, sendo o símbolo supremo dessa tendência o Jogo de Avelórios. Esse jogo, tanto ali como nas demais escolas, não fazia parte do ensino oficial e obrigatório, mas em compensação os estudos privados dos alunos de Cela Silvestre eram dedicados quase exclusivamente a ele, e a cidadezinha de Cela Silvestre era também a sede do Jogo de Avelórios oficial e de suas atividades: era lá que ficava a célebre praça para a realização dos jogos solenes, era lá que se encontrava o gigantesco arquivo do Jogo, com seus funcionários e suas bibliotecas, era lá a sede do Ludi Magister. E apesar de essas instituições terem uma existência à parte, e a escola não lhes ser filiada de modo algum, reinava nela o espírito dessas instituições, e a aura solene dos grandes jogos oficiais pairava sobre o lugar. A própria cidadezinha muito se orgulhava de não ser apenas o sítio em que estava instalada uma escola, mas também o Jogo; entre o povo do lugar os alunos eram chamados de "estudantes", porém aos estudantes e ouvintes da Escola do Jogo era dada a denominação "lusores". Aliás a Escola de Cela Silvestre era a menor das escolas castálicas, sendo o número de seus alunos pouco mais de sessenta, e essa circunstância dava-lhe um ar especial, aristocrático, um aspecto à parte, de uma diminuta elite dentro da Elite. Dessa conceituada Escola haviam saído nos últimos decênios muitos magísteres e todos os mestres do Jogo de Avelórios. No entanto essa fama brilhante de Cela Silvestre não deixava de ser contestada: aqui e acolá reinava a opinião de que os alunos de Cela Silvestre não passavam de pretensiosos estetas e príncipes mimados, aptos apenas para o Jogo de Avelórios; de quando em quando, em outras escolas era moda exprimir-se a respeito de Cela Silvestre com palavras ferinas e acres, mas justamente a acrimônia dessas anedotas e críticas demonstra que havia razões para o ciúme e a inveja. Em resumo, a transferência para Cela Silvestre representava uma certa distinção, José Servo também o sabia, e, apesar de não ser vaidoso num sentido vulgar, aceitou essa distinção com jovial orgulho.

Em companhia de vários companheiros, ele chegou a pé a Cela Silvestre; repleto de esperanças e de bons propósitos, atravessou a porta do sul e imediatamente ficou preso e encantado pela antiquíssima e encanecida cidadezinha, e pelo enorme e velho convento de cistercienses que agora albergava a Escola. Antes mesmo que ele se tivesse vestido, imediatamente após a refeição inicial no vestíbulo da portaria, ele se pôs a caminho sozinho, para descobrir sua nova pátria, e encontrou o sendeiro que, passando sobre o rio, leva aos restos do antigo muro da cidade. Ali ele ficou parado no meio da ponte em arco, ouvindo o rumorejo do moinho, depois passou pelo cemitério e, descendo à alameda das tílias, avistou e reconheceu por detrás das altas sebes o Vicus Lusorum, a cidadezinha dos jogadores de avelórios, viu o vestíbulo de festas, o arquivo, as salas de aula, as casas de hóspedes e dos professores. Viu um homem saindo de uma das casas, com os trajes de jogador de avelórios, e pensou de si para consigo tratar-se de um dos legendários lusores, possivelmente o Magister Ludi em pessoa. Sentia poderosamente o encanto daquela atmosfera, tudo lhe parecia antigo, venerável, santificado, sob o peso da tradição, ali estava-se um pouco mais perto do centro do que em Freixal. E voltando dos domínios do Jogo de Avelórios, sentiu ainda outra espécie de encantamento, outros sentimentos talvez menos devotos mas não menos excitantes. Lá estava a pequena cidade, aquele pedacinho de mundo profano com seu comércio, seus cães e crianças, seu cheiro de armazéns e oficinas, com cidadãos barbudos e mulheres gordas por detrás das portas das lojas, crianças a brincar e a gritar, e mocinhas de olhar brejeiro. Muita coisa lhe fez recordar mundos desaparecidos, Berolfingen, a ele que julgava ter olvidado tudo. Agora os estratos profundos de sua alma davam resposta a tudo aquilo, às imagens, aos sons, aos odores. Um mundo um pouco menos calmo, mas mais variado e rico do que o de Freixal, parecia esperar por ele ali.

A escola era sem dúvida a exata continuação da anterior, apesar de haver algumas matérias novas. Novos, realmente, eram apenas os exercícios de meditação, e mesmo assim o Mestre de Música já lhe dera uma prova antecipada deles. José entregou-se de bom grado à meditação, sem considerá-la a princípio mais do que um agradável passatempo, próprio para repousar o espírito. Só um pouco mais tarde — como veremos ainda — ele reconheceria por experiência própria seu enorme valor.

O diretor de Cela Silvestre, Otto Zbinden, era um homem original e um tanto temido, e naquela época já teria perto de sessenta anos de idade; foram escritos por sua própria mão, com uma bela e arrojada caligrafia, muitos dos apontamentos sobre o aluno José Servo, que nós consultamos. Mas no início foram menos os professores do que os colegas que despertaram a curiosidade do adolescente. Especialmente com dois deles ele manteve relações e conversações muito animadas e variadas. Um deles, de que Servo se aproximou já nos primeiros meses, Carlo Ferromonte (que chegou mais tarde, como substituto do Mestre de Música, ao segundo posto oficial em importância), tinha a mesma idade de Servo, e a ele devemos, além de outras obras, uma *História do estilo da música para alaúde no século XVI*. Na Escola o chamavam de "comedor de arroz" e o apreciavam como um agradável companheiro de brincadeiras. Sua amizade com José principiou com conversas sobre música e resultou em vários anos de estudos e exercícios em comum, de que ficamos sabendo em parte pelas cartas de Servo, raras mas interessantíssimas, dirigidas ao Mestre de Música. Na primeira carta, Servo chama Ferromonte de "especialista e conhecedor da parte da música referente à riqueza de ornamentos, trinados etc.". Com Servo, ele tocava Couperin, Purcell e outros mestres de 1700. Numa dessas cartas, Servo fala detalhadamente sobre esses exercícios e essa música, em que "em muitas peças, sobre quase todas as notas há um ornamento". "Quando se toca durante algumas horas", continua ele, "apenas grupetos, e mordentes inferiores ou superiores, os dedos parecem carregados de eletricidade."

Na música, efetivamente, Servo fez enormes progressos, e já no segundo ou terceiro ano de Cela Silvestre lia e tocava perfeitamente a escritura musical, conhecendo as notas, claves, abreviaturas, e o baixo cifrado de todos os séculos e estilos, tendo se aprofundado na esfera da música ocidental (naquilo que se conservou dela), na peculiaridade que toma por ponto de partida a parte mecânica, e que não despreza o cultivo da parte sensorial e técnica, para penetrar no espírito. Justamente seu zelo em compreender a parte sensorial, seus esforços em decifrar por meio da parte sensorial, sonora, das sensações auditivas, o espírito dos diferentes estilos musicais conservaram-no por largo tempo afastado da escola preparatória do Jogo de Avelórios. Mais tarde, em suas aulas, ele pronunciou estas palavras: "Quem só conhece a música pelos extratos que o Jogo de Avelórios destilou dela pode ser um bom jogador de avelórios, mas não será necessariamente um músico, e é de supor que não seja um historiador. A música não consiste apenas nas vibrações e figurações puramente mentais que abstraímos dela, mas durante séculos e séculos consistiu principalmente em um prazer dos sentidos, no exalar da respiração, no bater do compasso, no colorido, nos atritos e excitações da trama vocal e no vibrar dos instrumentos em conjunto. Certamente o espírito é o principal, e certamente a descoberta de novos instrumentos, a modificação dos antigos, a introdução de novas tonalidades e de novas regras ou proibições formais e harmônicas não passam de um gesto, de algo exterior, assim como os trajes e as modas de um povo são apenas uma exterioridade, mas precisamos ter compreendido e experimentado o sabor desses símbolos de um modo sensorial, intensivamente, para compreender por meio deles uma época e um estilo. Toca-se a música com as mãos e os dedos, com a boca, com os pulmões, e não só com o cérebro, e quem sabe ler as notas mas não toca nenhum instrumento com perfeição não se deve pôr a falar a respeito de música. E, assim, a história da música também não se pode em absoluto compreender com uma narração abstrata sobre estilos, e, por exemplo, as épocas de decadência da música não seriam explicadas, caso não se reconhecesse nelas a contínua preponderância da parte sensorial e quantitativa sobre a parte espiritual."

Durante algum tempo parecia que Servo se decidira a ser apenas um musicista. Das matérias à disposição do aluno, entre elas a introdução do Jogo de Avelórios, ele se descuidou tanto por causa da música que ao chegar o fim do primeiro semestre a Direção da escola chamou-o à Ordem. O aluno Servo não se deixou intimidar, apegando-se tenazmente ao ponto de vista dos direitos do aluno. Teria ele dito à Direção: "Se eu não der conta de uma matéria oficial de ensino, os senhores têm razão de criticar-me, mas eu não lhes dei nenhum motivo para isso. Eu estou dentro do meu direito, dedicando à música três ou quatro quartos do tempo que tenho à minha disposição. Estou agindo de acordo com os estatutos." O diretor Zbinden foi bastante inteligente para não insistir, mas naturalmente tomou nota do aluno, e parece tê-lo tratado durante largo tempo com fria severidade.

Mais de um ano, parece que perto de um ano e meio, durou esse período especial da vida escolar de Servo: boletins normais mas não brilhantes, e aparentemente após o aludido fato com a Direção — ele parece ter vivido silencioso e retraído, sem amizades que dessem na vista, mas em compensação, com seu zelo apaixonado pela música, descuidou-se de quase todas as matérias privadas, mesmo do Jogo de Avelórios. Alguns traços desse quarto da adolescência são sem dúvida sinais evidentes da puberdade; aparentemente, durante esse período, ele se aproximou do sexo oposto só por acaso e com desconfiança, e é de supor que — como muitos outros alunos de Freixal, sem irmãs em casa — ele fosse muito tímido. Lia muito, especialmente os filósofos: Leibniz, Kant e os românticos, dentre os quais Hegel foi o que mais lhe agradou.

Temos que nos ocupar mais detidamente do outro colega que representou na vida de Servo em Cela Silvestre um determinado papel, o ouvinte Plínio Designori. Era um aluno ouvinte, isto é, frequentava a Escola da Elite como estudante livre, sem a intenção de permanecer para sempre na Província Pedagógica, nem de entrar para a Ordem. De vez em quando entravam ouvintes dessa espécie, é verdade que raramente, porque é natural que a Direção do Ensino não se interessasse em caso algum por alunos que, após terminado o curso da Escola da Elite, pensavam em retornar à casa paterna e ao mundo profano. No entanto havia algumas famílias ilustres da antiga nobreza, moradoras nos arredores de Castália no tempo da sua fundação, que conservavam ainda o costume não completamente abolido de mandar educar respectivamente um filho, caso tivesse talento suficiente para tanto, como ouvinte nas Escolas da Elite; esse direito tornara-se uma tradição nessas raras famílias. Esses alunos ouvintes, apesar de se submeterem às mesmas regras que os outros alunos da Elite, dentro da Escola já eram uma exceção, por não se afastarem como os outros, cada ano que passava, cada vez mais da pátria e da família, mas passarem em seu lar as férias, permanecendo entre os colegas sempre hóspedes e estranhos, por conservarem os costumes e a mentalidade de sua pátria. Estava à sua espera o lar paterno, uma carreira profana, profissão e casamento, e pouquíssimas vezes um estudante livre, levado pelo espírito reinante na Província, permanecia em Castália e entrava para a Ordem com a permissão da família. Porém muitos homens de Estado conhecidos na história de nosso país foram na juventude alunos ouvintes, e em épocas em que a opinião pública, por esta ou aquela razão, opunha críticas às Escolas da Elite e à Ordem eles foram seus ardorosos defensores.

Plínio Designori foi um desses ouvintes, e com ele se encontrou em Cela Silvestre José Servo, que era um pouco mais jovem do que o primeiro. Designori era um adolescente muito dotado, brilhante no discursar e nas discussões, pessoa de temperamento ardente e um tanto inquieto, que causava muitas preocupações a Zbinden, o presidente da Diretoria da Escola, pois, apesar de ser bom aluno e não dar margem a críticas, não se preocupava em absoluto em esquecer sua condição especial de ouvinte, nem se adaptou modestamente ao ambiente, mas declarava em alta voz e com espírito combativo suas opiniões francamente profanas, contrárias às de Castália. Necessariamente, os dois alunos travaram relações de cunho especial: ambos eram talentosos e haviam atendido ao apelo da vocação, o que os irmanava, mas em tudo o mais eram o oposto um do outro. Seria necessário um professor de excepcional inteligência e arte para, da missão daí decorrente, extrair a quintessência e, de acordo com as regras da dialética, possibilitar a síntese permanente entre os contrastes e acima deles. Não faltava ao diretor Zbinden nem o dom nem a vontade para essa tarefa, por não ser um professor a quem os gênios intimidavam, mas faltava-lhe no caso atual a principal condição: a confiança dos dois alunos. Plínio, que gostava de representar o papel de original e revolucionário, tinha sempre uma atitude de prevenção contra o diretor, e com José Servo houvera aquele desentendimento por causa de seus estudos privados, e Servo também não se teria dirigido a Zbinden para pedir-lhe conselho. Por felicidade havia o

Mestre de Música. A ele se dirigiu Servo para pedir proteção e conselho, e esse sábio e velho músico tomou a coisa a sério e dirigiu o jogo com mão de mestre, como veremos a seguir. Entre as mãos desse mestre, o enorme perigo e a tentação na vida do jovem Servo se transformaram numa missão importante, de que o adolescente se mostrou à altura. A história íntima da amizade-inimizade entre José e Plínio, essa música sobre dois temas, ou esse jogo dialético entre dois espíritos, foi aproximadamente a que segue.

Em primeiro lugar foi naturalmente Designori que chamou a atenção do seu adversário e o atraiu. Ele era o mais velho, sendo um adolescente bonito, ardente e bem-falante, e principalmente um aluno "de fora", que não pertencia a Castália, uma pessoa do mundo, com pai e mãe, tios, tias, irmãos, alguém para o qual Castália e todas as suas regras, tradições e ideias só representavam uma etapa, um trecho de caminho, uma temporada. Para esse pássaro raro, Castália não era o mundo, Cela Silvestre era uma escola como as outras, e o retorno ao "mundo" não significava uma vergonha ou um castigo, não o esperava a Ordem, mas uma carreira, o matrimônio, a política, em resumo, aquela "vida real", que os castálicos teriam um oculto prazer em conhecer melhor, porque o "mundo" representava para eles o mesmo que havia representado para o penitente e o monge: uma coisa inferior e proibida mas um tanto misteriosa, tentadora e fascinante. E Plínio não fazia nenhum segredo de pertencer ao mundo, isso não o envergonhava em absoluto, tinha até orgulho nisso. Com um zelo meio infantil e irônico, mas já consciente e programado, ele fazia questão de acentuar a espécie diferente a que pertencia, aproveitando-se de todas as ocasiões para comparar suas ideias e normas mundanas com as dos castálicos, apresentando-as como melhores, mais corretas, naturais e humanas do que as deles. Usava expressões como "natureza", "raciocínio sadio", que ele contrapunha à mentalidade artificial e inexperiente da Escola, não poupando frases feitas e termos grandiloquentes, possuindo no entanto a inteligência e o bom gosto de não se satisfazer com provocações grosseiras, mas de aceitar até certo ponto a forma de discussão em uso em Cela Silvestre. Ele pretendia defender o "mundo" e a vida simples contra a "orgulhosa mentalidade escolástica" de Castália, mas demonstrando ser capaz de o fazer com as mesmas armas do adversário, não queria de modo algum ser o indivíduo inculto que se põe a patear como um cego no florido jardim da cultura do espírito.

De quando em vez José Servo, como ouvinte calado mas atento, estacava por detrás de algum grupinho de alunos que rodeava o orador Designori. Com curiosidade, espanto e temor, ele ouvia esse orador falar, criticando de modo destrutivo tudo o que para Castália significava autoridade e era considerado sagrado; só usava palavras que exprimiam a dúvida, e tudo em que Servo acreditava era apresentado como problemático e metido a ridículo. Servo notou, porém, que nem todos os ouvintes levavam a sério esses discursos, e muitos só ouviam com o fito de caçoar, como se costuma ouvir um orador de feira; várias vezes ouviu também respostas em que os ataques de Plínio eram postos a ridículo ou repelidos com seriedade. Mas sempre havia alguns colegas rodeando Plínio, ele era sempre o centro e, encontrasse ou não opositores, exercia sempre uma atração, uma espécie de sedução. E assim como se dava com os outros, que se agrupavam em torno do animado orador, ouvindo suas tiradas com espanto ou risadas, aconteceu também com José, apesar do sentimento de receio, de medo mesmo, que ele experimentava ao ouvir esses discursos; sentia-se atraído por eles de um modo inquietante não só porque os achava divertidos, mas também porque pareciam atingi-lo, mesmo quando levados a sério. Isso não significa que ele concordasse com o ousado orador, mas há dúvidas cuja existência ou possibilidade basta conhecer para que nos façam sofrer. No princípio não era um sofrimento muito grande, mas apenas uma comoção, uma inquietação, um misto de impulsos veementes e de má consciência.

Tinha de chegar a hora, e chegou realmente, em que Designori reparou que entre seus ouvintes havia um a quem suas palavras significavam algo mais do que a diversão e o prazer excitantes e escandalosos da disputa, um menino louro, silencioso, de traços bonitos e delicados, mas que aparentava timidez e que enrubesceu, embaraçado, respondendo por monossílabos, quando ele lhe dirigiu amavelmente a palavra. Evidentemente esse rapaz já lhe seguia os passos há muito tempo, pensou Plínio, e fez tenção de recompensá-lo com uma atitude amável para ganhar sua simpatia: convidou-o a visitá-lo em seu quarto. Mas esse menino tímido e esquivo não era fácil de conquistar. Plínio, admirado, percebeu que ele o evitava e não queria conversas, não tendo nem mesmo aceitado seu convite; isso excitou o mais velho, que começou desde então a fazer a conquista de José, no princípio só por amor-próprio, e mais tarde a sério, porque pressentia ter encontrado um parceiro, talvez um futuro amigo, talvez o contrário. Via sempre José ao seu redor, sentindo que o menino o ouvia com a maior atenção, mas que o evitava com timidez sempre que percebia a sua aproximação.

Essa atitude tinha suas razões de ser. Há muito tempo José pressentia que o colega tinha algo de importante para transmitir-lhe, talvez alguma coisa bela, a possibilidade de alargar seus horizontes, um conhecimento, uma explicação, talvez mesmo uma tentação e um perigo, de qualquer modo alguma coisa que ele precisava superar. Os primeiros impulsos de dúvida e de crítica que os discursos de Plínio despertaram nele, comunicara-os a seu amigo Ferromonte, que não lhe deu muita atenção e lhe disse que Plínio era um sujeito pretensioso e convencido, a quem não se devia ouvir, voltando em seguida a mergulhar em seus exercícios de música. José tinha o sentimento de que a Diretoria era a instância a que ele devia levar suas dúvidas e inquietações, porém, após aquela pequenina discussão, ele não estava em relações de muita amizade e franqueza com ela: receava não ser compreendido, e receava mais ainda que uma entrevista sobre o rebelde Plínio fosse julgada pela Diretoria uma espécie de denúncia. Em meio a essa dúvida, que se tornava cada vez mais penosa pelas tentativas de Plínio em ganhar sua amizade, ele dirigiu-se a seu protetor e gênio bom, o Mestre de Música, em uma longa carta, que se conservou para a posteridade. Entre outros assuntos, ele escreveu o seguinte:

"Ainda não estou muito certo se Plínio tem esperanças de que eu me torne seu companheiro de ideias ou apenas de conversas. Espero que seja de conversas, porque, se eu me convertesse às suas opiniões, isso significaria tornar-me infiel e prejudicar a minha vida, que tem suas raízes em Castália, assim como não tenho pais nem amigos lá fora, a quem pudesse retornar, se acaso chegasse a ter tal desejo. Mas, mesmo que os discursos desrespeitosos de Plínio não tenham por finalidade converter-me às suas ideias ou influenciar-me, não posso julgá-los com clareza. Para usar de completa franqueza com o senhor, prezado Mestre, preciso dizer-lhe que nas ideias de Plínio encontro algo a que não posso simplesmente responder 'não', porque faz apelo a uma voz interior dentro de mim que por vezes muito se inclina a dar-lhe razão. Provavelmente é a voz da natureza, e ela está em aberta contradição com minha educação e as concepções que nos são usuais. Quando Plínio chama nossos professores e mestres de casta sacerdotal, e a nós, alunos, de rebanho castrado e conduzido pelas rédeas, essas palavras são naturalmente grosseiras e exageradas, mas talvez contenham um pouco de verdade, do contrário não me inquietariam tanto. Plínio sabe dizer coisas espantosas e desencorajantes. Por exemplo, o Jogo de Avelórios é um retorno à época folhetinesca, um simples brinquedo irresponsável com letras em que dissolvemos a linguagem das artes e das ciências; ele consiste apenas em associações de ideias e analogias. Ou então: uma prova do nenhum valor de toda a nossa formação intelectual e moral é a nossa resignada improdutividade. Nós analisamos, por exemplo, diz ele, as regras e técnicas dos diferentes estilos e épocas da música, e não criamos uma música nova. Lemos e comentamos Píndaro ou Goethe, e envergonhamo-nos de escrever versos. São censuras de que não posso rir-me. E não são as mais graves que nos magoam. O pior é quando ele diz que nós, castálicos, levamos uma vida de passarinhos domesticados, sem ganhar nosso próprio pão, sem conhecer a necessidade e a luta pela vida, sem conhecer nem querer saber daquela parte da humanidade cujo trabalho e cuja pobreza são a base da nossa existência luxuosa." E a carta termina com estas palavras: "Talvez eu tenha abusado da sua amabilidade e bondade, e estou pronto a receber repreensão por isso. Repreenda-me, mande-me penitenciar-me que eu lhe agradecerei. Mas estou necessitadíssimo de um conselho. Posso suportar ainda por um pouco de tempo a atual situação. Levá-la a uma real e frutuosa evolução não está em minhas forças fazê-lo, sou muito fraco e inexperiente para isso e, o que talvez seja pior, não posso abrir-me com a Diretoria da Escola, a não ser que o senhor me ordene isso expressamente. E assim, importunei-o com este assunto que começa a se tornar um tormento para mim."

Seria de enorme valor para nós possuirmos uma resposta do Mestre, também em preto no branco, a esse pedido de socorro. Mas essa resposta foi dada verbalmente. Pouco tempo depois da carta de Servo, o Magister Musicae em pessoa foi a Cela Silvestre para dirigir um exame de música e, durante os dias de sua permanência ali, ocupou-se com o maior carinho do seu jovem amigo. Sabemos disso por narrações posteriores de Servo. Isso não foi nada fácil para o Mestre. Ele principiou por examinar com atenção os boletins de Servo e principalmente seus estudos privados, achando-os muito unilaterais, dando a esse respeito razão à Diretoria de Cela Silvestre e exigindo também que Servo manifestasse a ela aceitar sua opinião. Quanto ao comportamento de Servo com relação a Designori, o Mestre deu determinadas regras de conduta e não partiu antes de conversar a esse respeito com o diretor Zbinden. Isso teve como consequência não só a notável luta, inesquecível para os que dela participaram, entre Designori e Servo, como também relações completamente novas entre este último e a Diretoria. Essas relações continuaram, como anteriormente, muito menos cordiais e íntimas do que com o Mestre de Música, mas eram agora claras e naturais.

O papel que coube a Servo representar determinou por largo tempo sua vida. Foi-lhe permitido aceitar a amizade de Designori, colocar-se sob a sua influência e seus ataques, sem que os professores se imiscuíssem nisso ou o fiscalizassem. Porém a missão que lhe fora outorgada pelo Mentor era defender Castália contra os seus críticos e discutir as opiniões contrárias, conservando sempre o mais elevado nível. Isso e outras coisas ainda levaram José a se apropriar intensivamente dos fundamentos das leis reinantes em Castália e na Ordem, tendo que conservá-las sempre presentes na memória. As discussões entre os dois adversários amigos em breve se tornaram célebres, e todos acorriam para ouvi-las. O tom agressivo e irônico de Designori tornou-se mais delicado, a maneira de ele formular suas ideias, mais severa e responsável, e sua crítica, mais objetiva. Até então fora Plínio quem levara vantagens nessa luta, ele vinha do "mundo", tinha a experiência, o método, os meios de combate desse mundo, e também um pouco da sua irreflexão, e conhecia pelas conversas dos adultos em casa tudo o que o mundo censurava em Castália. Agora as réplicas de Servo o forçavam a reconhecer que ele conhecia bem o mundo, melhor do que os castálicos, mas não conhecia em absoluto Castália e sua mentalidade, como aqueles que tinham ali o seu lar, e para os quais ela era a pátria e o destino. Aos poucos ele reconheceu que ali ele era apenas um forasteiro, e não uma pessoa do lugar, e que não só lá fora, mas também na Província Pedagógica existiam experiências e hábitos seculares, uma tradição e até mesmo uma "natureza", conhecida só em parte por ele, e que só por intermédio de Servo ele aprendeu a respeitar. Servo, ao contrário, para estar à altura do seu papel de apologista, foi forçado, com o auxílio de estudos, meditações e disciplina interior, a conscientizar cada vez com maior clareza e profundidade tudo aquilo que lhe cabia defender. Na retórica Designori era o mais forte e, além de uma natureza ardente e ambiciosa, tinha a seu favor um certo traquejo de sociedade e esperteza, e especialmente quando estava por baixo, pensava nos ouvintes e sabia preparar uma saída honrosa ou cômica, enquanto Servo, quando o adversário o encostava à parede, só podia dizer: "Preciso pensar ainda sobre isso, Plínio. Espere uns dias, e voltaremos ao assunto."

Essas circunstâncias se desenvolveram com dignidade e tornaram-se um elemento indispensável na vida escolar de Cela Silvestre daquela época para os participantes e ouvintes da disputa, mas para Servo o sofrimento e o conflito amainaram apenas em grau diminuto. Graças ao elevado grau de confiança e responsabilidade que depositavam nele para essa tarefa, Servo se mostrou à altura dela, e uma prova da sua natureza enérgica e bem-dotada é que se desempenhou dessa missão sem danos aparentes. Mas no íntimo sofria imensamente. Não só tinha amizade por Plínio, esse companheiro espirituoso que era preciso conquistar, pelo Plínio mundano e bem-falante, como também por aquele mundo estranho, que seu amigo e adversário defendia, que José ficou conhecendo ou pressentindo pela atitude, pelas palavras e gestos de Plínio, aquele mundo assim chamado "real", onde existiam mães e filhos carinhosos, pessoas esfomeadas e casebres, jornais e lutas eleitorais, aquele mundo primitivo e ao mesmo tempo refinado, ao qual Plínio voltava nas férias para visitar os pais e irmãos, para fazer a corte às mocinhas, frequentar reuniões de trabalhadores ou visitar clubes elegantes, ao passo que Servo permanecia em Castália, passeando e nadando com seus companheiros, tocando *Ricercare* de Froberger ou lendo Hegel.

José não tinha dúvida alguma de que seu lar era Castália e que ele tinha razão em viver, de acordo com os costumes dali, uma vida sem família, sem distrações variadas e legendárias, uma vida sem jornais, e também sem necessidades nem fome — aliás, Plínio, que sabia apresentar aos alunos da Elite o quadro impressionante de sua existência de zangões, também nunca havia passado fome nem precisado ganhar a vida. Não, o mundo de Plínio não era o melhor e o mais certo. Mas existia e, como José o sabia pelos fatos históricos, sempre existira e sempre fora semelhante ao de hoje, e muitos povos não haviam conhecido outros mundos a não ser o deles, ignorando as Escolas da Elite e a Província Pedagógica, as Ordens, os Mestres e o Jogo de Avelórios. A maioria dos homens em toda a terra vivia de modo diferente do de Castália, de modo mais simples, mais primitivo, mais perigoso, desprotegido e desordenado. E esse mundo primitivo era uma coisa que pertencia por direito de nascença a todos os homens, e cada um sentia algo desse mundo no próprio coração, certa curiosidade em conhecê-lo, saudade e piedade dele. Julgá-lo com equidade, admitir certos direitos pátrios no próprio coração, sem voltar a pertencer a ele, era o importante. Pois ao seu lado e acima dele havia o segundo mundo, o de Castália, o mundo intelectual, um mundo artificial, ordeiro, protegido, mas que necessitava de constantes cuidados e práticas: a Hierarquia. Servir a este mundo, sem ser injusto com o outro, e sem desprezar ou ter confusos desejos ou saudade desse outro, é isso que estava certo, sem dúvida. Porque o pequeno mundo castálico era um servidor do grande mundo, dando-lhe professores, livros e métodos, tratando de conservar a pureza das funções e da moral do espírito, oferecendo o abrigo de suas escolas, e sua proteção, ao pequeno número de pessoas cujo destino era aparentemente dedicar sua vida ao espírito e à verdade. Por que não viviam esses dois mundos harmoniosa e fraternalmente ao lado um do outro, intimamente unidos? Por que não se podia cultivar e reunir a ambos dentro de si próprio?

Certa vez o Mestre de Música fez uma visita a Cela Silvestre, numa época em que José, cansado e abatido por sua tarefa, a custo conseguia conservar o equilíbrio psíquico. O Mestre pressentiu-o por algumas alusões do adolescente, mas percebeu-o com maior clareza ao ver sua aparência extremamente abatida, seu olhar inquieto, sua atitude dispersa. Fez-lhe algumas perguntas, a que o rapaz respondeu com má vontade, inibido. Parando com as perguntas, preocupadíssimo com o estado de José, o Mestre levou-o a uma sala de música, pretextando querer participar-lhe uma pequenina descoberta musical. Fê-lo trazer um cravo e o mandou afiná-lo, enleando-o numa conversa muito íntima a respeito das origens da forma da sonata, até que o aluno se esquecesse de suas dificuldades, desinibindo-se e ouvindo com gratidão as palavras do Mestre e os exemplos que ele tocou ao cravo. Com paciência, o Mestre esperou até que ele ficasse num estado de alma aberto e receptivo. E após tê-lo conseguido, após terminar sua explicação e tocar para o aluno uma sonata de Gabrieli, levantou-se, pôs-se a andar de um lado para o outro no pequeno aposento e narrou o seguinte:

— Ocupei-me certa ocasião profundamente com esta sonata, há muitos anos. Foi ainda nos meus anos de estudos livres, antes de ouvir o apelo da vocação para a profissão de professor, e mais tarde a de mestre de música.

Naquela ocasião eu tive a vaidosa ideia de escrever uma "História da sonata" sob novos aspectos, mas cheguei a um ponto em que não conseguia avançar e comecei a duvidar do valor de todas essas pesquisas musicais e históricas, achando que talvez não passassem de uma brincadeira inútil para ociosos e um substitutivo de brilho efêmero, intelectual e artificial, de uma vida genuína e realmente vivida. Em resumo, tive de passar por uma dessas crises em que toda espécie de estudos e de esforço intelectual propriamente dito se torna duvidosa e desprovida de valor para nós, e nos inclinamos a invejar o camponês ao seu arado e o par amoroso ao crepúsculo, ou então o pássaro a cantar na árvore e a cigarra a estridular no capim, pelo verão; é que eles nos parecem viver com enorme naturalidade, completos e felizes, e porque nada sabemos de suas necessidades e dos rigores, dos perigos e das dores de sua vida. Em resumo, eu perdera bastante o equilíbrio, e não era nada agradável o estado de espírito em que me encontrava, sendo mesmo bem difícil de suportar. Pensei então nas maravilhosas possibilidades de fuga e de libertação, pensei em sair pelo mundo como músico, tocando em festas de casamento. Então, como nos antigos romances, surgiria um estrangeiro e me convidaria a envergar um uniforme e acompanhar um destacamento em uma guerra qualquer, e eu o acompanharia. E tudo se passou como costuma suceder em situações semelhantes à minha: de tal modo me dispersei, que sozinho não conseguia mais resolver meus problemas, necessitando de auxílio alheio.

O Mestre estacou um instante e se pôs a sorrir. Depois continuou:

— Naturalmente eu tinha um conselheiro de estudos, conforme o exige o regulamento, e naturalmente teria sido mais sensato e correto, e era também o meu dever, aconselhar-me com ele. Mas realmente é assim, José: justamente quando estamos em dificuldades e nos desviamos do nosso caminho, necessitando de um corretivo, é que sentimos a maior repulsa em retornar ao caminho normal e em procurar o corretivo normal. Meu conselheiro de estudos não estava satisfeito com meu boletim quadrimensal de fim de ano e me fizera graves reparos a esse respeito, mas eu julguei estar a caminho de novas descobertas ou ideias, e de certo modo levei a mal as suas advertências. Em resumo, eu não desejava procurá-lo nem rastejar ante ele, dando-lhe razão. Aos meus companheiros eu também não queria confiar minhas preocupações; mas vivia nas minhas vizinhanças um sujeito original, que eu só conhecia de vista e por referências, um conhecedor de sânscrito que tinha o apelido de "iogue". Certa ocasião em que o meu estado de alma era insuportável, fui procurar esse homem, de quem eu já caçoara pelo seu aspecto solitário e extravagante, apesar de no íntimo admirá-lo. Procurei-o em sua cela, mas quando quis dirigir-me a ele encontrei-o imerso na meditação, estava na postura ritual hindu, e não foi possível chamar-lhe a atenção. Ele parecia suspenso em êxtase, com um leve sorriso, em completo alheamento, e eu não pude fazer outra coisa senão ficar à porta, esperando até que ele voltasse da sua contemplação. Isso durou muito tempo, uma ou duas horas, e afinal eu fiquei cansado, deixando-me escorregar para o assoalho, onde fiquei sentado de encontro à parede, esperando. Afinal vi o homem despertar pouco a pouco, mover de leve a cabeça, endireitar os ombros, distender lentamente as pernas cruzadas, até que, ao fazer menção de levantar-se, seu olhar caiu sobre mim.

— Que queres? — perguntou ele.

Eu me levantei e disse, sem refletir, e sem saber muito bem o que estava dizendo:

— As sonatas de Andrea Gabrieli.

Ele se ergueu de todo, fez-me sentar na única cadeira que lá havia, tomou lugar à beira da mesa e disse:

— Gabrieli? Qual foi a ação de suas sonatas sobre ti?

Eu comecei a contar-lhe o que me acontecera, a confessar-lhe o estado em que me encontrava. Ele inquiriu-me com uma minúcia, que me pareceu pedante, sobre a minha vida, os meus estudos de Gabrieli e da sonata, querendo saber a que horas eu me havia levantado, quanto tempo eu lera, quanto tempo praticara os exercícios de música, a que horas comera e fora dormir. Eu confiara a ele as minhas preocupações, eu o forçara a dar-me atenção, e agora tinha que suportar suas perguntas e dar-lhes resposta, apesar de elas me envergonharem, porque iam penetrando inexoravelmente nas minúcias, ao passo que minha vida mental e moral das últimas semanas e meses ia sendo analisada. Em seguida o iogue se calou de súbito e, como eu continuasse perplexo, sem nada compreender, ele ergueu os ombros e disse:

— Tu não percebes onde está o erro?

Não, eu não descobria. Então ele recapitulou, com exatidão espantosa, todas as perguntas que me dirigira, até retornar aos primeiros sinais de cansaço, repugnância e obstrução mental, demonstrando-me que tudo acontecera em consequência de um exagero nos estudos, e disse que já era tempo de eu readquirir o controle sobre mim mesmo e sobre minhas forças, com o auxílio de outrem. Ele me demonstrou que, tendo eu tomado a liberdade de renunciar aos exercícios metódicos de meditação, pelo menos deveria notar logo o mal daí decorrente, lembrar-me do meu esquecimento e procurar sanar o meu descuido. Não só eu deixara de meditar durante bastante tempo, por falta de tempo ou de ânimo, por descuido ou exagerada dedicação aos estudos, e também por excitação, como, com o decorrer do tempo, até perdera a consciência da minha omissão, e agora, quase a fracassar, em desespero, fora preciso que me lembrassem o meu erro. E de fato tive então de esforçar-me imensamente para superar o meu descuido, voltando a praticar os exercícios de meditação básicos, para principiantes, para readquirir pouco a pouco a faculdade da concentração e da interiorização.

O Magister terminou seu passeio pelo quarto dando um leve suspiro e dizendo estas palavras:

— Foi isso que se passou comigo naquela época, e ainda sinto um pouco de vergonha ao aludir a esse fato. Mas o caso é este, José: quanto mais exigirmos de nós próprios, ou a nossa ocupação exigir de nós, tanto mais devemos nos aproximar dessa fonte de energias que é a meditação, dessa sempre renovada conciliação de espírito e alma. E eu poderia exemplificar de várias maneiras o que digo — quando uma ocupação exige toda a nossa atenção, ora excitando e animando, ora nos fatigando e abatendo, é que mais facilmente nos esquecemos dessa fonte, assim como ao nos aprofundarmos em uma atividade do espírito somos facilmente inclinados a esquecermo-nos do corpo e dos cuidados que ele requer. Todos os grandes homens da história, todos aqueles que realmente o foram, sabiam meditar ou conheciam inconscientemente o caminho aonde nos leva a meditação. Os outros homens, mesmo os mais dotados e enérgicos, finalmente desistiram ou fracassaram, porque sua tarefa ou um sonho ambicioso se apossou deles, tornando-os fanáticos, e eles perderam a faculdade de se desligar da atualidade e distanciar-se dela. Bem, tu já sabes disso desde a primeira prática que fizeste. Esse fato é profundamente verdadeiro, e é inapelável. Só o percebemos quando não encontramos mais o nosso caminho.

A ação dessa narrativa sobre José foi suficiente para que ele pressentisse o perigo que o ameaçava e se entregasse com renovada dedicação às práticas da meditação. Causou-lhe profunda impressão ter o Mestre pela primeira vez mostrado um pequenino quadro de sua vida íntima pessoal, de sua juventude e do tempo de estudos; pela primeira vez ele percebeu claramente que um semideus, um mestre, também teve juventude e pode se ter desviado do caminho. Sentiu-se imensamente agradecido pela confiança que aquele homem venerado lhe havia demonstrado com a sua confissão. Podia-se desviar do caminho, fatigar-se, errar, infringir leis, e no entanto superar tudo isso, voltar para trás e afinal tornar-se um mestre. José superou a crise.

Nos dois ou três anos de Cela Silvestre, enquanto durou a amizade entre Plínio e José, a escola assistiu ao espetáculo dessa amizade combativa, como a um drama de que todos participavam, desde a Diretoria até o mais jovem aluno. Os dois mundos, os dois princípios se haviam corporificado em Servo e Designori, e cada qual queria superar o outro, cada discussão era um desafio solene e grave que interessava a todos. E assim como Plínio trazia novas energias de cada visita, de cada amplexo ao solo natal, José absorvia novas forças de suas reflexões, de suas leituras, das práticas de meditação, dos encontros com o Magister Musicae, adquirindo cada vez mais aptidões para se tornar um representante e um dirigente de Castália. Um dia, na sua infância, ele sentira o primeiro apelo da vocação. Agora sentia o segundo, e esses anos forjaram sua personalidade, dando-lhe o cunho de um perfeito castálico. Há muito tempo ele já absorvera os primeiros ensinamentos do Jogo de Avelórios, e desde então começou a planejar seus próprios jogos, durante as férias e sob o controle de um dos Diretores do Jogo. Descobriu nisso uma das mais dadivosas fontes de alegria e de calma interior; desde o tempo de seus insaciáveis exercícios de cravo e piano com Carlo Ferromonte, nada lhe fizera tanto bem, lhe trouxera mais refrigério, mais forças, segurança e ventura do que esses primeiros contatos com o firmamento constelado do Jogo de Avelórios.

São desses anos as poesias do jovem José Servo, que se conservaram em cópia manuscrita de Ferromonte; é bem possível que houvesse maior número delas do que o que chegou até nós, e podemos admitir que essas poesias, que começaram a ser escritas antes da iniciação de Servo no Jogo de Avelórios, o auxiliaram a desempenhar-se do seu papel e a atravessar ileso os anos críticos de sua vida. Os leitores poderão descobrir aqui e ali, nesses versos, escritos em parte com arte, em parte com visível pressa, traços da profunda comoção e da crise que Servo atravessou sob a influência de Plínio. Em muitas linhas sente-se o eco de profunda inquietação, uma dúvida fundamental de si mesmo e do sentido da existência, até que finalmente na poesia "O Jogo de Avelórios" parece evidenciar-se um sentido de pia devoção. Aliás havia uma certa concessão ao mundo de Plínio, uma leve revolta contra certas regras familiares castálicas, no simples fato de Servo haver escrito essas poesias e as ter mostrado em várias ocasiões a muitos de seus companheiros. Porque, se de um modo geral Castália renunciara à produção de obras de arte (mesmo as produções musicais só são conhecidas e toleradas lá sob a forma de exercícios de composição, severamente estilísticos), escrever poesias era considerado uma coisa completamente absurda, ridícula e desaprovada. Isso significa que as poesias de Servo não são uma brincadeira, nem simples arabescos; foi necessária uma enorme pressão para fazer entrar em ação sua produtividade artística, e era preciso uma certa coragem e rebeldia para escrever esses versos e confessar-se seu autor.

Não nos esqueçamos de dizer que Plínio Designori, sob a influência de seu antagonista, também sofreu notável transformação e evolução, e não somente no sentido de um enobrecimento dos seus próprios métodos de combate. Durante o tempo de lutas escolares, ele pôde observar seu adversário desenvolver qualidades de castálico exemplar; o espírito da Província se evidenciava cada vez mais vivo em seu amigo, e assim como este último infiltrara nele um certo grau de fermentação com a atmosfera do seu mundo, ele próprio, por sua vez, respirava o ar de Castália, sofrendo a influência do seu encanto. No último ano de escola, após uma disputa de duas horas sobre os ideais da vida monástica e seus perigos, que eles haviam tido em presença da mais adiantada classe do Jogo de Avelórios, Plínio levou José a passear consigo e lhe fez uma confissão, que copiamos de uma carta de Ferromonte:

"Sei naturalmente há muito tempo, José, que não és o jogador de avelórios piedoso e crente, nem o santo da Província, cujo papel representas de modo notável. Mas ambos lutamos em um posto avançado, e cada um de nós sabe perfeitamente que aquilo que combate merece existir e tem incontestável valor. Tu és a favor da disciplina do espírito, eu da vida natural. Na nossa luta aprendeste a sentir os perigos da vida natural e a visá-los, a tua missão é demonstrar que a vida natural e simples sem a disciplina do espírito se transforma num charco e em animalidade, podendo conduzir a abismos ainda mais profundos. E eu, pelo meu lado, preciso sempre recordar-me de quão arriscada, perigosa, infrutífera, enfim, é a vida que só se baseia no espírito. Bem, cada qual defende o primado daquilo em que acredita, tu o espírito, eu a natureza. Mas não leves a mal se eu te disser que muitas vezes tenho a impressão de que me tomas por uma espécie de inimigo do espírito castálico, por uma pessoa a quem os estudos, as práticas e os jogos de Castália só significam no fundo uma futilidade, apesar de, por esta ou aquela razão, participar deles por algum tempo. Ah, meu caro, como tu estarias errado, caso pensasses realmente assim! Confesso-te que amo desesperadamente a tua Hierarquia, e que ela por vezes me encanta e atrai como a própria felicidade. Confesso-te também que há meses, quando passei algum tempo em casa de meus pais, tive uma conversa com meu pai, em que lutei por conseguir sua permissão para permanecer em Castália e entrar na Ordem, caso isso venha a ser do meu agrado e eu me decidir a fazê-lo ao terminar os estudos, e foi grande a minha felicidade quando enfim ele me deu sua permissão. Não terei necessidade dela, há pouco tempo me certifiquei disso. Não que eu tivesse perdido o desejo de fazê-lo! Mas cada vez percebo com mais clareza que se eu permanecesse convosco isso significaria para mim uma fuga, uma fuga bem-comportada, talvez mesmo nobre, mas de qualquer modo uma fuga. Eu abandonarei Castália para fazer parte do mundo profano. Mas serei um profano que se conservará grato a Castália, que continuará a praticar muitos de seus exercícios, e participará todos os anos das solenidades do Jogo de Avelórios."

Profundamente comovido, Servo comunicou a seu amigo Ferromonte a confissão de Plínio. E Ferromonte acrescenta à narrativa da carta citada estas palavras: "Para mim, que sou músico, essa confissão de Plínio, ao qual nem sempre julguei com equidade, foi uma vivência musical. O contraste mundo e espírito, ou o contraste Plínio e José, havia-se sublimado aos meus olhos, pela luta de dois princípios irreconciliáveis, em um concerto musical."

Quando Plínio terminou seu curso escolar de quatro anos e teve que voltar para casa, levou à Diretoria uma carta de seu pai, convidando José para as férias. Era uma pretensão pouco comum. É certo que havia a permissão, e não muito rara, de viajar e permanecer fora da Província Pedagógica, principalmente para estudos, mas de qualquer modo isso era uma exceção, e essa permissão era dada apenas para estudantes, nunca para alunos. O diretor Zbinden, porém, considerou muito importante o convite, por partir de uma família e de uma personalidade tão respeitadas, e não se negou a aceitá-lo, mas apresentou-o à junta da Direção do Ensino, que respondeu com um "não" lacônico. Os dois amigos tiveram de despedir-se um do outro.

— Mais tarde tentaremos convidar-te de novo — disse Plínio —, um dia teremos sorte. Tu precisas conhecer o meu lar e a minha família para veres que nós também somos homens e não só um bando de gente profana e de homens de negócio. Vou sentir muito a tua falta. E agora, José, faz o possível para subir logo de posição nessa complicada Castália, tu tens qualidades para ser membro de uma hierarquia, mas sou do parecer de que tens mais jeito para bonzo do que para fâmulo, apesar do teu nome. Eu te profetizo um brilhante futuro, serás um dia Magister e pertencerás aos escolhidos.

José fitou-o com tristeza.

— Podes caçoar! — disse ele, lutando com a comoção da despedida. — Não sou tão ambicioso como tu, e se eu chegar a ocupar algum posto tu há muito tempo já serás presidente ou prefeito, professor de universidade ou conselheiro de Estado. Pensa com amizade em nós, Plínio, e em Castália também, não te afastes de nós por completo! Lá fora deve haver algumas pessoas que sabem mais coisas sobre Castália do que as anedotas que contam a nosso respeito.

Apertaram as mãos, e Plínio partiu. O último ano de Castália para José foi muito calmo. Sua função pública e cansativa, de uma espécie de personalidade oficial, teve repentinamente um fim, Castália não precisava mais de um defensor. As férias desse ano, ele as dedicou de preferência ao Jogo de Avelórios, que o atraía cada vez mais. Um caderninho de notas dessa época, sobre a importância e a teoria do Jogo, principia com estas palavras: "A vida em seu conjunto, tanto sob o aspecto físico quanto espiritual, é um fenômeno dinâmico de que o Jogo de Avelórios no fundo só apreende o lado estético, e aliás o apreende de preferência na imagem dos processos rítmicos."

Anos de estudo

José Servo teria os seus vinte e quatro anos de idade. Com a despedida de Cela Silvestre, seu tempo de escola terminara, e principiaram então os anos de estudos livres; com exceção dos anos inocentes de menino em Freixal, esses foram os anos mais joviais e felizes de sua vida: há sempre algo maravilhoso e de comovedora beleza no prazer de um adolescente pelas descobertas e conquistas. Pela primeira vez liberto da prisão da escola, ele se põe a caminho em direção do espírito, suas ilusões ainda não se desfizeram, nenhuma dúvida o atinge sobre a possibilidade de infinita dedicação ou sobre a extensão ilimitada do mundo espiritual. Justamente para os talentos da fibra de José Servo, que não são obrigados a concentrar-se numa especialidade qualquer, mas têm a propensão inata para o todo, a síntese e a universalidade, essa primavera de liberdade nos estudos é não raro uma época de intensa felicidade, quase de êxtase; sem a precedente disciplina da Escola da Elite, sem a higiene psíquica da prática meditativa e sem o brando controle da Direção de Ensino, essa liberdade representaria para tais talentos um grave perigo e seria funesta a muitos, como sucedeu, antes de existir a nossa atual Ordem, nos séculos pré-castálicos, a inumeráveis talentos. Nas universidades desse longínquo passado, houve em certos períodos uma chusma de naturezas fáusticas, que navegavam a todo o pano no mar alto das ciências e da liberdade acadêmica, e que naufragaram no mar de um diletantismo sem peias, sendo o próprio Fausto o protótipo do diletantismo genial e da tragédia que acompanha o diletantismo. Em Castália a liberdade espiritual do estudante é imensamente maior do que jamais o foi nas universidades de épocas anteriores, porque as possibilidades de estudo são muito mais variadas, e também por não haver ali a influência e a limitação provocadas pelas preocupações materiais, nem por ambição, receios, pobreza dos pais, perspectivas de lucro e de carreira etc. etc. Nas academias, seminários, bibliotecas, arquivos e laboratórios da Província Pedagógica, todos os estudantes, com respeito à sua origem e seus propósitos, têm os mesmíssimos direitos, a Hierarquia é formada meramente com base nas disposições de inteligência e de caráter dos alunos e em suas qualidades. Pelo contrário, sob o ponto de vista material e espiritual, a maioria das liberdades, tentações e perigos de que tantos talentos são vítimas nas universidades profanas não existem em Castália; ali existe também o perigo de demonias e desvairamentos — onde estaria livre deles a existência humana? —, mas ao estudante castálico, de um ou de outro modo, são poupadas muitas possibilidades de desvios, desilusões e quedas. Não é possível que ele se entregue ao vício da embriaguez, ou adote, nos anos da juventude, os hábitos propagandistas ou das associações secretas de certas gerações estudantis do passado, nem tampouco pode fazer um dia a descoberta de que seu diploma de madureza foi um erro ou deparar, no decorrer de seus estudos, com falhas insanáveis em seus estudos preparatórios; de todos esses inconvenientes a organização castálica o protege. Também o perigo de excessos com mulheres ou exageros no esporte não é muito grande. No que se refere às mulheres, o estudante castálico não conhece o casamento, com suas seduções e seus perigos, nem a *pruderie* de muitas épocas do passado, que obrigava o estudante a uma vida sexual ascética ou ao contato com mulheres mais ou menos venais ou prostituídas. Como em Castália não existe o casamento, também não há uma moral amorosa tendo em vista o casamento. Como para o castálico não existe o dinheiro e praticamente nenhuma espécie de propriedade, também não existe o amor venal. Na Província é costume as filhas dos cidadãos não se casarem cedo demais; nos anos que precedem o casamento, o estudante e o erudito são considerados por elas ótimos partidos, porque nem um nem outro tem em mira sua origem e suas posses, e ambos estão habituados a dar o mesmo valor às qualidades de espírito que às de vitalidade, possuindo em geral fantasia e humor; como não dispõem de dinheiro, precisam substituí-lo pelo dom de si próprios. A namorada-estudante de Castália não conhece a pergunta: ele se casará comigo? Não, ele não se casará com ela. É verdade que isso já sucedeu, uma ou outra vez deu-se o caso raro de um estudante da Elite retornar, por meio do casamento, ao mundo burguês, renunciando a Castália e à Ordem. Mas esses raros casos de apostasia na história da Escola e da Ordem não representam mais do que um fato curioso.

O grau de liberdade e de escolha em todos os domínios do saber e da pesquisa científica, de que o aluno da Elite goza após ter absorvido os cursos preparatórios, é de fato altíssimo. Essa liberdade só é restringida — quando as faculdades e os interesses não são desde o princípio muito extensos — pela obrigação que todos os estudantes independentes tomam de seguir um plano prévio de estudos por um semestre inteiro e submeter-se durante esse tempo a um brando controle das autoridades escolares. Para os indivíduos de talento e interesses multilaterais — e Servo pertencia a essa classe —, os primeiros anos de estudos possuíam, em razão dessa ampla liberdade, um maravilhoso fascínio e encanto. Justamente a esses indivíduos de variados interesses, a autoridade dispensa uma liberdade quase paradisíaca; a não ser que caiam na vadiagem, o aluno pode escolher entre todas as ciências a que mais lhe agradar, pode fazer a um só tempo estudos pertencentes aos mais diversos domínios, apaixonar-se por seis ou oito ciências de uma só vez ou, desde o princípio, ater-se a um número restrito de matérias. Além da observância das regras morais válidas na Província e na Ordem, não lhe é requerido senão uma vez por ano um documento, discriminando os cursos que ele frequentou, as suas leituras e o resultado de seu trabalho nos diversos institutos. O controle e o mais minucioso exame de suas atividades só começam quando ele frequenta cursos e seminários especializados, a que pertencem também os cursos do Jogo de Avelórios e da Academia de Música. Neste caso o estudante independente tem de submeter-se aos exames oficiais e executar os trabalhos exigidos pelo diretor do seminário, como é fácil de compreender. Mas ninguém força o estudante a coisa alguma nesses cursos, e, se ele o desejar, pode frequentar apenas as bibliotecas durante semestres e anos inteiros, e ouvir conferências. Tais estudantes, que esperam largo tempo para prender-se a um dado ramo da ciência, atrasam desse modo sua entrada na Ordem. Mas as autoridades permitem-lhes com a maior paciência incursões nos domínios de todas as ciências e estudos, chegando até a encorajá-los nos seus propósitos. Exige-se deles, além de bom comportamento quanto à moral, apenas a apresentação de um *curriculum vitae* todos os anos. É a esse antigo costume, tantas vezes ridicularizado, que devemos as três narrativas sobre a vida de Servo. Nelas não se trata, como no caso das poesias escritas em Cela Silvestre, de uma atividade literária privada, não oficial, secreta e mais ou menos proibida, mas de uma ocupação normal, oficial. Já desde os primórdios da Província Pedagógica, instituiu-se o uso de fazer com que os alunos mais jovens, isto é, os que não tinham ainda sido aceitos na Ordem, se ocupassem com uma composição escrita, ou um exercício estilístico, isto é, um *curriculum vitae*, uma biografia fictícia, decorrida numa época qualquer. O aluno tinha o dever de transportar-se a uma região e a uma civilização do passado, ao clima espiritual de qualquer época da Antiguidade, imaginando ali uma existência adequada à sua personalidade, conforme a época e a moda. Era escolhida a Roma imperial, a França do século XVII ou a Itália do século XV, a Atenas do tempo de Péricles ou a Áustria da época de Mozart, e entre os filólogos tornou-se costume escrever seus romances biográficos na língua e no estilo do país e da época em que se passavam; havia por vezes biografias engenhosíssimas, no estilo da cúria da Roma papal pelo ano 1200, no latim monacal, no italiano das "Cem Novelas", no francês de Montaigne ou no alemão barroco de Schwane von Boberfeld. Vivia um resto da crença asiática na transmigração das almas e na reencarnação nessa forma de composição livre e graciosa, os professores e alunos partilhavam da ideia de que sua atual existência poderia ter sido precedida por outras vidas, em outros corpos, outras épocas, sob condições diferentes. Não era uma crença, e muito menos uma doutrina, era apenas um exercício, um jogo das forças imaginativas, essa ideia do ego em situações e lugares diversos. Como se costumava fazer em muitos seminários de crítica estilística e também com frequência no Jogo de Avelórios, desenvolvia-se a prática de penetrar com sutileza em civilizações, épocas e países do passado, considerando sua própria pessoa uma máscara, o traje efêmero de uma entelequia. O costume de escrever tais biografias tinha o seu encanto e muitas vantagens, do contrário não se teria conservado por tanto tempo. Aliás não era pequeno o número de estudantes que, além de ter certa crença na ideia da reencarnação, também aceitava como uma verdade a escolha de seu próprio destino. Naturalmente a maioria dessas descrições de imaginárias existências anteriores não só era um exercício estilístico e um estudo histórico, como também a expressão de desejos, autorretratos ampliados: os autores da maioria dessas biografias descreviam-se nos trajes e com o caráter em que seus anseios e seu ideal desejariam realizar-se. Além do mais, essas biografias não eram em si uma má ideia pedagógica, sendo uma válvula de escape à necessidade de poesia da juventude. Há muitas gerações era condenado o fato de se escrever poesia genuína e séria, sendo essa necessidade em parte substituída pelas ciências, em parte pelo Jogo de Avelórios, o que não bastava para satisfazer o impulso artístico e criador da juventude; esta encontrava nas biografias, que não raro se transformavam em breves romances, um campo de atividade permitido. E muitos autores terão dado desse modo os primeiros passos nos domínios do autoconhecimento. Aliás, acontecia com frequência, sendo aceito em geral com compreensão benevolente por parte dos professores, que os estudantes se aproveitassem de suas biografias para manifestar-se de modo crítico e revolucionário sobre o mundo atual e Castália. Além do mais, essas composições, justamente na época em que os estudantes gozavam de maior liberdade e não se achavam sob um controle severo, eram para os professores bastante elucidativas, mostrando-lhes frequentemente e com enorme clareza o estado de espírito e a moralidade do seu autor.

Conservaram-se três dessas descrições feitas por José Servo, e vamos transmiti-las fielmente, considerando-as a parte talvez mais importante do nosso livro. Se Servo só escreveu essas três descrições de sua vida ou se outras descrições se perderam não é possível verificar. Certeza só temos de que Servo, após entregar sua terceira biografia, a "hindu", à chancelaria da Direção do Ensino, foi avisado de que deveria ocupar-se de mais uma autobiografia, em uma época mais recente, mais bem documentada do que as primeiras, e com maior riqueza de detalhes históricos. Sabemos por narrativas e cartas que ele fez estudos preliminares no sentido de uma biografia no século XVII. Nela ele pretendia ser um teólogo suábio, que mais tarde trocava o sacerdócio pela música e fora aluno de João Albresto Bengel, amigo de Oetinger, e por algum tempo hóspede da paróquia de Zinzendorf. Sabemos que nessa época ele leu e recolheu excertos da literatura da Antiguidade mais recente e remota, sobre a situação das igrejas, sobre o pietismo e Zinzendorf, liturgia e música sacra. Sabemos também que ele tinha adoração pela figura mágica do prelado Oetinger, e um verdadeiro amor pela figura do Magister Bengel, a par de profunda veneração por ele — mandou até fotografar seu retrato, e durante algum tempo colocou-o sobre sua escrivaninha — e que se empenhou honestamente em apreciar devidamente Zinzendorf, por quem sentia ao mesmo tempo interesse e repulsa. Finalmente abandonou esse trabalho, satisfeito com o que havia aprendido ao ocupar-se nele, mas declarando-se incapaz de transformá-lo numa biografia, por se haver dedicado demais a estudos especializados e recolhido detalhes em excesso. Essa declaração dá-nos o direito de considerar as aludidas biografias mais como a criação e a confissão de um poeta e de um nobre caráter do que de um erudito, e acreditamos ser justos na nossa opinião.

Porém para Servo, além da liberdade de escolher seus próprios estudos, se acrescentou outra espécie de liberdade e de tranquilidade. Ele não tinha sido apenas um discípulo como os outros, que se submetiam à severa organização escolar, à exata observação do horário quotidiano, ao cuidadoso controle e observação por parte dos professores, esforçando-se por adquirir a instrução de um aluno da Elite. Ao lado disso e além disso, por suas relações com Plínio, ele representara um papel importante, e pesava sobre ele uma responsabilidade que o incitava a chegar aos limites extremos de suas possibilidades mentais e psíquicas, o que em parte significava um peso, tinha um papel ativo e representativo e uma responsabilidade que ultrapassavam sua idade e suas forças, um papel que o fez sofrer, e de que ele só havia podido desempenhar-se com um excesso de força de vontade e de talento. Não lhe teria sido possível levar a cabo essa tarefa sem o auxílio poderoso que lhe vinha de longe, do Mestre de Música. Vamos encontrá-lo, com cerca de vinte e quatro anos, no fim do seu excepcional curso escolar em Cela Silvestre, amadurecido para a sua idade e um pouco estafado, mas, o que é de admirar, aparentemente sem sofrer nenhum dano mais profundo. Ficamos sabendo que esse papel e essa responsabilidade exigiram muito de sua personalidade, levando-o à beira do esgotamento, apesar de não haver documentos diretos que o provem. Basta observar de que modo o discípulo, terminados os cursos, desde os primeiros anos fez uso de sua liberdade, pela qual tantas vezes suspirara. Servo, que durante os últimos anos de escola ocupara um posto em evidência, e de certa maneira já pertencia à vida pública, afastou-se dela imediatamente e por completo; quando se procura seguir os traços da sua vida naquele período, tem-se a impressão de que seu desejo era, acima de tudo, tornar-se invisível, e lugar algum, sociedade alguma lhe pareciam bastante inócuos, e nenhuma forma de existência, bastante retirada. Assim sendo, ele deu respostas breves e secas a algumas cartas longas e entusiásticas de Designori, deixando afinal de responder a elas. O afamado aluno Servo desapareceu sem deixar vestígios, somente em Cela Silvestre sua fama se conservou, tornando-se com o tempo quase legendária.

Assim, no início de seus estudos, ele evitou Cela Silvestre pelos aludidos motivos, de que resultou a renúncia provisória aos cursos adiantados e superiores do Jogo de Avelórios. Apesar de um observador superficial poder notar naquele período um visível abandono do Jogo de Avelórios por parte de Servo, sabemos, pelo contrário, que o rumo nada comum de seus estudos independentes, rumo aparentemente caprichoso e incoerente, foi influenciado pelo Jogo de Avelórios, vindo desembocar nesse Jogo e a seu serviço. Frisamos esse fato, por ser um traço característico; José Servo soube tirar proveito de sua liberdade de estudos, de um modo original e pessoal, de uma forma desconcertante, de juvenil genialidade. Durante seus anos de Cela Silvestre ele tinha feito, conforme o costume, o curso de introdução ao Jogo de Avelórios e a recapitulação desse curso depois. No decorrer do último ano, quando já adquirira a fama de bom jogador, ele se tomou de tamanho entusiasmo pelo jogo dos jogos que, após absorver mais um curso ainda como aluno da Elite, foi recebido entre os alunos do segundo grau, o que representa uma rara distinção.

Alguns anos depois, ele contou a um companheiro do curso de recapitulação, seu amigo Fritz Tegularius, mais tarde seu auxiliar, um fato que lhe sucedeu e que não só determinou seu destino de jogador de avelórios, como também exerceu influência no desenvolvimento posterior de seus estudos. Essa carta conservou-se, e o trecho diz o seguinte: "Deixe-me recordar-lhe um fato decorrido quando nós dois pertencíamos ao mesmo grupo e trabalhávamos com entusiasmo em nossos primeiros dispositivos para jogadores de avelórios. Quero lembrar-lhe um determinado dia em que houve um certo jogo. Nosso chefe de grupo nos dera várias sugestões, submetendo à nossa escolha toda a espécie de temas, nós estávamos na melindrosa transição da astronomia, da matemática e da física, as ciências da filologia e da história, e o chefe era um virtuose na arte de nos preparar armadilhas e atrair-nos para o terreno escorregadio das abstrações e analogias absurdas, apresentando-nos de contrabando umas brincadeiras etimológicas e de filologia comparada, que nos seduziam. Era para ele um divertimento, se um de nós se deixava enganar. Cansávamos de medir as sílabas gregas, até que de súbito o solo desaparecia sob nossos pés, quando nos víamos ante a possibilidade ou mesmo a necessidade de escandir as sílabas em vez de acentuar metricamente, e outras coisas semelhantes. Quanto à forma, ele apresentava seus problemas de um modo brilhante e correto, apesar de fazê-lo com um espírito que não me agradava, apresentando-nos labirintos e seduzindo-nos com erros especulativos, com a boa intenção, é certo, de nos fazer conhecer os perigos, mas também para se rir dos dois bobinhos e, exatamente no mais entusiasmado deles, derramar nesse entusiasmo grande dose de ceticismo. No entanto sucedeu que no decorrer de uma de suas experiências vexatórias, enquanto procurávamos, tateantes e a medo, projetar um problema mais ou menos admissível, de súbito e de supetão eu fui atingido pelo sentido e a magnitude do nosso Jogo, sentindo-me profundamente abalado no meu íntimo. Nós estávamos seccionando um problema filológico, a observar de um certo modo o apogeu e o brilho de uma língua. Percorremos em poucos minutos um caminho que ela levara alguns séculos a percorrer, e eu senti intensa emoção pelo espetáculo de inconsistência das coisas: diante de nossos olhos eu via um organismo complicado, antigo e venerável, que se estruturara no decorrer de inúmeras gerações, chegar à máxima florescência, florescência essa que já continha em si o germe da decadência. Essa construção disposta com tanta inteligência principiou a decair, a degenerar, a se encaminhar vacilante em direção do declínio — e, ao mesmo tempo, eu sentia de chofre e com agradável espanto que a decadência e a morte daquela língua não conduziram ao nada, e que sua juventude, seu apogeu e decadência se haviam conservado em nossa memória, em tudo o que sabíamos a respeito dela e de sua história; ela continuava a existir nos símbolos e nas fórmulas da ciência, assim como na formulação secreta do Jogo de Avelórios, podendo a qualquer momento ser reconstituída. Compreendi de súbito que na linguagem, ou pelo menos no espírito do Jogo de Avelórios, de fato tudo tem um significado total, cada símbolo ou combinação de símbolos não conduz indiferentemente ali ou acolá, não leva a exemplos, experiências e provas isolados, mas ao centro, ao mistério cósmico e ao seu íntimo, à sabedoria primordial. Cada mudança do tom maior para o menor numa sonata, cada metamorfose de um mito ou de um culto, cada formulação clássica, artística, eu o reconheci então fulminantemente, nada mais é senão um caminho direto ao interior do mistério cósmico, onde na oscilação do aspirar e do exalar, entre o céu e a terra, entre Yin e Yang, o ato sagrado se realiza eternamente. É verdade que já naquele tempo eu assistira a muitos jogos bem estruturados e bem dirigidos, e devo a eles muitos momentos de sublime elevação, e de ideias felizes, mas até então eu me inclinara a duvidar sempre do valor e da elevação do Jogo em si mesmo. Afinal qualquer problema de matemática bem resolvido podia ser uma fonte de prazer espiritual, qualquer espécie de boa música, ao ser ouvida e mais ainda ao ser tocada, podia elevar a alma, ampliando-a ao infinito, e toda meditação feita com devoção podia acalmar o coração e fazê-lo vibrar em concordância com o universo. Isso era uma prova de que o Jogo de Avelórios, de acordo com minhas dúvidas, não passava de uma arte formal, uma prática inteligente, uma combinação engenhosa, e nesse caso seria preferível não jogá-lo mas ocupar-se com a matemática pura e a boa música. Mas agora pela primeira vez eu ouvia a própria voz interior do Jogo, seu sentido me havia atingido e compenetrado, e desse momento em diante eu fiquei crendo firmemente que esse jogo régio é realmente uma 'língua sacra', uma santa e divina linguagem. Tu hás de lembrar-te, porque tu mesmo reparaste nisto, que eu sofrera uma transformação e que um apelo chegara aos meus ouvidos. Só posso compará-lo àquele apelo inesquecível que um dia transformou minha vida, dando-lhe um sentido superior, quando, menino ainda, fui examinado pelo Magister Musicae e destinado a Castália. Tu percebeste o que se passara, eu o senti muito bem, apesar de nada teres dito. Mas agora tenho um pedido a fazer-te, e para explicar do que se trata, devo contar-te uma coisa que ninguém sabe nem deve ficar sabendo, isto é, que os meus variados estudos de então não foram feitos para satisfazer um capricho, antes seguiram um plano bem determinado. Tu deves lembrar-te, pelo menos deves ter uma ideia vaga daquele exercício do Jogo de Avelórios que nós estruturamos com o auxílio do chefe, quando éramos alunos do terceiro curso, em meio do qual eu ouvi a voz interior que me fez sentir a vocação para Lusor. Pois bem, aquele exercício, que começava com uma análise rítmica do tema de uma fuga, e no meio tinha uma frase atribuída a Kung-tsé, todo aquele jogo, do princípio ao fim, eu estou estudando agora, quer dizer, estudo cuidadosamente suas frases, traduzo-as da linguagem do Jogo para sua linguagem original: a matemática, os ornamentos musicais, o chinês, o grego etc. Eu quero, ao menos uma vez na vida, estudar e estruturar como especialista o conteúdo completo de um jogo de avelórios; já terminei a primeira parte, tendo necessitado de dois anos para isso. Terei de trabalhar naturalmente vários anos ainda. Mas, já que gozamos em Castália de nossa célebre liberdade de estudos, quero aproveitá-la desse modo. Conheço as objeções que se costumam fazer. A maioria dos nossos professores haveria de dizer: nós levamos séculos para inventar e construir o Jogo de Avelórios, como uma linguagem e um método universais, para exprimir todos os valores e conceitos do espírito e da arte, levando-os a um denominador comum. Agora vens tu querendo verificar se isso é verdade! Vais levar a vida inteira tentando consegui-lo, e hás de te arrepender. Pois bem, não levarei a vida inteira nisso, e espero não me arrepender. E agora o meu pedido: como tu atualmente trabalhas no arquivo do Jogo e eu, por certos motivos, gostaria de evitar por algum tempo ainda Cela Silvestre, deverás de vez em quando responder a algumas perguntas minhas, isto é, procurar respectivamente no arquivo e enviar-me as chaves e símbolos, por extenso, de toda espécie de temas. Conto contigo e eu, pelo meu lado, fico ao teu dispor, se precisares de mim para qualquer coisa."

Talvez seja aqui o lugar adequado para relatar a outra passagem de uma carta de Servo, também referente ao Jogo de Avelórios, embora essa carta, dirigida ao Mestre de Música, tenha sido escrita pelo menos um ou dois anos depois. "Eu acho", escreve Servo ao seu protetor, "que se pode ser um bom jogador de avelórios, um virtuose, talvez até um Magister Ludi de grande capacidade, sem pressentir sequer o mistério do jogo e seu sentido último. Poderia mesmo acontecer que o Jogo fosse até mais perigoso a um indivíduo com sentido divinatório e grande saber, caso ele se tornasse um especialista no Jogo de Avelórios, ou seu Diretor, do que a qualquer outro indivíduo. Porque o lado interior, o esoterismo do Jogo, aliás qualquer esoterismo, desce às profundidades do Uno e do Todo, às profundezas onde apenas o alento eterno impera soberano e autossuficiente, em um eterno interiorizar--se e exteriorizar-se. Quem chegasse a ter a vivência completa do sentido do Jogo não seria mais jogador, não estaria mais dentro da multiplicidade, e não lhe seria possível sentir prazer em nenhuma descoberta, nenhuma construção e combinação, porque ele conheceria uma espécie bem diversa de prazer e de alegria. Já que julgo estar muito próximo do sentido do Jogo de Avelórios, será melhor para mim e para os outros que eu não escolha o Jogo como profissão, mas o substitua pela música."

O Mestre de Música, em geral pouco dado a escrever cartas, ficou evidentemente preocupado com essa revelação, e a resposta que lhe deu continha um amável conselho: "É bom que tu próprio não exijas de um Mestre do Jogo que ele seja um 'esotérico' no sentido que dás à palavra, pois espero que a tenhas dito sem ironia. Um Mestre do Jogo ou um professor que se preocupasse principalmente em estar bem próximo do 'sentido íntimo' seria um péssimo professor. Eu, por exemplo, confesso não ter dito em toda a minha vida uma única palavra sobre o 'sentido' da música; se ela o possui, eu não preciso dele. No entanto fiz sempre questão absoluta de que meus alunos soubessem contar com exatidão as suas colcheias e semicolcheias. Quer sejas professor, erudito ou músico, respeita o 'sentido', mas não penses que ele pode ser ensinado. Com o desejo de ensinar o 'sentido', os filósofos da história arruinaram a metade da história universal, introduziram a época folhetinesca e se tornaram cúmplices de muito sangue derramado. Mesmo que eu tivesse de iniciar um aluno em Homero ou nos trágicos da Grécia, não lhe havia de sugerir que a poesia é uma forma de manifestação do Divino, mas me preocuparia em torná-la compreensível pelo conhecimento exato de seus meios de expressão, linguísticos e métricos. Cabe ao professor e ao erudito a pesquisa dos meios e da transmissão do saber, a conservação da pureza dos métodos, e não incitamento e o precoce despertar daquelas vivências impossíveis de exprimir, que se destinam apenas aos escolhidos — que são quase sempre derrotados e sacrificados."

A não ser neste caso, a correspondência de Servo daqueles anos, que aparentemente não foi muito grande e em parte perdeu-se, não alude em trecho algum a um conceito "esotérico" do Jogo de Avelórios. A maior parte da correspondência com Ferromonte, e também a que melhor se conservou, ocupa-se quase exclusivamente com problemas da música e da análise do estilo musical.

Assim, percebemos que o estranho ziguezague dos estudos feitos por Servo, que nada mais foi do que a imagem exata de um esquema único de jogo e sua elaboração, foi a manifestação de uma ideia e de uma vontade bem definidas. Para se apropriar do conteúdo desse esquema de jogo, que ainda nos anos escolares eles haviam composto em poucos dias para exercitar-se, e que na linguagem do Jogo de Avelórios seria lido em um quarto de hora, Servo gastou anos e anos, sentou-se em salas de leitura e bibliotecas, estudou Froberger e Alexandre Scarlatti, formas de fugas e sonatas, praticou a matemática, aprendeu chinês, elaborou um sistema de notação musical e a teoria de Feustel sobre a relação entre a escala das cores e as tonalidades musicais. Pode-se perguntar a razão pela qual ele escolheu esse caminho trabalhoso, árduo e acima de tudo solitário, pois sua meta final (fora de Castália nós diríamos: sua escolha de profissão) era sem dúvida o Jogo de Avelórios. Se ele tivesse logo entrado como aluno visitante e inicialmente sem obrigações num dos Institutos de Vicus Lusorum, a colônia dos jogadores de avelórios em Cela Silvestre, todos os estudos especializados referentes ao Jogo lhe teriam sido facilitados, ele teria tido a todo momento o auxílio de conselhos e informações em todas as questões privadas, e além do mais teria absorvido seus estudos entre colegas e companheiros de aspiração, em vez de se atormentar sozinho, muitas vezes em um propositado afastamento, segundo parecia.

É que esse era o seu caminho. Ele não só evitava Cela Silvestre, conforme nos parece, para apagar o mais possível o papel que representara na Escola e a sua recordação, tanto na memória dos outros quanto na sua própria, mas para que não lhe fosse mais possível representar de novo um papel semelhante no círculo dos jogadores de avelórios. Nessa época ele já devia pressentir uma espécie de destino, de predestinação para guia e representante, e fez o possível para se subtrair a esse destino, que avançava ao seu encontro. Sentia de antemão o peso da responsabilidade que já sentira diante de seus colegas de Cela Silvestre, os quais lhe dedicavam uma admiração entusiástica, e que ele evitava, e sentia-o principalmente com relação ao mencionado Tegularius, que instintivamente Servo sabia ser capaz de se atirar ao fogo por ele. Servo procurava o reconhecimento e a contemplação, enquanto que o destino o queria empurrar para a frente e para a vida pública. É assim mais ou menos que imaginamos sua disposição de alma naquele período.

Mas havia mais um motivo ou impulso importante para o intimidar ante o currículo usual das escolas superiores do Jogo de Avelórios e que o transformava em um *outsider*, e esse motivo era o arrojado espírito de pesquisa, impossível de apaziguar, que já motivara suas dúvidas a respeito do Jogo de Avelórios. Certamente ele sabia por experiência própria que o Jogo podia ser de fato praticado num sentido sagrado, mas notara igualmente que a maioria dos diretores e professores não era em absoluto composta de jogadores dessa espécie, eles não consideravam a linguagem do Jogo uma "língua sacra" mas uma espécie de engenhosa estenografia, e praticavam o Jogo como uma diversão original, um esporte intelectual ou um desafio à ambição. Realmente, como sua carta ao Mestre de Música já o demonstra, Servo sempre pressentiu que possivelmente não era a procura do sentido último que determinava a qualidade do jogador, e que o Jogo necessitava de um esoterismo, sendo também técnica, ciência e instituição social. Em resumo, surgiram dúvidas e discordâncias, o Jogo tornara-se uma questão vital e era no momento o problema capital de sua vida, ele não se achava disposto a tornar mais fáceis suas lutas, por meio da palavra bem-intencionada dos pastores de almas, ou banalizá-las com um amável e tranquilizante sorriso professoral desses conselheiros.

Naturalmente poderia, entre os dez milhares de jogos de avelórios já jogados, e os milhões de jogos ainda possíveis, escolher a seu gosto qualquer um como base de seus estudos. Sabia disso, e tomou como ponto de partida aquele plano de jogo cuja combinação fora encontrada por acaso por ele e seu camarada. Fora esse o jogo em que ele pela primeira vez apreendera o sentido da totalidade dos jogos de avelórios e tomara consciência da sua vocação para jogador. Um esquema desse jogo, grafado na estenografia usual, acompanhou-o sempre durante esses anos. Com as denominações, chaves, signos e abreviaturas usuais da linguagem do Jogo, havia ali uma fórmula de matemática astronômica, o princípio formal de uma sonata clássica, uma sentença de Confúcio etc. etc. Um leitor que acaso não conheça o Jogo de Avelórios poderá imaginar mais ou menos um tal esquema de jogo como o esquema de uma partida de xadrez, com a diferença de que o significado das figuras e as possibilidades de se relacionarem e agirem umas sobre as outras seriam inumeráveis, e a cada figura, cada constelação e cada lance emprestar-se-ia um conteúdo simbólico específico. Os anos de aprendizado de Servo foram dedicados a aprender do modo mais exato possível o conteúdo, os princípios, obras e sistemas do plano do Jogo, e em ficar conhecendo um caminho que levava às diferentes civilizações, ciências, linguagens e artes pelos séculos adentro, mas além disso tudo ele se propusera também por finalidade algo que nenhum de seus professores fizera: examinar com a maior exatidão, por meio desses objetos de estudo, os sistemas e meios de expressão de arte do Jogo de Avelórios.

Podemos adiantar que o resultado foi este: Servo encontrou em um ou outro ponto uma falha, uma certa insuficiência, mas em seu conjunto o nosso Jogo de Avelórios deve ter suportado seu apurado exame, do contrário ele não teria voltado afinal a ele.

Se estivéssemos escrevendo um estudo de história da civilização, muitos sítios e muitas cenas da época de estudante de Servo mereceriam ser descritos. Ele preferia, sendo possível, os sítios em que podia trabalhar sozinho, ou com pouquíssimas pessoas, e por alguns desses sítios conservou grata afeição. Com frequência ele permanecia em Monteporto, às vezes como hóspede do Mestre de Música, às vezes participando de algum seminário de história da música. Duas vezes vamos encontrá-lo em Terramil, sede da Direção da Ordem, como participante da "grande prática", os doze dias de jejum e meditação. Com especial alegria, com carinho mesmo, ele costumava falar mais tarde aos seus amigos mais íntimos sobre a "Moita de Bambu", a aprazível ermida, palco de seus estudos de I Ching. Ali não só ele teve experiências e vivências decisivas, como também, guiado por um maravilhoso pressentimento ou uma direção superior, encontrou uma região sem igual e um homem invulgar, aquele "Irmão Mais Velho", construtor e habitante da Moita de Bambu, a ermida chinesa. Queremos descrever com mais minúcias esse notável episódio do seu tempo de estudos.

Servo principiara o estudo da língua chinesa e dos clássicos na afamada Casa de Estudos asiático-orientais, que há muitas gerações se anexara à Colônia Escolar dos Estudiosos da filosofia da Antiguidade: Santo Urbano. Fizera aí rápidos progressos na leitura e na escrita, travara amizade com alguns chineses que lá trabalhavam, e já aprendera também de cor um certo número de canções do Shih Ching, quando, no seu segundo ano de permanência ali, começou a interessar-se cada vez mais intensivamente pelo I Ching, o Livro das Mutações. É certo que os chineses, ao perceberem seu interesse, lhe prestavam toda espécie de informações, mas não o iniciavam propriamente no assunto, e na Casa de Estudos não havia nenhum professor dessa matéria. Servo insistiu no seu intento de lhe arranjarem um professor que o introduzisse mais profundamente no conhecimento do I Ching, e falaram-lhe então a respeito do "Irmão Mais Velho" e de sua ermida. Servo já havia notado há algum tempo que, com seu interesse pelo Livro das Mutações, penetrara num domínio em que a Casa de Estudos não desejava enfronhar-se muito e principiou a ter cautela na exteriorização de suas dúvidas; ao tentar obter informações mais detalhadas a respeito do legendário "Irmão Mais Velho", não lhe ocultaram que esse eremita gozava de certa estima entre eles, mesmo de fama, porém mais como um esquisitão, um *outsider*, do que como um erudito. Ele percebeu que tinha que se arranjar sozinho, terminou o mais depressa possível um trabalho seminarístico que principiara e despediu-se. A pé, pôs-se a caminho do sítio em que aquele misterioso personagem havia construído a sua Moita de Bambu. Talvez se tratasse de um sábio, de um mestre ou talvez de um louco. A seu respeito conseguira ficar sabendo o seguinte: esse homem, há perto de vinte e cinco anos, fora o estudante em quem mais esperanças depositavam na Seção de Sinologia, parecendo mesmo ter nascido para esses estudos, e ser essa a sua vocação; ultrapassou os melhores professores, quer chineses por nascimento, quer estrangeiros, na técnica de escrever com pincel e decifrar documentos antigos, mas fez-se notar principalmente pelo seu empenho em procurar assemelhar-se também exteriormente a um chinês. Assim sendo, ele insistia em dirigir-se sempre a todos os superiores, desde o diretor de um seminário até os mestres, nunca usando seus títulos, e nem da maneira usual, como todos os estudantes, mas chamando-os de "Meu irmão mais velho", e essa alcunha lhe ficou para sempre. Ele dedicava particular atenção ao jogo de oráculos do I Ching, que sabia usar como mestre, com o auxílio das tradicionais varas de aquilégia. Ao lado dos antigos comentários ao Livro dos Oráculos, seu livro preferido era o livro de Chuang-tsiu. Evidentemente o espírito racionalista e mesmo antimístico, de um severo confucionismo, já reinava naquela época na Seção de Sinologia da Casa de Estudos, tal como Servo a conheceu, porque o Irmão Mais Velho abandonou um belo dia o instituto, que o teria de bom grado conservado como professor especializado, e saiu a perambular, armado de pincel, da caixa de aquarelas e de dois ou três livros. Foi em demanda do sul do país, hospedando-se ora aqui ora ali, em casa dos Irmãos da Ordem, procurando e encontrando por fim o sítio adequado para a ermida que planejara. Depois de insistentes petições escritas e verbais à Direção e à Ordem, obteve o direito de fazer plantações nesse lugar, como colono, e desde então ficou vivendo ali uma vida idílica, adaptando-se por completo aos hábitos chineses antigos, sendo por vezes ridicularizado como um esquisitão, por vezes venerado como uma espécie de santo, em paz consigo próprio e com o mundo, passando os dias a meditar e a copiar antigos rolos de pergaminho, sempre que o trabalho na sua Moita de Bambu, que era protegida do vento norte por um jardinzinho chinês cuidadosamente plantado, não tomava todo o seu tempo.

Para ali se dirigiu José Servo, fazendo frequentes paradas para repouso e encantando-se com a paisagem, que se oferecia azul e diluída à sua vista, após ele ter subido pelos desfiladeiros das montanhas, com ensolarados terraços de videiras, muros pardos cheios de lagartixas, bosques veneráveis de castanheiros, um misto equilibrado de região sulina e de montanhas. À tardinha Servo chegou à Moita de Bambu, entrou e viu com espanto uma casa campestre chinesa, em meio de um estranho jardim, onde uma fonte borbulhava; saindo de uns tubos de madeira, a água corria sobre um leito de pedregulhos e enchia quase por completo uma bacia murada, cheia de fendas de onde brotavam plantinhas, e em cujas águas quietas e claras nadavam algumas carpas douradas. Tranquila e delicadamente, as bandeirolas dos bambus balançavam nos esguios e fortes fustes, a grama era interrompida por lajes de pedra em que se liam inscrições em estilo clássico. Um homem franzino, com um traje de linho amarelo acinzentado, e com uns óculos sobre os olhos azuis e inquiridores, ergueu-se de um canteiro de flores, sobre o qual estava acocorado, aproximou-se lentamente do visitante e, não sem afabilidade mas com a timidez que é muitas vezes o apanágio das pessoas que vivem uma vida retirada e solitária, dirigiu um olhar inquiridor a Servo e esperou que este falasse. Servo disse, com certo acanhamento, as palavras chinesas que preparara para saudá-lo:

— O jovem aluno toma a liberdade de saudar o Irmão Mais Velho.

— O hóspede bem-educado seja bem-vindo — disse o Irmão Mais Velho. — Um jovem colega é sempre bem-vindo para tomar comigo uma xícara de chá e para uma prosa aprazível, e também terá uma cama para a noite, se o desejar.

Servo fez *ko-tao* e agradeceu, entrando depois na casinhola, onde o chá lhe foi servido. Em seguida, foi-lhe mostrado o jardim, as pedras com as inscrições e o lago com os peixes dourados, de que ficou sabendo a idade.

Até a hora do jantar ficaram sentados sob os flutuantes bambus, trocando gentilezas, dizendo versos de canções e sentenças dos clássicos, observando as flores e gozando a luz rosada do crepúsculo, desfalecendo nas linhas das montanhas. Depois tornaram a entrar em casa, o Irmão Mais Velho trouxe pão e frutas, fritou num minúsculo fogão duas excelentes omeletes para si e o hóspede, e após terem comido o estudante foi inquirido em alemão a respeito da finalidade da sua visita, ao que respondeu, também em alemão, dizendo de que modo viera até ali e o que pretendia, isto é, permanecer todo o tempo que o Irmão Mais Velho o permitisse e tornar-se seu aluno.

— Amanhã falaremos nisso — disse o eremita, oferecendo uma cama ao hóspede.

Pela manhã Servo sentou-se ao pé da água com os peixes dourados, observando dentro daquele pequeno e fresco mundo de trevas e luz o jogo encantador das cores; no escuro azul verdolengo e nas tintas trevosas, balouçavam os corpos dos peixes dourados; vez por outra, quando aquele mundo parecia enfeitiçado num sono eterno, no fascínio dos sonhos, seus corpos, com um movimento brando e elástico mas que provocava um leve susto, enviavam relâmpagos de cristal e ouro por entre as trevas sonolentas. Ele olhava para baixo, cada vez mais absorto, mais imerso em sonhos do que observando, e nem percebeu quando o Irmão Mais Velho, a passos leves, saiu da casa e ficou parado, contemplando por largo tempo seu hóspede absorto. Quando Servo, libertando-se do seu estado meditativo, ergueu-se afinal, o Irmão Mais Velho não se encontrava mais ali, mas em breve sua voz veio de dentro da casa, convidando para o chá. Trocaram uma breve saudação, tomaram chá, sentaram-se a ouvir na tranquilidade matutina o cantarolar do pequeno repuxo da fonte, melodia da eternidade. Então o eremita ergueu-se, ocupando-se com seus afazeres dentro do aposento construído assimetricamente, de vez em quando lançava rápidos olhares a Servo, e de repente perguntou:

— Estás disposto a calçar teus sapatos e partir de novo?

Servo ficou indeciso, e depois disse:

— Se for necessário, estou disposto a isso.

— E se acaso for possível ficares por algum tempo aqui, estás disposto a prestar obediência e conservar-te silencioso como um peixe dourado?

O estudante aquiesceu de novo.

— Está bem — disse o Irmão Mais Velho. — Então vou lançar as varetas e interrogar o oráculo.

Enquanto Servo, sentado, observava com tanto respeito quanto curiosidade, conservando-se silencioso "como um peixe dourado", o Irmão retirou de dentro de um copo de madeira, semelhante a uma aljava, um punhado de pauzinhos; eram varinhas de aquilégia, que ele contou cuidadosamente, pondo de novo no recipiente uma parte do feixe. Colocou de lado uma vareta, dividiu as outras em dois feixes iguais, conservando um deles na mão esquerda, e com a direita foi retirando da outra mão, com as pontas dos dedos, delicadamente, feixes minúsculos, que contou, pôs de lado, até que sobraram poucas varetas, que ele apertou entre dois dedos da mão esquerda. Depois de ter assim contado de acordo com o ritual, e reduzido um dos feixes a algumas varetas apenas, usou o mesmo processo com o outro. Pôs de lado as varetas contadas, fez o mesmo com os dois feixes, um após outro, contou, apertou os restinhos dos feixes entre dois dedos, sendo tudo isso executado pelos dedos com uma agilidade controlada e silenciosa; era como um jogo oculto, regido por regras severas, e exercitado milhares de vezes, que se transforma numa execução virtuosística. Depois de executá-lo por várias vezes, sobraram ainda três feixinhos, e pelo número de suas varetas ele decifrou um signo, que pintou com um pincel pontiagudo numa folhinha de papel. Então todo o complicado processo principiou de novo, os pauzinhos foram separados em dois feixes iguais, foram contados, postos de parte, colocados entre os dedos, até que afinal sobraram de novo três minúsculos feixinhos, de que resultou um segundo signo. Com movimentos de dançarinas, com estalidos leves e secos, as varetas batiam umas nas outras, trocando de lugar, formando feixes, sendo separadas, contadas de novo, em movimento rítmico e com segurança de autômato. No final de cada processo o dedo marcava um novo signo, e finalmente os signos positivos e negativos ficaram colocados em seis linhas superpostas. As varetas foram juntadas e colocadas de novo cuidadosamente em seu recipiente, e o mágico, de cócoras sobre uma esteira de junco, tinha diante de si o resultado do interrogatório ao oráculo, grafado em sua folha de papel, que ele ficou a observar longa e silenciosamente.

— Saiu o signo Mong — disse ele. — Este signo é denominado: loucura da juventude. Em cima a montanha, embaixo a água, em cima Chen, embaixo Kan. Na base da montanha brota a fonte, símbolo da juventude. Mas o conceito é este:

Loucura da juventude teve êxito.
Eu não procurei o jovem louco,
Mas o jovem louco procurou-me.
Foi o que me informei no primeiro oráculo.
Se fizer repetidas perguntas, é um importuno,
Se importunar eu não darei informações.
A perseverança é vantajosa.

Servo susteve a respiração, em ansiosa expectativa. No silêncio que sobreveio, sem querer ele soltou um profundo suspiro. Não ousava fazer perguntas. Mas julgava ter compreendido: o jovem louco havia chegado, e era-lhe permitido ficar. O sublime brinquedo de marionete dos dedos e das varetas o trouxera preso e enfeitiçado; o jogo que ele observara longamente, e que aparentava ter profundo sentido, todo aquele espetáculo o empolgara. O oráculo falara, decidira-se a seu favor.

Nós não teríamos descrito esse episódio com tantos detalhes se Servo em pessoa não o tivesse narrado com um certo prazer aos seus amigos e alunos.

Voltamos agora à narrativa objetiva dos fatos. Servo permaneceu muitos meses na Moita de Bambu e aprendeu a manipular as varetas de aquilégia quase com a mesma perfeição que seu professor. Este praticava com ele uma hora por dia a contagem dos pauzinhos, iniciava-o na gramática e no simbolismo da linguagem do oráculo, fê-lo exercitar-se na escritura e na memorização dos sessenta e quatro signos, lia-lhe passagens dos antigos comentários e narrava-lhe de vez em quando, em dias especialmente propícios, um conto de Chuang-tsiu. Além disso, o aluno aprendia a tratar do jardim, a lavar os pincéis, a manejar a tinta de nanquim, aprendendo também a fazer sopa e chá, a colher chamiço, a observar as condições atmosféricas e a manejar o calendário chinês. Porém suas raras tentativas de aludir ao Jogo de Avelórios e à música em suas conversas lacônicas não obtiveram nenhum êxito; ele tinha a impressão de estar se dirigindo a um surdo, o assunto era posto de lado com um sorriso indulgente ou respondido com uma sentença, como esta, por exemplo:

— Nuvens pesadas, chuva nenhuma. — Ou então: — O homem de caráter nobre é sem mácula.

Mas quando Servo mandou vir de Monteporto um pequeno cravo e pôs-se a tocar uma hora por dia, não houve protestos. Certa vez Servo confessou ao seu professor o seu desejo de encaixar no Jogo de Avelórios o sistema do I Ching. O Irmão Mais Velho riu-se.

— Vamos! — exclamou. — Fá-lo e hás de ver o que acontece. Fazer surgir no mundo uma linda Moitinha de Bambu é uma coisa possível. Mas o que me parece duvidoso é o jardineiro conseguir encaixar o mundo na sua Moita de Bambu.

Mas basta. Queremos apenas relatar que alguns anos mais tarde, quando Servo já era pessoa consideradíssima em Cela Silvestre, o Irmão Mais Velho foi convidado por ele a aceitar a incumbência de lecionar lá, mas nem sequer respondeu ao convite.

Posteriormente José Servo se exprimiu sobre os meses passados na Moita de Bambu não só como uma época de enorme felicidade, mas também como o "princípio do seu despertar", e aliás, daquele tempo em diante, ele usou cada vez com maior frequência a expressão "despertar", com um significado semelhante, mas não de todo igual, ao que emprestara à ideia de apelo. É de crer que a palavra "despertar" significasse o respectivo conhecimento de si próprio e do posto que ele ocupava dentro da organização castálica e na sociedade, mas quer nos parecer que esse significado ia se transformando, fazendo com que Servo, desde o "princípio do despertar", adquirisse cada vez mais o sentimento de sua posição e de seu destino especial e único, ao passo que os conceitos e as categorias usuais da hierarquia comum, e da castálica em especial, iam-se tornando cada vez mais relativos.

Os estudos de sinologia não haviam ainda terminado com a permanência na Moita de Bambu, mas continuaram, e Servo se esforçava principalmente por adquirir conhecimentos da música chinesa antiga. Em todos os escritores chineses mais antigos ele deparava com o elogio da música qual uma das fontes da ordem, dos bons costumes, da beleza e da saúde, e esse conceito amplo e moral dessa arte lhe era conhecido há muito, por intermédio do Mestre de Música, que poderia mesmo ser considerado como a personificação dele. Sem desistir jamais do seu plano primitivo de estudos, que conhecemos pela carta dirigida a Fritz Tegularius, Servo avançava com largueza e energia sempre que pressentia ter deparado com algo importante, isto é, quando o caminho do "despertar" por ele percorrido lhe parecia fazê-lo avançar. Um dos resultados positivos do seu tempo de aprendizado com o Irmão Mais Velho foi ter vencido o temor de retornar a Cela Silvestre. Todos os anos ele tomava parte em qualquer curso superior ali, e já era, sem saber muito bem como isso acontecera, uma personalidade vista com interesse e consideração em Vicus Lusorum, pertencendo àquele íntimo e sensibilíssimo Órgão do Jogo, ao grupo anônimo de comprovados jogadores, em cujas mãos está depositado o destino respectivo do Jogo ou, quando mais não seja, as respectivas direção e moda seguidas pelo Jogo. Esse grupo de jogadores, de que não estão ausentes funcionários das repartições do Jogo, sem no entanto representarem um papel predominante, podia ser encontrado principalmente em algumas salas afastadas e silenciosas do arquivo, ocupado com estudos críticos do Jogo, lutando por incluir ou afastar dele novas matérias, discutindo o pró ou o contra de certas questões de gosto, sempre cambiante, na forma, no manejo exterior, na parte esportiva do Jogo de Avelórios. Qualquer pessoa com prática nesse domínio era um virtuose do Jogo, e cada qual conhecia perfeitamente seu próprio talento e peculiaridades, assim como os de seus companheiros, como acontece nos círculos ministeriais, ou num clube aristocrático onde os homens poderosos e responsáveis de um futuro próximo e longínquo se encontram e travam conhecimento mútuo. Reinava ali um tom moderado, polido, era-se ambicioso sem o demonstrar, e cultivava-se com exagero a atenção e a crítica. Essa elite de novatos de Vicus Lusorum era considerada por muitos, em Castália, e também por gente de fora, como a última flor da tradição castálica, a nata de uma exclusiva e aristocrática intelectualidade, e muitos jovens, por anos e anos, alimentaram o ambicioso sonho de fazer parte dela. Para outros, no entanto, esse círculo escolhido de pretendentes às máximas dignidades na hierarquia do Jogo de Avelórios era visto com ódio e considerado algo decadente, uma claque de mandriões arrogantes, de gênios brilhantes e inatuais, sem o sentido da vida e da realidade, uma sociedade pretensiosa e no fundo parasitária de elegantes e ambiciosos, cuja profissão e concepção de vida não passava de uma brincadeira, um infrutífero egoísmo do espírito.

Servo não se deixava atingir por essas duas opiniões; para ele era indiferente ser elogiado pela claque de estudantes como animal raro ou ser metido a ridículo como novo-rico e ambicioso. O que lhe importava eram os seus estudos, que se enquadravam por completo nos domínios do Jogo.

O que lhe importava era além disso uma determinada questão, isto é, saber se o Jogo era realmente o máximo que Castália podia oferecer e se valia a pena dedicar sua vida a ele. É que, apesar de Servo se ir aprofundando nos mistérios cada vez mais profundos das regras e possibilidades do Jogo; de familiarizar-se com os policromos labirintos do arquivo e o complexo mundo interior do simbolismo do Jogo, suas dúvidas não tinham desaparecido de todo, e ele já tinha adquirido a experiência de que a fé e a dúvida são inseparáveis, que uma determina a outra como o inspirar e o expirar, com seus progressos em todos os domínios do microcosmo do Jogo; naturalmente sua visão e sua sensibilidade para a problemática do Jogo haviam crescido. Por algum tempo, a vida idílica na Moita de Bambu talvez o tivesse acalmado ou mesmo desconcertado. O exemplo do Irmão Mais Velho lhe demonstrara que de qualquer modo havia uma saída para essa problemática, e era possível, por exemplo, tornar-se chinês como ele, encerrar-se num jardim por detrás de uma sebe e viver em relativa perfeição, uma perfeição cômoda e bela. Talvez se pudesse também transformar em discípulo de Pitágoras, em monge e escolástico, mas tudo isso era apenas uma fuga, uma renúncia à universalidade, possível só a poucos, e só a esses permitida, uma renúncia ao hoje e ao amanhã em benefício de uma perfeição, mas de uma perfeição pertencente ao passado, uma espécie sublime de fuga, e Servo percebera a tempo que esse não era o seu caminho. Mas qual era então o seu caminho? Além de seu grande talento para a música e para o Jogo de Avelórios, ele tinha a consciência de possuir outras forças, uma certa independência interior, uma teimosia de elevada espécie, uma altivez que não o impedia ou lhe dificultava ser um servidor, mas que o obrigava a servir apenas ao senhor mais alto. E essa força, essa independência, essa altivez não eram apenas traços de seu caráter, não se dirigiam só ao seu íntimo e aí atuavam, mas sua ação era também exterior. José Servo, desde os tempos de escola, e principalmente no período de sua rivalidade com Plínio Designori, fizera várias vezes a experiência de que muitos companheiros da mesma idade que ele, e principalmente os de menos idade, o apreciavam e procuravam sua amizade, inclinando-se até a deixar-se dominar por ele, a pedir-lhe conselhos, a influenciar-se por ele, e essa experiência repetia-se sempre. O lado extremamente agradável e lisonjeiro dela é que falava à ambição e fortalecia a consciência pessoal. Mas tinha também um outro aspecto, tenebroso e terrível, porque a inclinação a menosprezar os companheiros que lhe pediam conselho, guia e exemplo, a desprezá-los na sua fraqueza, na sua falta de altivez e de dignidade, e por vezes o oculto prazer de (pelo menos em pensamento) transformá-los em escravos dóceis, tinha algo de proibido e de intrinsecamente feio. Além do mais, durante o tempo de convivência com Plínio, ele ficara sabendo por experiência própria que todo posto brilhante e representativo é pago com o preço da responsabilidade, de muito esforço e pesados encargos interiores, sabendo também que o Mestre de Música por vezes sofria sob o peso de tudo isso. Era agradável e tinha algo de sedutor exercer domínio sobre os outros e brilhar aos olhos alheios, mas encerrava também uma demonia e um perigo, e a história universal consistia numa fila ininterrupta de senhores, chefes, poderosos e mandantes que, com raríssimas exceções, haviam principiado bem e terminado mal, e haviam, pelo menos aparentemente, aspirado ao poder em prol do bem, para mais tarde se tornarem possessos e embriagados por esse mesmo poder, amando o poder pelo poder. Era necessário que o poder de que ele dispunha por natureza se tornasse santificado e sanante, e para isso era mister que ele o pusesse a serviço da Hierarquia, isso era evidente para ele. Mas onde poderiam suas forças melhor atuar e trazer frutos? A faculdade de atrair, e principalmente de atrair os mais jovens, seria de valor para um oficial do exército ou um político, mas Castália não era o lugar adequado para isso. Ali, a bem-dizer, essas qualidades só eram adequadas ao professor e ao educador, e para essas atividades Servo sentia pouca inclinação. Se ele seguisse apenas os próprios impulsos, escolheria a vida de um erudito independente — ou a de um jogador de avelórios. E, assim sendo, ele se encontrava diante da antiga questão que o atormentava: seria o Jogo o que de mais elevado existia? Seria realmente a rainha no reino do espírito? No fim das contas, não seria apenas um simples jogo? Valeria a pena dedicar-se por completo a ele, servi-lo por toda a vida? Esse célebre Jogo havia começado há muitas gerações, como uma espécie de substitutivo da arte e, pelo menos em teoria, estava em vias de transformar-se, para as inteligências altamente evoluídas, numa espécie de religião, numa possibilidade de concentrar-se, de elevar-se e ter sentimentos devotos. Vê-se por aí que se travava em Servo a velha luta entre a estética e a ética. Essa questão nunca expressa por completo, mas que nunca se calara, que por vezes surgira tenebrosa e ameaçadora em suas poesias de aluno em Cela Silvestre, era uma questão que dizia respeito não só ao Jogo de Avelórios mas também a Castália em geral.

Justamente em uma das épocas em que esses problemas o afligiam, quando em sonhos ele tinha frequentes discussões com Designori, sucedeu-lhe, ao passar por um dos amplos pátios de Cela Silvestre, a cidade dos jogadores, ouvir atrás de si uma voz que não reconheceu logo, mas que lhe parecia conhecida, e chamá-lo pelo nome. Ao virar-se para trás, ele viu um homem alto, jovem ainda, de barbicha, que vinha correndo ao seu encontro. Era Plínio, e, assaltado pelas recordações e por sentimentos de carinho, cumprimentou-o com efusão. Combinaram um encontro à noite. Plínio, que terminara há muito tempo seus estudos nas universidades profanas, e já era empregado público, encontrava-se ali para umas férias curtas, como ouvinte de um curso de Jogo de Avelórios, como já fizera há alguns anos. O encontro à noite, porém, deixou os dois amigos confusos. Plínio era um aluno visitante, tolerado como diletante alienígena, que seguia, é certo, com grande entusiasmo o seu curso, mas um curso para alunos de fora e amadores, e a distância entre os dois jovens era enorme. Ele se encontrava diante de um especialista, um iniciado, que até mesmo pela delicadeza e a atenção demonstrada pelo interesse do amigo pelo Jogo de Avelórios, o fazia sentir forçosamente não ser um seu colega, mas uma criança que se deleitava na periferia de uma ciência que penetrara nas mais íntimas fibras da personalidade de seu amigo. Servo tentou desviar o assunto do Jogo, pedindo a Plínio que lhe falasse a respeito do cargo que ocupava, do seu trabalho, de sua vida lá fora. Nesse domínio era José o mais atrasado e a criança que fazia perguntas sem sentido e era instruída pelo outro com delicadeza. Plínio era advogado, tinha ambições políticas, estava às vésperas de contratar casamento com a filha do chefe de um partido político, falava uma linguagem que José só compreendia a meio, e muitas expressões usadas com frequência por Plínio lhe pareciam vazias; para ele, pelo menos, não tinham sentido nenhum. No entanto notava-se que Plínio gozava de certa consideração na sociedade em que vivia, estava integrado nela e tinha metas ambiciosas. Mas os dois mundos, que dez anos atrás se haviam tocado e apalpado, separavam-se agora, incompatíveis e estranhos um ao outro. Devia-se reconhecer com simpatia que este homem mundano e político conservara um certo apego a Castália, e já era a segunda vez que sacrificava suas férias ao Jogo de Avelórios; mas no fim de contas, pensava José, o caso não seria muito diferente se um dia ele, Servo, se encontrasse na jurisdição onde Plínio trabalhava e visitasse como visitante curioso algumas seções de júri, algumas fábricas ou serviços de previdência social. Ambos estavam desiludidos. Servo achou seu amigo de antanho mais grosseiro e superficial; Designori, por seu lado, achou seu antigo companheiro bastante orgulhoso na sua intelectualidade exclusiva e em seu esoterismo, e tinha a impressão de que Servo se transformara num "puro espírito", encantado consigo próprio e com o seu esporte. No entanto eles se esforçavam por compreender-se, e Designori falou a respeito de variados assuntos, sobre seus estudos e exames, viagens à Inglaterra e ao Sul, reuniões políticas e o parlamento. Em dado momento disse também umas palavras que pareciam uma ameaça ou um aviso:

— Tu hás de ver, virão logo tempos difíceis, talvez a guerra, e é bem possível que toda essa tua existência castálica venha a encontrar-se em situação difícil de resolver.

José não o levou muito a sério, e perguntou apenas:

— E tu, Plínio? Vais ser a favor de Castália ou contra?

— Ah! — retrucou Plínio com um sorriso forçado —, ninguém vai fazer muita questão da minha opinião. Aliás eu sou naturalmente a favor da existência de Castália, do contrário não estaria aqui. De qualquer modo, apesar das modestas exigências de Castália quanto à vida material, ela custa ao país uma bela soma de dinheiro por ano.

— É, sim — disse rindo José —, essa soma representa, conforme me disseram, mais ou menos a décima parte do que o nosso país, no século da guerra, gastou por ano em armas e munições.

Eles se encontraram ainda algumas vezes, e quanto mais se aproximava o fim do curso de Plínio, tanto mais timbravam em trocar amabilidades. Mas ambos sentiram-se aliviados, quando as duas ou três semanas decorreram e Plínio partiu.

O Mestre do Jogo de Avelórios era naquela época Tomás Von der Trave, célebre personagem, muito viajado e elegante, de espírito conciliador, e que recebia com a máxima gentileza qualquer um que dele se aproximava. Mas no que dizia respeito às questões do Jogo era de uma severidade atenta e ascética, homem de grande atividade, o que não imaginavam os que o conheciam só pelo aspecto representativo, quando envergava seus trajes solenes, como diretor dos grandes jogos ou ao receber os representantes de países estrangeiros. Dizia-se que era um intelectual impassível, frio mesmo, mantendo com as musas apenas relações de cortesia, e entre os amadores jovens e entusiásticos do Jogo de Avelórios ouviam-se por vezes opiniões pouco favoráveis a seu respeito — mas isso não passava de uma falha de julgamento porque, apesar de ele não ser um entusiasta, e nos grandes jogos públicos preferir não tocar em temas grandiosos e excitantes, seus jogos eram estruturados de modo magnífico e inigualáveis quanto à forma, o que demonstra aos conhecedores do assunto enorme familiaridade com os problemas mais profundos do Jogo.

Certo dia o Magister Ludi mandou convidar José Servo para visitá-lo e recebeu-o em sua residência em trajes caseiros, perguntando-lhe se lhe seria possível e agradável vir passar meia hora em sua companhia nos próximos dias, sempre a essa hora. Servo nunca estivera sozinho em casa dele e ficou admirado com o convite. Nesse dia o Mestre apresentou-lhe um folheto bastante extenso, a proposta de um organista, uma dessas inúmeras propostas que têm de ser submetidas ao exame da Direção Superior do Jogo. Trata-se geralmente de requerimentos para a inclusão de novas matérias no arquivo: alguém, por exemplo, aprofundou-se no estudo da história do madrigal e descobriu uma curva na evolução dos estilos, que anotou em música e na matemática, para incluí-la no tesouro linguístico do Jogo. Um outro fez pesquisas acerca do latim de Júlio César, quanto às suas qualidades rítmicas, encontrando nele notáveis concordâncias com o resultado das conhecidas pesquisas dos intervalos na música coral sacra bizantina. Ou então um visionário encontrou de novo uma nova Cabala para a notação musical do século XV, sem falar das cartas entusiásticas de pesquisadores que conseguem tirar espantosas conclusões ao comparar os horóscopos de Goethe com o de Spinoza, e costumam acrescentar aos seus trabalhos desenhos geométricos explicativos, lindos e coloridos. Servo pôs-se a examinar com zelo o documento desse dia, ele próprio já imaginara por várias vezes propostas desse gênero, sem chegar a enviá-las. Todos os jogadores de avelórios ativos sonham em ampliar os domínios do Jogo, até que abranjam todo o globo, sendo certo que idealmente e em seus exercícios privados de avelórios eles realizam sempre esse sonho, e se acaso conseguem estruturar satisfatoriamente um ou outro jogo desejam logo que sejam aceitos nos jogos oficiais. A máxima sutileza do jogo privado dos jogadores mais perfeitos consiste no domínio das forças expressivas, nominativas e plásticas do Jogo, o que lhes faculta incluir em jogos de valor objetivo e histórico ideias puramente individuais e únicas. Um apreciado botânico disse estas engraçadas palavras: "No Jogo de Avelórios tudo deve ser possível, até mesmo uma planta conversar em latim com o Sr. Linné."

Servo auxiliou o Magister na análise do esquema apresentado, a meia hora passou depressa, e no dia seguinte ele chegou pontualmente, tendo ido durante duas semanas quotidianamente trabalhar sozinho com o Magister Ludi durante meia hora. Desde os primeiros dias ele reparou que o Magister lhe apresentava memoriais insignificantes, que ao primeiro olhar atento já demonstravam sua inutilidade, fazendo-o apesar disso examiná-lo criticamente até o fim, com o maior cuidado; ele se admirou de que o Mestre tivesse tempo para isso, e aos poucos começou a reparar que não se tratava de fazer um obséquio ao Mestre e diminuir-lhe os afazeres, porém esses trabalhos, apesar de necessários, eram em primeiro lugar um pretexto para examiná-lo cuidadosamente, de uma forma delicada, a ele o jovem adepto. Algo se passava com ele, semelhante ao que se passara na sua infância, quando surgira o Mestre de Música; ele o notou de repente pelo comportamento de seus companheiros, que o tratavam com timidez, distantes, por vezes com um misto de respeito e ironia; alguma coisa estava se preparando, ele o pressentia, mas menos agradável do que outrora.

Depois do seu último encontro, o Mestre do Jogo de Avelórios disse com sua voz amável, de timbre algo agudo, acentuando bem as sílabas e sem nenhuma ênfase:

— Está bem, tu não precisas mais vir amanhã, o nosso assunto por enquanto terminou, mas em breve preciso dar-te trabalho de novo. Muito obrigado pelo teu auxílio, que me foi de grande valia. Aliás, minha opinião é que deverias pedir agora a tua admissão à Ordem. Não terás dificuldades, pois já me entendi com as autoridades da Ordem. Estás de acordo?

Depois, erguendo-se, ele acrescentou:

— Só uma palavra ainda: é de supor que tu também, como a maioria dos bons jogadores de avelórios na juventude, inclinas-te a usar às vezes o nosso Jogo como uma espécie de instrumento para filosofar. Sei que só as minhas palavras não poderão curar-te disso, mas eu te digo: devemos filosofar só com os meios legítimos, os próprios meios da filosofia. O nosso Jogo não é nem filosofia nem religião, é uma disciplina especial e no seu caráter assemelha-se a arte, é uma arte *sui generis*. Nós faremos mais progressos aceitando esse fato do que percebendo-o só depois de centenas de insucessos. O filósofo Kant — muito pouco conhecido atualmente mas que foi um cérebro privilegiado — disse a respeito da filosofia teológica que ela é "uma lanterna mágica de fantasmagorias". Não devemos transformar o nosso Jogo de Avelórios em coisa semelhante.

José ficou surpreso, e quase nem ouviu esse último conselho, tal a excitação contida que sentia. Como um raio, veio-lhe o pensamento de que essas palavras significavam o fim da sua liberdade, o término do seu tempo de estudos, a admissão na Ordem e sua breve entrada nas fileiras da Hierarquia. Agradeceu inclinando-se profundamente e foi em seguida à chancelaria da Ordem de Cela Silvestre, onde de fato encontrou seu nome na lista dos novos candidatos. Ele conhecia quase perfeitamente, como todos os estudantes do seu grau, as regras da Ordem, e recordava-se do dispositivo de que qualquer membro da Ordem que ocupe um posto importante está apto para aceitar o pedido de admissão. Assim sendo, ele pediu que o Mestre de Música dirigisse a cerimônia, recebendo então um comprovante e uns dias de férias, e no dia seguinte viajou para Monteporto, à procura de seu protetor e amigo. Encontrou o respeitável ancião adoentado, mas foi recebido com agrado.

— Tu chegaste na hora — disse o velho senhor. — Dentro em breve eu não teria mais a autorização de receber-te na Ordem como um jovem Irmão. Estou às vésperas de deixar o meu cargo, minha demissão já foi aceita.

A cerimônia foi simples. No dia seguinte o Mestre de Música, de acordo com os estatutos, convidou dois Irmãos da Ordem para testemunhas, tendo Servo antes disso recebido uma frase da regra da Ordem, como exercício de meditação. Ei-la: "Se as autoridades superiores te chamarem para ocupar um cargo, fica sabendo que cada grau na escala dos cargos não é um passo para a liberdade, mas para um compromisso. Quanto maior o poder conferido pelo cargo, mais severa a servidão. Quanto mais forte a personalidade, mais reprovável a vontade arbitrária." A reunião foi na cela de música do Magister, a mesma em que Servo recebera as primeiras instruções na arte de meditar; o Mestre, para festejar a solenidade, convidou os iniciadores a tocarem o prelúdio de um coral de Bach, em seguida uma das testemunhas leu a redação abreviada das regras da Ordem, e o próprio Mestre de Música fez as perguntas rituais e aceitou os votos do seu jovem amigo. Dedicou-lhe ainda uma hora, e os dois sentaram-se então no jardim, onde o Mestre deu--lhe amáveis conselhos sobre o sentido em que deveria aceitar as regras da Ordem e como viver de acordo com elas.

— Gosto de saber — disse ele — que no momento em que eu me retiro, tu vais preencher o meu lugar; é como se eu tivesse um filho, que no futuro me poderá substituir.

E ao ver que José tinha uma expressão triste no semblante, disse:

— Ora, não te aflijas, eu também não estou aborrecido. Sinto-me muito cansado, e estou alegre por poder gozar ainda um pouco de descanso, que tu também poderás gozar em minha companhia muitas vezes, espero. E da próxima vez que nós nos virmos de novo, podes tratar-me por tu. Eu não podia pedir-te isso enquanto ocupava o meu cargo.

O Mestre se despediu com o sorriso sedutor que José já conhecia há vinte anos.

Servo voltou depressa para Cela Silvestre, pois só tinha recebido férias por três dias. Mal chegou, foi chamado pelo Magister Ludi, que o recebeu com uma alegria de colegial e o cumprimentou pela sua admissão na Ordem.

— Para que nos tornemos de todo colegas e companheiros de trabalho — continuou ele —, só falta teres uma sala determinada no nosso edifício.

José se assustou um pouco. Ia perder sua liberdade, percebia-o.

— Ah! — disse com timidez —, espero que me aproveitem para qualquer posto modesto. Mas devo confessar-vos que eu tinha esperanças de poder ainda dedicar-me por algum tempo livremente aos estudos.

O Magister fitou-o nos olhos firmemente, com seu sorriso inteligente e um tanto irônico.

— Algum tempo, dizes tu, mas quanto tempo?

Servo sorriu, atrapalhado.

— Não sei, realmente.

— É o que eu pensava — concordou o Mestre. — Ainda usas a linguagem estudantil e apenas como um estudante, José Servo, se isso está certo, mas dentro em breve não estará mais, porque precisamos de ti. Tu sabes que mais tarde, mesmo nos mais altos cargos de nossa administração, poderás receber licença para te dedicares a estudos, desde que proves à administração o valor desses estudos; meu predecessor e professor, por exemplo, quando era ainda Magister Ludi e já tinha bastante idade, recebeu férias por um ano, a seu pedido, para estudos no arquivo de Londres. Mas não recebeu férias por "algum tempo", mas por um certo número de meses, semanas ou dias. Tu deves contar com isso futuramente. E agora quero fazer-te uma proposta, precisamos de uma pessoa de responsabilidade, desconhecida fora do nosso círculo, para uma missão especial.

Tratava-se da seguinte proposta: o convento de beneditinos Rochedo Santa Maria, uma das instituições educacionais mais antigas do país, que mantinha com Castália relações de amizade, e há muitos decênios se dedicava ao Jogo de Avelórios, pedira que lhe mandassem por algum tempo um professor jovem para um curso de introdução ao Jogo e também para incentivar o trabalho dos poucos jogadores mais adiantados do convento, tendo a escolha do Magister recaído sobre José Servo. Por essa razão ele o havia examinado tão cuidadosamente e apressado sua admissão na Ordem.

Duas ordens

A situação de José era agora em muitos sentidos semelhante à da época de seus estudos de latim, após a visita do Mestre de Música. José mal poderia imaginar que o convite para o Rochedo Santa Maria fosse o primeiro e decisivo passo para ele elevar-se nos degraus da Hierarquia, mas pôde percebê-lo, agora com os olhos mais abertos do que outrora, pelo comportamento e a atitude de seus colegas. Se por um lado ele já pertencia há algum tempo ao círculo mais íntimo da elite dos jogadores de avelórios, agora, pela incumbência especial que recebera, destacava-se como uma personalidade em quem seus superiores depositavam esperanças e cujos serviços pretendiam aproveitar. Os camaradas e companheiros de aspirações de ontem não se afastavam propriamente, nem o maltratavam, sendo que nos círculos dessa alta aristocracia a distinção usual de maneiras não permitiria um tal tratamento, mas se foram distanciando; o companheiro de ontem poderia ser o superior de depois de amanhã, e essas graduações e diferenças nas relações mútuas caracterizavam esse círculo e nele se manifestavam em delicadas nuanças.

Uma exceção era Fritz Tegularius, que juntamente com Ferromonte podemos considerar o mais fiel amigo na vida de José Servo. Destinado pelos dotes que possuía a altos empreendimentos, de que o impediu a falta de saúde, de equilíbrio psíquico e de confiança em si mesmo, Tegularius era um homem da mesma idade que Servo e na época de sua admissão na Ordem teria portanto uns trinta e quatro anos, e Servo o encontrara pela primeira vez há dez anos em um curso de Jogo de Avelórios. Já nessa ocasião ele percebera que aquele rapazinho silencioso e um tanto melancólico se sentia fortemente atraído pela sua pessoa. Com o seu senso divinatório para conhecer os homens, que já possuía inconscientemente, ele percebeu também de que espécie era esse amor; tratava-se de uma amizade e um respeito prontos à mais desinteressada dedicação e submissão, e acrisolados pelo fogo de um entusiasmo quase religioso. Mas esses sentimentos conservavam-se dentro de certos limites, tanto por nobreza de alma como por um senso divinatório da tragédia que reside no íntimo do homem. Nessa época Servo, ainda abalado, exageradamente sensível e até mesmo desconfiado, em resultado da época de lutas com Designori, conservou Tegularius à distância, com severidade e consequência, apesar de sentir-se também atraído por esse companheiro interessante e fora do comum. Para caracterizar o que se passava, eis uma folha dos apontamentos secretos oficiais, que Servo apresentou anos mais tarde para uso exclusivo das autoridades superiores. Seu teor é este:

"Tegularius. Amigo pessoal do referente. Aluno várias vezes agraciado com distinções, bom conhecedor de filologia antiga, com grande interesse pela filosofia, fez estudos sobre Leibniz, Bolzano e mais tarde Platão. O jogador de avelórios mais talentoso e brilhante que conheço. Seria a pessoa predestinada para Magister Ludi, se seu caráter, a par de uma saúde delicada, não o tornasse completamente inadequado para esse cargo. Tegularius não deverá jamais chegar a um posto de direção, representação ou organização, pois isso seria uma infelicidade para ele e para seu cargo. Sua deficiência se manifesta fisicamente em estados depressivos, períodos de insônia e nevralgias e, do lado psíquico, às vezes em melancolia, necessidade imperiosa de solidão, medo de deveres e responsabilidades, e provavelmente ideias de suicídio. Esse homem de saúde tão abalada consegue manter seu equilíbrio com o auxílio da meditação e de grande disciplina interior, de tal forma que a maioria das pessoas que lhe estão próximas não faz a mínima ideia da gravidade de seu estado, notando apenas sua enorme timidez e reserva. Se Tegularius infelizmente não é apto a ocupar cargos elevados, é no entanto em Vicus Lusorum uma preciosidade, um tesouro insubstituível. Ele domina a técnica do nosso Jogo como um grande musicista o seu instrumento, acerta cegamente na mais delicada graduação, e também não é para desprezar como professor. Nos cursos de repetição adiantados e superiores — ele me parece bom demais para os cursos inferiores —, eu não saberia mais o que fazer sem ele. O modo de ele analisar as provas do Jogo dos alunos mais jovens, sem jamais desencorajá-los, de descobrir suas artimanhas e reconhecer os trabalhos copiados ou apenas decorativos, é um espetáculo único. Ele percebe nos jogos ainda mal estruturados e mal compostos as fontes de erro, como se usasse aparelhos perfeitos de anatomia. Essa percepção objetiva e penetrante ao analisar e corrigir é principalmente o que lhe assegura o respeito dos alunos e colegas, respeito que correria o risco de periclitar pela sua atitude insegura e irregular, seus modos tímidos e envergonhados. O que eu disse a respeito da genialidade de Tegularius como jogador de avelórios, realmente inigualável, gostaria de ilustrar com um exemplo. Nos primeiros tempos de minha amizade com Tegularius, quando nós dois já não tínhamos muito que aprender nos cursos, quanto à técnica, ele mostrou-me, em um momento em que revelou ter em mim particular confiança, alguns jogos compostos por ele naquela ocasião. Desde o primeiro instante eu os achei de uma invenção magnífica, de certo modo novos e de estilo original, e pedi os desenhos dos esquemas para estudá-los; considero essas composições verdadeiros poemas, algo maravilhoso e singular, e julgo ter a obrigação de não me calar a esse respeito. Esses jogos, pequenos dramas, quase inteiramente em monólogo, eram uma descrição da vida espiritual, tão doentia quanto genial, do seu autor, um autorretrato perfeito. Havia um entendimento entre os diferentes temas e grupos temáticos em que se baseava o jogo, e uma discussão dialética entre eles, com uma sequência e confrontação engenhosíssimas; a síntese e a harmonização de vozes contrastantes não se desenvolviam até as suas últimas consequências, como na maneira usual clássica, mas essa harmonização sofria um grande número de interrupções, contínuas paradas, qual se o cansaço e o desespero a prostrassem, e ia-se perdendo aos poucos em interrogações e dúvidas. Esses jogos adquiriam assim não só um cromatismo excitante, e, tanto quanto eu posso julgar, nunca usado até então, mas todo jogo se tornava também a expressão de uma dúvida e renúncia trágicas, exprimindo em imagens a problemática que reside em qualquer espécie de esforço espiritual. No entanto eles eram, em sua espiritualidade, em sua caligrafia técnica e sua perfeição, tão belos, que chegavam a provocar lágrimas. Cada um desses jogos aspirava íntima e seriamente à sua resolução, renunciando afinal de maneira nobre a ela, e se assemelhava a uma perfeita elegia, em que se encontrassem a beleza efêmera e a derradeira problemática das metas supremas do espírito. *Item*, quero recomendar Tegularius, caso ele me sobreviva e ao período de duração do meu cargo, como um tesouro delicadíssimo, precioso mas doentio. Ele deve gozar de enorme liberdade, e seus conselhos em matéria de questões do jogo devem ser ouvidos com atenção. Mas não se lhe devem confiar alunos para que os guie sozinho."

Esse homem estranho, no decorrer dos anos, tornou-se realmente amigo de Servo. Ele admirava em Servo, além do espírito, também sua natureza dominadora, e era-lhe de uma dedicação comovente, muita coisa que sabemos sobre Servo foi narrada por ele. No círculo mais íntimo dos jovens jogadores de avelórios, era ele talvez o único que não invejava o amigo pelo encargo que recebera e o único que sentiu um sofrimento e uma solidão quase insuportáveis ao saber da incumbência de que Servo se ia desempenhar por tempo indeterminado.

José, mal vencido o susto que lhe causara a perda de sua tão prezada liberdade, sentiu-se alegre com a nova situação. Tinha prazer em viajar, apreciava sua ocupação e sentia curiosidade em conhecer o mundo estranho para o qual o enviavam. De resto, não deixaram o jovem Irmão da Ordem viajar assim tão simplesmente para o Rochedo Santa Maria. Ele foi submetido primeiro, durante três semanas, ao exame da "polícia". Assim se chamava entre os estudantes a pequena seção no organismo da Direção do Ensino, que se poderia chamar de Departamento Político ou Ministério do Exterior, se este último título não fosse uma denominação pomposa demais para uma coisa tão insignificante. Ali lhe foram transmitidas as regras de conduta dos Irmãos da Ordem no mundo exterior, e quase todos os dias Monsieur Dubois, diretor desse cargo, dedicava-lhe uma hora para esse fim.

Este homem consciencioso tinha a impressão de que era um tanto arriscado enviar ao exterior, em um cargo desse gênero, um homem inexperiente e sem nenhuma prática do mundo; não fazia segredo da sua desaprovação à decisão do Mestre do Jogo de Avelórios e esforçava-se duplamente por esclarecer com amável atenção o jovem Irmão a respeito dos perigos do mundo e dos meios de enfrentar de maneira positiva esses perigos. E a intenção sincera e paternal da Diretoria veio ao encontro da boa vontade em instruir-se do jovem, e, nessas horas de introdução às regras de conduta em sociedade, o professor de José Servo tomou-se de amizade por ele e despediu-o, por fim, tranquilo e confiante no bom desempenho de sua missão. Tentou mesmo, mais por benevolência do que por motivos políticos, dar-lhe uma incumbência especial. M. Dubois, sendo um dos poucos "políticos" de Castália, pertencia ao reduzido número de funcionários que dedicavam quase todos os seus pensamentos e estudos à estabilidade política e econômica de Castália, suas relações com o mundo exterior e os laços de dependência que a ligavam a ele. A maioria dos castálicos, tanto os eruditos e estudiosos como os funcionários, vivia em sua Província Pedagógica e na Ordem como em um mundo estável, eterno e pertencente à ordem natural das coisas, mesmo sabendo que ela nem sempre existira, tendo tido princípio em uma época de profundas angústias, e havendo surgido lentamente, em meio a duras lutas, no fim da época das guerras, como resultado dos esforços e das reflexões ascético-heroicas dos intelectuais, e também pela profunda necessidade que os povos, fatigados, exangues e abandonados, sentiam pela ordem, as normas, a razão, a lei e a moderação. Eles sabiam disso e conheciam a função das Ordens e "Províncias" de todo o mundo: a renúncia ao domínio e à luta pela vida, para poder dotar de continuidade e permanência os fundamentos espirituais, com todas as suas regras e leis necessárias. Mas eles ignoravam que essa ordem de coisas não existe por si mesma, que requer a existência de certa harmonia entre o mundo e o espírito, e que é sempre possível haver distúrbios nela, e a história universal, no fundo, não aspira nem favorece o que é bom, sensato e belo, mas no máximo o tolera às vezes. A problemática secreta de sua existência castálica não era notada no fundo pela maioria dos castálicos, mas consignada às poucas inteligências políticas, como a do diretor Dubois. Deste, Servo recebeu, após ter sido julgado digno de confiança por ele, uma introdução resumida às bases políticas de Castália, que no princípio lhe provocou repulsa, parecendo-lhe desinteressante, como a julgava também a maioria de seus Irmãos de Ordem, e que o fez recordar-se do comentário de Designori sobre a possibilidade da decadência de Castália, e com essa recordação ele sentiu de novo o ressaibo amargo, aparentemente vencido e olvidado, das suas discussões com Plínio, que adquiriram então de súbito grande importância aos seus olhos, transformando-se num degrau no caminho do seu despertar.

No fim do seu último encontro, disse-lhe Dubois:

— Acho que posso deixar-te partir agora. Terás de cumprir severamente a missão de que te encarregou o Magister Ludi, e do mesmo modo ater-te às regras de conduta que te demos aqui. Tive muito prazer em poder auxiliar-te, tu hás de ver que essas três semanas em que te prendemos aqui não foram perdidas. Se um dia sentires o desejo de demonstrar tua satisfação pelas minhas informações, e por havermos travado conhecimento, vou dizer-te como fazê-lo. Tu vais para um convento de beneditinos e, se acaso permaneceres ali por um certo tempo e conseguires ganhar a confiança dos padres, ouvirás naturalmente, no círculo desses respeitáveis senhores e de seus visitantes, conversas sobre política e poderás perceber suas inclinações políticas. Se quiseres mandar-me às vezes comunicações a esse respeito, eu te ficaria grato. Compreende-me bem: tu não te deves considerar de modo algum uma espécie de espião ou pensar estar abusando da confiança que os padres depositam em ti. Não precisas comunicar-me coisa alguma que a tua consciência proibir. Eu te garanto que só queremos informações no interesse da nossa Ordem e de Castália, e só nesse sentido faremos uso delas. Não somos verdadeiros políticos e não possuímos nenhum poder, mas dependemos do mundo, que necessita de nós ou nos suporta. Pode nos ser de utilidade, sob certas circunstâncias, saber se um homem de Estado visita o convento, se corre o boato de que o papa está doente ou se há novos pretendentes na lista dos futuros cardeais. Nós não dependemos das tuas comunicações, Servo, temos muitas fontes de informação, mas uma fontezinha a mais não prejudica ninguém. Podes retirar-te, e não precisas dar hoje uma resposta, afirmativa ou não, à minha ideia. Tu deves ter em mira principalmente o bom desempenho da incumbência que recebeste e representar-nos dignamente perante os religiosos. Desejo-te boa viagem.

No Livro das Mutações, que Servo consultou antes de empreender a viagem, com o cerimonial das varinhas de aquilégia, ele deparou com o signo Liu, que significa "O Peregrino", acompanhado do conceito "Obter resultado com insignificâncias. É de vantagem a persistência para o Peregrino". Em segundo lugar ele encontrou um seis, e abriu o Livro dos Significados, encontrando o seguinte:

> *O Peregrino chega ao albergue.*
> *Traz consigo seus haveres.*
> *Ele consegue adquirir a persistência*
> *de um jovem servidor.*

A despedida foi jovial, e só a última conversa com Tegularius foi para ambos uma dura prova de constância na amizade. Fritz controlava-se o mais possível e parecia paralisado pela frieza forçada que queria aparentar; para ele, abandonava-o com o amigo o que de melhor ele possuía. A personalidade de Servo não permitia que ele se ligasse com tanta paixão e principalmente com tanta exclusividade a um amigo, e em caso extremo ele podia viver também sem amizade, podendo dirigir os raios da sua simpatia desinibida a novos objetos e pessoas. A despedida não representava para ele uma perda decisiva, mas já então ele conhecia bem o amigo para saber que a separação o deixaria profundamente comovido, seria uma verdadeira provação para ele, e isso preocupava Servo. Ele já refletira com frequência sobre essa amizade, e chegara a falar sobre ela com o Mestre de Música, aprendendo até certo ponto a colocar-se com objetividade e espírito crítico diante das próprias vivências e sentimentos. Reconhecera que não era propriamente o enorme talento do amigo, ou não era só isso, que o prendia a ele como uma espécie de paixão, mas sim ver tanto talento de mistura com tanta fraqueza e debilidade. O amor peculiar e exclusivo que Tegularius lhe dedicava não só tinha um aspecto belo, como representava também uma perigosa tentação, isto é, a tentação de fazer sentir em certas ocasiões seu poder àquela criatura menos dotada de energia, mas não da capacidade de amar. Ele se empenhara em conservar-se reservado e controlado até o fim nessa amizade. Na vida de Servo, apesar da amizade que votava ao amigo, este não representava um papel muito importante a não ser pelo fato de que o contato com esse homem delicado, fascinado pelo amigo mais forte e mais seguro de si lhe abrira os olhos para o fascínio e o poder que exercia sobre muita gente. Ele percebeu que uma parte desse poder de atração e de influência sobre os outros pertence intrinsecamente a todo professor e educador, ocultando perigos e trazendo responsabilidades.

Tegularius era apenas um entre muitos, pois Servo estava exposto a muitos olhares implorantes. Ao mesmo tempo ele percebera nos últimos anos cada vez com maior clareza e consciência a atmosfera extremamente tensa em que vivia no povoado dos jogadores. Ele fazia parte de um círculo ou classe que não existia oficialmente, mas era um círculo privadíssimo, pertencendo além disso ao diminuto número de candidatos a repetidores do Jogo de Avelórios, de onde saía um ou outro auxiliar do Magister, do arquivista ou dos cursos do Jogo, mas nunca alguém recomendado a postos inferiores ou modestos de funcionário ou professor; esses candidatos eram uma reserva para preencher os cargos de direção. Ali todos se conheciam perfeitamente, até demais, e era raro haver um erro de julgamento sobre o talento, o caráter e as realizações mútuas. E justamente porque ali, entre os repetidores dos estudos do Jogo e os aspirantes às mais altas dignidades, cada um possuía qualidades acima do comum e dignas de atenção, pertencendo às primeiras filas quanto às realizações, ao saber e às provas apresentadas, justamente por isso os traços e nuanças de caráter que são o apanágio de um candidato a chefe e homem de sucesso representavam importante papel, a que era dedicada a maior atenção. Um *plus* ou um *minus* de ambição, de atitudes, de porte ou de aparência, um pequeno *plus* ou *minus* em "charme", em poder de influenciar os mais jovens ou as repartições, em amabilidade, tinha grande importância e podia ser decisivo na concorrência entre os estudantes. Assim como Fritz Tegularius pertencia a esse círculo só como um *outsider*, como um visitante, uma pessoa tolerada, que pertencia apenas à periferia, por não possuir dons de chefe, Servo pertencia ao círculo íntimo. O que o tornava atraente aos jovens e lhe angariava admiradores eram a sua vivacidade, sua elegância ainda bastante juvenil e, conforme parecia, sua imunidade aos sentimentos apaixonados, e ao mesmo tempo uma integridade irresponsável de criança, uma certa inocência.

E o que o tornava apreciado pelos superiores era o outro lado dessa inocência: a ausência quase completa de ambição e de vaidade.

Nos últimos tempos a influência exercida por sua personalidade, primeiro sobre os inferiores e aos poucos também sobre os seus superiores, tornou-se evidente a Servo, e ao refletir sobre o passado sob o ponto de vista do indivíduo consciente que era agora encontrava duas linhas, desde os tempos de menino, percorrendo e configurando toda a sua vida: o interesse em conquistar sua amizade, demonstrado pelos colegas e os mais jovens, e a atenção benevolente que muitos superiores lhe dispensavam. Houvera exceções, como o reitor Zbinden, mas em compensação ele fora distinguido com a proteção do Mestre de Música, e mais recentemente com a de M. Dubois e do Magister Ludi. Tudo era tão claro, e no entanto Servo nunca quisera perceber e aceitar os fatos. Era esse evidentemente o caminho que lhe estava reservado, isto é, chegar de modo natural e sem esforço à Elite, encontrar amigos que o admiravam e protetores altamente colocados; era seu caminho não se deixar ficar à sombra, na base inferior da Hierarquia, porém aproximar-se cada vez mais do seu ápice aureolado de cintilante luz. Ele não seria um subalterno nem um erudito, mas um senhor. O fato de perceber isso mais tarde do que outros em sua mesma posição emprestava-lhe aquele encanto indescritível, aquele halo de inocência. E por que razão ele reparava nisso tão tarde e contra a sua vontade? É que não desejara tudo isso, não o queria aceitar, e o posto de mandante não representava para ele uma necessidade, nem sentia prazer em dar ordens, porque aspirava antes à vida contemplativa do que à ação, e teria ficado satisfeito se ainda por muitos anos, ou por toda a vida, continuasse a ser um estudioso despercebido de todos, um curioso e respeitoso peregrino pelos santuários do passado, pelas catedrais da música, os jardins e florestas da mitologia, das línguas e das ideias. Agora, que se via empurrado inevitavelmente para a *vita activa*, sentia mais do que nunca a tensão dos desejos, da competição e da ambição em seu redor, sentia ameaçada a sua inocência, impossível de ser conservada. Percebia que tinha de aceitar tudo que, contra a sua vontade, lhe estava reservado e predestinado, para conseguir vencer a sensação de ser um prisioneiro e dominar também a saudade pela perdida liberdade que gozara nos últimos anos; como no íntimo não se havia ainda disposto completamente a tudo isso, seu temporário afastamento de Cela Silvestre e da Província, assim como a viagem ao exterior foram para ele uma verdadeira salvação.

A Fundação e Convento Rochedo Santa Maria, durante os vários séculos da sua existência, havia contribuído para a história do Ocidente, participando de seus sofrimentos; passara por épocas de esplendor, de decadência, de renascimento e de perecimento, e teve períodos de celebridade e brilho em variados domínios. Outrora fora a sede principal da erudição e da arte de discutir escolásticas e possuía ainda uma imensa biblioteca de teologia da Idade Média. Após as épocas de inatividade e indolência, atingira um novo esplendor, desta vez pelo cultivo da música, pelo seu célebre coral, pelas missas e oratórios escritos e executados pelos *patres* do convento; dessa época em diante conservou uma bela tradição musical, uma meia dúzia de arcas de nogueira repletas de música manuscrita e o mais belo órgão do país. Em seguida sobreveio a época política do convento, a qual também deixara uma certa tradição e algumas práticas. Em tempos de terríveis devastações causadas pela guerra, o Rochedo Santa Maria tornou-se muitas vezes uma pequena ilha de meditação e de razão, onde as inteligências mais esclarecidas dos partidos inimigos se encontravam para entendimentos, e certa vez — esse foi o apogeu da sua história — o Rochedo Santa Maria foi o local de conversações para um tratado de paz que satisfez por algum tempo os anseios de povos exauridos. Quando sobrevieram novos tempos e Castália foi fundada, o convento conservou-se na expectativa, demonstrando mesmo certo desagrado, talvez em consequência de diretivas de Roma relativas à questão. Uma tentativa da Repartição de Ensino, pedindo hospedagem a um erudito que queria trabalhar por algum tempo na biblioteca de obras sobre a escolástica do convento, foi amavelmente indeferida, e do mesmo modo o convite para enviarem um representante à semana de estudos de história da música. Só depois do abade Pius, o qual já em idade avançada começou a interessar-se vivamente pelo Jogo de Avelórios, foi possível entrar em contato e manter intercâmbio entre Castália e o convento, o que levou a relações de amizade não muito íntimas porém cordiais. As duas instituições emprestavam livros uma à outra, trocavam visitas e hospedagem; o Mestre de Música, protetor de Servo, na mocidade havia passado algumas semanas no Rochedo Santa Maria, onde copiara música e tocara no célebre órgão. Servo não ignorava esse fato, alegrando-se em hospedar-se num lugar de que às vezes ouvira o venerando amigo falar com prazer.

Ele não esperava ser recebido tão amavelmente e com tantas demonstrações de atenção, o que o deixou um tanto confuso. Era a primeira vez que Castália punha à disposição do convento um professor de Jogo de Avelórios da Elite, por tempo indeterminado. Servo aprendera com o diretor Dubois a considerar-se, principalmente nos primeiros tempos, não como um hóspede particular, mas apenas na qualidade de um enviado, e isso o auxiliou a vencer seu acanhamento. Também conseguiu sobrepor-se ao sentimento de estranheza e temor que o assaltou à chegada e à leve excitação das primeiras noites, em que dormiu mal, e como o abade Gervasius lhe demonstrasse viva simpatia e bondade, dentro em pouco ele se sentiu bem no novo ambiente. Dava-lhe prazer a louçania e a força da paisagem, um panorama montanhoso e agreste, com penhas escarpadas e pastagens viçosas, repletas de bonito gado. Alegrava-se ao observar o arrojo e a amplitude das antigas construções, em que se podiam perceber muitos séculos de história, e sentia-se atraído pela beleza e pela simplicidade confortável de seus aposentos, que consistiam em dois quartos no andar superior da longa asa lateral para hóspedes. Gostava de fazer passeios de exploração pela garrida cidadezinha, com suas duas igrejas, os claustros, o arquivo, a biblioteca, a moradia do abade, várias granjas com amplas estrebarias, repletas de bem-tratados animais, fontes borbulhantes, adegas com gigantescas cavidades em abóbadas, cheias de vinho e frutas, com seus dois refeitórios, a célebre sala do capítulo, os jardins bem-tratados e as oficinas dos Irmãos leigos, de tanoeiro, sapateiro, alfaiate, ferreiro etc., que formavam uma aldeiazinha em redor da grande propriedade. Ele já obtivera acesso à biblioteca, o organista já lhe mostrara o magnífico órgão, permitindo-lhe tocar nele, também o atraíam as grandes arcas, onde ele sabia encontrar-se um número considerável de manuscritos musicais, em parte ainda desconhecidos, de épocas afastadas.

No início do desempenho de suas funções, ele teve a impressão de que não havia no convento nenhum sentimento de impaciência, e passaram-se não só dias, mas semanas inteiras, até tomarem conhecimento da finalidade da sua estadia ali. É verdade que desde o primeiro dia alguns *patres*, e o abade em pessoa, conversavam de bom grado com José sobre o Jogo de Avelórios, mas não se tocara ainda no assunto das aulas ou de uma atividade sistemática. Servo notou também que nos modos, no estilo de vida e nas relações entre os sacerdotes reinava um ritmo que lhe era desconhecido, uma lentidão respeitosa, uma paciência persistente e bondosa, de que todos os padres, mesmo aqueles de personalidade temperamental, pareciam participar. Era o espírito da sua Ordem, o alento milenar de uma organização, de uma comunidade antiquíssima e privilegiada, cujo valor se comprovara por centenas de vezes tanto na felicidade quanto na necessidade, e de que eles participavam, como as abelhas participam do destino e da existência da sua colmeia, dormindo o seu sono, sofrendo a sua dor, estremecendo ao seu estremecimento. Comparado ao estilo de vida de Castália, o estilo beneditino, à primeira vista, parecia menos espiritualizado, menos ágil e penetrante, menos ativo, em compensação mais resignado, menos sujeito a influências alheias, mais antigo e comprovado. Tinha-se a impressão de que ali reinava um espírito e um sentido que se haviam fazia muito tempo reintegrado à natureza. Com curiosidade, grande interesse e também com enorme admiração, Servo deixou agir sobre si a vida do convento, que antes de existir uma Castália já era quase tão antigo como agora, existindo há perto de mil e quinhentos anos, e que tanto se adaptava à parte contemplativa da natureza de Servo. Ele era um visitante tratado com respeito, com um respeito muito maior do que esperava, mas sentia perfeitamente que esse tratamento era de praxe ali, e não se tratava de um respeito pela sua pessoa ou pelo espírito de Castália ou do Jogo de Avelórios, mas sim da cortesia cheia de majestade de uma grande potência por outra mais jovem. Ele só se havia preparado em parte para a sua missão, e após algum tempo sentiu-se, apesar da vida confortável que levava no Rochedo Santa Maria, tão inseguro, que escreveu à sua repartição pedindo mais diretivas para o seu comportamento. O Magister Ludi escreveu-lhe pessoalmente algumas linhas. "Não te preocupes", dizia a missiva "em dedicar o tempo que achares necessário ao estudo da vida conventual. Aproveita o tempo, aprende, procura tornar-te querido e útil, dentro dos limites que te forem concedidos, mas não queiras impor-te, não deixes jamais transparecer impaciência, nunca pareças dispor de menos ócio do que teus hospedeiros. Ainda que eles te tratem durante um ano inteiro como se fosse o primeiro dia da tua estadia em sua casa, aceita esse fato com calma, e comporta-te como se não tivesse a menor importância para ti permanecer ali dois anos ou dez. Considera as coisas como se se tratasse de exercitar a paciência. Pratica a meditação com todo o cuidado! Se a ociosidade te for pesada, trabalha regularmente algumas horas por dia, não mais do que quatro, estudando ou copiando manuscritos. Não dês a impressão de que estás trabalhando, mas dispõe de tempo para todos os que tiverem prazer em conversar contigo."

Servo seguiu esses conselhos, sentindo-se logo mais à vontade. Até então ele pensara demasiado no seu cargo de professor de amadores do Jogo de Avelórios, sua missão ali, ao passo que os padres do convento o tratavam mais como um enviado de uma potência amiga, o qual deve ser conservado em boa disposição de espírito. E afinal, quando o abade Gervasius recordou-se do encargo de professor de Servo, levando-lhe alguns padres que já haviam recebido uma introdução à arte do Jogo de Avelórios, e aos quais ele devia ministrar cursos mais extensos sobre o assunto, Servo verificou com espanto, e no início com enorme desilusão, que a cultura do nobre Jogo nesse lugar hospitaleiro era muito superficial e diletântica, e que ali, conforme parecia, se contentavam com um modestíssimo grau de conhecimento do Jogo. E, em consequência dessa conclusão, aos poucos chegou também a outra: evidentemente a razão de o terem enviado para lá não era a arte do Jogo de Avelórios e a sua divulgação no convento. O trabalho de auxiliar os poucos padres com inclinação para o Jogo, ensinando-lhes seus primeiros elementos e proporcionando-lhes o prazer de fazer um modesto esforço esportivo, era fácil, demasiado fácil, e qualquer outro candidato, mesmo que não pertencesse à Elite, poderia desempenhar-se dele. Portanto, esse ensino não deveria ser o fim de sua missão. Começou a compreender que o haviam enviado para lá menos para ensinar do que para aprender.

De fato, justamente quando ele julgou ter percebido isso, sua autoridade no convento aumentou de súbito, e consequentemente sua autoconsciência, porque, apesar dos encantos e das vantagens do seu papel de visitante, por vezes a permanência ali dera-lhe a impressão de um degredo. Sucedeu então que um belo dia, no decorrer de uma conversa com o abade, sem querer escapou-lhe dos lábios uma alusão ao I Ching chinês; o abade ouviu-o, fez algumas perguntas, e ao perceber inesperadamente que seu hóspede tinha grande prática no chinês e no Livro das Mutações não pôde esconder sua alegria. Ele tinha uma certa predileção pelo I Ching e, apesar de não entender o chinês, e de seus conhecimentos sobre o Livro dos Oráculos e outros mistérios chineses serem de uma ingênua superficialidade, a mesma com que os atuais habitantes do convento pareciam satisfazer-se em quase todos os seus conhecimentos científicos, de qualquer modo era um fato notável que aquele homem inteligente e, comparado a seu hóspede, tão experiente e conhecedor do mundo tivesse realmente um interesse pela sabedoria da antiga China e por sua ciência de Estado. Resultou disso uma conversa de incomum vivacidade, que pela primeira vez rompeu as relações de simples cortesia que haviam reinado até então entre o anfitrião e o hóspede, e sua consequência foi um pedido a Servo para ministrar a esse venerando senhor, duas vezes por semana, uma aula de I Ching.

Enquanto suas relações com o abade, seu anfitrião, tomavam um aspecto mais vivaz e produtivo, o coleguismo amigável que reinava entre ele e o organista fazia progressos, e ele se foi familiarizando com o pequeno estado religioso em que estava vivendo. A promessa do Oráculo por ele consultado antes de partir de Castália começava a realizar-se. Tinha sido predito ao peregrino carregando seus haveres não só que encontraria abrigo num albergue, mas também "a persistência de um jovem servidor". O peregrino devia considerar um bom sinal a gradual realização do oráculo, um sinal de que de fato "carregava consigo seus haveres", e que mesmo longe das escolas, dos professores, companheiros, protetores e auxiliares, afastado da atmosfera de Castália, essa pátria que lhe dava sustento e forças, ele trazia consigo o espírito e as forças que o auxiliavam a caminhar em direção de uma vida ativa e útil. O anunciado "jovem servidor" aproximou-se dele na pessoa de um noviço de nome Antão e, ainda que esse jovem não tenha representado nenhum papel na vida de Servo, nesses primeiros tempos passados no convento com sentimentos tão contraditórios representou o papel de um arauto, um mensageiro de coisas novas e mais grandiosas, um arauto de acontecimentos futuros. Antão era um adolescente calado, mas ardente e de olhar inteligente, quase maduro para ser recebido no círculo dos monges, e se encontrava com frequência com o jogador de avelórios, cujas origens e arte lhe eram tão misteriosas. Servo não ficou conhecendo o reduzido número de alunos que vivia numa ala lateral do edifício: o hóspede não tinha a permissão de entrar ali, e era evidente que não desejavam que ele se aproximasse dos alunos. Não era permitido a estes últimos participarem do curso do Jogo. Mas Antão trabalhava na biblioteca várias vezes por semana como auxiliar do bibliotecário, ali Servo se encontrou algumas vezes com ele, conversaram um pouco, e Servo notava cada vez mais que esse jovem de olhos escuros e olhar enérgico sob as sobrancelhas bastas e pretas dedicava-lhe uma admiração entusiástica e subserviente, comum no amor dos adolescentes e dos alunos, e que tantas vezes já lhe fora dedicado; há muito ele sabia, apesar de evitar essa espécie de amor, que esse sentimento era um elemento ativo e importante na vida da Ordem. Ali no convento ele decidiu ser duplamente reservado, teria a impressão de ter abusado da amizade que lhe demonstravam, se pretendesse exercer influência sobre esse adolescente que estava ainda recebendo uma educação religiosa; conhecia perfeitamente a severa regra de castidade que ali vigorava, e nessas circunstâncias parecia-lhe tanto mais perigoso um sentimento de amor infantil. De qualquer modo, ele devia evitar um impulso qualquer nesse sentido, e ficou de sobreaviso.

Na biblioteca, o único lugar em que ele encontrava com frequência o aludido Antão, travou também conhecimento com um homem que no início, em razão de seus modos modestos, quase lhe passou despercebido, mas que foi conhecendo com o tempo, e a quem conservou por toda a vida um amor grato e respeitoso, só comparável ao que dedicara ao velho Mestre de Música. Era o padre Jacobus, o mais competente historiador da Ordem dos beneditinos, naquela época com cerca de sessenta anos, um homem magro e seco, envelhecido, com uma cabeça de gavião sobre um pescoço longo e de tendões salientes; de frente, seu rosto, principalmente em razão de ele ser parco em olhares, tinha uma expressão sem vida e apagada, mas o perfil, com a linha pronunciada da testa abaulada, o profundo vinco acima do nariz adunco e afilado, e o queixo um pouco curto, mas de desenho puro e atraente, evidenciava uma personalidade marcada e voluntariosa. Esse ancião tranquilo, que aliás, quando conhecido na intimidade, evidenciava por vezes um temperamento vibrante, tinha sua mesa de estudos sempre coberta de livros, de manuscritos e mapas, na sala interna da biblioteca, e nesse convento que possuía um tesouro inapreciável em livros parecia ser o único erudito que trabalhava com real seriedade. Aliás, foi o noviço Antão que chamou inadvertidamente a atenção de José Servo para o padre Jacobus. Servo notara que a sala interna da biblioteca, onde o erudito tinha sua mesa de trabalho, era considerada uma espécie de sala particular de estudos, e os raros frequentadores da biblioteca só entravam ali em caso de necessidade, e mesmo assim em silêncio e com respeito, na ponta dos pés, apesar de que o padre que lá estudava não desse a impressão de ser incomodado facilmente. Naturalmente Servo também tinha por regra tomar o mesmo cuidado, e por isso o aplicado ancião furtava-se à sua observação. Mas um dia o velho pediu a Antão que lhe trouxesse alguns livros e, quando o jovem voltou da sala interna, Servo reparou que ele ficou alguns instantes parado diante da porta aberta, fitando o ancião mergulhado no estudo, em sua mesa. Antão tinha uma expressão de ardente admiração e respeito, de mistura ao sentimento de delicada atenção e solicitude que às vezes os jovens bondosos dedicam à mudez e à fragilidade da velhice. Primeiramente Servo alegrou-se com essa cena, que em si já tinha beleza, mas além disso ela comprovava que Antão podia entusiasmar-se pelos mais velhos, sendo possível admirar-se alguém sem a menor parcela de paixão. No momento seguinte veio-lhe um pensamento levemente irônico, que quase o envergonhou: quão diminuto devia ser o número de verdadeiros eruditos nessa instituição, se o único que trabalhava com seriedade era olhado pelos jovens como um animal raro e um ser fabuloso. De qualquer modo, esse olhar quase carinhoso, de respeitosa admiração, com que Antão fitava o ancião, abriu os olhos de Servo para a figura do erudito padre, e ele começou a observar às vezes esse homem, notando seu perfil romano, e descobrindo aos poucos traços que indicavam um espírito e um caráter incomuns. Servo já sabia que se tratava de um historiador, considerado o mais profundo conhecedor de história entre os beneditinos.

Um dia o padre dirigiu-lhe a palavra; não tinha aqueles modos grandiosos, propositadamente benevolentes, propositadamente bem-humorados, de tio para sobrinho, que pareciam fazer parte do estilo da casa. Convidou José para visitá-lo em seu quarto após a hora das ave-marias.

— O senhor verá — disse ele em voz baixa e quase tímida, mas acentuando de modo encantador as palavras — que não sou um conhecedor da história de Castália, e muito menos um jogador de avelórios, mas, como parece que nossas Ordens tão diversas se tornam cada vez mais amigas, eu não quero ser uma exceção, e gostaria, pelo meu lado, de aproveitar-me um pouco da sua presença entre nós, senhor.

Ele falou com enorme seriedade, mas sua voz branda e a fisionomia inteligente emprestavam às suas palavras amabilíssimas aquele múltiplo e matizado sentido, entre sério e irônico, devoto e levemente sarcástico, patético e brincalhão, que nos recorda a saudação de dois santos ou dois príncipes da Igreja, com suas reverências sem fim, num jogo de cortesias e de paciência. Essa mistura, que ele conhecera bem entre os chineses, de superioridade e ironia, de sabedoria e de paciente cerimonial, foi um bálsamo para Servo; ele teve a consciência de não ter há largo tempo ouvido falar nesse tom, que o Mestre do Jogo de Avelórios Tomás dominava como mestre; com alegria e gratidão aceitou o convite.

À tarde, quando se dirigiu para a moradia afastada do Padre, no fim de uma silenciosa ala lateral do prédio, indeciso em que porta devia bater, ouviu com surpresa sons de piano. Apurou o ouvido e percebeu que era uma sonata de Purcell, tocada sem pretensões nem virtuosismo, mas com compasso firme e muita clareza; essa música pura, de íntima jovialidade, vibrava em tons íntimos e suaves, com seus doces acordes perfeitos, trazendo-lhe a recordação dos tempos de Cela Silvestre, em que ele tocava peças desse estilo com seu amigo Ferromonte, em diferentes instrumentos. Esperou, ouvindo cheio de prazer o fim da sonata, que ecoava no corredor silencioso, à meia-luz, ora com um toque de solidão e distância, ora com coragem e inocência, tão infantil e superior como qualquer boa música em meio à nudez sem solução do mundo. Bateu à porta, e o padre Jacobus exclamou: "Entre!", recebendo-o com a modesta dignidade que o distinguia; no pequeno piano ainda brilhavam duas velas. O padre Jacobus respondeu afirmativamente à pergunta de Servo, dizendo que tocava piano todas as tardes meia hora ou uma hora inteira, e terminava seu trabalho diário ao cair da tarde, renunciando à leitura e à escrita nas horas que precedem o sono.

Falaram sobre música, sobre Purcell, Haendel, sobre o estudo da música pelos séculos adentro entre os beneditinos, essa ordem realmente "musical", cuja história Servo mostrou desejos de conhecer. A conversa animou-se, aflorando centenas de questões. Os conhecimentos de história do ancião pareciam realmente maravilhosos, mas ele não fez mistério de que a história de Castália, o pensamento castálico e da sua Ordem o haviam ocupado e interessado pouco, não escondendo também sua atitude crítica com relação a Castália, cuja "Ordem" ele considerava uma imitação das congregações cristãs, e no fundo uma imitação sacrílega, já que a Ordem castálica não tinha por fundamento nenhuma religião, nenhum Deus ou igreja. Servo ouviu essa crítica com respeito, mas retrucou que, além das concepções beneditinas e católico-romanas em geral, era perfeitamente possível existirem concepções diferentes, e já haviam de fato existido, às quais não se podia negar nem pureza de intenções e aspirações, nem profunda influência sobre a vida do espírito.

— Está certo — disse Jacobus —, o senhor está pensando, entre outros, nos protestantes. Eles não conseguiram conservar a religião e a Igreja, mas por vezes demonstraram grande coragem e tiveram figuras de valor excepcional. Durante alguns anos da minha vida, o assunto preferido dos meus estudos foram as diversas tentativas de aproximação entre as confissões e igrejas cristãs inimigas, especialmente por volta de 1700, quando encontramos pessoas como o filósofo e matemático Leibniz, e depois o estranho conde Zinzendorf, tentando a união entre os irmãos inimigos. De um modo geral, a história da evolução espiritual do século XVIII, apesar de aparentar espírito superficial e diletante, é interessantíssima e apresenta dois notáveis e diferentes aspectos; o estudo dos protestantes daquela época ocupou-me com frequência. Certa vez descobri entre eles um filólogo, professor e educador de grande formato, um pietista suábio, um homem cuja atuação moral se prolongou por dois séculos inteiros, como se pode comprovar plenamente — mas esse já é um outro assunto, voltemos à questão da legitimidade e da missão histórica da Ordem em questão...

— Ah! não — exclamou José Servo —, por favor, fale ainda desse professor, do qual o senhor pretendia falar há pouco, estou quase a adivinhar de quem se trata.

— Adivinhe, então.

— Pensei primeiro em Francke, de Hallen, mas já que se trata de um suábio, não posso deixar de pensar em João Albresto Bengel.

Uma gargalhada vibrou, e um clarão de alegria iluminou a face do erudito.

— O senhor me surpreende, meu caro — exclamou ele com vivacidade —, era realmente em Bengel que eu pensava. De onde o conhece? Talvez seja uma particularidade da sua espantosa Província, conhecer coisas e nomes tão remotos e esquecidos... Pode estar certo de uma coisa: se o senhor perguntasse a todos os *patres*, professores e alunos do nosso convento, inclusive aos das últimas gerações, havia de ver que nenhum deles conheceria esse nome.

— Mesmo em Castália poucos o conhecem, talvez ninguém mais a não ser eu e dois amigos meus. Uma vez ocupei-me a estudar o século XVIII e os círculos pietistas, por minha alta recreação, e então vieram-me à memória alguns teólogos suábios, que merecem minha admiração e respeito, entre eles Bengel, que me pareceu então o guia da juventude e o professor ideal. Impressionou-me tanto a personalidade desse homem que mandei fotografar um retrato dele que encontrei em um velho livro e durante algum tempo o mantive pendurado à parede sobre a minha escrivaninha.

O padre continuava a rir.

— Nós nos encontramos aqui sob um signo pouco comum — disse ele. — É estranho que o senhor e eu, nos nossos estudos, tenhamos deparado com esse homem já olvidado. Talvez seja mais estranho ainda que esse protestante suábio tenha conseguido influenciar quase ao mesmo tempo um padre beneditino e um jogador de avelórios castálico. Aliás eu imagino que seu Jogo de Avelórios seja uma arte que necessita de muita fantasia e admiro-me de que um homem tão severo e comedido como Bengel possa tê-lo atraído tanto.

Agora foi a vez de Servo rir-se gostosamente.

— Bem — disse ele —, se o senhor se recorda dos anos e anos de estudos de Bengel sobre o Apocalipse de São João, e de seu sistema de exegese para as profecias desse livro, tem que reconhecer que o polo oposto da sobriedade não era totalmente estranho a Bengel.

— É verdade — concordou o padre com jovialidade. — E como explica o senhor esses contrastes?

— Se o senhor me permite uma brincadeira, eu diria o seguinte: o que faltou a Bengel, e aquilo que ele procurou e desejou veementemente, foi o Jogo de Avelórios. Eu o considero um dos precursores e maiorais secretos do nosso Jogo.

Com tato e de novo sério, Jacobus perguntou:

— Parece-me um tanto ousado incluir justamente Bengel na galeria dos seus maiorais. E como justifica o senhor a sua opinião?

— Foi uma brincadeira, mas uma brincadeira que se pode defender. Já nos anos da sua mocidade, antes de ocupar-se com seu importante trabalho sobre a Bíblia, Bengel participou a seus amigos o plano de coordenar e resumir numa enciclopédia todo o saber da sua época, simétrica e sinopticamente, em direção a um centro. Isso é o que o Jogo de Avelórios também faz.

— É o pensamento enciclopédico, com que o século XVIII inteiro se ocupou — exclamou o padre.

— É isso mesmo — disse José —, mas Bengel não pretendeu apenas enfileirar um ao lado do outro os diversos domínios do saber e da pesquisa científica, porém queria uma concatenação, uma ordem orgânica, e estava à procura do seu denominador comum. É essa uma das ideias elementares do Jogo de Avelórios. E eu estou tentado a afirmar que, se Bengel estivesse de posse de um sistema semelhante ao do nosso Jogo, não se teria extraviado tanto, com sua conversão dos números proféticos, e a predição do Anticristo e do Reino dos Mil Anos. Bengel não encontrou de todo a desejada direção para uma meta comum, correspondente às disposições variadas do seu talento, e o resultado da sua disposição para a matemática, combinado com sua perspicácia de filólogo, foi aquela estranha obra *A ordem dos tempos*, um misto de acribia e fantasia, que o ocupou durante muitos anos.

— É bem bom — respondeu Jacobus — que o senhor não seja historiador, porque tem realmente inclinação para fantasias. Mas compreendo o seu pensamento, sou pedante só na minha especialidade.

Desse encontro resultou uma conversa frutuosa, um conhecimento mútuo, uma certa amizade entre os dois. O erudito considerou mais do que apenas casual, ou um acaso bem especial, o fato de ambos, ele como beneditino, o jovem como castálico, terem feito a descoberta desse pobre vurtemburguês preceptor de convento, esse homem de sentimentos delicados e caráter firme como uma rocha, ilusionário e sensato a um só tempo; devia haver algum traço de união entre ambos, para que o mesmo ímã houvesse exercido tão forte atração sobre eles. E desde aquela noite que principiou com a sonata de Purcell de fato surgiu qualquer coisa entre ambos, e uma certa amizade. Jacobus sentia prazer nesse intercâmbio de ideias com um espírito culto e ainda tão maleável, como poucas vezes lhe acontecia encontrar, e para Servo as relações com o historiador, o aprendizado daí decorrente foram um novo período no caminho do seu despertar, que era para ele o significado máximo da sua vida. Em poucas palavras: ele aprendeu com o padre a história, o conjunto das leis e as contradições do estudo da história e das obras sobre história, e aprendeu também, nos anos que se seguiram, a considerar a atualidade e sua própria vida como uma realidade histórica.

Suas conversas às vezes se estendiam, transformando-se em verdadeiras discussões, ataques e justificações, e no começo foi o padre Jacobus quem se mostrou mais agressivo. Quanto mais ele conhecia o espírito de seu jovem amigo, tanto mais sentia pena de saber que esse jovem tão promissor não gozava da disciplina de uma educação religiosa e sofria a influência da disciplina ilusória de uma espiritualidade intelectual-estética. Tudo o que ele criticava no modo de pensar de Servo, ele o atribuía a esse espírito "moderno" castálico, sua falta de realismo, seu pendor para a abstração inconsequente. E sempre que Servo o surpreendia com concepções e declarações sadias, muito semelhantes ao seu próprio modo de pensar, o padre triunfava, porque isso provava que a boa natureza de seu jovem amigo tinha oposto forte resistência à educação castálica. José ouvia as críticas a Castália com toda a calma, e quando o ancião, no seu entusiasmo, lhe parecia ter ido longe demais, repelia friamente seus ataques. Aliás, entre as críticas desfavoráveis do padre sobre Castália, havia algumas com que José em parte tinha de concordar, e em determinado assunto ele mudou completamente de opinião durante o seu tempo de permanência no Rochedo Santa Maria. Tratava-se da relação do espírito castálico com a história universal, naquilo a que o padre chamava de "ausência completa de sentido histórico".

— Os senhores matemáticos e jogadores de avelórios — dizia ele — destilaram para seu próprio uso uma história universal que não passa de uma história do espírito e da arte, e essa história não tem nem fibra nem realidade; os senhores estão perfeitamente a par da decadência da sintaxe latina no século II ou III e não têm o menor conhecimento de Alexandre, César ou Jesus Cristo. Os senhores se ocupam da história universal como o matemático da matemática, nela só há regras e fórmulas, mas nenhuma realidade, nem bem nem mal, nenhuma espécie de tempo, nenhum ontem ou amanhã, apenas uma atualidade matemática, eterna e plana.

— Mas como é possível ocupar-se de história sem introduzir-lhe uma ordem determinada?

— Certamente que temos de introduzir ordem na história — esbravejou Jacobus. — Toda ciência, aliás, é organização, é simplificação, é uma preparação para tornar digerível tudo o que é indigesto para o espírito. Nós pensamos conhecer algumas leis da história e procuramos levá-las em consideração ao conhecer a verdade histórica. Dá-se o mesmo com o anatomista que, ao dissecar um cadáver, não se vê diante de descobertas espantosas, mas ante a profusão de órgãos, músculos, tendões e ossos julga encontrar debaixo da epiderme um esquema preparado por ele próprio. Mas quando o anatomista só vê o seu esquema, desprezando a realidade, individual e única, do seu objeto, não passa de um castálico, um jogador de avelórios, e está empregando a matemática no menos apropriado dos objetos. Admito que quem estuda a história pode ter crença infantil e comovente no poder organizador do nosso espírito e do método em si, mas deve além disso respeitar a incompreensível verdade, a realidade e a originalidade do fenômeno. Estudar história, meu caro, não é uma brincadeira, nem uma ocupação infantil e irresponsável. Estudar história requer o conhecimento prévio de que com esse estudo se almeja algo impossível de atingir, e todavia necessário e importantíssimo. Estudar história significa entregar-se ao caos, conservando a crença na ordem e no sentido. É uma tarefa muito séria, rapaz, talvez mesmo trágica.

Citamos a seguir algumas palavras características do padre, que Servo transmitiu nessa ocasião aos seus amigos.

"Os grandes homens são para a juventude as uvas passas no bolo da história universal, e são, indubitavelmente, parte integrante da sua substância. Não é tão simples nem tão fácil como se pensa diferençar os verdadeiros grandes homens dos grandes só na aparência. A estes últimos são o momento histórico e o seu pressentimento e compreensão que dão a ilusão de grandeza, e não são raros os historiadores e biógrafos, e principalmente os jornalistas, que acreditam ver no pressentimento e na compreensão de um momento histórico, isto é, no sucesso momentâneo, o distintivo da grandeza. O sargento que da noite para o dia se torna ditador ou a cortesã que consegue por algum tempo exercer influência sobre o bom ou o mau humor de um indivíduo poderoso são as personagens preferidas de um tal historiador. E os jovens cheios de idealismo, ao contrário, preferem os destinos trágicos dos indivíduos malsucedidos, dos mártires, que chegaram ao mundo cedo demais ou tarde demais. Para mim, que sou antes de tudo um historiador da nossa Ordem beneditina, o que mais me atrai, e mais digno de admiração e de estudo me parece na história universal, não são as pessoas, fatos inauditos ou o sucesso e a decadência. Minha preferência, minha curiosidade insaciável dirigem-se a fenômenos como a nossa congregação, por exemplo, às organizações de longa vida, em que se tenta reunir os indivíduos tendo em vista seu espírito e sua alma, em que se pretende educá-los e transformá-los, enobrecê-los — não pela eugenética ou pelo sangue, mas pelo espírito —, nobreza que é apta a um só tempo a servir e a dominar. O que me atraiu na história não foi a gritaria aguda da Ágora, mas tentativas como a dos pitagóricos ou da academia platônica, ou entre os chineses a longa existência do sistema confucionista; e na nossa história ocidental são principalmente as igrejas cristãs e as Ordens que as servem e lhes são filiadas que me parecem valores históricos de primeira ordem. O fato de um aventureiro qualquer ter tido a sorte de conquistar ou fundar um reino, que terá a duração de vinte, cinquenta ou mesmo de cem anos, ou de um idealista bem-intencionado pretender do rei ou do imperador uma política mais honesta, ou tentar realizar um sonho cultural, ou o fato de um povo, ou qualquer outra espécie de comunidade, ter realizado ou suportado coisas inauditas sob uma pressão exterior qualquer, tudo isso deixou há muito tempo de ter para mim o interesse que oferece, por exemplo, o fato de se ter continuamente tentado conseguir formas de existência como a nossa Ordem, e de algumas dessas tentativas terem podido prolongar sua existência por mil, por dois mil anos. Não quero citar a Santa Madre Igreja porque, para nós crentes, ela está acima de qualquer discussão. Mas o fato de congregações como as dos beneditinos, dos dominicanos e mais tarde dos jesuítas etc. existirem há muitos séculos, e após todos esses séculos, apesar de haverem passado por diferentes formas de evolução, corrupção, adaptação e domínio, terem conservado sua face e sua voz, suas atitudes e sua alma individual, esse é para mim o fenômeno mais notável e respeitável da história."

Servo tinha admiração pelo padre, até mesmo nas suas invectivas injustas. Todavia naquela época ele não fazia ainda a menor ideia de quem era na realidade o padre Jacobus, considerando-o meramente um erudito profundo e genial, mas ignorando que além disso ele era um homem que se enquadrava conscientemente na história universal e contribuía para a sua evolução, sendo a personagem política de sua congregação, e um conhecedor da história e da atualidade políticas, procurado por inúmeras pessoas para informações, conselhos e negociações. Durante uns dois anos, até suas primeiras férias, Servo teve contato com o padre, considerando-o apenas um erudito, conhecendo de sua vida, atividades, fama e influência apenas o aspecto sob o qual ele se apresentava aos seus olhos. Esse homem culto sabia calar-se, mesmo com os amigos, e seus Irmãos o conheciam melhor do que José poderia imaginar.

Mais ou menos dois anos ainda, José foi se adaptando à vida conventual como um hóspede, um estranho. Por vezes ele auxiliara o organista na sua modesta obra de dirigir o pequeno coro de motetos, contribuindo assim a levar por um estreito sendeiro uma tradição poderosa e respeitável. Fizera alguns achados no arquivo musical do convento e enviara algumas cópias de obras antigas a Cela Silvestre e especialmente a Monteporto. Formara uma pequena classe de participantes do Jogo de Avelórios, a que pertencia também o jovem Antão, sendo um aluno aplicadíssimo. Não ensinava a língua chinesa ao abade Gervasius, mas a manipulação das varetas de aquilégia e um método aperfeiçoado de meditar sobre as sentenças do Livro dos Oráculos. O abade já se habituara com a sua presença e desistira da tentativa de fazer seu hóspede beber vinho outra vez. Os relatórios com que ele respondia duas vezes por ano ao pedido oficial de informações do Mestre do Jogo de Avelórios, com o fito de saber se José Servo era apreciado no Rochedo Santa Maria, eram hinos de louvor em sua honra. Em Castália eram examinados com maior atenção do que tais informações as listas das lições e os boletins do curso do Jogo ministrado por Servo; consideravam modesto o seu nível, mas estavam satisfeitos pela maneira com que o professor sabia adaptar-se a esse nível, e principalmente aos costumes e ao espírito do convento. O que mais satisfazia e realmente espantava o Diretório castálico, apesar de não o evidenciar ao comissionado, eram as relações de confiança e finalmente de amizade entre Servo e o célebre padre Jacobus.

Essas relações trouxeram toda espécie de resultados positivos, e seja-nos permitido aludir desde já a eles ou, pelo menos, a um dos resultados que Servo mais prezava. Foi um fruto que amadureceu lentamente, bem devagar, como o crescimento tateante e desconfiado das sementes de árvores das altitudes semeadas numa fértil baixada: essas sementes, lançadas a um solo rico e num clima favorável, têm por herança a reserva e a desconfiança com que seus pais cresceram, e a sua lentidão de crescimento é uma qualidade hereditária. De modo que o atilado ancião, habituado a controlar com desconfiança qualquer possibilidade de influência alheia sobre si próprio, só deixava criar raízes em sua alma, e isso mesmo com relutância e passo a passo, tudo que seu jovem amigo, esse colega do polo oposto, lhe trazia em matéria de espírito castálico. Todavia isso ia vicejando aos poucos, e de todas as coisas positivas que Servo vivenciou nos seus anos de convento, o que lhe parecia melhor e mais valioso era a gradual confiança e franqueza do experiente ancião, a compreensão gradual e custosamente aceita da personalidade de Servo, da pessoa do jovem admirador e, ao mesmo tempo, de tudo o que vivia nele de especificamente castálico. Passo a passo o jovem, aparentemente uma espécie de discípulo, de ouvinte e aprendiz, ia levando o padre, que no princípio só empregava as expressões "castálico" ou "jogador de avelórios" com um sentido irônico, e mesmo claramente ofensivo, ao reconhecimento dessa espécie de espiritualidade, primeiramente tolerada e afinal devidamente respeitada, e também da sua Ordem, daquela tentativa de formar uma nobreza do espírito. O padre cessou de criticar a Ordem por seus poucos anos de existência, pouco mais de dois séculos, que perdia da beneditina por um milênio e meio, e também cessou de considerar o Jogo de Avelórios apenas como uma atividade estética de dândis, deixando de considerar impossíveis a amizade e a aliança futura dessas duas Ordens de idades tão dissemelhantes.

Durante bastante tempo José não imaginou que essa conquista parcial do padre, considerada por ele uma sorte pessoal e privada, fosse tida pelo Diretório como o ponto principal do seu papel de embaixador e de sua missão no Rochedo Santa Maria. Às vezes ele se punha a refletir em vão sobre o resultado de sua missão no convento, duvidando de que sua embaixada nesse local, que parecia no início contribuir para o seu próprio avanço, e representar uma honra, sendo invejada pelos seus companheiros de aspirações, não se transformasse com o tempo num posto inglório de repouso, significando um afastamento sem saída. Podia-se aprender em toda parte, e por que não ali também? Mas no sentido castálico esse convento, com exceção do padre Jacobus, não era nenhum jardim ou exemplo de intelectualidade, e ele se pôs a duvidar se o fato de viver em tal isolamento, entre modestos diletantes, não o estaria enferrujando no Jogo de Avelórios, fazendo-o involuir. Essa incerteza era alimentada por sua falta de ambição e pelo seu *amor fati*, já então bem desenvolvido. No fundo, considerando bem as coisas, ele achava sua vida como hóspede e professorzinho especializado nesse mundo conventual de um conforto antiquado quase mais agradável do que os últimos tempos de Cela Silvestre no círculo dos jovens ambiciosos e, se o destino o abandonasse para sempre nesse pequeno posto colonial, ele procuraria evidentemente modificar um pouco sua vida fazendo, por exemplo, manobras com o fito de trazer para a sua companhia um de seus amigos ou pelo menos pedindo para passar em Castália férias anuais longas. Quanto ao mais, ficaria satisfeito com a situação.

O leitor deste esboço biográfico espera talvez obter informações sobre outro aspecto da vida de Servo no convento, o aspecto religioso. Só nos encorajamos a precavidas alusões a esse respeito. Não só é provável, como evidente, por várias declarações e atitudes posteriores de Servo, que no Convento Santa Maria ele entrou em contato íntimo com a religião, com um cristianismo praticado diariamente; mas não podemos responder se ele se tornou cristão e em que grau, porque nossa pesquisa não atingiu esses domínios. Ele conservou uma espécie de devoção pelo respeito que

Castália dedicava às religiões, uma devoção a que podemos dar o nome de piedosa, e nas escolas que frequentou, especialmente ao estudar música sacra, aprofundou-se bastante nos ensinamentos cristãos e em suas formas clássicas. Principalmente o sacramento da missa e o rito da missa cantada eram-lhe familiares. Entre os beneditinos ele percebeu, não sem espanto e respeito, que uma religião que ele conhecia apenas teórica e historicamente vivia ainda, e tomou parte de muitas cerimônias religiosas; e desde que tomara conhecimento de alguns estudos do padre Jacobus, e refletira sobre suas conversas, o fenômeno cristão se esclarecera para ele. Durante séculos, por muitas vezes o cristianismo envelhecera, tornando-se ultrapassado, antiquado e sem mobilidade, mas voltara sempre a meditar em suas próprias fontes, nelas se renovando, deixando para trás de si o moderno e o vitorioso da véspera. Servo também não se defendia seriamente contra a ideia que nessas conversas às vezes lhe era apresentada, de que possivelmente a cultura castálica não passasse de uma forma profana e efêmera da cultura cristã--ocidental, uma forma colateral e tardia dessa cultura, e viria de novo a ser absorvida e aceita por ela. Fosse como fosse, disse ele um dia ao padre, seu lugar e suas atividades pertenciam à Ordem castálica e não à beneditina, ali ele tinha de colaborar e de afirmar-se, sem se preocupar em saber se a organização de que era membro tinha pretensões a uma duração eterna ou apenas a um largo período de tempo; ele considerava a conversão uma forma não muito honrosa de fuga. Aquele venerado João Albresto Bengel servira também na sua época a uma igreja pequena e de breve duração, sem por isso negligenciar seus serviços ao Eterno. A devoção religiosa, isto é, o serviço e a fidelidade à crença, que não fogem nem mesmo ao sacrifício da própria vida, era possível em qualquer credo e em qualquer escalão, e a única prova válida da sinceridade e valor de qualquer espécie de devoção pessoal era esse serviço e essa fidelidade.

 Quando a permanência de Servo entre os padres já durava cerca de dois anos, chegou ao convento um hóspede, que foi mantido afastado do seu convívio com grande cuidado, sendo mesmo evitada uma apresentação rápida. Isso despertou sua curiosidade e ele pôs-se a observar o desconhecido, que aliás permaneceu apenas alguns dias. Servo fez várias conjeturas a seu respeito. O hábito religioso que o desconhecido usava pareceu-lhe um disfarce. Com o abade e principalmente com o padre Jacobus, o desconhecido tinha longas confabulações a portas fechadas, e com frequência recebia e enviava mensageiros. Servo, que, pelo menos por boatos, conhecia as relações e as tradições políticas do convento, imaginou que esse hóspede fosse um importante homem de Estado em missão secreta ou um príncipe viajando incógnito; e ao recordar-se do que havia observado, lembrou-se que no mês findo vira um outro visitante que agora, ao refletir melhor, lhe parecia também misterioso ou importante. Lembrou-se então do diretor da "polícia", o amável M. Dubois, e de seu pedido para que ele observasse tais fatos no convento, e apesar de não sentir nem prazer nem disposição para essa espécie de relatórios, a consciência lhe dizia que há muito tempo ele não escrevia ao bondoso senhor, e talvez lhe tivesse causado desilusão. Escreveu-lhe então uma longa carta, procurando explicar seu silêncio. Para dar algum conteúdo à carta, falou brevemente sobre suas relações com o padre Jacobus. Ele nem sequer imaginava com que atenção seria lida sua carta nem quantas pessoas a leriam.

A missão

A permanência de Servo no convento foi de dois anos; na época de que estamos falando, ele tinha trinta e sete anos de idade. No fim de sua permanência na fundação Rochedo Santa Maria, cerca de dois meses após sua longa carta ao diretor Dubois, ele foi chamado uma manhã à sala do abade. Pensou que o afável senhor quisesse divertir-se um pouco, conversando sobre assuntos de sinologia e foi procurá-lo imediatamente. Gervasius veio ao seu encontro com uma carta na mão.

— Deram-me a honra de transmitir-lhe um recado, caríssimo amigo — exclamou ele satisfeito, no seu tom afável de protetor, para logo em seguida voltar ao tom irônico e provocador que era a bem-dizer uma invenção do padre Jacobus, e que Gervasius costumava usar para exprimir as relações de amizade ainda não totalmente claras que se haviam estabelecido entre a Ordem religiosa e a castálica. — Aliás, meus respeitos ao Magister Ludi. Ele sabe realmente escrever cartas! Escreveu-me em latim, esse senhor, Deus sabe por quê. Com os senhores castálicos nunca se pode saber, diante de qualquer ato, se ele significa uma cortesia ou uma ironia, uma honra ou uma lição. Pois esse respeitável *dominus* escreveu-me em latim, e num latim que atualmente ninguém, em toda a nossa Ordem, poderia escrever, com exceção do padre Jacobus. Um latim como o da própria escola de Cícero, e além disso perfumado com uma pequenina e bem dosada carga de latim eclesiástico. Também quanto a isso não é possível naturalmente saber se significa um simples engodo para nós, padrecos, ou uma ironia. Talvez seja apenas um impulso irresistível para a brincadeira, a estilização e a decoração. Pois esse respeitável senhor escreveu-me dizendo o seguinte: em Castália desejam vê-lo e abraçá-lo, e também verificar até que ponto sua longa permanência entre nós, semibárbaros, o corrompeu quanto à moral e ao estilo. Em resumo, tanto quanto pude compreender e decifrar dessa extensa obra de arte literária, concedem-lhe umas férias e rogam-me que mande de volta a Cela Silvestre o meu hóspede, por tempo indeterminado, mas não para sempre, porque o Diretório de Cela Silvestre tem a intenção, caso isso for do nosso agrado, de que o senhor volte para cá dentro em breve. O senhor me desculpe, eu não poderia de modo algum interpretar todas as sutilezas dessa carta, e o Magister Tomás naturalmente não espera isso de mim. Eis aqui uma cartinha que lhe devo entregar, e agora vá e decida se quer partir e quando deseja fazê-lo. Vamos sentir sua falta, meu caro, e caso o senhor fique muito tempo por lá não deixaremos de reclamá-lo à sua Diretoria.

Na carta que ele entregou a Servo, a Diretoria o avisava em breves palavras de que lhe concediam férias, não só para repouso como também para uma conferência com os dirigentes, sendo ele esperado dentro de curto prazo em Cela Silvestre. Servo não precisava ficar preocupado com o curso para principiantes, caso o abade não exteriorizasse o desejo de que fosse concluído. O velho Mestre de Música mandava-lhe lembranças. Ao ler essas linhas José ficou hesitante e se pôs a refletir: por que teria o Magister Ludi, que escrevera a carta, aceitado a incumbência de transmitir essa saudação, que aliás não cabia muito bem numa carta oficial? Ia realizar-se uma conferência de toda a Diretoria, com a presença do velho Mestre. Em todo o caso ele, Servo, nada tinha que ver com as reuniões e decisões da Direção do Ensino; mas essa saudação parecia-lhe muito estranha, tinha um tom de coleguismo. Qualquer que fosse a questão tratada nessa conferência, a saudação provava que os dirigentes haviam falado nessa ocasião a respeito de José Servo. Haveria alguma novidade para ele? Seria chamado de volta? E, neste caso, tratar-se-ia de um avanço ou de um passo para trás? Mas a carta só falava de férias. De fato, sobre essas férias ele se alegrava imensamente e gostaria de viajar já no dia seguinte. Mas pelo menos de seus discípulos ele tinha de despedir-se e tinha de dar-lhes alguns conselhos. Antão ficaria aborrecidíssimo com sua partida. E tinha também o dever de despedir-se pessoalmente de alguns padres. Lembrou-se então de Jacobus e, quase admirado, sentiu uma dorzinha interna, uma comoção, que lhe evidenciou que seu coração estava muito mais preso ao Rochedo Santa Maria do que ele pensava. Faltava-lhe ali muita coisa a que ele estava habituado e que apreciava, mas no decorrer daqueles dois anos Castália se tornara cada vez mais bela em sua imaginação, pela distância e pela saudade; mas nesse instante reconheceu que o padre Jacobus era insubstituível, e ele havia de sentir sua falta em Castália. Isso lhe trouxe também à consciência o quanto ele havia vivenciado e aprendido ali, e sentiu alegria e confiança ao pensar na viagem para Cela Silvestre, no reencontro, no Jogo de Avelórios, nas férias, mas essa alegria seria menor sem a certeza do retorno.

Tomou a rápida decisão de procurar o padre e contou-lhe que fora chamado para umas férias, falando-lhe também da surpresa que tivera ao perceber, por detrás da alegria de voltar ao lar e rever os amigos, a alegria do retorno ao convento, e como essa alegria dizia respeito principalmente ao prezado padre; ele criara coragem e atrevia-se agora a fazer-lhe o pedido de, após seu retorno, aceitá-lo na escola, mesmo que fosse apenas uma ou duas horas por semana. Jacobus riu-se, com um gesto de negação, e fazendo de novo os mais belos e irônicos cumprimentos sobre a cultura sem par e multilateral de Castália, diante da qual um simples religioso do convento, como ele, só podia quedar em êxtase, em muda admiração, sacudindo a cabeça de espanto, mas José já notara que essa negativa não era a sério, e quando estendeu a mão para despedir-se o padre disse-lhe amavelmente que não se preocupasse com seu pedido, ele faria o que fosse possível por Servo, e em seguida despediu-se com demonstrações de grande afeto.

Alegremente, Servo se dirigiu para casa, no gozo de suas férias, com a certeza íntima de que sua permanência no Convento não tinha sido inútil. Ao partir ele sentiu-se como um menino, mas em breve notou não ser mais uma criança, nem tampouco um adolescente, notou-o pelo sentimento de vergonha e de oposição interior que se erguiam nele imediatamente, quando tentava exprimir com um gesto qualquer — uma exclamação, uma pequena infantilidade — o sentimento de libertação e de infantil felicidade pelas férias. Não, tudo aquilo que seria antigamente uma coisa natural e o libertaria, um grito de júbilo aos pássaros pousados na árvore, uma marcha cantada em voz alta, passos elásticos e rítmicos de dança — tudo isso não era mais possível, seria uma coisa rígida e forçada, tola e infantil. Ele sentia-se um homem, jovem no sentimento e nas forças mas sem a entrega de si mesmo ao momento e à variação dos sentimentos, sem a antiga liberdade; agora sentia-se bem desperto, preso às circunstâncias e aos deveres — por quê? Por ocupar um posto? Pela missão de representar perante os moradores do convento sua terra e sua Ordem? Não, era a própria Ordem, era a Hierarquia, às quais, ao fazer esse repentino exame de consciência, ele se sentia inexplicavelmente ligado e integrado; era a responsabilidade, o sentimento de ser envolvido pela generalidade e por algo superior, que dá a muitos jovens a aparência de um velho, e a muitos velhos a de um jovem, que nos imobiliza, que nos oferece um esteio e ao mesmo tempo rouba-nos a liberdade, como se dá com a estaca em que se ata uma árvore nova, e que nos tira a inocência, ao passo que exige precisamente de nós uma pureza cada vez maior.

Em Monteporto ele cumprimentou o Decano da Música, que havia sido outrora, em sua juventude, hóspede do Rochedo Santa Maria, tendo estudado música ali, e que lhe fez muitas perguntas. Ele achou o ancião um pouco mais silencioso e distraído, mas com uma aparência mais sadia e jovial do que da última vez que o vira; o cansaço desaparecera de sua fisionomia, que não rejuvenescera mas estava mais bela e delicada depois que ele deixara seu cargo. Servo reparou que ele havia indagado a respeito do órgão, das estantes de música e do coral do Rochedo Santa Maria, e também da árvore no jardim do claustro, querendo saber se ainda existia, mas sobre sua atividade, sobre o curso de Jogo de Avelórios, sobre a finalidade de sua licença não demonstrara nenhuma curiosidade. Em todo caso, antes de partir, dissera-lhe algumas palavras de grande valor para ele. "Ouvi dizer", disse o Mestre num tom brejeiro, "que tu te transformaste numa espécie de diplomata. Não é uma linda profissão, na verdade, mas parece que estão satisfeitos contigo. Podes pensar o que quiseres sobre isso! Mas se acaso tu não te deixares levar pela vaidade de querer permanecer para sempre nessa profissão, reflita bem, José; acho que querem apanhar-te. Defende-te, tu tens o direito de fazê-lo. Não, não me perguntes nada, não direi nem uma palavra mais. Tu mesmo hás de ver."

Apesar desse aviso, que era um espinho em sua carne, ele sentiu, ao chegar em Cela Silvestre, uma alegria nunca sentida até então, por retornar ao lar e ao convívio dos seus; tinha a impressão de que Cela Silvestre era não só sua pátria e o lugar mais lindo do mundo, mas também, nesse entretempo, ficara ainda mais linda e interessante, talvez porque ele adquirira novos olhos e uma visão mais acentuada das coisas. E isso não apenas em relação aos portais, torres, as árvores e o rio, pátios e salas, vultos e fisionomias conhecidas; desde as férias ele já percebera dentro de si aquela percepção aguda para o espírito de Cela Silvestre, a Ordem e o Jogo de Avelórios, uma compreensão maior e mais grata do homem que retorna ao lar, que viajou, tornando-se mais maduro e sensato. "Tenho a impressão", disse ele a seu amigo Tegularius ao terminar um ardente hino de louvor a Cela Silvestre e Castália, "tenho a impressão de que durante os anos em que estive aqui dormi sempre um sono feliz mas inconsciente, e que agora acordei, vendo tudo com enorme clareza, como uma coisa real. É admirável como dois anos de ausência possam aumentar assim nossa visão!" Servo gozou as férias como uma festa, especialmente os jogos e as discussões com os companheiros, no círculo da Elite de Vicus Lusorum, e também lhe deu prazer o reencontro com os amigos e o *genius loci* de Cela Silvestre. Mas essa disposição de espírito feliz e jovial só floresceu plenamente após ele ser recebido pelo Mestre do Jogo de Avelórios, pois até então mesclava-se ainda um pouco de receio à sua alegria.

    O Magister Ludi fez menos perguntas do que Servo esperava, mal tocando no curso de jogo para principiantes e nos estudos de José no arquivo musical, mas sobre o padre Jacobus ele não se fartava de ouvir falar, voltando sempre a esse assunto, e nunca lhe parecia demais o que José lhe contava a respeito desse homem. Não só pela extrema amabilidade do Mestre, como talvez mais ainda pela atitude de M. Dubois, a quem o Magister o enviara imediatamente, ele podia deduzir que estavam satisfeitos com ele e com sua missão entre os beneditinos.

    — Tu te desincumbiste magnificamente de teu trabalho — disse o Magister, acrescentando com um leve sorriso: — Na realidade, eu não fazia muito boas previsões a respeito da tua missão no convento. Mas o fato de teres ganhado não só a simpatia do abade, como a do grande padre Jacobus, por tua pessoa e por Castália, é mais, muito mais mesmo, do que se poderia esperar.

    Dois dias mais tarde o Mestre do Jogo de Avelórios convidou-o para uma refeição assim como a Dubois e o atual diretor da Escola de Elite de Cela Silvestre, sucessor de Zbinden, e durante a conversa compareceram imediatamente o novo mestre de música e o arquivista da Ordem, isto é, dois membros a mais da Diretoria, e um deles o conduziu depois à casa de hóspedes, para uma longa conversação. Esse convite elevou Servo pela primeira vez ante os olhos de todos ao estreito círculo dos candidatos aos cargos superiores, erguendo em breve entre eles e a elite de jogadores medíocres um muro que Servo, mais sensível e vigilante do que antes, sentiu nitidamente. Concederam-lhe também uma licença de quatro semanas e um documento usado pelos funcionários nos hotéis da Província. Apesar de não lhe terem determinado dever algum, nem mesmo uma comunicação por escrito da sua chegada, ele pôde notar que era observado pelos seus superiores, porque quando fez algumas visitas e excursões, a Keuperheim, a Terramil e ao Instituto de Estudos Asiático-orientais, recebeu imediatamente nesses lugares convites dos altos funcionários do lugar. Efetivamente, durante essas poucas semanas ele ficou conhecendo toda a Direção da Ordem e a maioria dos magísteres e diretores de estudos. Se não fossem os convites e conhecimentos oficiais, esses passeios teriam significado para Servo um retorno ao mundo e à liberdade dos seus anos de estudo. Ele encurtou seus dias de licença, principalmente em consideração a Tegularius, que sentia imensamente qualquer interrupção do seu novo encontro, mas também por causa do Jogo de Avelórios, porque ele fazia questão de tomar parte nas mais modernas práticas e apresentações de problemas do Jogo, e de impor-se de novo como jogador, e nisso Tegularius prestou-lhe um enorme auxílio. Seu outro amigo íntimo, Ferromonte, fazia parte dos auxiliares do novo mestre de música, e Servo pôde encontrar-se com ele só por duas vezes; encontrou-o em atividade, e feliz com sua tarefa, um extenso trabalho de história da música a respeito da música grega e sua influência sobre a dança e o canto popular nos países balcânicos. Falou a seu amigo com grande entusiasmo sobre seus novos trabalhos e descobertas: referiam-se à época da progressiva decadência da música barroca, pelos fins do século XVIII, e a infiltração de nova substância musical por parte da música popular eslava nessa música erudita.

Porém a maior parte dessas maravilhosas férias, Servo a passou em Cela Silvestre, entre os jogadores de avelórios, estudando com Fritz Tegularius as anotações privadas deste último, que o Magister transmitira nos dois últimos semestres aos discípulos mais adiantados; Servo integrou-se por completo com todas as suas forças, após se ter privado por dois anos, ao nobre mundo do Jogo, cujo encanto lhe parecia inseparável da sua vida e tão indispensável quanto a música.

Somente nos últimos dias da sua licença, o Magister Ludi tornou a falar com José sobre sua missão no Rochedo Santa Maria, em seu futuro e sua próxima tarefa. Primeiramente em tom de conversa, e cada vez com maior seriedade e insistência, ele falou a respeito de um plano da Diretoria, ao qual tanto a maioria dos magísteres como M. Dubois davam a maior importância, o plano de futuramente obter uma representação permanente de Castália na Santa Sé em Roma. E o Mestre Tomás continuou, na sua forma de falar persuasiva e bela, dizendo que agora chegara o momento histórico, ou estava bem próximo, de construir uma ponte sobre o abismo que separava Roma da Ordem, pois em futuros perigos essas duas instituições teriam sem dúvida inimigos comuns, participariam do mesmo destino e seriam aliados naturais. De fato, com o decorrer do tempo, a situação atual era impossível de ser mantida, e a bem-dizer indigna de ambos: o fato de que essas duas potências mundiais, cuja missão histórica era a preservação e a cultura das coisas do espírito e da paz, continuassem a viver como estranhas, uma ao lado da outra. A Igreja Católica Romana havia sobrevivido aos abalos e crises das últimas grandes épocas de guerra, apesar de ter sofrido enormes prejuízos, e em consequência dessas guerras se renovara, adquirindo nova pureza, ao passo que os centros culturais profanos da ciência e da instrução haviam se integrado no processo de decadência cultural; foi de seus escombros que a Ordem e o pensamento castálico surgiram. Já por essa razão, e também pela sua respeitável ancianidade, tinha-se de conceder à Igreja a primazia, sendo ela a potência mais antiga, mais senhorial e mais comprovada em meio às grandes tempestades. Em primeiro lugar devia-se procurar despertar e cultivar, também entre os católicos romanos, a consciência do parentesco dessas duas potências e de sua mútua dependência em todas as crises que porventura sobreviessem no futuro.

(Ao ouvir isso, Servo pensou: "Ah! É para Roma que me querem mandar, e talvez para sempre!" e, recordando-se do aviso do Decano da Música, preparou-se interiormente para opor-se a isso.)

O Mestre Tomás continuou: um importante passo nessa evolução, que há tanto tempo é desejada do lado castálico, já fora dado com a missão de

Servo no Rochedo Santa Maria. Essa missão, em si, representava apenas uma experiência, um gesto de cortesia que a nada obrigava, e havia sido decidida sem outras intenções, a convite do outro parceiro, pois de outro modo eles não teriam enviado um jogador de avelórios sem nenhuma prática política, mas, por exemplo, um jovem funcionário da seção de M. Dubois. Mas essa experiência, essa insignificante missão deram inesperadamente um ótimo resultado, pois o padre Jacobus, um dos espíritos dirigentes do catolicismo dos nossos dias, adquirira um conhecimento mais íntimo do espírito de Castália, podendo formar um conceito mais elevado desse espírito, que até então não admitira de modo algum. Em Castália estavam gratos a José Servo pelo papel que ele representara nesse sentido. Nisso residiam o sentido e o sucesso da missão de Servo, e partindo desse ponto de vista é que era preciso considerar a tentativa de uma aproximação, e também continuar a considerar sua embaixada e sua missão. Haviam-lhe concedido uma licença, que poderia ser prolongada um pouco, se ele o desejasse. Haviam conferenciado com ele e o tinham apresentado à maioria dos membros da Direção superior, os dirigentes tinham declarado a Servo sua confiança e haviam incumbido o Mestre do Jogo de Avelórios de enviar de novo Servo para um serviço especial e com maiores poderes ao Rochedo Santa Maria, onde felizmente ele seria com certeza recebido com agrado.

O Mestre Tomás fez uma pausa, como se quisesse dar tempo ao seu ouvinte de lhe fazer uma pergunta, mas este só fez um gesto de aquiescência, exprimindo que compreendera e estava disposto a aceitar a incumbência que lhe dessem.

— A incumbência de que tenho de encarregar-te — prosseguiu o Magister — é esta: pretendemos, cedo ou tarde, ter uma representação permanente de nossa Ordem no Vaticano, esperando outro tanto da Igreja, se for possível. Nós, como os mais jovens, estamos dispostos a nos comportar perante Roma com o maior respeito, naturalmente sem servilismo, e de bom grado deixaremos que ela seja a primeira em importância, ficando nós em segundo lugar. Talvez — eu o ignoro, assim como M. Dubois também —, talvez o papa aceite desde já nossa proposta, mas o que devemos evitar de qualquer maneira é uma resposta negativa. Há um conhecido nosso, com quem temos facilidade de entrar em contato, cuja opinião é altamente acatada em Roma, e esse homem é o padre Jacobus. E a sua incumbência, José Servo, é voltar ao convento dos beneditinos, viver lá como o fez até agora, estudando, dando um curso inconsequente do Jogo de Avelórios, e fazer todos os esforços possíveis para conquistar o padre Jacobus a nosso favor, conseguindo que ele se interesse pela nossa pretensão em Roma. Desta vez, portanto, a finalidade da sua missão está bem definida. O tempo que tu irás precisar para o teu desempenho é de importância secundária: pensamos que será pelo menos de mais um ano, que pode se estender a dois ou mais. Tu conheces o ritmo dos beneditinos e aprendeste a adaptar-te a ele. Não devemos, em situação alguma, dar a impressão de impaciência e de ansiedade, as coisas devem esclarecer-se por si mesmas, por assim dizer, não é verdade? Espero que aceites essa incumbência, e peço-te que digas com franqueza qualquer objeção que tenha a fazer. Se tu o desejares, poderás dispor de alguns dias para refletir.

Servo, a quem essa proposta não foi uma surpresa, em vista de várias conversas anteriores, aceitou-a obedientemente, dizendo não ser necessário o prazo para refletir, mas acrescentou:

— O venerável sabe que as missões dessa espécie são mais bem-sucedidas, caso o comissionado não precise lutar com nenhuma espécie de oposição ou obstáculo interiores. Não tenho nada a opor à incumbência em si, compreendo sua importância e espero estar à altura de desempenhar-me dela. Mas sinto certo receio e preocupação com respeito ao meu futuro. Tende a bondade, Mestre, de ouvir a pretensão e a confissão pessoais e egoístas que tenho a declarar-vos. Como sabeis, sou jogador de avelórios em consequência de minha embaixada entre os padres, perdi dois anos inteiros de estudos, nada aprendendo em troca, e descurei-me da minha arte, e agora isso vai continuar por mais um ano, pelo menos, talvez mais até. Durante esse tempo não desejaria atrasar-me ainda mais. Por isso peço que me concedeis curtas e frequentes férias em Cela Silvestre e participação radiotelefônica permanente nas conferências e práticas especiais do seminário para alunos adiantados.

— Concedo de boa vontade — exclamou o Mestre, com um tom de despedida na voz.

Então Servo continuou a falar, dizendo que ele receava, caso fosse bem-sucedida a incumbência no Rochedo Santa Maria, ser enviado a Roma ou a outro qualquer serviço diplomático.

— E essa perspectiva — concluiu ele — teria uma ação deprimente e prejudicial sobre o meu empreendimento no convento. Porque não desejo de modo algum ser removido para o serviço permanente da diplomacia.

O Magister franziu a testa e ergueu o indicador, com um gesto admoestador.

— Tu falas de remoção? Essa expressão é muito mal escolhida, pois ninguém pensou em uma despedida. Pelo contrário, trata-se mais de uma distinção, de uma promoção do que de remoção. Não é da minha competência informá-lo das intenções a seu respeito para o futuro, nem posso prometer-lhe nada, mas compreendo sua objeção e, sendo necessário, talvez possa auxiliá-lo, caso sejam fundados seus receios. Ouça, então: você tem um certo dom de se fazer apreciado e querido, uma pessoa mal-intencionada poderia mesmo chamá-lo de um *charmeur*, parece que foi esse dom que levou a Diretoria a enviá-lo por duas vezes ao convento. Mas não abuse desse dom, José, e não exija um preço muito elevado por seus esforços. Se você conseguir alguma coisa com o padre Jacobus, então será o momento adequado para dirigir à Diretoria um pedido pessoal. Ainda me parece cedo demais para isso. Avise-me quando estiver pronto para partir.

Em silêncio, José ouviu essas palavras, considerando mais a oculta benevolência que se escondia por detrás delas do que a admoestação, e pouco tempo depois viajou de volta ao Rochedo Santa Maria.

Ali ele sentiu os benefícios de uma incumbência bem definida. Além do mais, essa incumbência era importante e honrosa, e num ponto concordava com os desejos pessoais do seu encarregado: procurar aproximar-se o mais possível do padre Jacobus e conquistar toda a sua amizade. Servo certificou-se de que sua nova missão na Fundação era tomada a sério, e de que ele próprio subira de posto, pela atitude do convento, especialmente do abade, com relação a ele; a amabilidade não diminuíra, mas subira sensivelmente quanto ao grau de respeito. José não era mais o jovem visitante sem um posto definido, com o qual se demonstra cortesia pela sua proveniência e em consideração à sua personalidade, mas era agora recebido e tratado quase como um alto funcionário, uma espécie de enviado plenipotenciário. Já com os olhos abertos a esse respeito, ele tirou suas próprias conclusões.

Não conseguiu descobrir, entretanto, nenhuma mudança de atitude no padre Jacobus: a amabilidade e a alegria com que este o cumprimentou e, sem esperar um pedido ou uma advertência de Servo, se recordou do trabalho comum combinado por eles, comoveram-no profundamente. Seu plano de trabalho diário tomou um aspecto completamente diferente daquele anterior às férias. Nesse plano de trabalho e de obrigações o Jogo de Avelórios não tinha em absoluto o primeiro lugar, e em seus estudos no arquivo de música e seu trabalho com o organista nem se pensava mais. Acima de tudo, o que agora interessava era o ensino do padre Jacobus, o ensino de várias matérias da ciência da história; o padre não só iniciava seu aluno preferido na história dos períodos precedentes e dos primórdios da Ordem beneditina, como também nas fontes de conhecimento dos primórdios da Idade Média, lendo, além disso, com ele alguns antigos cronistas no original. O padre apreciou o fato de Servo lhe ter pedido com insistência que deixasse o jovem Antão tomar parte desse ensino, mas não lhe foi difícil convencer José de que uma terceira pessoa, mesmo a mais bem-intencionada, só poderia atrapalhar um ensino particular, de modo que Antão, que ignorava o pedido de Servo, só foi convidado para a leitura dos cronistas, o que lhe causou intensa felicidade. Sem dúvida, essas horas, para o jovem Irmão, sobre cujo destino futuro nada sabemos, eram uma honrosa distinção, um prazer e um estímulo de primeira ordem. Tratava--se de dois espíritos de grande pureza, e dos dois cérebros mais originais do seu tempo, de cujo trabalho e trocas de opinião ele podia participar de certo modo, como ouvinte e jovem recruta. O conhecimento que Servo transmitia ao padre em troca consistia, após as lições de epigráfica e conhecimento das fontes originais de Castália e das ideias fundamentais do Jogo de Avelórios, numa introdução à sua história e à sua estrutura, e então o discípulo se transformava em professor, e o respeitável professor em ouvinte atento que às vezes fazia perguntas de difícil resposta ou então críticas. A desconfiança que lhe inspirava a mentalidade castálica estava sempre vigilante; pelo fato de não encontrar nenhuma atitude religiosa, ele duvidava da sua competência e valor moral para formar um tipo de humanidade digno de ser levado a sério, apesar de ter na sua frente, na pessoa de Servo, um resultado tão belo dessa formação. Mesmo depois de ter sido, na medida do possível, convertido pelo ensino e o exemplo de Servo, e há muito se haver decidido a recomendar em Roma a aproximação de Castália, essa desconfiança nunca cessou de todo, e as anotações de Servo estão cheias de exemplos drásticos disso, anotados no momento em que foram expressos, de que damos a seguir uma amostra:

Padre:

— Vós castálicos sois perfeitos eruditos e estetas, dais importância ao peso das vogais numa poesia clássica e relacionais vossa formulação com o curso de um determinado planeta. Isso é belíssimo, mas não passa de uma brincadeira. Vosso mais excelso mistério e símbolo é também uma brincadeira, um jogo, o Jogo de Avelórios. Reconheço que tentais elevar esse bonito Jogo a uma espécie de sacramento, ou pelo menos a um meio de edificação da alma, mas os sacramentos não surgem dessas tentativas, e jogo é sempre jogo.

José:
— O senhor acha, padre, que nos falta fundamento da teologia?

Padre:
— Ah! Não falemos de teologia, estais afastados demais dela. Já seria suficiente que possuísseis alguns simples fundamentos, uma antropologia, por exemplo, uma concepção verdadeira e um verdadeiro conhecimento do homem. Vós não o conheceis, ao homem, e desconheceis também sua bestialidade e sua semelhança com a Divindade. Só conheceis o castálico, um gênero único, uma casta, uma tentativa particular e artificial de cultura.

Para Servo era uma ocasião única, uma sorte, na sua missão de angariar a simpatia do Padre por Castália e convencê-lo do valor de uma aliança, encontrar um campo de ação tão favorável e vasto. Era-lhe oferecida uma situação que preenchia todos os requisitos favoráveis, de modo que ele principiou a sentir certos escrúpulos, parecendo-lhe vergonhoso e indigno observar como aquele homem respeitável se sentava diante dele com a maior confiança e dedicação, ou se punha a passear com ele para lá e para cá no claustro, enquanto estava sendo o objeto e a finalidade de intenções e negociações políticas. Servo não podia aceitar mais em silêncio essa situação, e estava apenas refletindo sobre a forma pela qual se haveria de desmascarar, quando o ancião, para grande espanto seu, veio ao encontro dos seus pensamentos.

— Querido amigo — disse ele um dia, como se se tratasse de um assunto insignificante —, nós encontramos realmente uma maneira agradabilíssima e, conforme espero, uma maneira frutuosa de relações. As duas atividades que eu mais aprecio, aprender e ensinar, encontraram nas nossas horas de trabalho comum uma forma bela e nova de coexistência, e para mim isso aconteceu na hora adequada, porque começo a envelhecer, e não poderia imaginar outra cura e renovação melhores do que as nossas aulas. Portanto, no que se refere a mim, sou eu quem vai sair ganhando, de qualquer modo. Pelo contrário, não estou certo de que o senhor, meu amigo, e principalmente as pessoas que o enviaram, e a cujo serviço o senhor está, tenham tanto a ganhar com a situação, como talvez esperem. Gostaria de evitar uma futura desilusão, e além disso não desejo que as relações entre nós dois possam tornar-se pouco claras. Por isso permita a um homem de muita experiência uma pergunta: naturalmente refleti com frequência sobre sua permanência no nosso pequeno convento, apesar de me ser muito agradável. Até há pouco tempo, isto é, até sua licença, eu acreditava que o sentido e a finalidade da sua permanência entre nós não lhe eram bem claros. Está certa esta observação minha?

E, depois que Servo concordou, ele continuou:

— Bem. Desde o seu retorno das férias a situação não é mais a mesma. O senhor não tem mais preocupações sobre os fins da sua estada aqui, mas está a par de tudo. Tenho razão? Bem, então não errei nas minhas previsões. Espero que não seja errada a ideia que faço sobre os fins da sua estada aqui. O senhor tem uma missão diplomática, e ela não se refere nem ao nosso convento nem ao Sr. abade, mas a mim. O senhor já pode ver que o seu segredo está quase descoberto. Para esclarecer completamente a situação, dou o último passo e aconselho-o a contar-me tudo o que falta. Então? Em que consiste sua incumbência?

Servo levantara-se de supetão e manteve-se de pé diante do padre, com uma expressão de surpresa, confuso, quase consternado.

— O senhor tem razão — exclamou —, mas, ao mesmo tempo que está tirando um peso da minha consciência, envergonha-me também, por ter sido o primeiro a tocar no assunto. Há algum tempo já que eu vinha pensando na maneira de esclarecer nossa situação, e o senhor o acaba de fazer agora em poucas palavras. É uma sorte que o meu pedido para receber seus ensinamentos e a nossa combinação para eu receber um curso de introdução aos seus conhecimentos tenham sido feitos antes das minhas férias, do contrário pareceria realmente que tudo tivesse sido diplomacia minha, e os nossos estudos apenas um pretexto!

Amavelmente, o velho senhor o acalmou.

— Eu só queria auxiliar a nós ambos a dar um passo à frente. Não é preciso que o senhor me afirme a pureza de suas intenções. Se eu o precedi nessas explicações, mas apresentei as coisas como o senhor o desejava, então está tudo bem.

Sobre o assunto de que tratava a missão de Servo, que este lhe participou, o padre assim se expressou:

— Seus superiores em Castália não são propriamente geniais, mas são diplomatas razoáveis, e têm sorte também. Vou considerar sua proposta com toda a calma, e minha decisão em parte vai depender do que o senhor conseguir no sentido de me informar sobre a maneira de pensar e as concepções castálicas, provando que são uma coisa plausível para mim. Devemos dar tempo ao tempo.

E, ao perceber que Servo continuava ainda um tanto embaraçado, deu uma gargalhada áspera e disse:

— Se quiser, considere minha atitude como uma espécie de lição. Somos dois diplomatas, e o convívio entre os diplomatas é uma luta contínua, mesmo que tome formas amigáveis. Na nossa luta eu estive por algum tempo perdendo, a lei vigente no comércio me havia fugido das mãos, o senhor sabia mais do que eu. Agora isso se equilibrou. O lance foi feliz. Estava de acordo com a verdade.

Servo, por um lado, achava importante ganhar a simpatia do padre pelas intenções da Diretoria de Castália, mas parecia-lhe ainda mais importante aprender tudo o que pudesse com ele, e, quanto a si mesmo, ser um guia digno de confiança para iniciar no conhecimento do mundo castálico aquele homem culto e influente. Servo foi invejado por muitas razões por seus amigos e discípulos, como são em geral invejadas as personalidades excepcionais, não só pela sua grandeza e energia interiores, como também pela sua aparente sorte, por serem aparentemente favorecidas pelo destino. O inferior vê no superior só aquilo que consegue ver, e a carreira e ascensão de Servo apresentavam para qualquer observador um brilho, uma rapidez, uma facilidade fora do comum; somos realmente tentados a falar sobre essa época de sua vida, dizendo que ele teve "sorte". Não queremos fazer a tentativa de explicar essa "sorte" de um ponto de vista racional ou moral, seja como consequência de circunstâncias exteriores, seja como uma espécie de recompensa de suas virtudes. A sorte nada tem a ver com a razão ou a moral, é em sua essência uma coisa mágica, pertencente a um período primitivo, da juventude da humanidade. O homem simplesmente feliz, que recebe dons das fadas, favorecido pelos deuses, não é um objeto que se possa considerar racionalmente e, assim sendo, também não se presta à biografia, é um símbolo, e está além da personalidade e da história. No entanto existem homens eminentes, de cuja vida não podemos abstrair a "sorte", que consiste apenas no fato de eles se terem encontrado com a missão que lhes pertence, histórica e biograficamente, de não terem nascido nem cedo nem tarde demais, e parece que Servo é um desses homens. De modo que sua vida, pelo menos durante um certo período de tempo, dá a impressão de que tudo que se pode desejar de melhor lhe aconteceu, por assim dizer, naturalmente. Não queremos negar esse aspecto, nem destruí-lo, e só poderíamos razoavelmente explicá-lo por um método histórico, que não é o nosso, nem é desejado e permitido em Castália, em que se penetra amplamente nos assuntos pessoais e particulares, como a saúde e a doença, as vacilações e curvas do sentimento vital e da consciência. Estamos certos de que essa espécie de biografia, que para nós não entra em consideração, nos demonstraria um equilíbrio completo entre a "sorte" de Servo e seus sofrimentos, e apesar disso falsearia a imagem da sua figura e da sua vida.

Mas basta de divagações. Aludimos ao fato de Servo ser invejado por muitos que o conheceram ou que apenas haviam ouvido falar a seu respeito. Mas não há nada que tivesse sido mais invejado na sua vida pelos seus inferiores do que suas relações com o velho padre beneditino, que eram ao mesmo tempo um aprendizado e um magistério, um receber e doar, uma vitória e uma conquista, a um só tempo amizade e comunhão íntima de atividades. E Servo também nunca se sentira tão feliz com nenhuma conquista sua, desde a do Irmão Mais Velho na Moita de Bambu, nenhuma o havia distinguido e envergonhado tanto, e nunca se sentira tão enriquecido e incitado como a atual. Não há quase nenhum discípulo de Servo que não tivesse declarado ser enorme a frequência, o prazer e a disposição com que ele falava do padre Jacobus. Com ele Servo aprendeu uma coisa que lhe seria quase impossível aprender em Castália nessa época; não só adquiriu uma visão geral dos métodos e meios de conhecimento e de pesquisa históricos, e um começo de prática no seu uso, como além disso aprendeu a considerar a história e a vivenciá-la não só como um ramo da ciência, porém como uma realidade, como vida, e para isso requer-se a respectiva transformação da própria vida pessoal, elevando-a a história. De um homem que possuísse só erudição ele não poderia aprender isso. Jacobus, além de erudito, era um contemplativo e um sábio. Além do mais, vivenciava as coisas e ajudava a criá-las; não se aproveitara do posto em que seu destino o colocara para se aquecer no conforto de uma existência contemplativa, mas havia deixado os ventos do mundo soprarem em seu aposento de sábio, e as necessidades e pressentimentos de sua época, em seu coração, participando da sua época, em suas culpas e responsabilidades. Não se contentara apenas em lançar um olhar a fatos de um longínquo passado, classificando-os e decifrando-os, e não só se ocupara com a vida das ideias, mas se preocupara também com a rebeldia da matéria e dos homens. Juntamente com um jesuíta seu colaborador e companheiro, há pouco falecido, era considerado o iniciador do poder diplomático e moral e da alta consideração do mundo político que a Igreja Católica Romana reconquistara após os tempos de resignação e de enorme pobreza.

Nas conversas entre o professor e o discípulo, nunca se tocava nas questões políticas da atualidade — não o permitia a disciplina do padre em calar-se e manter reserva, nem tampouco a timidez em imiscuir-se em assuntos diplomáticos e políticos do mais jovem —, no entanto a situação e a atividade políticas do beneditino haviam influenciado de tal modo sua concepção da história universal, que em todas as suas opiniões, em todas as reflexões sobre a confusão da política mundial, evidenciava-se o político prático, um político sem ambições e alheio a intrigas, e não um dirigente e um chefe, nem tampouco um ambicioso, porém um conselheiro, um medianeiro, um homem cuja atividade era abrandada pela sabedoria e cujas aspirações eram suavizadas por um profundo conhecimento das limitações e dificuldades do ser humano, mas a quem a fama, a experiência e o conhecimento da alma humana, e não menos seu desprendimento e integridade pessoal, conferiram enorme poder. Ao ir para o Rochedo Santa Maria, Servo ignorava isso tudo, não conhecendo nem mesmo o nome desse padre. A maioria dos habitantes de Castália vivia numa inocência e despreocupação políticas, raras entre a classe dos eruditos, mesmo em épocas mais antigas; não possuíam direitos e deveres políticos ativos, quase nunca recebiam jornais; se essa era a atitude e o costume do castálico comum, por outro lado o receio do modernismo, da política e dos jornais era ainda maior entre os jogadores de avelórios, que se consideravam de bom grado a elite e a nata da Província, fazendo questão cerrada de não permitir que se perturbasse sua existência etérea e sublimada de eruditos e artistas. Na sua primeira estadia no convento, Servo não viera com uma missão diplomática, mas apenas como professor de Jogo de Avelórios, e não possuía outros conhecimentos políticos a não ser os que M. Dubois lhe transmitira em algumas semanas. Se compararmos esse conhecimento com o que possuía agora, Servo havia feito consideráveis progressos, mas não havia vencido a antipatia dos celenses por ocupar-se de assuntos políticos atuais. Se é verdade que ele, por suas relações com o padre Jacobus, alargou seus horizontes com relação à política, isso não sucedeu pelo fato de sentir necessidade disso, porém pela força das circunstâncias, acidentalmente.

Para enriquecer seus conhecimentos e estar à altura da honrosa missão de ter o padre como discípulo em suas conferências de *rebus castaliensibus*, Servo trouxera de Cela Silvestre literatura sobre as concepções e a história da Província, e sobre o sistema pedagógico das Escolas da Elite e a evolução do Jogo de Avelórios. Alguns desses volumes — ele não os consultara mais, desde então — já o haviam auxiliado por ocasião de sua luta com Plínio Designori vinte anos atrás; outros livros, que não podiam dar-lhe naquela época, por serem reservados aos funcionários de Castália, ele só ficara conhecendo agora. Sucedeu então que, ao mesmo tempo que os limites de seus estudos se ampliavam, Servo foi obrigado a reconsiderar as bases espirituais e históricas aceitas até então por ele, enriquecendo-se com novas observações, esclarecendo-as e fundamentando-as. Na sua tentativa de apresentar ao padre a significação da Ordem, e do sistema castálico do modo mais simples e claro possível, ele esbarrou logo, como não podia deixar de acontecer, no ponto mais fraco de toda a cultura castálica e da sua própria. Tornou-se-lhe evidente que a situação que havia possibilitado e incitado a criação da Ordem e de tudo o que se lhe seguiu, só se apresentava aos seus olhos sob uma imagem esquematizada e pálida, sem nenhuma plasticidade e, além disso, desordenadamente. O padre era um aluno que não conhecia a passividade, e eles chegaram então a um trabalho comum intensíssimo, a um vivíssimo intercâmbio. Ao passo que Servo tentava expor a história da sua Ordem castálica, Jacobus o auxiliava a considerar e a vivenciar essa história em muitos sentidos, sob um aspecto realístico, encontrando suas raízes na história universal e na história das nações. Veremos que essas explanações, que pelo temperamento do padre não raro se transformavam em animadas discussões, trouxeram ainda vários anos após os seus frutos e continuaram sua ação até à morte de Servo. E, por sua vez, a atenção demonstrada pelo padre pelas explanações de Servo e o conhecimento que adquirira sobre Castália evidenciaram-se em sua atitude posterior; o acordo entre Roma e Castália, vigente ainda hoje, de uma neutralidade amistosa e por vezes um intercâmbio cultural que se iniciou então entre as duas potências, chegando às vezes a uma verdadeira colaboração e aliança, devem-se a esses dois homens. Até mesmo a teoria do Jogo de Avelórios — que no princípio ele rejeitou, sorrindo — o padre desejou finalmente conhecer, porque em breve sentiu que nela residia o segredo da Ordem e, de certo modo, sua crença ou religião, e, como o padre estava disposto a penetrar nesse mundo que até então só conhecia por alusões e lhe era pouco simpático, atirou-se à sua maneira, tão enérgica quão astuciosa, em direção de seu centro e, se não se tornou um jogador de avelórios — já era demasiado idoso para isso —, os intelectuais do Jogo e da Ordem poucas vezes tiveram fora de Castália um amigo tão sério e de tanto valor como o grande beneditino.

Uma ou outra vez, quando Servo se despedia dele após uma temporada de estudos, o padre lhe dava a entender que à noite estaria em casa ao seu dispor; depois dos esforços das lições e da excitação das discussões, eram horas de repouso, a que Servo com frequência trazia seu cravo ou um violino; o ancião sentava-se então ao instrumento à luz suave de uma vela, que enchia de seu doce aroma de cera o pequeno quarto, e ambos tocavam, sucedendo-se ou em conjunto, peças de Corelli, Scarlatti, Telemann ou Bach, e o pequeno quarto vibrava aos sons da música. O ancião retirava-se cedo para dormir, enquanto Servo, que haurira forças naquele pequeno culto noturno musical, estendia pela noite adentro seus estudos, até o limite permitido pelas regras da Ordem.

Além de suas aulas com o padre, como aluno e professor, do curso do Jogo aprendido com pouco entusiasmo, e de vez em quando um colóquio sinológico com o abade Gervasius, vamos encontrar Servo ainda entregue naquela época a atividades muito variadas. Participou do concurso anual da elite celense, o que já não fazia há dois anos. Nesse concurso era preciso elaborar sobre três ou quatro temas dados planos para jogos de avelórios, e era importante apresentar combinações ousadas e originais dos temas, com a máxima pureza de forma e clareza de caligrafia, e nessa ocasião única era permitido aos concorrentes infrações do cânone, isto é, tinha-se o direito de empregar cifras novas, ainda inexistentes no códex e no conjunto de hieróglifos oficiais. Por esse motivo esse concurso, ao lado dos grandes jogos solenes públicos, era sem dúvida o acontecimento mais excitante na vila dos jogadores, além de dar lugar à concorrência dos mais prometedores candidatos. A mais alta distinção, raramente concedida nesses concursos, consistia no fato de que não só o melhor jogo do ano era solenemente apresentado, como além disso sua contribuição ao enriquecimento da gramática e do tesouro linguístico do Jogo era reconhecida e incluída em seu arquivo e linguagem. Certa vez, há cerca de vinte e cinco anos, essa rara distinção fora concedida ao grande Tomás von der Trave, o atual Magister Ludi, pelas suas novas abreviaturas da significação alquimista dos signos zodiacais, sendo que mais tarde ele muito contribuiu para o conhecimento e a classificação da alquimia, essa elucidação da linguagem oculta. Desta vez Servo renunciou ao emprego de novos valores jograis que, como a maioria dos candidatos, teria podido apresentar e além disso não aproveitou a oportunidade de manifestar-se a favor do método psicológico do Jogo, o que lhe seria agradável; construiu um jogo de estrutura e temática modernas e pessoais, mas antes de tudo de uma composição clássica de clareza cristalina e de execução não muito ornamentada, com a graciosidade dos velhos mestres. Talvez fosse a distância em que se encontrava de Cela Silvestre e do arquivo do Jogo, talvez o esforço feito em seus estudos de história e o pouco tempo de que dispunha em decorrência disso ou talvez, ainda, o desejo mais ou menos consciente de estilizar seu jogo de acordo com o gosto de seu professor e amigo, o padre Jacobus, que o tivesse levado a isso; não o sabemos.

Usamos a expressão "método psicológico do Jogo", que talvez seja incompreensível aos nossos leitores. Nessa época era um termo muito ouvido. Em todos os tempos sempre houve variadas correntes, modas, lutas, concepções e interpretações entre os iniciados do Jogo de Avelórios, e em todos os tempos houve duas concepções do Jogo, provocando lutas e discussões. Reconheciam-se dois tipos de jogo, o formal e o psicológico, e sabemos que Servo, assim como Tegularius, apesar de eximir-se à discussão, pertencia aos partidários e divulgadores do último tipo de jogo, com a diferença de que

Servo, em vez de falar da "maneira psicológica do Jogo", usava a expressão "pedagógica". O jogo formal, partindo do conteúdo objetivo de um jogo, isto é, do seu conteúdo matemático, linguístico, musical etc., esforçava-se por conseguir uma unidade e harmonia concentradíssimas, sem rasuras, de grande perfeição formal. Ao contrário, o jogo psicológico procurava menos a unidade e harmonia, a esfericidade e a perfeição cósmica na escolha, classificação, entrelaçamento e confronto dos assuntos, do que a meditação que se segue a todas as etapas do Jogo; era isso o que mais importava. Esses jogos psicológicos ou, como Servo preferia dizer, pedagógicos, não só apresentavam exteriormente uma forma perfeita, como também conduziam o jogador que praticava de modo correto as meditações prescritas à vivência da perfeição e do divino. Certa vez ele escreveu ao velho Mestre de Música: "O Jogo de que falo, depois de praticada a meditação, envolve o jogador como a superfície de uma esfera o seu centro, deixando-lhe um sentimento de ter libertado do acaso e da confusão um universo absolutamente simétrico e harmônico, aconselhando-o em seu íntimo."

O jogo de que se trata, com o qual Servo participou do grande concurso, era portanto construído de modo formal e não psicológico. É possível que ele quisesse desse modo demonstrar a seus superiores e a si mesmo não ter perdido durante sua hospedagem no Rochedo Santa Maria, e em sua missão diplomática, a prática, a elasticidade, a elegância e a virtuosidade, e conseguiu demonstrá-lo. Depois de pronto e copiado o seu projeto no jogo, em razão de só ser possível encontrá-lo no arquivo do Jogo de Cela Silvestre, ele o entregou a seu amigo Tegularius, que aliás também participara do concurso. Pôde também entregar seus papéis ao amigo e conversar com ele a seu respeito, tendo também revisto com o amigo o seu trabalho, porque havia conseguido que convidassem Fritz para passar três dias no convento; pela primeira vez o Magister Tomás tinha aquiescido a esse pedido, feito pela segunda vez. Apesar de Tegularius ter grande prazer nessa visita, satisfazendo também sua curiosidade de insulano castálico, não se sentia à vontade no convento, e esse homem sensibilíssimo quase adoeceu sob tantas impressões estranhas, entre aqueles homens amáveis mas simples, saudáveis e um tanto rudes, a quem não interessaria nenhum de seus pensamentos, preocupações e problemas. "Tu estás vivendo aqui num outro planeta", disse ele ao seu amigo, "e eu não posso compreender isso, e muito me admiro de que já o estejas suportando há três anos. Teus amigos padres são muito amáveis comigo, mas aqui eu me sinto estranho a tudo e afastado de tudo; nada vem ao meu encontro, nada acontece de modo natural, nada se pode assimilar sem oposição e sofrimento. Para mim seria um inferno ter que ficar aqui, por duas semanas que fosse." Servo preocupava-se com ele, e percebeu também pela primeira vez a diferença enorme que existia entre as duas Ordens e os dois mundos, vendo também que seu amigo, com sua exagerada sensibilidade, sua timidez, inadaptabilidade, não causava ali uma boa impressão. Mas os planos de jogo de ambos eram elaborados e criticados metodicamente, e quando Servo, após trabalhar neles por uma hora, ia à outra ala do convento para encontrar-se com o padre Jacobus ou para uma refeição com ele, também tinha a impressão de que passava repentinamente do país natal para um país completamente estranho, com outro solo e outra atmosfera, outro clima e outras estrelas. Quando Fritz se foi embora, ele forçou o padre a dar uma opinião sobre seu amigo.

— Espero — disse Jacobus — que a maioria dos castálicos seja mais parecida com o senhor do que com ele. O exemplo que o senhor nos apresentou no seu amigo é a de uma espécie um tanto orgulhosa de homens, é o que receio, homens desconfiados, refinados demais, e débeis também. Tenho que continuar a tomá-lo como exemplo, Sr. Servo, do contrário poderia tornar-me injusto com toda a sua casta. Esse pobre homem, sensível, inteligentíssimo e irrequieto, poderia despertar de novo a antipatia que se possa sentir pela sua Província.

— Com efeito — disse Servo —, mas entre os senhores beneditinos, no decorrer dos séculos, também deve ter havido algum indivíduo doentio, de constituição frágil, embora de espírito sadio como o meu amigo. Talvez não tenha sido acertado convidá-lo a vir aqui, onde se têm os olhos bem abertos para as suas fraquezas, mas ninguém percebe suas grandes qualidades. A mim ele prestou um enorme serviço.

E Servo contou ao padre que eles iam tomar parte no concurso. O padre viu com simpatia o fato de Servo defender o amigo.

— Concordo! — disse ele com um amável sorriso. — Mas, segundo parece, o senhor tem amigos com quem não é fácil conviver.

O padre se divertiu com a perplexidade de Servo e sua fisionomia admirada, e disse:

— Desta vez estou pensando em outra pessoa. O senhor não tem sabido notícias de seu amigo Plínio Designori?

O espanto de José aumentou. Muito confuso, ele pediu que o padre se explicasse. Tratava-se do seguinte: Designori, num panfleto político, havia declarado publicamente suas opiniões francamente anticlericais, atacando com energia o padre Jacobus. Este havia recebido de seus amigos na imprensa católica informações sobre Designori, em que se aludia também a seus estudos em Castália e suas conhecidas relações com Servo. José pediu o artigo de Plínio para lê-lo; em decorrência disso, teve lugar a primeira conversa sobre política atual que ele teve com o padre, a que muito poucas se seguiram.

"Tive uma impressão de estranheza e quase de susto", escreveu ele a Ferromonte, "quando vi Plínio e eu, considerado seu sequaz, colocados no palco da política mundial, um aspecto em cuja possibilidade eu jamais pensara." Aliás o padre se exprimiu sobre o panfleto de Plínio de um modo positivo, pelo menos sem se ofender, e elogiou o estilo de Designori, dizendo que se percebia ter ele frequentado a Escola da Elite, porque em geral, no mundo político, contentavam-se com um nível muito baixo e com muito menos espírito.

Nessa época Servo recebeu de seu amigo Ferromonte uma cópia da primeira parte de um trabalho, que mais tarde ficou célebre, e tinha este título: *A influência da música popular eslava sobre a música alemã erudita, e sua elaboração a partir de José Haydn*. Na resposta de Servo, entre outros assuntos, lemos o seguinte: "Tu conseguiste um resultado positivo com teus estudos, de que eu pude participar durante algum tempo; os dois capítulos sobre Schubert, sobretudo seus quartetos, são o que de mais sólido se escreveu nos últimos tempos em matéria de história da música. Pensa em mim de vez em quando; estou muito longe de obter um resultado tão louvável quanto o teu. Por mais que minha existência me satisfaça — pois minha missão no Rochedo Santa Maria parece estar dando seus frutos —, às vezes sinto certa angústia por encontrar-me há tanto tempo afastado da Província e do círculo celense a que pertenço. Aprendo muito aqui, muito mesmo, mas não sinto um aumento de segurança, e meu valor profissional não cresceu, ao contrário, tudo se tornou muito mais problemático para mim. Felizmente meus horizontes também se alargaram. É verdade que me sinto muito mais calmo no que diz respeito à incerteza, à estranheza, à falta de segurança, de jovialidade e confiança em mim mesmo, e outras coisas desagradáveis, que senti principalmente nos dois primeiros anos de minha permanência aqui: há pouco tempo Tegularius esteve aqui, por três dias apenas, mas apesar de se ter alegrado em me rever, apesar da curiosidade em conhecer o Rochedo Santa Maria, no segundo dia mal suportava a opressão e o sentimento de estranheza que o assaltaram. E como, afinal de contas, um convento é um lugar repousante e acolhedor, e não uma penitenciária, uma caserna ou uma fábrica, a consequência que tiro de minhas experiências é que nós, habitantes da nossa querida Província, somos pessoas muito mais mimadas e sensíveis do que julgamos."

Justamente na época em que a carta dirigida a Carlo está datada, Servo conseguiu que o padre Jacobus, numa breve missiva à Direção da Ordem castálica, desse sua aquiescência à questão diplomática, mas com o pedido de "conservar ainda por algum tempo entre nós o jogador de avelórios José Servo, muito apreciado por todos", e que ele considerava um *privatissimum de rebus castaliensibus*. Naturalmente consideraram uma honra concordar com seu desejo. Servo, porém, que julgava estar ainda muito longe de recolher os frutos da sua "colheita", recebeu uma carta da Direção da Ordem, assinada por M. Dubois, aprovando a maneira pela qual ele havia conduzido sua missão. O que no momento lhe pareceu de mais importância nessa carta das autoridades superiores e mais alegria lhe causou (ele o declarou num tom quase de triunfo, numa cartinha a Fritz Tegularius) foi uma breve frase, dizendo que a Ordem havia tomado conhecimento, por intermédio do Mestre do Jogo de Avelórios, do seu desejo de voltar a Vicus Lusorum e que estava disposta a realizar esse desejo após o término de sua incumbência. Ele leu também ao padre Jacobus esse trecho da carta, confessando-lhe haver receado ser afastado para sempre de Castália e enviado a Roma. O padre disse sorrindo:

— É isso mesmo, as Ordens são assim, meu amigo, preferimos viver em seu seio do que na periferia ou no exílio. O senhor gostaria de esquecer--se do pouquinho de política em cujas proximidades impuras veio parar aqui, porque, sem dúvida alguma, político o senhor não é. Mas não deveria abandonar o estudo da história, mesmo que seja apenas como uma matéria secundária e por diletantismo. O senhor tem o estofo de um historiador. E agora tratemos de aproveitar mutuamente nossa convivência, enquanto eu o posso ter ao meu lado.

Parece que José Servo fez pouco uso da permissão de visitas mais frequentes a Cela Silvestre; mas ouviu ao seu aparelho um seminário prático, muitas conferências e jogos. De modo que participou também, dentro do confortável quarto de hóspede do convento, da solenidade realizada no salão de festas de Vicus Lusorum, em que foi anunciado o resultado do concurso. Ele havia enviado um trabalho não muito pessoal e nada revolucionário, mas sólido e elegantíssimo, cujo valor não lhe era desconhecido, e preparara-se para receber uma menção honrosa, ou o terceiro ou segundo prêmio. Com grande espanto, soube que ganhara o primeiro prêmio, e antes mesmo que o espanto pudesse ceder lugar à alegria, o locutor da divisão do Mestre de Avelórios continuou a ler com sua bela voz de baixo, dando a seguir o nome de Fritz Tegularius, o vencedor do segundo prêmio. Então Servo alegrou-se realmente com o fato comovente e belo de que ambos, lado a lado, fossem os vencedores desse concurso! Pulou da cadeira sem ouvir mais nada e correu escada abaixo, pelos ecoantes degraus, até chegar lá fora, ao ar livre. Numa carta endereçada ao velho Mestre de Música, escrita nesses dias, lemos o seguinte: "Sinto-me felicíssimo, estimado amigo, tu nem podes imaginar quanto! Primeiramente pelo desempenho da minha missão e a honrosa aprovação da Direção da Ordem, em segundo lugar pela esperança de voltar em breve ao lar, aos amigos e ao Jogo de Avelórios, o que é para mim importantíssimo, e também por não continuar no serviço diplomático. E agora me vem esse primeiro prêmio, para um jogo em que de fato me empenhei quanto à parte formal, mas que por boas razões não é o que de melhor eu poderia ter produzido, e além de tudo, ainda tenho o prazer de participar desse sucesso com meu amigo, realmente, foi muito de uma só vez. Sinto-me feliz, de fato, mas não poderia dizer que estou contente. A realização de meus desejos chega em tempos bem mesquinhos, na minha opinião pelo menos, e no íntimo tenho a impressão de que veio muito de súbito. Em minha gratidão se mescla um sentimento de receio, como se faltasse uma gota só num recipiente cheio até às bordas, para tornar tudo problemático de novo. Mas, por favor, faça de conta que eu não lhe disse nada, pois nesse assunto cada palavra é demais."

Veremos que o recipiente cheio até às bordas estava destinado a receber não apenas uma gota a mais. No curto intervalo de tempo que faltava para que isso se desse, José Servo viveu entregue a um misto de felicidade e de receio, e com tal entrega de si mesmo e tal intensidade, como se pressentisse a grande mudança que sobreviria em breve em sua vida. Para o padre Jacobus esses poucos meses também foram de felicidade, como se o tempo houvesse criado asas. Sentia pena de ter de perder em breve seu discípulo e colega, e nas horas de aula, e mais ainda em suas conversações despreocupadas, procurava transmitir-lhe a soma de tudo que aprendera em sua vida, tão rica de trabalhos e de reflexões; uma visão dos cimos e dos abismos da vida individual e da coletividade. Falava também às vezes da missão de Servo, da possibilidade e importância de uma amizade e unidade no campo político entre Roma e Castália, e aconselhou a Servo o estudo da época em que se deu a fundação da Ordem castálica e o gradual reerguimento de Roma, após os tempos de humilhantes provações. Aconselhou-o também a ler duas obras sobre a Reforma e a divisão da Igreja no século XVI, mas fez-lhe ver a importância fundamental de estudar nas fontes e limitar-se às vezes à leitura de aspectos determinados e compreensíveis da história, em vez de ler calhamaços históricos. O padre também não escondia a profunda desconfiança que sentia por qualquer espécie de filosofia da história.

Magister Ludi

Servo decidira retardar sua volta definitiva a Cela Silvestre até a primavera, época do grande Jogo de Avelórios público, do *Ludus anniversarius* ou *Ludus sollemnis*. O ponto máximo atingido na história memorável desses jogos que tinham a duração de várias semanas, jogos anuais a que afluíam dignitários e representantes do mundo inteiro, já pertencia ao passado e à história. No entanto esses festivais primaveris, com os jogos solenes que duravam em geral de dez a catorze dias, eram ainda o acontecimento mais solene do ano para toda a Castália, uma festa a que não faltava um elevado significado religioso e moral, porque reunia representantes de todas as ideias e tendências, nem sempre semelhantes às da Província, no sentido de chegarem a um acordo harmonioso, e também pacificava as várias formas de egoísmo das diferentes disciplinas, fazendo despertar a ideia de unidade que pairava acima da sua multiplicidade. Essa solenidade representava para os crentes a força sacramental de uma genuína consagração, para os descrentes um certo substitutivo da religião, e para ambos, crentes e descrentes, um banho nas fontes puras da beleza. De modo semelhante agiam outrora as Paixões de João Sebastião Bach — não tanto na época da sua criação como nos séculos que se seguiram à sua descoberta —, que eram para os participantes e ouvintes em parte uma consagração e um culto religioso, em parte um ato de devoção e um substitutivo da religião, e uma manifestação solene da arte e do *Creator spiritus*, válida para a generalidade.

Custou pouco a Servo conseguir a permissão, tanto dos habitantes do convento como da Direção de Castália, para a decisão que tomara. Ainda não fazia uma ideia bem clara de sua posição após seu retorno e integração na pequena república de Vicus Lusorum, mas imaginava que não o iriam deixar na posição que ocupava, mas em breve lhe fariam um honroso convite para qualquer posto ou incumbência. Nesse ínterim ele se alegrava pela volta ao lar, ao convívio dos amigos, pelo próximo festival, gozando os últimos dias de convivência com o padre Jacobus. Aceitou com dignidade e prazer as manifestações de amizade que o abade e o convento lhe quiseram ainda prestar à despedida. Depois despediu-se, não sem saudades, de um sítio a que se apegara com carinho e de um período de sua vida que ele deixava para trás, mas já preparado para o resultado dos exercícios de contemplação do festival, esses exercícios que ele praticava sem guia nem companheiros, mas seguindo fielmente o teor das prescrições. Não diminuiu sua boa disposição o fato de não ter conseguido que o padre Jacobus, convidado com o máximo respeito há muito tempo para esse fim pelo Magister Ludi, aceitasse o convite para viajar com ele; compreendeu a atitude reservada do ex-anticastálico, sentiu-se por um momento liberto de deveres ou limitações, entregando-se com todo o seu ser ao sentimento de ansiosa expectativa pela solenidade.

Mas as festividades têm a sua característica própria. Uma genuína festividade nunca poderá ser um insucesso, senão pela intervenção maligna de poderes superiores; para os devotos, uma procissão com chuva conserva a sua santidade, como um assado queimado não perturba a animação de um banquete. Do mesmo modo, os jogos anuais para os jogadores de avelórios nunca perdem sua solenidade e uma certa unção. No entanto, como sabemos todos, há festas e jogos que harmonizam, elevam e emprestam asas a tudo e a todos, assim como há apresentações teatrais e musicais que, sem um motivo aparente, erguem-se como por milagre a alturas e a vivências interiores, enquanto outras, tão bem preparadas quanto as primeiras, não conseguem ultrapassar uma modesta mediania. Quanto à disposição íntima para receber na própria alma essas vivências superiores, José Servo não podia estar mais bem preparado: nenhuma preocupação o afligia, retornara com honras da viagem e esperava o futuro com júbilo.

Mas dessa vez não foi possível ao *Ludus sollemnis*, bafejado por auras milagrosas, atingir um alto grau de unção e brilho. Foi mesmo um jogo melancólico, infeliz, quase destinado ao fracasso. Apesar de muitos de seus participantes se terem edificado e elevado, seus organizadores e responsáveis, como sempre acontece em tais casos, sentiam reinar implacável a atmosfera pesada de indiferença e insucesso com que o céu ameaçava essa festa. Servo, apesar de não só sentir tudo isso, como também uma certa desilusão à sua expectativa ansiosa, não foi dos que mais sentiram o insucesso: ele, que não participava ativamente do jogo e nem tinha qualquer responsabilidade nele, pôde, durante esses dias, assistir com um sentimento de devoção a esse jogo construído com inteligência; apesar de faltar ao ato um certo requinte e a bênção das alturas, Servo pôde deixar que suas meditações alçassem livremente voo, realizando no interior da alma, com gratidão e devoção, a vivência que acompanha todas as solenidades e oferendas, bem conhecida dos visitantes desses jogos; trata-se da unção mística da comunidade, deposta aos pés do Divino, que uma festa propicia, mesmo que aos olhos dos mais íntimos iniciados ela tenha "fracassado". De qualquer modo, ele também não deixou de perceber a má estrela que pairava sobre essa solenidade. O jogo em si, seu plano e construção eram perfeitos, como todos os jogos do Mestre Tomás. Foi mesmo um dos seus mais impressionantes, simples e claros jogos. Porém sua execução sofreu a influência de uma má estrela, e esse fato não foi esquecido na história de Cela Silvestre.

Quando Servo lá chegou, uma semana antes do grande jogo, não foi recebido, na vila dos jogadores, após ter participado sua chegada, pelo Mestre do Jogo de Avelórios, mas pelo seu substituto Bertrão, que lhe desejou as boas-vindas, mas lhe comunicou em breves palavras, e um tanto distraído, que o venerável Magister adoecera, e ele próprio, Bertrão, não estava informado sobre a missão de Servo, para poder ouvir seu relato, e portanto Servo se deveria dirigir à Direção da Ordem em Terramil, para participar seu retorno e esperar ordens superiores. Quando Servo, ao despedir-se, manifestou involuntariamente em sua voz ou na atitude certa estranheza sobre a frieza e a brevidade com que fora recebido, Bertrão desculpou-se. O colega devia perdoar-lhe, se o decepcionara, mas devia compreender a situação especial em que se encontravam: o Magister adoecera, o grande jogo anual estava próximo, e não se tinha ainda a certeza se o Magister poderia ou não dirigi-lo, ou se Bertrão, seu substituto, ia precisar representá-lo. A doença de Sua Excelência não poderia escolher momento menos adequado e espinhoso para se manifestar; ele estava, como sempre, pronto a ocupar-se dos negócios da Direção em lugar do Magister, mas tinha receio de lhe faltarem forças para preparar-se suficientemente, em prazo tão curto, para o grande jogo, e para encarregar-se da sua direção.

Servo teve pena desse homem evidentemente desalentado e com nervos abalados e ficou não menos aborrecido pelo fato de a responsabilidade pela festa recair talvez em suas mãos. Servo estava fazia muito tempo ausente de Cela Silvestre para saber que as preocupações de Bertrão eram justificadas, porque este último perdera já há algum tempo a confiança da Elite, dos assim chamados professores repetidores — o que de mais desfavorável pode acontecer a um substituto —, e estava em situação realmente difícil. Preocupado, Servo recordou-se do Mestre do Jogo de Avelórios, esse herói da forma e da ironia clássicas, o Magister consumado de Castália; havia-se alegrado por ser recebido e ouvido por ele, e retornar depois à republiqueta dos jogadores, sendo indicado talvez para um posto de confiança. Seu desejo era assistir à celebração da solenidade por Mestre Tomás e continuar a trabalhar sob as suas vistas, procurando ganhar sua aprovação; agora sentia-se triste e desiludido por saber-se privado de ver o Mestre, em razão de sua doença, e por ver-se dependente de outras instâncias. No entanto esse fato foi compensado pela estima e consideração, pode-se dizer mesmo o coleguismo, com que o secretário da Ordem e M. Dubois o receberam e ouviram. Logo na primeira conversa ele se certificou de que não pensavam mais em aproveitar seus serviços para o plano de negociações em Roma e respeitavam o seu desejo de retornar definitivamente ao Jogo. Primeiramente convidaram-no amavelmente a residir na casa de hóspedes de Vicus Lusorum e aclimatar-se de novo no lugar, assistindo também ao jogo anual. Com seu amigo Tegularius, ele dedicou os dias que precederam a festa ao jejum e à meditação e participou com ânimo piedoso e grato desse jogo que deixou penosas recordações a tanta gente.

A posição de substituto de Magister, chamada também de "Sombra", e especialmente de substituto do Mestre de Música e do Mestre do Jogo, é singular. Cada Magister tem um substituto, que não é nomeado pela Diretoria mas escolhido pelo Magister no estreito círculo dos candidatos ao cargo; pelos atos e decisões do substituto, se responsabiliza o mestre que ele representa. É portanto para os candidatos grande distinção e um sinal de enorme confiança ser nomeado substituto pelo respectivo Magister. O substituto é então aceito como íntimo colaborador e mão direita do seu respectivo Magister, e sempre que este é impedido de exercer suas funções, e lhe determina que o faça, ele a exerce, mas não todas: na votação da Direção superior, por exemplo, ele só pode dar um sim ou um não em nome do mestre, como mandatário, e nunca como orador ou proponente, o mesmo se dando com tudo o mais que se refere a tais providências. Se é certo que a nomeação para substituto coloca o nomeado num posto muito elevado e às vezes perigoso, significa ao mesmo tempo uma espécie de congelamento, porque de certo modo o isola dentro dos postos hierárquicos, como uma exceção, e ao passo que com frequência lhe confia as mais importantes funções, demonstrando-lhe a maior consideração, tira-lhe ao mesmo tempo certos direitos e possibilidades de que goza outro qualquer companheiro seu de aspirações. Em dois pontos, principalmente, se constata sua posição à parte: não cabe ao substituto a responsabilidade das decisões que toma e nem pode subir de posto dentro da Hierarquia. Essa regra não está escrita, mas pode-se lê-la na história de Castália: por morte de um magister ou pela deposição do cargo, nunca uma "Sombra" ocupou seu lugar, essa mesma sombra que tantas vezes o representou e cuja existência parecia predestiná-lo para seu sucessor. Tem-se a impressão de que o costume acentuou aqui certos limites aparentemente flutuantes e movediços: o limite entre magister e substituto representa um símbolo dos limites entre o cargo e a pessoa. Portanto, quando um castálico aceita o alto posto de confiança de substituto, desiste da possibilidade de vir a ser Magister, de jamais integrar-se realmente com o traje oficial e as insígnias do cargo, que tantas vezes tem de usar como representante. Ao mesmo tempo participa do direito estranho e ambíguo de prejudicar não a si próprio, mas a seu respectivo Magister, única pessoa que responde pelos seus atos, com os possíveis erros que praticar em suas funções. E de fato já sucedeu que um magister fosse a vítima do substituto escolhido por ele próprio e tivesse de afastar-se de seu cargo por uma falta grosseira de que o outro se tornara culpado. A expressão com que o substituto do Mestre do Jogo de Avelórios é denominado em Cela Silvestre — a "Sombra" — é adequadíssima para exprimir sua posição peculiar, sua união, quase sua identificação com o Magister, assim como a ilusoriedade e inconsistência de seu cargo.

O Mestre Tomás von der Trave tinha deixado reinar há muitos anos uma "Sombra" chamada Bertrão, a quem parece ter faltado mais sorte do que talento ou boa vontade. Era um jogador de avelórios excepcional, como é evidente, um professor regular, pelo menos, e um funcionário consciencioso, dedicadíssimo ao Mestre. No entanto, no decorrer dos últimos anos, ele se tornara pouco querido entre os funcionários, e a camada mais nova e jovem da Elite era contra ele, e o fato de não possuir a natureza aberta e cavalheiresca do Mestre prejudicava a firmeza e a calma de sua atitude. O Magister não permitiu sua queda, mas já há anos o furtava aos choques com a Elite e raramente permitia que ele o representasse publicamente, empregando seus serviços de preferência na chancelaria e no arquivo. Esse homem íntegro, mas pouco apreciado, caíra em desagrado, e mal favorecido pela sorte viu-se, pela enfermidade do Mestre, colocado repentinamente no cimo de Vicus Lusorum, e caso realmente viesse a dirigir o jogo anual ocuparia na solenidade o posto mais proeminente de toda a Província e só poderia encarregar-se com sucesso dessa enorme tarefa, se a maioria dos jogadores de avelórios, ou o colégio de professores repetidores, o apoiasse com sua confiança, o que infelizmente não aconteceu. Por essa razão o *Ludus Sollemnis* foi dessa vez uma dura prova, quase uma catástrofe para Cela Silvestre.

Só um dia antes de iniciar-se o jogo, foi anunciado oficialmente que o Magister adoecera gravemente e estava impossibilitado de dirigir o jogo. Não sabemos se a demora da participação oficial foi devida à vontade do Magister enfermo, que talvez até o último instante tinha esperanças de refazer-se e poder ainda dirigir o jogo. Pode ser que ele já estivesse doente demais para ter tais pensamentos, e que sua "Sombra" caísse no erro de querer deixar Castália, até a última hora, na incerteza sobre a situação em Cela Silvestre. Aliás, é discutível se essa dilação foi de fato um erro. Sem dúvida foi bem-intencionada, para não desacreditar de antemão o festival e não afastar dele os admiradores do Mestre Tomás. E se tudo corresse bem, se existissem relações de confiança entre a comunidade de jogadores de Cela Silvestre e Bertrão, a "Sombra", é bem provável que este tivesse sido um verdadeiro substituto, e nesse caso a ausência do Magister teria passado quase despercebida. É ocioso fazer outras hipóteses a esse respeito, só quisemos aludir ao fato de Bertrão não ser um homem fracassado ou indigno, como era opinião corrente em Cela Silvestre naquela época. Ele foi muito mais uma vítima do que culpado.

Como aconteceu todos os anos, começou a afluência dos visitantes ao grande jogo. Muitos chegavam ignorando o que se passava, outros estavam preocupados com o estado do Magister Ludi e com pressentimentos negros para o decorrer do festival. Cela Silvestre, assim como os povoados, enchia-se de gente, a Direção da Ordem e a Direção do Ensino estavam quase totalmente representadas, e de lugares distantes do país e do estrangeiro chegavam viajantes animados, enchendo completamente as hospedarias. Como sempre, a festa teve início na véspera da abertura do festival, com a hora de meditação, à noite, durante a qual, após uma pancada de sino, toda a região em festa conservou profundo e respeitoso silêncio. Na manhã seguinte realizou-se a primeira apresentação musical e a leitura da primeira frase do jogo e da meditação sobre os dois temas dessa frase. Bertrão, com os trajes solenes de Mestre do Jogo de Avelórios, conservou uma atitude modesta e controlada, mas estava muito pálido, dia a dia aparentava maior cansaço, um aspecto sofredor e resignado, e nos últimos dias parecia realmente uma sombra. No segundo dia do jogo já se espalhou o boato de que o Magister Tomás piorara e estava em perigo de vida, e nesse mesmo dia, à noite, aqui e acolá espalhavam-se entre os iniciados as primeiras notícias que pouco a pouco deram lugar à lenda sobre o Mestre enfermo e sua "Sombra".

Essa lenda, que surgiu no círculo mais íntimo de Vicus Lusorum, tendo tido origem entre os professores repetidores, pretendia que o Mestre estaria disposto a desempenhar-se de suas funções como diretor do jogo, e estava apto também a fazê-lo, mas resignara-se para satisfazer a ambição de sua "Sombra", deixando-lhe as tarefas da solenidade. Mas agora que Bertrão não parecia à altura do seu importante papel e o jogo ameaçava fracassar, o enfermo considerava-se responsável pelo jogo, por sua "Sombra" e por seu insucesso e queria penitenciar-se em seu lugar por esses erros; era essa a razão única da rápida piora do seu estado e do aumento da febre.

Naturalmente essa era a única interpretação da lenda, mas a interpretação da Elite, e demonstrava que a Elite, essa nova e ambiciosa geração, percebia a tragédia da situação e não se mostrava disposta a curvar-se ao peso dela nem a explicá-la ou a embelezá-la. A veneração pelo Mestre contrabalançava a antipatia por sua "Sombra" e desejavam a este último um insucesso e a queda, mesmo no caso do Mestre lhe sofrer as consequências. Um dia mais tarde podia-se ouvir dizer que o Magister, de seu leito de enfermo, fizera um apelo a seu substituto e aos *seniores* da Elite, no sentido de firmarem paz e não prejudicarem o festival; no dia seguinte afirmavam que ele ditara suas últimas vontades, indicando pessoalmente à Diretoria o homem que desejava ter por continuador; citavam-se nomes até. Juntamente com as notícias do estado cada vez mais grave do Magister, circulavam boatos, e no salão de festas e hospedarias o desânimo aumentava dia a dia, apesar de ninguém chegar a desistir do festival e partir. Pairava uma atmosfera pesada e sombria sobre o festival, que decorria no entanto de forma correta, mas não se sentiam a alegria e o entusiasmo que reinavam em geral nessas solenidades e que eram de esperar. E quando, no penúltimo dia do festival, seu criador, o Magister Tomás, cerrou para sempre os olhos, a Diretoria não conseguiu impedir que se propalasse a notícia de sua morte e, fato estranho, muitos participantes sentiram um alívio com isso. Os alunos do jogo e principalmente a Elite, apesar de não poderem, antes de terminar o *Ludus sollemnis*, pôr luto ou interromper de qualquer forma a sequência severa das horas alternadas de apresentações e exercícios de meditação, realizaram unanimemente o último ato do festival e seu último dia, numa atitude e disposição de espírito tal como se festejassem a cerimônia fúnebre do venerado morto, deixando pairar em torno de Bertrão — que, fatigadíssimo, insone e pálido, de olhos semicerrados, continuava a desempenhar-se de sua missão — uma atmosfera gelada de solidão e abandono.

José Servo, apesar de continuar em íntimo contato com a Elite, por intermédio de Tegularius, e de ser receptivo a essas correntes e sentimentos, não permitiu que eles o influenciassem, e no quarto ou quinto dia chegou a proibir a seu amigo Fritz que lhe trouxesse as notícias correntes a respeito da doença do Magister; é certo que sentia e compreendia a trágica atmosfera que pairava sobre o festival, preocupando-se com o estado do Mestre, e sentindo compaixão de Bertrão, a "Sombra", mas defendia-se valentemente contra qualquer espécie de influência pelas notícias, verdadeiras ou falsas; praticava com zelo a concentração, dedicava-se com disposição animosa aos exercícios e ao decorrer do bem-construído jogo e apesar de todas as discordâncias e instabilidades, apreciou o festival com ânimo sério e entusiástico. Ao Vice-Magister foi poupado o trabalho de receber as congratulações e os representantes de instituições oficiais, como era de praxe. A habitual comemoração dos estudantes do Jogo de Avelórios também não se realizou.

Imediatamente após o encerramento musical das solenidades, a Diretoria participou a morte do Magister. Começaram então em Vicus Lusorum os dias de luto, e José Servo, que estava alojado na Casa de Hóspedes, participou dessas solenidades. O enterro desse homem de mérito, que ainda hoje goza de enorme consideração, foi realizado com a simplicidade habitual de Castália. Bertrão, sua "Sombra", ficara completamente esgotado com o difícil papel que representara durante o festival. Compreendeu a situação. Pediu uma licença e retirou-se para as montanhas.

Na vila dos jogadores, e em toda Cela Silvestre, reinava a tristeza. Talvez ninguém tivesse mantido com o falecido Magister relações íntimas de profunda amizade, mas a superioridade e a pureza da sua personalidade de escol, juntamente com a inteligência e o sutil formalismo que o distinguiam, o haviam tornado um lídimo dirigente e representante, espécime raro em Castália, lugar no fundo muito democrata. Todos se haviam orgulhado dele. Justamente por sua personalidade parecer pairar muito acima das paixões, do amor e da amizade, fora alvo da necessidade de respeito da juventude, e a dignidade, a elegância principesca que haviam motivado o apelido delicadamente irônico de "Sua Excelência" lhe tinham proporcionado no decorrer dos anos, apesar de forte oposição, um lugar de destaque no Conselho Superior, em assembleia e trabalho de equipe da Direção do Ensino. A questão do preenchimento de seu elevado cargo foi naturalmente discutida com animação, principalmente na Elite dos jogadores de avelórios. As funções do Magister, após a despedida e a partida da "Sombra", cuja queda esse círculo desejara e conseguira, foram divididas pela própria Elite entre três substitutos provisórios, por meio de votação, isto é, as funções internas de Vicus Lusorum, e não as oficiais do Conselho de Ensino. Conforme o costume, o Conselho Municipal não deveria deixar essas funções por mais de três semanas sem que fossem preenchidas. Em certos casos, quando o Magister falecido ou demissionário deixava um sucessor já escolhido e sem outros concorrentes, seu posto era ocupado imediatamente, após uma única audiência das autoridades. Desta vez as coisas seriam mais demoradas.

Durante os dias de luto José Servo conversou algumas vezes com seu amigo sobre o jogo que se acabara de realizar e a atmosfera sombria em que decorrera.

— O substituto Bertrão — disse Servo — não só se desempenhou razoavelmente do seu papel até o fim, isto é, tentou representar dignamente o papel de um Magister, mas é digno também da minha admiração por ter feito muito mais do que isso, sacrificando-se nesse *Ludus sollemnis*, seu último ato oficial. Vocês foram severos com ele, digo mais, foram mesmo cruéis, poderiam ter salvo o festival e Bertrão, e não o fizeram. Eu não quero emitir nenhum julgamento, vocês hão de ter tido suas razões. Mas agora que o pobre Bertrão se foi embora e vocês conseguiram o que queriam, deveriam demonstrar generosidade. Quando ele voltar, vocês devem recebê-lo bem, demonstrando que compreenderam seu sacrifício.

Tegularius sacudiu a cabeça.

— Nós o compreendemos — disse ele — e o aceitamos. Você teve a sorte de assistir ao jogo como visitante desta vez e sem precisar tomar partido, por isso não pôde seguir bem o decorrer dos acontecimentos. Não, José, não teremos mais oportunidades para demonstrar nossos sentimentos a Bertrão. Ele sabe que seu sacrifício foi necessário e não tentará fugir às suas consequências.

Só então Servo o compreendeu bem, e calou-se, interdito. Percebeu que de fato não tinha participado desses dias de jogo como um verdadeiro celense e camarada, mas muito mais como um visitante, e só agora compreendia o que significava o sacrifício de Bertrão. Até então ele considerara Bertrão como um ambicioso, que fora sacrificado por querer realizar uma tarefa acima de suas forças, e que tivera de sacrificar suas ambiciosas metas por ter sido a "Sombra" de um mestre e o diretor de um jogo anual. Só agora, ao ouvir as últimas palavras de seu amigo, ele compreendera, calando-se definitivamente, que Bertrão fora julgado sem apelo por seus juízes, e não retornaria. Haviam-lhe permitido dirigir a solenidade até o fim e o haviam auxiliado de modo a que o jogo decorresse sem escândalos, mas não haviam feito isso para poupá-lo, mas sim para poupar Cela Silvestre.

O posto de "Sombra" não só requeria a confiança completa do Magister — e Bertrão não a desmerecera — como também a da Elite, e a desta última o pobre homem não conseguira conservar. Quando o substituto praticava um erro, a Hierarquia não estava por detrás dele para o proteger, como no caso de seu amo e exemplo. E caso seu valor não fosse reconhecido plenamente por seus antigos companheiros, não havia nenhuma autoridade que o protegesse, e seus colegas, os professores repetidores, tornavam-se seus juízes. Se eles fossem juízes severos, a "Sombra" estava perdida. E realmente Bertrão não voltou mais de sua excursão às montanhas, e algum tempo depois disseram que ele encontrara a morte num despenhadeiro. E não se falou mais nisso.

Nesse ínterim, apareciam todos os dias na vila dos jogadores os mais altos funcionários da Direção da Ordem e da Direção Oficial do Ensino, e a cada momento mandavam chamar personalidades da Elite, assim como funcionários, para consultas sobre cujo teor apenas no círculo da Elite corria um ou outro boato. José Servo também foi com frequência chamado para consultas. Uma vez, por dois senhores da Direção da Ordem, outra pelo Magister de Filologia, depois por M. Dubois, e uma outra vez por dois magísteres. Tegularius, que também fora chamado para prestar informações, estava animado, e fazia gracejos sobre essa aura de conclaves, como ele dizia. José já reparara durante os dias de jogo que muito pouco restava de suas antigas relações com a Elite, e durante esse período de confabulações pôde senti-lo com mais força ainda. Não só ele morava na casa de hóspedes como um estranho, e seus superiores não pareciam tratá-lo de igual para igual, como também a própria Elite e os professores repetidores não o tratavam mais com a confiança e a camaradagem de outrora, mas com uma cortesia irônica ou uma frieza precavida. Já se haviam afastado dele, quando recebera o convite para o Rochedo Santa Maria, e isso estava certo e era natural: quem dava um passo, passando da liberdade para a servidão de um posto, da classe dos estudantes ou dos professores repetidores para a Hierarquia, deixava de ser um companheiro e estava a caminho de tornar-se um dirigente e um bonzo, não pertencendo mais à Elite, e precisava saber que esta última, por enquanto, o observava com espírito crítico. Isso acontecia a todos em situação igual à sua. Mas nessa época ele sentiu de modo acentuado esse afastamento e frieza, porque a Elite, órfã de um Magister e à espera de outro que o substituísse, fechava-se numa dupla reserva, e além disso demonstrara no destino da "Sombra" Bertrão enorme dureza em suas decisões e irredutibilidade.

Uma noite Tegularius, excitadíssimo, chegou correndo à casa de hóspedes, foi à procura de José, levou-o a um aposento vazio, fechou a porta e desabafou:

— José! José! Meu Deus, eu devia ter previsto isso, devia saber que isso aconteceria, não era uma coisa tão vaga assim... Ah! Estou completamente fora de mim, sem saber se devo alegrar-me ou não.

Tegularius conhecia todas as fontes de onde provinham as notícias da aldeia dos jogadores, e contou muito animado que era mais que provável escolherem José Servo para Mestre do Jogo de Avelórios. A respeito do Diretor do Arquivo, que muitos acreditavam predestinado para sucessor do Mestre Tomás, dois dias antes já se havia espalhado a notícia de que fora desqualificado e nenhum dos três candidatos da Elite, cujos nomes estavam em primeiro lugar para esse posto, parecia ter tido a preferência e a recomendação de algum Magister ou da Direção da Ordem, ao passo que dois membros da Direção da Ordem e M. Dubois se declararam a favor de Servo, e além de tudo falava por ele a opinião importantíssima do velho Mestre de Música, que durante os últimos dias tinha sido procurado pessoalmente por vários magísteres, conforme se dizia com toda a segurança.

— José, vão escolhê-lo para Magister — desabafou Tegularius de novo, e seu amigo fechou-lhe a boca com a mão.

No primeiro momento, José não ficou menos espantado e comovido do que Fritz; aquilo lhe parecia impossível, mas, à medida que Fritz lhe ia narrando as opiniões correntes da aldeia dos jogadores sobre o decorrer do "conclave", Servo principiou a perceber que as previsões de seu amigo não eram falsas. Sentia mesmo dentro da alma uma afirmação, um vago sentimento de que já sabia disso e esperava que acontecesse, sendo uma coisa completamente natural. Pôs a mão ante a boca de seu excitado companheiro, fitou-o com um ar de estranheza e censura, como se de repente uma enorme distância se houvesse interposto entre eles, e disse:

— Não fales tanto, amice; não quero saber de falatórios. Vá procurar teus companheiros agora.

Tegularius, apesar de toda a sua vontade de falar, calou-se incontinenti ante esse olhar com que o fitava um outro homem, uma pessoa desconhecida; empalideceu, e retirou-se. Mais tarde contou que diante da estranha calma e frieza de Servo nesse momento sentira-se atingido como por uma ofensa, uma bofetada, uma traição à sua velha amizade e intimidade, e pareceu-lhe incompreensível a maneira de Servo frisar, de antecipar sua posição futura de dirigente máximo. Só depois que Fritz partiu — e partiu como se lhe houvessem batido — percebeu o sentido desse olhar inesquecível, desse olhar distante, majestoso, e ao mesmo tempo doloroso, compreendendo então que seu amigo não recebera a notícia com orgulho, mas sim com humildade.

Recordou-se do olhar pensativo de José Servo e do tom de profunda compaixão em sua voz, quando poucos dias atrás procurara informar-se sobre Bertrão e seu sacrifício. Agora parecia que o próprio Servo estava prestes a sacrificar-se e apagar-se como a "Sombra", tal a expressão de sua fisionomia ao fitá-lo: orgulhosa e humilde a um só tempo, altiva e resignada, solitária e entregue ao destino, como um monumento de todos os magísteres de Castália já existentes. No instante preciso em que teve notícia de sua nova dignidade, a personagem que a ninguém era dado conhecer se colocou em seu devido posto, vendo o mundo partir de um novo ponto central. Deixara de ser um companheiro, nunca mais o seria.

Servo poderia ter adivinhado ou pelo menos imaginado a possibilidade, talvez mesmo a certeza da sua nomeação, o último e mais elevado dos apelos que lhe haviam sido feitos, mas desta vez também ficou surpreendido, assustado até. Pôs-se a refletir que poderia ter imaginado antes tal possibilidade e sorriu ao lembrar-se do excitado Tegularius, que não esperava sua nomeação, e no entanto a tinha por certo e a predissera muitos dias antes de ser decidida e participada. De fato, nada havia em desabono de José na Direção Superior, a não ser sua juventude; a maior parte de seus colegas havia ocupado esse elevado posto na idade de quarenta e quatro a cinquenta anos no mínimo, e José tinha apenas quarenta. Todavia não existia lei nenhuma que proibisse uma nomeação em tal caso.

Quando Fritz surpreendera seu amigo com o resultado de suas observações e deduções, com as observações de um jogador emérito da Elite, que conhecia em todas as minúcias o complicado funcionamento da pequena comunidade celense, Servo percebera incontinenti que ele tinha razão, compreendendo e aceitando imediatamente sua escolha e seu destino, mas sua primeira reação ao ouvir a notícia fora repelir o amigo com as palavras: "Não quero saber de falatórios." Mal o outro, perplexo e quase ofendido, se retirara, José procurou um lugar de meditação para se concentrar, e suas considerações tomaram por ponto de partida uma recordação que nessa ocasião lhe veio à memória com inusitada força. Nesse quadro mnemônico ele avistou uma saleta sóbria, com um piano, e pela janela penetrava a luz fresca e jovial da manhã; na porta da saleta surgiu um homem belo e amável, de meia-idade, com cabelos grisalhos e uma fisionomia luminosa cheia de bondade e dignidade; ele, José, era um alunozinho de latim, que estivera ali na saleta à espera do Mestre de Música, sentindo ora medo ora felicidade, e agora via pela primeira vez o venerável, o Mestre da legendária Província das Escolas da Elite, o Magister que viera mostrar-lhe o que era a música, e que depois o fora introduzindo passo a passo em sua Província, em seu reino, na Elite e na Ordem, cujo colega e irmão ele se havia tornado agora, enquanto o ancião havia deposto sua vara de condão ou seu cetro, transformando-se em um velhinho amável e calado, bondoso como sempre, venerável como sempre, misterioso como sempre, cujo olhar e exemplo pairavam sobre a vida de José, e que lhe parecia sempre superior a ele, com uma época cultural inteira de avanço sobre ele, alguns degraus de vida, e anos incontáveis de dignidade e ao mesmo tempo de modéstia, superior a Servo em maestria e em mistério, mas que, como seu patrono e exemplo, o forçaria com suavidade a segui-lo sempre, qual um astro que se ergue e se põe, arrastando atrás de si seus irmãos. Enquanto Servo, passivamente, se abandonava ao afluxo das imagens anteriores, que se libravam quais sonhos, nesse estádio da primeira distensão, duas ideias se apresentaram, separando-se do afluxo de imagens, e ficaram pairando, duas imagens ou sinais, dois símbolos. Numa delas Servo, ainda menino, seguia o Mestre que caminhava na sua frente, guiando-o, o qual, cada vez que se virava e mostrava a face, tinha uma aparência mais idosa, mais calma e venerável, aproximando-se rapidamente da imagem ideal da sabedoria e da dignidade intempórias, ao passo que ele, José Servo, caminhava respeitoso e obediente atrás daquele exemplo, mas continuando o menino de sempre, o que lhe causava ora vergonha ora alegria, quase uma desforra arrogante. E a segunda imagem era esta: a cena na sala do piano, a aproximação do ancião, quando este se encaminhava em direção do menino, repetia-se sempre, inúmeras vezes, o Mestre e o menino seguiam-se um ao outro, como se algum mecanismo os puxasse por um fio, de modo que em breve não se sabia mais quem vinha e quem ia, quem conduzia e quem acompanhava, o velho ou o jovem. Às vezes parecia ser o jovem que dava demonstrações de respeito e obediência à autoridade e dignidade do velho; em breve parecia ser o velho quem tinha o dever de seguir como um servidor e adorador a figura que o precedia, a qual representava a juventude, o início, a jovialidade. E ao passo que José assistia a essa ronda de sonho, absurda e significativa, em seus sentimentos o sonhador ora se identificava com o ancião, ora com o menino, sendo ora venerador, ora venerado, ora guia, ora seguidor, e no decorrer dessa oscilação chegou um momento em que ele era os dois, ao mesmo tempo mestre e alunozinho, ou antes, estava acima dos dois: era o realizador, o inventor, o dirigente e o espectador dessa ronda, dessa aposta entre o velho e o jovem, a correrem em círculo sem chegar a nenhum resultado, ronda essa que Servo, com sentimentos cambiantes, ora refreava, ora aumentava ao máximo de velocidade. E dessa situação desenvolvia-se uma nova representação mental, antes símbolo do que sonho, mais próxima do conhecimento do que da imagem, a imaginação ou o conhecimento que essa ronda significativa e absurda do mestre e do discípulo, essa conquista da juventude pela sabedoria, e da sabedoria pela juventude, esse jogo incessante e alado, era o símbolo de Castália, era mesmo o sentido da vida, que no velho e no jovem, no dia e na noite, em Yang e Yin, flui dividida em duas. Desse ponto em diante o meditante encontrou o caminho de retorno do mundo imaginativo à calma, e após prolongada concentração voltou a si fortificado e satisfeito.

Quando, alguns dias mais tarde, a Direção da Ordem mandou chamá-lo, ele se foi confiante para receber com dignidade e séria satisfação a saudação fraternal do aperto de mão e do abraço simbólico. Participaram-lhe então sua nomeação para Mestre do Jogo de Avelórios, convocando-o para a investidura e prestação de juramento daí a um dia no salão de festas, o mesmo salão em que há pouco tempo o substituto do falecido Mestre assistira, como um animal de holocausto coberto de ouropéis, àquele angustiante festival. O dia livre antes da investidura era destinado a um estudo minucioso, acompanhado por meditações rituais sobre a fórmula juramental e a "pequena ordem do Magister", sob a direção e supervisão de dois guias, que desta vez eram o chanceler da Ordem e o Magister Mathematicae, e ao meio-dia, durante a pausa para repouso desse dia cansativo, José recordou-se vivamente da sua admissão à Ordem e da introdução que a precedeu pelo Mestre de Música. Desta vez, porém, o rito de admissão não o conduziu, como o fazia anualmente centenas de vezes, por um largo portal a uma grande comunidade, mas passou através de um buraco de agulha para penetrar no mais elevado e íntimo dos círculos, o dos Mestres. Mais tarde ele confessou ao Decano da Música que naquele dia de intensivo exame de consciência o atormentara um pensamento, uma ridícula e insignificante ideia; ele tivera receio da possibilidade de um dos Mestres lhe fazer a observação de que ele recebia a mais alta dignidade com muito pouca idade, coisa pouco comum. Tivera de combater seriamente esse receio, esse pensamento infantil e vaidoso, e também o desejo de responder a essa alusão à sua idade dizendo: "Pois então deixem-me envelhecer em paz, eu nunca aspirei a esta honra." Mas ao continuar seu exame de consciência percebeu que inconscientemente o pensamento e o desejo de sua nomeação poderiam não estar tão afastados assim de suas cogitações. Reconheceu-o em seu íntimo e percebeu a vaidade de seu pensamento, afastando-o de si, e, de fato, nem naquele dia, nem em outra qualquer ocasião nenhum colega seu lhe recordou jamais sua idade.

Mas com tanto mais veemência a escolha do novo Mestre foi comentada e criticada entre seus antigos companheiros de aspirações. Ele não tinha nenhum inimigo declarado, mas sim concorrentes, e entre estes alguns que pela idade mereciam preferência, e nesse círculo não se costumava aceitar a eleição senão após uma luta e uma prova, ou pelo menos após um exame apuradíssimo e crítico. Em quase todos os casos, a tomada de posse do cargo e os primeiros tempos da administração de um novo Magister são uma passagem pelo fogo do purgatório.

A investidura de um Mestre é uma solenidade pública, e, além do Conselho Superior do Ensino e da Direção da Ordem, só participam dela os discípulos mais idosos, os candidatos e os funcionários da disciplina que recebe o novo Magister. Na solenidade no salão de festas, o Mestre do Jogo de Avelórios prestava o juramento e, além disso, recebia do Conselho as insígnias do cargo, que consistiam em algumas chaves e sinetes; sobre seus ombros era colocado pelo orador da Direção da Ordem o ornato de cerimônia, a sobrepeliz que o Magister usa nas solenidades, especialmente na celebração do jogo anual. Esse ato não é movimentado nem provoca a leve embriaguez das festividades públicas, apresentando as características de um simples cerimonial e um aspecto de sobriedade. De qualquer modo, a simples presença dos dois mais altos Conselhos empresta-lhe grande majestade. A pequena república dos jogadores de avelórios recebe um novo chefe, que a vai administrar e representar perante o Conselho Federal, e esse acontecimento é importante e pouco comum; os alunos e os estudantes universitários mais jovens talvez não percebessem toda a sua importância e só apreciassem a festa como uma cerimônia exterior para o prazer dos olhos, mas os outros participantes tinham a consciência da sua importância e estavam integrados intimamente à comunidade, de modo a participar do acontecimento com todo o seu ser. Desta vez pairou sobre a alegria da festa não só a sombra da morte do Mestre anterior e do luto por ele, como também a atmosfera pesada de receio do jogo desse ano e da tragédia do substituto Bertrão.

A cerimônia da investidura do ornato foi realizada pelo orador da Direção da Ordem e pelo primeiro arquivista do Jogo, ambos ergueram juntos a sobrepeliz e a colocaram nos ombros do Mestre do Jogo de Avelórios. Um breve discurso foi feito pelo Magister Grammaticae, o mestre de filologia clássica de Keuperheim, e em seguida um representante de Cela Silvestre apresentado pela Elite entregou as chaves e os sinetes; ao lado do órgão via-se o encanecido Decano da Música. Ele viera para a investidura, para ver seu protegido receber as insígnias do cargo; queria dar-lhe também a agradável surpresa de notar inesperadamente sua presença, e talvez fosse até possível dar-lhe um ou outro conselho. O velho senhor gostaria imensamente de tocar ele mesmo ao órgão, mas não podia fazer excessos, e deixara esse encargo ao organista da vila dos jogadores, ficando porém atrás dele para virar as páginas. Olhava para José com um sorriso enlevado, viu-o receber a sobrepeliz e as chaves, e ouviu-o pronunciar a fórmula juramental e em seguida um discurso a seus futuros colaboradores, funcionários e alunos. Nunca sentira por José, por esse menino, tanta amizade e satisfação como nesse dia em que ele quase já deixara de ser o José e principiava a ser apenas o portador de insígnias e o ocupante de um cargo, uma pedra preciosa em uma coroa, uma coluna no edifício da Hierarquia. Mas só pôde falar a sós com José, o seu menino, por alguns minutos. Muito alegre, sorriu-lhe e correu ao seu encontro, para exortá-lo:

— Procura ficar firme nas primeiras três ou quatro semanas, vão exigir muito de ti. Pensa sempre na totalidade das coisas, e lembra-te que uma negligência de tua parte agora por si só não tem muita importância. Tu deves te dedicar por completo à Elite, tirando tudo o mais de teus pensamentos. Vão enviar-te dois auxiliares; um deles, o iogue Alexandre, está instruído por mim, ouça bem seus conselhos, ele conhece o seu ofício. O que tu precisas é ter a firme confiança de que os Dirigentes fizeram bem em chamá-lo para companheiro; confia neles, confia nas pessoas que eles te enviam para auxiliar-te e confia também cegamente em tuas próprias forças. Mas mantenha com relação à Elite uma despreocupada e vigilante desconfiança, ela não espera outra coisa de ti. Tu hás de vencer, José, tenho a certeza disso.

A maior parte das funções do cargo eram atividades conhecidas do novo Magister, e ele já as havia exercido na qualidade de subordinado ou de assistente; as principais eram os cursos de jogo, desde os cursos para alunos, para principiantes, os cursos de férias e de visitantes, até os exercícios práticos, conferências e seminários para a Elite. Essas atividades, exceto as últimas, qualquer Magister recém-nomeado é capaz de exercer desde o primeiro momento, mas as novas funções, que ele nunca teve oportunidade de exercer, requerem em geral maiores preocupações e esforços. Com José deu-se o mesmo. De preferência ele teria se desempenhado logo, sem reservas, dos novos deveres, dos trabalhos pertinentes ao magistério propriamente dito: a colaboração com o Conselho Superior de Ensino, a participação dos trabalhos do Conselho dos Magísteres e da Direção da Ordem, a representação do Jogo de Avelórios e de Vicus Lusorum perante o Diretório Federal. Ardia de desejo de dedicar-se a essas novas atividades, tirando-lhes o aspecto ameaçador das coisas desconhecidas, e gostaria de reservar algumas semanas para dedicar-se ao estudo minucioso dos estatutos, das formalidades dos protocolos de assembleias etc. Para prestar-lhe informações e introduzi-lo nesse assunto, ele sabia que, além de M. Dubois, podia contar com o maior conhecedor e mestre das formas e tradições do magistério, o orador da Direção da Ordem, o qual, apesar de não ser Magister e de ocupar um posto abaixo de mestre, dirigia todas as assembleias do Diretório e auxiliava a conservar de pé a ordem tradicional, qual um mestredecerimônias de um principado. Servo gostaria de pedir uma audiência particular a esse homem inteligente e experiente, reservadíssimo em sua extraordinária cortesia, cujas mãos o haviam fazia pouco coberto solenemente com a sobrepeliz, se esse homem residisse em Cela Silvestre, e não em Terramil, que ficava a meio dia de distância dali. Como gostaria de poder retirar-se por algum tempo para Monteporto e receber instruções do antigo Mestre de Música a respeito de tudo isso! Mas era impossível pensar nisso, não se admitia que um Magister tivesse tais desejos pessoais, próprios de um estudante. De preferência ele se devia dedicar nos primeiros tempos, com o mais intensivo e absoluto cuidado e dedicação, às funções que considerava mais fáceis. Aquilo que durante o festival de Bertrão, onde ele vira um Magister a lutar como em um vácuo, abandonado pela própria comunidade, a Elite, e sufocando, tudo aquilo que outrora Servo pressentira, e que as palavras do ancião de Monteporto haviam confirmado no dia da investidura, ele comprovava agora a todo instante no exercício de suas funções e nos momentos de reflexão sobre sua atual situação: tinha de dedicar-se em primeiro lugar à Elite e aos professores repetidores, aos graus superiores de estudo, aos exercícios seminarísticos e ao contato pessoal com os repetidores. Poderia deixar o arquivo aos arquivistas, os cursos para principiantes aos professores existentes, a correspondência aos secretários, sem grande prejuízo. No entanto não deveria deixar nem por um instante a Elite abandonada a si própria, mas tinha de dedicar-se a ela, pressioná-la e tornar-se-lhe um guia indispensável, convencê-la de sua capacidade, de sua pureza de intenções; precisava conquistá-la, cortejá-la, ganhar sua simpatia, medir suas forças com as de qualquer candidato da Elite que o desejasse, que os havia em quantidade. Veio em seu auxílio, nessas circunstâncias, muita coisa que ele não imaginara que pudesse ter uma influência favorável, e especialmente sua longa ausência de Cela Silvestre e da Elite, onde ele agora era quase um *homo novus*. Até mesmo sua amizade com Tegularius demonstrou ter sua utilidade. Se Tegularius, o *outsider* talentoso e doentio, não entrava evidentemente em consideração para uma carreira ambiciosa, também não demonstrava a mínima ambição, de modo que uma preferência do novo Magister por ele não teria causado dano algum aos seus companheiros de aspiração. Mas Servo teve de fazer quase tudo sozinho, no sentido de penetrar na intimidade dessa camada superior, a camada mais viva, inquieta e sensível do mundo dos jogadores, e dominá-la como um cavaleiro a um nobre corcel. Pois não só para o Jogo de Avelórios como para qualquer outra instituição castálica, a Elite apresenta candidatos de formação perfeita, chamados também repetidores. Esses candidatos ainda se entregam a estudos, não estão ainda a serviço da Direção do Ensino ou da Ordem e perfazem a parte mais importante, a bem-dizer a reserva, a florescência e o futuro, não só na vida dos jogadores como em toda a parte, esse altivo escol tem uma atitude extremamente severa e crítica, diante dos novos professores e dirigentes, demonstrando a um novo chefe o mínimo admissível de cortesia e submissão, e é necessário que a confiança desses candidatos seja conquistada e que eles sejam convencidos pessoalmente e de acordo com sua livre vontade, para que reconheçam a autoridade do Magister e se submetam de bom grado a ela.

Servo enfrentou essa tarefa corajosamente, mas admirou-se das dificuldades que encontrou, e à medida que as resolvia, vencendo nesse jogo cansativo, extenuante até, foram se distanciando os outros deveres e tarefas que lhe haviam causado preocupações, deixando de requerer tanta atenção. Servo confessou a um colega que participara quase num estado de sonho da primeira assembleia geral da Diretoria, para a qual viera e retornara de diligência, e ao recordar-se dela seus pensamentos não conseguiam fixar-se em detalhe nenhum, de tal modo seu trabalho atual o absorvia, mesmo durante a reunião do Conselho. Apesar de o tema interessá-lo e de sentir-se apreensivo por ser esse o seu primeiro contato de dirigente com a Diretoria, Servo se surpreendeu por várias vezes, em meio dos colegas e dos debates, a pensar em Cela Silvestre e na sala azul do arquivo, onde no momento ele realizava de dois em dois dias um seminário de dialética para cinco participantes, e onde cada hora de aula requeria mais concentração e perda de energia do que as atividades de todo o resto do dia, que também não eram fáceis, e das quais ele não se podia eximir, pois, como o Decano da Música lhe avisara, a Diretoria pusera à sua disposição, nos primeiros tempos, uma pessoa para dar-lhe ânimo e controlar suas forças, que observava hora por hora o decorrer do seu dia de trabalho, aconselhando-o no plano quotidiano de trabalho, tendo também que evitar-lhe preocupações e procurar preservá-lo de total esgotamento. Servo era-lhe grato, e mais ainda ao enviado da Direção da Ordem, um afamado mestre da arte de meditar, chamado Alexandre. Ele tomou providências a fim de que o Magister, esse homem que trabalhava até estafar-se, se entregasse três vezes por dia à "pequena" ou "curta" prática meditativa, e para que esta tivesse a duração exata de determinados minutos. Tanto com o professor repetidor, quanto com o membro da Ordem, especialista em contemplação, pouco antes da meditação da noite Servo tinha de recapitular de trás para diante o seu dia de trabalho, constatar eventuais progressos ou retrocessos, tomar o próprio "pulso", como denominavam os professores de meditação, ou seja, conhecer e medir a sua situação atual, sua saúde e distribuição de suas forças, suas esperanças e preocupações, ver a si mesmo e o trabalho do dia com objetividade e não levar consigo para a noite e para o dia seguinte nenhum problema ainda por resolver.

Enquanto os aspirantes viam o ingente trabalho de seu mestre com interesse, ora simpático, ora combativo, e não perdiam nenhuma ocasião de submetê-lo a pequenas provas improvisadas de força, paciência e presença de espírito, empenhados ora em fomentar, ora em impedir o seu trabalho, surgiu um vazio fatal em torno de Tegularius. É verdade que ele entendeu perfeitamente que Servo agora não poderia ter para ele nenhuma atenção, nenhum tempo, nenhum pensamento, nenhuma participação. Não tinha capacidade contudo de se tornar impermeável e bastante indiferente ao total esquecimento em que ele parecia de repente ter caído diante do amigo. Tanto mais que ele parecia não somente ter perdido o seu amigo, de um dia para o outro, como também experimentava alguma desconfiança por parte de seus camaradas que mal lhe dirigiam a palavra. O que não era de admirar, pois, ainda que Tegularius não pudesse ser um empecilho sério aos planos dos ambiciosos, ele era mesmo assim sempre um candidato em potencial e era muito estimado pelo jovem Magister. Tudo isso bem podia Servo conjeturar e pertencia às suas tarefas atuais pôr em parênteses esta amizade, junto com tudo o mais de ordem pessoal e privada. Ele fez isso, como mais tarde confessou ao amigo, não propriamente de caso pensado, mas tinha simplesmente esquecido o amigo. Tornou-se um instrumento tão perfeito que coisas privadas como amizade se desvaneceram na categoria do impossível. Quando num lugar, por exemplo, como naquele seminário a cinco, a figura e o semblante de Fritz surgia diante dele, não era um amigo, um conhecido, uma pessoa, mas um elemento da Elite, um estudante, ou melhor, um candidato e aspirante, uma peça de seu trabalho e tarefa, um soldado na tropa. Instruí-lo e com ele vencer era a sua meta. Fritz sentira um calafrio ao ser interpelado assim pela primeira vez pelo Magister; ele reparara no olhar deste último que este alheamento e objetividade não eram de maneira alguma fingidos, mas genuínos e inquietantes e que o homem diante dele, que o tratava assim com cortesia objetiva e tão grande vigilância espiritual, não era mais o seu amigo José, mas apenas professor e examinador, mestre do Jogo de Avelórios, compenetrado, aureolado pela seriedade e rigor do seu cargo e fechado como por uma redoma de vidro que fosse derramada em fusão em torno dele e depois se solidificasse. Além disso, passou-se com Tegularius nessas semanas quentes um pequeno incidente. Sem dormir e internamente esgotado pelo que vivera, tornou-se culpado no pequeno seminário de uma falta de educação, de uma pequena explosão, não contra o Magister, mas contra um colega, que o irritou através de seu tom irônico. Servo bem que o notou, reparou também no estado de superexcitação do faltoso, advertiu-o sem precisar falar, por um simples sinal do dedo, e enviou-lhe depois o seu mestre de meditação para dispensar ao aluno difícil um pouco de cuidado espiritual. Após privação de semanas, Tegularius experimentou esta preocupação como o primeiro sinal de uma amizade que renascia, pois a tomou como uma atenção especialmente dirigida a ele e deixou-se gostosamente corrigir. Em realidade, Servo mal tinha percebido a quem ele prestava esta assistência, tinha agido apenas como Magister. Notara num aspirante excitação e falta de compostura e reagira pedagogicamente, sem fazer acepção à pessoa do aspirante em questão e sem relacioná-lo consigo mesmo. Meses mais tarde, quando o amigo lembrou-lhe esta cena e garantiu-lhe como este gesto de complacência o havia alegrado e consolado, José calou-se. Havia esquecido por completo o acontecimento e não quis desenterrar o erro.

Finalmente, o fim estava alcançado e a batalha vencida, tinha sido um grande trabalho, dar conta desta Elite, exercitá-la até ao cansaço, tomar os sôfregos, conquistar os indecisos, impor-se aos soberbos; agora porém o trabalho estava realizado, os candidatos da aldeia dos jogadores tinham reconhecido o seu mestre e se entregaram a ele, de repente tudo se tornou fácil, como se tivesse faltado apenas uma gota de óleo.

O professor repetidor organizou com Servo um derradeiro programa de trabalho, exprimiu-lhe o reconhecimento das autoridades e desapareceu, assim como o mestre de meditação Alexandre. No lugar da massagem matutina, voltou o passeio; por enquanto nem sequer poderia pensar em algo como estudo ou mesmo leitura, mas à tarde, antes da hora de dormir, em muitos dias já podia tocar um pouco de música. No comparecimento seguinte junto à Direção, Servo percebeu claramente, sem que se tivesse tocado no assunto, que ele era agora tido entre seus colegas como de igual categoria e definitivamente aprovado.

Depois do ardor e empenho da luta pelo seu reconhecimento, sobrevinha-lhe agora um despertar, um arrefecimento e desilusão. Achou-se no âmago de Castália, na mais alta hierarquia e percebeu com admirável sobriedade, quase até com decepção, que era possível respirar esta tênue atmosfera, mas que ele, que a respirava agora como se nunca tivesse conhecido outra, estava sem dúvida completamente transformado. Era o fruto deste árduo período de provas que o havia purificado como nenhum outro cargo, nenhum outro esforço o havia feito até então.

O reconhecimento do Regente através da Elite manifestou-se desta vez por um gesto especial. Servo sentiu a cessação da resistência, a confiança e o acordo dos repetidores, sabendo assim que havia enfrentado e vencido o mais difícil. Era chegado o momento de escolher uma "Sombra" para si e de fato em tempo algum estava ele tão necessitado de um auxiliar e de um descanso como naquele instante após a vitória conquistada, quando a prova de força quase sobre-humana a que fora submetido o deixava de repente numa relativa liberdade; já muita gente havia soçobrado justamente neste ponto do caminho. Servo então abriu mão do direito que lhe assistia de escolher um dos candidatos e pediu aos aspirantes que lhe determinassem uma "Sombra" conforme a própria escolha da classe. Ainda sob a impressão do destino de Bertrão, a Elite aceitou esta deferência com redobrada seriedade e após sucessivas reuniões e consultas elegeu representante um de seus melhores homens, apresentando-o em seguida ao Magister. O eleito até à nomeação de Servo era tido como um dos mais prováveis candidatos à dignidade de Mestre.

A fase mais dura estava superada, havia de novo passeio e música, com o tempo seria permitido voltar a pensar em leitura, voltaria a ser possível a amizade com Tegularius, de vez em quando uma carta para Ferromonte, já se poderia pensar num meio feriado ou quem sabe até numa pequena viagem de férias. Só que todas estas comodidades viriam em proveito de um outro José, não do José que havia sido até agora. Este último era tido como um assíduo jogador de avelórios e um castálico sofrivelmente bom, que não tinha ideia da medula do sistema castálico nem o conhecia por dentro. Ele tinha vivido tão inocentemente egoísta, tão infantil, como se a vida fosse um jogo, tão absorto em suas próprias ocupações, livre de responsabilidades.

Uma vez lhe ocorreram as palavras admonitórias e irônicas que ele teve de ouvir um dia do Mestre Tomás, depois que ele manifestara o desejo de poder dedicar ainda uma temporada ao estudo livre: "Uma temporada — quanto tempo vai durar isto? Falas ainda a linguagem dos estudantes, José." Isto acontecera há poucos anos; ele o tinha ouvido com admiração e profunda reverência e também com um leve pavor diante da perfeição impessoal e disciplina deste homem e tinha sentido como Castália também queria lançar mão dele e sugá-lo para talvez fazer dele algum dia um Tomás, um mestre, um regente e servidor, um perfeito instrumento. E agora ele estava no posto em que Tomás tinha estado e quando ele falava a um de seus aspirantes, com um destes espertos e refinados jogadores e eruditos, quando se dirigia a um destes príncipes aplicados e soberbos, olhava-o então como pertencente a um outro mundo, estranhamente belo, um mundo admirável e que não voltaria mais, do mesmo jeito que outrora o Magister Tomás o tinha olhado no seu estranho mundo de estudante.

No cargo

Quando a tomada de posse no posto de Magister parecia ter trazido de início mais perda do que ganho, quando quase consumia inteiramente as forças e a vida pessoal, liquidando todos os hábitos e prazeres e deixando no coração um silêncio frio e na cabeça uma sensação de vertigem por causa do esforço demasiado, eis que o tempo subsequente de descanso, meditação e adaptação trouxe novas observações e vivências.

Depois da batalha travada, a maior experiência era a colaboração confiante e amigável da Elite. Nas conversas com a sua "Sombra", no trabalho com Fritz Tegularius que ele a título experimental empregava como ajudante na correspondência, no vagaroso processo de estudar, examinar e completar os diplomas e outras informações a respeito dos estudantes e colaboradores, que seu predecessor havia deixado, ia se entrosando na vida desta Elite com um amor que crescia a olhos vistos. Ele bem que julgara conhecê-la com exatidão, mas somente agora se lhe abria em toda a realidade a essência da Elite como também toda a peculiaridade da aldeia dos jogadores e a sua função na vida castálica. É verdade que ele tinha pertencido durante muitos anos em Cela Silvestre a esta Elite e classe dos aspirantes, a esta aldeia dos jogadores, ninho de musas e ambições e se tinha sentido totalmente integrado nela, como parte de um todo. Agora porém ele não era uma parte qualquer, não vivia apenas intimamente ligado a esta comunidade, mas sentia-se como o cérebro, como a consciência moral e a consciência psicológica desta comunidade. Sentia-se agora não somente vivendo com ela sentimentos e destinos comuns, mas como quem dirige e tem responsabilidade sobre seu destino.

Numa hora solene, no encerramento de um curso de aperfeiçoamento de professores do Jogo de Avelórios para principiantes, ele assim o manifestou:

— Castália é um pequeno Estado por si, e nossa aldeia de jogadores, um minúsculo estado dentro do Estado, uma pequena mas antiga e orgulhosa república, em igualdade de direito e hierarquia com suas coirmãs, mas fortalecida e alevantada na ideia que faz de si mesma pela qualidade especialmente artística e cultural de certo modo sagrada de sua função.

"Pois nós fomos distinguidos com a missão de proteger e conservar o patrimônio mais sagrado de Castália, o seu singular segredo e símbolo, o Jogo de Avelórios. Castália educa excelentes músicos e historiadores da arte, filólogos, matemáticos e outros eruditos. Cada instituto de Castália e cada castálico deveria conhecer apenas duas metas e ideais: realizar na sua especialidade a obra mais esmerada possível e manter-se vivo e flexível através do contato permanente, íntimo e cordial com todas as outras disciplinas. Este segundo ideal, o pensamento da unidade interna de todos os esforços espirituais do homem, o pensamento da universalidade, encontrou em nosso augusto Jogo sua perfeita expressão.

"Pode ser que para um físico ou historiador da música ou qualquer outro erudito seja por vezes imperioso manter-se rígida e asceticamente no seu ramo e se imponha uma renúncia ao pensamento da cultura universal em prol de uma grandiosa realização momentânea e específica. Nós contudo, jogadores de avelórios, jamais poderemos aprovar e exercer esta limitação e autossuficiência, pois nossa tarefa é exatamente preservar o pensamento da *Universitas Litterarum* e sua mais alta expressão, o nobre Jogo, e salvá-lo da inclinação das disciplinas particulares e da autossuficiência.

"Mas como poderemos salvar o que não tem o desejo de ser salvo? E como poderemos nós obrigar o arqueólogo, o pedagogo, o astrônomo e assim por diante a renunciar a uma sabedoria altamente especializada e autossuficiente e a levá-los a abrir as janelas às outras disciplinas? Não o poderemos por meio de medidas coercitivas tornando, por exemplo, obrigatório o Jogo de Avelórios, como matéria oficial já nas escolas, nem o poderemos tampouco simplesmente lembrando o que os nossos predecessores quiseram significar com este jogo.

"Poderemos legitimar o nosso Jogo e nós mesmos como imprescindíveis, somente nos mantendo continuamente ao nível de toda vida espiritual, assimilando vigilantemente toda nova conquista, toda nova perspectiva e problemática das ciências, e sempre e renovadamente moldando e exercendo nossa universalidade, nosso nobre e também perigoso Jogo com o pensamento da unidade, com tanta graça, convicção, encanto e sedução que o mais sério pesquisador e o mais aplicado especialista possa sentir sempre o seu apelo, a sua sedução e atração. Suponhamos que nós os jogadores trabalhássemos algum tempo com pouco fervor, que os cursos do Jogo para principiantes se tornassem um tanto aborrecidos e superficiais, que os eruditos especializados nos jogos para adiantados dessem por falta da vida que pulsa ativamente, da atualidade espiritual e do interesse, imaginemos por hipótese que os espectadores e convidados achassem o nosso grande jogo anual, seguidamente por duas ou três vezes uma cerimônia vazia, morta, anacrônica, relíquia superada do passado: seria o fim rápido do Jogo e de nós mesmos.

"Em verdade, não mais estamos nas brilhantes culminâncias em que se situava o Jogo dos Avelórios há uma geração, quando o jogo anual durava não duas ou três, mas três ou quatro semanas e era o ponto alto do ano não somente para Castália mas para todo o país. Um representante do governo ainda hoje assiste a este jogo anual, o mais das vezes porém como um hóspede enfadado, e algumas cidades e classes ainda enviam delegados; nos últimos dias do jogo, estes representantes dos poderes mundanos, tão logo se apresente a ocasião, com toda a cortesia gostam de dar a entender que a longa duração da festa impede que muitas cidades mandem seus representantes. De acordo com os tempos que correm, deixam eles entrever, seria interessante abreviar substancialmente o festival ou então, para o futuro, organizá-lo de dois em dois ou de três em três anos. Ora, não podemos deter este desenvolvimento ou esta decadência, como queiram. É bem possível até que nosso Jogo lá fora não encontre mais nenhuma compreensão, que as festividades só de cinco ou de dez em dez anos venham a ser celebradas. Mas o que devemos e podemos impedir é o descrédito e desvalorização do Jogo em sua própria casa, em nossa Província. Neste campo a nossa luta é cheia de esperanças e conduz sempre à vitória. Nós o presenciamos diariamente: jovens alunos que se tinham matriculado no curso da Elite sem especial entusiasmo e concluído com aplicação mas igualmente sem fervor notável de repente ficam como empolgados pelo espírito do Jogo, pelas suas possibilidades intelectuais, pela sua venerável tradição, pelas suas energias tranquilizadoras e tornam-se apaixonados adeptos e correligionários nossos.

"Podemos ver também a mesma coisa anualmente por ocasião do *Ludus Solemnis*. Quem já não ouviu falar de tantos eruditos de categoria e nomeada que durante seu ano de trabalho profícuo nos olham a nós jogadores de avelórios com certo desdém e nem sempre têm o nosso Instituto na devida conta? Eis que no decorrer do Grande Jogo, o seu encanto os vai progressivamente descontraindo, distendendo e finalmente os conquista e eleva. Eles rejuvenescem e literalmente tomam asas; enfim, refociladas e sensibilizados no âmago de seu ser, despedem-se com palavras que denotam uma gratidão quase envergonhada.

"Se por um instante considerarmos os meios que estão ao nosso dispor para cumprir nossa tarefa, veremos uma organização rica, vistosa e bem hierarquizada. O coração e o cerne é o Arquivo do Jogo, que nós usamos de espírito reconhecido praticamente à toda hora e a cujo serviço estamos aqui todos: desde o Magister e o Arquivista até o último dos auxiliares. O que há de mais fino e vívido em nosso Instituto é o antigo princípio castálico da seleção dos melhores, a Elite. As escolas de Castália recrutam os melhores alunos de todo o país e os formam. Do mesmo modo procuramos na aldeia dos jogadores selecionar os melhores dentre os que são dotados, afeitos e afeiçoados ao Jogo, conservá-los e formá-los cada vez mais perfeitamente. Nossos cursos e seminários acolhem centenas e deixam-nos partir de novo em grande número, os melhores porém continuam conosco e prosseguimos no trabalho de formá-los autênticos jogadores, verdadeiros artistas do Jogo. Cada um de vós sabeis que em nossa arte, como em qualquer outra, não existe um ponto final de evolução; sabeis que cada um de nós, uma vez membro da Elite, deverá trabalhar durante o tempo que tiver de vida no desenvolvimento, no aperfeiçoamento, no aprofundamento de si mesmo e de nossa arte, pouco importando se faz parte ou não do corpo de funcionários.

"Por vezes há quem considere um luxo a existência de nossa Elite e dê a entender que nós não deveríamos formar mais jogadores além do estritamente necessário, a fim de se poder preencher bem nossos postos administrativos. Mas é preciso levar em conta que o funcionalismo não é uma instituição autossuficiente, e depois é por demais sabido que nem todos servem para funcionário, como nem todo bom filólogo, por exemplo, tem, sem mais, a aptidão para exercer o magistério.

"Nós funcionários em todo caso sabemos e sentimos exatamente que o corpo de aspirantes não é somente o viveiro de elementos dotados e experimentados no Jogo, donde preenchemos nossas lacunas e que fornecerá nossos sucessores. Quase diria, esta é apenas uma função secundária da Elite dos jogadores, por mais que a realcemos diante daqueles que não estão muito bem a par de nossos ideais, tão logo o assunto caia justamente no sentido e justificação da maneira de vida e organização de nossa Instituição. Não; positivamente os repetidores não são em primeira linha futuros magísteres, diretores de cursos, funcionários do Arquivo. Eles constituem um fim em si mesmo, a pequena tertúlia que eles formam são o próprio lar e o futuro do Jogo de Avelórios. Aqui neste punhado de cérebros e corações se processam o progresso, as adaptações, a prosperidade e as contestações de nosso Jogo com o espírito dos tempos que correm e as ciências particulares. Aqui se joga com todo o empenho o nosso Jogo, com preocupação de integridade, propriedade e correção, somente aqui é ele um fim em si mesmo e um serviço sagrado; nada tem a ver com amadorismo, vaidade cultural, presunção ou superstição. E como o Jogo é o coração e o âmago de Castália e vós sois o que há de mais interior e vivo em nossa colônia, sois portanto, com toda a propriedade, o sal da Província, o seu espírito e a sua inquietude. Não há perigo que o nosso número se torne excessivo, que o vosso zelo se torne por demais veemente, e a vossa paixão pelo Jogo, ardorosíssima: aumentai-a, aumentai-a! Só há fundamentalmente um único perigo para vós, bem como para todos os castálicos, do qual devemos nos precaver dia e noite. O espírito de nossa Província e de nossa Ordem está fundado sobre dois princípios: no estudo, a objetividade e o amor à verdade, e na contemplação, o cultivo da sabedoria e da harmonia. Equilibrar ambos os princípios significa o eterno desafio para nós sábios e dignos de nossa Ordem. Amamos as ciências, cada um a sua, e contudo sabemos que a dedicação a uma ciência não exime necessariamente o homem do egoísmo interesseiro, do vício e da irrisão. A humanidade está cheia de exemplos, a figura do Doutor Fausto é a popularização literária deste perigo. Outros séculos recorreram à união de espírito e religião, à união de pesquisa e ascese. Na sua *Universitas Litterarum*, a direção cabia à teologia.

Em nossa época este papel é desempenhado pela meditação, pela prática da ioga diversamente graduada. Através dela procuramos exorcizar o animal que habita em nós e o mau gênio que espreita toda ciência. Vós sabeis tão bem quanto eu que até o Jogo de Avelórios traz escondido em seu bojo um gênio mau, ele não está imune de conduzir ao virtuosismo vazio, à autossatisfação de uma vaidade própria de artista, à ambição, à conquista de poder sobre os outros e assim ao abuso deste poder.

"Por isso é mister ainda uma outra educação além da intelectual e nos subordinamos à moral da Ordem não para reduzir nossa atividade espiritual consciente a uma atividade vegetativa e onírica, antes pelo contrário para sermos capazes de grandes proezas espirituais. Não devemos fugir da *vita activa* para a *vita contemplativa*, nem vice-versa, mas variando entre as duas, estar sempre a caminho, nas duas ter a nossa morada, participar de ambas."

Muitos ditos semelhantes de Servo foram anotados e conservados pelos discípulos. Reproduzimos estas palavras porque elas esclarecem a sua concepção do cargo, pelo menos nos primeiros anos de sua magistratura. Que ele era um excelente professor (aliás, de início para seu grande espanto) prova-nos a quantidade surpreendente de reproduções escritas de suas conferências que chegou até nós. A alegria que o ensino lhe proporcionava e a facilidade de ensinar foram surpresas e descobertas que seu alto cargo desde o começo lhe haveria de reservar. Ele não teria pensado nisso, pois até então nunca havia propriamente suspirado pelo magistério.

Como todos da Elite, já como estudante veterano, tinha recebido de vez em quando incumbências de ensinar de curta duração; ensinara como substituto nos cursos do Jogo de Avelórios de diversos graus, mais frequentemente ainda tivera, junto aos participantes desses cursos, a função de repetidor adjunto. A liberdade de pesquisas, porém, e a concentração solitária no seu próprio campo de estudos lhe eram tão caras e importantes que ele considerara essas incumbências antes como distrações indesejáveis, ainda que fosse estimado e talentoso como professor já naquele tempo. Finalmente tinha dado cursos na abadia beneditina, mas estes eram sem dúvida de reduzida significação em si e também para ele; naquele lugar o contato e o aprendizado com o padre Jacobus transformaram qualquer outro trabalho em atividade secundária. Sua maior aspiração era então ser um bom discípulo, aprender, assimilar e formar-se. Agora, de aluno transformara-se em professor e como professor ele tinha dominado a grande tarefa de seus primeiros anos e no cargo, a luta pela autoridade e pela exata identificação de pessoa e cargo. Ele fez então duas descobertas: a alegria que lhe proporcionava transplantar em outras mentes aquisições espirituais e vê-las transmutar-se em novas formas de manifestação e irradiação. A alegria de ensinar e então o embate com a personalidade dos estudantes e alunos, a conquista e exercício da autoridade e liderança, ou seja, a alegria de educar. Jamais separou instrução e educação e, durante sua magistratura, formou não somente um grande número de bons e ótimos Jogadores de Avelórios, como também elevou à perfeição de homens de caráter, até o ponto em que eram capazes, grande parte de seus alunos, através do exemplo, através da exortação, através de sua maneira rígida de paciência e da força do seu ser.

Se nos é lícito antecipar, nesta atividade ele teve uma experiência característica. No começo de sua atuação oficial tinha cuidado exclusivamente da Elite, da camada mais alta do corpo discente, de estudantes e repetidores, de gente que regulava com ele na idade e na experiência do Jogo.

Somente aos poucos, quando ele ficou seguro da Elite, começou devagar e prudentemente, de ano para ano, a subtrair-lhe tempo e dedicação, até que no fim a entregou quase completamente a seus homens de confiança e colaboradores. O processo durou anos, e de um ano para outro, nas conferências, cursos e exercícios, Servo ia atingindo camadas sempre mais remotas e elementares do corpo discente. Por último, chegou a dar pessoalmente diversas vezes cursos de principiantes para os mais novos, para escolares, note-se bem, e não para estudantes, coisa que um Magister raramente fazia. E quanto mais jovens e incultos eram os alunos, tanto maior a alegria de ensinar. Muitas vezes, no decurso destes anos, ter que deixar os jovens e novatos para voltar aos estudantes e à Elite causava-lhe um certo mal-estar e lhe custava um indisfarçável esforço. Mais. Por vezes sentia o desejo de baixar ainda mais e se exercitar com escolares ainda menores, para quem não havia ainda recursos nem Jogo de Avelórios; desejaria talvez durante uma temporada lecionar latim, canto e álgebra aos meninos em Freixal ou em alguma das escolas preparatórias. Aí o nível mental era bem inferior a qualquer curso de principiantes do Jogo de Avelórios, mas era onde ele poderia lidar com alunos ainda mais disponíveis, moldáveis e plásticos, onde ensinar e educar formavam mais indissoluvelmente uma unidade. Nos dois últimos anos de sua magistratura ele se designou a si mesmo por duas vezes em carta como "mestre-escola", lembrando que a expressão Magister Ludi, que em Castália desde gerações significava apenas o mestre do Jogo, era originalmente simples predicado do mestre-escola.

Não se tratava evidentemente da realização desses sonhos de mestre--escola. Não passavam de sonhos, da mesma forma que alguém nos dias frios e cinzentos do inverno não está proibido de sonhar com o céu de verão. Para Servo a escolha de um caminho já estava excluída, as suas obrigações estavam determinadas pelo cargo, mas como o cargo não prescrevia o modo de cumprir tais obrigações, deixando-lhe com largueza a responsabilidade de encontrar a maneira apta, ele foi dirigindo o seu principal interesse com o correr dos anos, de início até sem o perceber, sempre mais à educação e à assistência das camadas mais jovens, das mais novas que ele podia atingir. Quanto mais velho ficava mais o atraía a juventude. Assim, hoje, pelo menos, o podemos dizer, pois naquela época um crítico teria tido dificuldade de farejar qualquer indício de capricho ou paixão na condução de seu cargo. O próprio ofício o obrigava a voltar a cada passo à Elite e mesmo no tempo em que ele confiou seminários e arquivo quase completamente aos auxiliares e à sua "Sombra", os longos trabalhos, como, por exemplo, a competição anual do Jogo ou a preparação do jogo público anual, mantinham-no em contato permanente e ativo com a Elite. Uma vez brincando disse a seu amigo Fritz:

— Houve príncipes que durante a vida inteira se torturaram com um amor infeliz por seus súditos. Seu coração os atraía para os camponeses, pastores, artesãos, professores e meninos das escolas, mas raramente tinham a ocasião de vê-los, cercados que estavam constantemente por seus ministros e oficiais que lhe barravam como um muro a passagem para o povo. O mesmo sucede a um Magister. Ele gostaria de ver os homens e vê apenas colegas, gostaria de ver escolares e crianças e vê apenas gente letrada e pertencente à Elite.

Fomos longe demais no entanto em nossa antecipação; voltemos à época dos primeiros anos de função de Servo. Depois de granjear as simpatias da Elite, deveria a seguir estabelecer o mesmo tipo de boas relações com o corpo de funcionários do Arquivo: ele deveria impor-se como amigo, mas também como senhor vigilante. Também era preciso estudar e ordenar na estrutura de seu desempenho oficial a chancelaria, além disso o correio afluía sempre em quantidade e assembleias e circulares da Direção Geral convocavam--no para deveres e tarefas. Não era fácil para um novato encontrar logo o exato alcance e a hierarquização dessas incumbências. Não raro tratava-se de questões nas quais as Faculdades da Província estavam interessadas e tinham a tendência de ficarem enciumadas umas contra as outras. Era uma espécie de questões de competência e somente aos poucos, mas com crescente admiração, ele ia conhecendo a misteriosa e poderosa função da Ordem, da alma bem viva do Estado castálico e do vigilante organismo defensor de sua constituição.

Assim decorreram meses difíceis e sobrecarregados sem que houvesse espaço nos pensamentos de José Servo para Tegularius, com exceção de que, e isto acontecia semi-instintivamente, ele incumbia o amigo de toda sorte de trabalho, para preservá-lo de excessiva ociosidade. Fritz perdera o seu camarada, tinham feito dele da noite para o dia um senhor e alto prepósito; não tinha mais acesso privado a ele, devia obedecer-lhe e dirigir-se a ele com os tratamentos respeitosos de "Vós" e "Venerável". Tudo que o Magister dispunha sobre sua pessoa, Fritz recebia como sinal de uma lembrança toda pessoal. O individualista de temperamento um tanto estranho via-se também em parte lançado na agitação provocada pela promoção do amigo e pelo clima excitado de toda a Elite, em parte ativado de maneira, suportável pelos trabalhos que lhe eram confiados. De qualquer maneira tolerava agora a reviravolta na situação melhor do que poderia pensar naquele momento, em que Servo o tinha despedido ao saber da notícia da designação para Mestre do Jogo de Avelórios. Ele era também suficientemente inteligente e sensível para ver ou pelo menos entrever o esforço incomum e a prova de força a que seu amigo neste tempo se submetia; ele o via purificado no fogo e vivia provavelmente mais intensamente que o próprio Servo todos os extremos de sensibilidade que a prova pudesse comportar. Tegularius empenhava-se a fundo nas tarefas que o Magister lhe apontava. Ele nunca havia lamentado seriamente nem sentido como falha a sua própria fraqueza e inépcia para ocupar um cargo ou ter uma responsabilidade. Entretanto sentia-o agora, num momento em que teria desejado estar ao lado do Magister e prestar-lhe ajuda na qualidade de auxiliar, funcionário ou "Sombra".

Os bosques de faias de Cela Silvestre começavam já a se tornar parda-centos, num dia em que Servo tomou consigo um livrinho no jardim do

Magister ao lado de sua residência. Era o pequeno e formoso jardim, que o falecido Mestre Tomás tanto estimara e que tantas vezes pessoalmente cuidara com mãos cheias de horaciano carinho. Servo como todos os alunos e estudantes o imaginavam antigamente como um sítio venerável, o lugar sagrado de recreação e recolhimento do Mestre, como uma encantadora ilha das musas e uma nova chácara tusculana. Desde que era Magister e dono do jardim, Servo só raramente tinha posto os pés nele e não tivera tempo ainda de usufruí-lo com calma.

Agora como das outras vezes ele vinha apenas por uns quinze minutos depois do almoço e concedeu a si mesmo apenas alguns passos de despreocupado passeio para cima e para baixo, entre os altos arbustos e vegetação rasteira, no meio das quais seu predecessor tinha aclimatado muitas plantas sempre verdes do Sul. Já estava ficando frio à sombra e ele levou uma cadeira de palhinha para um lugar ao sol, sentou-se e abriu o opúsculo. Era um calendário de bolso para o Magister Ludi composto há setenta ou oitenta anos pelo então Mestre do Jogo de Avelórios, Ludwig Wassermaler. Desde então cada um de seus sucessores havia procedido a correções oportunas, eliminando alguns pontos ou acrescentando outros. A finalidade do calendário era justamente ser um *vade mecum* para os magísteres, notadamente para os inexperientes que começavam o seu período de ofício e através de todo o ano oficial, semana por semana, lhes despertava a atenção para as principais obrigações, umas vezes com palavras-chave, outras vezes com descrições pormenorizadas e conselhos pessoais. Servo procurou a página para a semana em curso e leu-a com toda a atenção. Nada encontrou que o surpreendesse ou que fosse urgente. No final do capítulo todavia estavam escritas estas linhas: "Começa a dirigir aos poucos teus pensamentos para o próximo jogo anual. Pode parecer-te prematuro. Não obstante aconselho-te: se não tiveres já em mente um plano de jogo, não deixes, de agora em diante, passar nem uma semana, nem um mês sequer sem que cogites do jogo vindouro. Anota tuas ideias, de vez em quando por uma meia hora livre que seja leva contigo o esquema de um jogo clássico, mesmo que seja nas viagens oficiais. Prepara-te, não querendo forçar a todo custo boas ideias, mas pensando o mais frequentemente possível de agora em diante, que nos próximos meses uma tarefa bela e festiva te aguarda para a qual tu deves cada vez mais recolher-te, predispor-te e fortalecer-te."

Estas palavras tinham sido escritas há três gerações por um sábio ancião e mestre da sua arte, num tempo é verdade em que o Jogo de Avelórios tinha alcançado o auge de sua cultura no aspecto formal. Havia então sido atingido no Jogo uma elegância graciosa e execução ornamental, como a arquitetura e a arte decorativa atingiram no gótico posterior ou no rococó. Fora durante aproximadamente duas décadas realmente um jogo jogado com avelórios, aparentemente frágil como o vidro e pobre de conteúdo, aparentemente faceiro, aparentemente arrogante e cheio de delicados enfeites, um oscilar de bailarino e acrobata no mais diferençado ritmo. Houve jogadores que falavam do estilo de então como de uma chave encantada que se perdera e outros que o julgavam exteriormente sobrecarregado de adornos, decadente e pouco viril. O autor dos conselhos amigos e das sensatas recomendações do calendário do Magister era um dos mestres e criadores do estilo daquela época. Lendo as suas palavras meditativamente pela segunda e terceira vez, José sentiu um movimento sereno e agradável no coração, uma disposição que ele, segundo lhe parecia, somente uma única vez havia experimentado e depois nunca mais. Concentrando-se, localizou-a naquela meditação que precedera à sua investidura e era a mesma disposição de alma que o tinha invadido na execução daquela maravilhosa música de roda entre o Mestre da Música e José, entre o Mestre e o principiante, entre a maturidade e a juventude. Havia sido um homem idoso e encanecido que outrora havia pensado e escrito: "Não deixes passar nem uma semana..." e "não querendo forçar a todo custo boas ideias". Tinha sido um homem que ocupara o alto cargo de Mestre do Jogo pelo menos durante vinte anos, talvez muito mais e que deveria ter sem dúvida na época de um rococó tão propício ao Jogo lidado com uma elite cheia de confiança em si e habituada a um tratamento de primeira, homem que celebrara e inventara mais de vinte esplêndidos jogos anuais, que naquele tempo levavam ainda quatro semanas, enfim um ancião a quem a tarefa, anualmente renovada, de compor um grande jogo solene já deixara de ser há muito tempo apenas uma alta honra e alegria e representava agora mais um peso e imenso trabalho, uma tarefa para a qual é preciso predispor-se, motivar-se e estimular-se medianamente. José sentia para com este conselheiro, velho e experimentado, não somente um respeito agradecido, pois o seu calendário já lhe fora um valioso guia em muitas ocasiões, como também lhe assaltava um sentimento de amável superioridade, digamos até mesmo alegre e atrevida, a superioridade da juventude. Pois entre as muitas preocupações de um Mestre do Jogo de Avelórios que ele já tinha conhecido, não ocorrera esta preocupação: a possibilidade de não pensar a tempo no jogo anual, a possibilidade de ir ao encontro desta tarefa sem alegria nem recolhimento, a possibilidade de vir a faltar espírito de iniciativa ou imaginação. Não. José, que por vezes nestes últimos meses se tinha achado bastante velho, sentiu-se logo jovem e forte. Ele não pôde entregar-se por mais tempo a este belo sentimento, não pôde saboreá-lo, seu breve tempo de descanso tocava o fim. Mas o sentimento belo e alegre ficou e levou-o consigo, afinal o breve descanso no jardim do Magister e a leitura do calendário tinham produzido e gerado alguma coisa: não apenas um relaxamento e um segundo de alegre e crescente sentimento de vida, mas também duas ideias e ambas tomaram no mesmo momento a qualidade de resoluções. Primeiro: quando a velhice e os achaques chegassem, ele gostaria de depor o seu cargo na primeira vez em que sentisse que a composição de um jogo anual lhe era uma obrigação penosa e lhe causasse embaraços pela falta de boas ideias. Segundo: ele iria começar logo com os trabalhos para o seu primeiro jogo anual e como companheiro e primeiro auxiliar neste trabalho resolveu convocar Tegularius. Seria uma satisfação e uma alegria para o amigo e para ele mesmo, seria um primeiro impulso para tentar reviver sob uma nova forma uma amizade caída em recessão no momento: pois para isso Tegularius não poderia dar o primeiro passo, este deveria partir dele, o Magister.

Para o amigo haveria bastante coisa que fazer. Pois desde o tempo do Rochedo Santa Maria acariciava um projeto de Jogo de Avelórios que ele agora como Magister queria utilizar para o seu primeiro jogo solene. A ideia, magnífica por sinal, consistia em dar ao Jogo a estrutura e dimensões de uma casa chinesa arquitetada de acordo com o antiquíssimo esquema ritual confuciano: a orientação conforme os pontos cardeais, os portões, o muro dos espíritos, as proporções entre partes construídas e pátios, a subordinação às estrelas, ao calendário, à vida familiar e ainda mais o simbolismo e as regras estilísticas do jardim.

Fora há muito tempo quando estudava um comentário do I Ching. A ordem e a significação mítica destas regras lhe aparecera numa intuição como simpática e amável parábola do Cosmo e da integração do homem no mundo. Reputava também este velho espírito popular mítico na tradição arquitetônica, de uma maneira maravilhosa intimamente unido com o espírito erudito dos mandarins e dos magísteres. Sem chegar nunca a tomar notas, ele ocupara muitas vezes e com carinho o seu pensamento no plano desse jogo com suficiente intensidade para trazê-lo já pronto em si como um todo; somente depois de sua posse não tinha mais pensado no assunto. Agora estava resolvido a construir o jogo solene sobre essa ideia chinesa, e Fritz, caso ele pudesse abrir-se ao espírito dessa ideia, seria de grande ajuda, com o esboço e os preparativos para a tradução da linguagem do Jogo. Só que havia um óbice: Tegularius não sabia chinês. Para começar a aprender, não havia mais tempo. Mas Tegularius poderia ser iniciado no simbolismo mágico da casa chinesa e penetrar fundo no assunto com auxílio da literatura que lhe fosse subministrada. Por um lado o próprio Servo, por outro, a Casa de estudos asiáticos dariam as indicações necessárias, afinal não se tratava aqui de filologia. De qualquer maneira era preciso tempo, tanto mais que seu amigo era homem de trabalho irregular, produzindo ao sabor da inspiração e não era todo dia que se sentia disposto. Seria aconselhável atacar logo a obra. Sorridente e agradavelmente surpreso, viu ele que o prudente e velho senhor tinha feito uma observação perfeitamente justa no calendário de bolso.

Já no dia seguinte, como a hora de audiência se aproximasse muito cedo do fim, mandou chamar Tegularius. Ele veio, fez a reverência com uma expressão devota e humilde um tanto acentuada, do jeito como ele se habituara diante de Servo. Ficou realmente espantado quando Servo, que se tornara tão lacônico, lhe fez um sinal com a cabeça e lhe perguntou com certo ar travesso: "Lembras-te, quando ainda éramos estudantes, de uma disputa que tivemos na qual não consegui convencer-te da minha opinião? Era a respeito do valor e importância dos estudos asiáticos, nomeadamente ao chinês, e eu queria persuadir-te de passares uns tempos na Casa de estudos e aprenderes o chinês. Lembras-te, não é? Pois bem, hoje lamento de novo não ter conseguido mudar o teu parecer. Como seria bom agora, se tu entendesses o chinês! Poderíamos empreender o mais maravilhoso dos trabalhos."

Assim troçava um pouco com o amigo e aguçava-lhe a expectativa, até que saiu com a sua proposta: ele queria começar logo com a elaboração de um grande jogo, e se lhe agradasse, caberia a ele uma grande parte na execução, como daquela vez em que José estava entre os beneditinos e Fritz o ajudara a compor o jogo que concorreria à solenidade.

Quase descrente, Tegularius fitou José profundamente surpreendido e deliciosamente perturbado; o tom animado e o semblante sorridente do amigo eram uma feliz novidade na sisudez do senhor e Magister que ele até agora conhecera. Comovido e alegre, aceitou não somente a honra e a confiança que se exprimiam nessa proposta, como também compreendeu e reteve o significado desse belo gesto. Era uma tentativa de cura, o reabrir de uma porta fechada entre ele e o amigo.

Manteve uma atitude tranquila, sabendo que transporia qualquer obstáculo a respeito do receio de Servo sobre o chinês e declarou-se sem rodeios pronto e inteiramente à disposição do Venerável para a elaboração do seu jogo.

— Bem — disse o Magister —, aceito tua promessa. A certas horas voltaremos a ser companheiros de estudo e de trabalho como outrora naqueles tempos que parecem já tão longínquos, quando juntos preparamos tantos jogos e juntos lutamos. Isto muito me alegra, Tegularius. E agora, antes de mais nada, precisas adquirir a compreensão para a ideia sobre a qual quero construir o jogo. É mister primeiro compreenderes o que vem a ser uma casa chinesa e o que significam as regras prescritas para a sua construção. Dar-te-ei uma recomendação para a Casa de estudos asiáticos, lá te ajudarão. Ou então, ocorre-me ainda uma outra ideia, bastante graciosa, nós o poderíamos tentar com o Irmão Mais Velho, aquele da Moita de Bambu, de quem eu tanto lhe falava. Talvez esteja abaixo da sua dignidade ou seja um grande incômodo para ele admitir na sua convivência alguém que desconheça o chinês, mas devemos tentar. Se ele quiser, este homem será capaz de fazer de ti um autêntico chinês.

Foi enviada uma mensagem ao Irmão Mais Velho convidando-o cordialmente a vir passar uma temporada em Cela Silvestre como hóspede do Mestre do Jogo de Avelórios, impedido de visitá-lo pelas incumbências absorventes do novo cargo e informando-o sobre o serviço que dele se solicitava. O chinês contudo não deixou o seu bambuzal, e, em vez do Irmão Mais Velho, o mensageiro trouxe consigo uma cartinha em caracteres chineses desenhados a pincel. Assim rezava: "Seria honroso ver o grande homem. Mas andar conduz a obstáculos. Utilizem-se dois pequenos alguidares para o sacrifício. O mais jovem saúda o augusto." Após isso, Servo persuadiu o amigo, não sem esforço, a viajar ao bambuzal e pedir acolhida e instrução. A pequena viagem contudo fracassou. O eremita do bosque dos bambus recebeu Tegularius com uma cortesia quase subserviente, mas não respondia a nenhuma de suas perguntas, limitando-se a citar sentenças amáveis em língua chinesa sem convidá-lo a permanecer apesar da carta de recomendação escrita pessoalmente pelo Magister Ludi, em vistoso papel e em caracteres chineses.

Sem nada conseguir e aborrecido, Fritz voltou a Cela Silvestre, trazendo de presente para o Magister uma folhinha em que estava desenhado a pincel um verso antigo sobre um peixe dourado. Fritz devia tentar agora a solução na Casa de estudos asiáticos. Aqui as recomendações de Servo agiram mais eficazmente, não mediram esforços para auxiliar o solicitante, enviado de um Magister. Logo ele estava perfeitamente a par do seu tema com toda a perfeição possível a alguém que desconhecesse o chinês. A ideia de Servo de estruturar o jogo segundo o simbolismo da casa chinesa lhe proporcionava tanta alegria e consolo que ele se esqueceu por completo do fracasso na Moita de Bambu.

Ao ouvir a narração da visita ao Irmão Mais Velho feita pelo rejeitado e ao ler para si mesmo o verso do peixe dourado, Servo sentiu-se comovido com a atmosfera desse homem e a lembrança daquela sua permanência na cabana do chinês, por entre os balouçantes bambus e as varetas de aquilégia. Este pensamento levava-o a recordar-se com força da liberdade, do tempo livre de estudos e do paraíso multicor dos sonhos da juventude. Que jeito deu este bravo e estranho eremita para retirar-se e manter-se livre! Como conseguia manter-se escondido do mundo no seu silencioso bambuzal, como vivia tão íntima e fortemente o espírito chinês, tornado verdadeiramente uma segunda natureza, com toda a pureza, meticulosidade e sabedoria. Como a magia do sonho de sua vida mantinha-o ano após ano, década após década, preso a um mundo fechado, denso, concentrado, e fazia de seu jardim a China, de sua cabana um templo, de seus peixes divindades e de si mesmo um sábio. Com um suspiro Servo libertou-se destas imaginações. Ele seguira um outro caminho, ou melhor, era levado por um outro caminho, e o importante agora era prosseguir o caminho indicado com fidelidade e correção e não compará-lo com o caminho dos outros.

Junto com Tegularius projetou e compôs nas horas livres o jogo e entregou ao amigo todo o trabalho de seleção de material no arquivo, bem como o primeiro e o segundo esboço. A amizade ganhou com o novo conteúdo nova vida e nova forma, diferentes da anterior, e também o jogo, no qual trabalhavam, conheceu através da originalidade e fantasia inventiva de Fritz realmente um tipo *sui generis*, muitas modificações e enriquecimentos.

Fritz pertencia ao número dessas pessoas que nunca estão satisfeitas, mas que nunca ultrapassam as raias da moderação, dessas pessoas que se ocupam horas a fio com um buquê de flores ou com a decoração da mesa de jantar com uma satisfação movimentada e intranquila e retoques carinhosos e intermináveis, quando para qualquer outro o trabalho já estaria pronto e perfeito há muito tempo; pessoas que sabem fazer do trabalho mais insignificante a tarefa de um dia, cuidada com seriedade e assiduidade.

Assim permaneceu também nos anos seguintes: o grande jogo solene era uma obra a dois e para Tegularius era uma dupla satisfação mostrar-se útil e até mesmo imprescindível ao amigo e Mestre em incumbência de tamanha importância e de viver a celebração pública do Jogo como um co-autor anônimo mas bem conhecido da Elite.

Para o fim do outono daquele primeiro ano do ofício, enquanto o amigo ainda se achava às voltas com seus primeiros estudos sinológicos, o Magister deparou-se um dia numa rápida vista d'olhos pelos registros de seu diário com a seguinte informação: "Chegou o estudante Pedro de Monteporto recomendado pelo Magister Musicae. Transmite especiais saudações do Decano da Música, solicita alojamento e autorização para frequentar o Arquivo. Foi alojado na hospedaria dos estudantes." Bem, ele podia tranquilamente confiar o estudante e o seu requerimento ao pessoal do Arquivo. Era algo de rotineiro. Mas "especiais saudações do Decano da Música", isto só podia dizer respeito a ele em pessoa. Fez vir o estudante: era um jovem que dava ao mesmo tempo a impressão de fogoso e sonhador, todavia taciturno, pertencente sem dúvida à Elite de Monteporto, pelo menos parecia estar afeito a audiências com um Magister. Servo perguntou de que o havia incumbido o Decano da Música.

— Saudações — respondeu o estudante —, saudações respeitosas e cordiais para vós, venerável, e também um convite.

Servo solicitou o visitante a sentar-se. Cautelosamente, escolhendo as palavras, continuou o moço:

— O venerando Mestre incumbiu-me, como já foi dito, de saudar-vos de sua parte. Nesta ocasião deu a entender o desejo que tinha de ver-vos em breve, o mais cedo possível até. Ele vos convida e vos sugere de visitá-lo proximamente, pressupondo naturalmente que a viagem se encaixe numa viagem oficial e não vos faça perder tempo. O recado era mais ou menos este.

Servo olhou o jovem, examinando-o de alto a baixo: deveria ser um dos protegidos do ancião. Prudentemente perguntou:

— Quanto tempo pensas permanecer conosco aqui no Arquivo, caríssimo?

E recebeu a resposta:

— Até a hora, venerável Senhor, em que pretenderdes viajar a Monteporto.

— Bem — disse Servo enfim, depois de refletir —, por que não me transmitiste textualmente o recado do Decano, como aliás seria de esperar?

Pedro aguentou com persistência o olhar de Servo e informou lentamente, sempre procurando com cuidado as palavras, como se devesse expressar-me numa língua estrangeira:

— Não há recado nenhum, venerável — disse ele —, nem texto original. Vós conheceis meu venerando Mestre e sabeis quão extraordinariamente modesto ele sempre foi; em Monteporto conta-se que, em sua mocidade, quando ainda era repetidor mas já cotado no meio da Elite para ser o predestinado Mestre de Música, granjeou entre os colegas o apelido de o "Grande Pequenino". Pois bem, esta modéstia e não em menor escala sua piedade, sua prestimosidade, seu respeito e tolerância se multiplicaram ainda mais depois que ele envelheceu e atingiram a perfeição depois que deixou o cargo. Vós o sabeis sem dúvida melhor do que eu. Esta modéstia não o permitiria de solicitar de Vossa Reverência uma visita, por mais que ele o desejasse. Os fatos são estes, Domine, não tive a honra de receber tal incumbência, no entanto agi como se de fato me fosse confiada. Se houve algum erro, então cabe a vós, Senhor, considerar o recado que não foi dado como realmente inexistente.

Servo sorriu um pouco:

— E a tua ocupação no Arquivo do Jogo, caríssimo, era só um pretexto?

— Oh! não. Eu devo tirar uma série de excertos de chaves de jogo e teria de um modo ou de outro por esta época de solicitar-vos hospitalidade. Pareceu-me todavia aconselhável apressar a viagem.

— Muito bem — concordou o Magister outra vez sério. — Pode-se saber o motivo desta antecipação?

O jovem fechou os olhos por um momento com a testa toda franzida. A pergunta parecia torturá-lo muito. Então dirigiu de novo com firmeza o olhar inquiridor e crítico dos jovens para o Mestre:

— A pergunta não pode ser respondida a menos que a formulásseis com mais exatidão.

— Está bem — disse José. — O estado de saúde do velho Mestre não é bom, inspira cuidados?

O estudante reparou na grande preocupação do Magister pelo ancião embora tivesse falado com toda a calma; pela primeira vez desde o início da entrevista, surgira um raio de benevolência no seu olhar um tanto sombrio e sua voz soava um pouquinho mais amiga e direta, como se ele enfim se preparasse para libertar claramente o que lhe comprimia o coração.

— Senhor Magister — disse o estudante —, ficai tranquilo, o estado de saúde do venerando Mestre não é ruim, de modo algum, ele sempre foi um homem saudável, de uma saúde exemplar, e assim continua, ainda que a idade avançada o tenha naturalmente debilitado. Não é que a sua aparência se tenha alterado de maneira notável ou suas forças de repente decaíssem rapidamente; ele dá pequenos passeios, todo dia toca um pouco de música e até bem pouco ainda deu aulas de órgão a dois alunos, principiantes ainda, pois ele sempre gostou de estar rodeado dos mais novos. Pois bem, há algumas semanas ele deixou também esses dois últimos alunos. Isso me chamou a atenção. Parece-me ser o sintoma de algo mais profundo. Desde então tenho observado o venerável senhor com mais atenção e estou realmente preocupado com ele. Esta é a causa de minha presença aqui. Tais pensamentos e a resolução de tomar estas iniciativas se depreendem do fato de eu ter sido antes um aluno do velho Mestre, uma espécie de aluno preferido, se assim posso expressar-me e de ter sido designado pelo seu sucessor, há coisa de um ano, para Famulus e companheiro do ancião e recebido assim o encargo de velar pelo seu bem-estar. Foi uma incumbência assaz agradável, pois não existe pessoa por quem eu nutra tanta veneração e afeição como o velho mestre e benfeitor. Foi ele quem me patenteou o segredo da música e me capacitou para o serviço musical e o que mais eu possa ter ganhado em pensamentos, em compreensão para com a Ordem, em maturidade e ordenação interior, tudo veio dele, tudo é obra sua. Assim há bem um ano vivo a seu lado, é verdade que ocupado com alguns estudos e cursos, mas sempre à sua disposição: sou seu comensal, companheiro de caminhadas e um pouco também nas execuções musicais; à noite durmo num quarto contíguo. Esta convivência faculta-me observar com toda a exatidão os estágios, diria eu do seu envelhecimento, do seu envelhecimento físico. Alguns dos meus camaradas de vez em quando fazem comentários compadecidos ou sarcásticos sobre o estranho cargo que me transforma a mim, uma pessoa tão jovem, num servidor e acompanhante de um homem tão velho. Mas eles não sabem e, além de mim, não o sabe mais ninguém tão bem que forma de envelhecimento coube a este mestre. Fisicamente se torna cada vez mais débil e trôpego, alimenta-se cada vez menos e volta sempre mais cansado de suas curtas caminhadas. E contudo nunca está doente e na quietude de sua velhice há sempre mais espírito, piedade, dignidade e simplicidade. Se é que meu cargo de Famulus ou servidor tem alguma dificuldade, ela reside unicamente no fato de que o Venerável não gosta de modo algum de ser servido ou cuidado, ele gostaria sempre de dar e nunca de receber.

— Agradeço-te — disse José —, agrada-me saber que está ao lado do venerável um discípulo tão grato e dedicado. Mas diz-me enfim, com toda a clareza já que não falas por encargo do teu senhor, com toda a clareza, por que desejas tanto minha visita em Monteporto.

— Vós perguntáveis antes preocupado pela saúde do senhor Decano da Música — respondeu o jovem —, pois, ao que tudo indica, meu pedido sugeriu-vos o pensamento de que ele poderia estar doente e assim urgir o tempo para visitá-lo. De fato eu creio que o tempo urge. Não me parece que o Venerável se encaminhe depressa para o seu desenlace, mas a maneira como ele está se despedindo do mundo é muito especial. Assim já há alguns meses que ele quase perdeu o hábito de falar e se ele sempre preferiu as conversas breves às longas, atingiu agora tal laconismo e silêncio que me intranquiliza um pouco. Sucedia cada vez mais frequentemente que eu, ao dirigir-me a ele e fazer-lhe perguntas, ficava sem resposta. Primeiro pensei que fosse a audição que começava a embotar-se, mas ele continua ouvindo tão bem quanto antes, tenho disto muitas provas. Então tive de admitir que ele estava com a mente dispersa e não tinha mais condição de concentrar sua atenção. Mas tampouco me satisfez esta explicação. Na verdade, ele já está há muito tempo como a caminho e não vive mais inteiramente entre nós, mas cada vez mais no seu próprio mundo, faz cada vez menos visitas e manda chamar cada vez menos gente. Excetuando eu, não vê praticamente ninguém durante o dia todo. E desde que isso começou, esta ausência, esta impressão de estar longe daqui, desde então tenho-me esforçado de levar-lhe alguns amigos, que eu sei, ele tinha em especial conta. Se vós o quiserdes, proporcionaríeis sem dúvida uma grande alegria a vosso velho amigo, disto estou seguro e encontraríeis ainda de certo modo o mesmo homem que vós venerastes e amastes. Em alguns meses, quiçá em algumas semanas, a alegria dele em rever-nos e o seu interesse por vós serão bem menores. É até bem possível que ele já não vos reconhecesse e nem prestasse atenção em vossa presença.

Servo levantou-se, aproximou-se da janela e ali quedou-se por um momento, olhando para fora e aspirando o ar. Quando ele se voltou outra vez para o estudante, este tinha se levantado da cadeira, como se desse a audiência por encerrada. O Magister estendeu-lhe a mão.

— Obrigado mais uma vez, Pedro — disse. — Deves saber muito bem que um Magister está preso por toda a sorte de obrigações. Não posso simplesmente apanhar o chapéu e pôr-me a caminho, é preciso primeiro coordenar os afazeres e encontrar uma possibilidade de viajar. Espero que o conseguirei até depois de amanhã. Bastaria para terminares teu trabalho no Arquivo? Sim? Então te chamarei quando chegar o momento.

Efetivamente Servo seguiu para Monteporto alguns dias depois acompanhado de Pedro. Ao pisarem o pavilhão em cujos jardins o Decano da Música morava num lugar recolhido, cheio de encanto e tranquilidade, ouviram vindo do quarto de trás o som de uma música delicada, fina, mas de compasso firme e deliciosamente serena; o velho estava lá sentado e tocava com dois dedos uma melodia a duas vozes. Servo logo adivinhou. Só poderia provir de um dos livros de Bicínio, do fim do século XVI. Eles permaneceram de pé, até que se fez silêncio, então Pedro chamou o mestre e anunciou que ele havia regressado e trazia consigo uma visita. O ancião apareceu à porta e olhou-os cumprimentando. Este sorriso de saudação do Mestre de Música que todos amavam sempre fora de uma cordialidade e amizade, que sabia se dar como uma criança e se entregar radiosa. Em breve completar-se-iam trinta anos desde que José o vira pela primeira vez e que ele abrira e presenteara seu coração a este homem bondoso naquela manhã agridoce no salão de música. Desde então ele tinha tornado a ver este sorriso muitas vezes e sempre com profunda alegria e estranha emoção, e enquanto os cabelos do mestre amigo iam passando do ligeiramente grisalho para o completamente branco, enquanto sua voz se tornava cada vez mais tênue, seu aperto de mão cada vez mais fraco, seus passos mais pesados, o sorriso não perdia nada em claridade, graça, pureza, intensidade. E desta vez, era indubitável, ele, amigo e discípulo, estava vendo: a mensagem radiosa, sedutora do velho rosto sorridente, com os olhos azuis e as faces coradas de leve, que os anos tinham tornado mais luminosos, era aquela mesma antiga e muitas vezes vista; não só, tornara-se ainda mais interior, mais misteriosa e intensa. Somente agora nesta saudação José começou a entender em que consistia propriamente o pedido do estudante Pedro e como ele era o próprio beneficiado, ele que pensara estar fazendo um sacrifício para atendê-lo.

Seu amigo Carlo Ferromonte, que ele visitou algumas horas depois — era então bibliotecário na famosa biblioteca musical de Monteporto —, foi o primeiro com quem ele falou do assunto. Ferromonte posteriormente fixou a conversa daquela hora numa carta.

— Nosso Decano da Música — começou José — foi teu professor e tu o amaste muito; tu o vês ainda com frequência?

— Não — disse Carlo —, quer dizer, eu o vejo não raras vezes, quando sai a passeio na hora em que venho chegando da biblioteca, mas não tenho falado com ele há meses. Ele se recolhe mais e mais e parece não suportar a companhia de ninguém. Antes ele reservava uma tarde para o pessoal da minha classe, para os seus ex-repetidores, que eram agora funcionários em Monteporto; mas isto acabou já faz um ano e foi uma grande surpresa para nós que ele tivesse viajado a Cela Silvestre para a vossa investidura.

— Certo — disse Servo —, mas se tu o vês de vez em quando não notaste nele nenhuma mudança?

— Oh! sim. Vós quereis dizer a sua boa aparência, sua serenidade, seu brilho extraordinário. Naturalmente nós o notamos. Enquanto as suas forças desvanecem, esta serenidade não cessa de aumentar. Nós já nos habituamos, a vós talvez tenha chamado a atenção.

— O seu Famulus Pedro — disse Servo — o vê ainda mais assiduamente que tu, mas ele não se habituou a isto como o dizes. Viajou especialmente a Cela Silvestre, naturalmente com motivos plausíveis, para me trazer para esta visita. Que achas dele?

— De Pedro? É um ótimo conhecedor da música, mais do tipo metódico, meticuloso, que propriamente genial, uma pessoa um tanto parada e melancólica. É de uma dedicação total ao Decano da Música e daria a vida por ele. Creio que desempenha integralmente a sua atividade de servir o seu adorado senhor e ídolo, por quem está realmente possuído. Não tiveste esta impressão?

— Possuído? Sim, mas este moço não está possuído simplesmente por um amor e paixão, ele está simplesmente obcecado por fazer do mestre um ídolo, mas está possuído e encantado por um fenômeno real e verdadeiro, que ele percebe melhor ou entende melhor com o sentimento que vós outros. Vou contar-te como esta realidade se me manifestou. Aproximei-me hoje do Decano da Música que eu não tinha mais visto há coisa de seis meses e, de acordo com as indicações do seu Famulus, esperava muito pouco ou quase nada desta visita; fiquei simplesmente com medo de que o venerável ancião pudesse de repente deixar-nos em breve tempo e apressei-me para vê-lo pelo menos ainda uma vez mais. Quando me reconheceu e saudou, seu semblante resplandeceu mas nada disse a não ser o meu nome; deu-me a mão e tanto a mão como o movimento pareceram-me brilhar. Todo o seu ser, ou os seus olhos, seus cabelos brancos, sua pele rósea pareciam emitir amenas e suaves irradiações. Sentei-me ao seu lado, ele com um olhar despediu o estudante e então começou a mais estranha conversa que eu já tive. Por certo, no começo estranhei e afligi-me muito e fiquei até envergonhado, pois eu me dirigia sempre ao velho e lhe fazia perguntas e ele só respondia por meio de um olhar; eu não podia me certificar se minhas perguntas e palavras o alcançavam apenas como um ruído molesto. Atrapalhei-me, fiquei decepcionado e me cansei: eu me sentia tão inútil e maçante. Dissesse o que dissesse ao Mestre, recebia em troca somente um sorriso e um breve olhar. Não fossem estes olhares tão cheios de benevolência e cordialidade, eu teria sido obrigado a pensar que o ancião troçava às escâncaras de mim, das minhas histórias, das minhas perguntas, de todos os inúteis gastos de minha viagem e de minha visita.

"O seu silêncio e o seu sorriso significavam enfim algo deste gênero, eram de fato uma defesa e uma reprimenda, apenas que num outro nível e grau de significação bem diferente do que poderia ser uma zombaria. Foi primeiro preciso que eu cedesse, fracassando completamente em introduzir uma conversa com as minhas tentativas, que eu julgava serem cheias de paciência e cortesia, para que eu começasse a perceber que o ancião resistiria a uma paciência, insistência e cortesia ainda cem vezes maior do que a que eu punha em prática. Possivelmente tudo isto durou de uns quinze minutos a meia hora, a mim me pareceu a metade de um dia. Comecei a ficar triste, cansado e irritado e me arrepender da viagem, minha boca tornou-se seca. O venerável varão, meu benfeitor, meu amigo, estava ali sentado. O homem que possuía meu coração e confiança, desde o tempo em que eu me entendia por gente, e que jamais deixara sem resposta uma palavra minha, pois bem, ali estava sentado, ouvia-me falar, ou não ouvia e se entrincheirara completamente atrás de seu sorriso esplendoroso, atrás de sua máscara dourada, inatingível, pertencente agora a um outro mundo, regido por outras leis, e tudo o que eu tentava comunicar-lhe do nosso mundo para o seu não lhe penetrava, como a chuva escorre sobre a pedra sem embebê-la. Finalmente — eu já estava totalmente desesperançado — ele quebrou o muro encantado, finalmente ele me socorreu, finalmente disse uma palavra, a única que dele hoje ouvi: 'Tu te cansas, José', disse ele baixinho e com uma voz cheia daquela comovente amizade e preocupação que tu bem conheces.

"Isso foi tudo. 'Tu te cansas, José.' Como se ele me tivesse muito tempo observado num trabalho penoso e quisesse agora advertir-me. Ele pronunciava as palavras com certa dificuldade, como se ele já há muito tempo não usasse mais os lábios para falar. Ao mesmo tempo, pousou sua mão no meu braço, estava leve como uma borboleta, fitou-me com um olhar penetrante e sorriu. Neste momento eu estava vencido. Alguma coisa de sua serena quietude, alguma coisa de sua paciência e silêncio passou-se para mim e de repente invadiu-me uma nova compreensão pela situação do velho e pela transformação que se operava em seu ser, longe dos homens em direção à serenidade, longe das palavras em direção à música, longe dos pensamentos em direção à unidade. Compreendi o que era concedido contemplar, somente então compreendi este sorriso, este esplendor; era um santo em sua ascese que me havia permitido por uma hora participar de seu brilho e que eu, ignorante, quisera distrair, crivar de perguntas e cooptar para uma conversa. Graças a Deus que a luz não brilhou tarde demais. Ele poderia ter-me despedido e recusado para sempre. Eu teria perdido assim a vivência mais notável e sublime de minha existência."

— Vejo — disse Ferromonte pensativamente — que encontrastes em nosso Decano da Música uma espécie de Santo e é bom que fosseis vós a fazer esta observação. Confesso que de outro informante teria recebido a notícia com maior desconfiança. Definitivamente não sou nenhum apreciador da mística e especialmente como músico e historiador, amigo e intolerante adepto das categorias purificadas. De vez que nós em Castália não somos nem uma congregação cristã, nem um mosteiro hindu ou taoísta, parece-me que a incorporação entre os santos, numa categoria portanto puramente religiosa, não seria permitida para um de nós e a um outro que não tu — perdão, que não vós, Domine —; eu repreenderia esta incorporação, por ser um desvio. Mas calculo que vós não tendes a intenção de introduzir um processo de canonização em favor do venerando Decano da Música, não se encontraria para tanto em nossa Ordem nenhuma autoridade competente. Não me interrompais, estou falando sério, não se trata de nenhuma brincadeira. Vós me narrastes uma experiência e devo confessar que ela me envergonha um pouco, pois o fenômeno por vós descrito não nos escapou inteiramente — a mim e aos meus colegas de Monteporto —, mas tomamos apenas conhecimento dele e lhe atribuímos pouca atenção. Interrogo-me sobre a causa de minha missão e indiferença. Creio que vosso espanto diante da transformação do Decano da Música se explica naturalmente pelo fato de a terdes surpreendido inesperadamente e como processo consumado, enquanto nós fomos testemunhas de sua lenta evolução e por isso não percebemos com tanta nitidez. O Decano da Música que vistes há meses e o que hoje acabastes de ver são muito diferentes um do outro, enquanto que nós seus vizinhos apenas pudemos notar diferenças notáveis de um encontro para outro. Confesso porém que a explicação não me satisfaz. Se um milagre se realiza diante de nossos olhos, por menos ruído que produza, por mais lento que se desenvolva, deveríamos, livres de preconceitos, ficar mais fortemente impressionados com ele do que de fato fiquei. E aqui localizo a causa da minha reserva: eu estava de espírito prevenido. Se não percebi o fenômeno, foi porque não quis percebê-lo. Como todo o mundo, percebi o crescente recolhimento e taciturnidade do nosso venerando mestre e simultaneamente o aumento de sua amabilidade e o brilho de seu semblante, cada vez mais claro e imaterial, quando ele, mudo, respondia ao meu cumprimento ao encontrar-me. Tudo isso bem que eu notei e todos por aqui também... Mas ofereci resistência íntima a ver mais do que isto nestes acontecimentos e não por falta de respeito para com o velho Magister, mas em parte por repugnância a tudo o que sugira culto da personalidade ou fanatismo em geral, em parte por repelir este caso particular de fanatismo, esta espécie de culto que o estudante Pedro presta a seu mestre e ídolo. Ao narrardes vossas impressões, isto se me tornou perfeitamente claro.

— Isto foi — riu José — um rodeio para manifestares tua antipatia por Pedro. Mas como ficam as coisas? E eu, serei um místico e um fanático, serei adepto do culto ilegal da personalidade e do culto dos santos? Ou me concedes o que não concedeste ao estudante, que nós vimos e vivemos alguma coisa que não era sonho nem fantasia, mas bem real e concreto?

— Naturalmente que concedo — disse Carlo devagar e pensativo. — Ninguém duvidará de vossa experiência ou da beleza e serenidade do Decano da Música, que é capaz de sorrir tão extraordinariamente. A questão é somente esta: como enquadrar o fenômeno, como denominá-lo, como esclarecê-lo? Pode soar meio escolar, mas nós castálicos somos afinal mestres-escolas e, se desejo ordenar e denominar a vossa e a nossa experiência, não o faço porque goste de dissolver a realidade e a beleza na abstração e generalização, mas porque quero anotá-las e retê-las o mais determinada e claramente possível. Se eu viajando ouço um camponês ou criança sussurrando uma melodia que não conheça, isto é para mim uma vivência. E se tento logo que puder e tão exatamente quanto possível escrevê-la na pauta, isto não é pôr de parte nem deixar de considerar a minha vivência, pelo contrário, é honrá-la e perpetuá-la.

José concordou amavelmente.

— Carlo — disse ele —, é uma pena que só nos possamos ver tão raramente. Nem toda amizade de juventude se afirma a cada reencontro. Vim procurar-te com a minha narrativa do velho Mestre porque faço questão que saibas e compartilhes tudo o que vivi, aliás aqui neste lugar és a única pessoa que me move a tanto. Devo agora deixar ao teu critério o que farás da minha narrativa e como quererás denominar o estado transfigurado do nosso Mestre. Eu me alegraria se o quisesses visitar alguma vez e permanecer por um momento em sua aura. O seu estado de graça, perfeição, sabedoria, beatitude, ou como nós o queiramos chamar, poderá pertencer a uma vida religiosa; se é verdade que nós castálicos não professamos nenhuma confissão nem igreja, por outro lado a piedade não nos é uma realidade desconhecida. Justamente nosso Decano da Música foi sempre por todos os títulos um homem piedoso. E já que em muitas religiões há referências sobre pessoas dotadas de uma graça sobrenatural, de uma perfeição superior, que resplandecem, que se transfiguram, por que não haveria nossa piedade castálica de chegar também a estas culminâncias? Bem, já é tarde, é hora de recolher-me, amanhã tenho de partir cedinho. Espero voltar em breve. Agora deixa-me acabar de contar-te a minha história o mais resumidamente possível!

"Depois que ele me disse: 'Tu te cansas, José', desisti enfim de tentar tão penosamente introduzir uma conversa e não somente permanecer calado como também rever minha vontade da falsa meta, que se propusera a investigar este grande taciturno com o auxílio da palavra e do diálogo e de querer assim tirar proveito de sua presença. E desde o momento em que desisti deste intento e entreguei tudo a ele, o problema se resolveu naturalmente. Poderás depois substituir à vontade minhas expressões por outras, mas agora escuta-me, mesmo que eu pareça inexato e confunda as categorias. Permaneci uma hora ou hora e meia com o velho, eu não saberia transmitir-te o que se passou ou o que se comunicou entre nós, pois não pronunciamos palavra alguma. Senti apenas, depois que a minha resistência fora vencida, que ele me acolhia em sua paz e santidade e que uma serenidade maravilhosa e tranquila nos invadia, a ele e a mim. Sem que eu, consciente ou voluntariamente, procurasse meditar, tudo se comparava a uma meditação especialmente bem-sucedida e portadora de felicidade, cujo tema fosse a vida do Decano da Música. Eu o via, ou melhor, o sentia e a trajetória de sua evolução a partir daquele momento em que ele me encontrara, sendo eu ainda um meninote, até o presente instante. Tinha sido uma vida de dedicação e trabalho, livre de compulsões e ambições, e cheia de música. E tudo se processou como se ele, tornando-se músico e Mestre de Música, tivesse escolhido a música como um dos caminhos à disposição do homem em busca de sua meta mais sublime, de sua liberdade interior, pureza e perfeição. Sua vida evoluiu, como se desde então ele nada mais tivesse a fazer senão deixar-se penetrar sempre mais intensamente pela música, transmutando-se e purificando-se. E assim impregnado pela harmonia musical, desde suas hábeis e inteligentes mãos de cimbalista, desde sua memória musical prodigiosa e potente até as últimas partes e órgãos do corpo e da alma, até na pulsação e na respiração, no sono e no sonho, ele agora era apenas um símbolo, verdadeiramente uma expressão, uma personificação da própria música. Pelo menos eu senti absolutamente como uma música aquilo que dele irradiava e que entre ele e eu oscilava como uma respiração ritmada. Era uma música totalmente imaterial, esotérica, que enfeitiçaria quem quer que caísse no seu encanto, do mesmo modo que uma peça polifônica aprisiona uma nova voz. Para quem não fosse músico a graça talvez se manifestasse em outras imagens, um astrônomo talvez se teria sentido como uma lua a girar em torno de um planeta, um filósofo se teria sentido interpelado numa língua mágica e primitiva, que tudo pudesse significar. Por ora, basta, já me despeço. Foi uma satisfação para mim, Carlo."

Transmitimos este episódio com tantas minudências por se tratar do Mestre de Música, que ocupava lugar tão importante na vida e no coração de Servo. Contribuiu também para nos encaminhar ou desencaminhar a isto, a circunstância de que a conversa de Servo com Ferromonte chegou até nós em escritos do próprio punho de Ferromonte, mais exatamente numa carta. Sobre o tema da "transfiguração" do Decano da Música, esta narração é certamente a mais antiga e fidedigna, pois mais tarde circularam a este respeito enxurradas de lendas e interpretações.

Os dois polos

O jogo anual, "o jogo da casa chinesa", como até hoje é conhecido e não raro citado, frutificou os esforços de Servo e do amigo e trouxe a Castália e à Direção a confirmação de que a escolha de Servo para cargo tão elevado havia sido sumamente feliz.

Mais uma vez Cela Silvestre, a aldeia dos jogadores e a Elite viveram a satisfação de uma festividade esplêndida e de ótimo ambiente. Fazia tempo que o jogo anual não era um acontecimento como foi desta vez em que o novo e promissor Magister devia mostrar-se pela primeira vez em público e demonstrar o que realmente valia. Além disso, Cela Silvestre sentia-se na obrigação de reparar a grande perda e o fracasso sofrido no ano anterior.

Desta vez ninguém caiu doente e a grande cerimônia não era presidida mediocremente por um representante intimidado, espionado com frieza pela má vontade e desconfiança da Elite, apoiado com fidelidade mas sem vibração por funcionários nervosos. Sem alarde, distante, como um verdadeiro sumo sacerdote, uma figura mestra, vestida de branco e ouro sobre o solene tabuleiro de xadrez dos símbolos, o Magister executava a sua obra e a do amigo. Ele surgia no salão de festividades em meio a muitos acólitos, irradiando paz, força e dignidade, longe de toda agitação profana; abria com os gestos rituais ato após ato do seu jogo, escrevia com um reluzente lápis dourado graciosamente um sinal depois do outro na pequena lousa, diante da qual se postava e, imediatamente, os sinais apareciam na escrita cifrada do Jogo ampliada cem vezes maiores no quadro gigante da parede posterior da sala, eram soletrados por milhares de vozes sussurrantes, anunciados pelos alto-falantes, enviados pelos transmissores ao resto do país e do mundo. Quando, ao findar do primeiro ato, ele evocava na lousa a fórmula sintetizadora do ato, dava numa atitude marcante e encantadora as instruções da meditação, depunha o lápis e, sentando-se em postura exemplar, entrava em atitude de profunda concentração. Então os fiéis do Jogo de Avelórios sentavam-se devotamente para fazer a mesma meditação não somente ali no salão, na aldeia dos jogadores, e em Castália, mas também fora dali em muitos países da terra, e ficavam meditando até o momento em que o Magister se erguia de novo. Tudo acontecia como havia acontecido tantas outras vezes e no entanto era como se tudo fosse novo e sugestivo. O mundo abstrato e aparentemente intemporal do Jogo de Avelórios era suficientemente elástico para reagir com centenas de matizes diferentes no espírito, na voz, temperamento e escrita de uma personalidade. Personalidades que fossem suficientemente fortes e cultas para não julgar as próprias ideias mais importantes que as intangíveis leis inerentes ao Jogo. Os ajudantes e concorrentes, a Elite obedeciam como soldados bem treinados e todavia parecia que cada um deles, mesmo executando uma inclinação ou ajudando a tomar conta do cortinado em volta do Mestre em meditação, celebrava o seu próprio jogo, nascido de sua própria inspiração. Da multidão, porém, da grande comunidade que superlotava o salão e Cela Silvestre inteira, dos milhares de almas que trilhavam nos vestígios do Magister a senda fantástica e hierática pelos espaços infinitos e multidimensionais que as concepções do Jogo facultava, subiu até à cerimônia o acorde fundamental e o baixo estremecedor e profundo dos sinos, que constituía para os membros infantis da comunidade a experiência melhor e quase única da festa, mas que também é sentida com tremor reverente pelos mais calejados artistas do Jogo e críticos da Elite, pelos acólitos e funcionários e também pelo dirigente de Mestre.

Foi uma grande cerimônia, até os delegados de fora o perceberam e faziam alarde disto. Muitos neófitos foram nestes dias conquistados para sempre para o Jogo de Avelórios. Estranhas porém soaram as palavras com que Servo, após o encerramento da festa de dez dias, sintetizou ao amigo Tegularius a sua vivência:

— Podemos estar contentes — disse. — Sim, Castália e o Jogo de Avelórios são coisas maravilhosas, próximas da perfeição absoluta. Só que elas estão perto demais desta perfeição, são belas demais; são tão belas que apenas podemos contemplá-las sem que temamos por elas. Ninguém gosta de pensar que Castália e o Jogo de Avelórios, como tudo neste mundo, devem um dia passar. E contudo é preciso pensar nisso.

Esta palavra transmitida até nós obriga o biógrafo a acercar-se da parte mais delicada e misteriosa da sua tarefa, da qual ele gostaria de manter-se afastado ainda um certo tempo para, primeiro com a tranquilidade e a cômoda posição que as situações claras e definidas proporcionam ao narrador, levar a cabo a narração dos êxitos de Servo, da exemplar maneira de conduzir o seu cargo e do clímax brilhante de sua vida.

No entanto parece-nos errado e em desacordo com o nosso objeto não reconhecer e apontar a dicotomia ou a polaridade no ser e na vida do respeitável Mestre já ali onde ainda não se tornara visível a ninguém, exceto a Tegularius. Antes será nossa tarefa, a partir de agora, admitir e afirmar que esta cisão, ou melhor, esta polaridade que pulsa incessantemente na alma de Servo é em realidade a característica e a peculiaridade na essência do venerável.

Não seria difícil a um autor que julgasse lícito escrever a biografia de um Magister castálico somente no sentido de uma vida de um santo *ad maiorem gloriam Castaliae* emprestar à narração dos anos de magistratura de José Servo, excetuando somente os últimos momentos no cargo, o tom de uma relação gloriosa de méritos, sucessos e serviços executados.

A vida e o desempenho no cargo de qualquer Mestre do Jogo de Avelórios, sem mesmo excetuar o citado Magister Ludwig Wassermaler da fase áurea do Jogo em Cela Silvestre, não aparecerão aos olhos do historiador que paute sua obra unicamente nos fatos documentados, mais irrepreensível e elogiável que a vida e o desempenho no cargo do Magister Servo. Contudo o desempenho da função terminou de modo absolutamente incomum e sensacional e, para a sensibilidade de muitos observadores, foi um final escandaloso. Este final não foi uma coincidência ou acidente, mas sucedeu com toda a lógica e faz parte também de nosso propósito demonstrar que ele não entra de modo algum em contradição com os feitos e os êxitos gloriosos e famosos do venerável.

Servo foi um grande e exemplar administrador e representante de sua alta fundação, um impecável mestre de Jogo de Avelórios. Mas ele via e sentia o esplendor de Castália, que ele servia, como uma grandeza ameaçada e condenada ao desaparecimento, ele vivia em meio a este brilho, não descuidado e sem preocupação como a grande maioria de seus companheiros de Castália, mas conhecia a sua origem e a sua história, experimentava Castália como uma entidade histórica, submetida ao tempo e sacudida e levada de roldão por suas forças impiedosas.

O estar desperto para o vivo sentimento da sucessão histórica e a percepção sensível da própria pessoa e atividade como uma célula cooperante e participante no devir e na mutação tinham-se tornado maduros nele e emergiram na consciência através de seus estudos de história e sob o influxo do grande padre Jacobus, mas a predisposição e o germe para isto já se faziam presentes muito tempo antes, e quem realmente revive a personalidade de José Servo, quem realmente investiga a peculiaridade e o sentido desta vida encontrará com facilidade esta predisposição e estes germes.

O homem que num dos mais esplendorosos dias de sua vida, no final de seu primeiro jogo festivo, após uma manifestação extraordinariamente bem-sucedida e impressionante do espírito de Castália, disse: "Ninguém gosta de pensar que Castália e o Jogo de Avelórios, como tudo neste mundo, devem um dia passar. E contudo é preciso pensar nisso", este homem trazia em si desde cedo uma sensibilidade para o mundo, antes mesmo que se iniciasse em história; a este homem eram familiares a transitoriedade de toda a criatura e a problemática de tudo o que o espírito do homem criou.

Se recuamos aos seus anos de menino e de escolar, nos deparamos com a informação de que cada vez que em Freixal um colega seu não era mais visto lá porque desagradara aos mestres e fora reenviado para as escolas comuns, ele sentia uma profunda angústia e inquietação. Não se conta de nenhum destes meninos excluídos, que fosse amigo particular do jovem Servo; não era a perda, não era a exclusão e o desaparecimento das pessoas que o perturbavam e oprimiam com angustiante dor. Era antes o leve abalo de sua fé infantil na estabilidade da ordem e da perfeição castália que lhe causava este sofrimento.

Ele levava tremendamente a sério a sua vocação, como alguma coisa de sagrado, e se sentia abalado nos alicerces, por haver meninos e rapazes para quem sorriam a chance e a graça de serem recebidos nas escolas da Elite da Província e que no entanto perdiam e jogavam fora esta graça. Era um testemunho do poder do mundo não castálico. Talvez tais acontecimentos — o que se não pode provar — despertassem no rapazinho as primeiras dúvidas na Direção do Ensino, até então tida como infalível, já que esta Direção trazia de vez em quando para Castália alunos que precisava, após certo tempo, de novo dispensar.

Tenha influído ou não este pensamento, que representaria portanto um primeiro incitamento a uma crítica da autoridade, o certo é que todo desligamento e afastamento de um aluno da Elite era sentido não só como uma desgraça, mas também como uma impropriedade, como uma feia nódoa que mancha alguém e cuja simples presença já é uma repreensão e comprometia Castália. Aqui, cremos nós, se fundamenta o sentimento de abalo e perturbação de que era capaz o aluno Servo em tais ocasiões. Havia lá fora atrás dos limites da Província um mundo e uma vida humana que contradiziam Castália e suas leis, que não se enquadravam na ordem e nos cálculos daqui e não se deixavam dominar nem sublimar por Castália. E naturalmente ele conhecia a existência deste mundo também em seu próprio coração. Também ele tinha instintos, fantasias e apetites que contrariavam as leis sob as quais ele estava, instintos cuja domesticação somente se dava paulatinamente e exigia um trabalho árduo. Estes instintos em muitos alunos podiam tornar-se tão fortes que se impunham e suplantavam toda a sorte de advertências e castigos e reconduziam os que caíam sob o seu jugo, do mundo da Elite de Castália de volta àquele outro mundo que não é regido pela disciplina e cultivo do espírito mas pelos impulsos da natureza e que deveria aparecer a alguém que se esforçasse em obter as virtudes castálicas, ora como um submundo cheio de maldade, ora como um sedutor campo de jogos ou um parque de diversões. Muitas consciências jovens desde gerações adquiriram o conceito de pecado sob esta forma castálica. E muitos anos depois, como adulto e amante da história, ele haveria de reconhecer com todos os detalhes que não pode surgir história sem a matéria-prima e a dinâmica deste mundo de pecado, de egoísmo e vida instintiva, e que até uma entidade tão sublime como a Ordem nascera desta torrente turva e seria um dia, não se sabe quando, por ela de novo tragada. O problema de Castália era aquilo que estava na origem de todas as fortes emoções, tendências e comoções na vida de Servo. Este problema nunca foi para ele um problema meramente teórico, mas atingia, mais do que qualquer outro, o mais íntimo do seu ser. Sentia-se também responsável por ele. Pertencia àquelas naturezas que são capazes de adoecer, mirrar e fenecer, se visse a ideia que esposara e na qual acreditava, ou a pátria e a comunidade querida enfermar ou passar necessidade.

Continuando a acompanhar o fio da meada, vamos dar na primeira passagem de Servo em Cela Silvestre, nos seus últimos anos de aluno e seu encontro com o aluno hóspede Designori. Já descrevemos detidamente a significação deste passo na vida de Servo. O encontro entre o ardoroso adepto do ideal castálico e Plínio, o representante do mundo, fora para o aluno Servo uma vivência violenta e de ação a longo prazo, como também profundamente importante e alegórica. Pois aquele papel ao mesmo tempo significativo e extenuante, que lhe fora imposto e que lhe coubera aparentemente por acaso mas que correspondia tão bem à sua natureza, haveria de determinar a sua existência. Poderíamos dizer que a sua vida futura não foi outra coisa senão uma retomada deste papel e um crescente aperfeiçoamento nele, no papel de defensor e representante de Castália. Exatamente como ele o desempenharia de novo uns dez anos mais tarde contra o padre Jacobus e como Mestre do Jogo de Avelórios até o fim: o papel de defensor e do representante da Ordem e de suas leis, mas que estava intimamente preocupado e preparado continuamente em aprender do adversário e de promover não o encapsulamento e rígido isolamento de Castália, mas uma composição e confrontação com o mundo exterior. O que em parte fora ainda um jogo no embate espiritual e retórico contra Designori tornou-se depois, diante de um adversário e amigo da categoria de Jacobus, uma atividade profundamente séria. Contra ambos os adversários ele deu provas do que realmente valia, esteve à altura deles, muito aprendeu, na luta e no intercâmbio não deu menos que recebeu e nas duas ocasiões não derrotou o adversário, o que não era a finalidade da luta, mas forçou-o ao honesto reconhecimento de sua pessoa e do princípio e ideal que ele defendia. Mesmo que a discussão com o erudito beneditino não tivesse chegado imediatamente ao resultado prático a que chegou, a instalação de uma legação semioficial de Castália junto à Santa Sé, ela teria sido de apreciável valor, como julgava a grande maioria dos castálicos.

Através de sua combativa amizade com Plínio Designori e com o velho e sábio padre, Servo adquiriu um conhecimento, ou melhor, uma ideia do mundo extracastálico como poucos em Castália decerto possuíam, sem que entrasse em contato efetivo com aquele mundo. Com exceção de sua permanência no Rochedo Santa Maria, que aliás não poderia também proporcionar-lhe propriamente um conhecimento da vida do mundo, ele nunca vira e vivera esta vida do mundo a não ser na longínqua infância. Mas através de Designori, Jacobus e o estudo de história, obteve uma ideia bastante clara da realidade, uma ideia que se originou em grande parte da intuição e foi acompanhada de muito pouca experiência própria, que o fez porém mais conhecedor e aberto ao mundo que a maioria de seus concidadãos castálicos, sem excluir a Direção.

Ele sempre foi e permaneceu um castálico genuíno e fiel, mas nunca perdeu de vista que Castália era apenas uma parte, uma pequena parte do mundo, se bem que a mais preciosa e querida.

E o que dizer agora de sua amizade com Fritz Tegularius, o caráter difícil e problemático, o sublime artista do Jogo de Avelórios, o temeroso e mal-habituado castálico "exclusivo"? O grau de sua exclusiva "castalidade" pode-se medir naquela curta visita ao Rochedo Santa Maria, entre os rudes beneditinos, onde se tornou tão desditoso e lúgubre que reiterou não aguentar lá nem uma semana e admirava infinitamente o seu amigo que aguentou dois anos com tanta galhardia.

Fizemos sobre esta amizade toda a sorte de considerações, algumas devem ser abandonadas, outras parecem resistir à crítica. Estas considerações estão todas conexas com a pergunta: Qual foi a raiz e o sentido desta amizade de tantos anos? Antes de tudo não podemos nos esquecer de que em todas as amizades de Servo, excetuando a que o prendeu ao beneditino, ele nunca foi a parte que procurava, angariava ou necessitava. Ele atraía, era admirado, invejado e amado simplesmente por causa de sua natureza nobre. A partir de uma certa fase de seu "despertar", tornou-se consciente também deste dom. Assim, já nos primeiros anos de estudante era admirado e solicitado por Tegularius, mas mantinha-o sempre numa certa distância. Mesmo assim, muitos sinais nos indicam que ele era realmente afeiçoado ao amigo. Nós temos a opinião de que não eram somente o seu extraordinário talento, a sua genialidade inesgotável e atenta sobretudo aos problemas do Jogo de Avelórios que nele atraíam a atenção de Servo. O interesse porém aguçado e duradouro deste último não se prendia tão-somente ao grande talento do amigo, mas igualmente aos seus defeitos, sua debilidade temperamental, justamente aquilo que para os moradores de Cela Silvestre era perturbador e insuportável em Tegularius. Este homem estranho era um castálico total, sua maneira de viver seria inimaginável fora da Província e de tal modo pressupunha a atmosfera e o nível de formação castálica que, não fora o seu caráter esquisito e difícil, se poderia designá-lo o castálico-típico. E contudo este castálico-típico adaptava-se mal aos seus colegas, era pouco estimado tanto por eles como pelos superiores e funcionários, estorvava continuamente, dava sucessivos escândalos, e sem a proteção e a direção de seu corajoso e inteligente amigo teria provavelmente cedo fracassado. O que se denominava sua doença era em realidade predominantemente um vício, uma insubmissão, uma falha de caráter, ou seja, uma mentalidade e filosofia de vida fundamentalmente anárquica e totalmente individualista; ele se enquadrava no esquema vigente apenas até o ponto em que era necessário para ser tolerado na Ordem. Era um castálico bom e brilhante na medida em que era um espírito polivalente e aplicado de maneira incansável e insaciável na erudição e na arte do Jogo de Avelórios, mas era um castálico medíocre e até mesmo um mau castálico, pelo seu caráter, por sua atitude diante da Hierarquia e da moral da Ordem. Seus maiores defeitos eram a incorrigível minimização e a negligência da meditação, cujo sentido, como sabemos, é a ordenação do indivíduo no todo. O cultivo consciencioso da meditação teria podido muito bem curá-lo do seu nervosismo, pois em pequena escala e em situações singulares ela já o conseguira fazer, todas as vezes que ele era coagido pelos superiores por castigo a fazer severos exercícios de meditação sob vigilância, depois de um período de má conduta ou de nímia excitação ou melancolia. Era uma terapia à qual até o benevolente e indulgente Servo era obrigado frequentemente a recorrer.

Não. Tegularius era um caráter voluntarioso, caprichoso, sem vontade séria de se integrar, encantador, é verdade, pela vivacidade de sua mente e nas horas de inspiração, quando borbulhava sua graça de cunho pessimista ninguém podia subtrair-se ao atrevimento e por vezes à magnificência sombria de suas ideias. Mas no fundo era um incurável, porque não queria ser curado, não apreciava harmonia nem integração, nada amava a não ser a sua liberdade, seu eterno estado de estudante e preferia ser a vida inteira o sofredor, o imprevisível, o teimoso individualista, o louco genial e o niilista a trilhar o caminho da submissão à Hierarquia e alcançar a paz. Não fazia caso da paz, não ligava nenhuma importância à Hierarquia, pouco se importava com repreensões e isolamento. Uma existência extremamente incômoda e intragável numa comunidade cujo ideal é harmonia e ordem. Mas justamente por esta dificuldade e este desajuste ele era, no meio de um pequeno mundo tão esclarecido e ordenado, agitação constante e viva, uma censura, uma exortação e uma advertência, um estimulante para ideias novas, proibidas, ousadas, uma ovelha teimosa e travessa no rebanho. E isto, assim cremos, foi o que apesar de tudo conquistou a amizade de Servo. Certamente na relação de Servo para com ele a compaixão sempre desempenhou um papel importante, o apelo do ameaçado e mais infeliz aos sentimentos cavalheirescos do amigo. Mas isto não teria bastado também depois da elevação de Servo à dignidade de Mestre, no meio de uma vida administrativa sobrecarregada de trabalho, obrigações e responsabilidade para que esta amizade pudesse continuar a viver. Somos de opinião que na vida de Servo este Tegularius não foi menos necessário e importante que Designori e o padre do Rochedo Santa Maria. De fato, ele era como os outros dois um elemento que despertava, uma escotilha aberta para novos panoramas. Neste amigo tão estranho Servo tinha pressentido, conforme cremos, e com o tempo também conscientemente reconhecido, o representante de um tipo que ainda não existia, a não ser na figura deste precursor, o tipo do castálico que poderia surgir se a vida de Castália não encontrasse a oportunidade de rejuvenescer e fecundar-se em novos contatos e impulsos. Tegularius era, como a maior parte dos gênios solitários, um precursor. Ele vivia efetivamente numa Castália que ainda não existia, mas que bem poderia existir amanhã, numa Castália ainda mais fechada e isolada do mundo, em estado de desagregação interior pela decadência e relaxamento da ordem moral meditativa, numa Castália que seria um mundo no qual os mais sublimes voos do espírito e a mais profunda dedicação aos valores superiores sempre teriam lugar, em que porém uma espiritualidade altamente desenvolvida e livremente atuante não mais teria outros objetivos que a autossatisfação de suas capacidades supercultivadas. Tegularius significava para Servo ao mesmo tempo a encarnação das mais altas faculdades castálicas e o presságio admoestador de sua desmoralização e declínio. Era formidável e delicioso que existisse um

Tegularius assim. Mas a desintegração de Castália num reino imaginário povoado só por outros tantos Tegularius tinha de ser evitada. O perigo de se chegar até este ponto era remoto mas existia. Bastava que Castália, do jeito que Servo a conhecia, construísse os muros de seu aristocrático isolamento um pouco mais alto, bastava que se apenas acrescentasse a isto um declínio na disciplina da Ordem, uma queda na moral hierárquica, e Tegularius não seria nenhum caso isolado e estranho, mas o legítimo representante de uma Castália decadente e em processo de degenerescência.

A possibilidade, os próprios indícios ou a predisposição para esta decadência, o conhecimento desta realidade e a preocupação em torno dela, teriam emergido muito mais tarde ou simplesmente jamais emergido na consciência do Magister Servo, se este castálico do futuro não tivesse vivido ao seu lado e não fosse tão bem conhecido por ele. Para os sentidos atentos de Servo era um sintoma e uma advertência, como se Tegularius fosse para um médico atilado a primeira vítima de uma doença ainda desconhecida. E Fritz não era nenhum cidadão de condição mediana, ele era um aristocrata, um talento de alta categoria. Se esta doença não identificada que se manifestara pela primeira vez no precursor Tegularius gravasse e mudasse a imagem do homem castálico, se a Província e a Ordem viessem a aceitar a forma mórbida e decaída, os futuros castálicos não haveriam de ser outros tantos Tegularius. Seria ainda pior, não haveriam de possuir seus dotes deliciosos, sua genialidade melancólica, sua bruxuleante paixão artística e em compensação herdariam, sem dúvida, em sua maioria, apenas a irresponsabilidade, a sua tendência para a dispersão, sua falta de disciplina e senso de comunidade. É bem possível que Servo tenha tido em horas de preocupação este tipo de antevisões e pressentimentos sombrios e vencê-los certamente muito lhe custou, quer meditando, quer agindo com empenho em sua função.

Justamente o caso Tegularius nos mostra um exemplo especialmente bonito e elucidativo da maneira como Servo se empenhava em resolver o problemático, o difícil e o enfermiço com que se defrontava, sem procurar fugir deles. Sem a sua vigilância, assistência e orientação pedagógica, o seu conturbado amigo não só se teria provavelmente arruinado logo, mas também além disso se originaria, sem dúvida alguma por causa dele, uma série infindável de perturbações da ordem e inconvenientes na aldeia dos jogadores, dificuldades essas que já haviam surgido desde que Tegularius pertencia à Elite dos jogadores.

Devemos admirar como obra-prima do tato e da psicologia de relações humanas a arte com que o Magister sabia não somente manter o seu amigo razoavelmente na linha, mas também aproveitar os seus dons a serviço do Jogo de Avelórios e elevá-los a grandes proezas, a prudência e a paciência com que ele suportou os caprichos e a esquisitice de Tegularius e os venceu com o infatigável apelo ao que havia de mais valioso em seu ser.

Aliás seria uma bela tarefa e que talvez conduzisse a conhecimentos surpreendentes — e poderíamos seriamente animar a tanto um dos nossos historiadores do Jogo de Avelórios — estudar e analisar minuciosamente os jogos anuais da magistratura de Servo em sua particularidade estilística. Eram jogos cheios de dignidade sem que por isso deixassem de ser brilhantes pelas ideias e formulações de sabor todo característico. Eram esplêndidos, de ritmos originais e contudo afastados de todo virtuosismo vaidoso. O plano básico e a construção como também a condução da sequência de meditações eram propriedade espiritual exclusiva de Servo, enquanto o burilamento e os acabamentos técnicos do Jogo eram mais contribuição do seu colaborador Tegularius.

Estes jogos poderiam perder-se e ser esquecidos, sem que por isso a vida e a atividade de Servo viessem a sofrer perda irreparável na sua força de atração e modelo para os pósteros. Para nossa felicidade, contudo, não se perderam, foram anotados e conservados como todos os jogos oficiais e não jazem mortos no Arquivo, mas continuam a viver ainda hoje na tradição, são estudados por jovens estudantes, fornecem exemplos prediletos para muitos cursos do Jogo e muitos seminários. E neles continua a viver aquele colaborador, que de outro modo seria esquecido ou não seria outra coisa senão uma estranha figura do passado, circulando ainda fantasticamente em muitos relatos.

Servo soube indicar um lugar para o seu amigo Fritz, tão difícil de se enquadrar onde quer que fosse, e dar-lhe um campo de ação. Assim enriqueceu o patrimônio espiritual e a história de Cela Silvestre com algo de precioso e ao mesmo tempo garantiu à figura e à memória deste amigo uma certa perpetuidade. Lembremo-nos de que nos seus esforços pelo amigo, o grande educador estava perfeitamente consciente do mais importante meio de sua influência educativa; este meio eram o amor e a admiração do amigo. Esta afeição e admiração, este entusiasmo pela personalidade forte e harmoniosa de Servo, pelo seu ar senhorial, o Magister tinha percebido não somente em Fritz como também em muitos de seus concorrentes e alunos, e sempre edificou a autoridade e o poder mais sobre este afeto do que sobre sua alta dignidade oficial, podendo assim exercer autoridade sobre tanta gente apesar de sua natureza bondosa e conciliante. Ele sentia exatamente o que uma palavra amiga numa conversa ou uma expressão de reconhecimento podem operar, os efeitos de uma omissão ou de uma desconsideração. Um de seus alunos mais aplicados contou muito depois que Servo, há longos anos atrás por ocasião de um curso e seminário, deixara de dirigir-lhe a palavra durante uma semana, ignorando-o soberanamente, como se ele nem existisse, e isto foi em todos os anos de seu tempo de estudante o castigo mais amargo e eficaz que ele experimentou.

Consideramos necessárias estas reflexões retrospectivas, para conduzir o leitor de nosso ensaio biográfico neste ponto para a compreensão das duas tendências básicas, de efeito polar na personalidade de Servo e prepará-lo, depois que seguiu nossa descrição até o clímax da vida de Servo, para as últimas fases desta trajetória tão rica.

As duas tendências básicas ou polos desta vida, o Yin e Yang, eram a tendência para conservar, para a fidelidade, para o serviço desinteressado à Hierarquia e por outro lado a tendência para "despertar", para avançar, para abrir-se, para aprender e apreender a realidade. Para o fiel e serviçal José Servo, a Ordem, Castália e o Jogo de Avelórios representavam algo de sagrado e necessariamente valioso; para o José Servo que "despertava", que se abria, visionário e avançado, eram, não obstante o seu valor, configurações sujeitas ao devir, obtidas a custo, mutáveis em suas formas, expostas ao perigo do envelhecimento, da esterilização, da fossilização e decadência. A ideia delas permanecia para ele perpetuamente sagrada e intocável, mas seus respectivos estados e manifestações históricas, ele reconhecia como efêmeros e suscetíveis de crítica. Ele servia a uma comunidade espiritual, cuja força e sentido ele admirava, mas cujo perigo vislumbrava na inclinação de se considerar meramente como um fim em si mesmo, esquecer sua função e colaboração no conjunto do país e do mundo e finalmente arruinar-se numa separação do conjunto da vida, brilhante sem dúvida, mas condenada à esterilidade. Este perigo ele tinha pressentido naqueles primeiros anos, em que havia hesitado longamente e receado entregar-se de corpo e alma ao Jogo de Avelórios. Nas discussões com os monges e sobretudo com o padre Jacobus, por mais valorosamente que ele defendesse Castália, o perigo lhe aflorava ainda mais persistentemente à consciência. Este perigo tornava-se constantemente notado através de sintomas palpáveis, desde que ele voltara a residir em Cela Silvestre e fora eleito Magister Ludi. Aparecia no modo de trabalhar, fiel muito embora, mas completamente alheio ao mundo e puramente formal, de muitos cargos administrativos e funcionários, na especialização primorosa mas soberba de seus repetidores de Cela Silvestre e não por último na figura tão tocante como assustadora de Tegularius. Depois do término de seu primeiro ano de magistratura, tão puxado por sinal, a ponto de não poder mesmo dedicar tempo nenhum a afazeres particulares, voltou aos seus estudos históricos, aprofundou-se pela primeira vez de olhos bem abertos na história de Castália e convenceu-se de que a situação de Castália não era aquela que a consciência da Província supunha, de que as relações com o mundo exterior, a ação recíproca entre ela e a vida, a política e a cultura do país, há décadas estavam em franco retrocesso. É verdade que a Direção Geral do Ensino tinha ainda a palavra em assuntos atinentes à constituição e organização escolar e educacional no Conselho Federal, e a Província continuava a fornecer ao país bons professores e exercia a sua autoridade em todas as questões de erudição; mas tudo isto tinha tomado o caráter de um costume e rotina mecânicos. Cada vez mais raramente e com menos entusiasmo candidatavam-se voluntariamente jovens das diversas Elites de Castália para o serviço escolar extramuros, raramente autoridades e particulares do país dirigiam-se a Castália em busca de conselho, cuja voz nos primeiros tempos, por exemplo, em importantes processos judiciais era consultada e ouvida com agrado. Se se comparava o nível cultural de Castália com o do país, via-se que de modo algum se aproximavam, antes tendiam de maneira fatal em direções opostas: quanto mais cuidada, supercultivada e diferençada a espiritualidade castálica, tanto mais se inclinava o mundo a deixar a Província ser província e encará-la não como uma necessidade e alimento cotidianos, mas como um corpo estranho do qual se ficava um pouco orgulhoso como de uma preciosidade antiga e de que não se quer desfazer-se nem prescindir, mas que se mantém preferivelmente à distância e ao qual, sem saber exatamente por que, se atribui uma mentalidade, uma moral e um conceito próprios que não mais se adaptam à vida efetiva e real. O interesse dos cidadãos pela vida da Província pedagógica, a sua participação nas instituições dela e sobretudo no Jogo de Avelórios estavam igualmente regredindo da mesma forma e na mesma medida em que a participação dos castálicos na vida e no destino do país. Já há muito tempo que vira com clareza que o erro residia exatamente neste ponto e sentia-se aflito de só lidar com castálicos e especialistas, dada a sua condição de Mestre do Jogo de Avelórios. Daí o seu empenho de se consagrar cada vez mais aos cursos de principiantes, o seu desejo de ter alunos os mais jovens que pudesse. Quanto mais novos, tanto mais ligados ao conjunto do mundo e da vida, tanto menos especializados e adestrados. Frequentemente sentia um ardente desejo do mundo, de pessoas, de uma vida ingênua e simples, caso isto ainda existisse lá fora, no desconhecido. Alguma coisa desta exigência e deste sentimento de vazio, de vida numa atmosfera excessivamente rarefeita, tornava-se de vez em quando perceptível à maioria de nós. A Direção de Ensino sabia desta dificuldade, pelo menos procurou sempre de tempos em tempos remédios para enfrentar o problema e equilibrar a falta através de um cuidado multiplicado dos exercícios corporais, jogos e também de atividade manual e jardinagem. Se observamos com exatidão, existe na Direção da Ordem nos últimos tempos também uma tendência na atividade científica de abandonar muitas especializações consideradas supercultivadas em prol da intensificação da prática da meditação. Não precisamos ser céticos, pessimistas ou maus confrades, para dar razão a José Servo, quando ele reconheceu já com apreciável antecedência a complicada e sensível aparelhagem de nossa República como um organismo senescente e necessitado de renovação em muitos aspectos.

Nós o encontramos, como foi mencionado, a partir do seu segundo ano de magistratura, de novo voltado para os estudos históricos e de fato ele estava, além da história de Castália, principalmente ocupado com a leitura de todos os trabalhos, grandes e pequenos, que o padre Jacobus compusera sobre a ordem beneditina. Teve também de dar aos seus interesses históricos renovados impulsos e receber sugestões — o que lhe era sempre uma alegria e refrigério bem recebido — em colóquios com M. Dubois e um dos filólogos de Keuperheim, que estava sempre presente às reuniões da Direção como secretário. O seu ambiente diário não lhe proporcionava esta oportunidade, e a repugnância deste ambiente por qualquer espécie de ocupação com a história se corporificava verdadeiramente na pessoa do seu amigo Fritz e era deste modo que ele se deparava com o sentimento anti-histórico dominante. Encontramos entre outras coisas uma página de apontamentos com anotações sobre uma conversa, na qual Tegularius discorria apaixonadamente que a história era um objeto absolutamente indigno do estudo de um castálico. Por certo poder-se-ia fazer interpretação da história, filosofia da história de modo espirituoso e divertido, em caso de necessidade até de um modo altamente patético; trata-se apenas de um divertimento como outras filosofias. Ele, Tegularius, não teria nada contra, se alguém sentisse prazer nisto. Mas o conteúdo, o objeto desta brincadeira, ou seja, a própria história é algo tão feio e ao mesmo tempo tão banal e demoníaco, tão abominável e aborrecido que ele não podia compreender como alguém pudesse ocupar-se dela. Seu conteúdo não é outra coisa senão o egoísmo humano, a luta pelo poder, luta eternamente igual, que eternamente se superestima e se glorifica, luta pelo poder material, brutal, animal, por uma coisa pois que não aparece nem tem o mínimo valor no horizonte cultural de um castálico. História universal é uma narrativa interminável, sem graça e sem surpresa da opressão dos fracos pelos poderosos. Querer relacionar a verdadeira e real história, a história intemporal do espírito, com esta tola exibição de força bruta, velha como o mundo, que os ambiciosos organizam para alcançar o poder e para conquistar um lugar ao sol, ou querer explicar a história do espírito por esta série ininterrupta de lutas ambiciosas já constituiria uma traição ao espírito e faria lembrar uma seita amplamente difundida no século XIX ou XX, da qual se contava que com toda seriedade acreditava que os sacrifícios oferecidos aos deuses na Antiguidade bem como os próprios deuses, seus templos e mitos, como todas as outras coisas belas, seriam consequências de um déficit ou superávit na alimentação e no trabalho, resultados de uma tensão perfeitamente calculável entre o salário e o preço dos alimentos, seita que acreditava também que as artes e as religiões não passavam de falsas fachadas e superestruturas, as assim chamadas ideologias sobre uma humanidade que se preocupava exclusivamente com a fome e a comida.

Servo, que se divertia com a conversa, perguntava de passagem se então a história do espírito, da cultura, das artes não era afinal de contas também história e se não estava em íntima conexão com a outra história. Não!, exclamava seu amigo com veemência, isto é que ele negava. História universal não passava de uma corrida no tempo, uma disputa pelo lucro, pelo poder, pelo dinheiro, trata-se sempre de saber quem é bastante poderoso, afortunado ou ordinário para não deixar passar a boa oportunidade. A obra do espírito, a obra da cultura e da arte, é exatamente o contrário, significa sempre um rompimento com a escravização do tempo, uma libertação do homem da sujeira de seus instintos e da sua inércia para orbitar num novo plano, intemporal, liberto do tempo, numinoso, em tudo e por tudo a-histórico e anti-histórico.

Servo ouvia-o com prazer e o incitava ainda a prosseguir nos desabafos de nenhum modo carentes de agudeza e finalmente encerrava a conversa com a observação tranquila:

— Todo o respeito ao teu amor do espírito e de suas obras! Resta apenas que a criação espiritual é alguma coisa da qual não podemos propriamente participar, como muitos pensam. Um diálogo de Platão ou uma composição coral de Heinrich Isaac e tudo o que denominamos ação do espírito, obra de arte ou espírito objetivado são fechos, resultados finais de uma luta pela purificação e libertação; são, por assim dizer, como o designas, erupções do tempo no intemporal e na maioria dos casos são as obras mais perfeitas, aquelas que não deixam mais suspeitar as lutas e os combates que as precederam. É uma grande felicidade possuir estas obras e nós castálicos vivemos quase que inteiramente delas, não somos mais criativos a não ser em reproduzi-las, vivemos continuamente naquela esfera que se situa além do tempo e da luta da vida, que consiste pois daquelas obras e que sem ela não nos seriam conhecidas. E prosseguimos na espiritualização ou, como tu queres, na abstração: em nosso Jogo de Avelórios destrinçamos aquelas obras dos sábios e dos artistas em seus elementos simples, deles extraímos regras de estilo, esquemas formais, interpretações sublimadas e operamos com estas abstrações como se fossem pedras de construção. Certo, tudo isto é bonito, ninguém o contesta. Mas nem todos podem, a vida inteira, respirar, comer e beber abstrações. A História tem uma vantagem sobre aquilo que um repetidor de Cela Silvestre reputa como digno do seu interesse: ela lida com a realidade. Abstrações são encantadoras, mas sou a favor de que se deva também respirar o ar e comer o pão.

De vez em quando Servo se permitia uma rápida visita ao envelhecido Decano da Música. O venerável ancião, cujas forças agora declinavam a olhos vistos e que se desabituara por completo já há bastante tempo do uso da palavra, permaneceu no seu estado de sereno recolhimento até o fim. Ele não ficou doente e sua morte não foi propriamente morrer, mas uma progressiva desmaterialização, um desaparecimento da substância corporal e das funções fisiológicas, enquanto a vida se concentrava sempre mais exclusivamente no olhar e no leve brilho do semblante idoso e curvado. Para a maioria dos moradores de Monteporto, isto era um fenômeno bem conhecido e aceito com respeito, mas somente a poucos, como a Servo, Ferromonte e ao jovem Pedro era concedido participar de algum modo nesta luz crepuscular e neste luzir final de uma vida pura e abnegada. Estes poucos, entrando prevenidos e recolhidos no quarto onde o Decano se encontrava sentado em sua cadeira de braços, conseguiam penetrar neste doce esplendor da transfiguração, sentir a silenciosa perfeição. Demoravam-se por preciosos minutos na esfera cristalina desta alma como banhados por raios invisíveis, participando da música celestial, e regressavam para o dia a dia com o coração iluminado e fortalecido como ao descer do cume de uma montanha.

Chegou o dia em que Servo recebeu a notícia do seu passamento. Apressou-se em viajar para lá e encontrou o falecido que jazia suavemente sobre o leito, com o pequeno rosto recurvado e comprimido em forma de tranquila runa e arabesco, formando uma figura mágica já impossível de decifrar e contudo revelando sorriso e felicidade perfeita. À beira da sepultura, depois do Mestre de Música e de Ferromente, também Servo proferiu uma alocução. Não falou do iluminado sábio da música, nem do excepcional Mestre, nem do Decano bondoso e inteligente, membro da Direção; falou apenas da graça de sua idade e morte, da imorredoura beleza do espírito que nele se tinha revelado para os companheiros de seus últimos dias.

Sabemos por diversas manifestações que era desejo seu escrever a vida do Decano, mas o cargo não lhe deixava nenhum ócio para tal empreendimento. Ele aprendera a conceder a seus desejos um espaço muito reduzido. A um de seus aspirantes dizia um dia:

— É pena que vós estudantes não vos apercebais com maior clareza do luxo e abundância em que viveis. Mas aconteceu a mesma coisa quando eu era estudante. Estudamos e trabalhamos, ninguém fica ocioso, cremos que é lícito nos considerarmos aplicados, mas não percebemos tudo o que se poderia fazer, tudo o que se poderia realizar desta liberdade. Então vem de repente um chamado da Direção, destina-se um emprego para nós, recebemos um cargo no ensino, uma missão, um ofício, somos promovidos daí para outro posto mais elevado e sem notar nos achamos presos numa rede de tarefas e obrigações, que se torna cada vez mais apertada e cerrada, à medida que nos mexemos dentro dela. São tarefas pequenas em si, mas cada uma precisa ser providenciada a seu tempo e hora, o dia de trabalho encerra mais tarefas do que horas. É bom que seja assim, não deve ser de outro jeito. Mas quando por entre salão de aula, Arquivo, chancelaria, parlatório, reuniões, viagens oficiais, por um instante nos recordamos daquela liberdade que possuíamos e que ora perdemos, daquela liberdade para trabalhos livres, estudos ilimitados e extensos, então é capaz, por um momento, de termos saudades dela e imaginarmos: se a possuíssemos de novo, haveríamos de usufruir até os fundamentos as suas alegrias e possibilidades.

Ele tinha uma sensibilidade altamente desenvolvida para avaliar se seus alunos e funcionários eram ou não aptos para o serviço na Hierarquia; cuidadosamente selecionava as pessoas para cada incumbência, para cada posto. Os diplomas e os papéis nos quais ele as registrava mostram uma grande segurança de juízo que sempre levava em conta em primeiro plano o humano e o caráter. Ele era também consultado de bom grado, quando se tratava do julgamento e do tratamento de trabalhos difíceis. Assim foi por exemplo com o estudante Pedro, aquele último aluno predileto do Decano da Música. Este jovem, uma espécie de fanático quieto, tinha se saído muito bem no seu papel de acompanhante, enfermeiro e discípulo do adorado ancião até o último momento. Quando esta função, com a morte do Decano, naturalmente cessou, inicialmente sucumbiu à melancolia e ao luto. Houve compreensão e indulgência por um certo tempo, mas os sintomas desta tristeza cedo causaram sérias preocupações ao então senhor de Monteporto, o Mestre de Música, Ludwig. Pedro teimava em continuar morando naquele pavilhão, na morada de velhice do falecido, guardava a casinha, mantinha meticulosamente a mesma mobília e arrumação de antes, considerava o quarto onde o falecido morara e morrera, a cadeira de braços, o leito e o címbalo como coisas sagradas a serem protegidas por ele. Conhecia, além da conservação meticulosa destas relíquias, apenas uma preocupação e uma obrigação: o cuidado do túmulo onde repousava o seu amado Mestre.

Sentia-se chamado a consagrar a vida a um culto permanente do morto nestes lugares de recordação, na qualidade de servidor do templo, guardá-los como lugares santificados, talvez vê-los tornarem-se centro de peregrinação. Nos primeiros dias após o enterro tinha-se abstido de toda e qualquer alimentação, em seguida se limitado àquelas raras e minguadas refeições, com que o Mestre se tinha contentado em seus últimos tempos; parecia assim que ele tinha o propósito de seguir as pegadas do venerável e morrer depois dele. Como não aguentou isto por muito tempo, passou àquele procedimento que o devia caracterizar como administrador da casa e do túmulo do Decano, como guardião perpétuo dos lugares de recordação. De tudo isto se depreendia com clareza que o jovem, gozando por conta própria e desde tempo apreciável uma situação privilegiada e para ele muito atraente, queria de qualquer maneira conservá-la e não admitia voltar aos serviços diários, para os quais se sentia agora incapacitado. "Aquele Pedro, que era acompanhante do finado Decano, ficou mentalmente perturbado." É o texto lacônico e frio de um bilhete de Ferromonte.

Decerto o Magister de Cela Silvestre nada tinha a ver com o estudante de música de Monteporto, não tinha por ele nenhuma responsabilidade e indubitavelmente não sentia nenhuma necessidade de intrometer-se num assunto de Monteporto e multiplicar o seu próprio trabalho. Mas o infeliz Pedro, arrancado à força do seu pavilhão, não sossegou e no seu luto e perturbação passou para um estado de isolamento e alienação, no qual não era passível de punições regulamentares impostas por infrações da disciplina. Como eram conhecidas de seus superiores as relações benévolas de Servo para com ele, partiu da chancelaria do Mestre de Música para Servo o pedido de aconselhamento e intervenção, enquanto o insubmisso provisoriamente era considerado doente e encerrado numa cela da enfermaria sob vigilância. Servo comprometeu-se neste negócio contra a vontade, mas depois que dedicou a ele a sua preocupação resolveu-se a uma tentativa de ajuda, tomou o problema em mãos com energia. Ofereceu-se para ficar com Pedro, em caráter experimental, sob a condição de que fosse tratado como uma pessoa sadia e que pudesse viajar só; ajuntou um breve convite ao jovem onde solicitava, caso tivesse tempo, uma visita sua para breve e dava a entender que se estava esperando receber dele muitos esclarecimentos sobre os últimos dias do Decano da Música. O médico de Monteporto concordou com hesitação, o convite de Servo foi entregue ao estudante e, como o Mestre corretamente supusera, nada poderia ser mais agradável e mais bem-vindo, a quem se encalhara em situação tão penosa, do que o afastamento imediato do lugar de seus sofrimentos. Pedro concordou imediatamente com a viagem, tomou sem delongas uma refeição de verdade, conseguiu uma passagem e partiu. Chegou a Cela Silvestre em triste estado, todas as facetas de desgosto e nervosismo em sua personalidade foram aqui ignoradas em obediência às instruções de Servo e foi alojado entre os hóspedes do Arquivo; não se considerou tratado nem como culpado nem como doente, nem como alguém que é colocado à parte na classificação comum; afinal de contas, não estivera tão doente assim para deixar de apreciar esta atmosfera agradável e não aproveitar a volta à vida que se lhe oferecia. É bem verdade que nas várias semanas de sua permanência foi bem molesto ao Magister. Este determinou-lhe uma tarefa, ou melhor, uma ocupação aparente, mas sempre controlada: as anotações sobre os últimos exercícios musicais e estudos de seu Mestre e o deteve, de acordo com plano preestabelecido, para serviços leves de ajudante no Arquivo. Pediam-lhe, se lhe sobrasse tempo, que ajudasse um pouco, pois estavam todos muito ocupados e havia falta de auxiliares. Numa palavra, ajudavam o desencaminhado a encontrar de novo o caminho. Somente quando ele ficou tranquilo e estava visivelmente disposto a se integrar, Servo começou a influenciá-lo com ação pedagógica imediata em breves conversas, tirando-lhe completamente a ilusão de que o seu culto idolátrico ao finado pudesse ser uma coisa santa e possível em Castália.

Como não podia vencer o medo de voltar a Monteporto, foi-lhe dada a incumbência, uma vez que parecia curado, de ir como ajudante do professor de música a uma das escolas inferiores da Elite, onde se comportou convenientemente.

Poder-se-iam citar ainda muitos exemplos da atividade pedagógica e terapêutica de Servo e não faltam jovens estudantes que foram conquistados para uma vida de genuíno espírito castálico pelo suave poder de sua personalidade, exatamente como Servo foi um dia conquistado pelo Mestre de Música. Todos estes exemplos mostram-nos o Magister Ludi não como um caráter problemático, mas testemunham a sua sanidade e equilíbrio.

Os esforços cheios de amor do venerável pelos caracteres lábeis e ameaçados como Pedro e Tegularius parecem assinalar uma especial vigilância e a fina sensibilidade para tais enfermidades e fraquezas dos castálicos, uma atenção para problemas e perigos que residem na própria vida castálica, atenção que jamais se aquietou e adormeceu, desde o dia do seu primeiro "despertar".

Não querer ver estes perigos por pura leviandade e comodismo, como faz a maioria de nossos concidadãos, está muito longe de seu ser esclarecido e animoso e, conforme se pode supor, a tática da maioria de seus colegas na Direção, que bem conheciam a existência destes perigos mas os tratavam basicamente como inexistentes, jamais foi a sua. Ele os via e os conhecia a todos, ou pelo menos muitos deles, e a sua familiaridade com a história primitiva de Castália fazia com que a vida lhe parecesse no meio destes perigos um combate e levava-o a afirmar e a amar a vida no perigo, enquanto tantos castálicos concebiam sua comunidade e a vida nela apenas como um idílio. Também pelas obras do padre Jacobus sobre a ordem beneditina, era-lhe familiar a representação da Ordem como uma atitude combativa. "Não há — assim disse uma vez — vida nobre e elevada ignorando a existência do diabo e dos demônios e sem a constante luta contra eles."

Amizades pronunciadas entre os detentores de postos mais elevados ocorrem entre nós muito raramente e portanto não nos admiramos que Servo nos primeiros anos de suas funções não tenha cultivado este tipo de relacionamento com nenhum de seus colegas. Ele tinha grande simpatia pelo filólogo de Keuperheim e uma profunda consideração pela Direção da Ordem, mas nesta esfera o pessoal e o particular estão quase totalmente excluídos, objetivados, a ponto de não se esperarem seriamente amizades e aproximações além da colaboração oficial. E contudo também isto ele haveria de viver.

O arquivo secreto da Direção Geral de Ensino não está à nossa disposição; sobre a atitude e atividade de Servo nas reuniões e decisões da alta Direção, sabemos apenas o que se deixa concluir de suas declarações ocasionais a respeito de amigos. Parece que ele não conservou sempre o silêncio de seus primeiros tempos nestas reuniões, mas atuou raramente apenas como orador, a menos que fosse ele mesmo o relator e o propositor.

O que está expressamente documentada é a rapidez com que ele fez seu o tom de tratamento usual que domina na cúpula de nossa Hierarquia e a graça, o engenho e a jocosidade que ele demonstrava no uso destas fórmulas.

Os maiorais de nossa Hierarquia, os magísteres e os homens da Direção da Ordem, como é do conhecimento de todos, se tratam não somente num estilo cerimonioso cuidadosamente observado, como também reinam entre eles, não sabemos dizer desde quando, a inclinação e a prescrição tácita ou regra de jogo secreta de servir-se de uma cortesia tanto mais severa, cuidadosa e burilada quanto maior for a discrepância de opiniões e mais importantes as questões disputadas, que estão sendo debatidas. Provavelmente, esta cortesia herdada de tempos imemoriais, entre outras funções que possa ter, tem também e antes de tudo a função de uma medida de segurança. O tom extremamente cortês dos debates não somente protege as pessoas de se entregarem à paixão e as ajuda a manter a atitude perfeita, como também protege e preserva a dignidade da Ordem e da própria Direção, orna-as com as vestes talares do cerimonial e com os véus da santidade e, assim, esta arte do cumprimento frequentemente ridicularizada pelos estudantes não deixa de ter a sua significação. Antes do tempo de Servo, o seu predecessor, o Magister Tomás von der Trave, tinha sido nesta arte um mestre especialmente admirado. Não se pode designar Servo propriamente seu sucessor nisto, nem tampouco seu imitador, era mais um discípulo dos chineses e seu estilo de cortesia era menos refinado e impregnado de ironia. E também era tido entre seus colegas como alguém que não podia ser vencido em cortesia.

Um diálogo

Chegamos em nosso ensaio ao ponto em que nossa atenção se prende totalmente àquela evolução que a vida do Mestre tomou em seus últimos anos e que conduziu à sua despedida do cargo e da Província, à passagem a um outro ambiente e ao seu fim. Embora até o momento desta despedida ele tenha exercido o seu cargo com fidelidade exemplar e gozado, até o último dia, do amor e da confiança de seus alunos e colaboradores, renunciamos a prosseguir narrando a sua magistratura, já que o vemos no íntimo cansado deste cargo e voltado para outros objetivos. Ele tinha ultrapassado o círculo das possibilidades que este cargo trazia ao desenvolvimento de suas forças e tinha atingido aquele ponto em que grandes naturezas precisam abandonar o caminho da tradição e da submissão obediente para tentar, assumindo a responsabilidade desta atitude, novos horizontes ainda não traçados e não experimentados, fiados numa força superior indefinível.

Ao tornar-se consciente disso, examinou com cuidado e sobriedade a sua situação e as possibilidades de mudá-la. Tinha alcançado em idade excepcionalmente baixa aquela altura que um castálico dotado e ambicioso pode imaginar como desejável e almejável e chegara aí não por ambição e esforço, mas sem ambicionar o cargo ou fazer sacrifícios para isso, quase contra a vontade, pois uma vida de erudito, desconhecida, independente, isenta de quaisquer obrigações de ofício teria correspondido bem melhor a seus desejos. De todos os nobres bens e direitos que lhe cabiam pela dignidade, não estimava a todos igualmente e algumas destas distinções e poderes lhe pareciam ser, já após breve período de magistratura, quase insuportáveis. Principalmente a colaboração política e administrativa na alta Direção, ele sempre a sentiu como um peso, sem que por causa disso, evidentemente, se dedicasse menos conscienciosamente a tais funções. E até a tarefa mais própria, característica e singular de seu posto, a formação de uma elite de perfeitos jogadores de avelórios, por mais alegria que ela às vezes lhe proporcionava e por mais que esta elite estivesse orgulhosa do seu mestre, tornou-se com o correr do tempo mais um aborrecimento que um prazer.

O que lhe proporcionava alegria e satisfação era ensinar e educar e neste sentido ele tinha feito a experiência de que alegria e êxito eram tanto maiores quanto mais jovens fossem seus alunos, de forma que ele sentia como privações e sacrifício que seu cargo não o pusesse imediatamente em contato com crianças e meninos, mas só com moços e adultos. Havia contudo ainda outras considerações, experiências e conclusões que no curso de seus anos de magistratura levaram a indispô-lo criticamente com sua própria atividade e muitas situações de Cela Silvestre ou então a sentir o seu cargo como um grande impedimento para a sua realização, para o desenvolvimento de suas melhores e mais fecundas capacidades. Muitas delas são conhecidas de todos nós, outras bem podemos imaginar.

Vamos deixar de lado a questão de saber se o Magister Servo, com seu empenho em libertar-se do peso de seu cargo, com o desejo de um trabalho mais discreto, mais intenso, com a sua crítica à situação de Castália, propriamente teve ou não teve razão, se ele deve ser considerado um pioneiro e um ousado batalhador ou uma espécie de rebelde ou mesmo um trânsfuga. Não voltaremos a debater este problema, ele foi discutido mais do que o necessário, a disputa sobre isto durante muito tempo dividiu Cela Silvestre em dois partidos e até hoje não foi completamente acalmada. Embora nos confessemos gratos admiradores do grande mestre, não queremos tomar posição nessa polêmica; a síntese daquela disputa de opiniões e juízos a respeito da pessoa e da vida de José Servo está compreendida há muito em nossa formação. Não queremos julgar nem converter, mas contar a história do fim de nosso venerado Mestre, o mais verdadeiramente possível.

Só que não é uma história no sentido pleno da palavra, denominaríamos com mais propriedade uma lenda, uma narração composta de informações autênticas e outras menos seguras, compiladas de fontes fidedignas ou obscuras, conforme circulam entre nós, os mais jovens da Província.

Por aquele tempo em que José Servo já começava a entreter o pensamento na busca de um caminho para a liberdade, reviu inesperadamente uma figura tão familiar do seu tempo de juventude e desde então meio caída no esquecimento: Plínio Designori. Este ex-aluno hóspede, filho de uma tradicional família benemérita da Província, homem de influência, deputado e escritor político, apareceu um dia inesperadamente na alta Direção da Província em missão oficial. É que havia sido realizada, como sucedia de dois em dois anos, a nova eleição para a comissão governamental de controle da administração de Castália e Designori se tornara um dos membros desta comissão. Entrou no exercício de suas novas funções numa assembleia na casa da Direção da Ordem em Terramil e lá se encontrava também presente o Mestre do Jogo de Avelórios. O encontro lhe causou profunda impressão e não faltaram consequências. Sabemos muito a este respeito por Tegularius e pelo próprio Designori, que nesta época da vida de Servo, que encerra para nós algumas facetas obscuras, logo se tornou de novo seu amigo e até mesmo seu confidente. Naquele primeiro reencontro depois de décadas de esquecimento, o orador como de costume apresentou aos magísteres os senhores da comissão governamental recém-formada.

Ao ouvir o nome de Designori, nosso Mestre se surpreendeu, ficou até envergonhado, pois não fora capaz de reconhecer à primeira vista o companheiro de juventude, que não via há tantos anos.

Ao estender-lhe a mão afavelmente sem usar a reverência e a fórmula de cumprimento protocolar, olhou-o atentamente no rosto e procurou descobrir em virtude de que alteração poderia ter acontecido aquilo, de não reconhecer logo o velho amigo. Também durante a sessão pousou seu olhar frequentemente no rosto que lhe fora um dia tão familiar. Aliás Designori tinha-se dirigido a ele com o tratamento "vós" e o título "Magister" e ele precisou pedir duas vezes, até Designori se decidir a servir-se do velho tratamento e tratá-lo de "tu".

Servo conhecera Plínio como um jovem fogoso e sereno, comunicativo e brilhante, como um bom aluno e ao mesmo tempo um jovem do mundo, que se sentia superior aos jovens castálicos alheios ao mundo, e que tinha prazer em provocá-los de vez em quando. Talvez não lhe faltasse a vaidade, mas era de coração aberto, sem mesquinhez e para a maioria dos seus contemporâneos um tipo interessante, atraente e amável, até mesmo fascinante para muitos, por causa de sua bela aparência, sua presença segura, e do halo do desconhecido que o cercava na condição de hóspede e pertencente ao mundo.

Anos depois, ao fim do tempo de estudante, Servo o tinha visto de novo. Ele lhe pareceu então fútil e trivial e completamente destituído de seu primitivo encanto. Decepcionou-o totalmente. Ficaram sem jeito e despediram-se friamente.

Agora ele parecia outra vez estar completamente diferente. Sobretudo parecia que tinha perdido ou deixado por completo sua juventude e animação, sua alegria de comunicar-se, discutir, trocar ideias, sua natureza ativa, combativa e extrovertida.

Assim como ele por ocasião do encontro não despertou sobre si de imediato a atenção do velho amigo Servo e não o cumprimentou em primeiro lugar, assim como ele ainda depois de anunciados os seus nomes não tratou o Magister por "tu" e somente aceitou fazê-lo meio forçado apesar das instâncias cordiais deste último, assim também transpareciam na sua atitude, no seu olhar, na sua maneira de falar, na sua expressão facial e nos seus movimentos, em vez da primitiva agressividade, abertura e vivacidade, uma reserva ou opressão, uma displicência e contenção, uma espécie de proscrição e convulsão ou quem sabe apenas cansaço.

Neste novo contexto se tinha apagado e sumido não só o encanto juvenil, mas também os traços de superficialidade e de uma mundanidade excessivamente grosseira. O homem todo, mas sobretudo o seu rosto, parecia agora marcado, em parte destruído, em parte enobrecido pela expressão do sofrimento. Enquanto o Mestre do Jogo de Avelórios acompanhava as negociações, uma parte de sua atenção permanecia continuamente presa a esta revelação e o obrigava a refletir que espécie de sofrimento seria este que dominava e assinalava assim este homem tão vivo, belo e amigo da vida. Parecia ser um sofrimento estranho, desconhecido e quanto mais Servo se empenhava nesta reflexão inquisitiva, tanto mais se sentia atraído por este sofredor em simpatia e comunhão. Sim, um sentimento se exprimia de leve nesta compaixão e neste amor, como se ele fosse culpado da tristeza que invadia o seu amigo de juventude e tivesse que ressarcir alguma coisa.

Depois que ele excogitou sem sucesso muitas suposições sobre a causa da tristeza de Plínio, veio-lhe à mente o pensamento: o sofrimento neste rosto não é de origem comum, é um sofrimento nobre, talvez trágico, e sua expressão é de uma espécie desconhecida em Castália. Ele se lembrava de ter visto algumas vezes semelhante expressão em rostos não castálicos e de pessoas do mundo, naturalmente não tão forte e tão marcada. Também conhecia algo parecido em retratos de homens do passado, em retratos de muitos eruditos ou artistas, dos quais se podiam depreender uma aflição, um isolamento e um desamparo comovente meio doentio e meio fatal.

Para o Magister, que possuía uma fina sensibilidade de artista para os mistérios da expressão e um instinto pedagógico apurado em adiantado grau de perfeição, havia certos sinais fisiognomônicos em que, sem fazer disto um sistema, confiava instintivamente; assim havia para ele por exemplo um modo tipicamente castálico e um modo tipicamente mundano de rir e sorrir e de ser sereno e igualmente uma forma tipicamente mundana de sofrimento e tristeza. Ora, ele acreditava reconhecer esta tristeza mundana no rosto de Designori e por sinal tão clara e fortemente expressa, como se este rosto tivesse de ser a determinação e o representante de muitos e tornar visível o sofrimento secreto e a enfermidade de muitos.

Ele estava perturbado e comovido por este semblante. Não lhe pareceu apenas significativo que o mundo mandasse aqui agora o seu amigo perdido e que Plínio e José, como outrora nas suas polêmicas escolares, representassem também neste instante real e validamente, um o mundo e o outro a Ordem. Mais importante e simbólico quis parecer-lhe que nesta face solitária e sombreada de aflição, o mundo enviara a Castália não o seu riso, o prazer da vida, a alegria do poder, a sua brutalidade, mas a sua miséria, o seu sofrimento.

Também lhe dava o que pensar e não o desagradava absolutamente que Designori parecia antes evitá-lo que procurá-lo e que apenas devagar e com muita resistência se entregava e se abria. Aliás, e isto evidentemente era uma ajuda para Servo, o seu colega de escola, educado também em Castália, não era de modo nenhum um membro difícil, aborrecido ou de má vontade nesta comissão tão importante para Castália, como já tinha aparecido; antes, era do número dos admiradores da Ordem e dos benfeitores da Província, a quem ele pôde prestar muito serviço. Tinha contudo desde muito abandonado o Jogo de Avelórios.

Não saberíamos contar com toda a exatidão de que modo o Magister foi ganhando de novo paulatinamente a confiança do amigo. Cada um de nós, que conhecemos a plácida serenidade e amável polidez do mestre, pode imaginá-lo a seu modo. Servo não sossegou enquanto não reconquistou Plínio, mas quem haveria de resistir por muito tempo quando ele resolvia atacar seriamente um ponto?

Por fim, alguns meses depois daquele primeiro encontro, Designori aceitou seus reiterados convites para uma visita a Cela Silvestre e numa tarde de outono, coberta de nuvens e sacudida de ventos, ambos viajaram através de uma região que ora estava clara, ora se mergulhava nas sombras para o lugar do tempo de escola e da amizade.

Servo ia sereno e tranquilo, seu companheiro e hóspede, silencioso mas inquieto e, à semelhança dos campos que oscilavam entre sol e sombra, oscilava entre a alegria do reencontro e a tristeza de se ter tornado estranho. Saltaram perto da povoação e seguiram a pé os velhos caminhos que juntos tinham percorrido como alunos, lembraram-se de muitos colegas e professores, assim como de muitos pontos de suas conversas de então. Designori permaneceu um dia como hóspede de Servo, que lhe tinha prometido mostrar durante todo este dia as atividades oficiais e o seu trabalho de Mestre. Designori ficaria assistindo como um espectador. No final do dia — o hóspede queria partir na manhã seguinte bem cedinho — sentaram-se no quarto de Servo quase com a mesma intimidade de outros tempos. O dia em que acompanhara cada hora do trabalho do Mestre lhe causara uma profunda impressão.

Naquela tarde brotou entre os dois uma conversa que Designori anotou tão logo chegou em casa. Embora contenha alguns trechos sem importância e talvez interrompa nossa sóbria narração de uma maneira que possa desagradar a muitos leitores, preferimos reproduzi-la como Designori a compôs.

— Pretendo mostrar-te tanta coisa — começou o Magister — e ainda não consegui fazê-lo. Por exemplo, o meu bonito jardim; lembras-te ainda do "jardim do Mestre" e das plantações do Mestre Tomás? — pois é, e ainda tantas outras coisas. Espero que ainda chegará o dia para isto. De qualquer modo, pudeste examinar desde ontem muitas lembranças e tiveste uma ideia do estilo de minhas obrigações e do meu dia de trabalho.

— Muito obrigado — disse Plínio. — Só hoje comecei de novo a pensar o que é a vossa Província e os estranhos e grandes segredos que ela tem, embora também nos anos de minha ausência tenha pensado em vós, muito mais do que poderias imaginar.

"Deste-me hoje uma visão do teu cargo e da tua vida, José, espero que não seja a última e falaremos ainda mais vezes sobre o que vi aqui e sobre o que ainda não posso falar hoje. No entanto bem sinto que tua confiança também me obriga e sei que deves ter estranhado a minha reserva. Pois bem, também tu me visitarás e verás onde moro. Por hoje só poderei contar-te um pouco, apenas o necessário para que saibas outra vez de mim e creio que a conversa me aliviará um pouco, ainda que seja ao mesmo tempo humilhante e um castigo para mim.

"Tu o sabes, descendo de uma família antiga, benemérita do país e bem relacionada com a vossa Província, uma família conservadora, de grandes proprietários e altos funcionários. Mas, vê só, este simples esclarecimento já me coloca diante do fosso que nos separa! Eu digo 'família' e creio que com isto estou dizendo alguma coisa simples, óbvia e clara, mas será mesmo? Vós da Província tendes vossa Ordem e vossa Hierarquia, mas não tendes família, não sabeis o que é família, sangue e origem e não tendes ideias dos encantos e forças secretas e poderosas daquilo que nós chamamos família. E assim acontece no fundo com a maioria das palavras e dos conceitos, que exprimem a nossa vida. A maioria dos conceitos que para nós é importante não o é para vós, muitos deles são para vós incompreensíveis e há outros que para vós significam coisas completamente diferentes. E temos que conversar! Vê pois, quando me falas é como se fosse um estrangeiro falando comigo, um estrangeiro cuja língua aprendi na juventude e que eu mesmo falei; posso compreender quase tudo. Mas o contrário não se dá: quando dirijo a palavra a ti, ouves uma língua cujas expressões são conhecidas por ti apenas pela metade e da qual desconheces completamente os matizes e a dubiedade. Ouves histórias de uma vida, de uma forma de existência que não é a tua; mesmo que estejas interessado, a maioria delas são estranhas e compreensíveis apenas em parte. Tu te recordas de nossas repetidas polêmicas e conversas do tempo de alunos; de minha parte, não eram outra coisa senão uma tentativa, uma dentre muitas, de conciliar o mundo e linguagem de vossa Província com o meu mundo e linguagem. Tu foste o mais aberto, o mais solícito e o mais honesto de todos com quem empreendi tais tentativas. Tomaste honestamente posição pelos direitos de Castália sem te tornares indiferente ao meu mundo e aos seus direitos ou sem mesmo desprezá-los. Aproximamo-nos muito um do outro. Bem, voltaremos mais tarde ao assunto."

Como ele se calasse pensativo por um momento, disse Servo prudentemente:

— A situação não é tão ruim assim a respeito da impossibilidade de compreensão. De fato, dois povos e duas línguas diferentes nunca se entenderão entre si e poderão comunicar-se tão bem quanto dois indivíduos pertencentes à mesma nação e que falam a mesma língua. Mas não é nenhum motivo para renunciar à compreensão e à comunicação. Também entre membros de um mesmo povo e pessoas que falam a mesma língua levantam-se barreiras de cultura, de educação, de talento e de individualidade. Pode-se afirmar que cada homem na terra pode em princípio entender-se com um outro e pode-se afirmar que não há absolutamente dois homens no mundo, entre os quais seja possível uma comunicação e comunhão autêntica, íntima, sem lacuna. Tanto uma como outra afirmação são plenamente verdadeiras. É Yin e Yang, dia e noite, ambas têm razão, é preciso ter ambas em mente de vez em quando, e eu te dou razão neste ponto, pois eu também não creio que nós dois algum dia nos possamos compreender totalmente. Mas se és um ocidental e eu um chinês, se falamos línguas diferentes, poderemos comunicar um ao outro muita coisa e além do estritamente comunicável, ainda é possível adivinhar e pressentir muitas coisas um do outro. Basta que haja boa vontade. Seja como for, nada custa tentar.

Designori concordou e continuou:

— Primeiramente quero contar o pouco que necessitas saber, para teres uma ideia da minha situação. Em primeiro lugar, existe a família, o poder mais elevado na vida de um jovem, queira ele admiti-lo ou não. Andei em bons termos com ela, enquanto fui hóspede de vossa Escola da Elite. Durante anos estava eu em boas mãos junto de vós, nas férias era festejado e mimado em casa, eu era filho único. Era muito afeiçoado à minha mãe, tinha por ela um amor terno, até mesmo apaixonado, separar-me dela era a única dor que eu sentia quando chegava a hora de partir. Com meu pai, mantinha relações frias mas amigáveis, pelo menos durante todos os anos de adolescência e juventude, os anos que passei convosco. Ele era um velho admirador de Castália e se sentia muito orgulhoso de ver-me educado nas

Escolas da Elite e iniciado em coisas tão sublimes como o Jogo de Avelórios. Estas férias em casa transcorriam frequentemente em ótimo ambiente, a família e eu nos conhecíamos apenas, por assim dizer, em trajes festivos. Algumas vezes, quando eu viajava para as férias, vos lamentava a vós que tínheis de ficar, pois não conhecíeis nada de tal felicidade. Não preciso dizer muita coisa daquela época, tu me conheceste melhor que qualquer outro. Eu era quase um castálico, talvez um pouco mundano, grosseiro e superficial, mas cheio de uma feliz arrogância, vivo e entusiasmado. Foi o tempo mais feliz de minha vida e eu nem percebia, pois naqueles anos de Cela Silvestre eu esperava a felicidade e realização de minha vida do tempo posterior à escola. Terminado o curso e voltando para casa eu esperava conquistar o mundo com a ajuda da superioridade obtida no meio de vós. Em vez disso, depois de me despedir de ti, começou para mim uma contestação que dura até hoje e uma luta da qual não saí vencedor. Pois a pátria para a qual regressei desta vez não se compunha só da casa paterna e não aguardou a oportunidade de poder abraçar-me e reconhecer a minha excelência haurida em Cela Silvestre. Também na casa paterna houve decepções, dificuldades e dissonâncias. Tardou um bom tempo até que eu percebesse que tinha estado protegido pela minha confiança ingênua, pela minha fé infantil em mim mesmo e na minha felicidade, e protegido também pela moral da Ordem, que trazia comigo, e pelo hábito da meditação. Mas qual não foi a decepção e a desilusão que me trouxe a universidade, aonde fui estudar ciências políticas!

"O tom usual dos estudantes entre si, o nível de sua cultura geral e urbanidade, as personalidades de muitos professores, como tudo isto estava longe daquilo a que eu me tinha habituado entre vós. Tu te lembras como eu outrora defendera o nosso mundo contra o vosso, e como enchia a boca de louvores pela vida simples e ingênua de lá. Se isto mereceu algum castigo, amigo, então fui severamente castigado. Pois pode ser que esta ingênua, inocente vida instintiva, esta pureza infantil e genialidade não amestrada exista bem possivelmente em alguma parte, talvez entre os camponeses e os artesãos ou em algum outro lugar. Não tive a felicidade de contemplá--la nem de participar dela. Bem te recordas como eu criticava a presunção e a jactância dos castálicos, desta casta efeminada e convencida, com seu espírito de privilégio e soberbia da Elite. Pois bem, a gente do mundo com os seus maus modos, a sua cultura reduzida, seu humor grosseiro e barulhento, sua limitação tola a fins práticos e egoístas, não era menos orgulhosa; ela se avaliava não menos preciosa, agradável aos deuses e eleita no seu naturalismo curto, que o mais afetado aluno modelo de Cela Silvestre. Ela zombava de mim e me ridicularizava, mas muitos reagiam ao que era estranho, castálico em mim com o ódio aberto, descarado, que o ordinário tem por tudo o que é distinto e que eu estava disposto a carregar comigo como uma condecoração."

Designori fez uma curta pausa e endereçou um olhar a Servo, sem saber se o cansava ou não. Seu olhar encontrou o do amigo e achou-o numa expressão de profunda atenção e amizade, que lhe fazia bem e o tranquilizava. Reparou que o outro estava inteiramente entregue ao seu desabafo, ele não ouvia com uma curiosidade vã como se ouve uma conversa frívola ou mesmo uma narração interessante, mas com exclusividade e devoção próprias de um exercício e concentração de uma meditação. E fazia isto com uma benevolência pura, cordial. Esta expressão o comovia, tão afetuoso e quase infantil lhe parecia o olhar de Servo. Invadiu-o uma espécie de espanto ao ver que esta expressão coloria o rosto do mesmo homem que ele tinha admirado durante todo o transcorrer do dia, atarefado em suas múltiplas obrigações, desempenhadas com tanta sabedoria e autoridade.

Aliviado, continuou:

— Não sei se minha vida foi inútil e apenas um mal-entendido ou se ela tem um sentido. Se ela tem um sentido, só pode ser o seguinte: o conhecimento e a experiência claríssima e dolorosíssima de um homem concreto, singular, de nosso tempo, da distância colossal que separa Castália de sua pátria ou talvez inversamente enunciado: de como nosso país se tornou alheio e infiel à sua nobre Província e ao espírito desta Província, como em nosso país alma e corpo, ideal e realidade estão divorciados, quão pouco querem saber e na realidade sabem um do outro. Se eu tinha uma missão e um ideal na vida, era o de fazer de minha pessoa uma síntese dos dois princípios, ser um intermediário, um intérprete e um conciliador entre os dois. Tentei e malogrei.

"Já que não posso contar-te toda a minha vida e nem poderias entender tudo, vou apenas expor-te uma das situações características do meu fracasso. Ao iniciar os estudos na universidade, a dificuldade não era tanto ter de aguentar as troças e a inimizade que me valeram a fama de castálico e de menino-modelo. Muito mais me preocupavam e me causavam real embaraço alguns de meus novos colegas, para quem a minha origem das Escolas da Elite significava uma distinção e uma sensação. Não, o difícil e talvez impossível era prolongar no meio da mundanidade uma vida em sentido castálico. De início apenas o notei, eu pautava o meu procedimento de acordo com as regras aprendidas convosco e durante muito tempo elas pareciam dar provas de si, davam a impressão de me fortalecer e resguardar, de preservar minha vivacidade e saúde interior e confirmar-me no propósito de levar meus anos de estudo, sozinho e independente, à maneira castálica. Pretendia pois obedecer unicamente à minha sede de saber e não me condicionar a uma orientação de estudo que não colimasse senão a especialização do estudante em vista de uma profissão rendosa, o mais sólida e rapidamente possível, eliminando pois toda ideia de liberdade e universalidade.

"Mas a proteção que Castália me tinha dado mostrou-se perigosa e duvidosa, pois eu não queria conservar a minha paz de alma e meu descanso espiritual de um modo resignado e monacal. Meu anseio era conquistar o mundo, entendê-lo, obrigá-lo a entender-me, queria afirmá-lo, renová-lo e melhorá-lo na medida do possível, meu anelo chegava ao ponto de querer resumir em minha pessoa Castália e o mundo e assim reconciliá-los. Sempre que eu sofria uma decepção, contendia ou me encolerizava, recolhia-me à meditação. No começo era um benefício, uma distensão, uma respiração profunda, um retorno às energias boas e amigas. Com o tempo porém percebi que justamente o recolhimento, o cultivo e os exercícios da alma eram o que me isolava, o que me fazia tão desagradável e esquisito aos demais e incapaz de compreendê-los verdadeiramente.

"Eu só poderia compreender verdadeiramente os outros, os mundanos, se eu me tornasse como eles, se eu os não superasse em nada, nem mesmo neste refúgio no recolhimento. Foi essa a conclusão a que cheguei. Evidentemente é também possível que eu esteja embelezando os acontecimentos ao expô--los assim. Talvez ou mais provavelmente aconteceu simplesmente o mais natural: que eu, sem colegas de formação idêntica e mentalidade semelhante, sem controle de professores, sem a atmosfera preservadora e salutar de Cela Silvestre fui aos poucos perdendo a disciplina e me tornando preguiçoso e desatento e assim caí na rotina e na opinião pública geral. Nos momentos de má consciência, desculpava-me dizendo a mim mesmo que afinal a rotina e a moda são um dos atributos deste mundo e que me entregando a elas chegaria mais perto da compreensão do meu ambiente. Diante de ti não tenho o mínimo interesse em retocar nada, por isso digo sem medo que me esforcei, me empenhei e lutei também onde eu errava. Agia com seriedade. Não sei dizer se a minha tentativa de me integrar, de simpatizar e compreender foi uma ilusão ou não. O fato é que veio a suceder o que era natural: o mundo foi mais forte do que eu e foi paulatinamente me subjugando e deglutindo. A vida se encarregou de cobrar-me uma assimilação completa ao mundo, àquele mundo cuja justeza, ingenuidade, força e superioridade ôntica eu tanto enaltecera em nossas disputas de Cela Silvestre e defendera contra a tua lógica. Sem dúvida ainda o tens na lembrança.

"E agora devo lembrar-te uma outra coisa que tu provavelmente esqueceste, já que não tinha a menor significação para ti. Para mim porém significa muito, para mim foi importante, importante e terrível. Os meus anos de estudante tinham terminado, eu tinha me acomodado, encontrava-me derrotado, mas não inteiramente. No íntimo ainda me mantinha a favor de vós outros e estava propenso a acreditar que aquelas adaptações e polimentos tinham sido realizados mais por vontade própria ou por esperteza do que definitivamente impostos pelo destino inexorável. Assim mantinha-me fiel a muitos costumes e necessidades dos anos de rapaz, também ao Jogo de Avelórios, o que provavelmente tinha pouco sentido, pois sem o exercício continuado e o manejo ininterrupto, sem companheiros equivalentes e principalmente sem os superiores não se pode aprender nada. Jogar sozinho pode bastar no máximo da mesma forma como o monólogo pode substituir um diálogo verdadeiro e autêntico.

"Portanto, sem saber direito a quantas eu andava com minha arte do Jogo, com minha cultura e com as características de um aluno da Elite, todavia esforcei-me por salvar estes bens ou pelo menos alguma coisa deles. Alguns daqueles amigos que gostavam de falar do Jogo de Avelórios, embora desconhecessem o seu espírito e não entendessem quase nada, ficavam encantados quando eu projetava um esquema de jogo ou analisava um lance ou uma série de lances.

"No terceiro ou quarto ano de Faculdade tomei parte num curso de jogo em Cela Silvestre. Rever a região, a cidadezinha, nossa velha escola, a aldeia dos jogadores, proporcionou-me uma alegria cheia de saudade. Tu não estavas lá e estudavas então, não sei ao certo, se em Monteporto ou Keuperheim, e eras tido por original e esforçado. O meu curso era apenas um curso de férias, para nós pobres mundanos e amadores, custou-me contudo esforço e estava muito orgulhoso ao tirar no final o habitual 'três', o "suficiente" no diploma do Jogo, que dá justamente ainda para que seu detentor tenha a permissão de frequentar outra vez um curso de férias.

"Alguns anos depois, animei-me e me matriculei para um curso de férias dirigido pelo teu predecessor e fiz o mais que pude para surgir 'apresentável' em Cela Silvestre. Tinha relido com atenção meus velhos cadernos de exercício, fizera até tentativas de voltar a familiarizar-me com o exercício da concentração, numa palavra exercitei-me e procurei dispor-me, recolhi-me com meus modestos recursos para este curso de férias, da mesma forma como um verdadeiro jogador de avelórios se prepara para o grande jogo anual. Assim, depois de um intervalo de poucos anos, encaminhei-me para Cela Silvestre, onde ainda me senti mais estranho, mas ao mesmo tempo também mais encantado, como se eu voltasse ao belo rincão perdido, cuja língua não conseguisse mais dominar. E desta vez concretizou-se todo o meu vívido desejo de rever-te. Lembras-te, José?"

Servo olhou-o seriamente nos olhos, concordou e sorriu ligeiramente, mas não pronunciou uma só palavra.

— Bem — continuou Designori —, sem dúvida te recordas. Mas de quê? De um fugaz reencontro com um colega de escola, um pequeno encontro e uma desilusão; prossegue-se o caminho e não se pensa mais nisso, a menos que talvez depois de décadas se venha a ser lembrado disso pelo outro de maneira impolida. Não é assim? Foi diferente, foi mais do que isso?

Esforçando-se muito por controlar-se, caiu no entanto em grande excitação. Recriminações e ressentimentos acumulados de muitos anos e mal dominados queriam vir à tona.

— Tu te antecipas — disse Servo com muita prudência. — O que foi para mim logo discutiremos. Deixa chegar a minha vez de falar e prestar contas. Agora és quem tem a palavra, Plínio. Vejo que aquele encontro foi deveras desagradável. Também para mim. Continua a contar como foi. Fala sem reservas!

— Tentarei — disse Plínio. — Não quero recriminar-te. Devo conceder também que então tu te comportaste corretamente a meu respeito, até mais do que isso. Quando aceitei o teu atual convite de vir até Cela Silvestre, que eu nunca mais tinha visto desde aquele segundo curso de férias, já quando eu aceitei a eleição para membro da Comissão de Castália, era minha intenção de me colocar diante de ti e daquele acontecimento, indiferentemente se poderia ser agradável ou não para nós dois. E agora prossigamos.

"Eu tinha chegado para o curso de férias e fora alojado na hospedaria. Os participantes do curso eram quase todos da minha idade, alguns até bastante mais velhos. Éramos no máximo umas vinte pessoas, em sua maioria castálicos, formando apenas duas categorias: jogadores de avelórios ruins, indiferentes e relaxados ou então principiantes a quem somente tarde demais ocorrera travar conhecimento com o Jogo. Era para mim um alívio que nenhum deles fosse um conhecido meu.

"Embora o dirigente do curso, um dos auxiliares do Arquivo, se empenhasse com galhardia e se mostrasse muito nosso amigo, a verdade é que a coisa tomou praticamente, desde o início, o caráter de uma escola inútil e de segunda categoria, uma espécie de curso punitivo. Os seus participantes, reunidos ao acaso, bem como o professor, pouco acreditavam no sentido e no resultado do curso, ainda que ninguém o confessasse.

"Em meio a justificado espanto, cabia perfeitamente a pergunta: Por que esse punhado de pessoas se tinha reunido voluntariamente para tentar uma atividade superior às próprias forças e incapaz de polarizar o interesse e acarretar perseverança e sacrifício? Por que um especialista erudito se dedicava a ministrar-lhes lições e ocupá-las com exercícios, que ele sabia serem tão pouco eficazes?

"Era-me então desconhecido e somente vim a sabê-lo posteriormente por intermédio de veteranos, que a sorte me fora madrasta neste curso. Uma outra constelação de participantes talvez o transfigurasse num curso sugestivo, animado e até mesmo entusiasmante. Frequentemente bastam dois participantes, assim me explicaram mais tarde, que se contagiem na animação ou que já se conheçam antes e tenham certa afinidade, para imprimir um impulso ascensional ao curso e participantes inclusive ao professor. Tu és Mestre do Jogo de Avelórios, deves sabê-lo perfeitamente. Enfim, tive azar; faltou a pequena célula vitalizante em nossa comunidade casual, não houve o esperado aquecimento, o citado impulso fez sentir a sua ausência. Foi e permaneceu um descolorido curso de repetições para escolares adultos. Os dias se sucediam e cada um trazia consigo um acréscimo na decepção. Bem, pelo menos para mim, além do Jogo de Avelórios, havia Cela Silvestre, lugar de santas recordações guardadas com carinho, e se por acaso o curso de Jogo de Avelórios malograsse, permanecia ainda a alegria da volta ao ninho antigo, o contato com os colegas de outrora, talvez um reencontro com aquele colega, de quem eu guardava as mais numerosas e fortes recordações e que para mim representava mais do que qualquer outra figura de Castália; tu, José.

"As férias teriam sido formidáveis, o curso e tudo o mais poderiam ter ido por água abaixo, se uma coisa se salvasse: se eu revisse alguns dos velhos companheiros do tempo de escola e da juventude, se eu reencontrasse nos meus passos pela região tão bela e querida os bons espíritos dos verdes anos da juventude. Nem me importaria, se com tua aparição, acabássemos enveredando por discussões acaloradas, em que certamente eu não iria ficar contra ti, mas iriam se defrontar a minha pessoa e o meu problema castálico.

"Os dois colegas do tempo de escola, com quem primeiro me deparei foram inofensivos, deram tapinhas alegres no meu ombro e me crivaram de perguntas infantis sobre a minha legendária vida mundana. Os outros não foram tão inofensivos assim, eles pertenciam à aldeia dos jogadores e à Elite mais nova. Não fizeram perguntas ingênuas, apenas me cumprimentavam, com cortesia mordaz e forçada, mais por urbanidade, quando nos esbarrávamos em alguma das salas do teu santuário e estava excluída a possibilidade de um desvio ou de fingir que não se viu. Não podiam acentuar melhor a sua falta de tempo, de curiosidade, de interesse, e de vontade de renovar o antigo conhecimento, nem demonstrar bastante que estavam ocupados com coisas importantes a que eu não tinha acesso. Que fazer? Procurei não me tornar importuno, deixei-os em paz, na sua paz castálica, olímpica, serena e irônica. Eu os olhava e contemplava seu dia de ocupação amena, como um prisioneiro atrás das grades, ou como os pobres, famintos e oprimidos olham para os ricos e os aristocratas, os despreocupados, os formosos, cultos, bem-educados, bem-nutridos, rostos descansados e mãos bem-cuidadas.

"E eis que tu apareceste. Quando te vi, alegria e esperança renasceram em mim. Caminhavas pelo pátio, reconheci-te por trás pelo andar e chamei--te logo pelo nome. Enfim, um ser humano, pensei, enfim um amigo, talvez um adversário, mas alguém com quem se podia falar, um castálico radical, talvez, mas alguém em quem a castalidade não se enrijecera em máscara e couraça, um homem, uma pessoa compreensiva! Deve ter percebido como eu estava alegre e quanto eu esperava de ti e na realidade vieste ao meu encontro com a maior polidez. Tu me conhecias, eu significava ainda alguma coisa para ti, proporcionava-te alegria rever o meu rosto. E não ficou só na saudação breve e alegre do pátio, mas me convidaste e me dedicaste e sacrificaste uma noite. Mas, caro Servo, que noite foi aquela! Como ambos nos atormentamos para dar a impressão de estarmos bem-humorados e sermos polidos e quase camaradas um do outro! Como se nos tornou difícil arrastar a conversa coxeante de um assunto para outro! Se os outros tinham sido indiferentes comigo, este desapontamento agora contigo foi muito pior, este esforço inútil e forçado por uma amizade que já existira um dia foi-me muito mais doloroso.

"Aquela noite liquidou definitivamente minhas ilusões, ficou inexoravelmente claro que eu não era mais um colega e companheiro de ideal, não era castálico nem gente de categoria, mas não passava de um paspalhão aborrecido e intrometido e de um estrangeiro inculto. E o pior é que tudo tenha acontecido numa forma tão correta e bonita e que a decepção e a impaciência tenham permanecido tão irrepreensivelmente mascaradas. Se tu me tivesses objurgado e increpado, acusando-me: 'Amigo, o que aconteceu contigo, como pudeste descer tão baixo?', eu teria ficado feliz e ter-se-ia rompido o gelo. Mas nada disso aconteceu. Vi que nada tinha sobrado de minha adesão a Castália, do meu amor para convosco e dos meus estudos do Jogo de Avelórios, de nossa amizade. O repetidor Servo tinha recebido minha visita maçante em Cela Silvestre, torturara-se e aborrecera-se comigo toda uma noite e me despedira finalmente de forma extremamente civilizada."

Lutando contra a excitação que o invadia, Designori deixou de falar e com o semblante torturado fitou o Mestre. Este estava sentado, era todo ouvidos, absorvido inteiramente na narração, mas nenhum sinal de agitação lhe sombreava o rosto. Contemplava o velho amigo com um sorriso carregado de amável simpatia. Como o outro parasse de falar, Servo nele pousou o seu olhar cheio de complacência e com uma expressão de satisfação, quase de prazer. Durante um minuto ou mais o amigo resistiu sombriamente a este olhar.

— Estás rindo? — exclamou Plínio com veemência mas não irado. — Estás rindo? Achas que tudo está em ordem?

— Devo dizer — sorriu Servo — que tu descreveste o fato primorosamente, com grande maestria. Foi assim mesmo como o expuseste e talvez fosse até necessário o ressaibo de mágoa e acusação na tua voz para realçá-lo e tornar-me de novo presente a cena com tamanha perfeição. Ainda que, infelizmente, ao que tudo indica, continues a encarar a coisa em parte com a perspectiva superada de então e continues a ferir-te tanto com ela, referiste contudo com magistral objetividade a tua história, a história de dois jovens numa situação bastante penosa. Ambos têm de fingir, e um deles, no caso tu, comete o erro de ocultar o seu sofrimento real e sério sob uma aparência descuidada em vez de acabar logo com a brincadeira de máscaras. Parece até que tu atribuis ainda hoje o mau resultado daquele encontro mais a mim do que a ti, ainda que tivesse dependido muito mais de ti mudar a situação. Realmente não percebeste este pormenor? Mas a descrição estava perfeita, é preciso repetir. De fato voltei a sentir toda a depressão e embaraço daquela estranha noite, pensei por um momento precisar lutar de novo para manter a linha e envergonhei-me um pouco por nós dois. Sem dúvida, teu relato está rigorosamente correto. É um prazer ouvir narrar assim.

— Bem — começou Plínio um pouco espantado e ainda soava na sua voz uma ponta de melindre e desconfiança —, não deixa de ser satisfatório que a minha narração tenha sido divertida pelo menos para um de nós. Queira saber que para mim não foi nenhum divertimento.

— Mas agora — disse Servo —, agora vês, como podemos considerar amena esta história nada gloriosa para nós dois. Podemos rir dela.

— Rir? Como assim?

— Porque esta história passou e está liquidada definitivamente, a história do ex-castálico Plínio que se esforça pelo Jogo de Avelórios e por ser aceito pelos seus antigos colegas e a do polido repetidor Servo que apesar de todas as formas castálicas escondeu tão mal o seu embaraço diante do aparecimento de Plínio, que este embaraço hoje, depois de tantos anos, como num espelho lhe pode ser cobrado. Mais uma vez, Plínio, tens excelente memória, narraste muito bem, eu não saberia fazê-lo. É uma sorte que esta história esteja definitivamente encerrada e nos possamos rir dela.

Designori estava desorientado. Ele bem que percebia o bom humor do Magister, como algo agradável e cordial, bem longe de qualquer zombaria, e percebia também que atrás da amenidade existia uma grande seriedade.

Contudo, narrando aqueles fatos, ele voltou a sentir dolorosamente o amargor daquela experiência, e sua narração revestira demais o caráter de uma confissão para poder mudar, sem mais nem menos, o tom.

— Tu talvez te esqueceste — disse hesitante, embora já com o sentimento um pouco alterado — que aquilo que eu contei não representou para mim o mesmo que para ti. Tu o encaraste no máximo como um incômodo. Para mim foi uma derrota e um malogro e além disso também marcou o começo de importantes mudanças na minha vida. Deixando Cela Silvestre, mal o curso terminou, resolvi nunca mais voltar a pôr os pés aqui e estava bem próximo de odiar Castália e todo o vosso grupo. Perdera minhas ilusões e compreendera que eu não pertencia mais a vosso grêmio, talvez já antes nunca pertencera inteiramente a vós como eu imaginava e por pouco não me tornei um apóstata e inimigo declarado vosso.

O amigo olhava-o sereno e ao mesmo tempo penetrante.

— Por certo — disse Servo —, e tu me contarás sem dúvida tudo isso ainda futuramente, assim o espero. Mas hoje a nossa situação, segundo me parece, é a seguinte: nós éramos amigos em nossa primeira juventude, nos separamos, palmilhamos caminhos bem diversos. Então nos reencontramos por ocasião do teu infeliz curso de férias. Tu te tornaras mundano completo ou pelo menos em larga escala, e eu, um morador de Cela Silvestre, algo presunçoso e cioso das formas castálicas. Deste reencontro decepcionante e encabulador é que nos lembramos hoje. Examinamos de novo nós mesmos e aquele embaraço. Foi-nos possível suportar este exame e até esboçar um sorriso, pois hoje a situação está completamente mudada. Também não é minha intenção ocultar que a impressão que então me deste de fato deixou-me seriamente embaraçado. Foi uma impressão assaz desagradável, negativa, eu não sabia como proceder contigo, tu me surgias pela frente inesperada, confrangedora e irritantemente imperfeito, rude, mundano. Eu era um jovem castálico, que não conhecia o mundo nem queria conhecê-lo e tu eras então um estranho e eu não conseguia propriamente atinar com a tua atitude de fazer tanto caso de visitar-nos, inscrever-te em cursos de Jogo de Avelórios, já que a julgar pela aparência nada mais sobejava em ti de um aluno da Elite.

"Tu me irritavas da mesma forma como eu te irritei. Naturalmente eu tinha de afigurar-me a ti como um morador de Cela Silvestre, orgulhoso e sem merecimentos, que procurava manter judiciosamente distância de um não castálico, mero amador do Jogo. E tu eras para mim uma espécie de bárbaro ou semianalfabeto que aparentemente defendia pretensões importunas, infundadas e sentimentais aos meus interesses e à minha amizade. Defendíamo-nos um do outro, estávamos a ponto de nos odiar. Nada nos restava fazer senão separar-nos, pois nenhum de nós tinha alguma coisa a oferecer ao outro, nem estava em condições de fazer justiça ao outro.

"Mas hoje, Plínio, podemos renovar a recordação vergonhosamente sepultada e é-nos permitido rir daquela cena e de nós mesmos, pois hoje nos reunimos inteiramente mudados e com intenções e possibilidades inteiramente diferentes, sem sentimentalismos, sem sentimentos recalcados de ciúme e ódio, sem presunção. Enfim, já somos adultos há muito tempo.

Designori sorriu libertado. Contudo perguntou ainda:

— Mas será que também estamos seguros disso? Afinal de contas, também naquela época tivemos boa vontade.

— Isso mesmo que quero dizer — riu Servo. — E nos atormentamos e nos extenuamos com a nossa boa vontade até as raias do intolerável. Naquele tempo não podíamos suportar um ao outro, era por instinto, a cada um de nós o outro era estranho, incômodo, alheio e repugnante, e somente a imaginação de um dever, de uma solidariedade, nos obrigou a representar toda uma noite aquela penosa comédia.

"Isso ficou-me perspícuo logo após a tua visita. A amizade bem como a rivalidade que já tinham existido entre nós não haviam sido ainda realmente superadas. Em vez de deixá-las morrer à míngua, críamos no dever de desenterrá-las e prolongá-las de um modo ou de outro. Nós nos sentíamos devedores a esta amizade e rivalidade e não sabíamos como pagar a dívida. Não é assim?

— Creio — disse Plínio pensativo — que estás também hoje cortês demais. Dizes nós dois, mas não éramos "nós dois" que nos procurávamos sem encontrar. A busca, o amor estava todo do meu lado, como também a decepção e o sofrimento. O que mudou, eu te pergunto, na tua vida após o nosso encontro? Nada! Na minha vida, em contrapartida, este encontro significou um corte profundo e doloroso e por isso não posso acompanhar-te no riso com que liquidas o assunto.

— Perdão — sossegou Servo amavelmente —, fui um tanto precipitado. Mas espero com o tempo levar-te a juntar o teu riso ao meu. Tens razão, ficaste então ferido, volto a repetir não por minha causa, como afirmavas e pelo jeito continuas afirmando, mas antes pelo alheamento e pelo fosso que se cavou entre vós e Castália. Parecíamos tê-los vencido durante a nossa amizade do tempo de escola, e eis que de repente este fosso se escancara diante de nossos olhos, fundo e imenso. Na medida em que atribuis culpa a mim pessoalmente, peço-te que profiras a tua acusação com franqueza.

— Ora, nunca foi uma acusação, mas sim uma queixa. Não a ouviste naquele dia, e parece que a não queres ouvir também hoje. Replicaste-a outrora com sorriso e bom comportamento e o fazes hoje outra vez.

Embora ele percebesse amizade e profunda benevolência no olhar do amigo, não podia cessar de acentuar isto. Precisava lançar fora de uma vez esta mágoa que há tanto tempo carregava com tanto ressentimento.

Servo não alterou a expressão de seus traços. Refletiu um pouco e disse então com cuidado:

— Somente agora começo a entender-te, amigo. Talvez tenhas razão e é preciso falar também deste assunto. Antes de mais nada, eu gostaria de lembrar-te que apenas terias o direito de aguardar uma explicação minha sobre aquilo que chamas tua queixa se tivesses realmente exprimido esta queixa. Mas o que de fato aconteceu foi que na palestra daquela noite na hospedaria não manifestaste nenhuma queixa, pelo contrário, fizeste como eu, uma aparição tão enérgica e valorosa quanto possível, representaste, igual a mim, o impecável e o que não tem queixa absolutamente nenhuma a fazer.

"Secretamente, porém, esperavas, como ouço agora, que eu percebesse a queixa encoberta, não formulada, e reconhecesse sob a máscara, tua verdadeira face. Ora, pude perceber alguma coisa disso tudo, se bem que a maioria dos elementos me escapasse. Mas como poderia eu, sem ferir o teu orgulho, dar-te a entender que estava preocupado contigo, que tinha compaixão de ti? E que aproveitaria estender-te a mão, se minhas mãos estavam vazias e eu nada tinha para oferecer-te, nenhum conselho, nenhum consolo, nenhuma amizade, se nossos caminhos estavam tão apartados?

"Sim, então o mal-estar e a infelicidade oculta, que dissimulavas sob uma aparência desembaraçada, molesta e maçante, eram-me repugnantes, para falar com toda a franqueza, encerravam uma pretensão a interesse e simpatia que não correspondia à tua aparência, pareciam-me trazer no bojo uma boa dose de impertinência e criancice e só serviam para arrefecer os meus sentimentos. Reivindicavas o meu companheirismo, querias ser um castálico, um jogador de avelórios e parecias no entanto tão descomedido, tão esquisito, tão naufragado em sentimentos egoístas!

"Foi assim o meu julgamento. Bem que observei que em ti quase nada mais restava de castalidade, com toda a evidência tinhas olvidado até as regras básicas. Bem, eu não tinha nada a ver com isso. Mas por que vinhas agora a Cela Silvestre e pretendias saudar-nos como colegas? Isto me era, como já disse, irritante e repugnante e tiveste carradas de razão ao interpretar minha delicadeza obsequiosa como uma recusa. Repudiei-te instintivamente e não porque eras um mundano, mas porque levantavas pretensão de passar-te por castálico.

"Agora porém, passados tantos e tantos anos, ao surgires de novo, não se percebia mais nada daquilo. Tinhas a aparência de um mundano e falavas como um mundano. A expressão de aflição, preocupação e infelicidade no teu semblante teve o condão de comover-me de modo particularmente inusitado. Tudo em ti porém agradou-me e era belo, a tua atitude, as tuas palavras, até mesmo a tua tristeza. Tudo quadrava bem, era digno de ti, não houve nada que desafinasse, podia aceitar-te e dizer-te sim, sem nenhuma contradição. Não foi preciso desta vez nenhum excesso de cortesia e contenção, eis que fui imediatamente ao teu encontro como amigo e trabalhei para demonstrar-te meu amor e simpatia.

"Desta vez se deu o contrário, desta vez fui eu que me empenhei por ti e te cortejei, enquanto tu te mantinhas muito reservado. Por certo tomei o teu reaparecimento na nossa Província e o teu interesse por sua história como uma espécie de profissão de lealdade e afeição. Ora, muito bem, finalmente cedeste às minhas instâncias e chegamos ao ponto de nos abrirmos um ao outro e de poder renovar, assim o espero, a velha amizade.

"Acabaste de dizer que aquele encontro da juventude foi para ti uma experiência dolorosa e para mim inexpressiva. Não queremos discutir o assunto, pode ser que tenhas razão. Nosso encontro de hoje, amigo, está longe de ser inexpressivo, ele significa para mim muito mais do que posso dizer-te hoje e do que tu podes imaginar. Para falar sucintamente, ele não significa para mim apenas a volta de um amigo perdido e com isso o renascimento de um tempo passado para novo vigor e transformação. Ele significa para mim sobretudo um chamado, um convite; este encontro me abre um caminho para o vosso mundo, ele me situa de novo diante do velho problema de uma síntese entre vós e nós, e isso acontece, podes crer, na hora oportuna. O apelo desta vez não me surpreende surdo, encontra-me mais vigilante do que nunca pois propriamente não me apanha de improviso, não me aparece como um estranho e desconhecido, a quem se pode abrir ou trancar, mas ele vem de dentro de mim mesmo, é a resposta a uma exigência que se tornou muito intensa e insistente, a uma necessidade e ânsia que habitam o meu ser. Mas sobre isso haveremos de falar outro dia, já é tarde e precisamos repousar.

"Referias-te há pouco à minha serenidade e à tua tristeza, e eras de opinião, assim me parece, de que não faço justiça àquilo que designas tua 'queixa', de vez que com sorrisos é que respondo a esta queixa. Eis um ponto que não percebo plenamente. Por que cargas d'água não pode uma queixa ser ouvida com amenidade, por que tem de ser respondida com outra tristeza? Um sorriso não poderá fazê-lo?

"Creio ter o direito de inferir que talvez seja justamente a nossa amenidade o importante para ti. Não voltaste a Castália e a mim, cheio de aflição e angústia? Se não acompanho porém a tua tristeza e pesadume, se não me deixo contagiar por ela, isso não quer dizer de modo nenhum que eu não a leve a sério nem reconheça o seu valor. A expressão facial que trazes e com que a vida e o destino no mundo te cunharam, terá o meu reconhecimento total, ela te compete e te pertence, é amável e digna de atenção, embora eu tenha fundadas esperanças de vê-la um dia ainda modificada. Posso apenas imaginar a sua origem; depois dir-me-ás ou calar-me-ás conforme julgares melhor. Posso apenas constatar que pareces ter recebido em sorte uma vida difícil. Mas por que pensas que eu não quero nem posso fazer justiça à tua aflição?"

O semblante de Designori retomou seu aspecto sombrio:

— Muitas vezes — disse ele resignado — tudo se afigura não só como se tivéssemos duas maneiras diferentes de exprimir-nos e falar, cada uma delas só podendo ser traduzida na outra em forma de insinuações, porém mais ainda, como se fôssemos dois seres absoluta e radicalmente distintos, que jamais poderão chegar a se entender mutuamente. Parece-me extremamente duvidoso apurar quem de nós dois seria propriamente o ser humano, autêntico e de pleno direito, vós ou nós, se é que um dos dois o é realmente.

Houve tempos em que olhei para vós, membros da Ordem e jogadores de avelórios com reverência, sentimento de inferioridade e inveja. Contemplava-vos como deuses e super-homens, inatingíveis pelo sofrimento, eternamente serenos, eternamente jogando e gozando a própria existência.

"Em outros tempos vós me parecíeis ora dignos de inveja, ora de compaixão, ora desprezíveis, uns castrados, fixados artificialmente numa eterna infância, encerrados como verdadeiras crianças no vosso mundo de jogo e jardim de infância, destituído de paixões, de placidez infinita, de área bem delimitada e bem arranjadinho. Neste mundo artificial todo nariz é escrupulosamente assoado, toda erupção indesejável de sentimento ou pensamento é logo reprimida e abafada. Lá se dedicam a vida toda a jogos graciosos, inócuos e incruentos, e controlam, neutralizam e tolhem imediatamente qualquer movimento de vida perturbador, qualquer sentimento grandioso, qualquer paixão legítima, qualquer efervescência do coração através da terapia meditativa.

"Não é senão um mundo artificial, esterilizado, academicamente podado, apenas um mundo pela metade, um mundo fictício, no qual vós covardemente vegetais, um mundo sem vícios, sem paixões, sem fome, sem seiva nem sal, um mundo sem família, sem mães, sem crianças, e quase sem mulheres. A vida dos instintos é reprimida pela meditação; coisas perigosas, audazes e de árdua responsabilidade, como a economia, o direito, a política, foram desde gerações confiadas a outras mãos. Covardes e superprotegidos, sem a preocupação de batalhas pela subsistência e desobrigados de ocupações molestas, levam aí uma vida de zangãos e, para livrar-se do enfado, consagram-se com fervor a todas estas especializações eruditas, contam sílabas e letras, tocam música e jogam o Jogo de Avelórios, enquanto lá fora, na sujeira do mundo, pobres homens agitados vivem a verdadeira vida e executam o verdadeiro trabalho."

Servo tinha escutado com incansável e amável atenção.

— Caro amigo — disse ele, circunspecto —, como tuas palavras me recordaram nosso tempo de escola e a tua crítica e agressividade! Só que hoje não tenho mais o encargo de outrora, hoje minha tarefa não é mais a defesa da Ordem e da Província contra teus ataques e estou realmente satisfeito de que esta tarefa, na qual já me extenuei uma vez, agora não me diga respeito. Justamente a esses ataques altissonantes do tipo que acabaste de assestar contra nós é um pouco difícil de responder. Falas, por exemplo, de pessoas que lá fora do país "vivem a verdadeira vida e executam o verdadeiro trabalho". Isto soa tão absoluto, bonito e cândido, quase já um axioma, e, se alguém quisesse combatê-lo, era preciso tornar-se francamente mal-educado e advertir o orador que este "verdadeiro trabalho" próprio da gente do mundo consiste em parte em cooperar numa comissão para o bem e a conservação de Castália. Mas deixemos de lado por um instante a brincadeira.

"Deduzo de tuas palavras e percebo pelo tom que adotaste que ainda nutres no coração ódio contra nós e, não obstante, ele está repleto ao mesmo tempo de um amor desesperado por nós, está cheio de inveja e saudade. Somos para ti, covardes, zangãos e crianças despreocupadas de jardim de infância, mas por vezes também viste em nós deuses eternamente serenos. Seja como for, creio que posso inferir uma coisa de tuas palavras: Castália não é culpada da tua tristeza, da tua infelicidade ou como o queiras nomear, é preciso apontar uma outra procedência. Se fôssemos nós castálicos os culpados, por certo tuas increpações e objeções contra nós não seriam ainda as mesmas das discussões do nosso tempo de rapaz. Em conversas posteriores, me contareis mais coisas e não duvido que acharemos um caminho capaz de tornar-te mais feliz e sereno ou pelo menos de aplanar e polir tuas relações para com Castália. Enquanto posso lobrigar até agora, tua posição em relação a nós e Castália e a partir daí em relação à tua própria juventude e tempo de escola funda-se num relacionamento falso, comprometido, sentimental. Cingiste a tua alma em Castália e o mundo e te esfalfas em demasia por causa de coisas pelas quais não és responsável. Por outro lado, provavelmente não tomas a sério outras coisas cuja responsabilidade está em tuas mãos. Calculo que já há um tempo um tanto longo não mais te entregas aos exercícios de meditação, não é?

Designori sorriu torturado.

— Como és perspicaz, Domine! Um tempo um tanto longo, dizes? Faz muitos, muitos anos mesmo, desde que renunciei aos encantos da meditação. Como de repente estás preocupado comigo! Naquele tempo, depois que vós aqui em Cela Silvestre, por ocasião do curso de férias, me mostrastes tanta cortesia e desprezo e rejeitastes com tanta distinção o meu empenho de buscar camaradagem, então voltei aqui com a resolução de acabar para sempre com a minha castalidade. A partir de então desisti do Jogo de Avelórios, não mais meditei e até da música me privei por uma boa temporada. Em vez disso, granjeei novos camaradas que me introduziram em todas as artes e prazeres do mundo. Festejamos farras de bebidas e mulheres, provamos todos os entorpecentes ao nosso alcance, cuspimos em tudo o que era decente e escarnecemos de tudo o que era respeitável e sublime. Evidentemente que isso não durou muito tempo nesta forma crassa, mas o tempo suficiente para corroer inteiramente a última camada de verniz castálico. E quando, alguns anos depois, percebi ocasionalmente que tinha ido longe demais e que tinha necessidade premente da técnica de meditação, então me tornara orgulhoso demais para recomeçar.

— Orgulhoso demais? — perguntou Servo baixinho.

— Sim, orgulhoso demais. Neste meio tempo eu me tinha submergido no mundo e me tornado um mundano. Não queria ser outra coisa senão um deles, não queria ter outra vida senão a deles, fervilhante de paixões, infantil, cruel, descomedida e bruxuleante entre a felicidade e a angústia; desdenhei aliviá-la de algum modo e obter uma situação privilegiada lançando mão de vossos recursos.

O Magister fitou-o com o olhar penetrante.

— E durante quanto tempo aguentaste isto? Não recorreste a nenhum outro auxílio para resolver o problema?

— Sim — confessou Plínio —, fiz isto sim e continuo a fazê-lo ainda hoje. Há tempos em que volto a beber, e na maioria das vezes preciso também, para poder conciliar o sono, toda a sorte de soporíferos.

Servo fechou os olhos por um segundo como assaltado por repentino cansaço, e então voltou a prender o amigo com o olhar. Fitou seu rosto em silêncio, primeiramente inquisitivo e sério mas cada vez mais doce, amável e serenamente. Designori anota que até então ele nunca se deparara com um olhar de olhos humanos que fosse ao mesmo tempo tão pesquisador e afetuoso, tão inocente e tão sentenciador, tão radiosamente amigo e tão onisciente. Ele confessa que esse olhar primeiramente o confundiu e o irritou para logo tranquilizá-lo e aos poucos subjugá-lo com suave força. Contudo ainda tentou defender-se.

— Dizias — replicou — que sabias da existência de meios para me fazer mais feliz e sereno. Mas nem sequer perguntaste se eu os desejo propriamente.

— Ora — riu José Servo —, se podemos fazer um homem feliz e sereno, então devemos fazê-lo em todo caso, quer ele nos peça quer não. E como haverias de não procurá-los e desejá-los? Por causa disso é que estás aqui, por causa disso é que estamos sentados aqui um diante do outro, por causa disso é que voltaste a nós. Odeias Castália, a desprezas, estás orgulhoso demais da tua mundanidade e da tua tristeza para quereres aliviá-la por meio de um pouco de razão e meditação — e contudo uma nostalgia secreta e indomável dirigiu-te e atraiu-te todos esses anos para nós e nossa serenidade, até que voltaste e vieste fazer conosco nova experiência. Digo-te que desta vez chegaste no tempo oportuno, num tempo em que também estou suspirando por um chamado do vosso mundo, por um portão que se abra. Mas sobre isto, a próxima vez! Confiaste-me, amigo, muitas coisas, muito obrigado e verás que eu também terei algumas coisas para confessar-te. É tarde, viajas amanhã cedo e um dia de trabalho me aguarda de novo amanhã, precisamos ir logo descansar. Por favor, concede-me ainda um quarto de hora.

Ele se levantou, andou até a janela e olhou para cima. Entre as nuvens que flutuavam, podiam-se contemplar largas faixas de céu de noite clara, coalhado de estrelas. Como ele não voltasse logo, o hóspede também se levantou e foi juntar-se a ele à janela. O Magister estava de pé, olhando para cima e gozando com a respiração compassada do ar leve e frio da noite de outono. Ele apontava com a mão o céu.

— Vê — disse ele —, esta paisagem de nuvens e pedaços do céu. Num primeiro olhar, poder-se-ia dizer que a profundidade está ali onde é mais escuro, mas imediatamente se pode perceber que esta região escura em primeiro plano são apenas as nuvens e que o espaço com as suas profundezas só começa nos bordos e fiordes destas montanhas de nuvens e mergulha no infinito. Aí se situam as estrelas, festivamente e para nós homens os símbolos mais altos da clareza e da ordem. A profundidade do mundo e dos seus mistérios não se encontram onde estão as nuvens e o negrume, a profundidade está no claro e no sereno. Se posso pedir-te, antes de dormir, contempla ainda por um momento estas baías e estreitos com as suas estrelas e não queiras repelir os pensamentos e os sonhos que te forem sugeridos.

Uma sensação particularmente palpitante, infindável entre a dor e a alegria, agitou o coração de Plínio. Com palavras semelhantes, ele se lembrava bem, fora outrora advertido para os primeiros exercícios de meditação na bela e amena alvorada de sua vida escolar em Cela Silvestre, numa época que lhe parecia incrivelmente distante.

— E permita-me ainda uma palavra — começou de novo o Mestre do Jogo de Avelórios com voz baixa. — Gostaria de dizer-te alguma coisa sobre a serenidade, a serenidade das estrelas e do espírito e também sobre o nosso estilo de serenidade. Tens aversão à serenidade, provavelmente porque foste obrigado a seguir um caminho de tristeza e agora toda clareza e bom humor, e nomeadamente a que cultivamos em Castália, parece-te superficial e infantil e igualmente covarde, uma fuga diante do pavor e abismos da realidade, para um mundo claro, bem ordenado, e puras formas e fórmulas, de puras abstrações e filigranas. Mas, meu caro tristonho, vá lá que exista esta fuga, vá lá que não faltem castálicos covardes, medrosos, que brincam com puras fórmulas, que eles constituam até a maioria; isto não tira nada da genuína serenidade do céu e do espírito, não invalida o seu brilho e o seu valor. Aos medíocres e falsos serenos entre nós podemos contrapor outros, homens e gerações de homens cuja serenidade não era brincadeira nem uma tênue crosta, mas seriedade e profundidade. Conheci um, o nosso antigo Mestre de Música, que tu outrora uma que outra vez tiveste ocasião de ver em Cela Silvestre. Este homem possuiu nos últimos anos de sua vida a virtude da serenidade em tal medida que se irradiava dele, como a luz de um sol e se transmitia e continuava a irradiar nos outros como benevolência, alegria de viver, bom humor, confiança e esperança, para aqueles que acataram o seu brilho e se deixaram com vontade se invadir por ele. Também eu fui iluminado por sua luz, também a mim ele comunicou um pouco de sua claridade e do brilho de seu coração. E assim também aconteceu a Ferromonte e a muitos outros.

"Alcançar esta serenidade é para mim e para muitos companheiros de ideal o mais alto e o mais nobre de todos os fins. Igualmente a encontras em alguns de nossos pais da Direção da Ordem. Esta serenidade não é nem brincadeira nem vaidade, é o mais alto conhecimento e amor, é toda realidade, é estar desperto e atento à beira das profundezas e dos abismos, é uma virtude dos santos e cavalheiros, é imperturbável e tende a crescer com a idade e a proximidade da morte. Ela é o segredo do belo e a mesma substância de cada arte.

"O poeta que louva o sublime e o terrível da vida no passo ritmado de seus versos, o músico que os leva a vibrações sonoras, capazes de tudo exprimir num puro presente, o músico, ele é um portador de luz, multiplicador de alegria e claridade na terra, mesmo que ele nos conduza primeiro através de lágrimas e dolorosa tensão. Talvez o poeta cujos versos nos arrebatam tenha sido um triste solitário e o músico, um sonhador melancólico, mas também então a sua obra participa da harmonia dos deuses e das estrelas. O que ele nos dá não é mais sua escuridão, o seu sofrimento ou o temor, é uma gota de pura luz, de eterna serenidade.

"Sem dúvida ainda conservas na memória o que o nosso professor de Cela Silvestre nos contava a respeito dos hindus: um povo sofrido, de longos cismares, de penitência e de ascese. Mas as maiores e mais profundas descobertas de seu espírito eram luminosas e serenas, sereno o sorriso dos vencedores do mundo e de Buda, serenas as figuras de suas mitologias abissais. O mundo, conforme o representam estes mitos, começa em suas origens, divino, feliz, radioso, primaveril, como idade áurea; adoece a seguir, e degenera cada vez mais, embrutece-se e depaupera-se e no fim de quatro idades, que se sucedem numa linha de decadência, está maduro para ser calcado aos pés e aniquilado por Siva, risonho e dançarino, mas não acaba aí, tudo recomeça com o sorriso de Visnu, o sonhador, que com mãos folgazãs cria um novo mundo, jovem, belo, radioso. É maravilhoso: este povo, tão inteligente e resistente ao sofrimento como quase nenhum outro, assistiu com horror e vergonha ao jogo cruel da história universal, à roda que gira eternamente, roda de avidez e sofrimento, viu e compreendeu a caducidade de toda a criatura, a avidez e a maldade diabólica do homem e ao mesmo tempo a sua profunda nostalgia da pureza e da harmonia e encontrou para toda beleza e tragicidade da criação estas soberbas parábolas, das idades do mundo e da ruína da criação, do violento Siva e do sorridente Visnu, que jaz dormitando e, brincando, faz nascer dos sonhos dos deuses um novo mundo.

"No que tange agora à nossa própria serenidade, a castálica, embora ela possa ser uma pequena e tardia variedade desta grande serenidade, não deixa contudo de ser legítima. A erudição não foi sempre e em toda a parte serena, ainda que o devesse ser. Entre nós, a erudição, o culto da verdade está estreitamente ligada ao culto do belo e, além disso, o cultivo da alma pela meditação, jamais poderá perder por completo a serenidade. Nosso Jogo de Avelórios reúne em si todos os três princípios: ciência, veneração do belo e meditação, e assim um jogador de avelórios correto deveria estar embebido de serenidade como um fruto maduro o está de doce suco, ele deveria antes de tudo possuir em si a serenidade da música, que aliás não é outra coisa senão valentia, avançar e bailar sorridente em meio ao horror e chamas do mundo, a festiva oblação de um sacrifício. Importava-me muito esta espécie de serenidade, desde que eu como aluno e estudante, pressentindo o que fosse, comecei a entendê-la e dela não hei de abrir mão, nem na desgraça nem no sofrimento.

"Vamos agora dormir, amanhã cedo partirás. Volta em breve, fala-me mais de ti, e também eu falarei de mim, ficarás sabendo que também em Cela Silvestre e na vida de um Magister existem interrogações, decepções e até mesmo desesperos e demônios. Agora porém deves levar para o sono os ouvidos cheios de música. O olhar para o céu estrelado e os ouvidos ressoando de música antes de dormir é melhor que todos os teus soporíferos."

Sentou-se e tocou com esmero, bem baixinho, um movimento daquela sonata de Purcell, uma peça predileta do padre Jacobus. O som caía no silêncio como gotas de luz dourada, tão de leve, que não impedia de ouvir o cantarolar do velho chafariz do pátio. As vozes da graciosa música encontravam-se e cruzavam-se suaves e serenas, parcimoniosas e doces, percorriam corajosas e mansas sua doença interior através do vácuo do tempo e da efemeridade, tornavam o espaço e a hora noturna, durante a curta extensão de sua duração, imensos, da dimensão do universo. Quando José despediu o hóspede, este mostrava um rosto mudado e iluminado e ao mesmo tempo lágrimas nos olhos.

Preparativos

Servo conseguira romper o gelo. Entre ele e Designori se encetavam um intercâmbio e um relacionamento vivo e restaurador para ambos. Designori, que vivera desde tantos anos numa melancolia resignada, teve afinal de dar razão ao amigo: de fato tinha sido a ânsia da cura, de claridade, de serenidade castálica que o tinha impelido de volta à Província pedagógica. Ele vinha agora frequentemente sem comissão e incumbências oficiais, observado por Tegularius com enciumada desconfiança e logo o Magister soube a respeito dele e da sua vida o que necessitava saber. A vida de Designori não tinha sido tão extraordinária nem tão complicada como Servo o supusera após as primeiras revelações. Plínio tinha sofrido na juventude a ilusão e humilhação, como já conhecemos, de sua natureza entusiástica e sequiosa de atividade, ele não conseguira ser um conciliador entre o mundo e Castália, mas acabara tornando-se um estranho isolado e ressentido e não chegara a realizar uma síntese dos componentes castálicos e mundanos de sua origem e do seu caráter. E contudo ele não era simplesmente um fracassado, mas tinha adquirido na derrota e na renúncia uma face própria e um destino especial. A educação em Castália parecia não ter de nenhum modo dado provas de si, pelo menos, inicialmente não lhe trouxe senão conflitos e decepções e um profundo isolamento e confinamento tão pesados à sua natureza. Tudo levava a crer que, achando pouco ter enveredado pelo caminho espinhoso do isolamento e do desajuste, ainda fazia tudo para se singularizar e aumentar as suas dificuldades. Nomeadamente, já como estudante, ele se conduzia numa irreconciliável oposição à família, especialmente ao pai. Embora não se incluísse entre os líderes de primeira linha na vida política, o seu progenitor, semelhantemente a todos os Designori, foi durante toda a vida uma coluna do partido conservador e da política fiel ao governo, inimigo de todas as inovações, adversário de todas as reivindicações dos oprimidos aos direitos e participação, desconfiado dos homens sem nome nem projeção, leal e disposto a sacrificar-se pela ordem estabelecida, por tudo o que lhe parecesse legítimo e sagrado. Sem ter propriamente necessidades religiosas, era no entanto amigo da Igreja; sem que lhe faltassem absolutamente sentido de justiça, benevolência e prontidão para as obras boas e auxílios, opunha-se contudo teimosa e radicalmente aos esforços dos arrendatários rurais para melhorar a sua situação. Ele justificava esta dureza de linha com os sofismas que o programa e os *slogans* do partido apresentavam, mas na realidade o que o guiava não era a convicção de uma posição ou o entendimento, mas a fidelidade cega aos seus companheiros e correligionários e à tradição de sua casa. Eram característicos dele um certo cavalheirismo, uma honra de cavalheiro e um acentuado menosprezo de tudo aquilo que se apresentasse como moderno, progressista e de acordo com o tempo. Pois bem, este homem sofreu amarga e irritante decepção, por ter seu filho Plínio, no tempo de estudante, se aproximado de um partido declaradamente oposicionista e progressista, ao qual acabou por aderir. Tinha-se então formado uma ala jovem, esquerdista, de um velho partido burguês e liberal dirigido por Veraguth, um publicitário, deputado e orador popular de ação grandiosa e fascinante, um amigo do povo e herói da liberdade, temperamental, de vez em quando um pouco comovido e empolgado consigo mesmo. Sua propaganda junto à juventude acadêmica, através de conferências públicas nas cidades universitárias, surtiu efeito e lhe encaminhou entre outros ouvintes e adeptos entusiasmados também o jovem Designori.

O jovem, desencantado da Universidade e em busca de um ponto de apoio, de um substitutivo para a moral de Castália que se tornara para ele sem substância, em busca de qualquer idealismo e programa novos, ficou arrebatado pelas palestras de Veraguth, admirava o seu estilo patético, sua coragem agressiva, sua fineza de espírito, sua presença acusadora, sua bela aparência e linguagem e agregou-se a um grupo de estudantes, que se tinha originado dentre os ouvintes de Veraguth e que fazia propaganda para o seu partido e objetivos.

Quando o pai de Plínio soube disso, foi logo ter com o filho, pela primeira vez na vida trovejou contra ele encoleradíssimo, acusando-o de conjuração, traição ao pai, à família e à tradição da casa e ordenou-lhe pura e simplesmente a reparar imediatamente o seu erro e a desligar-se de Veraguth e do seu partido. Evidentemente, não era essa a maneira acertada de exercer influência sobre o jovem, a quem parecia resultar desta atitude do pai uma espécie de martírio. Plínio aguentou a explosão e esclareceu ao pai que ele não tinha frequentado dez anos de Escola da Elite e alguns anos de Universidade para renunciar ao próprio entendimento e julgamento e para deixar-se orientar em suas concepções de política, economia e justiça por uma camarilha de senhores de terras egoístas. Tirava proveito da escola de Veraguth, que, seguindo o exemplo dos grandes tribunos, jamais se preocupou com os interesses próprios ou da classe, mas que lutava por nenhuma outra coisa no mundo a não ser a pura, absoluta justiça e humanidade. O velho Designori irrompeu numa amarga gargalhada e convidou o filho ao menos a terminar primeiro seus estudos para somente depois se intrometer em coisas de adultos e pretender que entendia mais da vida humana e da justiça que uma venerável série de gerações de nobres estirpes. Ele não passava de um descendente degenerado dessas estirpes e as atacava covardemente pelas costas com a sua traição. Ambos discutiram, exasperavam-se e se ofendiam cada vez mais em cada palavra trocada, até que o velho de repente, como se tivesse observado no espelho o seu rosto desfigurado pela cólera, emudeceu em fria vergonha e retirou-se calado.

Daí em diante Plínio perdeu definitivamente aquele antigo relacionamento com a casa paterna, marcado por uma inocente intimidade, pois não só permaneceu leal ao seu grupo e ao seu neoliberalismo como também chegou a ser, mesmo antes do término de seus estudos, discípulo, ajudante e colaborador imediato de Veraguth e poucos anos depois seu genro. O equilíbrio espiritual de Designori já estava seriamente comprometido pela educação nas Escolas da Elite ou pelas dificuldades inerentes ao seu reajustamento ao mundo e à pátria, e a sua vida estava sendo corroída por uma série de problemas. As novas relações acabaram de precipitá-lo por completo numa situação exposta, difícil e delicada. Sem dúvida nenhuma, ele ganhou uma coisa preciosa, uma espécie de fé, ou seja, uma convicção política e uma colaboração partidária que veio ao encontro de sua necessidade juvenil de justiça e progressismo. Na pessoa de Veraguth ele ganhou um professor, um chefe e amigo mais velho, que inicialmente admirava e amava sem restrições, ainda mais que Veraguth parecia apreciá-lo e valorizá-lo. Ganhou também uma direção e um objetivo, um trabalho e uma missão na vida. Não era pouco, mas custou um preço muito elevado. O jovem conformou-se com a perda de sua posição natural que, herdada na casa paterna e entre os membros de sua classe social, soube suportar com uma certa alegria fanática de mártir a expulsão de uma casta privilegiada e a inimizade contraída por causa disso. Mas nem todos os nós se desataram, muitos problemas ficaram pendentes sem solução, como o sentimento torturante de ter infligido à sua querida mãe dor tão amarga, de tê-la colocado numa situação espinhosa e extremamente incômoda entre o pai e o filho e provavelmente de ter com isso abreviado sua existência. Ela morreu pouco depois do casamento de Plínio; depois de sua morte, o filho praticamente não foi mais visto na casa do pai e, com a morte deste, vendeu a casa, uma velha mansão familiar.

Há naturezas que são capazes de amar e incorporar em si uma posição na vida, arrancada com sacrifícios, um posto, um casamento, uma profissão, com tanta intensidade que esta conquista, justamente por causa destes sacrifícios, as satisfaz plenamente e vêm a constituir a sua felicidade. Designori era diferente. Permaneceu fiel ao seu partido e líder, à sua atividade e orientação política, ao seu casamento e idealismo, e no entanto todas essas coisas se tornaram com o tempo igualmente problemáticas para ele, da mesma forma que todo o seu ser se tornara problemático. O entusiasmo juvenil pela política e por uma visão coerente do mundo arrefeceu, a luta para ter razão, com o correr do tempo, o fazia tão pouco feliz quanto o sofrimento e os sacrifícios enfrentados para resistir com obstinação nos seus ideais. A isso acrescentem-se experiência e desilusão na vida profissional; por fim, a dúvida abateu-se sobre uma série de fatos. Teria sido realmente o senso de verdade e do direito que fizera dele um adepto de Veraguth? Ou não teriam sido antes as suas qualidades de orador e tribuno do povo, o seu encanto e a habilidade de aparecer em público? Ou então o timbre agradável de sua voz, seu sorriso deslumbrante e viril? A inteligência e a beleza de sua filha não teriam contribuído pelo menos em grande parte para que isto sucedesse?

As dúvidas se acumulavam em progressão avassaladora. Será que o velho Designori defendia realmente o ponto de vista menos nobre ao permanecer leal à sua classe com sua dureza contra os arrendatários rurais? Existe mesmo o bem e o mal, o justo e o injusto? Ou não será afinal a voz da consciência o único e válido juiz? Caso fosse assim, então ele, Plínio, estava errado, pois ele não vivia feliz, em paz, positivamente, confiante e seguro, pelo contrário, vivia na insegurança, na dúvida e má consciência.

Seu casamento, por exemplo. Não é que tivesse sido um erro clamoroso e fonte de sérias discórdias, mas estava eivado de tensões, complicações e resistências. Era a coisa melhor que ele tinha e contudo não lhe proporcionava a paz, a felicidade, a inocência, a boa consciência de que ele tanto carecia. Seu casamento exigia muita cautela e controle, custava muito esforço. O próprio filho Tito, bonito e de bela compleição, foi desde cedo um motivo para disputas diplomáticas, para uma luta surda em busca de simpatia e de ciúmes. O menino por demais amado e mimado pelos pais foi pendendo para o lado da mãe e acabou tomando o seu partido na luta das influências. Esta era a mais recente perda na vida de Designori e ao que parece a que ele mais amarga e dolorosamente ressentiu. Isto porém não o prostrou, ele soube dominar a situação, encontrar e conservar uma forma de atitude controlada: digna, mas séria, carregada e melancólica.

Enquanto Servo, em muitas visitas e encontros, ia conhecendo aos poucos todos estes pontos da vida do amigo, comunicava também a ele, em troca, muitas de suas experiências e muitos de seus problemas. Jamais deixou o outro cair na situação de uma pessoa que se confessa, mas com a mudança do momento e disposição, arrepende-se do que fez e deseja desdizer-se. Recebeu e fortaleceu a confiança de Plínio pela sua própria franqueza e entrega. Aos poucos sua vida foi-se abrindo diante do amigo, uma vida aparentemente simples, reta, exemplar, regrada dentro de uma ordem claramente construída e hierarquizada, uma carreira coroada de êxito e aprovação e contudo uma vida dura, sacrificada, assaz solitária. Para um homem de fora havia muitas facetas que não podiam ser compreendidas inteiramente, mas davam para perceber as linhas mestras e as disposições fundamentais. O que ele pôde entender e sentir melhor foi a necessidade que Servo experimentava de juventude, por alunos jovens e ainda por formar, a necessidade de uma modesta atividade, sem brilho e sem eterna obrigação de representação, de uma atividade, por exemplo, como a de um professor de latim ou de música numa escola inferior.

Estava bem dentro do estilo de terapêutica e pedagogia de Servo não somente conquistar este paciente através de sua grande franqueza, como também dar-lhe a sugestão de ajudar o próprio Mestre e prestar-lhe serviços. Com isso deu o impulso para que Designori efetivamente o fizesse. De fato, Designori foi de grande utilidade para o Magister, bem menos no problema central, mas satisfazendo principalmente a curiosidade e a sede de saber, que ele tinha sobre centenas de particularidades da vida no mundo.

Por que Servo tomou a si a tarefa nada fácil de reensinar o melancólico amigo da juventude a sorrir e a rir? Terá desempenhado algum papel o pensamento de que neste trabalho Designori lhe poderia ser útil pela retribuição de serviços? Não sabemos. Designori, portanto, aquele que mais necessidade tinha de sabê-lo, nega a segunda pergunta.

Conta mais tarde:

— Ao tentar trazer luz sobre o modo do amigo Servo de atuar sobre um homem tão resignado e fechado como eu, vejo cada vez mais claramente que ele se baseou em grande parte na magia e sedução, e é preciso que se diga também na ladinice. Era bem mais ladino do que a sua gente supunha, pródigo de recursos lúdicos e espirituosos, vendendo espertezas e se divertindo em fazer mágicas, se escondendo, sumindo e aparecendo de surpresa. Creio que já no momento em que apareci pela primeira vez na Direção castálica ele resolveu capturar-me e influenciar-me a seu modo, ou seja, despertar-me e pôr-me em melhor forma. Pelo menos, logo, desde o primeiro momento deu-se ao trabalho de me ganhar. Por que o fez, por que se encarregou de mim, não sei dizê-lo. Creio que os homens de sua qualidade fazem a maior parte das coisas inconscientemente, como por reflexo, sentem-se postados, diante de uma missão, chamados por uma urgência se entregam sem mais ao apelo.

"Ele me encontrou desconfiado e tímido, de modo algum disposto a me lançar em seus braços ou mesmo pedir socorro. Encontrou-me o amigo outrora tão franco e comunicativo, decepcionado e fechado, e este óbice, esta dificuldade nada desprezível parece que foi justamente o que mais o estimulou. Não afrouxou o cerco, por mais esquivo que eu fosse e afinal obteve o que tinha em mente. Para isso serviu-se, entre outras coisas, de um artifício, de configurar nossa relação com um relacionamento mútuo, fazendo a minha força corresponder à dele, o meu valor ao seu e inventando uma necessidade de ser auxiliado para poder auxiliar. Já no primeiro e prolongado colóquio, ele me deu a entender que aguardava o meu aparecimento e até ansiava por ele. Aos poucos introduziu-me no seu plano de deixar a Província e sempre fez notar como contava com o meu conselho, minha assistência, minha discrição, pois afora eu ele não tinha no mundo nenhum amigo nem possuía a menor experiência. Confesso que ouvia isto com prazer e esta atitude não contribuiu pouco para consagrar-lhe minha total confiança e de certo modo de me entregar a ele de armas e bagagens; eu acreditava inteiramente nele.

"Mais tarde, porém, com o decorrer do tempo, tudo isso se me tornou de novo perfeitamente duvidoso e inverossímil. Eu não teria absolutamente sabido dizer se ele esperava alguma coisa de mim e até que ponto; e também não saberia dizer se a sua maneira de me cativar era inocente ou diplomática, ingênua ou maliciosa, sincera ou pré-fabricada e jocosa.

"Ele me era de longe superior, me tinha feito bem demais para que eu pudesse atrever-me a tais pesquisas. Seja como for, considero hoje a ficção segundo a qual a sua situação era semelhante à minha e ele dependia tanto da minha simpatia e prestimosidade como eu da dele, unicamente como uma delicadeza, como uma sugestão cativante e prazerosa e que me prendeu. Apenas eu não saberia dizer até que ponto o seu jogo comigo foi consciente, pensado e propositado e até que ponto, apesar de tudo, espontâneo e natural. Pois o Magister José foi um grande artista; por um lado sua capacidade de resistir ao impulso de educar, influir, curar, ajudar, desenvolver era tão reduzida que os meios se tornavam quase indiferentes. Por outro lado, era-lhe efetivamente impossível executar o mais simples trabalho sem se dedicar totalmente, de corpo e alma.

"Por certo esta foi uma de suas obras de arte. Ele se interessou por mim como um amigo e como um grande médico e chefe. Não mais me abandonou e finalmente me despertou e me curou até onde foi realmente possível. Era notável e convinha perfeitamente a ele: agindo como se levasse a sério meu auxílio para afastar-se do cargo, ouvindo com toda a tranquilidade, e muitas vezes até com aplausos, as minhas críticas rudes e pueris e até mesmo recriminações e injúrias contra a Província, lutando pessoalmente para livrar-se de Castália, não deixava contudo, de fato e verdadeiramente, de me atrair e me conduzir de volta para lá, trazendo-me de volta à meditação, educando-me e reformando-me pela música e recolhimento castálicos, pela serenidade e coragem castálicas. Assim ele fez de mim outra vez um dos vossos, a mim que apesar de minha nostalgia por vós era no fundo tão acastálico e anticastálico; ele transformou o meu amor infeliz por vós num amor feliz.

Com estas palavras se manifestou Designori e ele bem que tinha razão para a sua gratidão cheia de admiração. Podemos conceder que não é extraordinariamente difícil educar meninos e adolescentes para o estilo de vida da Ordem, ajudando-se dos nossos métodos de comprovação secular; por certo a questão muda de figura se se trata de um homem de cinquenta anos, ainda que este homem coopere com a máxima boa vontade. Não chegaremos ao ponto de dizer que Designori se tornou um castálico perfeito e exemplar. Mas Servo obteve aquilo a que se propusera: desfazer a obstinação e o amargo pesadume de sua tristeza, reconduzir uma alma hipersensível e tímida às regiões da harmonia e serenidade, substituir uma série de maus hábitos por outros bons. Naturalmente o Mestre do Jogo de Avelórios não podia ele mesmo prestar toda a infinidade de trabalhos e acabamentos necessários; ele se valeu da aparelhagem e das forças vivas de Cela Silvestre e da Ordem para o hóspede de honra. Por certo tempo cedeu-lhe até um mestre de meditação vindo de Terramil, a sede da Direção da Ordem, para controle permanente de seus exercícios e que o acompanhou em casa. Reservou para si, no entanto, o controle e a direção.

Corria o oitavo ano de sua magistratura, quando aceitou, pela primeira vez, os convites tantas vezes repetidos do amigo e visitou-o em sua casa na capital. Com a licença da Direção da Ordem, cujo prepósito Alexandre muito simpatizava com ele, aproveitou um feriado para a visita. Vivia prometendo fazer esta visita e passou mais de um ano protelando, em parte porque queria estar bem seguro do amigo, em parte também por causa de um receio muito natural, pois seria o seu primeiro passo naquele mundo donde seu colega Plínio trouxera esta renitente tristeza e que para ele encerrava tantos mistérios. Encontrou a casa moderna que o amigo adquirira no lugar da velha mansão dos Designori, dirigida por uma imponente senhora, muito inteligente e reservada. A senhora porém era visivelmente dominada pelo gracioso filhinho, atrevido e até mesmo mal-educado, em torno de quem tudo parecia girar e que parecia ter aprendido de sua mãe a atitude teimosa e prepotente, um tanto humilde em relação ao pai. Aliás, respirava-se aqui uma atmosfera fria e desconfiada em relação a tudo o que fosse castálico; mãe e filho contudo não resistiram muito tempo à personalidade do Magister, cujo cargo tinha para eles além disso alguma coisa de misterioso, sagrado e legendário. Mesmo assim a primeira visita transcorreu extremamente rígida e formal. Servo permaneceu na expectativa, falando pouco e observando muito, enquanto a senhora o recebia com uma cortesia fria e formal e uma repulsa interior como um alto oficial inimigo é recebido no quartel. O filho Tito era de todos o menos acanhado, ele já fora muitas vezes testemunha ocular e beneficiário, talvez divertindo-se muito, de semelhantes situações. Seu pai parecia mais representar o papel de dono da casa do que realmente o era. Entre ele e a mulher dominava um tom de suave, cuidadosa, meio temerosa cortesia, de uma cortesia que parecia caminhar na ponta dos pés, observada com mais facilidade e naturalidade pela mulher que pelo marido. Este, por sua vez, demonstrava em relação ao filho um esforço em obter camaradagem, o filho parecia habitualmente ora manipular este empenho do pai, ora repeli-lo com impertinência. Numa palavra, era uma convivência penosa, não isenta de culpa, aquecida em atmosfera sufocante por instintos reprimidos, infestada de receios de perturbações e rompimentos, carregada de tensões. O estilo de comportamento e das conversas era como o estilo de toda a casa, um pouco demasiadamente cuidado e rebuscado, como se fosse impossível erguer com solidez, espessura e segurança necessárias o dique de proteção contra eventuais invasões ou assaltos de surpresa. Servo observou, e logo lhe chamou a atenção que boa parte da serenidade reconquistada tornara a desaparecer do rosto de Plínio. Ele, que em Cela Silvestre e na casa da Direção da Ordem em Terramil parecia ter perdido inteiramente seu pesadume e tristeza, aqui, na própria casa, estava de novo totalmente em sombra e provocando objeção e compaixão.

A casa era bonita e denotava riqueza e refinamento, cada aposento estava mobiliado de acordo com as suas dimensões, cada um pintado com muito gosto com duas ou três tonalidades de cores de agradável combinação, lá e cá uma obra de arte valiosa. Servo deixava seus olhos vaguearem prazerosamente. Contudo este prato delicioso para os olhos quis lhe parecer demasiadamente belo, uma medida acima do que deveria ser, por demais perfeito e calculado, sem história, sem acontecimentos, sem renovação, e sentiu que também esta beleza dos aposentos e dos objetos tinha o sentido de um exorcismo, de um gesto suplicante em busca de proteção e que estes quartos, quadros, jarros e flores cercavam e acompanhavam uma vida que ansiava por harmonia e beleza, sem poder alcançá-las de outro modo senão pelo cultivo de um ambiente assim refinado.

Foi no tempo que se seguiu a esta visita, com suas impressões, em parte pouco agradáveis, que Servo cedeu ao amigo um professor de meditação que o acompanhou em casa. Desde que ele tinha passado um dia na atmosfera tão estranhamente comprimida e carregada dessa casa, começava a dominar uma porção de conhecimentos que absolutamente não lhe apeteciam, mas que lhe faltavam e que procurara por causa do amigo. Não ficou só nesta primeira visita, ela foi repetida diversas vezes e levou a conversas sobre educação e sobre o pequeno Tito, nas quais a mãe também participava vivamente. O Magister ganhava paulatinamente a confiança e a simpatia desta mulher inteligente e desconfiada.

Ao dizer uma vez, em tom de brincadeira, que era uma pena que seu filho não tivesse sido enviado em tempo oportuno para ser educado em Castália, ela tomou a observação a sério como se fora uma repreensão e argumentou que teria sido extremamente duvidoso se Tito haveria de encontrar de fato lá uma boa acolhida, pois ele era sem dúvida um menino bem-dotado mas difícil de tratar; intervir desta maneira na vida do menino contra a própria vontade dele, ela jamais o haveria de permitir, tanto mais que esta tentativa com o seu pai não tinha de modo nenhum dado certo. Também ela e o marido não tinham pensado em apelar para um privilégio da velha família Designori em prol de seu filho, de vez que haviam rompido com o pai de Plínio e com toda a tradição da antiga casa. E por fim, acrescentou ela sorrindo com certa dor, além disso não se teria separado do filho, mesmo que as circunstâncias fossem outras, já que fora dele nada mais tinha que lhe tornasse a vida digna de ser vivida.

Servo sentiu-se obrigado a refletir longamente nesta observação bem mais espontânea que calculada. Então a sua bela casa com toda a sua distinção, magnificência e bom gosto, o seu marido, com a sua política e o partido, a herança de seu pai que ela antes idolatrava, nada disso era suficiente para dar sentido e valor à sua vida. Somente o filho o conseguia. E ela preferia deixá-lo crescer sob condições tão precárias e funestas, como as existentes aqui na casa e no seu casamento, a ter que se separar dele para o bem da criança. Era uma confissão espantosa para uma mulher tão inteligente, aparentemente tão fria e intelectual. Servo não podia ajudá-la de modo tão imediato como ajudara o marido e, em verdade, não pensava absolutamente em tentá-lo. Mas através de suas raras visitas e por meio de Plínio, que estava sob sua influência, entrou com muita moderação e aconselhamento nas esquisitices da família.

Enquanto Servo ganhava cada vez mais influência e autoridade na casa de Designori, a vida destas pessoas do mundo tornava-se para o Magister sempre mais fértil em enigmas, à medida que ele as conhecia melhor. Todavia sabemos realmente pouca coisa a respeito de suas visitas à capital e do que aí viu e viveu e nos contentamos com o que aqui vai apresentado.

Até aqui Servo não chegara a conhecer de perto o prepósito da Direção da Ordem em Terramil, mais do que exigiam as funções oficiais. Ele o via apenas por ocasião das sessões plenárias da Direção Geral do Ensino que tinham lugar em Terramil e também aí o prepósito, na maioria dos casos, se desincumbia apenas dos negócios oficiais mais formais e decorativos, à recepção e despedida dos colegas, enquanto o trabalho principal da direção da sessão competia ao relator. O prepósito que até então ocupara o cargo, já no tempo da tomada de posse de Servo um homem de idade respeitável, era muito venerado pelo Magister Ludi, mas nunca lhe deu ocasião de diminuir a distância. Não era para Servo mais um homem, nem uma pessoa, mas flutuava nas alturas, um sumo sacerdote, um símbolo da dignidade e do recolhimento, como uma culminância e coroamento silenciosos a encimar a construção da direção e de toda a Hierarquia. Este varão venerável tinha morrido e para o seu lugar a Ordem elegera o novo prepósito Alexandre. Alexandre era aquele mesmo mestre de meditação que a Direção da Ordem há anos pusera ao lado de nosso José Servo para os primeiros tempos de sua administração. Desde então o Magister tinha admirado e amado com gratidão o exemplar confrade. Este também, por sua vez, durante aquele tempo pudera conhecer o Mestre do Jogo de Avelórios o suficiente para amá-lo. Afinal Servo fora o objeto de sua preocupação diária e de certo modo um discípulo espiritual que ele pudera observar bem de perto na sua alma e nas suas qualidades pessoais. A amizade que desde então permanecia latente era consciente aos dois e tomou figura desde o momento em que Alexandre se tornou colega de Servo e presidente da alta Direção, pois agora reviam-se com mais frequência e tinham um trabalho em comum a executar. Por certo esta amizade carecia de um contato cotidiano, como também das experiências conjuntas da juventude; era uma simpatia colegial entre altos funcionários e suas manifestações se limitavam a uma afetuosidade mais acentuada nas saudações e despedidas, um entendimento mútuo mais rápido e perfeito e ainda de rápidas trocas de ideias nos intervalos das sessões.

De acordo com as constituições, o prepósito da Direção da Ordem era também chamado o Mestre da Ordem. Seus colegas, os magísteres, não estavam subordinados a ele. Mas esta subordinação existia por força de tradição segundo a qual o Mestre da Ordem presidia às sessões das autoridades superiores. E sua autoridade era tanto maior quanto mais meditativa e monástica se tinha tornado a Ordem nas últimas décadas. É escusado dizer que esta autoridade se limitava aos quadros da Hierarquia e da Província. Na Direção Geral do Ensino, o prepósito da Ordem e o Mestre do Jogo de Avelórios tinham-se tornado mais e mais os expoentes e representantes do espírito castálico. A disciplina espiritual meditativa e o Jogo de Avelórios eram indubitavelmente para Castália os bens característicos, em comparação com as antiquíssimas disciplinas herdadas de épocas pré-castálicas, como Gramática, Astronomia, Matemática ou Música. Assim era bastante significativo que os seus dois atuais representantes e dirigentes se relacionassem mutuamente com uma amizade. Era para ambos uma confirmação e uma elevação de sua dignidade, um acréscimo de calor e contentamento na vida, um estímulo a mais para a execução de suas tarefas; de representar e vivenciar em suas pessoas os dois bens e as duas forças do mundo castálico, mais íntimas e mais sagradas. Para Servo, portanto, isto significava um vínculo a mais, um lastro a mais contra a sua crescente tendência de renunciar a tudo isso e de irromper numa outra, numa nova esfera de vida.

Esta tendência, no entanto, continuou a desenvolver-se irresistivelmente. Depois de se tornar totalmente consciente, o que poderá ter sucedido na altura de seu sexto ou sétimo ano de magistratura, fortificou-se e foi aceita por ele, o homem do "despertar", sem acanhamento, na sua vida e no seu pensamento conscientes. Desde esse tempo, creio que podemos afirmá-lo, o pensamento de sua próxima despedida do cargo e da Província lhe era familiar. Familiar umas vezes como é a um prisioneiro a fé na sua libertação, familiar outras vezes como pode ser a um doente em estado grave a certeza da morte. Naquela primeira palestra com o colega de juventude, Plínio, que reaparecia, deu a esse pensamento pela primeira vez a expressão verbal, possivelmente apenas para conquistar o amigo, romper a mudez e o fechamento que nele se instalara; talvez também para dar ao seu novo despertar, à sua nova disposição vital um confidente, uma primeira orientação para o exterior, um primeiro impulso para a efetivação. A comunicação do problema a um outro era o meio adequado. Nos colóquios subsequentes com Designori, o desejo de Servo de depor a sua atual forma de vida e ousar o salto numa nova direção tomou já a categoria de uma decisão. Neste ínterim terminava de edificar com carinho a amizade com Plínio, que agora estava preso a ele não mais somente pela admiração, mas igualmente pela gratidão do convalescente e do restabelecido e possuía nela uma ponte para o mundo exterior e para a vida desse mundo tão cheia de enigmas.

Não é de estranhar que o Magister somente muito tardiamente tenha introduzido o amigo Tegularius em seu segredo e em seu plano de rompimento. Ele, que moldara cada uma de suas amizades dentro de uma linha de benevolência e promoção alheia, soube também do mesmo modo supervisioná-las e dirigi-las com toda a independência e diplomacia. Pois bem, com o reaparecimento de Plínio em sua vida vinha à tona um rival para Fritz, uma velha amizade rediviva, reclamando o interesse e o coração de Servo. Este nem podia ter razão para estar surpreso, se Tegularius reagisse inicialmente com veemente ciúme. De fato, por um certo tempo, até ele conquistar Designori completamente e repô-lo no bom caminho, pode ser que a atitude pirracenta e reservada de Tegularius tenha até sido bem recebida pelo Magister.

Com o correr do tempo evidentemente um outro raciocínio se impunha. Como poderia tornar digerível e aceitável a uma natureza como Tegularius o seu desejo de deixar, de mansinho, Cela Silvestre e a dignidade de Magister? Se Servo abandonasse um dia Cela Silvestre, ele estaria definitivamente perdido para o amigo. Levá-lo consigo no caminho estreito e perigoso que se abria diante dele estava fora de cogitações, mesmo que Tegularius contra toda expectativa tivesse vontade e criasse coragem para tanto. Servo aguardou, refletiu e hesitou muito tempo antes de fazê-lo conhecedor de suas intenções. Finalmente se resolveu, quando a decisão de partir há muito já estava firme. Ter-lhe-ia sido por demais contrário à natureza deixar o amigo mal-informado até o último momento e, por assim dizer, organizar planos às costas e preparar passos cujas consequências Tegularius teria que suportar também. Na medida do possível ele queria, do mesmo modo como fizera com Plínio, não somente introduzi-lo em sua problemática, mas fazer dele também um colaborador e auxiliar, se não real pelo menos imaginário, já que a participação mútua ajuda a encarar com mais facilidade todas as situações.

As ideias de Servo sobre um iminente declínio da estrutura de Castália já eram naturalmente desde muito conhecidas do amigo, na medida em que Servo estava disposto a comunicá-las e Tegularius pronto a aceitá-las. O Magister se reportou a essas ideias quando resolveu abrir-se ao outro. Contra a sua expectativa e para grande alívio seu, Fritz não tomou ao trágico o que lhe fora comunicado em confiança; pelo contrário, imaginar que um Magister devolvesse a sua dignidade às autoridades, sacudisse dos pés a poeira de Castália e escolhesse uma vida segundo o próprio gosto parecia estimulá-lo agradavelmente e até mesmo diverti-lo. Como individualista e inimigo de todo enquadramento, Tegularius sempre estava do lado dos particulares contra as autoridades; podia-se sempre contar com ele para combater espirituosamente o poder oficial, ridicularizá-lo e ludibriá-lo. Com isso estava indicado o caminho que Servo devia seguir. Respirando aliviado e sorrindo interiormente, aceitou imediatamente a reação do amigo. Deixou-se ficar nesta persuasão de que se tratava de um golpe de mão contra as autoridades e a burocracia e lhe atribuiu neste golpe o papel de confidente, colaborador e conspirador.

Era preciso elaborar um requerimento do Magister às autoridades, uma exposição e explanação de todas as razões que lhe sugeriam a demissão do cargo. A preparação e a elaboração desse requerimento deveriam ser, principalmente, uma tarefa de Tegularius. Antes de mais nada, ele deveria assimilar a concepção histórica de Servo a respeito da gênese, desenvolvimento e atual situação de Castália, a seguir reunir material histórico para daí documentar os desejos e as sugestões de Servo. Não pareceu perturbar-lhe muito ter que se embrenhar por um terreno até então abominado e desprezado e Servo apressou-se em dar-lhe as indicações necessárias. E desta maneira Tegularius se aprofundou em sua nova tarefa com aquele zelo e tenacidade que ele podia desenvolver para empresas solitárias que fugissem à normalidade. Destes estudos resultou para ele, um individualista obstinado, um prazer estranhamente feroz, que o devia colocar em condições de demonstrar aos bonzos e à Hierarquia as suas deficiências e problemática ou pelo menos irritá-los.

José não participava deste prazer nem, para dizer a verdade, cria no êxito dos esforços do amigo. Ele estava decidido a soltar-se das peias de sua situação presente e desimpedir-se para tarefas que ele sentia que o estavam aguardando, mas era-lhe claro que nem as autoridades poderiam ser vencidas por motivos de razão, nem poderia descarregar sobre Tegularius parte daquilo que ora devia ser executado. Era-lhe sumamente agradável sabê-lo ocupado e com atenção em outro ponto, durante o tempo em que ele ainda vivesse em sua proximidade.

Depois de ter falado a este respeito no encontro seguinte com Plínio Designori, acrescentou:

— O amigo Tegularius está agora ocupado e ressarcido pelo que julgava haver perdido com a tua volta. Seu ciúme já está quase curado e o trabalho em sua pesquisa, que faz por mim e contra os meus colegas, lhe faz bem, ele está quase feliz. Mas não creio, Plínio, que eu possa esperar alguma coisa de sua atividade, exceto naturalmente o bem que proporciona a ele próprio. É sumamente improvável que a nossa suprema autoridade venha a dar deferimento ao requerimento planejado, é mesmo impossível. Na melhor das hipóteses responderá com uma admoestação, censurando com brandura. O que se coloca entre as minhas intenções e a realização delas é a lei básica de nossa Hierarquia e uma autoridade que despedisse um Mestre do Jogo de Avelórios na base de um requerimento por mais convincente e bem fundado que fosse e lhe destinasse uma atividade fora de Castália não me agradaria tampouco. Se isto não bastasse, está lá Mestre Alexandre na direção da Ordem, um homem que não se deixa dobrar por nada deste mundo. Não, não há outra saída. Esta batalha terei que travá-la sozinho. Mas deixemos entretanto Tegularius primeiro exercer sua argúcia. Com isso não perderemos senão um pouco de tempo, de que aliás necessito para deixar tudo em ordem e Cela Silvestre não venha a sofrer o mínimo prejuízo com a minha partida. Precisas porém nesse meio tempo obter para mim no teu ambiente um alojamento e um lugar para trabalhar, por mais modesto que seja. Em caso de necessidade, estou satisfeito com uma colocação como professor de música; só precisa ser um início, um trampolim.

Designori era de opinião que se encontraria logo tal colocação, e, quando chegasse a hora, sua casa estaria aberta ao amigo o tempo que quisesse. Servo porém não estava satisfeito com isso.

— Não — dizia ele —, para hóspede não sirvo. Preciso ter trabalho. Por outro lado, uma permanência na tua casa, por mais agradável que seja, se durar mais de alguns dias só aumentaria as tensões e as dificuldades por lá. Tenho plena confiança em ti e também tua esposa já se habituou cordialmente às minhas visitas, mas tudo isso tomaria imediatamente uma outra face, se eu deixasse de ser um visitante e Magister Ludi e passasse a ser um refugiado e hóspede permanente.

— Tomas isto muito ao pé da letra — disse Plínio. — Podes contar com certeza que muito cedo obterás uma profissão digna de ti, no mínimo professor numa universidade, tão logo te libertes de teus compromissos aqui e te estabeleças na capital. Estas coisas todavia requerem tempo, sabes muito bem, e eu só posso empreender alguma coisa por ti, quando se concretizar o teu desligamento.

— Certo — disse o Magister —, até então minha resolução precisa permanecer em segredo. Não posso pôr-me à disposição de vossas autoridades antes que minhas próprias sejam informadas e tenham decidido. Isto é óbvio. Mas eu também não busco por agora um emprego público. Minhas exigências são modestas, menores do que tu és capaz provavelmente de supor. Preciso de um quarto e do pão cotidiano, antes de tudo de um trabalho e uma tarefa como professor e educador, preciso de um ou alguns alunos e pupilos com quem eu viva e sobre os quais possa atuar. Numa universidade é no que menos penso. Eu seria também com prazer, digo melhor, com preferência acentuada, preceptor de um menino ou aceitaria algum trabalho deste gênero. O que eu busco e necessito é uma tarefa simples, natural, uma pessoa que precise de mim. A profissão numa universidade me enquadraria outra vez desde o começo numa aparelhagem oficial de tradições, normas de rotinas mecânicas e prescrições sagradas. O que eu desejo é justamente o contrário.

Hesitante, Designori externou um desejo que já vinha afagando há certo tempo.

— Tenho uma proposta a fazer — disse — e peço-te que ao menos a ouças e a examines com simpatia. Talvez pudesses aceitá-la. Neste caso, me prestarias também um serviço. Desde aquele primeiro dia em que fui teu hóspede aqui, não tens cessado de ajudar-me em muitos problemas. Conheces também a minha vida e a minha casa e sabes da situação de lá. Não é muito boa a situação, mas está melhor que anos atrás. O mais espinhoso é a relação entre o meu filho e mim. Ele é mimado e atrevido, conseguiu uma situação privilegiada e superprotegida em casa, isto lhe foi dado a entender e facilitado nos anos em que, ainda criança, foi cortejado não só pela mãe mas também por mim. Tomou então decididamente o partido da mãe e foram-me sendo aos poucos arrancados da mão todos os recursos educacionais eficazes. Eu me conformara com aquilo e mais ainda com a minha própria vida um tanto infeliz. Eu tinha entregado os pontos. Mas agora, praticamente restabelecido, graças ao teu auxílio, recobrei a esperança. Vês aonde quero chegar. Ficarei imensamente contente se Tito, que está tendo dificuldades na escola, tivesse durante certo tempo um professor e educador que se interessasse por ele. Bem sei que é um desejo egoísta e não saberia dizer se esta tarefa poderia atrair-te. Mas deste-me coragem para concretizar a proposta.

Servo sorriu e estendeu-lhe a mão.

— Obrigado, Plínio. Nenhuma proposta poderia ser-me mais agradável. Falta apenas o consentimento de tua esposa. Mais ainda. Deveis resolver-vos a confiar-me por enquanto inteiramente o vosso filho. Para que eu o possa ter em minhas mãos é preciso que a influência diária da casa paterna seja suspensa. É preciso que fales sobre isto com a tua mulher e a persuadas a aceitar esta condição. Ataca o problema com cuidado, não te precipites!

— Crês — perguntou Designori — que conseguirás alguma coisa com Tito?

— Oh!, sim, por que não? Ele tem bom sangue e belos dotes por parte dos pais, falta-lhe apenas a harmonia dessas forças. Minha tarefa, que assumo com prazer, será despertar nele a necessidade desta harmonia. Mais ainda: fortalecê-la e finalmente torná-la consciente.

Deste modo José Servo sabia que seus amigos, cada qual à sua maneira, se ocupavam com o seu problema. Enquanto Designori, na capital, expunha à mulher os novos planos e procurava fazê-los aceitos, Tegularius, em Cela Silvestre, num quarto de trabalho da bibliografia, reunia material para a dissertação que tinha em mente, de acordo com as instruções de Servo. O Mestre tinha encontrado uma boa isca para ele na bibliografia que lhe tinha apresentado. Fritz Tegularius, o grande desprezador da história, aferrou-se à história da época das guerras e apaixonou-se por ela. Confirmando a fama de excepcional produtividade em atividades de diletantismo, Tegularius ajuntou com crescente apetite episódios sintomáticos daquela época, dos tempos sombrios que precederam o aparecimento da Ordem e acumulou-os em tão larga quantidade que o seu amigo, ao receber o trabalho depois de meses, não pôde utilizar nem a décima parte.

Por este tempo Servo repetiu diversas vezes suas visitas à capital. A Sra. Designori depositava cada vez mais confiança nele, da mesma forma que tipos difíceis e cheios de defeitos acolhem francamente uma pessoa sadia e equilibrada. Logo acedeu aos planos do marido.

Sabemos a respeito de Tito que ele numa dessas visitas fez sentir com impertinência ao Magister que não desejava ser tratado por "tu", de vez que todo mundo, inclusive o professor de sua escola, o tratava por "vós". Servo aquiesceu com muita cortesia e desculpou-se dizendo que em sua Província os professores tratavam por "tu" todos os alunos e estudantes, mesmo que estes há muito já fossem adultos. E depois do almoço pediu ao menino que saísse um pouco com ele e lhe mostrasse alguns pontos da cidade. Neste passeio Tito conduziu-o por uma imponente ruela da cidade velha onde se alinhavam, em sequência quase ininterrupta, os casarões centenários das famílias nobres, distintas e abastadas. Parando diante de uma dessas casas sólidas, estreitas e altas, apontou uma placa no portal e perguntou:

— Conhece-a? — E, como Servo respondesse negativamente, disse: — Estas são as armas dos Designori, e esta é a nossa velha mansão que pertenceu à família durante trezentos anos. Moramos porém em nossa casa, que não se sobressai, banal, tipo padrão, somente porque meu pai, depois da morte do meu avô, cismou de vender este belo e respeitável solar familiar e mandar construir uma casa moderna, que aliás agora já não está mais tão assim na moda. Vós podeis compreender uma coisa destas?

— Vós sentis tanto assim pela casa antiga? — perguntou Servo cordialmente e quando Tito disse que sim, com toda a paixão, e repetiu a pergunta: "Vós podeis compreender uma coisa destas?" disse: — Pode-se compreender tudo, se se procura esclarecer o assunto em questão. Uma casa antiga é uma bela coisa e, se a nova tivesse estado ao lado e ele tivesse podido escolher, teria sem dúvida conservado a antiga. Sim, casas antigas são belas e respeitáveis, principalmente uma tão bela como esta. Mas construir uma casa é igualmente algo de belo e se um jovem, ambicioso e voluntarioso, pode escolher entre estabelecer-se confortável e resignadamente num ninho já pronto ou ele mesmo construir um inteiramente novo, acho que é bem compreensível que sua escolha recaia na construção. Conhecendo vosso pai como o conheço e conheci, quando ele tinha a vossa idade e era um homem corajoso e apaixonado, é fácil de inferir que a venda e a perda da casa a ninguém causaram tanta dor quanto a ele mesmo. Teve um sério conflito com o pai e a família e, ao que tudo indica, a educação que recebeu entre nós em Castália não foi a mais adequada para ele, pelo menos não conseguiu preservá-lo de algumas atitudes precipitadas, imbuídas de paixão. Uma delas foi sem dúvida a venda da casa. Com este gesto pretendeu repudiar frontalmente a tradição da família, o pai, e todo o passado e dependência e declarar guerra a tudo isso. Pelo menos para mim, isso me pareceria bem compreensível. Mas, como o homem é um ser surpreendente, me vem à mente um outro pensamento que nada tem de improvável: quem sabe se o vendedor da velha casa não queria com esta venda causar dor não somente à sua família, mas antes de tudo a si mesmo? A família o decepcionara. Ela o tinha enviado a nossas Escolas da Elite, lá o fizera educar segundo as nossas características e, por ocasião de sua volta, o tinha recebido com tarefas e exigências para as quais ele não poderia estar preparado. Mas eu não gostaria de prolongar a interpretação psicológica.

"De qualquer maneira esta história da venda da casa demonstra a profundidade da natureza do conflito entre pais e filhos, o ódio, o amor que se transmuta em ódio. Em temperamentos vivos e talentosos é raro que este conflito não se irrompa, a história universal desfia rosários de tais exemplos. Aliás eu poderia imaginar perfeitamente um jovem Designori, da nova geração, que estabelecesse como missão de sua vida recuperar a casa por qualquer preço para a propriedade da família.

— Então — exclamou Tito — vós não lhe daríeis razão se ele o fizesse?

— Não gostaria de arvorar-me seu juiz, meu jovem senhor. Se um Designori das gerações posteriores reflete com atenção na grandeza de sua estirpe e na obrigação que lhe cabe na vida por causa destes títulos, se ele serve à cidade, ao Estado, ao povo, ao direito, ao bem-estar comum com todas as suas forças e tornar-se tão excelente neste desempenho, que consiga também recuperar a casa, então ele é um homem respeitável e podemos tirar o chapéu diante dele. Mas, agora, se ele não conhece outra finalidade na vida a não ser esta história da casa, neste caso não passa de um possesso e apaixonado, um homem de paixão, provavelmente alguém que nunca conheceu o verdadeiro sentido de tais conflitos com os pais entre os jovens, e os vai arrastando pelo resto da vida, mesmo depois de se tornarem adultos. É belo quando uma família antiga está ligada com afeto e amor à sua casa, mas rejuvenescimento e renovada grandeza só lhe podem advir se seus filhos servirem a causas maiores que as da família.

Neste passeio Tito ouviu o hóspede de seu pai com atenção e relativamente de boa vontade. Mas em outras ocasiões mostrou de novo repulsa e obstinação. Farejava no homem em que seus pais, em outros pontos tão desunidos, pareciam apoiar-se tanto, um poder que poderia tornar-se perigoso à sua própria liberdade exagerada e em determinadas oportunidades mostrava-se declaradamente mal-educado. Por certo que se seguiam sempre um arrependimento e um propósito de emenda, pois feria o seu amor-próprio comprometer-se daquela maneira diante da serena delicadeza que cercava o Magister como uma couraça brilhante. E nos recônditos de seu coração inexperiente e um pouco selvagem, experimentava que este era um homem a quem talvez se pudesse amar e venerar.

Teve esta sensação especialmente numa vez em que encontrou Servo sozinho e aguardando o pai, que não pudera chegar a tempo, impedido por seus afazeres. Foi bem uma meia hora de encontro. Ao entrar no quarto, Tito viu o hóspede imóvel, com os olhos semicerrados, sentado numa posição rija como uma estátua. Silêncio e quietude emanavam de seu recolhimento. O rapaz sem querer começou a andar sem fazer ruído e quis retirar-se na ponta dos pés. Mas neste instante Servo abriu os olhos, cumprimentou-o cordialmente, levantou-se, apontou para um piano que fazia parte da mobília do quarto e perguntou a Tito se ele gostava de música.

Tito respondeu que sim. Há muito que não tinha mais lições de música, nem havia mais exercitado. Ele não ia muito brilhantemente na escola e já era suficientemente atormentado pelos professores habituais, mas ouvir música fora sempre um prazer.

Servo abriu o piano, sentou-se diante dele, certificou-se que estava afinado e tocou um movimento andante de Scarlatti, que nestes dias tinha tomado como base para um exercício do Jogo de Avelórios. Então parou e, encontrando o rapaz atento e absorto, começou a esclarecer, em breves palavras, mais ou menos o que acontecia num exercício do Jogo de Avelórios. Decompôs a música nos seus membros, indicou alguns dos métodos de análise que poderiam ser aplicados no caso e deu uma demonstração dos meios para a tradução da música nos hieróglifos do Jogo. Pela primeira vez Tito encarou o Mestre não como um hóspede, não como uma sumidade famosa, que ele rejeitava por ferir o seu orgulho, mas via-o no seu trabalho, um homem que aprendera uma arte sutilíssima e exata e que a exercia como mestre, uma arte cujo sentido Tito podia apenas pressentir, mas que parecia reclamar o homem todo e sua total dedicação. Também fazia bem à sua dignidade ser tido por adulto e inteligente a ponto de interessarem-no nestas coisas intrincadas. Ficou quieto e nesta meia hora começou a pensar qual seria a fonte de serenidade e segura tranquilidade deste homem extraordinário.

A atividade oficial de Servo nestes últimos tempos estava quase tão intensa como antes, na época difícil de sua tomada de posse. Fazia questão de deixar todos os setores afetos à sua competência e obrigação em ordem exemplar. Esta meta ele a atingiu, ainda que falhasse a outra que tinha em vista, ou seja, fazer parecer sua pessoa prescindível ou pelo menos facilmente substituível. Em nossos altos postos é quase sempre assim: o Magister flutua quase somente como uma peça de enfeite suprema, uma pura insígnia, sobre a complexidade do campo de suas atividades oficiais. Ele vem e vai rapidamente, leve como um espírito amigo, diz duas palavras, aquiesce aqui, indica lá uma tarefa por meio de um gesto e já se foi, já com a atividade seguinte. Toca no seu aparelho oficial como um músico no seu instrumento, parece não precisar de nenhuma força e nenhum esforço de reflexão para que tudo corra como deve correr. Mas cada funcionário nesta estrutura sabe o que significará se o Magister estiver viajando ou doente, o que significa substituí-lo apenas por horas ou por um dia.

Percorrendo com olhar inquiridor todo o pequeno estado do Vicus Lusorum e empregando, especialmente, todo o cuidado para levar a sua "Sombra" imperceptivelmente ao encontro da missão de substituí-lo a sério em breve, ele pôde ao mesmo tempo constatar como o seu íntimo já se tinha desligado e afastado de tudo aquilo, como toda a preciosidade deste pequeno mundo, tão bem pensado, não mais o prendia nem o tornava feliz. Via Cela Silvestre e seu cargo de Magister já quase como uma realidade que tinha ficado para trás, uma região que atravessara, que lhe dera muita coisa e lhe ensinara também, mas que agora não podia arrancar dele mais nenhuma força e ação. Cada vez foi-lhe ficando mais claro neste tempo de lento desligamento e despedidas, que o motivo real de se tornar indiferente a tudo isso e desejar partir não era propriamente o conhecimento de iminentes perigos para Castália ou a preocupação pelo futuro dela, mas sim que simplesmente existia um pedaço de si mesmo, de seu coração, de sua alma, que havia permanecido vazio e desocupado e agora reclamava o direito de querer realizar-se.

Voltou a estudar então também a constituição e os estatutos da Ordem com profundidade e viu que sua saída da Província no fundo não era assim tão difícil, tão impossível de alcançar como ele julgara de início.

Era-lhe livre demitir-se do cargo por razões de consciência e igualmente deixar a Ordem; os votos da Ordem não eram perpétuos, se bem que apenas raramente algum membro, jamais um confrade pertencente à alta direção, tivesse feito uso desta liberdade. Não; não era o rigor da lei que lhe fazia parecer este passo tão difícil, mas sim o próprio espírito hierárquico, a lealdade e a fidelidade ao grupo, no seu próprio coração. Decerto, não queria desaparecer às escondidas, preparava um requerimento pormenorizado para a obtenção de sua liberdade, o amigo Tegularius escrevia nele até ficar com o dedo sujo de tinta. Mas ele não acreditava no resultado deste requerimento. Iriam acalmá-lo, adverti-lo, talvez oferecer-lhe férias de repouso em Rochedo Santa Maria, onde o padre Jacobus há pouco falecera, ou quem sabe em Roma. Mas soltá-lo, não o fariam nunca. Iria contra toda a tradição da Ordem. Caso os superiores assim o fizessem, estariam concedendo que o seu pedido era justo, concederiam que a vida em Castália e com maior razão em tão alto posto, em determinadas circunstâncias, podia não bastar a um homem e significar renúncia e prisão.

A circular

Aproximamo-nos do fim de nossa narração. Como foi dado a entender, nossos conhecimentos sobre esse fim estão cheios de lacunas e se revestem mais do caráter de uma lenda do que propriamente de uma narração histórica. Temos que nos contentar com isso. Portanto, será com prazer aumentado que podemos preencher este penúltimo capítulo da carreira de Servo com um documento autêntico, ou seja, com aquele volumoso escrito em que ele próprio, Mestre do Jogo de Avelórios, expõe às autoridades os motivos de sua resolução e solicita a demissão de seu cargo.

E bem que se diga que José Servo não somente não mais acreditava no êxito deste relatório tão circunstanciado e bem preparado, como já o sabemos há muito tempo, mas que ao tê-lo pronto em mãos, preferia não tê-lo escrito, assim como não gostaria de entregá-lo.

Acontecia-lhe o que acontece a todos os homens que exercem um poder sobre outros homens, um poder natural e a princípio inconsciente. Este poder não será exercido sem consequências para o seu portador. Se é verdade que o Magister estava alegre por ganhar seu amigo Tegularius para as suas intenções, fazendo dele um colaborador e promotor de suas ideias, em compensação o sucedido ultrapassava em intensidade o que ele pensava e desejara. Havia recrutado ou seduzido Fritz para um trabalho em cujo valor, ele o fautor, já não mais acreditava; mas não podia, ao recebê-lo pronto das mãos do amigo, torná-lo sem efeito, nem tinha condições de pô-lo de lado e deixá-lo sem utilização, sem ferir o amigo e decepcioná-lo, pois justamente a sua intenção fora tornar a separação tolerável por meio desta redação. Quer-nos parecer certo que aquela época teria correspondido muito mais às intenções de Servo demitir-se sem mais do seu cargo e proclamar a sua saída da Ordem, em vez de optar pelo processo com o "requerimento" que para ele tomava quase a feição de uma comédia. Mas a consideração pelo amigo levou-o a dominar mais uma vez a sua impaciência por um pouco de tempo.

Seria provavelmente interessante conhecer o manuscrito do aplicadíssimo Tegularius. Constava principalmente de material histórico que ele havia coligido com o fito de argumentar ou ilustrar, contudo estaríamos bem próximos da verdade se supusermos que incluísse muitas palavras espirituosas e pontadas ferinas de crítica à Hierarquia e também ao mundo e à história universal.

Entretanto, mesmo que este manuscrito, aprontado em meses de atividade inusitadamente febril, ainda possa existir, o que é bem possível, e mesmo que ele estivesse à nossa disposição, teríamos, no entanto, que desistir de sua apresentação, já que nosso livro não seria o lugar correto para a sua publicação.

Para nós é unicamente de importância saber que emprego o Magister Ludi fez do trabalho do amigo. Quando Tegularius lhe entregou solenemente, ele o recebeu com palavras cordiais de agradecimento e reconhecimento e porque sabia que isso haveria de causar alegria ao amigo, pediu a Tegularius que lhe lesse o trabalho. Durante muitos dias, Tegularius sentava-se com o Magister por uma meia hora no jardim, pois era verão, e lhe lia com satisfação as várias folhas, de que constava o seu manuscrito e não raro a leitura era interrompida pelas sonoras risadas dos dois. Foram belos dias para Tegularius. Depois, porém, Servo retirou-se e compôs, utilizando muitas partes do manuscrito do amigo, o seu ofício dirigido às autoridades, que reproduzimos fielmente e que dispensa comentários.

"Ofício do Magister Ludi à Direção Geral do Ensino.

Diversas considerações determinaram-me, a mim, o Magister Ludi, a formular diante das autoridades uma solicitação muito especial neste relatório em separado e de modo algum privado, em vez de incluí-la na minha solene prestação de contas.

Junto, é verdade, este requerimento à relação oficial que ora deve ser entregue e aguardo o seu despacho oficial, considerando-o porém antes uma espécie de circular colegial aos meus colegas magísteres.

Pertence aos deveres do Magister alertar as autoridades se, por acaso, óbices venham a impedir o desempenho fiel do cargo ou se há perigos que o ameaçam. Pois bem, embora eu tenha levado a peito servir o cargo com todas as minhas forças, o desempenho dele está (ou parece estar) ameaçado por um perigo que mora dentro da minha pessoa, ainda que não se origine unicamente em mim. Pelo menos considero o perigo moral de um enfraquecimento da minha aptidão pessoal para Mestre do Jogo de Avelórios, ao mesmo tempo um perigo objetivo e que subsiste fora de mim. Sintetizando: comecei a duvidar da minha capacidade de conduzir validamente o meu cargo, porque devo considerar o meu cargo e o próprio Jogo de Avelórios, que devo preservar e cuidar, ameaçados.

A intenção deste ofício é apresentar aos olhos das autoridades que o perigo indicado existe e que este perigo, uma vez conhecido por mim, me chama com insistência a outro lugar diferente deste onde estou. Seja-me permitido ilustrar a situação por uma comparação. Alguém no seu quarto de sótão ocupa-se com um trabalho sutil de erudição e de repente nota que irrompeu fogo debaixo da casa. Ele não irá cogitar se é próprio do seu cargo ou não tomar providências, ou se não seria melhor passar as tabelas a limpo, mas ele descerá correndo e envidará todos os esforços para salvar a casa. Do mesmo modo estou eu sentado num dos andares mais elevados de nosso edifício castálico, ocupado com o Jogo de Avelórios, trabalhando só com instrumentos delicados e sensíveis, e de repente sou advertido pelo instinto, pelo olfato, de que embaixo, em alguma parte, está pegando fogo, que nosso edifício inteiro está ameaçado e em perigo e que o que eu tenho a fazer agora não é analisar música ou diferençar as regras do jogo, mas correr para o local onde fumega.

A instituição de Castália, da Ordem, nossa atividade científica e escolar junto com o Jogo de Avelórios parecem à maioria de nossos confrades tão evidentes como a cada homem o ar que ele respira e o chão que ele pisa. Ninguém pensa seriamente que este ar e este chão poderiam talvez não existir, que o ar poderia um dia faltar e o chão poderia desaparecer sob nossos pés. Temos a sorte de viver bem protegidos num pequeno mundo, limpo e pequeno, e a grande maioria de nós vive, por mais estranho que isso possa parecer, na ficção de que este mundo sempre existiu e que nós nascemos nele. Eu mesmo vivi meus anos de juventude nesta ilusão agradabilíssima conhecendo, contudo, perfeitamente bem a realidade, ou seja, que eu não nasci em Castália, mas que fui enviado aqui pelas autoridades e aqui educado. Sabia perfeitamente que Castália, a Ordem, as autoridades, as casas de ensino, o Arquivo e o Jogo de Avelórios de modo algum existiam desde sempre ou eram uma obra da natureza, mas sim uma criação da vontade humana, tardia, nobre e, como tudo o que é criado, passageira. Eu sabia de tudo isso, mas não tinha para mim realidade, eu não pensava nisso, via-o apenas de relance e sei que mais de três quartas partes de nós vivem e hão de morrer nesta espantosa e agradável ilusão.

Mas, assim como houve séculos e mais séculos sem a Ordem e sem Castália, também no futuro haverá tempos semelhantes. Se hoje eu lembro aos meus colegas e às veneráveis autoridades este fato, esta verdade elementar, e os conclamo a dirigir o olhar aos perigos que nos ameaçam, se eu portanto, por um momento, assumo o papel de um profeta, de um admonitor e de um pregador de penitência, papel antipático e tão facilmente suscetível de zombaria, estou contudo preparado para suportar possíveis zombarias, mas é minha esperança que a maioria de vós leia até o fim o meu ofício e que alguns de vós me deem até razão em pontos isolados. Já seria muito.

Uma instituição como nossa Castália, um pequeno estado do espírito, está exposta a perigos internos e externos. Os perigos internos, ou pelo menos muitos deles, nos são conhecidos e são observados e combatidos por nós. Estamos sempre mandando de volta um ou outro aluno das Escolas da Elite, porque descobrimos neles propriedades e instintos incorrigíveis, que os tornam imprestáveis e perigosos para nossa comunidade. A maior parte deles, assim o esperamos, não são por causa disso homens de menor valor, mas apenas inadequados para a vida castálica e podem, voltando ao mundo, encontrar condições de vida apropriadas e se tornarem homens capazes. Nossa maneira prática de proceder a tal respeito tem dado provas de si e, de modo geral, pode-se dizer de nossa comunidade que ela se preocupa muito com a sua dignidade e autodisciplina, e basta à sua missão representar uma camada superior, uma nobreza do espírito e formá-la sempre de novo.

Provavelmente não temos indignos e negligentes vivendo entre nós, mais do que é natural e suportável.

Já menos corretamente sucede conosco em relação à presunção da Ordem, ao orgulho de classe para o qual toda nobreza, toda posição privilegiada acaba sendo seduzida e ao qual também costuma ser imputado a toda nobreza com ou sem razão. Na história da sociedade, acontece sempre a tentativa de formar uma nobreza, ela é a culminância e a coroa da sociedade. Uma certa forma de aristocracia, de domínio dos melhores, parece ser o fim e o ideal próprio, ainda que nem sempre confessado, de todas as tentativas de formação de sociedade. O poder, seja ele monárquico, seja ele anônimo, sempre se encontrou preparado para promover, através de proteção e privilégios, uma nobreza nascente, quer se trate de uma nobreza política ou de outra qualquer coloração, nobreza de sangue e nascimento ou nobreza de elite e educação. A nobreza favorecida sempre se fortalece sob este sol, mas o ficar ao sol e o gozo de privilégios, a partir de certo estádio em diante, sempre se tornaram uma tentação para ela e a conduziram à corrupção.

Se considerarmos agora nossa Ordem como uma nobreza e tentarmos examinar até que ponto a nossa atitude para com o povo em geral e o mundo justifica a nossa posição especial, até que ponto a enfermidade característica da nobreza, a *hybris*, o desprezo, a presunção, o orgulho de classe, a pretensão, os benefícios não reconhecidos já nos atacaram e nos infeccionaram, se procedermos a este exame, então é bem possível que muitos escrúpulos assomem à nossa mente. Pode ser que ao castálico de hoje não faltem a obediência para com as leis da Ordem, a aplicação, a espiritualidade cultivada. Mas não lhe falta frequentemente bastante visão de sua ordenação à estrutura do povo, ao mundo, à história? Tem ele consciência do fundamento de sua existência, reconhece que pertence na qualidade de folha, flor, ramo ou raiz a um organismo vivo, tem alguma ideia dos sacrifícios que o povo faz, sustentando-o, vestindo-o e possibilitando a sua formação e os seus variados estudos? Preocupa-se muito com o sentido da nossa existência e situação privilegiada, tem ele realmente uma clara concepção da finalidade de nossa Ordem e vida? Salvo muitas e honrosas exceções, inclino-me a responder negativamente a todas essas interrogações.

O castálico médio considera o homem do mundo e o não erudito talvez sem desprezo, sem inveja, sem ódio, mas não o considera como irmão, não vê nele aquele que lhe dá o pão, nem se sente nem um pouco responsável por aquilo que acontece lá fora no mundo. Fim último de sua vida parece ser o cultivo das ciências por elas mesmas, ou o passeio aprazível no jardim de uma cultura que se gaba com prazer de universal, sem sê-lo assim tão inteiramente. Em breves palavras, esta cultura castálica, uma elevada e nobre cultura, à qual por certo sou profundamente grato, não é na maioria de seus possuidores e representantes um órgão e um instrumento, não está ativamente dirigida a metas, não serve conscientemente a algo maior e mais profundo, mas se inclina um pouco à autossatisfação e ao autoelogio, à formação e ao aperfeiçoamento de especialistas espirituais.

Sei que existe um grande número de castálicos íntegros e altamente valiosos que realmente não querem outra coisa senão servir, são os professores educados entre nós, nomeadamente aqueles que lá fora no país, longe do clima agradável e das facilidades espirituais de nossa Província, prestam um serviço cheio de renúncias mas incalculavelmente grande às escolas do mundo.

Estes bravos professores lá fora são, no sentido estrito, propriamente os únicos de nós que preenchem realmente a finalidade de Castália e por cujo trabalho pagamos ao país e ao povo todo o bem que eles nos fazem.

Todo confrade sabe muito bem que a missão mais elevada e sagrada que temos consiste em manter e conservar para o país e o mundo o seu fundamento espiritual, que se tem afirmado também como um elemento moral da mais alta eficácia, ou seja, o senso de verdade sobre o qual entre outras coisas repousa também o direito. Todos sabem disso, mas a maioria de nós deveria confessar, analisando-se que para eles o bem do mundo, a conservação da honestidade e pureza intelectual também fora dos limites da Província mantida com tanta beleza e pureza, não é absolutamente importante muito menos ainda o principal. Também deveríamos confessar que nós deixamos com gosto os bravos professores que militam lá fora cobrir com o seu trabalho dedicado a dívida que contraímos com o mundo e de algum modo justificar para nós, jogadores de avelórios, astrônomos, musicistas e matemáticos, o gozo de nossos privilégios.

Relacionado com o já aventado orgulho e espírito de casta, está o fato de que nós não nos preocupamos com a intensidade requerida de saber se merecemos nossos privilégios pelos serviços prestados, o fato também de que não poucos entre nós até se gabam da sobriedade de nosso passado material, como se fosse uma virtude exercitada puramente por si mesma, quando ela não é senão o mínimo oferecido em compensação pela possibilidade de existir que o país nos dá.

Contento-me com a alusão a esses danos e perigos internos. Eles não são tão inofensivos quanto se pensa, ainda que em tempos tranquilos de nossa existência não sejam realmente ameaçadores. Mas nós castálicos não dependemos unicamente de nossa moral e de nossa razão. Dependemos também e essencialmente da situação do país e da vontade do povo. Comemos nosso pão, usamos nossas bibliotecas, construímos nossas escolas e arquivos, mas se o povo não tiver mais vontade de nos possibilitar isto ou se o país, por causa de empobrecimento, guerra, etc., tornar-se incapaz de fazê-lo, então no mesmo instante será o fim de nossa vida e estudos. São pois estes perigos que nos ameaçam de fora, que o país considere um dia Castália e nossa cultura como um luxo, que ele não se possa mais permitir e até mesmo olhar como parasitas e prejudiciais, hereges e inimigos, em vez de estar de boa vontade orgulhoso de nós como até agora.

Se eu tentasse pôr diante dos olhos de um castálico médio estes perigos, eu tinha, antes de tudo, de fazê-lo através de exemplos tirados da história e me esbarraria numa certa resistência passiva, numa ignorância quase diria infantil e num total desinteresse. O interesse pela história universal entre nós castálicos, vós o sabeis, é extremamente fraco, falta à maioria de nós não somente interesse, mas diria até justiça para com a história e consideração por ela. Esta repugnância em ocupar-se da história universal, misto de indiferença e superioridade, excitou-me muitas vezes à pesquisa. Encontrei duas causas para ela. Primeiro, o conteúdo da história — não falo, evidentemente, da história do espírito e da cultura que nós cultivamos — nos parece ser coisa de valor inferior; a história universal consiste, na medida em que podemos ter dela uma ideia, de brutais batalhas pelo poder, pelas riquezas, por terras, matérias-primas, dinheiro, enfim, pelo que é material e quantitativo, por coisas que nós encaramos como estranhas ao espírito e desprezíveis. Para nós o século XVII é a época de Descartes, Pascal, Froberger, Schütz, não de Cromwell ou Luís XIV.

A segunda razão de nosso horror pela história universal está em nossa desconfiança herdada e, em grande parte, conforme minha opinião, justificada, contra uma certa maneira de considerar e escrever a história, muito em voga na época de decadência, antes da fundação de nossa Ordem, na qual, *a priori*, não depositamos a mínima confiança: a assim chamada filosofia da história, cujo florescimento mais brilhante e ao mesmo tempo o efeito mais perigoso encontramos em Hegel, mas que, porém, no século seguinte conduziu às mais abomináveis falsificações da história e desmoralização do senso de verdade. A predileção por essa pretensa filosofia da história para nós pertence às principais características daquela época de depressão espiritual e lutas políticas pelo poder de grandes proporções, que de vez em quando denominamos o 'século das guerras' e com maior frequência a 'época folhetinesca'.

Sobre os escombros daquela época, do combate e da vitória sobre o seu espírito — ou falta de espírito — nasceu nossa cultura atual, nasceram a Ordem e Castália. É consequência do orgulho espiritual esta nossa atitude de rejeição em relação à história universal, nomeadamente a moderna, mais ou menos assim como o asceta e eremita do cristianismo primitivo se situava em relação ao teatro do mundo. A história parece-me a arena dos instintos e das modas, da cobiça, da avidez de riquezas e poder, do prazer de matar, da violência, das destruições e das guerras, dos ministros ambiciosos, dos generais vendidos, das cidades metralhadas e bombardeadas, e esquecemos com demasiada facilidade que este é apenas um dos seus muitos aspectos. E esquecemos sobretudo que nós mesmos somos um pedaço da história, uma criatura, alguma coisa que está condenada a morrer, se vier a perder a capacidade de continuar a transformar-se. Nós somos, nós mesmos, história e somos corresponsáveis da história universal e de nossa posição nela. Falta-nos muito a consciência desta responsabilidade.

Lançando um olhar à nossa própria história à época do surgimento de nossas Províncias pedagógicas, em nosso país como em tantos outros, ao nascimento das diversas Ordens e hierarquias, das quais somos uma, vemos imediatamente que nossa Hierarquia e pátria, nossa querida Castália, de modo algum foi fundada por gente que se comportava tão resignada e altivamente em relação à história universal como nós. Nossos predecessores e fundadores começaram o seu trabalho no final da era das guerras, um mundo destruído. Estamos habituados a explicar unilateralmente as condições do mundo daquele tempo, que começou com o que se chama a

Primeira Guerra Mundial, dizendo que naquele tempo o espírito não tinha nenhum valor e que para os violentos detentores do poder fora apenas um meio de combate usado oportunamente e subordinado, no que vemos apenas uma consequência da corrupção folhetinesca. Ora, é fácil verificar a falta de espiritualidade e a brutalidade com que aquelas lutas pelo poder foram conduzidas. Se as designo como materiais, não o faço porque não veja seus efeitos poderosos em inteligência e metodologia, mas porque temos o hábito e fazemos questão de considerar o espírito em primeira linha, como vontade de verdade, e o que naquelas lutas foi consumido de espírito nada tem a ver com a vontade de verdade.

    A desgraça daquele tempo foi não haver nenhuma ordem moral suficientemente sólida que se contrapusesse à agitação e dinamismo originados pela multiplicação incrivelmente rápida do gênero humano; o que restava da ordem moral foi varrido pelos *slogans* da moda e nos deparamos no decorrer daquelas lutas com fatos estranhos e terríveis. Muito semelhantemente à cisão da Igreja provocada por Lutero, quatro séculos antes, de repente o mundo se encheu de fantástica agitação. Por toda a parte se formaram frentes de batalha, por toda a parte surgiu cruel inimizade de morte entre o novo e o velho, entre pátria e humanidade, entre vermelho e branco. Nós hoje não somos mais capazes de reconstituir o poder e a dinâmica interna do 'vermelho' e do 'branco', nem o conteúdo e significados de todas aquelas divisas e gritos de guerra, quanto mais entendê-los e senti-los. Do mesmo modo como no tempo de Lutero, vemos em toda a Europa, mais ainda, na metade da terra, crentes e hereges, jovens e velhos, propugnadores do ontem e propugnadores do amanhã, se engalfinharem uns com os outros, cheios de entusiasmo ou de desespero. Muitas vezes as frentes de batalha corriam atravessando o mapa dos países, dividindo povos e famílias e não temos o direito de duvidar que para a maioria dos próprios combatentes ou pelo menos para seus chefes, tudo isso tinha sentido e não podemos negar a muitos dos dirigentes e porta-vozes daquelas lutas uma certa robusta boa--fé, um certo idealismo, como então se chamava. Por toda a parte matou-se, lutou-se, destruiu-se e por toda a parte, em ambos os lados, lutou-se com fé, por Deus e contra o diabo.

    Entre nós aquele tempo selvagem de grandes entusiasmos, de ódio feroz e de sofrimentos indescritíveis mergulhou numa espécie de esquecimento, até certo ponto incompreensível, pois afinal está intimamente ligado ao nascimento de todas as nossas instituições, além de ser o pressuposto e a causa delas. Um espírito satírico poderia comparar este esquecimento com aquela falta de memória que aventureiros e arrivistas, a quem foi concedido um título de nobreza, costumam ter em relação ao seu nascimento e aos seus pais.

Examinemos ainda um pouco aquela época das guerras. Li muitos dos seus documentos e me interessei menos pelos povos subjugados e pelas cidades destruídas do que pelo comportamento dos intelectuais daquela época. Eles passaram um mau bocado e a maioria não aguentou. Houve mártires tanto entre os eruditos como entre os religiosos, e seu martírio e exemplo, mesmo naquele tempo habituado ao terror, não ficaram sem efeito. Mesmo assim, a maior parte dos representantes do espírito sucumbiu à pressão daquela época de violência. Uns entregaram-se e puseram seus dotes, conhecimentos e métodos à disposição dos detentores do poder; é conhecido o dito daquele professor universitário na república dos Massagetas: 'Quanto é duas vezes dois não é a Faculdade que deve determinar, mas o nosso General.' Outros fizeram oposição enquanto puderam, num espaço semiprotegido, e lançaram protestos. Um autor mundialmente famoso — lemos em Coldecabras — deve ter assinado, num único ano, mais de duzentos manifestos deste tipo, protestos, advertências, apelos à razão, etc., mais talvez do que ele realmente tenha lido. A maioria porém aprendeu a silenciar, aprendeu também a passar fome e frio, a mendigar e esconder-se da polícia. Muitos morreram prematuramente e quem tinha morrido era invejado pelos sobreviventes. Inúmeros puseram, eles mesmos, um fim a seus dias. Realmente não era nenhum prazer, nenhuma honra mais, ser um erudito ou um literato: quem se punha a serviço dos detentores do poder e de seus *slogans* encontrava, é verdade, emprego e pão, mas também o desprezo dos melhores de seus colegas e quase sempre uma consciência má; quem recusava este serviço precisava passar fome, viver foragido e morrer na miséria ou no exílio. Processou-se uma seleção cruel, incrivelmente dura.

Não foi apenas a pesquisa científica, na medida em que ela não era útil aos fins de domínio e guerra, que caiu rapidamente em declínio, mas a própria atividade escolar. Principalmente a história universal, que era simplificada ao infinito e muitas vezes reescrita, aplicada com exclusividade a cada uma das nações que se revezavam na hegemonia mundial. A filosofia da história e o folhetim imperavam até dentro das escolas.

Basta de particularidades. Foram tempos violentos e selvagens, tempos caóticos e babilônicos, em que povos e partidos, os velhos e os jovens, os vermelhos e os brancos não se entendiam mais uns aos outros. Depois de tanto derramamento de sangue e miséria, o fim de tudo isso foi a ânsia cada vez mais forte de todos por uma reflexão, pela descoberta de uma linguagem comum, uma nostalgia da ordem, bons costumes, medidas válidas, de um alfabeto e tabuada que não fossem ditados pelos interesses dos dominadores e alterados a cada instante.

Surgiu uma necessidade enorme de verdade e direito, de razão e de superação do caos. Este vácuo no fim de uma época brutal e totalmente dirigida para fora, esta ânsia de urgência inexprimível, este desejo ardente de todos por uma renovação e uma ordem são o fenômeno a que devemos nossa Castália e nossa existência.

O grupo infinitamente pequeno, valente, semimorto de fome, mas irredutível, que restara dos intelectuais dignos deste nome começou a dar-se conta de suas possibilidades. Dentro de uma autodisciplina ascética e heroica, principiou por outorgar-se uma ordem e constituição, trabalhando por toda a parte em equipes pequenas e mínimas, acabando com os *slogans* e por reconstruir a partir da raiz uma espiritualidade, uma instrução, uma pesquisa, uma formação.

A construção teve êxito, foi crescendo lentamente, de começos heroicos e de grande pobreza, até se tornar um edifício magnificente. Criou numa série de gerações a nossa Ordem, a Direção Geral do Ensino, as Escolas da Elite, o Arquivo e Coleções, as escolas especializadas e Seminários, o Jogo de Avelórios. E somos nós os que moramos, como herdeiros e beneficiários, neste edifício imponente até demais. Moramos aí, seja mais uma vez repetido, como hóspedes bastante acomodados e ignorando os enormes sacrifícios humanos, dos quais aliás não queremos saber, sobre os quais se erigiram nossos fundamentos. Não buscamos polir nossos conhecimentos sobre as dolorosas experiências, das quais somos os herdeiros, nem sobre a história universal que erigiu a nossa construção ou a tolerou, que nos carrega e tolera e talvez ainda carregará e tolerará muitos castálicos e magísteres depois de nós, mas que um dia porá abaixo de novo nosso edifício e o devorará como põe abaixo e devora tudo o que ela deixou crescer.

Deixo esta digressão sobre a história e o resultado a que chego, e a conclusão que tiro, para os dias de hoje e para nós, sendo esta: nosso sistema e nossa Ordem já ultrapassaram o apogeu do florescimento e da felicidade que o jogo enigmático da história universal, por vezes, concede ao belo e ao desejável. Estamos na fase da decadência, que se pode prolongar talvez por muito tempo ainda, mas de qualquer maneira não nos caberá nada mais alto, mais sublime, mais belo, mais desejável do que já possuímos. O caminho conduz agora para baixo. Historicamente falando, creio eu, estamos maduros para a demolição, e ela se dará indubitavelmente não hoje nem amanhã, mas depois de amanhã.

Não se pense que chego a esta conclusão somente a partir de um julgamento excessivamente moral de nossos feitos e capacidades. Concluo assim, muito mais ainda, a partir dos movimentos que vejo se prepararem no mundo exterior. Aproximam-se tempos críticos, por toda parte percebem-se prenúncios, o mundo quer de novo deslocar o seu centro de gravidade. Deslocamentos de poder estão em vias de realizar-se, não sucederão sem guerra nem violência, um vento de ameaças à paz e mais ainda à vida e à liberdade sopra do Extremo Oriente. Por mais que nosso país adote uma política internacional neutralista, por mais que nosso povo unanimemente (o que não fará) continue aderindo ao *status quo* e queira prosseguir fiel a nós e ao ideal castálico, tudo será em vão. Já hoje muitos de nossos parlamentares dizem com muita clareza, quando a ocasião se apresenta, que Castália é um luxo um tanto caro para a nação. Tão logo o país se sinta obrigado a armar-se seriamente para a guerra, armamentos defensivos apenas — e isso pode vir a acontecer em breve —, serão tomadas grandes medidas de economia e, apesar de o governo estar otimamente intencionado em relação a nós, muitas dessas medidas nos atingirão.

Estamos orgulhosos que a nossa Ordem e a permanência da cultura espiritual que ela garante exijam do país um sacrifício relativamente modesto. Em comparação com outras eras, principalmente com os inícios da era folhetinesca, com as suas universidades exuberantemente dotadas, seus inumeráveis conselhos e luxuosos institutos, estes sacrifícios de fato não são grandes, tornam-se até insignificantes se comparados com aqueles que, no século das guerras, as hostilidades bélicas e os armamentos consumiam.

Mas esta corrida armamentista será talvez em breve de novo um supremo imperativo. No parlamento voltarão de novo os generais a mandar e quando o povo for colocado diante da opção, ou sacrificar Castália ou expor-se ao perigo de guerra e ruína, já sabemos como escolherá. Imediatamente, sem dúvida alguma, dar-se-á impulso a uma ideologia belicista, que logo empolgará a juventude, um *slogan* e uma filosofia da vida, segundo os quais, eruditos e erudição, latim e matemática, cultura e cultivo do espírito somente terão direito à existência na medida em que forem capazes de servir a objetivos belicosos.

A vaga já está a caminho. Um dia há de nos varrer. Talvez isto seja bom e necessário. Primeiramente porém nos compete, mui veneráveis colegas, na medida de nossa visão dos acontecimentos, na medida em que estamos despertos e temos coragem, usar aquela liberdade limitada de decidir-se a agir, que é concedida ao homem e que faz da história universal a história da humanidade. Se quisermos podemos fechar os olhos, pois o perigo de algum modo ainda está longe; provavelmente, nós, que somos mestres, respiraremos em paz até o fim e em paz poderemos deitar-nos para morrer, antes que o perigo se aproxime e se torne visível a todos. Para mim contudo, e decerto não só para mim, esta paz não seria de boa consciência. Eu não gostaria de continuar a administrar em paz o meu cargo e jogar o Jogo de Avelórios, satisfeito em saber que o futuro, com toda a sua bagagem trágica, não me encontraria mais em vida. Não; parece-me no entanto necessário lembrar-me de que também nós apolíticos pertencemos à história universal e ajudamos a fazê-la. Por isso eu disse no começo desta carta que a qualidade do meu desempenho no cargo está diminuída ou comprometida, pois não posso impedir que grande parte de meus pensamentos e preocupações seja ocupada pelo perigo futuro.

Nego à minha fantasia de brincar com as formas que a desgraça possa talvez tomar para nós e para mim. Mas não posso ficar surdo à pergunta: que devemos nós ou que devo eu fazer para enfrentar o perigo? Sobre este ponto, seja-me permitida ainda uma palavra.

Preferiria não defender a reivindicação de Platão, de que o erudito, melhor, o sábio, deveria dirigir o Estado. Naquela época o mundo era mais novo. E Platão, mesmo sendo o fundador de uma espécie de Castália, estava longe de ser um castálico, mas era um aristocrata de berço, de ascendência régia. Também nós somos aristocratas e formamos uma nobreza, mas do espírito e não do sangue. Não creio que o homem conseguirá um dia criar e cultivar uma nobreza que fosse ao mesmo tempo do sangue e do espírito; seria uma aristocracia ideal, mas não passa de um sonho.

Nós castálicos, embora gente decente e muito inteligente, não servimos para mandar. Se devêssemos governar, não o faríamos com a força e simplicidade de que o genuíno chefe necessita e também neste tipo de atividade o nosso campo próprio e nossas preocupações específicas, o cultivo de uma vida espiritual exemplar bem depressa seriam negligenciados.

Para governar não é preciso ser curto de inteligência e brutal, como intelectuais vaidosos por vezes apregoam. Faz-se mister para exercer o mando o gosto permanente de uma atividade voltada para fora, a paixão de identificar-se com metas e objetivos e por certo também uma certa rapidez e falta de escrúpulos na escolha dos caminhos para o êxito. São portanto propriedades que um erudito — pois não queremos designar-nos sábios — não deve ter e não tem, já que para nós a meditação é mais importante que a ação e, na escolha dos meios e dos métodos para chegar a nossos fins, aprendemos a agir o mais escrupulosa e desconfiadamente possível. Portanto, não é nosso dever governar nem fazer política.

Somos especialistas da pesquisa científica, da análise, das medições, somos os depositários e contínuos examinadores de todos os alfabetos, tabuadas e métodos, nós somos os aferidores das medidas e pesos espirituais. Por certo nós somos também muita outra coisa, podemos ser talvez inovadores, descobridores, aventureiros, conquistadores e alargadores de horizontes, mas a nossa função primária e capital, em virtude da qual o povo nos conserva e recorre a nós, é a manutenção da limpidez das fontes do saber. Na política, no comércio, onde quer que seja, pode ser que signifique uma proeza e uma genialidade, de vez em quando, vender gato por lebre, conosco porém jamais.

Em épocas anteriores, nos tempos agitados, assim chamados 'grandes', por ocasião das guerras e revoluções exigia-se por vezes dos intelectuais a sua politização. Principalmente na era folhetinesca, dava-se este evento. Pertencia também às suas exigências, além da politização, a militarização do espírito. Assim como os sinos das igrejas eram fundidos para a fabricação de canhões, a juventude escolar ainda imberbe era convocada para suprir as tropas dizimadas, também o espírito era confiscado e empregado como instrumento bélico.

Evidentemente não podemos reconhecer essa pretensão. Não vamos gastar o nosso latim para dizer que, em caso de urgência, um letrado poderia ser chamado da cátedra ou da mesa de estudo e se transformar num soldado, que talvez ele possa apresentar-se voluntariamente, que, mais ainda, num país consumido pela guerra o erudito tenha de se privar do conforto material, até ao extremo, mesmo até à fome. Quanto mais elevada a cultura de um homem, quanto maiores os privilégios de que ele goza, tanto maiores devem ser, em caso de necessidade, os sacrifícios. Esperamos que isto seja evidente a todos os castálicos. Se, porém, estamos prontos a sacrificar o nosso bem--estar, nosso conforto, nossa vida para o povo, quando ele está em perigo, isto não inclui que estejamos dispostos a sacrificar nosso próprio espírito, a tradição e moral de nossa espiritualidade, aos interesses do dia, da nação e dos generais. É um covarde quem se subtrai aos atos, sacrifícios e perigos que seu povo tem de enfrentar. Mas não menos covarde e traidor é aquele que trai os princípios da vida espiritual diante dos interesses materiais, por exemplo, que está disposto a confiar aos detentores do poder a decisão sobre o resultado da conta dois vezes dois! É traição sacrificar a qualquer outro interesse, mesmo ao interesse da pátria, o senso da verdade, a honestidade intelectual, a fidelidade às leis e aos métodos do espírito.

Quando, na luta dos interesses e *slogans*, a verdade fica em perigo de tornar-se desvalorizada, deformada e violentada na mesma proporção em que o são a linguagem, as artes, o homem e todas as criações orgânicas e refinadas de uma cultura superior, então é nosso único dever resistir e salvar a verdade, digo melhor, a busca da verdade, nosso dogma mais elevado.

O erudito, que como orador, autor, professor, cientemente diz o que é falso, que apoia cientemente mentiras e mistificações, não somente age contra leis orgânicas fundamentais, mas também, longe de trazer ao seu povo algum proveito, a despeito de todas as aparências em contrário, causa-lhe pesado prejuízo, poluindo-lhe o ar e contaminando-lhe a terra, os alimentos e a bebida, envenenando-lhe o pensamento e o direito e no fundo presta auxílio a todas as potências malignas e hostis que pretendem aniquilar o próprio povo.

O castálico não deve tornar-se político. Ele deve, é certo, em caso de necessidade, sacrificar a sua pessoa, jamais porém a fidelidade ao espírito. O espírito só é benéfico e nobre na obediência à verdade. Tão logo trai a verdade, tão logo lhe perde o respeito e se torna venal e flexível aos caprichos, ele é a força diabólica em potência, é muito pior que animalesco, pois a bestialidade instintiva pelo menos ainda conserva alguma coisa da inocência da natureza.

Deixo a cada um de vós, venerados colegas, refletir em que consistem os deveres da Ordem, quando o país e a própria Ordem estão ameaçados. Haverá diversas concepções. Também eu tenho as minhas, e num prolongado exame de todas as questões aqui suscitadas cheguei, quanto a mim, a uma representação clara daquilo que, para mim, é um dever e uma meta digna de meus esforços. Isto me leva pois a um requerimento pessoal dirigido às veneráveis autoridades, com o qual devo terminar meu *memorandum*.

De todos os magísteres de que nossa direção se compõe, eu, como Magister Ludi, me situo à maior distância do mundo exterior, evidentemente por força do meu cargo. O matemático, o filólogo, o físico, o pedagogo e todos os outros magísteres trabalham em terrenos que têm algo em comum com o mundo profano. Também nas escolas não castálicas, nas escolas comuns do nosso país e de outras terras, a matemática e o ensino das línguas constituem o fundamento da instrução. Também nas universidades profanas a astronomia, a física são praticadas e até a própria música é exercida por gente completamente iletrada. Todas estas disciplinas são muito antigas, muitos mais antigas que nossa Ordem, elas já existiam há muito tempo antes dela e vão sobreviver-lhe.

Unicamente o Jogo de Avelórios é nossa própria invenção, nossa especialidade, nossa predileção, nosso brinquedo. É a expressão mais acabada e diferençada de nossa espiritualidade tipicamente castálica. É ao mesmo tempo a joia mais preciosa e mais inútil, mais querida e mais frágil de nosso tesouro. Será a primeira a arruinar-se, se a sobrevivência de Castália for posta em questão. Não somente por ser, de fato, a mais frágil de nossas propriedades, como também por ser para os leigos, sem dúvida alguma, a peça mais prescindível de Castália.

Se se tratar de poupar ao país todas as despesas que não forem estritamente indispensáveis, então as Escolas da Elite serão limitadas, as verbas para a conservação e multiplicação das bibliotecas e coleções serão restringidas e afinal definitivamente suspensas, nossas refeições serão reduzidas, nosso vestuário não será mais renovado, mas as disciplinas principais de nossa *Universitas Litterarum*, estas todas continuariam, menos o Jogo de Avelórios. Matemática ainda é necessária para inventar novas armas de fogo, mas ninguém acreditará, muito menos os militares, que o fechamento da aldeia dos jogadores e a supressão de nosso Jogo acarretará o menor prejuízo ao país e ao povo. O Jogo de Avelórios é a parte mais característica e mais ameaçada de nosso edifício. Talvez seja justamente por causa disso que o Magister Ludi, o prepósito de nossa disciplina mais estranha ao mundo, que em primeiro lugar pressinta o terremoto que se avizinha e venha, antes dos outros, exprimir este sentimento diante das autoridades.

No caso de reviravoltas políticas e de conflagrações, considero portanto o Jogo de Avelórios como um caso perdido. Declinará rapidamente e, por mais numerosos que sejam os indivíduos isolados que se mantenham fiéis e efetivamente vinculados a ele, não será mais restabelecido. A atmosfera que se seguirá a uma nova época de guerra não o tolerará. Desaparecerá do mesmo modo como certos hábitos altamente cultivados na história da música, por exemplo os coros de cantores profissionais por volta de 1600 ou as músicas figuradas dominicais nas igrejas pelos anos de 1700. Naquele tempo os ouvidos humanos se deliciaram com sons que nenhuma ciência e nenhuma magia conseguem revocar na sua pureza angélica e radiosa. Assim também o Jogo de Avelórios não será esquecido, mas não será mais restabelecido, e aqueles que então estudarem a sua história, a sua origem, seu florescimento e o seu fim suspirarão e nos invejarão de termos podido viver num mundo tão pacífico, tão cultivado e de ambiente tão puro.

Ainda que eu seja Magister Ludi, não reputo de modo nenhum obrigação minha (ou nossa) impedir ou adiar o fim de nosso Jogo. Também a estética e a suprema beleza são efêmeras, tão logo se tornem história e fenômeno sobre a face da terra. Nós sabemos disso e podemos ficar tristes, mas não tentamos seriamente alterar este rumo; ele é inelutável.

Se o Jogo de Avelórios cair, Castália e o mundo sofrerão uma perda, mas no momento apenas será notada, tamanha será a preocupação e a ocupação do mundo na grande crise de salvar o que ainda puder salvar. Pode-se ainda imaginar Castália sem o Jogo de Avelórios, mas é impensável uma Castália sem o respeito da verdade e a fidelidade ao espírito. Uma Direção Geral do Ensino poderá passar sem o Magister Ludi. Mas este 'Magister-Ludi', o que quase já caiu na esfera do esquecimento, original e essencialmente não significa a especialidade que designamos com este nome. Magister Ludi significa na origem simplesmente mestre-escola. E de mestres-escolas, de bons e competentes mestres-escolas, nosso país tanto mais precisará quanto mais ameaçada Castália estiver e quanto mais as suas preciosidades se tornarem obsoletas e se desfizerem.

O que mais necessitamos é de professores, homens que ministrem à juventude a capacidade de medir e de julgar e que sejam seus modelos no respeito à verdade, na obediência ao espírito, no serviço à palavra. E isto é válido, não somente e em primeira linha, para nossas Escolas da Elite, cuja existência também um dia chegará a seu termo, mas também para as escolas profanas, em que os burgueses e camponeses, os artesãos e soldados, os políticos, oficiais e soberanos são educados e formados, enquanto são ainda crianças e portanto dóceis. Lá reside a base da vida espiritual no país, não nos nossos institutos ou no Jogo de Avelórios. Sempre fornecemos professores e educadores ao país e já o disse: são os melhores dentre nós. Precisamos fazer porém muito mais do que já foi feito até agora. Não podemos mais fiar-nos de que a elite dos bem-dotados continue a fluir das escolas exteriores para nós ajudando a manter Castália de pé. Precisamos cada vez mais conhecer e alargar o serviço humilde e prenhe de responsabilidades nas escolas profanas, como a parte mais importante e honrosa de nossa missão.

Assim chego enfim à minha solicitação pessoal que eu desejava dirigir às veneráveis autoridades. Por meio desta, solicito à Direção a exoneração do meu cargo de Magister Ludi e minha destinação para uma escola comum lá fora no país, grande ou pequena, e a permissão de ir reunindo nesta escola aos poucos uma equipe de jovens confrades, um estado-maior de professores para trabalhar comigo, gente em que eu pudesse depositar a confiança de que me haveriam de secundar com fidelidade no esforço de transfundir nossos princípios no coração e no sangue dos jovens leigos.

Queiram as veneráveis autoridades examinar benevolamente o meu requerimento e respectiva motivação e então notificar-me as suas ordens.

O Mestre do Jogo de Avelórios.

Post-scriptum:
Seja-me permitido citar uma palavra do venerável padre Jacobus que anotei por ocasião de uma inesquecível audiência privada. "Pode ser que venham tempos de horror e profunda miséria. E se deve haver ainda na miséria uma felicidade, esta só poderá ser uma felicidade do espírito, voltada retrospectivamente para a salvação da cultura de tempos anteriores e orientada prospectivamente para a afirmação serena e infatigável do espírito num tempo que doutra maneira poderia ceder completamente à matéria."

Tegularius não sabia quão pouco de seu trabalho havia restado neste documento. Ele não tivera ocasião de vê-lo nesta última redação. Bem que Servo lhe tinha dado para ler duas redações anteriores, muito mais minuciosas. Enviou o requerimento e ficou aguardando a resposta da Direção com uma impaciência bem menor do que a do amigo. Servo tinha decidido não dar a conhecer ao amigo os passos seguintes de sua caminhada; assim resolveu interdizer ao amigo uma discussão prolongada do assunto, dando a entender que, sem dúvida, até a chegada de uma resposta, haveria de transcorrer um bom tempo.

Quando em seguida, num prazo mais curto do que ele mesmo havia pensado, a resposta chegou, Tegularius não ficou sabendo. Assim rezava o documento de Terramil:

"Ao venerável Magister Ludi em Cela Silvestre
Prezado colega:
Com inusitado interesse, tanto a direção da Ordem como o Colégio dos Magísteres tomaram conhecimento de vossa circular, escrita com o coração e o cérebro. As visões retrospectivas históricas bem como os olhares temerosos para o futuro contidos neste requerimento prenderam a nossa atenção e por certo muitos de nós vão conceder largo espaço em seus pensamentos para essas considerações sensacionais, e em parte não justificadas, para delas tirar proveito.
Com alegria e reconhecimento, conhecemos todos nós a mentalidade que vos anima, a mentalidade de uma castalidade autêntica e desinteressada, de um amor íntimo de nossa Província, vida e cos-

tumes, amor que se transformou já numa segunda natureza, amor preocupado e no momento um pouco amedrontado. Com alegria e reconhecimento, conhecemos não menos as necessidades pessoais e momentâneas e o modo de ser deste amor, sua prontidão para o sacrifício, seu impulso de ação, sua sinceridade, zelo e sua tendência para o heroico. Em todos estes traços reconhecemos o caráter de nosso Mestre do Jogo de Avelórios, seu dinamismo, seu ardor, sua audácia. Como convém a ele, o discípulo do famoso beneditino, o estudo da história não como um fim em si de erudição ou de certo modo um jogo estético ou uma contemplação despida de afeto. Não, para ele o conhecimento da história força imediatamente a aplicação à hora presente, à ação, à prestimosidade!
Venerável colega, como corresponde a este vosso caráter que a meta de vossos desejos pessoais seja tão modesta que não vos sintais atraído para tarefas e missões políticas, para postos de influência e de honra, mas que não aspireis a outra coisa senão a ser um Magister Ludi, um mestre-escola!
Estas são algumas das impressões e ideias que na primeira leitura de vossa circular se apresentaram espontaneamente. Foram as mesmas, ou então semelhantes, também entre a maioria dos colegas. No julgamento de outros pontos de vossas comunicações, advertências e solicitações, a Direção não pôde contudo chegar a uma tomada de posição tão unânime. Na sessão realizada para tratar do assunto, foram vivamente discutidas a questão de saber até que ponto vossa opinião sobre a ameaça de nossa existência é aceitável e a questão sobre a espécie, as proporções e a eventual proximidade temporal dos perigos. A maior parte dos membros levou tais questões visivelmente a sério e os debates foram acalorados. Devemos comunicar-vos, contudo, que não foi obtida a respeito delas uma maioria de votos a favor de vossa concepção. Reconhecidas foram tão-somente a vossa imaginação e a amplitude de vossas considerações histórico-políticas, mas, em particular, não foi aprovada nem dada como convincente nenhuma de vossas suposições ou profecias, se assim as podemos chamar. Também poucos apenas, e assim mesmo com reservas, vos deram assentimento na questão, até que ponto a Ordem e a

estrutura castálica participaram na conservação do período de paz invulgarmente longo, até que ponto exatamente elas poderiam, de um modo absoluto e fundamental, ser tidas como fatores de história e de política. Segundo a opinião da maioria, a paz que se implantou em nosso hemisfério após o decorrer da época das guerras deve ser atribuída em parte ao esgotamento geral e à perda de inumeráveis vidas humanas como consequência das terríveis guerras deflagradas, muito mais porém à circunstâncias de que o Ocidente deixou de ser então o foco da história universal e o campo de batalha das pretensões de hegemonia.

Sem sequer de leve pôr em dúvida os méritos da Ordem, não é possível adjudicar ao pensamento castálico, pensamento de elevada cultura, sob o signo de uma mística contemplativa, uma força propriamente geradora de história, ou seja, uma influência viva nas condições políticas do mundo; do mesmo modo, um impulso e ambição deste gênero só se podem pensar numa posição muito distante do caráter do espírito castálico.

Em algumas exposições muito sérias sobre o tema, acentuou-se que não é vontade nem determinação de Castália atuar politicamente e exercer influência sobre guerra e paz. Nem se pode cogitar de tal finalidade, de vez que toda a realidade castálica se refere à razão e se move dentro do racional. O mesmo não se pode dizer da história universal, a menos que recaiamos no delírio teológico-poético da romântica filosofia da história e expliquemos toda a aparelhagem de crime e destruição das potências condutoras da história, como métodos da razão universal. Basta igualmente passar uma rápida vista d'olhos sobre a história do espírito para perceber a evidência de que os apogeus do espírito, no fundo, nunca podem ser explicados pelas situações políticas, antes a cultura ou o espírito ou a alma têm a sua própria história, que corre paralela ao lado da assim chamada história universal, ou seja, das incessantes lutas pelo poder material, como uma segunda história secreta, incruenta e santa. Unicamente com esta história santa e secreta, não com a 'real', brutal história universal, é que nossa Ordem tem compromissos e jamais poderia ser missão sua vigiar a história política ou mesmo ajudar a fazê-la.

Portanto, verdadeira ou falsa a conjuntura política mundial apontada na vossa circular, não compete à Ordem outra atitude senão a de paciência e expectativa. Sendo assim, a vossa opinião de que deveríamos considerar esta conjuntura como um apelo a uma tomada de posição ativa, foi decididamente rejeitada pela maioria contra alguns votos. No que se refere à vossa concepção da situação mundial atual e às vossas alusões a um futuro próximo, elas causaram visivelmente uma certa impressão na maioria dos colegas, tiveram o efeito de uma sensação em alguns dos senhores presentes, contudo também neste ponto, apesar de ter a maioria dos oradores testemunhado o seu respeito pelos vossos conhecimentos e vossa argúcia, não se estabeleceu uma concordância majoritária convosco, pelo contrário. Predominou a inclinação de julgar os vossos pronunciamentos sobre o assunto naturalmente como dignos de nota e altamente interessantes, eivados contudo de exagerado pessimismo. Levantou-se uma voz perguntando se não era perigoso, até mesmo injurioso, no mínimo leviano, que um Magister tenha a iniciativa de aterrorizar seus superiores com quadros tão sombrios de perigos e provações, cuja iminência não passa de suposição. Decerto é permitida uma advertência oportuna sobre a transitoriedade de todas as coisas e todos devem, sobretudo quem ocupa um posto elevado e de responsabilidade, vez por outra, lembrar-se do *memento mori*. Mas anunciar assim, generalizando tanto e de maneira tão niilista à classe conjunta dos magísteres, a toda a Ordem, a toda a Hierarquia, um fim supostamente iminente, não é somente um ataque indigno à paz de alma e fantasia dos colegas, é também uma ameaça à própria Direção e à sua capacidade de trabalho. Impossível que a atividade de um Magister possa melhorar, se ele todas as manhãs se dirige ao trabalho, pensando que seu cargo, sua atividade, seus alunos, sua responsabilidade diante da Ordem, sua vida por e em Castália, tudo isso amanhã ou depois desaparecerá completamente. Se bem que esta voz não fosse reforçada pela maioria, encontrou entretanto algum aplauso.

Fazemos nossa comunicação em poucas palavras, mas estamos à disposição para esclarecimentos verbais. Por nossa sucinta reprodução, vedes já, venerável, que vossa circular não surtiu o efeito que vós talvez dela esperásseis. Em grande parte o insucesso se prende a motivos objetivos e diferenças efetivas entre vossas opiniões atuais e desejos, e os da maioria. No entanto contribuem motivos formais também. Quer-nos parecer pelo menos que uma discussão oral direta entre vós e os colegas correria essencialmente mais harmoniosa e positiva. E acreditamos que não somente esta forma de circular escrita foi prejudicial aos vossos desejos; muito mais ainda o foi a associação, em nossas relações absolutamente insólita, de uma comunicação colegial a um pedido pessoal, a um requerimento. A maioria viu nesta confusão uma tentativa infeliz de inovação, outros a designaram, sem rodeios, de ilícita.

Com isto chegamos ao ponto mais delicado de vosso caso, à vossa solicitação de exoneração do cargo de Mestre e da aplicação de vossa pessoa ao serviço escolar profano. O solicitante deveria saber, de antemão, que os superiores não dariam seu assentimento a um requerimento feito tão abruptamente e justificado de modo tão singular, que eles não poderiam aprová-lo nem aceitá-lo. A resposta da Direção é, evidentemente, não.

O que seria de nossa Hierarquia, se a Ordem e as instruções da Direção não colocassem mais cada qual no seu lugar? Que seria de Castália, se cada pessoa, avaliando por si mesma seus talentos e aptidões quisesse, de acordo com isso, buscar um posto para si? Recomendamos ao Mestre do Jogo de Avelórios refletir alguns momentos sobre a questão e o incumbimos de prosseguir a administrar o seu honroso cargo, cuja direção foi por nós a ele confiada.

Assim o vosso pedido de resposta pode ser considerado atendido. Não podemos dar a resposta que quereríeis receber. Não gostaríamos no entanto de calar, nós também, o reconhecimento pelo valor sugestivo e admoestatório de vosso documento. Contamos ainda conversar convosco oralmente sobre o conteúdo dele, e até bem cedo, pois ainda que a Direção da Ordem creia poder confiar em vós, há contudo um ponto de vossa carta que constitui para ela motivo de preocupação: aquele em que falais de uma diminuição ou ameaça de vossa aptidão para a continuação do desempenho do cargo."

Servo leu a resposta sem expectativas especiais, mas com redobrada atenção. Ele bem que imaginou que a Direção tivesse "motivo de preocupação". Quanto mais não fosse, poderia deduzi-lo de um sinal bem determinado. Aparecera recentemente na aldeia dos jogadores um hóspede de Terramil, com passaporte comum e uma recomendação da Direção da Ordem. Tinha pedido hospedagem por alguns dias, ao que se dizia, para trabalhar no Arquivo e na Biblioteca. Solicitara igualmente assistir a algumas aulas de Servo como ouvinte, era quieto e atento, um homem já de certa idade. Surgia em quase todos os setores e salas da povoação. Tinha-se informado sobre Tegularius e visitado diversas vezes o diretor da Escola da Elite de Cela Silvestre, que morava nas redondezas. Não podia haver dúvidas, o homem era um observador, enviado para averiguar em que pé se achava a situação na aldeia dos jogadores, se se percebiam negligências, se o Mestre estava são e com boa disposição, se o corpo de funcionários era assíduo ao trabalho e se os alunos não estariam talvez agitados. Permaneceu lá uma semana inteira. Não perdeu nenhuma das aulas de Servo; manteve uma atitude de observação e a sua silenciosa onipresença chamou a atenção de dois funcionários. Era, portanto, a informação deste espia o que a Direção da Ordem tinha aguardado antes de enviar sua resposta ao Mestre.

Que pensar agora da resposta e quem poderia ser o seu autor? O estilo não o traía, era o estilo corrente, impessoal de autoridade como a ocasião o exigia. Num exame mais apurado, a peça revelava entretanto mais originalidade e personalidade do que se poderia supor na primeira leitura. A base de todo o documento era o espírito hierárquico da Ordem, justiça e amor à Ordem. Podia-se ver claramente como o requerimento de Servo tinha sido mal recebido, provocara incômodo, aborrecimento mesmo e suscitara escândalo. Transparecia também que o autor da resposta rejeitara com firmeza o requerimento de Servo, logo ao ter conhecimento dele e assim decidira sem ser influenciado pelos julgamentos dos outros. Em contrapartida opunha à indignação e à defesa um movimento e uma disposição de sensível simpatia, uma acentuação de todos os julgamentos e manifestações amenos e favoráveis que na sessão haviam sido proferidos sobre o requerimento de Servo. Servo não tinha dúvidas de que o autor da resposta era Alexandre, o prepósito da Direção da Ordem.

Atingimos aqui o fim de nosso caminho e esperamos ter narrado tudo o que era essencial sobre a carreira de José Servo. Sobre os detalhes de seu fim, um biógrafo posterior poderá averiguar com calma e relatar muitas particularidades.

Renunciamos a apresentar uma exposição própria dos últimos dias do Magister. Deles sabemos tão pouco quanto qualquer estudante de Cela Silvestre, nem faríamos melhor que a "Lenda do Mestre do Jogo de Avelórios" que circula entre nós em muitas cópias e que, provavelmente, tem por autores alguns dos discípulos prediletos do extinto. Com esta lenda, encerraremos nosso livro.

A lenda

Ouvindo as conversas dos camaradas sobre o desaparecimento de nosso Mestre, as causas determinantes do fato, se tinha ou não razão para tomar essa decisão e dar esse passo, se havia sentido ou não em seu destino, não nos foge a vontade de compará-las com as discussões de Diodoro Sículo sobre as causas presumíveis das inundações do Nilo. Parece-nos não somente inútil, mas também injusto multiplicar estas discussões ainda mais. Em vez disso, queremos conservar com carinho em nosso coração a memória do Mestre, que tão cedo, após sua misteriosa saída para o mundo, passou para um outro além ainda mais estranho e misterioso. Para servir à memória tão cara a nós, assinalemos o que chegou aos nossos ouvidos a respeito desses acontecimentos.

Depois que o Mestre leu a carta em que as autoridades indeferiam o seu requerimento, ele sentiu um leve tremor, um sentimento matutino de disposição e disponibilidade, que lhe indicava haver soado a hora. Não havia mais lugar para delongas e hesitação. Este sentimento típico que ele chama "despertar" era-lhe já conhecido dos momentos decisivos de sua vida. Era a um tempo vitalizante e doloroso, uma mistura de despedida e ressurgimento, que sacudia nas raízes o inconsciente como uma tempestade de primavera. Consultou o relógio. Dentro de uma hora tinha de dar uma aula. Resolveu consagrar esta hora ao recolhimento e dirigiu-se ao tranquilo jardim do Magister. No caminho acompanhou-o um verso que de repente lhe aflorara à consciência:

Todo início tem o seu encanto...

Ele o dizia com os seus botões, sem saber em que poeta o tinha lido antes, mas o verso lhe dizia alguma coisa e o agradava e parecia corresponder com justeza à vivência daquele instante.

No jardim ele se sentou num banco coberto com as primeiras folhas murchas, regulou a respiração e lutou pela tranquilidade interior até que mergulhou na meditação de coração clarificado, na qual a conjuntura desta hora da vida se ordenava em quadros gerais e suprapessoais. Mas, retornando ao pequeno auditório onde dava as aulas, anunciou-se de novo aquele verso. Refletiu outra vez sobre ele e descobriu que o texto era, na realidade, um pouquinho diferente. De repente a memória se iluminou e lhe veio em auxílio. Recitou baixinho:

Em todo o começo reside um encanto
Que nos protege e ajuda a viver.

Mas só ao anoitecer, quando a aula já tinha sido dada há muito tempo e todo o outro trabalho do dia havia sido encerrado, é que ele descobriu a origem daqueles versos. Não eram de nenhum poeta antigo, eram parte de um poema seu, que ele tinha escrito outrora como aluno e estudante. A poesia terminava com o verso:

Sus, coração, despede-te e haure saúde

Nesta mesma noite chamou o seu substituto e revelou-lhe que no dia seguinte deveria viajar por tempo indeterminado. Em breves instruções transmitiu-lhe todo o serviço em andamento e despediu-se cordialmente, sem muitas palavras, como costumava fazer para as viagens curtas, oficiais e normais.

Já se convencera anteriormente de que deveria deixar o amigo Tegularius sem pô-lo a par de sua derradeira resolução nem sobrecarregá-lo com uma despedida. Tinha de agir assim não somente para poupar a sensibilidade exaltada do amigo, como também para não comprometer todo o seu plano. Era bem provável que o outro se conformasse com uma ação e um fato consumado, enquanto que uma declaração inesperada e uma cena de despedida poderia arrastá-lo a um desagradável descontrole. Durante certo tempo Servo cogitou em partir sem sequer vê-lo mais uma vez. Pensando melhor, achou que esta solução equivaleria a uma fuga diante da dificuldade. Por mais inteligente e correto que fosse poupar ao amigo uma cena agitada, e uma oportunidade para alguma loucura, ele não tinha, todavia, o direito de conceder a si mesmo tantas deferências. Faltava ainda uma meia hora para o tempo do descanso noturno, ele podia ainda visitar Tegularius, sem incomodar ninguém. Já era noite no espaçoso pátio interno, que ele atravessava. Bateu à porta do amigo com a sensação característica: é a última vez, e encontrou-o sozinho. Surpreendido em meio a uma leitura, Tegularius saudou-o contente, pôs o livro de lado e convidou o visitante e sentar-se.

— Ocorreu-me hoje um velho poema — começou Servo a conversar —, ou melhor, alguns versos dele. Talvez soubesses onde se pode encontrá-lo inteiro. — E citava: — "Em todo o começo reside um encanto..."

O aspirante não precisou esforçar-se muito. Reconheceu a poesia após breve reflexão, levantou-se e retirou de um compartimento de sua escrivaninha o manuscrito das poesias de Servo. Era o exemplar original que este há muitos anos lhe havia ofertado. Procurou no maço e puxou duas folhas que traziam a primeira versão do poema. Entregou-as ao Magister:

— Ei-lo — disse sorrindo —, servi-vos, venerável. É a primeira vez depois de muitos anos que vos dignais lembrar-vos destas poesias.

Servo considerou as folhas com atenção e não sem emoção. Quando estudante, ele tinha coberto de versos as duas folhas. Um passado longínquo o contemplava daquele documento, tudo falava de um tempo antigo quase esquecido, que agora de novo ressurgia, como uma advertência e um sofrimento, o papel já levemente amarelecido, a escrita juvenil, os riscos e as correções no texto.

Julgava lembrar-se não somente do ano e da estação em que estes versos tinham brotado, como também do dia e da hora e, ao mesmo tempo, da disposição interior, da sensação forte e orgulhosa que então o invadira e cobrira de felicidade e que os versos exprimiram. Ele os havia escrito num daqueles dias especiais em que lhe sucedera a experiência espiritual que designava como "despertar".

O título do poema tinha-se originado visivelmente ainda antes do próprio poema. Era como se fosse a sua primeira linha. Em grandes letras e escrita impetuosa, o título estava lançado e soava: "Transcender!".

Somente depois, em outra época e num estado de espírito diferente e diferente situação de vida, é que este título e o sinal de exclamação foram suprimidos e em seu lugar passou a figurar outro em letras miúdas, mais finas e modestas: "Degraus".

Servo recordava-se agora como ele, então, impulsionado pelo pensamento de seu poema, tinha escrito a palavra "transcender!" como um apelo e uma ordem, uma advertência a si próprio, um propósito reformulado e fortalecido de colocar a sua vida e ação sob este signo e de transformar vida e ação num perpétuo transcender, numa decidida e serena travessia, totalização e superação de cada espaço, de cada trecho do caminho. A meia voz, leu para si algumas estrofes:

> *Os espaços, um a um, devíamos*
> *Com jovialidade percorrer,*
> *Sem nos deixar prender a nenhum deles,*
> *Qual uma pátria.*
>
> *O Espírito Universal não quer atar-nos*
> *Nem nos encerrar, mas sim*
> *Elevar-nos degrau por degrau, nos ampliando o ser.*

— Eu tinha esquecido estes versos durante muitos anos — disse — e ao ocorrer-me hoje um deles, por acaso, não sabia mais onde eu o tinha conhecido nem que era meu. Como te parecem hoje? Dizem-te ainda alguma coisa?

Tegularius pensou um pouco.

— Justamente este poema sempre me suscitou uma reação muito peculiar — disse então. — O poema pertence à categoria dos poucos poemas de vossa autoria, que eu propriamente não aprecio, em que há qualquer coisa que me repele e perturba. O que era eu não sabia. Hoje creio ver melhor. Vosso poema, venerável, que intitulastes com a ordem e apelo "Transcender!", mas a que destes, graças a Deus, em substituição ao primeiro, um título bem melhor, nunca me agradou porque continha ideias imperativas, moralizantes, de tom professoral. Tirando este elemento, ou melhor, diluindo esta tintura, seria um de vossos mais belos poemas, foi o que acabei de notar. Seu conteúdo próprio não está mal sugerido com o título "Degraus". Vós poderíeis ter escrito, como título, igualmente bem ou melhor ainda "Música" ou "Essência da Música". Pois despindo-o daquela atitude moralizante e predicatória, é real e propriamente uma meditação sobre a essência da música, ou, se se prefere, um canto de louvor à música, à sua presença contínua, à sua jovialidade e decisão, à sua mobilidade e incansável disponibilidade e prontidão para prosseguir em seu apressado caminhar, em abandonar o espaço ou o setor do espaço que acabou de penetrar.

"O poema poderia ser uma joia perfeita, se ele não ultrapassasse o âmbito de uma meditação ou canto de louvor sobre o espírito da música, se vós, já dominado por uma ambição de educador, não tivésseis feito dele uma exortação e uma prédica. Do jeito que está escrito, pareceu-me não somente muito teórico, muito professoral, mas também incorrer num erro de raciocínio. Ele equipara a música à vida, somente tendo em vista o efeito moral, o que é assaz duvidoso e discutível. Faz do motor natural e alheio a toda moral, que é a mola propulsora da música, uma 'vida' que nos quer desenvolver e educar através de apelos, ordens e bons ensinamentos. Para resumir, neste poema se falseia e se utiliza para fins doutrinários uma visão de beleza e magnificência únicas, e é isso o que me indispõe contra ele."

Com prazer o Magister o ouviu e o viu enveredar por um discurso caloroso e veemente, que ele tanto apreciava no amigo.

— Gostaria que tivesses razão — disse ele meio brincando —, pelo menos tens razão no que dizes sobre a relação entre o poema e a música. A "travessia dos espaços" e o pensamento básico dos meus versos se originam de fato na música, sem que eu o soubesse ou observasse. Se estraguei o pensamento e falseei a visão, não sei; talvez tenhas razão. Quando compus estes versos, eles já não se referiam mais à música, mas a uma vivência. Esta vivência consistia na indicação, na revelação que o belo símbolo musical me fazia do seu aspecto moral, e que se tornara em mim, despertar e advertência, apelo para a vida. A forma imperativa do poema, que te desagrada de modo particular, não é expressão de uma vontade de mando ou de ensinar, pois a ordem, a advertência, é dirigida somente a mim mesmo. Mesmo que estas observações não tivessem chegado ao teu conhecimento, poderias contudo ter inferido isso dos últimos versos, meu caro.

"Portanto, eu vivi uma intuição, um conhecimento, uma visão interior e gostaria de recordar a mim mesmo o conteúdo e a moral desta intuição, recordar e deles me impregnar. Por isso é que o poema permaneceu na memória, sem que eu o soubesse. Bons ou maus, o certo é que estes versos alcançaram a sua finalidade, a advertência continuou a viver em mim e não foi esquecida. Eles hoje me soam outra vez como novos; é uma pequenina vivência, muito bela por sinal, e não será a tua zombaria que me irá estragá-la. Mas é tempo de partir. Como eram belos aqueles tempos, camarada, em que nós, ambos estudantes, nos podíamos permitir com frequência contornar o regulamento e ficar conversando noite adentro até altas horas. Um Magister não tem mais este direito, que pena!

— Ora — disse Tegularius —, poder, pode; é que não se tem a coragem para tanto.

Servo pousou sorrindo a mão no ombro do amigo.

— No que se refere à coragem, meu caro, eu seria capaz de extravagâncias bem diferentes. Boa noite, velho critiqueiro!

Alegremente deixou a cela de Tegularius. A caminho, contudo, no silêncio da noite pelos corredores vazios e pátios da povoação, sentiu de novo a seriedade da despedida. Despedir-se desperta sempre recordações e neste corredor veio-lhe à mente a lembrança daquela primeira vez em que, ainda menino, como aluno recém-incorporado a Cela Silvestre, tinha dado a sua primeira volta, transbordante de ideias e esperanças através da localidade e da aldeia dos jogadores. Somente agora, no meio do arvoredo e dos edifícios imersos no silêncio e na friagem da noite, percebia, penetrante e dolorosamente, que ele tinha tudo isto pela última vez diante dos olhos, pela última vez estava à escuta do silenciar e adormecer da povoação tão regurgitante de vida durante o dia, pela última vez via a luzinha sobre a casa do porteiro refletir-se na pia do poço e as nuvens da noite passar sobre as árvores do jardim do Magister. Mediu, devagar, com os passos, todos os caminhos e ângulos da aldeia dos jogadores, sentiu uma necessidade de abrir mais uma vez o portão que dava para o jardim e entrar. Todavia não o fez por não trazer consigo a chave. Assim voltou rapidamente a si e à realidade.

Retornando a seus aposentos, escreveu ainda algumas cartas, entre elas uma anunciando a sua chegada à casa de Designori na capital; a seguir libertou-se em cuidadosa meditação dos abalos espirituais dessa hora para, no dia seguinte, ter forças para o seu último trabalho em Castália, a conversa com o Diretor da Ordem.

Na manhã seguinte o Magister levantou-se à hora habitual, providenciou um carro e partiu. Pouca gente percebeu a sua partida e ninguém desconfiou de nada. Tomou o rumo de Terramil, na manhã invadida pelas primeiras névoas do outono incipiente, chegou por volta do meio-dia e fez-se anunciar ao Magister Alexandre, o prepósito da Direção da Ordem. Trazia consigo, envolvido num pano, um belo estojo de metal, que ele tinha retirado de um lóculo secreto de sua chancelaria e que continha as insígnias de sua dignidade, os selos e as chaves.

Na grande sala da Direção da Ordem foi recebido com certa surpresa, quase nunca sucedera que um Magister aparecesse aí sem aviso prévio e sem convocação anterior. Por incumbência do Diretor da Ordem acolheram-no numa cela de repouso no velho claustro e lhe comunicaram que o Venerável esperava poder ficar livre em duas ou três horas para atendê-lo. Pediu um exemplar das regras da Ordem, sentou-se e leu de ponta a ponta todo o caderno, certificando-se, uma última vez, da simplicidade e legalidade de seu projeto. Parecia-lhe, entretanto, mesmo agora, verdadeiramente impossível conseguir exprimir em palavras o sentido e a justificação profundos do seu propósito.

Lembrava-se de uma frase nas regras, sobre a qual outrora o tinha feito meditar, nos últimos dias de sua liberdade juvenil e do tempo de estudante. Tinha sido no momento de sua admissão na Ordem. Releu a frase, entregou-se à meditação e sentiu, como ele agora era outro, completamente diferente daquele jovem aspirante um tanto medroso, que ele havia sido. "Se a autoridade superior te convoca", assim rezava aquele ponto das regras "para um cargo, fica sabendo que cada ascensão na escala dos postos não é um passo para a liberdade, mas para o compromisso. Quanto mais alto o poder do cargo, tanto mais severo o serviço. Quanto mais forte a personalidade, tanto mais repreensível a arbitrariedade."

Como tudo isso tinha soado antes tão definitivo e tão inequívoco! E contudo como o significado de muitas palavras, principalmente de palavras capciosas como "compromisso", "personalidade", "arbitrariedade" tinham mudado tanto, até mesmo assumido uma significação contrária! E, no entanto, como essas frases eram belas, claras, solidamente enquadradas e maravilhosamente sugestivas, como podiam aparecer tão absolutas, intemporais e plenamente verdadeiras a um jovem espírito! Oh, elas teriam sido realmente isto, se Castália fosse o mundo, o grande e múltiplo, embora indivisível universo, em vez de ser apenas um pequeno mundo ou um setor ousado e arbitrário dele! Se o mundo fosse uma Escola da Elite, se a Ordem fosse a comunidade de todos os homens, se a Direção da Ordem fosse o próprio Deus, como seriam perfeitas aquelas frases e todas as regras! Ah, se fosse assim, como a vida seria graciosa, florescente e inocentemente bela! E antes tinha sido realmente assim, antes ele tinha podido ver e viver assim: a Ordem e o espírito castálico como o divino e o absoluto, a Província como o mundo, o castálico como a humanidade, e a parte não castálica do todo como uma espécie de mundo infantil, uma antecâmara da Província, um solo virgem onde ainda não tinham sido semeadas a cultura definitiva e a salvação, que olha para Castália com respeito e de tempos a tempos lhe envia visitas como o jovem Plínio.

Como era singular a sua situação espiritual! Não tinha ele considerado aquela espécie de compreensão e conhecimento, aquela vivência da realidade, que ele designava como "despertar", em tempos passados, ontem mesmo, como um avanço gradual em direção ao coração do mundo, ao centro da verdade? Não tinha considerado o "despertar" como um caminho ou um progredir, que só se pode realizar gradualmente mas que na ideia é contínuo e retilíneo? Não lhe parecera antigamente na juventude como "despertar", como progresso, como absolutamente valioso e correto, reconhecer o mundo na pessoa de Plínio mas manter-se afastado dele conscientemente e com o rigor exigido de um bom castálico? E de novo tinha sido um progresso e uma verdade, quando ele, depois de dúvidas de anos, se decidiu pelo Jogo de Avelórios e pela vida em Cela Silvestre. E de novo, quando ele foi enquadrado no serviço pelo Mestre Tomás e admitido na Ordem pelo Mestre de Música e quando posteriormente foi nomeado Magister. Foram verdadeiramente pequenos ou grandes passos num caminho aparentemente retilíneo — e contudo não estava ele agora, ao chegar ao fim deste caminho, nem no coração do mundo nem no âmago da verdade. O atual "despertar" levava-o simplesmente a abrir os olhos, sondar e caracterizar a nova situação e adaptar-se à nova conjuntura.

A mesma senda severa, clara, inequívoca, retilínea, que o guiara a Cela Silvestre, Rochedo Santa Maria, à Ordem, ao cargo de Magister, o guiava agora para fora. O que fora uma série de atos de "despertar" era ao mesmo tempo uma sucessão de despedidas.

Castália, o Jogo de Avelórios, a dignidade magisterial tinham sido, cada um, um tema que deveria sofrer variação e ceder o passo a outros temas, um espaço que deveria ser atravessado e transcendido. Já os tinha atrás de si. E antigamente, ao pensar e agir, o contrário do que ele hoje pensava e agia, já sabia, ou pelo menos pressentia, o que era problemático naquelas posições; pois não havia colocado a exclamação "Transcender!" como título daquele poema que como estudante escrevera e que tratava dos degraus e das despedidas?

Sendo assim, o seu caminho tinha seguido um círculo, uma elipse ou espiral, ou uma outra trajetória qualquer, menos uma linha reta, pois é evidente que a linha reta pertence apenas à geometria e não à natureza ou à vida. A exortação e o encorajamento dirigidos a si próprio contidos no poema foram seguidos fielmente, mesmo depois de ter esquecido a poesia e o correspondente "despertar". É verdade que esta obediência não foi perfeita, nem se processou sem hesitação, dúvidas, caprichos e lutas, mas ele atravessou lance após lance, espaço após espaço, com valentia, recolhimento e sofrível serenidade, não tão irradiante como o Decano da Música, mas sem cansaço e perturbação, sem deserção nem infidelidade. E se agora, para a mentalidade castálica, ele cometia uma apostasia e infidelidade, se ele, indo contra toda a ordem moral, agia aparentemente a serviço da própria personalidade, portanto, arbitrariamente, também isso acontecia dentro do espírito da coragem e da música, do compasso firme e da serenidade, por maiores que fossem os percalços a enfrentar. Ah, se ele pudesse explicar e demonstrar também aos outros o que lhe parecia tão claro! Ou seja, que a "arbitrariedade" de seu atual procedimento era, em verdade, serviço e obediência e que, longe de ser libertário ou fugir da responsabilidade, atrelava-se a um compromisso, com a única diferença de que este era novo, desconhecido e inquietante. Ele não era nenhum trânsfuga, mas atendia a um apelo superior, não agia a seu talante mas era obediente, não era um senhor, mas uma vítima!

E que dizer então das virtudes, da serenidade, da cadência, da coragem? Elas se tornavam pequenas, mas permaneciam. Já que não havia propriamente um caminhar, mas apenas um deixar-se conduzir, já que não havia nenhum transcender arbitrário, mas apenas uma revolução do espaço em torno de um centro pessoal, então as virtudes permaneciam e conservavam o seu valor, mas elas consistiam em dizer sim em vez de dizer não, em obedecer em vez de esquivar-se. Elas consistiam talvez um pouco em agir e pensar como se nós fôssemos senhores, detentores de um papel ativo, em aceitar sem discussão a vida e a ilusão de nós mesmos, este puro reflexo de uma aparente autodeterminação e responsabilidade, como se no fundo, por causas desconhecidas, fôssemos criados mais para agir do que para conhecer, como se habitasse em nós mais instinto do que espírito. Oh, se fosse possível ter uma conversa com o padre Jacobus sobre o assunto!

Pensamentos e sonhos desta espécie eram a ressonância de sua meditação. Quanto ao "despertar", ao que parecia, tratava-se não da verdade e do conhecimento, mas da realidade, o fato de vivê-la e enfrentá-la. O "despertar" não ajudava a penetrar até próximo do cerne das coisas e da verdade. Nesta vivência, o que se compreendia, o que se realizava ou sofria, era apenas a atitude do próprio eu diante da situação momentânea das coisas. Aí não se descobriam leis, mas resoluções, não se caía no centro do universo, mas no centro da própria pessoa. Daí também advir que o que se experimentava nestas ocasiões fosse tão refratário à comunicação, tão estranhamente inefável e irredutível a formulações; parece que não se conta entre os objetivos da linguagem a expressão dessas esferas da vida.

Se, por exceção, neste domínio, alguém pudesse acompanhar por tempo relativamente longo esta situação, com uma compreensão bem exata, então é sinal de que vive uma situação análoga, que sofre junto e junto participa da mesma vivência do "despertar". Fritz Tegularius acompanhara-o, certa ocasião, em curto trecho deste caminhar, Plínio entendera-o em maior proporção. Quem mais poderia ele citar? Ninguém.

Já começava a escurecer e ele estava complemente absorto e ensimesmado no seu jogo de pensamentos quando bateram à porta. Como ele não emergisse de imediato de suas elucubrações e não respondesse logo, a pessoa que estava fora aguardou um instante e tentou de novo com uma leve batida. Agora sim, Servo respondeu, levantou-se e saiu com o mensageiro que o conduziu ao edifício da chancelaria e sem anúncio ulterior ao gabinete de trabalho do prepósito. Mestre Alexandre veio ao seu encontro.

— É uma lástima — disse — que vós tenhais vindo sem anúncio prévio; daí a inevitabilidade da demora. Estou ansioso para saber o que vos trouxe aqui tão de surpresa. Nada de ruim, pois não?

Servo riu.

— Não, nada de ruim. Mas será que venho realmente tão inesperadamente assim e vós não podeis imaginar o que é que me impele?

Alexandre fitou-o nos olhos, tinha o ar sério e preocupado.

— Bem — disse —, posso pensar uma porção de coisas. Nestes dias, por exemplo, bem que pensei comigo mesmo que o assunto de vossa circular talvez não estivesse ainda para vós perfeitamente esclarecido. A Direção teve que responder um tanto sucintamente e pode ser que o conteúdo e a forma tenham sido decepcionantes para vós, Domine.

— Não — respondeu José Servo —, no fundo eu não poderia esperar outra coisa. Primeiro quanto ao conteúdo da resposta das autoridades. E no que tange à forma, confesso que ela até me fez bem. Notei que a carta dera trabalho ao autor, até mesmo preocupação e que ele sentira necessidade de misturar algumas gotas de mel numa resposta que me seria desagradável e que poderia me cobrir de vergonha. Ele o conseguiu primorosamente, sou-lhe grato por isso.

— E vós aceitastes também o conteúdo da carta, venerável?

— Tomei conhecimento, é o termo mais adequado, e no fundo também o entendi e aprovei. A resposta não poderia conter senão uma recusa da minha solicitação acompanhada de uma suave admoestação. A minha circular era algo inusitado e deveras incômodo para as autoridades, eu não tinha a menor dúvida sobre isso. Além disso, por conter uma solicitação pessoal, provavelmente não fora redigida convenientemente. Não poderia esperar senão uma resposta negativa.

— É-nos muito agradável — disse o prepósito da Direção da Ordem com um leve toque de cerimônia — que vós o encareis assim e que nossa carta não vos tenha causado uma surpresa dolorosa. Repito, ficamos muito satisfeitos com isso. Mas há ainda um ponto que não entendi. Se, redigindo e enviando a vossa carta — será que vos compreendo corretamente? — de antemão não acreditáveis num êxito e numa resposta afirmativa, estáveis até mesmo convencido de um fracasso, por que então escrevestes e mandastes a vossa circular? Afinal de contas, significava um grande trabalho redigi-la na íntegra e dar-lhe a forma final!

Servo olhou-o com amizade e respondeu:

— Senhor prepósito, minha carta tinha um conteúdo duplo, duas intenções e não creio que ambas tenham permanecido assim tão infrutíferas e frustradas. Continha um pedido pessoal de demissão de um cargo e de ser empregado em outro sítio. Este pedido pessoal, eu poderia considerá-lo como algo relativamente secundário, já que um Magister deve colocar seus assuntos pessoais em segundo plano, na medida do possível. O pedido foi recusado, tive que me conformar.

"Mas a minha circular continha ainda muitas coisas mais, além daquele pedido: por um lado, uma porção de fatos, por outro, uma série de pensamentos que achei ser meu dever levar ao conhecimento das autoridades e recomendar à sua atenção. Todos os magísteres, ou pelo menos a maioria deles, leram as minhas exposições, para não dizer advertências e, ainda que, por certo, a maioria deles tenha se servido de má vontade desta iguaria e reagido antes de mau humor, todavia a realidade é que leram e tiveram que engolir o que eu acreditava dever dizer-lhes. Não constitui a meus olhos nenhum fracasso, que a minha carta não tenha sido acolhida com aplausos, eu não procurava aplauso nem aprovação, meu objetivo era provocar intranquilidade e sacudir os ânimos. Arrepender-me-ia muito se tivesse desistido de enviar o meu trabalho pelas razões por vós apresentadas. Se ele produziu muito ou pouco efeito, não sei, mas sem dúvida foi um brado de alerta, um apelo.

— Certamente — disse o prepósito hesitante —, mas o enigma continua para mim indecifrável, mesmo após estas explicações. Se vós queríeis fazer chegar às autoridades, advertências, brados de alerta ou avisos, por que então enfraquecestes ou pusestes em jogo o efeito de vossas áureas palavras associando-as a um pedido particular, a um pedido cujo atendimento sabíeis perfeitamente ser impossível? Por enquanto não consigo entender, quero crer que se esclarecerá quando tivermos discutido todo o caso. De qualquer maneira, é aí que reside o ponto fraco de vossa circular, na associação do brado de alerta com a solicitação, da advertência com o pedido. Vós entretanto podíeis prescindir, assim se pode supor, de utilizar a solicitação como veículo para a exortação. Caso julgásseis necessário uma sacudidela, poderíeis com facilidade comunicar-vos com vossos colegas, oralmente ou por escrito. A solicitação teria seguido seus trâmites legais.

Servo voltou a olhá-lo com amizade:

— Sim — disse ao prepósito mansamente —, pode ser que vós tenhais razão, ainda que... Examinai mais uma vez esta complexa questão! Tanto na exortação como na solicitação, não se trata de um fato cotidiano, habitual ou normal, mas vêm juntas por serem ambas insólitas e terem surgido ambas de uma situação de emergência e se colocarem em termos anticonvencionais.

"Não é usual nem normal que, sem um motivo exterior premente, uma pessoa de repente suplique seus colegas a lembrar-se do caráter perecível e duvidoso de toda a sua existência, nem é usual e cotidiano que um Magister castálico requeira um posto de professor de escola, fora da Província. Sob este aspecto, ambos os conteúdos do meu ofício se ajustam um ao outro. Para um leitor que tivesse tomado a sério todo o requerimento, deveria, na minha opinião, impor-se como resultado da leitura, a seguinte conclusão: estamos na presença de um homem, não apenas um tanto esquisito, que anuncia suas ideias e leva a peito pregá-las aos colegas, mas de um homem que leva tão a sério suas ideias e sua aflição, que está pronto a despojar-se do seu cargo, de sua dignidade, de seu passado e recomeçar do início numa posição modesta. Ele já está saturado de dignidade, da tranquilidade, das honras e da autoridade e deseja ver-se livre delas e mandá-las às favas.

"Desta leitura — tento sempre pensar com a cabeça dos leitores de minha carta — duas conclusões, quer me parecer, teriam sido possíveis: ou o autor desta pregação moral é infelizmente um louco, e portanto não entra mais em cogitação como Magister, ou então, de vez que o autor desta pregação molesta evidentemente não é maluco, mas normal e são, deve haver alguma coisa por trás de sua pregação, além de humor variável e esquisitice, ou seja, uma realidade, uma verdade. Assim imaginei a marcha do raciocínio na cabeça dos leitores, mas devo reconhecer que calculei mal. O meu requerimento e o meu brado de alerta em vez de se terem fortalecido e apoiado um ao outro, pelo contrário, não foram, nem um nem outro tomados a sério e vós os pusestes de lado. Mas esta recusa não me perturbou muito nem propriamente me surpreendeu, pois no fundo, devo repetir, eu a tinha esperado apesar de tudo e, diga-se de passagem, eu também merecera esta recusa. Meu requerimento, em cujo êxito eu não acreditava, era uma espécie de passe de mágica, era um gesto, uma fórmula.

O rosto de Mestre Alexandre tornara-se ainda mais sério e quase sombrio. Mas ele não interrompeu o Magister.

— Ao expedir o meu requerimento — continuou este —, não estava em minhas cogitações esperar seriamente uma resposta favorável ou me alegrar de antemão com ela, mas também não estava disposto a acatar obedientemente uma resposta negativa como instância suprema.

— Não estava disposto a acatar a resposta de vossos superiores como instância suprema — será que ouvi direito, Magister? — interrompeu-o o prepósito acentuando cada palavra. Manifestamente reconhecia agora toda a gravidade da situação.

Servo inclinou-se levemente.

— Por certo, ouvistes direito. Eu apenas podia crer no êxito de minha solicitação, mas quis apresentá-la assim mesmo para satisfazer à ordem e à forma. Com isso dei às veneráveis autoridades, de certo modo, uma oportunidade de despachar o assunto sem escândalo. Se ela não se inclinasse para esta solução, então eu já estava decidido a não me conter nem ficar parado, mas a agir.

— Agir? Como? — perguntou Alexandre com voz baixa.

— Do modo que o meu coração e a minha razão me inspirarem. Eu estava resolvido a depor o meu cargo e assumir uma atividade fora de Castália, mesmo sem a ordem ou a licença das autoridades.

O Diretor da Ordem fechou os olhos e parecia não mais prestar atenção. Servo percebeu que ele realizava um exercício de emergência, a que os membros da Ordem recorriam em casos de perigo repentino ou súbitas angústias, para controlar-se e assegurar a paz interior. Consta de duas paradas sucessivas da respiração, duas cessações bem prolongadas, mantendo-se os pulmões vazios. Servo viu o rosto daquele homem, de cuja situação deprimente ele sabia ser culpado, empalidecer um pouco, depois ir recuperando aos poucos a cor habitual, numa lenta inspiração, que começava pelos músculos abdominais. Viu que os olhos daquele homem, a quem ele queria tanto bem e tinha na mais alta consideração, se abriam de novo; por um momento, permaneceram parados e perdidos para logo a seguir despertarem e retomarem seu vigor.

Com um leve estremecimento viu que aqueles olhos claros cheios de autodomínio, sempre disciplinados, de um homem que era grande, tanto na obediência como no comando, se dirigiam agora para ele e o contemplavam com serena frieza, o inspecionavam, o julgavam. Teve que suportar longamente aquele olhar em silêncio.

— Creio que vos compreendi — disse Alexandre finalmente com voz calma. — Vós estáveis já há um bom tempo cansado do cargo e de Castália ou atormentado pelo desejo de viver no mundo. Vós vos decidistes antes obedecer a este capricho que às leis e vossos deveres. Não sentistes a necessidade de vos confiardes a nós nem de pedir conselho e assistência à Ordem. Para satisfazer a uma formalidade e descarregar vossa consciência, nos dirigistes aquele requerimento que sabíeis ser inaceitável para nós, mas que poderíeis invocar, quando o assunto viesse a ser discutido. Suponhamos que tivestes razão para vosso procedimento tão incomum e vossas intenções foram honestas e dignas de consideração, aliás, não posso imaginar de outro modo. Mas como foi possível que vós, com tais pensamentos, desejos e resoluções no coração, interiormente portanto já um desertor, pudésseis permanecer em vosso cargo por tempo tão prolongado, sem nada dizer, e continuar a exercê-lo aparentemente sem falhas?

— Vim aqui — disse o Mestre do Jogo de Avelórios, com cordialidade inalterada — para conversar convosco sobre tudo isso, responder a cada uma de vossas perguntas e me propus, já que estou trilhando um caminho de determinação própria, não deixar Terramil e a vossa casa antes que eu sinta que a minha situação e os meus atos foram de algum modo entendidos por vós.

Mestre Alexandre refletiu.

— Quer dizer que vós esperais que eu algum dia aprove vosso procedimento e vossos planos? — perguntou então hesitante.

— Ora, em aprovação nem quero pensar. Espero e aguardo ser entendido por vós e conservar um resto de vossa estima quando eu me for daqui. É a única despedida em nossa Província que devo ainda fazer. Cela Silvestre e a aldeia dos jogadores, deixei-as hoje para sempre.

De novo, Alexandre fechou os olhos por alguns segundos. As atitudes daquele homem incompreensível deixavam-no consternado.

— Para sempre? — perguntou. — Pensais portanto em não mais voltar ao vosso posto? Devo dizer que sois um mestre em surpreender. Uma pergunta, se me permitis: considerai-vos ainda Mestre do Jogo de Avelórios ou não?

José Servo tomou o estojo que trouxera consigo.

— Eu o era até ontem — disse ele — e penso ficar liberado do cargo hoje, ao devolver-vos os selos e as chaves, a vós, em nome das autoridades. Eles estão intactos e também encontrareis tudo em ordem na aldeia dos jogadores, quando fordes lá inspecionar.

O prepósito da Ordem levantou-se devagar da cadeira, parecia cansado e envelhecido como que de repente.

— Vamos deixar o vosso estojo aqui por hoje — disse ele secamente. — Se a aceitação de vossos selos significa ao mesmo tempo a consumação de vossa demissão, eu não sou competente para resolver. Seria necessário a presença de pelo menos um terço da Direção. Anteriormente vós tínheis um sentido tão grande pelos velhos costumes e fórmulas, eu não consigo encontrar-me tão depressa nestas novas maneiras. Talvez tenhais a gentileza de dar-me tempo até amanhã para continuarmos a falar?

— Estou à vossa inteira disposição, venerável. Vós me conheceis e sabeis do meu respeito para convosco, já há muitos anos. Crede-me, neste ponto nada mudou. Sois a única pessoa de quem me despeço, antes de deixar a Província e isto acontece não só por ocupardes o cargo de prepósito na Direção da Ordem. Assim como lhe repus entre as mãos os selos e as chaves, assim também espero, Domine, ao encerrarmos amanhã nossa entrevista, ser desligado por vós também do meu voto de membro da Ordem.

Triste e inquiridor, Alexandre fitou-o nos olhos e reprimiu um suspiro.

— Deixai-me agora sozinho, meu caro. Vós me trouxestes bastante preocupação e demasiada matéria de reflexão para um dia. Por hoje, chega. Amanhã continuaremos a falar. Voltai aqui por volta das onze horas.

Despediu o Magister com um gesto cortês. Este gesto cheio de resignação e de uma delicadeza rebuscada, que não mais se dirigia a um colega mas a um estranho, causou mais dor ao Mestre do Jogo de Avelórios que todas as suas palavras.

O criado, que momentos depois veio buscar Servo para o jantar, conduziu-o a uma mesa de hóspedes e anunciou que o Mestre Alexandre tinha se retirado para um exercício bem longo e, supondo que também o senhor

Magister não desejaria para aquela noite nenhuma companhia, um quarto de hóspede já lhe estava reservado.

Alexandre fora completamente surpreendido pela visita e pelas declarações do Mestre do Jogo de Avelórios. Sem dúvida, desde que ele tinha redigido a resposta das autoridades à carta de Servo, contava com a visita dele e não era sem inquietação que pensava na conversa que deveriam manter. Mas considerava absolutamente impossível que o Magister Servo, com a sua obediência exemplar, suas boas maneiras, seu fino trato, sua modéstia, tato e cordialidade, pudesse aparecer um dia para falar-lhe sem se anunciar, demitir-se do cargo por iniciativa própria, sem consulta prévia das autoridades, desrespeitando desta maneira inconcebível todos os costumes e a tradição. Decerto era preciso convir que a maneira de se apresentar, o tom e as expressões de seu discurso, a sua cortesia discreta eram as mesmas de sempre, mas o conteúdo e o espírito de suas declarações, como eram horríveis e irritantes, como eram novidade e surpresa, oh, como distavam léguas do espírito de Castália!

Vendo e ouvindo o Magister Ludi, ninguém teria podido levantar a suspeita de que ele estivesse doente, esgotado, nervoso, ou sem poder controlar-se plenamente. Também as observações minuciosas que as autoridades tinham levado a cabo, ainda recentemente, em Cela Silvestre não revelavam o menor sinal de perturbação, desordem ou negligência na vida e no trabalho da aldeia dos jogadores.

E contudo estava aqui agora este homem fatídico, até ontem o mais querido de todos os seus colegas, desfazia-se do estojo com as insígnias do cargo, como de uma maleta de viagem, esclarecendo que tinha cessado de ser Magister, membro da Direção, membro da Ordem, castálico, e que tinha vindo agora depressinha para despedir-se. Era a situação mais terrível, mais difícil e odiosa que o seu cargo de prepósito da Direção da Ordem já lhe reservara. Esforçava-se deveras para manter o autodomínio.

E agora? Deveria recorrer aos meios mais enérgicos? Deveria decretar a prisão domiciliar do Magister Ludi e imediatamente, ainda nesta noite, enviar mensagem urgente a todos os membros da Direção, convocando-os para uma reunião extraordinária? Havia alguma coisa contra? Não era a providência mais óbvia e mais acertada? E contudo uma voz interior impelia-o a abster-se de tomar tal medida. O que se pretendia alcançar com essas medidas? Para o Magister Servo, apenas humilhação, para Castália, nada, no máximo para ele mesmo, o prepósito, um certo alívio e desencargo de consciência, não enfrentando sozinho, como único responsável, um caso tão difícil e odioso. Se neste caso fatídico ainda havia alguma coisa por fazer, se ainda era possível um apelo aos sentimentos de Servo e uma provável mudança de mentalidade, isto só poderia ser alcançado numa conversa particular. Somente os dois, Servo e Alexandre, e mais ninguém tinham de travar esta amarga batalha. Entretendo-se com estes pensamentos, tornava-se claro que devia fazer jus à correção e nobreza de Servo que, se retirando da Direção, cuja autoridade não mais reconhecia, se apresentava a ele, o prepósito, para travar a derradeira batalha e fazer as despedidas. Este José Servo, mesmo quando fazia o que era proibido e odioso, estava seguro da atitude a tomar e do ritmo a imprimir em suas ações.

Mestre Alexandre resolveu confiar-se a esta consideração e deixar de lado toda a aparelhagem oficial. Uma vez tomada esta decisão, começou a refletir sobre cada ponto particular da questão e interrogar-se, antes de tudo, se era lícita ou não a atitude do Magister, pois ele dava a nítida impressão de estar persuadido de sua própria inteireza e da liceidade de seu passo inaudito. Começando a equacionar o atrevido projeto do Mestre do Jogo de Avelórios e compará-lo com as leis da Ordem, que ninguém conhecia mais profundamente do que ele, chegou à surpreendente conclusão de que, na realidade, José Servo não tinha infringido nem tencionava infringir a letra de nenhuma regra. É verdade que as regras a este respeito nas últimas décadas não tinham sido invocadas por falta de uso, faltava o controle de todo o seu alcance, mas constava claro de seu teor que cada membro da Ordem, a qualquer tempo, tem a liberdade de retirar-se, contanto que simultaneamente renuncie aos direitos e à comunidade da vida de Castália.

Entregando seus selos, anunciando a sua saída da Ordem e dirigindo seus passos para o mundo, estava cometendo uma ação insólita, que não ocorria desde tempos imemoráveis, um gesto terrível e tomando até mesmo uma atitude muito inconveniente, mas não infringia o teor das regras da Ordem. Mais ainda. Fazia mais do que a letra das regras exigia, ao empreender este passo tão inconcebível, mas de modo nenhum ilegal, dentro de uma perspectiva formal, não às suas costas, mas frente a frente com ele, o prepósito, no decurso de uma conversa leal.

Mas como chegou o venerável cidadão, uma das colunas da Hierarquia, a este ponto? Como pôde reivindicar para seu intento, que apesar de tudo não deixava de ser uma deserção, a regra escrita, quando havia centenas de regras táticas que nem por causa disso deixavam de ser laços menos santos e evidentes que deveriam interdizer tal atitude?

Ouviu um relógio bater horas. Desprendeu-se dos pensamentos inúteis, foi banhar-se. Entregou-se durante dez minutos cuidadosamente a exercícios de respiração e dirigiu-se para a sua cela de meditação, onde passou uma hora a armazenar força e calma antes de dormir. Não pensou mais no assunto até o dia seguinte.

No dia seguinte um jovem criado conduziu o Magister Servo, da casa de hóspedes da Direção da Ordem até ao prepósito e foi testemunha de como ambos se saudaram. Ele que já estava habituado ao olhar de mestres da meditação e da ascética e a viver no meio deles, notou alguma coisa de especial, de novo, na maneira de se apresentar, nos gestos e na saudação que os veneráveis trocaram entre si, reparou um grau incomparavelmente alto de recolhimento e transfiguração.

Não foi, assim nos relata o criado, precisamente o cumprimento usual entre dois altos dignitários, que poderia, de acordo com as circunstâncias, tomar a forma de um cerimonial sereno e realizado com leveza ou de um ato solene cheio de dignidade e alegria festiva ou, quem sabe, de um desafio de cortesia, subordinação e humildade afetada. Dir-se-ia que estava sendo recebido um estrangeiro, um grande mestre da ioga, chegado de longe, que tivesse vindo para prestar homenagem ao prepósito da Ordem e medir-se com ele. Palavras e gestos foram escassos e comedidos, os olhos e os semblantes destes dois dignitários estavam inundados de paz, serenidade e recolhimento e, ao mesmo tempo, de uma tensão secreta, como se ambos estivessem iluminados ou carregados de corrente elétrica. A nossa testemunha fidedigna não pôde ver nem ouvir mais coisas sobre o encontro. Ambos desapareceram no interior dos aposentos, provavelmente no gabinete privado do Mestre Alexandre e lá ficaram várias horas juntos, sem que ninguém os pudesse perturbar. O que até nós chegou desta conversa provém de narrações ocasionais do senhor Delgado Designori, a quem José Servo contou episódios esparsos.

— Vós ontem me surpreendestes — começou o prepósito — e quase me desconcertastes. Neste meio tempo, pude refletir um pouco sobre o assunto.

Meu ponto de vista não se alterou notavelmente, eu sou membro da Direção da Ordem. Assiste-vos, de acordo com a letra da regra, o direito de anunciar a vossa saída e depor o vosso cargo. Chegastes ao ponto de senti-lo molesto e de achar necessário fazer uma tentativa de viver fora da Ordem. E se eu vos propusesse de atrever-vos realmente a esta tentativa, não, é claro, no sentido de vossas resoluções radicais, mas digamos na forma de uma licença prolongada e até mesmo indeterminada? O vosso requerimento visava propriamente a algo semelhante.

— Não inteiramente — disse Servo. — Se o meu requerimento tivesse sido deferido, eu teria permanecido na Ordem, mas não no cargo. O que vós me propondes tão amavelmente seria uma fuga do problema. Aliás também Cela Silvestre e o Jogo de Avelórios ficariam mal servidos com um Magister que está ausente em longas e indeterminadas férias. Ninguém saberia se ele voltaria ou não. Supondo que voltasse, depois de um ou dois anos, o mínimo que se poderia esperar, em relação ao seu cargo e disciplina, é que não tenha avançado em seus conhecimentos e até mesmo desaprendido o que sabia.

Alexandre:

— Talvez ele tivesse aprendido uma porção de coisas. Talvez tivesse aprendido que o mundo lá fora é diferente do que pensava e tenha tão pouca necessidade desse mundo como o mundo dele. Ele voltaria então feliz para viver no ambiente antigo, tradicional e seguro.

— Vossa bondade vai muito longe. Sou-lhe grato e contudo não posso aceitar. O que procuro não é a satisfação de uma curiosidade ou de uma concupiscência da vida mundana. Procuro antes uma decisão absoluta. Não quero lançar-me no século, levando no bolso um certificado de seguro, que me garanta a volta, no caso de uma decepção. Não quero ser um viajante prudente, que sai para apreciar rapidamente o ambiente em torno, colecionando viagens de reconhecimento. Desejo, ao contrário, o risco, responsabilidade e perigo, estou faminto de realidade, tarefas e ação, também de privações e sofrimentos. Posso pedir-vos de não insistir em vossa bondosa proposta nem tampouco em vossa tentativa de abalar-me em minhas resoluções e de atrair-me de volta? Vosso esforço não conduziria a nada. Minha visita a vossa pessoa perderia para mim o seu valor e solenidade, se ela me acarretasse o deferimento tardio da minha solicitação, deferimento que agora não mais desejo. Desde a sua redação, não tenho conhecido paradas em meu caminho, este caminho que agora trilho e é tudo para mim, minha lei, minha pátria, meu serviço.

Suspirando, Alexandre concordou, balançando a cabeça.

— Suponhamos — disse ele pacientemente — que vós de fato não ireis ceder nem mudar de ideia e que apesar de todas as aparências estais nas garras do frenesi do Amok ou de um Berseker* insensível a toda autoridade, a toda razão e a toda bondade, a quem não se deve obstar em seus caminhos. Por enquanto, quero renunciar a fazer-vos mudar de ideia ou exercer influências sobre vós.

"Dizei-me agora aquilo que vos trouxe até aqui, contai-me a história de vossa queda, explicai-me os fatos e as resoluções com os quais nos horrorizais! Quero ouvir-vos, receba isto o nome que se quiser dar, confissão, justificação, acusação.

Servo concordou.

— A vítima do Amok agradece e se alegra. Não tenho acusação a fazer. O que eu gostaria de dizer — não fora tão difícil, tão incrivelmente difícil exprimi-lo em palavras — tem para mim o sentido de uma justificação, para vós terá o de uma confissão.

Apoiou-se no recosto de sua poltrona e olhou para cima, onde ainda figuravam na abóbada do teto pálidas impressões de uma antiga pintura, do tempo do mosteiro de Terramil, esquemas de linhas e tonalidades de cores, de flores e ornamentos tênues como um sonho.

— A ideia de que era possível saturar-me também de um cargo de Magister e de vir a exonerar-me dele surgiu a primeira vez, já alguns meses após a minha nomeação para Mestre do Jogo de Avelórios. Eu estava um dia sentado lendo o opúsculo de meu famoso predecessor Ludwig Wassermaler, onde ele dá conselhos e indicações aos seus sucessores, mês por mês, no decorrer do ano oficial. Eu lia justamente a sua recomendação de ir já pensando no jogo de avelórios público do ano seguinte, e no caso em que faltasse disposição e inspiração de bons esquemas, de predispor-se a tanto através de concentração. Ao ler esta advertência, esbanjando a confiança própria de um jovem Magister e com a arrogância característica dos jovens, sorri das preocupações do ancião que a tinha escrito. Ficou-me porém ressoando um eco, prenúncio de gravidade e perigo, ameaça e constrangimento. A prolongada reflexão que isso me proporcionou levou-me a uma decisão: caso me sucedesse que o pensamento do próximo jogo solene, em vez de alegria e orgulho, me incutisse preocupação e medo, então, em lugar de atormentar-me em arrancar pelos cabelos, penosamente, um novo jogo solene, eu pediria simplesmente demissão e devolveria as insígnias às autoridades. Foi a primeira vez que semelhante ideia me passou pela mente. Aliás, naquela época eu acabara de superar as grandes canseiras da iniciação em minhas novas funções, ia de vento em popa e sinceramente não acreditava na possibilidade de tornar-me, eu também, um dia um velho e ficar cansado do trabalho e da vida, nem de ficar embaraçado e aborrecido diante da incumbência de fazer surgir ideias para novos jogos de avelórios, como coelhos de dentro de uma cartola. O fato é que tomei essa resolução. Vós me conhecestes, venerável, naquele tempo, perfeitamente bem, melhor talvez do que eu mesmo. Fostes meu conselheiro e diretor de consciência durante a primeira e difícil fase do meu cargo e tínheis deixado Cela Silvestre apenas pouco tempo antes.

Alexandre lançou-lhe um olhar inquisitivo.

— Nunca tive missão mais bela — disse ele — e estava realmente satisfeito convosco e comigo, como raramente sucede. Se é verdade que na vida a gente tem de pagar por tudo aquilo que é agradável, devo então expiar agora a euforia daquela época. Eu estava verdadeiramente orgulhoso de vós. Hoje já não posso dizer a mesma coisa. Se a Ordem sofre uma decepção e Castália um abalo por vossa causa, sei que parte da responsabilidade cabe a mim. Talvez eu deveria então, na qualidade de vosso mentor e conselheiro, ter permanecido na vossa aldeia de jogadores umas semanas mais ou ter-vos tratado com mais rigor e ter-vos controlado com mais exatidão.

Servo replicou o seu olhar com serenidade.

— Não devíeis ter escrúpulos a respeito, Domine, pois eu teria de relembrar-vos muitas recomendações, que vós me destes, quando ainda Mestre muito jovem eu tomava excessivamente ao trágico o meu cargo com suas obrigações e responsabilidades. Vós me dizíeis, ocorre-me agora de novo, numa destas horas de descoroçoamento: se eu, o Magister Ludi, fosse um mau elemento ou um incompetente, e se eu fizesse tudo aquilo que um Magister não deve fazer, até mesmo se eu intencionalmente me propusesse nas minhas altas funções a causar todos os danos possíveis, nada disso haveria de perturbar nossa querida Castália nem atingi-la com profundidade maior do que o impacto de uma pedrinha lançada num lago. Umas ondinhas em círculo e pronto. Em breve tudo estaria neutralizado. Tamanha é a solidez de nossa organização castálica, tão inviolável é o seu espírito. Ainda vos lembrais? Não, não tendes a menor culpa das tentativas que empreendo de tornar-me o pior castálico possível e de prejudicar ao máximo a Ordem. Sabeis também que não conseguirei nem posso conseguir perturbar seriamente a vossa paz. Mas continuemos.

"O fato de eu poder, já no começo de minha magistratura, tomar aquela resolução e de não perdê-la de vista, mas de vir a concretizá-la agora, se prende a uma espécie de experiência espiritual que de tempos a tempos me visita e que denomino 'despertar'. Mas vós já estais informado disso, pois vos falei a respeito, quando éreis meu mentor e guru. Eu até me queixava convosco que desde a tomada de posse aquela experiência não me era mais concedida e parecia desvanecer-se num horizonte cada vez mais afastado.

— Lembro-me, sim — confirmou o prepósito —, eu estava então impressionado pela vossa aptidão para esta espécie de experiências. Aliás em nosso meio ela não se dá senão muito raramente e lá fora no mundo aparece sob formas bastante variadas: em gênios, por exemplo, em homens de Estado e grandes generais, mas também em pessoas fracas, em parte doentias e no conjunto medíocres, como visionários, telepatas, médiuns. Vós me parecíeis não ter nada absolutamente a ver com estas duas classes de gente, nem com os heróis guerreiros nem com os indivíduos de capacidade extrassensorial ou dotes radiestésicos. Ao contrário, a impressão que dáveis era de um bom membro da Ordem, refletido, claro, obediente. Tais visitações, possessões, vozes misteriosas, fossem elas divinas, diabólicas ou mesmo provenientes do vosso íntimo, não pareciam concordar, de modo nenhum, com o vosso tipo. Por isso interpretei as situações de "despertar", como vós me descrevestes, simplesmente como uma conscientização do crescimento pessoal. Donde resultava, como consequência natural, que estas experiências psíquicas cessassem então por um tempo relativamente longo. Vós tínheis acabado de tomar posse de um cargo e tínheis assumido uma função que ainda vos envolvia como um manto muito largo, dentro do qual havia ainda bastante espaço para crescer. Mas, dizei-me, acreditastes algum dia que estas experiências constituíssem uma espécie de revelação de forças superiores, mensagens ou apelos de regiões de uma verdade objetiva, eterna ou divina?

— Isto — disse Servo — leva-nos de imediato à difícil tarefa que me compete neste momento, ou seja, de exprimir com palavras, o que continuamente se recusa à verbalização, de tornar racional o que manifestamente está além do domínio da razão. Não; em manifestações de um demônio, ou de uma verdade absoluta, eu nunca pensei, a propósito dos "despertares". O que empresta a estas vivências o ímpeto e a força de persuasão não é o seu coeficiente de verdade, origem sublime, divindade ou coisa parecida, mas a sua realidade. Elas são tremendamente reais, como, por exemplo, uma violenta dor física ou um surpreendente fenômeno natural, tempestade ou terremoto. Tais fenômenos parecem carregar-se de uma dose mais forte de realidade, presença ou inevitabilidade, do que os tempos e as situações habituais. A ventania que precede um temporal prestes a desabar, que nos leva apressadamente para casa e que tenta arrancar-nos das mãos a porta da frente, ou uma forte dor de dentes que parece concentrar em nossos maxilares todas as tensões, sofrimentos e conflitos do universo, são coisas de cuja realidade ou importância nós poderemos depois discutir, se é que nos inclinamos a este tipo de brincadeiras, mas que na hora da experiência concreta não toleram a menor sombra de dúvida, pois estão arrebentando de realidade. Uma espécie semelhante de vívida realidade tem o meu "despertar", daí o seu nome. Em tais momentos, ele é real, concreto, como se eu acordasse de repente de um longo sono ou entorpecimento, com o espírito claro e receptivo como não acontece habitualmente. Os momentos de grande dor ou abalos, também na história universal, têm uma necessidade que convence; eles desencadeiam um sentimento de atualidade e de tensão de alto poder de opressão. Este abalo pode ter como consequência a beleza e a luz, bem como a loucura e as trevas. De qualquer modo aquilo que é produzido se reveste da aparência da grandeza, da necessidade e da importância e se diferencia e se destaca daquilo que acontece todos os dias.

"Mas deixai-me tentar", continuou, após uma pausa para respirar, "atacar o problema sob um outro prisma. Vós vos recordais da lenda de São Cristóvão, pois não? Pois este Cristóvão era um homem de grande força e coragem. Ele não queria ser senhor nem governar, mas servir. O serviço era a sua força e a sua arte, neste ponto ele era entendido. Mas não lhe era indiferente a quem ele servia. Tinha de ser o mais forte e o mais poderoso senhor. E quando ele ouvia falar de um senhor que fosse ainda mais poderoso do que o senhor atual, ia oferecer-lhe o seu serviço. Este grande servidor sempre me agradou, e eu devo ser um pouco semelhante a ele. Pelo menos, no único tempo da minha vida em que pude dispor de mim mesmo, nos anos de estudante, pesquisei longamente e hesitei, sem saber ainda a que senhor eu deveria servir. Durante anos defendi-me e comportei-me com desconfiança em relação ao Jogo de Avelórios, que contudo sabia ser o fruto mais lídimo e precioso de nossa Província. Eu tinha mordido a isca e sabia que não havia nada mais encantador e refinado sobre a face da terra do que entregar-se a esse Jogo. Bem cedo também notei que ele exigia jogadores profissionais e não amadores de fim de semana. Quem uma vez provava um pouco de seu encanto era completamente envolvido e atraído para o seu serviço. Ora, entregar-me, para sempre, de corpo e alma, a este sortilégio era uma atitude definitiva contra a qual se levantava dentro de mim um instinto, um sentimento ingênuo de simplicidade, de totalidade e saúde, que me acautelava diante do espírito do Vicus Lusorum de Cela Silvestre, espírito de especialistas e virtuoses, espírito altamente cultivado, é verdade, e extremamente rico em suas elaborações, mas que estava divorciado do conjunto da vida e da humanidade e que não mais sabia achar seu caminho nas alturas de um isolamento orgulhoso. Anos a fio estive a braços com dúvidas e tentativas, até que a resolução amadureceu e decidi-me, apesar de tudo, pelo Jogo. Assim fiz, pois dentro de mim habitava aquele impulso de procurar escalar o cimo mais alto e somente servir o maior dos senhores.

— Compreendo — disse Mestre Alexandre. — Mas seja qual for o ângulo sob o qual eu considere a questão e por mais que vós possais explicá-la, esbarro sempre no mesmo motivo para todas as vossas originalidades. Vós revelais um excessivo sentimento por vossa própria pessoa ou uma dependência demasiada dela, o que de modo nenhum é o mesmo que ser uma grande personalidade. Alguém pode ser uma estrela de primeira grandeza em talento, força de vontade, perseverança, mas estar tão bem centrado no sistema a que pertence, que vibra em uníssono com o conjunto sem o menor atrito e desperdício de energia. Um outro indivíduo possui os mesmos dotes superiores, talvez ainda mais belos, mas o eixo não passa exatamente pelo centro, e metade de suas energias é desbaratada em movimentos excêntricos, que acabam por debilitá-lo e perturbar o ambiente. Deveis pertencer a este grupo. Apenas devo, por certo, confessar que vós soubestes ocultá-lo de modo perfeito. Tanto mais violenta parece agora a explosão do mal.

"Vós me citais o exemplo de São Cristóvão e devo dizer: embora esta figura seja grandiosa e comovente, não pode entretanto servir de modelo para um servidor de nossa Hierarquia. Quem quer servir deve servir o senhor a quem jurou, para o que der e vier e não com a intenção secreta de trocar de senhor, tão logo encontre um mais majestoso. O servidor arvora-se assim em juiz do seu senhor e vós fazeis exatamente a mesma coisa. Quereis sempre servir apenas ao maior senhor e tendes a candura de decidir vós mesmo sobre a categoria dos senhores, entre os quais escolheis."

Servo ouvira com atenção, não sem que uma sombra de tristeza invadisse o seu rosto. Continuou:

— Com todo o respeito pelo vosso julgamento, eu não poderia no entanto esperar outro pronunciamento. Mas deixai-me prosseguir ainda um pouco em minha narrativa. Tornei-me portanto um jogador de avelórios e tive, de fato, por um bom tempo a convicção de estar servindo ao maior de todos os senhores. Pelo menos meu amigo Designori, nosso benfeitor no Conselho Federal, descreveu-me a mim certa feita, muito plasticamente, como um virtuose arrogante, petulante, esnobe, um autêntico pavão da Elite.

"Mas devo ainda dizer-vos, o que a palavra 'transcender' significava para mim, desde os anos de estudante e do 'despertar'. Esta palavra saltara diante dos meus olhos, creio eu, lendo um filósofo da época das Luzes e sob a influência do Mestre Tomás von der Trave e tornou-se para mim desde então, ao mesmo título que 'despertar', uma palavra mágica, sedutora e dinâmica, consoladora e promissora. Minha vida deveria ser um transcender, foi esse o propósito que tomei. Devia ser um progredir de degrau em degrau, em que os espaços, um após outro, deveriam ser trilhados e abandonados, da mesma forma como uma melodia se inicia, se desenvolve e chega ao fim, tomando e deixando tema após tema, compasso após compasso; jamais se cansa, nunca adormece, sempre alerta, sempre perfeitamente presente. Procurando relacionar isso com a experiência do 'despertar', notei que existem tais degraus e espaços e que o último período de cada capítulo da vida traz em si uma tonalidade de fenecimento e desejo de morrer. Isso conduz então a um novo espaço, ao 'despertar', ao novo começo. Quero transmitir-vos também esta imagem do transcender. É uma chave que talvez vos ajude a entender a minha vida. Minha decisão pelo Jogo de Avelórios constituiu um degrau importante; não menos importante foi minha integração sensível na

Hierarquia. Também no cargo de Magister experimentei ainda a caminhada por esses degraus. A melhor descoberta que o cargo me propiciou foram o ensino e a educação. Ensinar e educar é uma atividade que traz tanta felicidade quanto a música e o Jogo de Avelórios. Aos poucos fui progredindo em minha descoberta: minha alegria em ensinar era tanto maior quanto mais jovens e menos deformados pela cultura eram os meus alunos. Foi isso, juntamente com outros fatores, que me levou com os anos a desejar alunos jovens e cada vez mais jovens, a preferir um posto de professor numa escola de principiantes a qualquer outro cargo, enfim a que minha fantasia viesse a ocupar-se com coisas que já estavam fora do campo do meu cargo.

Fez uma pausa, o prepósito aproveitou para observar:

— Vós me espantais cada vez mais, Magister. Falais de vossa vida e não se ouve outra coisa senão vivências pessoais subjetivas, desejos pessoais, desenvolvimentos e decisões puramente pessoais! Eu realmente não sabia que um castálico de vossa categoria pudesse ver-se a si e a sua vida desta maneira!

Sua voz tinha um tom que ia da repreensão ao pesar, o que fazia Servo sofrer. Contudo dominou-se e exclamou animado:

— Mas, mui respeitável Mestre, neste instante a nossa palestra não tem como objeto nem Castália, nem as autoridades, nem a Hierarquia, mas unicamente a minha pessoa, a psicologia de um homem, que infelizmente não pôde evitar de causar-lhe tanta maçada. Não me compete falar do desempenho do meu cargo, do cumprimento do meu dever, do meu valor, ou falta de valor como castálico e como Magister. A maneira de conduzir minhas funções, bem como todo o lado visível de minha vida estão patentes diante de vós, nada impede de examiná-los, não encontrareis muito que punir.

"O assunto em pauta é completamente diferente. Trata-se de vos desencobrir o caminho que percorri como indivíduo e que agora me levou para fora de Cela Silvestre e que amanhã me afastará de Castália. Ouvi-me ainda um pouco, por obséquio!

"Eu sabia que existia um mundo além dos muros de nossa pequena Província. Este conhecimento, devo-o não a meus estudos, nos quais o mundo figurava como um passado longínquo, mas principalmente ao meu colega de escola Designori, que era aluno-hóspede, e posteriormente à minha permanência entre os monges beneditinos e ao padre Jacobus. Era muito pouco o que tinha visto do mundo com os meus próprios olhos, mas através daquele homem formei uma ideia daquilo que se chama história e pode ser que eu com isso já estabelecesse o fundamento para o isolamento em que vim a cair depois do meu regresso. Do convento voltei para um país praticamente sem história, para uma Província de eruditos e jogadores de avelórios, uma sociedade extremamente distinta e também agradabilíssima, mas onde eu parecia ser o único a ter uma ideia do século, a demonstrar curiosidade a seu respeito e a interessar-me por ele. Havia aí o bastante para me indenizar desse prejuízo; aí viviam alguns varões respeitáveis e veneráveis e tornar-me colegas deles era uma honra que me inebriava de confusão e felicidade. Aí morava uma multidão de gente bem-educada e de elevada cultura, havia trabalho bastante e numerosos alunos prendados e amáveis. Durante o tempo de magistério em Rochedo Santa Maria, na preciosa companhia do padre Jacobus, fiz a descoberta de que eu não era somente um castálico, mas também um homem, e o mundo, o mundo inteiro me dizia respeito e reivindicava a minha participação em sua vida. Esta descoberta suscitou necessidades, anseios, exigências, obrigações a que eu, em Castália, não tinha o direito de satisfazer em hipótese alguma.

"A vida do mundo, como o castálico a encara, era sinal de atraso e inferioridade, vida da desordem e da incultura, das paixões e da dissipação, nada tinha de belo e digno de legítimas ambições. Mas o mundo e a sua vida afinal eram infinitamente maiores e mais ricos que as representações que um castálico podia fazer deles. O mundo estava cheio de devir, cheio de história, cheio de tentativas e de um começo eternamente novo. Talvez caótico, mas era a pátria onde nascem e o solo onde germinam todos os destinos, todos os enaltecimentos, todas as artes, toda a humanidade. Foi o mundo que produziu as línguas, os povos, os Estados, a cultura e que produziu também a nós e nossa Castália e verá todos eles desaparecerem e a eles sobreviverá. Meu professor Jacobus despertou em mim um amor por este mundo que não cessava de crescer e procurar alimento. Em Castália nada havia que o pudesse nutrir. Aqui estávamos fora do mundo, constituíamos um universo à parte, pequeno, perfeito e não mais sujeito à transformação e ao crescimento.

Ele respirou profundamente e calou-se por um instante. Como o prepósito nada lhe replicasse e apenas o olhasse em atitude de expectativa, Servo dirigiu-lhe pensativo um sinal de cabeça e prosseguiu.

— Eu tinha agora dois fardos a carregar, e isto durante anos. Devia administrar um cargo importante, arcando com as responsabilidades inerentes às suas funções e devia dar uma solução ao meu amor. O cargo — e isto me pareceu claro desde o começo — não devia sofrer detrimento por causa deste amor. Pelo contrário, segundo o meu modo de pensar, devia tirar proveito dele.

"Caso eu executasse meu trabalho, com uma perfeição e impecabilidade inferior àquelas que se podem esperar de um Magister — coisa aliás que não estava no programa —, pelo menos eu sabia que meu coração estava mais vigilante e mais vivo que o de muitos colegas irrepreensíveis, e que eu tinha para dar a meus alunos e colaboradores uma contribuição válida. Vislumbrei minha missão em alargar e aquecer lenta e suavemente a vida e a mentalidade castálica, sem ruptura com a tradição, e em transfundir-lhe um sangue novo, haurido no mundo e na história. Por uma dessas coincidências, quis o destino que ao mesmo tempo, lá fora no país, um homem do século sentisse e pensasse exatamente a mesma coisa. Ele sonhara também em estabelecer laços de amizade e penetração recíproca entre Castália e o mundo: Plínio Designori.

Mestre Alexandre repuxou ligeiramente a boca e disse:

— Bem, nunca esperei que vos fosse benéfica a influência deste homem. Nem a dele, nem a do vosso protegido Tegularius, homem de estranho caráter. Foi, portanto, Designori que vos levou a romper completamente com a ordem estabelecida?

— Não, Domine, mas em parte, sem o saber, ele ajudou nesta empreitada. Ele arejou o meu isolamento; através dele, entrei de novo em contato com o mundo exterior e foi somente então que se me tornou possível compreender e confessar a mim mesmo que eu chegava ao fim de minha carreira aqui, que eu perdera a verdadeira alegria no meu trabalho e que já era tempo de pôr termo a esta tortura. Eu havia de novo transposto um degrau, atravessado um espaço e, desta vez, o espaço era Castália.

— Mas de que maneira o exprimis!... — observou Alexandre balançando a cabeça. — Como se o espaço castálico não fosse bastante amplo para ocupar, dignamente, muita gente durante toda a sua vida! Credes seriamente ter medido este espaço e havê-lo esgotado?

— Claro que não — exclamou o outro com vivacidade. — Jamais cri assim. Ao dizer que cheguei aos limites deste espaço, quis dizer apenas que já tinha sido feito aquilo que eu poderia fazer aqui, no meu posto, como indivíduo. De um tempo para cá, atingi aquela linha demarcatória a partir da qual o meu trabalho como Mestre do Jogo de Avelórios passa a ser uma eterna repetição, exercícios vazios, fórmulas inconsistentes, e a minha atividade se processa num clima interior carente de gosto, entusiasmo e muitas vezes até mesmo de fé. Era tempo de acabar com isso.

Alexandre suspirou.

— Este é o vosso ponto de vista, mas não o da Ordem e o de suas regras. Não constitui novidade, nem é de estranhar que um confrade experimente as suas variações de humor e que, de tempos a tempos, se enfare de seu trabalho. As regras indicam-lhe então o caminho para readquirir a harmonia e voltar a centrar-se. Será que vos esquecestes disto?

— Não creio, venerável. Podeis sem reservas examinar a minha administração e ainda recentemente, após terdes recebido a minha circular, mandastes fiscalizar o meu trabalho e a aldeia dos jogadores. Pudestes verificar que lá se trabalhava, que a chancelaria e o Arquivo estavam em ordem, que o Magister não dava mostras de enfermidade nem de manias. Tanto me lembro dessas regras, nas quais, aliás, tão magistralmente um dia me introduzistes, que é justamente a elas que devo a minha resistência e a capacidade de não ter perdido nem a força nem a serenidade. Mas custou-me grande esforço. E agora infelizmente não me custa menos esforço persuadir-vos de que não sou arrastado por variações de humor, manias ou apetites sensuais. Mas consiga ou não persuadir-vos disso, insisto em que reconheçais que minha pessoa e o meu trabalho foram íntegros e úteis até o momento em que os controlastes pela última vez. É esperar demais?

Os olhos do Mestre Alexandre piscaram levemente com ar de mofa.

— Senhor colega — disse ele —, falais comigo como se fôssemos duas pessoas particulares, que participam de uma conversa sem consequências. Mas isso atinge somente a vós, pois sois na realidade um particular. Eu, porém, não o sou, e o que penso e digo, pensa e diz o prepósito da Direção da Ordem e ele é responsável diante das autoridades por cada palavra pronunciada. O que hoje dizeis aqui ficará sem consequências; por mais sério que vos representeis o caso, não passa de declarações de um homem privado, que fala em seu próprio interesse. O meu cargo e a minha responsabilidade, porém, permanecem e o que eu hoje disser ou fizer pode ter consequências. Represento as autoridades diante de vós e de vosso caso. Ora, não é indiferente se as autoridades querem ou não aceitar a vossa maneira de representar os fatos e talvez julgá-la justa.

"Vós me apresentais uma descrição segundo a qual, apesar de toda a sorte de pensamentos aninhados em vosso cérebro, teríeis sido até ontem um castálico e um Magister irrepreensível e impecável e em meio a tentações e crises de acídia, teríeis feito tudo para enfrentá-las com regularidade e vencê-las.

"Supondo que eu admita a vossa versão, como poderei então entender esta monstruosidade, de que o Magister irrepreensível e íntegro, que ontem ainda observava todas as regras, venha a apostatar hoje repentinamente? É-me mais fácil representar um Magister que desde muito já estava mudado e enfermo na alma e que, se julgando ainda um ótimo castálico, em realidade já não o era mais. Também me pergunto por que atribuís tanta importância à afirmação de que vós fostes até o último dia um Mestre fiel ao dever. Se afinal de contas destes o passo, quebrantando a obediência e desertando, não vejo bem por que fazer tanto caso de tais afirmações, como elas vos possam ser tão caras.

Servo defendeu-se.

— Perdão, venerável. Por que não deverei fazer caso delas? Trata-se de minha reputação e do meu nome, da lembrança que deixo aqui. Trata-se também da possibilidade de agir no exterior em favor de Castália. Não estou aqui para salvar alguma coisa para mim ou alcançar a aprovação do passo que dei. De antemão conto com o fato de ser futuramente objeto de dúvidas da parte de meus colegas e de aparecer-lhes como uma figura problemática. Desde já resigno-me a isso. Mas não quero ser tido como um traidor ou um louco. É um julgamento que não posso aceitar. Tomei uma atitude que sois obrigado a reprovar, mas o fiz porque não me restava outra saída, porque era minha missão, porque é meu destino, no qual eu creio e que assumo de bom grado. Se vós não podeis conceder isso, então estou derrotado e em vão vos dirigi a palavra.

— Trata-se sempre do único ponto — respondeu Alexandre. — Devo conceder que em determinadas circunstâncias a vontade de um particular pode ter o direito de transgredir as leis, nas quais eu creio e que devo representar. Não posso porém acreditar simultaneamente em nossa ordem de coisas e igualmente no vosso direito privado de transgredir esta ordem.

Por favor, não me interrompais. Posso conceder-vos que, ao que tudo indica, estais persuadido de vosso direito e do sentido de vosso passo fatal e que acreditais num apelo que preside à vossa atitude. Não espereis de jeito nenhum que eu aprove o próprio caso. Em compensação, obtivestes até que eu desistisse da minha primitiva ideia de vos reconquistar e mudar vossa decisão. Aceito vossa saída da Ordem e transmitirei às autoridades a comunicação que me fazeis de vossa exoneração voluntária do cargo. É o máximo que posso fazer para vos ser agradável, José Servo.

O Mestre do Jogo de Avelórios fez um gesto de resignação e disse tranquilamente:

— Obrigado, senhor preposito. Já vos confiei o estojo com as insígnias. Entrego-vos para ser transmitido às autoridades também um relatório informal sobre a situação das coisas em Cela Silvestre, sobretudo sobre a classe dos aspirantes e sobre algumas pessoas que poderiam ser levadas em consideração, com prioridade, para suceder-me no cargo.

Retirou do bolso algumas folhas dobradas e colocou-as sobre a mesa. Então levantou-se, no que foi seguido pelo preposito. Servo deu um passo em sua direção, fitou-o longamente, transmitindo no olhar uma expressão de tristeza cheia de afeto. Curvou-se e disse:

— Quisera pedir-vos estender-me a mão em despedida. Vejo que devo desistir do meu intento. Fostes-me sempre especialmente caro, não será o dia de hoje que há de modificar alguma coisa em meu afeto e consideração. Adeus, caro e venerável amigo.

Alexandre permanecia de pé, imóvel, um tanto pálido. Por um instante parecia que ele ia levantar a mão e estendê-la ao homem que se despedia. Sentia que seus olhos se umedeciam; então inclinou a cabeça, retribuiu a reverência de Servo e o deixou partir.

Este saiu e fechou a porta atrás de si. O preposito continuou porém imóvel escutando com atenção cada um dos passos que se afastavam. Quando se diluiu o eco do último passo e nada mais havia para ouvir, começou a andar de um lado para o outro do gabinete, até que novamente passos se fizeram ouvir e alguém bateu de leve à porta. O jovem criado entrou e anunciou um visitante que solicitava audiência.

— Dize-lhe que poderei recebê-lo dentro de uma hora e que peço que seja o mais breve possível, pois um trabalho urgente me aguarda. Não, espera um instante! Vai à Chancelaria e anuncia ao primeiro-secretário que ele tenha a bondade de convocar imediatamente, e com toda a urgência para depois de amanhã, uma sessão plenária da Direção, com a observação de que é necessária a presença de todos e que a única justificativa para uma ausência é doença grave. Vai depois ter com o ecônomo e dize-lhe que amanhã cedo preciso viajar para Cela Silvestre, o carro deve estar pronto às sete...

— Com licença — disse o jovem —, o carro do senhor Magister Ludi estaria à disposição.

— Como assim?

— O venerável chegou ontem de carro. Agora mesmo ele deixou a casa avisando que prosseguiria a viagem a pé e deixava o carro aqui à disposição das autoridades.

— Está bem. Tomarei então amanhã o carro de Cela Silvestre. Por favor, repita as instruções.

O criado repetiu.

— O visitante será recebido em uma hora, deve ser breve. O primeiro-secretário deverá convocar as autoridades para depois de amanhã, presença de todos obrigatória, único motivo de ausência, doença grave. Amanhã cedo partida para Cela Silvestre no carro do senhor Magister Ludi.

Mestre Alexandre respirou aliviado, quando o jovem se retirou. Dirigiu-se à mesa, onde estivera sentado com Servo. Ainda repercutiam em seus ouvidos os passos deste ser incompreensível, que ele amara acima de todos os outros e que lhe causara tamanho sofrimento. Sempre, desde o dia em que lhe prestara serviços, ele o tinha amado. Entre muitas outras qualidades de Servo, apreciava também o seu modo de andar. Tinha um passo resoluto e compassado, mas leve e quase flutuante, entre digno e infantil, sacerdotal e coreográfico, um passo muito pessoal, amável e distinto, que combinava esplendidamente com o rosto e a voz de Servo; não menos combinava com o seu estilo peculiar de ser castálico e desempenhar a magistratura: estilo de grande senhor e serenidade, que ora lembrava um pouco o comportamento aristocrático e calculado de seu predecessor, o Mestre Tomás, ora também a simplicidade e simpatia cativante do Decano da Música.

Agora ele já partiu, apressado, a pé, Deus sabe para onde e provavelmente não tornaria mais a vê-lo, não ouviria mais o seu riso e nem veria mais os longos dedos de sua fina mão traçar os hieróglifos de um tema do Jogo de Avelórios.

Apanhou as folhas que tinham ficado sobre a mesa e começou a lê-las. Era um breve testamento, sucinto e objetivo, muitas vezes constando de palavras-chave, sem desenvolvimento frásico. Tinha a finalidade de facilitar o trabalho das autoridades no controle, que viria logo a seguir, da aldeia dos jogadores, bem como na eleição de um novo Magister. Observações inteligentes estavam expressas numa letra pequena e graciosa. As palavras e a caligrafia deste José Servo também traziam a sua marca, única e inconfundível, tão característica quanto o seu rosto, a sua voz e o seu andar. As autoridades teriam dificuldade em encontrar um homem de seu gabarito para resolver o problema de sua sucessão. Os senhores autênticos e verdadeiras personalidades eram em verdade raros e uma figura assim era um caso feliz, um dom do alto, também aqui em Castália, Província da Elite.

A caminhada alegrava José Servo, há anos que ele não viajava mais a pé. Para ser mais exato, enquanto ele se podia lembrar, a sua última excursão a pé, digna deste nome, fora aquela que ele empreendera outrora ao regressar do convento de Santa Maria, de volta para Castália e Cela Silvestre; ia participar daquele jogo solene, tão tragicamente marcado pela morte de sua "Excelência" o Magister Tomás von der Trave, e que o fizera seu sucessor.

Todas as vezes que ele se recordava daqueles tempos e com maior razão dos anos de estudante da Moita de Bambu, sempre tinha a impressão de olhar do fundo de um aposento frio e austero para uma região alegremente iluminada pelo sol, para um mundo que não voltava mais e se tornara um paraíso da memória. Tais recordações, mesmo quando não vinham acompanhadas de melancolia, eram sempre uma visão de um país longínquo, completamente estranho e diferente do presente e cotidiano, trescalando mistério e festividade.

Agora porém, nesta tarde de setembro, clara e serena, cercado pelas cores nítidas da paisagem próxima e pelas tonalidades suavemente esfumaçadas, delicadas como um sonho, que se estendiam do azul ao violeta na paisagem longínqua, ele caminhava calmamente e contemplava sem pressa o panorama. Agora tinha outros olhos para ver aquela excursão a pé, tão distante no tempo. Não era mais uma realidade longínqua e um paraíso dentro do presente resignado. A viagem de hoje, o José Servo de hoje e aquela viagem de outrora, o José Servo de então assemelhavam-se como irmãos. Tudo era novo outra vez, cheio de mistério e esperança, tudo o que tinha passado poderia voltar e enriquecer-se ainda de muitas coisas novas.

Já fazia tempo que a luz do dia e o mundo não lhe surgiam aos olhos tão tênues, belos e inocentes. A felicidade da liberdade, de decidir por si mesmo, o invadia como uma bebida forte e inebriante. Há quanto tempo ele não experimentava mais esta sensação, esta ilusão graciosa e arrebatadora! Refletiu e lembrou-se daquele momento em que esta sensação deliciosa havia emergido, para ser imediatamente posta a ferros. Tinha sido no decorrer de uma conversa com o Magister Tomás, sob o seu olhar irônico e cordial. Lembrava-se bem da sensação inquietante daquele instante em que perdeu a sua liberdade; não fora propriamente um sofrimento, uma dor causticante, mas antes um receio angustiado, um leve arrepio na nuca, uma sensação interna admonitória localizada acima do diafragma, uma alteração da temperatura e principalmente do ritmo da sensação de viver.

O sentimento daquela hora fatídica, cheio de receios, contrações e ameaças de asfixia de ação retardada, foi hoje compensado e curado.

Servo tinha decidido, no dia anterior, viajando para Terramil, de não se arrepender de nada, em hipótese alguma, acontecesse o que acontecesse. Proibiu a si mesmo, durante este dia, de pensar nos detalhes de sua conversa com Alexandre, na luta que ele travara com o prepósito, na tentativa de conquistá-lo. Abria-se de par em par ao sentimento de distensão e liberdade que o invadia, como a sensação de repouso invade um camponês depois da tarefa do dia. Sabia que estava em segurança e livre de toda obrigação, sabia que estava por um momento completamente disponível e fora de cogitações, sem compromissos com trabalho ou pensamento algum. O dia de cores luminosas cercava-o com sua doçura e esplendor; era só imagem, presença, sem exigências, sem ontem nem amanhã.

Por vezes, a caminho, cheio de satisfação, murmurava para si uma das canções de marcha que tinha cantado junto com os colegas no tempo de aluno da Escola da Elite de Freixal, a três ou quatro vozes, quando saíam a passeio pelo campo. Pequenas lembranças radiosas e fragmentos sonoros vinham adejando até ele, da madrugada serena de sua vida como o gorjeio de pássaros.

Deteve-se sob uma cerejeira, cujas folhas já se tingiam de um tom purpúreo, e sentou-se na relva. Enfiou a mão no bolso de dentro de seu paletó e retirou de lá um objeto que o Mestre Alexandre jamais suporia que ele pudesse carregar consigo: uma flautinha de madeira, que contemplou com carinho. Possuía este instrumento, de aparência ingênua e infantil, há relativamente pouco tempo, há uns seis meses mais ou menos, e se lembrava com prazer do dia em que chegara ao seu poder. Tinha viajado então a Monteporto para discutir com Carlo Ferromonte algumas questões de teoria musical. A conversa foi bater em instrumentos de sopro de madeira de determinada época, e ele pedira ao amigo que lhe mostrasse a coleção de instrumentos musicais de Monteporto. Depois de percorrer prazerosamente algumas salas repletas de órgãos, harpas, alaúdes e pianos, chegaram a uma seção em que eram guardados instrumentos reservados para as escolas. Lá Servo viu uma arca inteira cheia destas flautinhas, contemplou uma, experimentou e perguntou ao amigo se poderia levar consigo. Rindo, Carlo lhe pediu para escolher uma e fê-lo assinar um recibo, esclarecendo a seguir com extrema precisão a estrutura do instrumento, seu manejo e a técnica de tocá-lo. Servo levou o seu formoso brinquedo. Desde a flauta primitiva de seu tempo de garoto, em Freixal, ele não tocara nunca mais um instrumento de sopro e fizera diversas vezes o propósito de reaprender. Tinha então recomeçado a exercitar-se de tempos em tempos. Além da escala musical valera-se de um caderno com melodias antigas, que Ferromonte publicara para principiantes. Assim, de vez em quando, o suave e doce som da flautinha brotara do Jardim do Magister ou do seu quarto de dormir. Faltava muito para ser um ás na flauta, mas aprendera a tocar uma boa quantidade de corais e canções; sabia-as de cor e de algumas também a letra. Uma destas canções que convinha ao momento veio-lhe ao espírito e ele recitou para si alguns versos:

> *Minha cabeça e meus membros*
> *Jaziam prostrados*
> *Mas agora estou de pé*
> *Alegre e bem-disposto*
> *Contemplo o céu de frente.*

Levou o instrumento aos lábios e tocou a melodia, com os olhos dirigidos para a imensidão, que brilhava docemente, para o lado das longínquas e altas cadeias de montanhas. Ouviu a canção jovial e piedosa evolar-se ao som suave da flauta e sentiu-se em comunhão com o céu, as montanhas, a canção e o dia, e isso lhe enchia de satisfação.

Com prazer sentiu entre os dedos a madeira lisa e roliça e pensou que, além da roupa que trazia sobre o corpo, era esta flautinha a única propriedade que ele se permitira transportar de Cela Silvestre. Durante anos, muitas coisas se tinham ajuntado em volta dele; elas traziam, de um modo ou de outro, a característica de propriedade pessoal, sobretudo as anotações, os cadernos de resumo e coisas semelhantes. Tudo isso que ele havia deixado poderia ser utilizado pela aldeia dos jogadores como eles achassem melhor. A flautinha porém trouxera consigo e estava feliz por tê-la à mão. Era um companheiro de viagem modesto e amável.

No dia seguinte o viajante chegou à capital e se anunciou em casa de Designori. Plínio desceu as escadas ao seu encontro e abraçou-o comovido.

— Aguardamos-te com ansiedade e preocupação — exclamou ele. — Deste um grande passo, amigo, que ele traga benefícios a todos nós. Mas que eles em Castália te tenham deixado partir! Nem consigo acreditar!

Servo riu.

— Vês, aqui estou. Mas sobre isso te falarei oportunamente. Agora eu gostaria, antes de mais nada, de cumprimentar o meu discípulo e naturalmente também tua esposa e discutir convosco a maneira como nós vamos estruturar as minhas novas funções. Estou ansioso por começar.

Plínio chamou uma empregada e deu-lhe a incumbência de trazer seu filho imediatamente. "O jovem senhor?", perguntou ela, visivelmente surpresa, mas partiu logo correndo, enquanto o dono da casa conduzia o seu amigo para o quarto de hóspedes e começava a explicar-lhe com entusiasmo tudo o que havia excogitado e preparado para a chegada de Servo, e a sua convivência com o jovem Tito. Tudo se tinha acertado conforme os desejos de Servo. Até a mãe de Tito, depois de alguma resistência, compreendeu tais desejos e acabou por ceder.

Os Designori possuíam na montanha uma casa de férias, chamada Belponto, lindamente situada à margem de um lago. Lá Servo deveria viver inicialmente com o seu pupilo. Uma velha criada iria servi-los, ela já havia seguido esses dias para pôr tudo em ordem. É verdade que seria apenas uma permanência curta, no máximo até o começo do inverno, mas precisamente para os primeiros tempos um retiro desse estilo só poderia ser proveitoso.

Agradava-lhe também saber que Tito era um grande amigo das montanhas e gostava do chalé de Belponto. Passar lá uma temporada só poderia alegrá-lo e ele arrumaria as malas sem repugnância.

Ocorreu a Designori que ele possuía um álbum de fotografias da casa e da região. Levou Servo ao seu gabinete de trabalho, procurou o álbum em todos os cantos e, quando o encontrou e abriu, começou a mostrar ao amigo a casa e a descrevê-la, a sala rústica, a estufa de ladrilhos, o caramanchão, a cabine de banho no lago, a cachoeira.

— Agrada-te? — perguntava ele de vez em quando. — Sentir-te-ás à vontade?

— Como não? — disse Servo tranquilo. — Mas onde está Tito? Já faz um bom tempo desde que mandaste procurá-lo.

Falaram ainda um pouco disto e daquilo, quando se ouviram passos fora. A porta abriu-se e alguém entrou. Mas não era nem Tito, nem a empregada que o fora buscar. Era a mãe de Tito, a Sra. Designori. Servo levantou-se para cumprimentá-la, ela estendeu-lhe a mão e lhe sorriu com uma amabilidade um pouco forçada. Servo percebeu claramente que sob este sorriso cortês se escondia uma expressão de preocupação e irritação.

Apenas pronunciou algumas palavras de boas-vindas e já se dirigia ao marido, descarregando impetuosamente o que tinha a dizer e que lhe pesava na alma.

— É realmente desagradável — exclamou —, imagina, o menino desapareceu e não há jeito de localizá-lo.

— Bem, deve ter saído — tranquilizou Plínio. — Ele volta já.

— Infelizmente não é provável — disse a mãe —, pois partiu desde hoje de manhã. Eu já tinha reparado bem cedo.

— E como é que só venho a saber agora?

— Porque eu naturalmente aguardava a sua volta a cada momento e porque não queria inquietar-te à toa. De início eu não acreditava absolutamente em nada de grave, pensei que ele tivesse saído para passear. Somente ao meio-dia, quando ele não veio para almoçar, é que comecei a ficar preocupada. Tu não estavas hoje à mesa, senão já terias tido conhecimento de tudo. Ainda neste momento eu queria me persuadir de que se tratava apenas de negligência da parte dele, fazer-me esperar tanto tempo. Mas também não era isso.

— Permita-me uma pergunta — interveio Servo. — O jovem soube de minha próxima chegada e de vossos planos a meu e a seu respeito?

— Evidentemente, senhor Magister, e ele parecia mesmo quase satisfeito com estes planos, pelo menos era-lhe preferível ter-vos como professor do que ser enviado de novo a uma escola qualquer.

— Bem — disse Servo —, então está tudo bem. Vosso filho, senhora, está habituado a gozar de excessiva liberdade, principalmente nos últimos tempos, de modo que é compreensível que a perspectiva de ter um educador e disciplinador não lhe seja lá muito agradável. Assim, no momento em que ia ser confiado ao novo preceptor, resolveu sumir, nem tanto esperando escapar de fato ao seu destino, mas com a ideia de que nada poderia perder com um adiamento. Além disso, provavelmente, queria pregar uma peça nos seus pais e no mestre-escola contratado e assim manifestar a sua oposição a todo o universo dos adultos e dos professores.

Designori estava satisfeito em ver que Servo não levava o incidente muito a sério. Mas ele mesmo estava preocupado e inquieto, para seu coração de pai amoroso eram bem possíveis todos os perigos que ameaçavam o filho. Talvez, pensava ele, tenha fugido mesmo de vez, quem sabe, quis pôr um fim a seus dias? Tudo o que tinha sido negligenciado e feito erroneamente na educação desse menino parecia querer vingar-se agora, justamente no instante em que havia esperança de reparar os erros.

Contra o conselho de Servo, ele insistiu em tomar providências, em agir de qualquer maneira. Sentia-se incapaz de aparar este golpe passivamente, sem agir. E foi se tornando cada vez mais impaciente e presa de uma agitação nervosa que desagradava profundamente o amigo.

Ficou resolvido enviarem mensagens a algumas casas, onde Tito costumava ir ter com camaradas da mesma idade. Servo alegrou-se quando a Sra. Designori saiu para dar estas ordens e pôde assim ficar a sós com o amigo.

— Plínio — disse —, fazes uma cara, como se te tivessem trazido teu filho morto para casa. Ele não é mais uma criancinha; não vai cair assim à toa debaixo de um carro ou se deixar envenenar. Domina-te, amigo. Já que teu filho não está presente, permite-me por um momento levar-te para a escola no lugar dele.

"Observei-te um pouco e cheguei à conclusão de que não estás propriamente em boa forma. No momento em que um atleta recebe um golpe ou sofre uma pressão inesperada, a sua musculatura, como por reflexo, faz os movimentos necessários, ela se distende ou se contrai, ajudando-o assim a tornar-se senhor da situação. Assim, aluno Plínio, no momento em que recebeste o golpe — ou o que te pareceu, com exagero, um golpe — deverias ter recorrido ao primeiro meio de defesa, em caso de ataques espirituais e cuidar de respirar lentamente e de maneira minuciosamente controlada. Em vez disso respiraste como um ator que precisa representar a emoção. Não estás devidamente aparelhado. Vós, gente do século, pareceis estar especialmente desarmados diante da dor e das preocupações. Dá ideia de desamparo e chega a comover. Às vezes, quando se trata de sofrimentos verdadeiros e o martírio tem sentido, isto toca as raias do sublime. Mas para a vida cotidiana, esta renúncia à defesa não é nenhuma arma. Providenciarei para que teu filho esteja mais bem aparelhado, quando for necessário. E agora, Plínio, tem a bondade de fazer comigo alguns exercícios, para que eu veja se já desaprendeste tudo de novo.

Ele começou então a dirigir os exercícios de respiração, comandando com rigor o compasso e assim foi libertando o amigo daquela autotortura, trazendo-lhe uma distração. Logo a seguir Designori já estava também disposto a ouvir os argumentos da razão e a desmontar de novo todo o clima de inquietação e preocupação. Foram até o quarto de Tito. Servo contemplava com prazer a desordem dos pertences do rapaz; apanhou um livro que estava sobre a mesinha de abeceira, notou logo, dentro do livro, um pedaço de papel que deixava aparecer a ponta. Era um bilhete com uma mensagem do desaparecido. Entregou a folha a Designori e riu. O rosto de Designori readquiriu a sua luminosidade. Neste bilhete, Tito comunicava aos pais que ele se tinha posto a caminho naquele dia, de manhãzinha, e viajava sozinho para as montanhas, onde, em Belponto, aguardava o novo preceptor. Que se lhe concedesse este pequeno prazer antes que a sua liberdade voltasse a ser tão molestamente restringida; experimentava uma repugnância invencível de fazer esta encantadora viagem em companhia do professor, já sob as vistas de um preceptor e na condição de prisioneiro.

— Muito compreensível — disse Servo. — Amanhã irei nas pegadas dele e o encontrarei sem dúvida já na tua casa de campo. Mas agora é preciso, antes de mais nada, procurar tua mulher e anunciar-lhe a boa notícia.

Pelo resto do dia a atmosfera na casa foi amena e distendida. Naquela noite Servo, diante da insistência do amigo, narrou a Plínio resumidamente os incidentes dos últimos dias, nomeadamente suas duas entrevistas com o Mestre Alexandre.

Naquela noite também ele escreveu uma estranha poesia numa folha de papel, que hoje se acha em poder de Tito Designori. Eis como a coisa se passou: o dono da casa, antes da refeição da noite, o deixara a sós por uma hora. Servo viu uma estante cheia de livros antigos que logo lhe despertou a curiosidade. Também isto era um divertimento que, em tantos anos de renúncia, tinha desaprendido e quase esquecido e que agora o lembrava tão intimamente de seus anos de estudante: ficar diante de livros desconhecidos, pôr a mão ao acaso e apanhar aqui ou ali um volume, cuja douradura ou o nome do autor, cujo formato ou cor do couro lhe fossem mais sugestivos.

Complacentemente, percorreu de relance os títulos nas lombadas dos livros e verificou que era pura literatura dos séculos XIX e XX o que tinha diante de si. Por fim, puxou um volume encadernado, já um pouco desbotado, cujo título, *Sabedoria de um brâmane*, o atraiu. Primeiro em pé, logo depois, sentado, folheou o livro, que continha centenas de poesias didáticas, uma curiosa miscelânea de verbosidade oca e de verdadeira sabedoria, de filistinismo e autêntico estro poético. Não faltava esoterismo a este livro estranho e tocante, assim quis lhe parecer, mas esta doutrina arcana vinha envolta numa casca grosseira, de fabricação caseira.

As poesias mais formosas, constantes da obra, não eram aquelas nas quais um ensinamento ou sabedoria se esforçavam por encontrar uma forma, mas aqueloutras em que o coração do poeta, a sua afetividade, sua honestidade e sua ternura humanas, seu caráter solidamente burguês se extravasavam sem peias. Procurando penetrar o livro num misto singular de respeito e de recreio, caiu-lhe sob as vistas uma estrofe pela qual ele se deixou levar e que aprovou com um sorriso bailando nos lábios, como se lhe tivesse sido enviada de propósito para este dia. Ei-la:

> *Agrada-nos ver desvanecer os dias mais caros,*
> *Para sentir amadurecer um bem mais caro ainda;*
> *Uma planta rara, que no jardim cultivamos,*
> *Uma criança que educamos,*
> *Um opúsculo que escrevemos.*

Puxou a gaveta da escrivaninha, procurou e encontrou uma folhinha de papel e nela copiou os versos. Mais tarde mostrou-os a Plínio e acrescentou:

— Estes versos agradaram-me, eles têm uma característica: tão secos e tão sinceros, vão ao íntimo! E combinam tão bem comigo e com a minha situação e estado de espírito atuais. Se bem que não seja jardineiro e não deseje consagrar meus dias ao cultivo de alguma planta rara, sou contudo um professor e educador e estou a caminho para assumir meu encargo, para encontrar a criança que quero educar. Como me alegro com isto!

"Quanto ao autor destes versos, o poeta Rückert, ele deve ter tido todas estas três nobres paixões, a do jardineiro, a do educador e a do autor, e, sem dúvida, esta última, a paixão de escrever, é que ocupa o primeiro lugar em seus gostos, pois ele a nomeia em último lugar, o lugar de honra. Está tão apaixonado pelo objeto de seu interesse, que se torna meigo, e não chama 'livro' ou 'obra', mas sim 'opúsculo'. É extremamente comovente!"

Plínio riu.

— Quem sabe — disse — se o gentil diminutivo não é senão um artifício de métrica de um versejador, que neste lugar precisaria de uma palavra de quatro sílabas em vez de outra de duas?

Servo defendeu-se:

— Não o menosprezemos. Um homem que compôs dezenas de milhares de versos na sua vida não fica assim em apuros por uma miserável necessidade de métrica. Não, escuta só que acento de ternura levemente envergonhada se pode apreciar aí: "Um opúsculo que escrevemos." Talvez não seja apenas um sentimento de amor que tenha feito de um "livro" ou de uma "obra" um opúsculo. Pode ser que isto tenha um sentido de embelezamento ou de conciliação. Possivelmente, provavelmente mesmo, este poeta era um escritor tão entregue à sua obra que ele mesmo, de vez em quando, interpretava a sua propensão para escrever livros como uma espécie de paixão e vício. Neste caso a palavra "opúsculo" teria não somente um sentido e um acento amoroso, como também o caráter de eufemismo, desvio de atenção e desculpa, como faz o jogador quando convida, não para um jogo, mas para um "joguinho" e o beberrão quando pede mais um "copinho" ou um "chopinho". Bem, são suposições. Seja como for, tem o vate para a criança que ele quer educar e para o opúsculo que quer escrever a minha inteira aprovação e simpatia, pois a paixão de educar não é a única que conheço. A de escrever opúsculos não está assim tão fora do meu campo de interesse. E agora que estou livre de minhas funções, esta ideia voltou a ser tentadora e deliciosa para mim: um dia, com lazer e bom humor, escrever um livro, ou melhor, um opúsculo, um pequeno trabalho para amigos e gente de mentalidade parecida com a minha.

— E sobre que assunto? — perguntou Designori com curiosidade.

— Ora, é indiferente; o assunto não tem importância. Seria para mim apenas uma ocasião de me recolher aos meus pensamentos e de gozar a sorte de ter muito tempo livre. O que me importaria neste trabalho seria o tom, convenientemente escolhido, a meio caminho entre respeito e familiaridade, entre seriedade e brincadeira, um tom que não fosse de ensinamento, mas sim de informação amigável e de conversa informal sobre isto e aquilo que eu creio ter aprendido e descoberto pela experiência.

"A maneira como este Frederico Rückert sabe misturar em seus versos ensino e pensamento, comunicação e conversa, não seria precisamente a minha e contudo este modo de proceder me impressiona pela sua amabilidade. É pessoal sem ser arbitrário, sabe brincar sem deixar de se prender a sólidas regras formais, o que muito me agrada. Enfim, por enquanto não experimentarei os problemas próprios de quem escreve um opúsculo. Devo agora concentrar-me para outra atividade. Mais tarde, porém, eu imagino que bem poderia amadurecer para mim a felicidade de ser autor, da maneira como a imagino; uma concepção das coisas despreocupada mas igualmente cuidadosa, não só para exclusivo deleite meu, mas sempre mentalmente endereçada a uns poucos bons amigos e leitores.

No dia seguinte pela manhã Servo partiu para Belponto. Na véspera Designori lhe havia dito que queria acompanhá-lo até lá, mas ele recusou a oferta resolutamente. Como Designori porém arriscasse ainda uma palavra de persuasão, Servo quase lhe passou uma descompostura.

— O jovem — disse brevemente — já terá muito o que fazer para entrar em contato com o seu fatídico novo professor e adaptar-se a ele. Não devemos sobrecarregá-lo ainda com a presença do pai, eu precisamente agora não seria fonte de muita felicidade para ele.

Viajando no carro que Plínio alugara para ele, através da amena manhã de setembro, voltou-lhe a boa disposição de viagem que o acompanhara durante o dia anterior. Conversou frequentemente com o motorista, fê-lo parar várias vezes ou andar mais devagar para apreciar as paisagens mais sugestivas, também tocou muitas vezes a sua flautinha. Era uma linda viagem e que lhe prendeu a atenção todo o tempo desde a capital e as planícies até os contrafortes das cadeias e mais adiante até o alto das montanhas. A transição também se fazia sentir nas estações; a viagem o conduzia de um verão agonizante a um outono que se impunha cada vez mais. Por volta do meio-dia, começou a última parte da subida. A estrada serpenteava em curvas fechadas, rasgando bosques de coníferas, cada vez mais rarefeitos, ladeando torrentes espumosas que estrondeavam montanha abaixo por entre rochas, atravessando pontes, passando ao lado de casas de granjas solitárias, de paredes maciças e janelas pequenas, subindo sempre em direção ao mundo de pedra da montanha que se tornava cada vez mais austero e mais rude, onde os pequenos e numerosos paraísos floridos floresciam duas vezes mais encantadores, em meio a tanta dureza e gravidade.

A pequena casa de férias, ponto final da viagem, estava situada à beira de um lago, escondida no meio das rochas cinzentas, das quais apenas se destacava. Quando a viu, o viajante sentiu a austeridade, diríamos mesmo o aspecto sombrio deste estilo de construção, adaptado aos rigores da alta montanha. Imediatamente depois, porém, um sorriso sereno iluminou o seu semblante... É que ele avistara à soleira da porta aberta uma silhueta de adolescente, trajando blusa colorida e calças curtas. Só poderia ser o seu discípulo Tito. Ainda que ele propriamente nunca se preocupara seriamente por causa deste fujão, respirou contudo aliviado cheio de sossego e gratidão. Se Tito estava lá e vinha saudar o professor na entrada da casa, então tudo estava bem e se desvaneciam muitas possíveis complicações que, apesar de tudo, ele levara em consideração durante a viagem.

O jovem veio-lhe ao encontro sorridente e cordial, um pouco encabulado. Ajudou-o a descer do carro, dizendo:

— Não foi com má intenção que o fiz empreender esta viagem sozinho.

E antes que Servo pudesse atalhar alguma coisa, acrescentou num tom confiante:

— Creio que o senhor entendeu perfeitamente a minha intenção, pois senão teria vindo com o meu pai. Já mandei dizer que cheguei bem.

Rindo, Servo apertou-lhe a mão e deixou-o conduzir até à casa onde a criada o cumprimentou e comunicou que o jantar estaria pronto dentro em breve. Foi quando, cedendo a uma necessidade completamente fora de seus hábitos, ele se recostou um pouco na cama antes da refeição e reparou que esta linda viagem de automóvel o havia fatigado de modo singular. Estava exausto. À noite, conversando com seu discípulo e examinando a coleção de plantas alpinas e borboletas que este lhe mostrava, este cansaço mais se acentuou. Chegou a sentir uma espécie de vertigem, uma sensação de vazio na cabeça, que nunca sentira antes, e experimentou uma fraqueza cardíaca e uma arritmia que muito o incomodavam.

Apesar de tudo continuou sentado com Tito até a hora aprazada de dormir. Esforçou-se para não dar a perceber nada do seu mal-estar. O discípulo admirou-se um pouco de que o Magister não dissesse nenhuma palavra sobre o início das aulas, plano de estudos, os últimos boletins escolares e coisas desta natureza. E mesmo quando Tito se arriscou a aproveitar as boas disposições do mestre, propondo um passeio para a manhã do dia seguinte, a fim de mostrar ao professor as redondezas, que ele ainda não conhecia, a proposta foi aceita com simpatia.

— Já estou prelibando este passeio — acrescentou Servo — e quero logo pedir-lhe um favor em contrapartida. Pude verificar pelo simples exame de seu herbário que de flora alpina você entende muito mais do que eu. Ora, entre os objetivos de nossa convivência, um deles é permutar nossos conhecimentos e equipará-los. Comecemos, pois. Você testará meus parcos conhecimentos de botânica e me ajudará a progredir neste domínio.

Despediram-se com um afetuoso "boa-noite". Tito estava muito contente e cheio de bons propósitos. De novo este Magister Servo o tinha agradado de verdade. Sem recorrer a palavras altissonantes ou referir-se à Ciência, à Virtude, à Elite do espírito e outros chavões, como os professores da escola gostavam de fazer, este homem sereno e jovial possuía, na sua maneira de ser e de falar, o condão de empolgar e de suscitar as energias e ideais nobres, bons, cavalheirescos e sublimes. Podia ser um divertimento ou até um mérito ludibriar ou pregar peças num professor qualquer, mas diante deste homem uma ideia deste gênero nem sequer passaria pela mente do mais travesso.

Ele era — sim, o que e como era ele? — ... Tito se perguntou o que é que tanto lhe agradava no desconhecido e ao mesmo tempo se impunha tanto ao seu espírito. Achou que era a sua nobreza, sua distinção, seu ar de senhor. Isto era o que o atraía antes de tudo. Este Sr. Servo era distinto, era um autêntico senhor, um homem de nobreza, ainda que ninguém conhecesse a sua família e seu pai tivesse sido provavelmente um sapateiro remendão.

Ele tinha mais nobreza e distinção do que a maioria dos homens que Tito conhecia, mais distinção ainda do que seu pai. O jovem, que tinha em alta estima os instintos patrícios e as tradições de sua estirpe e que não perdoava ao pai ter-se desviado desta linha, encontrava-se aqui pela primeira vez em presença daquela aristocracia do espírito, da educação, daquela força que, sob condições favoráveis, pode às vezes dentro do espaço de tempo de uma vida humana operar o milagre de transmutar um filho da plebe num nobre refinado, saltando séries inteiras de ancestrais e gerações.

Começou a formar-se neste fogoso e orgulhoso adolescente a ideia de que pertencer a esta aristocracia e servi-la poderia tornar-se para ele um dever e uma honra. Quem sabe estava surgindo no horizonte de sua existência um sentido para a vida, que lhe fixava metas de ação, sugerido pela presença e figura deste professor que sabia ser ameno e cordial, mas que era um senhor dos pés à cabeça.

Servo, depois que Tito o acompanhou até o quarto, não se deitou logo, embora tivesse grande vontade de fazê-lo. A noite deixara-o extenuado e lhe tinha sido extremamente penoso dominar a expressão, a atitude e a voz na presença do jovem que sem dúvida o observava com atenção. Não queria que o menino percebesse nada de seu cansaço, depressão ou doença singulares e que cada vez aumentavam mais. Mesmo assim, parece que ele conseguiu.

Agora, precisava enfrentar e dominar este vazio, este mal-estar, esta vertigem angustiante, este cansaço mortal, que era ao mesmo tempo inquietação. Para isso era primeiramente necessário conhecer e compreender estes sintomas. Não teve dificuldade de fazê-lo, embora lhe fosse preciso um certo tempo. Chegou à conclusão de que seu estado doentio não tinha outra causa senão a viagem do dia, que o transportara em tão pouco tempo da planície a uma altura de uns bons dois mil metros. Desabituado a essas altitudes, que não visitava desde o tempo de sua primeira juventude, quando realizara algumas poucas excursões, ele não tinha suportado bem esta rápida ascensão.

Provavelmente ele teria de sofrer ainda pelo menos um dia ou dois deste mal-estar. Caso não houvesse jeito de ceder, a solução seria regressar com Tito e a criada, e neste caso fracassaria o plano que Designori traçara para Belponto. Era uma pena, mas não chegava a constituir um desastre.

Depois dessas considerações, deitou-se e passou a noite sem conseguir conciliar inteiramente o sono, em parte repassando a viagem desde a despedida de Cela Silvestre, em parte procurando acalmar as pulsações do coração e os nervos excitados.

Pensava muito também no seu discípulo, com agrado, mas sem fazer planos. Parecia-lhe melhor domar este potro puro-sangue, mas ainda xucro, inicialmente conquistando a simpatia e acostumando-o aos poucos. Aqui não se deveria precipitar nem forçar nada. Pensava em despertar pouco a pouco no jovem a consciência de seus dotes e energias e ao mesmo tempo alimentar nele aquela nobre curiosidade, aquela insatisfação aristocrática que alentam o amor das ciências, do espírito e do belo. Era uma bela missão, e seu discípulo, aliás, não era um jovem talento qualquer que ele deveria despertar e pôr em forma; filho único de um patrício influente e abastado, seria também no futuro um senhor, uma figura determinante no plano social e político, nos destinos de seu país e de seu povo, na qualidade de exemplo e de chefe.

Castália tinha dívidas com esta velha família Designori; não educara com a profundidade requerida o pai deste Tito, que outrora lhe fora confiado, não lhe municiara com os devidos implementos para firmar sua delicada posição entre o mundo e o espírito. Por causa disso, o talentoso e simpático jovem Plínio se tornara um homem infeliz, carente de equilíbrio e de boa orientação na vida e também seu filho corria risco de ser engolfado nos problemas do pai. Era uma cura a operar, um dano a reparar, uma dívida a saldar. Causava-lhe alegria e parecia-lhe significativo que esta missão competisse justamente a ele, o desobediente e o aparentemente apóstata.

De manhã, ao perceber sinal de vida na casa, levantou-se, encontrou ao lado da cama um roupão que vestiu sobre o seu leve pijama. Como Tito lhe ensinara na véspera, atingiu pela porta dos fundos um alpendre que unia a casa com a cabine de banho.

Diante dele se estendia o pequeno lago, de um verde-cinza, imóvel. Na margem oposta erguia-se um penhasco abrupto e alto, de crista afiada e retalhada, cortando o céu tênue, esverdeado e frio da manhã e de sombra gélida e lúgubre. Contudo podia-se perceber que atrás dessa crista o sol já se levantara, sua luz cintilava aqui e ali em minúsculas estilhas na borda de alguma pedra aguda. Era questão de minutos e o sol surgiria por detrás do recorte dentado do monte, inundando de luz o lago e o vale. Servo contemplou com atenção e gravidade este quadro, cujo silêncio, seriedade e beleza não lhe eram familiares, mas que contudo sentia que lhe diziam algo e o advertiam. Mais fortemente ainda do que na viagem do dia anterior, sentiu o vigor, a frieza e a distância cheia de dignidade do mundo das altas montanhas, mundo pétreo de má catadura, de modos ríspidos, que mal tolera o homem. Pareceu-lhe estranho e significativo que o seu primeiro passo na nova liberdade o tivesse conduzido justamente aqui, nesta grandeza fria e calma.

Tito apareceu de calção de banho, estendeu a mão ao Magister e disse apontando o penhasco em frente:

— O senhor chegou na horinha, o sol vai nascer imediatamente. Ah! é maravilhoso aqui em cima.

Já há muito tempo que Servo sabia que Tito era um madrugador, atleta, lutador e andarilho, quanto mais não fosse, por protesto contra a atitude e a vida de seu pai, acomodada, confortável, pouco marcial. Por razões análogas, desprezava o vinho. Estes hábitos e tendências o conduziam por vezes, é bem verdade, a bancar o naturalista "festivo" e melodramático e o desprezador do espírito — a inclinação para o exagero parecia ser congênita a todos os Designori —, mas Servo até que se alegrava com estes exageros e estava resolvido a utilizar também a camaradagem no esporte, como um dos meios para conquistar e domar o fogoso adolescente. Era um meio entre muitos, não um dos mais importantes. A música, por exemplo, haveria de conduzi-lo muito mais longe ainda. É claro que Servo não tinha pretensões de rivalizar com o jovem nos exercícios corporais, quanto mais superá-lo. Queria apenas acompanhá-lo, para mostrar-lhe que seu educador não era nenhum tipo comodista nem uma pata choca.

Tito olhou excitado a crista sombria do penhasco, atrás do qual o céu ondeava de luz matinal. Um fragmento do espinhaço começou a faiscar com intensidade como um metal incandescente no ponto de fusão. A crista perdeu a nitidez e de repente pareceu mais baixa, pareceu que se afundava derretendo, e por esta fenda ardente despontou ofuscante o astro do dia. O solo, a casa, a cabine de banho e a margem do lago, todos receberam a luz do sol ao mesmo tempo e os dois vultos, de pé em meio à forte irradiação, sentiram logo o calor benfazejo dessa luz. O rapaz, pela solene beleza do momento e pela euforia de sua força juvenil, estendeu os membros com movimentos rítmicos dos braços, movimentos que logo foram seguidos por todo o corpo. Festejava com uma dança entusiástica a alvorada e expressava o seu acordo íntimo com os elementos que o cercavam com suas ondas e seus raios. Seus passos voavam em direção ao sol triunfante, em homenagem de alegria, para logo depois recuarem respeitosamente diante dele. Os braços abertos atraíam para o seu coração, montanha, lago e céu. Ajoelhando-se parecia homenagear a mãe-terra, e separando as mãos a homenagem parecia dirigir-se às águas do lago. E parecia oferecer sua juventude, sua liberdade, a vida que ardia no seu íntimo em solene oblação às potências.

A luz do sol se refletia em seus ombros bronzeados, seus olhos estavam semicerrados por causa da luz ofuscante e seu jovem semblante se cristalizou como uma máscara numa expressão de gravidade entusiasta e quase fanática.

O Magister estava, também ele, comovido e tocado pelo espetáculo solene do nascer de um novo dia nesta solidão silenciosa dos rochedos. Mais ainda porém que esta visão, prendia-o e cativava-o o fenômeno humano que tinha diante dos olhos, a dança solene de saudação ao sol matutino do seu discípulo, que emprestava ao adolescente, ainda em formação e não liberto de caprichos, uma gravidade quase sacerdotal e patenteava num instante a ele, o espectador, suas tendências mais profundas e mais nobres, seus dons, e suas determinações, tão repentinamente por uma revelação tão radiosa quanto a aparição do sol, abrindo e banhando de luz este vale lacustre de serra, sinistro e frio. O jovem lhe pareceu mais forte e mais cheio de presença do que ele imaginara, mas também mais rijo, mais inacessível, mais opaco ao espírito e mais pagão. Esta dança solene de oblação festiva deste adolescente, possuído pelo entusiasmo pânico, tinha mais conteúdo que outrora os discursos e os versos de Plínio. Estava muitos degraus acima, mas em compensação fazia-o parecer mais distante, mais inalcançável, mais insensível aos apelos.

Quanto ao jovem, ele estava possuído por este entusiasmo, sem saber o que lhe ocorria. A dança que ele executava não era conhecida, praticada ou ensaiada; não era um rito familiar ou inventado de uma cerimônia em honra ao sol e à manhã. Como mais tarde ele reconheceu, não eram apenas o ar da montanha, o sol, a manhã e o sentimento de liberdade que participavam em sua dança e no seu frenesi mágico, mas também a mudança iminente e o novo estágio de sua jovem vida que se prenunciavam na figura a um tempo simpática e imponente do Magister. Muitas coisas se conjugaram nessa hora matutina na alma e no destino do jovem Tito para marcá-la com uma grandeza, solenidade e consagração que a distinguiriam de milhares de outras. Sem saber o que fazia, sem espírito crítico nem desconfiança, ele executava aquilo que o momento abençoado dele exigia, dançava sua devoção, orava ao sol, professava em movimentos e gestos de devoção sua alegria, sua fé na vida, sua piedade, seu respeito; e em sua dança oferecia, ao mesmo tempo com orgulho e humildade, a sua alma piedosa em sacrifício ao sol e aos deuses, e também a este ser que admirava e temia, este sábio e músico, este Mestre oriundo das misteriosas regiões do Jogo mágico, seu futuro preceptor e amigo.

Tudo isso, da mesma forma que a embriaguez de luz do nascer do sol, não durou senão poucos minutos. Servo apreciou comovido o maravilhoso espetáculo no qual o discípulo se transformava e se revelava a seus olhos e se apresentava a ele, novo, estranho, em todo o seu valor, como um igual. Ambos se encontravam no caminho que ligava a casa à cabine, banhados pela plenitude de luz que jorrava do oriente e profundamente excitados pelo turbilhão de sensações que acabavam de experimentar.

Tito, mal tinha dado o último passo de sua dança, acordou deste êxtase de felicidade e ficou parado como um animal surpreendido em suas brincadeiras solitárias. Percebeu que não estava só, que não somente tinha feito e experimentado algo de insólito, como também tinha tido um espectador perto dele. De repente pareceu-lhe ver uma espécie de perigo e vergonha nesta situação. Com a rapidez de um raio, agarrou a primeira ideia que lhe possibilitasse sair dela e quebrar energicamente o encanto destes estranhos momentos que o tinham envolvido e dominado tão inteiramente.

Seu rosto, que ainda há instantes tinha o aspecto de uma máscara grave e sem idade, tomava agora uma expressão infantil e algo aparvalhada, como alguém que fosse subitamente despertado de um sono profundo. Cambaleou um pouco, olhou o professor de frente com uma expressão de espanto atoleimado e como se lhe ocorresse no instante uma coisa importante que ele quase deixara de fazer, com uma pressa imprevisível estendeu o braço direito no gesto típico de quem indica, apontando a outra margem do lago.

Do mesmo modo que metade da largura do lago, aquela margem jazia ainda numa área de vasta sombra, que o penhasco derrotado pelos raios da manhã ia agrupando aos poucos, cada vez mais cerradamente em torno de sua base.

— Se nadarmos bem depressa — gritou Tito precipitadamente e com o empenho de um garoto —, poderemos alcançar a outra margem antes do sol.

Nem bem acabara de proferir estas palavras e mal propusera a aposta com o sol, já desaparecia no lago com um soberbo mergulho de cabeça. Parecia que, ou por orgulho ou por embaraço, não podia fugir bastante depressa e fazer esquecer a cena solene precedente, a não ser por uma ação ainda mais notável.

A água espargiu-se em torno e fechou-se sobre ele, e alguns segundos depois a cabeça, ombros e braços reapareceram e permaneceram visíveis, afastando-se rapidamente na superfície azul-esverdeada do lago.

Ao sair, Servo não tivera em absoluto a intenção de tomar banho e nadar. Fazia muito frio e depois de uma noite maldormida não tinha disposição para isso. Agora, neste belo sol, excitado pelo que acabara de ver, convidado e chamado pelo seu pupilo como um camarada, achou que o risco não era tão aterrador assim. Sobretudo receava perder e deixar naufragar de novo aquilo que esta hora matinal havia inaugurado e prometido, se agora deixasse o jovem sozinho e o decepcionasse, rejeitando a prova de força, com um raciocínio frio de adulto. Sem dúvida que este sentimento de insegurança e fraqueza provocado pela rápida ascensão da montanha continuava advertindo-o, mas talvez justamente a melhor maneira de combater o mal-estar seria forçar-se a agir com violência. O apelo era mais forte que a advertência, a vontade mais potente que o instinto. Apressadamente despiu o seu roupão, inspirou profundamente e atirou-se na água, no mesmo ponto em que seu discípulo mergulhara.

O lago era alimentado pelas águas das geleiras. Mesmo no auge do verão, apenas as naturezas mais rijas encontravam aí suas delícias. Recebeu-o com uma frieza glacial, cortante e hostil. Estava preparado para um calafrio, não porém para este frio penetrante que o envolveu por todos os lados como labaredas ardentes e que, após um segundo de queimadura efervescente, começou rapidamente a penetrá-lo. Após o mergulho ele emergiu depressa, localizou Tito que nadava à sua frente com apreciável dianteira, sentiu-se oprimido pelo áspero ataque dos elementos glaciais e selvagens. Pensou ainda em lutar para descontar a distância que o separava do pupilo, para alcançar a meta da aposta, para conquistar a estima, a camaradagem e a alma do jovem. Mas já estava lutando era com a morte que o acuava e o estreitava em seus sinistros braços. Lutando com todas as forças, ele lhe resistiu, enquanto pulsou o coração.

O jovem nadador olhava frequentemente para trás e tinha percebido com satisfação que o Magister o seguia na água. Agora lançou de novo um olhar e não viu mais o outro. Inquietou-se, olhou, gritou, deu meia-volta e apressou-se em socorrê-lo. Não o achou mais, e nadando e mergulhando, procurou desesperadamente o professor, até que com o frio intenso suas forças também começaram a esvair-se. Cambaleante e sem fôlego, chegou enfim a terra firme, viu o roupão na margem, apanhou-o e começou mecanicamente a friccioná-lo contra o corpo e os membros, até que a pele enregelada voltou a aquecer-se. Sentou-se ao sol atordoado, olhou fixamente as águas azul-esverdeadas do lago, que agora lhe pareciam estranhamente vazias, distantes e cruéis. Quando as forças voltaram ao corpo e de novo assomou a consciência o terror sobre o que acabara de acontecer, sentiu-se preso de perplexidade e profunda tristeza.

— Oh, lástima! — pensou horrorizado —, sou o culpado de sua morte.

E somente agora, quando não havia nenhum orgulho a sustentar, nem resistência mais a opor, foi que percebeu, no sofrimento do seu coração apavorado, como já queria bem àquele homem.

E sentindo que apesar de todos os argumentos tinha parte de responsabilidade na morte do Mestre, sobreveio-lhe, com um estremecimento sagrado, o pressentimento de que esta culpa haveria de transformar a sua pessoa e a sua vida e exigir dela ideais bem maiores do que tudo o que até agora ele exigira de si mesmo.

Obras póstumas de José Servo

Poesias do discípulo e do estudante universitário

Lamento

A nós não foi doado um ser.
Somos apenas correnteza,
Fluímos de bom grado pelas formas:
Pelo dia e a noite, a gruta e a catedral.
Por elas penetramos, incitados
Pela sede de ser.

Assim nós vamos sem repouso,
Enchendo as formas uma a uma,
Sem que nenhuma delas seja para nós
A pátria, a ventura ou a dor.
Estamos sempre a caminhar,
Somos sempre visitantes,
Não ouvimos o apelo do campo nem do arado,
Para nós não cresce o pão.

Os desígnios de Deus sobre nós não sabemos,
Ele brinca conosco, barro em sua mão,
O barro que é mudo e tem plasticidade,
Que não sabe nem rir nem chorar:
Barro amassado, porém jamais queimado.

Ah! Quem me dera transformar-me em dura pedra!
Permanecer enfim!
É que nós aspiramos pela eternidade,
Mas nossa aspiração é apenas,
Eternamente um medroso tremor,
E não virá jamais a ser repouso em nossa via.

Transigir

Os intransigentes e simplórios
Não suportam, é claro, nossas dúvidas.
O mundo é superfície, explicam simplesmente,
E um disparate a lenda dos abismos.

Pois se houvesse realmente outras dimensões,
Além das duas boas, velhas conhecidas,
Poderia alguém morar com segurança?
Poderia alguém viver despreocupado?

Portanto, para conseguirmos paz,
Risquemos uma dessas dimensões!

Porque se são honestos os intransigentes,
E a visão dos abismos é tão perigosa,
Prescindimos da terceira dimensão.
Em segredo, porém, temos sede...
Grácil, toda espírito,
Com delicadeza de arabescos,

Nossa vida assemelha-se
À existência das fadas,
Que vai girando em bailados suaves.
Em redor do nada,
Ao qual sacrificamos
O ser e o presente.

Dos sonhos a beleza, joviais folguedos,
Como um hálito, em pura concordância;
Bem no fundo da tua superfície jovial,
Cintila o anseio pela noite,
Pelo sangue e a barbárie.

No vazio a girar, sem peias ou necessidades,
Vai livre a nossa vida,
Pronta sempre a folgar;
Em segredo, porém, temos sede de realidade,
Do gerar, do nascer,
Temos sede da dor e da morte.

Letras

Nós às vezes tomamos da pena e escrevemos
Sinais sobre uma folha branca de papel:
Dizem isto ou aquilo, e todos os conhecem,
É um brinquedo que tem as suas regras.

Mas se viesse um selvagem
Ou habitante da lua,
E seus olhos curiosos, ávidos de conhecer,
Caíssem nessa folha de papel,
Nesse campo sulcado de ruínas,
Receberia uma imagem
Fixa e estranha do mundo.

O A e o B seriam para ele
Homem e animal,
Olhos, línguas, membros a mover-se,
Ora ponderados, ora impetuosos;
Leria como na neve as pegadas do corvo,
Havia de correr, de repousar,
Sofrer, voar com essas letras,
E da criação veria as possibilidades todas
Fantasmagorizar pelos negros e fixos sinais,
Deslizar pelas barras de ornamentos;
Veria arder o amor, estremecer a dor,
Havia de espantar-se, rir, chorar, tremer,
Porque, por detrás dos gradis
Barrados dessa escrita,
Surgiria em miniatura o mundo inteiro,
Em seu ímpeto cego, transformado
Em anão, enfeitiçado nesses caracteres
Prisioneiros, os quais, em passos tesos,
De tal modo se igualam,
Que o ímpeto da vida e do morrer,
Volúpia e sofrimento, irmanam-se,
Mal se diferenciam...

Finalmente o selvagem gritaria,
Presa de medo insuportável,
E então atiçaria o fogo,
E batendo na testa, por entre litanias,
Ofertaria às chamas
A branca folha rúnica.

E talvez pressentisse, adormecendo,
Que esse mundo inexistente,
Ilusionismo, invento insuportável,
Retornava ao nada,
Sugado, levado para as terra de ninguém,

E então o selvagem haveria
De suspirar, de rir e de sanar.

Lendo um antigo filósofo

O que ontem possuía encantos e nobreza,
Fruto de séculos de pensamentos raros,
De chofre empalidece, murcha e perde o sentido,
Como as gavinhas de uma partitura,

Em que apagamos claves, sustenidos;
Desapareceu de um edifício
O centro mágico de gravidade,
A gaguejar vacila, desmorona,
Num eterno ecoar,
O que tinha aparência de harmonia.
Assim também um rosto
Velho e cheio de sabedoria,
Que idolatrávamos,
Amarrota-se e, pronto para a morte,
Tremula sua fulgurante luz espiritual,
Em um jogo lastimoso e erradio
De rugas miudinhas.

Assim também um elevado sentimento
Pode em nossos sentidos, num instante,
Em esgares transformar-se em dissabor,
Como se há muito possuísse dentro de si
O saber de que tudo apodrece,
Tudo tem de murchar e de morrer.

E sobre esse nojento vale de cadáveres
Se estira dorido, e no entanto incorrupto,
O espírito saudoso de fanais ardentes,
Combate a morte e torna-se imortal.

O último jogador de avelórios

  Com seu jogo na mão, as coloridas contas,
  Sentado, com as costas encurvadas;
  Em redor dele a terra,
  Pela guerra e a peste devastada,
  E sobre as ruínas cresce a hera,
  E na hera zumbem as abelhas.
  Uma paz fatigada, com surdo saltério,
  Ressoa pelo mundo, tranquila senectude
  O ancião vai contando
  Seus coloridos avelórios;
  Um azul, outro branco segura,
  Um grande, um pequenino escolhe,
  E os vai combinando em anel para o jogo.
  Ele outrora foi grande jogador de símbolos,
  Mestre de muitas artes e de muitas línguas,
  Conhecedor do mundo,
  E muito viajado, um homem célebre,
  Conhecido até mesmo nos polos,
  Cercado sempre de alunos e colegas.
  Agora só ele sobrou, velho, gasto e sozinho,
  Nenhum mancebo aspira à sua bênção,
  Nenhum magister convida-o à disputa;
  Tudo se foi, os templos, bibliotecas,
  Escolas de Castália não existem mais...
  O ancião repousa entre os escombros,
  Com as contas na mão, hieróglifos,
  Que outrora continham profundo sentido,
  E agora são apenas cacos
  De vidro colorido.
  Vão rolando em silêncio das mãos do velhinho
  E se perdem na areia...

A uma toccata *de Bach*

Primordial e rígido silêncio... As trevas reinam...
Um raio de luz irrompe
Da fenda em ziguezague que se abriu na nuvem;
Do cego inexistir, abarca as profundezas do universo.
Constrói espaços, e de luz revolve a noite,
Faz pressentir as cristas, cumes, aclives e grotas,
Torna os ares azuis, inconsistentes, e compacta a terra.
Num ato criador, o raio luminoso fende
Para a ação e a guerra a matriz germinante:
A fulgurar inflama o mundo apavorado.
A sementeira de luz, por onde passa,
Vai transformando tudo, e organizando;
Magnífica ressoa, ao exaltar a vida,
E louvar a vitória da luz ao Criador.

A luz se arroja num reflexo em direção de Deus,
Penetra pela agitação das criaturas,
No ímpeto imenso do Espírito-Pai.
Torna-se gozo e tristeza, fala, imagem e canto,
Os mundos, um a um, vai plasmando em abóbada
Da catedral nos arcos da vitória,
É ímpeto, espírito, é luta e ventura, é amor.

Um sonho

Num convento das montanhas, como visitante
Entrei, na hora em que todos
Tinham ido rezar, em uma biblioteca.
Aos reflexos da luz crepuscular da tarde,
Com suave brilho cintilavam
Na parede pergaminhos das lombadas,
Com inscrições maravilhosas,

De livros aos milhares.
Cheio de avidez e encantamento,
Tomei de um livro e li:
"Último passo para se encontrar
A quadratura do círculo."
Este livro, pensei, levo comigo!
Num outro livro, um *in-quarto* de couro dourado,
Em letras minúsculas se lia:
"De como Adão também comeu da outra árvore"...
Da outra árvore? De qual: da vida?
Nesse caso, imortal seria Adão?
Não era em vão, eu percebi, que eu me encontrava ali.
Vendo um in-fólio que em sua lombada,
Nas bordas e nos cantos, cintilava
Nas cores matizadas do arco-íris.
Seu título, uma iluminura, dizia assim:
"Do sentido análogo das cores e dos sons.
Uma prova da correlação
Das cores e da sua difração,
Com as tonalidades musicais."
Prometendo maravilhas, o coro de matizes
Fulgurava! E comecei a pressentir,
O que cada livro que eu pegava
Vinha comprovar:
Nessa sala se achava a biblioteca
Do paraíso; todas as perguntas
Que jamais me atormentaram,
Toda a sede de conhecimento
Que me havia queimado,
Encontrava ali sua resposta,
E toda a fome o pão do espírito.
Porque por onde quer que eu lançasse
Um rápido olhar a um volume,
Encontrava nele um título
Cheio de promessas; havia ali resposta
Para todas as necessidades, e podia-se

Partir toda a espécie de frutos
Que um discípulo jamais imaginou e desejou a medo,
A que jamais um mestre estendeu ousado a mão.
O sentido mais oculto e mais puro das coisas.
Toda a espécie de sabedoria,
Poesia, ciência, a força mágica
De toda a espécie de investigações,
Com sua chave e seu vocabulário,
A mais fina essência do espírito,
Se conservava ali em obras magistrais,
Misteriosas, inauditas,
Havia ali resposta a todas as questões
E todos os mistérios, cuja posse era o dom
Que os favores da hora de magia ofereciam.

Então eu coloquei, com as mãos trêmulas,
Na escrivaninha um daqueles volumes,
Decifrei a escrita mágica de imagens,
Assim como em um sonho, muitas vezes,
Se empreende a brincar, algo nunca aprendido,
Acertando sempre, sem errar jamais.
E em breve ergui o voo a regiões
Consteladas do espírito, incrustadas no zodíaco,
Onde tudo que jamais foi visto
Nas revelações sonhadas pelos povos,
Herança de milênios de experiência cósmica,
Se unia em novos laços, harmoniosamente,
Em que jogo mútuo de correlações;
Surgia em revoada toda a espécie
De conhecimento de outras eras,
De símbolos, e descobertas sempre novas
De questões sublimes.
E assim, ao ler, em minutos ou horas,
Eu percorri de novo
O caminho de toda a humanidade,

Apreendendo o sentido comum interior,
Das mais antigas e modernas descobertas;
Eu lia e via os vultos simbólicos da escrita
Se emparelharem, se afastarem,
Circularem, separarem-se a fluir,
Derramando-se em novas formações,
Simbólicas figuras de um caleidoscópio,
Que recebiam um sentido novo, inesgotável.

E quando, deslumbrado por esse espetáculo,
Virei o rosto para repousar os olhos,
Vi que eu não era ali o único visitante.
Na sala estava um ancião fitando os livros,
Talvez o arquivista, que eu via ocupado
Seriamente em seu trabalho,
Dedicado inteiramente aos livros, e fui presa
Da curiosidade de saber
De que espécie e que sentido tinha a ocupação
A que se dedicava com fervor o velho.
E vi o ancião, com engelhada e branda mão,
Tomou de um livro, leu
O que estava escrito na lombada,
Sussurrou com lábios pálidos o título
— Um título de entusiasmar, prometedor
De horas preciosas de leitura! —
Borrou-o com os dedos, levemente,
Escreveu sorrindo um novo título,
Completamente diferente, e em seguida
Continuou a andar, tomando aqui um livro,
E um outro acolá, o título apagando,
E escrevendo outro em seu lugar.
Confuso, observei-o longamente,
E então, já que minha razão
Se negava a entender, voltei ao livro,
Onde há pouco havia lido algumas linhas;

Mas a sequência de imagens
Que me encantara não mais encontrei,
E o mundo simbólico
Apagou-se e se afastou,
Esse mundo em que eu mal penetrara,
E cujo conteúdo era tão rico de sentido cósmico;
Vacilou, correu em círculo,
Pareceu enublar-se,
E ao se esvair, nada mais deixou de si,
Do que o vislumbre pardacento
De pergaminhos vazios.
Sobre meu ombro eu senti u'a mão,
Ergui os olhos e vi ao meu lado
O aplicado velho; ergui-me. A sorrir,
Ele pegou meu livro, enquanto um calafrio
Me percorria, e qual esponja, seu dedo
Foi borrando o título; sobre o couro limpo
Escreveu novo título, questões e promessas,
E desenhando cuidadosamente as letras
Uma a uma, sua pena deu
A velhas questões as mais modernas refrações.
Em seguida levou em silêncio livro e pena.

Servir

No começo reinavam virtuosos príncipes,
Consagrando campos, cereais e arado,
E o direito era seu de ofertar sacrifícios
E indicar a medida, na estirpe dos mortais

Sedentos do domínio justo do Invisível,
Que mantém o sol e a luz em equilíbrio,
E cujos vultos de radiância eterna,
Não conhecem a dor nem o mundo mortal.
Há muito a fila sagrada dos filhos de Deus

Esvaiu-se, e a humanidade ficou só,
No oscilar do prazer e da dor, longe do ser,
Um devir eterno, sem medida e sagração.

Jamais, porém, morreu o vero sentido da vida,
E a nós coube a missão de conservar, na decadência,
Pelo jogo dos símbolos, pela imagem e o canto,
A exortação do sagrado respeito.

Talvez a escuridão desapareça um dia,
Talvez um dia os tempos se transformem,
E o sol nos regerá de novo como um Deus,
De nossas mãos aceitando oferendas.

Bolhas de sabão

Um ancião, nos anos da velhice,
Destilou de estudos e de reflexões,
A obra da sua ancianidade.
E em suas crespas gavinhas,
A folguejar ele estirou
Muita sabedoria cheia de doçura.

Com fervor tempestuoso, um estudante
Aplicado, em bibliotecas, em arquivos
Pesquisou, ardente de ambição;
Cria uma obra nos seus jovens anos,
De profundidade genial.

Sentado, um menino sopra num caniço,
Enche de ar as matizadas bolhas de sabão,
E uma a uma elas vão estourando
Com a roupa e os louvores de um Salmo;
E a criança entrega toda a alma ao sopro.

E todos três, o velho, o menino, o estudante,
Vão criando, da espuma da "maia" universal,
Sonhos sedutores, que em si não têm valor,
Porém onde a sorrir, a luz eterna
Reconhece a si própria,
E jubilante inflama-se.

Após a leitura da summa contra gentiles

Outrora, nos parece, a vida era mais verdadeira,
O mundo mais ordeiro, mais esclarecidos os espíritos,
A ciência e a sabedoria
Não se haviam ainda separado.
Os antigos viviam melhor, mais joviais,
Dos quais nós lemos em Platão e nos chineses,
E em toda a parte, coisas estupendas —
Ah! E sempre que nós penetrávamos
No harmonioso templo da Súmula de Aquino,
Sentíamos saudar-nos à distância
O mundo da verdade pura,
Maduro e cheio de doçura:
Tudo ali nos parecia luminoso, a natureza
Compenetrada pelo espírito;
Por Deus e para Deus formado o homem,
Anunciada a lei e a ordem com sentenças belas,
Tudo se completando no conjunto, sem ruptura.
Ao contrário, a nós os pósteros, parece-nos
À luta sermos condenados, a atravessar desertos,
À dúvida somente e amargas ironias,
Só nos pertencem as ardentes ânsias e a saudade.
Mas aconteça o mesmo aos nossos netos.
Que a nós; eles nos verão transfigurados
Quais santos e sábios, porque ouvem,
Dos confusos corais da nossa vida e lamentosos,
Apenas eco, cheios de harmonia,

De sofrimentos e lutas extintos,
Em narrativas de formosos mitos.
E talvez quem de nós foi o menos ousado,
Afligido por mais questões e dúvidas,
Será por certo aquele cuja ação
Por mais tempo agirá no futuro,
Edificante exemplo para a juventude;
E quem mais dúvidas sofreu, será um dia
Invejado talvez como um homem feliz,
Que nunca conheceu necessidade ou medo,
E viveu numa época em que a vida era um prazer,
Venturoso como as criancinhas.

Porque em nós também vive o espírito
Daquele eterno Espírito, que em todos os tempos
É chamado o Irmão dos Espíritos:
Ele sobrevive ao Hoje, e não tu e eu.

Degraus

Assim como as flores murchas e a juventude
Dão lugar à velhice, assim floresce
Cada período de vida, e a sabedoria e a virtude,
Cada um a seu tempo, pois não podem
Durar eternamente. O coração,
A cada chamado da vida deve estar
Pronto para a partida e um novo início,
Para corajosamente e sem tristeza,
Entregar-se a outros, novos compromissos.
Em todo o começo reside um encanto
Que nos protege e ajuda a viver.
Os espaços, um a um, devíamos
Com jovialidade percorrer,
Sem nos deixar prender a nenhum deles
Qual uma pátria;

O Espírito Universal não quer atar-nos
Nem nos quer encerrar, mas sim
Elevar-nos degrau por degrau, nos ampliando o ser.
Se nos sentimos bem aclimatados
Num círculo de vida e habituados,
Nos ameaça o sono; e só quem de contínuo
Está pronto a partir e a viajar,
Se furtará à paralisação do costumeiro.

Mesmo a hora da morte talvez nos envie
Novos espaços recenados
O apelo da vida que nos chama não tem fim...
Sus, coração, despede-te e haure saúde!

O Jogo de Avelórios

Música do cosmo, música dos mestres,
Estamos prontos a ouvir com respeito,
A conjurar para uma casta festa
Venerandos espíritos de abençoados tempos.

Deixamo-nos elevar pelo mistério
Daquelas magas fórmulas,
Em cujo encanto a imensidão ilimitada,
Tempestuosa, a vida,
Fluiu em claros símbolos.

Como constelações eles vibram, cristalinos,
Nossa vida foi posta a seu serviço,
E ninguém pode de seus círculos tombar,
A não ser para o centro sagrado.

As três existências

O conjurador da chuva

Isto aconteceu há milhares de anos, e eram as mulheres que governavam: na tribo e na família as mães e as avós eram respeitadas e obedecidas, e dava-se muito maior valor ao nascimento de uma menina do que ao de um menino.

Na aldeia vivia uma bisavó que tinha uns cem anos ou mais, respeitada e temida como uma rainha, apesar de há tempos imemoriais só de raro em raro mover um dedo ou pronunciar uma palavra. Dias e dias ela ficava sentada à porta da choça, tendo ao seu redor um bando de parentes que a serviam. As mulheres da aldeia vinham prestar-lhe homenagem, contar-lhe o que acontecia em sua casa, mostrar-lhe seus filhos e pedir-lhe que as abençoasse. As mulheres grávidas vinham pedir-lhe que ela tocasse com as mãos o seu ventre e desse um nome à criança esperada. A bisavó às vezes colocava a mão, às vezes só inclinava ou sacudia a cabeça, ou então quedava-se completamente imóvel. Raramente pronunciava uma palavra; ficava ali, simplesmente; ficava ali sentada, governando, com seus cabelos de um branco amarelado, caindo em finas melenas em redor do rosto de águia, coriáceo e perspicaz. Ficava ali sentada, recebendo homenagens, presentes, pedidos, notícias, relatos e queixas; ficava ali sentada e era conhecida de todos como mãe de sete filhas, avó e bisavó de muitos netos e bisnetos. Ficava ali sentada, o rosto sulcado de fundas rugas e, por detrás da fronte morena, a sabedoria, a tradição, o direito, os costumes e a honra da aldeia.

Era uma noite de primavera, enublada e rapidamente escura. Diante da choça de barro da bisavó não era ela que estava sentada, mas sim sua filha, pouco menos encanecida do que a bisavó e quase tão velha como ela. Estava sentada, descansando, e seu assento era o limiar, uma laje que se cobria no tempo de frio com uma pele. Um pouco afastados, em semicírculo, sentados no chão, na areia ou na relva, estavam algumas crianças, algumas mulheres e meninos, ficavam sentados ali todas as noites em que não chovesse ou não congelasse, porque queriam ouvir a filha da bisavó contar histórias ou cantar invocações. Antigamente era a própria bisavó que fazia isso, mas agora ela estava idosa demais e perdera a loquacidade, e em seu lugar a filha, ali sentada, contava histórias, e assim como herdara da matriarca todas as histórias e invocações, dela também herdara a voz, as formas, a dignidade calma do porte, dos gestos e da fala, e os mais jovens entre os ouvintes conheciam-na muito melhor do que à sua mãe, e quase nem sabiam mais que ela estava sentada no lugar de outra, narrando as histórias e a sabedoria da tribo. Da sua boca fluía essa noite a fonte do saber, ela conservava o tesouro da tribo sob seus cabelos brancos, e por detrás da velha fronte, de sulcos suaves, morava a memória e o espírito do povoado. Os que possuíam conhecimentos ou sabiam invocações e histórias, os tinham ouvido dela. Além dela e da matriarca só existia mais um homem sábio na tribo, mas que se conservava oculto, um homem misterioso e muito calado, o conjurador da chuva ou do tempo.

Entre os ouvintes estava sentado no chão também um menino, Servo, tendo a seu lado uma meninazinha que se chamava Ada. Servo gostava dessa menina e muitas vezes a acompanhava e protegia, não por amor, pois ignorava o significado dessa palavra, sendo ainda uma criança, mas porque era a filha do conjurador da chuva. Servo tinha grande respeito e admiração pelo conjurador da chuva. E depois da bisavó e de sua filha, a ninguém respeitava e admirava tanto quanto a ele. Mas elas eram mulheres. Podia-se respeitá-las e temê-las, porém não se podia imaginar e desejar ser como elas. Mas o conjurador era um homem pouco acessível, não era fácil para um menino conservar-se ao seu lado, era preciso arranjar um pretexto, e um pretexto eram os cuidados de Servo pela filha dele. Ia buscá-la sempre que podia, na choça um tanto afastada do conjurador, para sentar-se à noite diante da choça da velha e ouvir suas narrativas, e depois a levava de novo para casa. O mesmo ele fizera nesse dia, e estava ali sentado no chão ao lado da menina, em meio à escura multidão, ouvindo.

A avó contava nesse dia a história da aldeia das bruxas.

Ela contou assim:

"Às vezes há numa aldeia uma dessas mulheres más que não desejam o bem de ninguém. Em geral essas mulheres não têm filhos. Às vezes a mulher é tão má que a gente da aldeia não a quer mais em sua companhia. Então vão buscar a mulher de noite, amarram o marido dela, dão uma surra de varas na mulher e depois a levam para bem longe, por matas e pântanos, lançam-lhe uma maldição e a deixam por lá. Depois soltam o marido, e se ele não for muito velho pode ir procurar outra mulher. Mas a mulher que foi expulsa, se não morrer, fica a perambular pelas matas e pântanos, aprende a linguagem dos bichos e, depois de vagar e perambular por muito tempo, encontra um dia uma aldeia que se chama a aldeia das bruxas. Ali se reuniram todas as mulheres más que foram expulsas de suas aldeias e construíram então sua própria aldeia. Ali elas vivem, fazem maldades e bruxedos e, como não têm filhos, gostam de atrair crianças das aldeias comuns, e quando alguma criança se perde no mato e não volta mais talvez não tenha se afogado no pântano nem tenha sido despedaçada por um lobo, mas sim atraída por uma bruxa a caminhos errantes e levada por ela à aldeia das bruxas. No tempo em que eu ainda era pequena e minha avó era a mulher mais velha da aldeia, certa vez uma menina, em companhia de outras crianças, foi colher mirtilos e, ao chegar perto dos arbustos de mirtilos, ficou cansada e adormeceu; era ainda pequena, as ramagens de uma filicínea a cobriram, e as outras crianças continuaram a andar, sem reparar em nada, e só quando chegaram de novo à aldeia e já era noite perceberam que a menina não estava entre elas. Mandaram os meninos procurá-la na mata, e eles a chamaram até que anoiteceu, mas voltaram sem encontrá-la. A pequenita, porém, depois de dormir bastante continuou a caminhar pela floresta, foi andando, foi andando... E quanto mais medo ela sentia, mais depressa andava, há muito tempo não sabia mais onde estava, e ia andando, se afastando cada vez mais da aldeia, por lugares onde nunca ninguém tinha estado. Ao pescoço ela trazia um cordão de fibra com um dente de javali, que o pai lhe dera de presente; ele tinha trazido o dente de uma caçada, fazendo nele um buraco com um estilhaço de pedra, para passar a fibra, tendo antes cozinhado três vezes o dente em sangue de javali, fazendo ao mesmo tempo invocações, e quem usasse um dente desses estava protegido de muitas feitiçarias. Então veio vindo por entre as árvores uma mulher que era uma bruxa e, com uma expressão de doçura na face, disse:

— Seja bem-vinda, linda criança, você se perdeu? Venha comigo, eu vou levá-la para casa.

A criança foi com ela. Mas lembrou-se do que a mãe e o pai lhe tinham dito: nunca devia mostrar a um estranho o dente de javali, e então, enquanto iam andando, ela, às escondidas, soltou o dente do cordão de fibra e o pôs no cinto. A estranha foi andando com a menina durante horas e horas, e já era de noite quando elas chegaram à aldeia, não na nossa aldeia, na aldeia das bruxas. Então fecharam a menina numa estrebaria escura, mas a bruxa foi dormir na sua choça. De manhã cedo a bruxa disse:

— Você não tem um dente de javali?

A criança disse que não, que tinha tido um mas que o perdera no mato, e mostrou seu cordãozinho de fibra, onde não havia mais dente nenhum. Então a bruxa foi buscar uma vasilha de pedra com terra dentro, onde cresciam três ervas. A criança olhou para as ervas e perguntou o que queriam dizer. A bruxa apontou para a primeira erva e disse:

— Essa é a vida de sua mãe.

Depois apontou para a segunda e disse:

— Essa é a vida de seu pai.

Depois apontou para a terceira erva:

— E essa é a sua própria vida. Enquanto essas ervas se conservarem verdes e crescerem, vocês continuarão vivos e com saúde. Se uma delas murchar, aquele de quem ela representa a vida, fica doente. Se uma delas é arrancada como eu vou arrancar agora esta, então morrerá aquele cuja vida ela representa.

Ela segurou com os dedos a erva que representava a vida do pai e começou a puxá-la, e já tinha puxado até aparecer um pedacinho de raiz branca, quando a erva soltou um profundo suspiro..."

Ao ouvir essas palavras, a meninazinha deu um salto ao lado de Servo, como se uma serpente a tivesse picado, soltou um grito e saiu correndo desabaladamente. Havia lutado muito tempo contra o medo que a história lhe dava e não pudera suportar mais. Uma mulher idosa riu-se. Outros ouvintes não sentiam menos medo do que a pequenita, mas se dominaram e ficaram sentados. Mas Servo, assim que despertou do estado de sonho em que estivera ouvindo, e do medo que sentia, também pulou e saiu correndo atrás da menina. A avó continuou a contar a história.

A casa do conjurador da chuva ficava perto do fogo sagrado da aldeia, e nessa direção Servo foi andando, atrás da menina que fugira. Murmurando, cantando e sussurrando, ele tentou atraí-la e acalmá-la, imitando a voz de uma mulher que estivesse chamando galinhas, uma voz prolongada, doce, sedutora como um feitiço.

— Ada — exclamava, cantarolava ele —, Ada, Adinha, venha cá! Ada, não tenha medo, sou eu, eu, Servo.

Assim ia ele cantarolando sem cessar e, antes que ouvisse ou visse a menina, sentiu de repente a mãozinha macia de Ada enfiar-se na sua. Ela tinha ficado no caminho, com as costas grudadas à parede de uma choça, esperando o menino, desde que o ouvira chamá-la. Com um profundo suspiro, aproximou-se dele, que lhe parecia grande e forte, um homem feito.

— Você teve medo, é? — perguntou ele. — Não precisa ter medo, ninguém vai lhe fazer nada, todos gostam da Ada. Venha, vamos para casa.

Ela ainda tremia e soluçava um pouquinho, mas já estava mais calma, e foi com ele, grata e confiante.

Pela porta da choça saía um vislumbre de luz rubra, e lá dentro o conjurador da chuva estava agachado ao pé do fogo: seus cabelos compridos tinham uma cintilação rubra, ele acendera o fogo e cozinhava qualquer coisa em duas panelinhas. Antes de entrar com Ada, Servo ficou alguns segundos olhando do lado de fora, curioso; viu logo que não era comida que ele estava fazendo, porque isso se fazia em outras panelas, e já era tarde demais para isso. Mas o conjurador já o tinha escutado.

— Quem está aí na porta? — exclamou. — Vamos, entre! É você, Ada?

Cobriu as suas panelinhas, rodeou-as de brasas e de cinza e virou-se para trás.

Servo continuava a lançar olhares para as misteriosas panelinhas, sentindo a um só tempo curiosidade, respeito e acanhamento, como sempre que entrava nessa choça. Fazia-o todas as vezes que podia, procurando toda a espécie de pretextos e motivos, mas sentindo sempre um leve prurido de prazer e receio, um sentimento de leve acanhamento, em que o desejo e a alegria lutavam contra o medo. O velho já devia ter percebido que Servo o seguia há muito tempo, aparecendo sempre ao seu lado onde quer que imaginasse encontrá-lo, seguia o seu rastro como um caçador, oferecendo-lhe em silêncio seus serviços e sua companhia.

Túru, o conjurador da chuva, fitou-o com seus olhos claros de ave de rapina.

— Que quer você aqui? — perguntou com frieza. — Isso não são horas de fazer visitas nas choças dos outros, meu rapaz.

— Eu vim trazer a Ada, mestre Túru. Ela estava com a bisavó, e nós escutávamos histórias, a história da bruxa, e de repente ela ficou com medo e gritou, e então eu fui atrás dela e a trouxe até aqui.

O pai virou-se para a pequena:

— Você é medrosa como uma lebre, Ada. As meninas ajuizadas não precisam ter medo de bruxas. Você é uma menina ajuizada, não é mesmo?

— Sou, sim. Mas as bruxas sabem uma porção de feitiços, e quando a gente não tem nenhum dente de javali...

— Ah! Você queria ter um dente de javali? Vamos ver. Mas eu sei de uma coisa que é melhor ainda do que isso. Conheço uma raiz, que vou trazer para você, no outono nós vamos procurá-la e tratar dela, essa planta protege as meninas ajuizadas contra todas as feitiçarias, e faz com que as meninas fiquem ainda mais bonitas do que são.

Ada sorriu e alegrou-se, já mais calma, desde que sentira o cheiro da choça e vira o clarão bruxuleante do fogo em seu redor. Servo perguntou com timidez:

— Eu não poderia ir procurar essa raiz? Você só precisa me dizer como ela é...

Túru apertou os olhos.

— Muitos rapazinhos gostariam de saber isso — disse ele, com voz levemente irônica mas sem maldade —, ainda temos tempo para isso. Talvez no outono.

Servo retirou-se, desaparecendo em direção da casa dos meninos, onde ele dormia. Pais ele não tinha, era órfão, e era também por isso que Ada e sua choça o encantavam.

Túru, o conjurador da chuva, não era homem de muitas palavras, não gostava de escutar os outros nem de falar, muitos o consideravam um esquisitão, e muitos o tinham na conta de um rabugento. Mas ele não era nada disso. Ele sabia aliás muito mais coisas que se passavam em seu redor do que se poderia esperar de seus modos distraídos de sábio e ermitão. Entre outras coisas ele sabia muito bem que esse menino inteligente e um pouco cacete, mas bonito e franco, o seguia e observava, Túru percebera isso desde o começo, há um ano ou talvez mais. Também sabia muito bem o que isso significava. Tinha enorme significado, tanto para o rapaz quanto para ele, o velho. Significava que esse rapazinho estava entusiasmado pela arte de conjurar o tempo e que não havia nada que ele mais desejasse do que aprendê-la. Sempre existiam meninos assim no povoado. Vários já haviam vindo de lá no mesmo caso. Alguns se tinham assustado ou desanimado, outros não, e ele já tivera dois meninos durante muitos anos como alunos e aprendizes, que depois se tinham casado em outras aldeias e se tinham tornado conjuradores da chuva e ervanários. Desde então Túru ficara sozinho, e caso arranjasse de novo um aprendiz só o faria para ter um dia um continuador. Sempre tinha sido assim, isso estava certo e não poderia ser de outra forma: era preciso que um menino inteligente aparecesse, e se apegasse a Túru, seguindo esse homem que era um mestre no seu ofício, conforme o menino podia perceber. Servo era bem-dotado, tinha todas as qualidades necessárias e possuía também alguns sinais que o distinguiam: tinha antes de tudo um olhar inquiridor, a um só tempo penetrante e sonhador, um temperamento modesto e calado e pela expressão do rosto e da cabeça evidenciava possuir faro, senso divinatório, vigilância, atenção por ruídos e cheiros, um jeito de pássaro e de caçador. Certamente, esse menino podia tornar-se um conjurador da chuva, talvez até um mágico, era um menino aproveitável. Mas não havia pressa, ele tinha ainda pouca idade, e não era necessário demonstrar que lhe davam valor, não se devia facilitar as coisas, nenhum caminho lhe devia ser poupado. Não o prejudicaria em nada, se fosse possível intimidá-lo, amedrontá-lo, sacudi-lo e desencorajá-lo. Ele teria que esperar e servir, de nada valendo aproximar-se sorrateiro de Túru, procurando conquistá-lo.

Servo foi andando distraído pela noite que caía, sob o céu enublado, com duas ou três estrelas, satisfeito e excitado, em direção da aldeia. De todos os prazeres, belezas e delicadezas que são para nós, hoje em dia, uma coisa natural e indispensável, e pertencem até aos mais pobres, o povoado nada conhecia, desconhecendo a instrução e as artes, só conhecendo choças de barro irregulares, nada sabendo a respeito dos instrumentos de ferro e de aço, mesmo coisas como o trigo ou o vinho eram desconhecidas, e descobertas como as velas ou lâmpadas seriam milagres da luz para os homens de então. A vida de Servo e seus pensamentos não eram por isso menos ricos, o mundo o rodeava como um mistério infindo e um livro de imagens, e cada dia que passava ele conquistava uma pequenina parte desse mundo, e desde a vida dos animais e o crescimento das plantas até o céu constelado, entre a natureza muda e misteriosa e a alma individual que respirava em seu peito medroso de menino, existiam todos os parentescos, e também toda a ansiedade, curiosidade e ânsia de aprender, de que é capaz a alma humana. No seu mundo não havia nenhum conhecimento escrito, nem história, nem livro, nem alfabeto, e tudo o que ficava há mais de três ou quatro horas da sua aldeia lhe era totalmente desconhecido e inatingível, mas em compensação ele vivia intensamente, e integrado em seu mundo, a aldeia. A aldeia, a pátria, a comunidade tribal sob a direção das matriarcas davam-lhe tudo o que o povo e o Estado podem oferecer aos homens: um solo com raízes aos milhares, em cuja trama ele próprio era uma fibra, participando de tudo.

Satisfeito, ele ia andando distraído, e nas árvores ciciava o vento noturno, com leves estalidos, havia um cheiro de terra úmida, de junco e lama, de fumaça de lenha verde, um cheiro gorduroso e almiscarado, que significa mais do que qualquer outra espécie de pátria, e afinal, quando Servo se aproximou da choça dos meninos, sentiu seu próprio cheiro: cheiro de meninos, de corpos jovens. Em silêncio, ele se esgueirou por sob a esteira de junco nas trevas quentes, que respiravam; deitou-se na palha e se pôs a pensar na história da bruxa, no dente de javali, em Ada, no conjurador da chuva e suas panelinhas ao fogo, até que adormeceu.

Túru ia ao encontro do menino a passos muito lentos, não lhe facilitava as coisas. Mas o rapaz estava sempre no seu rastro, o velho o atraía, ele mesmo não sabia às vezes por quê. Muitas vezes, quando o velho, em qualquer parte, no lugar mais oculto da mata, do pântano ou da charneca, fazia uma armadilha, farejava o rastro de algum animal, arrancava uma raiz ou semeava algumas sementes, sentia de súbito o olhar do menino, que o seguia já há muitas horas, em silêncio e invisível, espreitando-o. Então, muitas vezes ele fingia não o notar; às vezes resmungava e, sem piedade, mandava embora o seu perseguidor, mas outras vezes lhe acenava e o conservava ao seu lado durante o dia todo, aceitando seus serviços, mostrando-lhe uma coisa e outra, deixando-o adivinhar, submetendo-o a provas, dizendo-lhe o nome de ervas, mandando-o buscar água ou acender o fogo, e para cada coisa que ele fazia, mostrava-lhe o seu manejo, suas vantagens, segredos e fórmulas, que o rapaz era obrigado a conservar na memória, guardando segredo. E finalmente, quando Servo ficou um pouco maior, Túru conservou-o a seu lado, reconhecendo-o como seu aprendiz, tendo ido buscá-lo no dormitório dos meninos para levá-lo à sua própria choça. Assim Servo ficou conhecido de todo o povo: não era mais uma criança, era um aprendiz em casa do conjurador da chuva, e isso significava que, se ele aguentasse e valesse para alguma coisa, seria seu sucessor.

Desde a hora em que Servo foi recebido pelo velho em sua choça, a barreira que existia entre eles caíra, não a barreira do respeito e da obediência, mas a da desconfiança e da reserva. Túru tinha se dado por vencido, deixando-se conquistar pela tenacidade de Servo; agora, a única coisa que desejava era fazer dele um bom conjurador da chuva, e seu seguidor. Para essa instrução não eram necessários conceitos, teorias, métodos, linguagem escrita ou números, bastavam algumas palavras, eram muito mais os sentidos de Servo, do que mesmo sua inteligência, que o Mestre educava. Tratava-se não só de conservar e praticar um tesouro de tradições e de experiência, o conjunto dos conhecimentos que os homens de então possuíam sobre a natureza, como também de transmiti-los para o futuro. Um enorme e compacto sistema de experiências, observações, instintos e hábitos de pesquisa erguia-se lentamente diante do adolescente, e quase nada era apresentado em forma de ideias, sendo necessário pressentir, aprender e experimentar quase tudo com os sentidos. Mas a base e a essência dessa ciência eram os conhecimentos sobre a lua, suas fases e sua influência, dessa mesma lua que crescia e desaparecia, povoada pelas almas dos mortos, e que enviava essas almas a novos nascimentos, deixando espaço para novos mortos.

Assim como acontecera aquela tarde em que, após ouvir a narradora de histórias, ele se havia encaminhado para a casa do velho com as suas panelinhas no fogão, outra situação também se gravou na memória de Servo, na passagem da noite para a madrugada, em que o mestre o despertou duas horas depois da meia-noite, saindo com ele em meio de profundas trevas, para mostrar-lhe a lua minguante em sua última fase, a erguer-se no céu. Depois, em meio às colinas da mata, eles pararam, o mestre numa impassibilidade silenciosa, o rapaz meio receoso, e tiritando por haver dormido pouco, quedaram-se largo tempo sobre a laje de uma rocha solitária, até que o traço curvo e delgadíssimo da lua minguante apareceu no lugar anunciado pelo mestre, com a forma e a inclinação que ele indicara. Medroso e encantado, Servo fitava o astro que subia com lentidão, boiando suavemente entre as sombras das nuvens, pousando sobre uma alva ilha celeste.

— Logo ela vai mudar de forma e crescer de novo, e então chega o tempo de semear o trigo sarraceno — disse o conjurador da chuva, contando nos dedos os dias que faltavam. Depois mergulhou de novo no silêncio anterior, e Servo, como se o houvessem abandonado, sentou-se sobre a pedra luzidia de orvalho, tiritava de frio, enquanto lá de dentro da mata subia um pio muito longo de coruja. O velho ficou largo tempo a refletir, depois ergueu-se, colocou a mão sobre os cabelos de Servo e disse baixinho, como se despertasse de um sonho:

— Depois da minha morte, meu espírito vai voar para a lua. Você será então um homem, e vai ter uma mulher; minha filha Ada vai ser sua mulher. Quando ela tiver um filho seu, meu espírito voltará para morar no corpo de seu filho, e você lhe dará o nome de Túru, como eu me chamei.

Admirado, o aprendiz ouvia, sem coragem de pronunciar palavra, enquanto a delgada e argentina lua minguante subia no céu, já quase tragada pelas nuvens. O rapaz teve então um estranho pressentimento das relações e conexões, repetições e cruzamentos entre as coisas e os fatos, e maravilhou-se de se encontrar ali como espectador e participante, ante o estranho firmamento noturno, onde, por sobre as matas e colinas sem fim, a nítida e delgada lua minguante surgira, anunciada de modo exato pelo mestre. Parecia-lhe maravilhoso aquele mestre, envolto em milhares de mistérios, a pensar em sua própria morte, e cujo espírito iria pairar na lua, de lá voltando em um homem que seria filho de Servo e que deveria receber o mesmo nome que o falecido mestre. O futuro, de súbito, parecia ter-se aberto milagrosamente, como o céu enublado, transparente de espaço a espaço; o destino parecia estender-se ante ele, e o fato de ser possível conhecê-lo, dar-lhe um nome e falar a seu respeito parecia-lhe a contemplação de vastos espaços, cheios de maravilhas, onde no entanto reinava a ordem. Por um instante ele teve a impressão de que o espírito tudo apreendia, tudo sabia, tudo escutava: o silencioso e seguro curso dos astros nas alturas, a vida dos homens e dos animais, suas uniões e hostilidades, encontros e lutas, as coisas grandiosas e as insignificantes, juntamente com a morte, parte integrante dos seres viventes, tudo isso ele viu ou sentiu numa primeira visão premonitória, como um todo, no qual ele também estava integrado qual uma coisa harmoniosa, regida por leis, acessível ao espírito. Foi esse o primeiro pressentimento dos grandiosos mistérios, da sua dignidade e profundeza, assim como da sua compreensibilidade, que no frescor noturno-matutino da mata, sobre o rochedo, acima de milhares de copas sussurrantes, roçou de leve o adolescente, qual a mão de um espírito. Ele não podia falar nessas coisas, nem naquela época, nem em todo o resto de sua vida, mas pensava muitas vezes naquilo, e em toda a sua vida e experiências futuras, essa hora e essa vivência estiveram sempre presentes. "Pense nisso", advertia ela, "pense que tudo isso existe, que entre a lua, você, Túru e Ada perpassam radiações e fluxos, que existem a morte, a região das almas e o retorno à terra, e que a todas as imagens e fenômenos do mundo há uma resposta no íntimo de seu coração, e tudo lhe diz respeito; você deveria conhecer tudo o que um homem pode saber a respeito das coisas." Foi mais ou menos assim que essa voz falou. Foi a primeira vez que Servo percebeu a voz do espírito, sua sedução, suas exigências, sua conquista mágica. Já vira muitas luas vogando no céu, ouvira muitos pios noturnos de coruja, e da boca do mestre, apesar de ele ser parco em palavras, escutara muitas palavras da antiga sabedoria ou de contemplações solitárias — mas nessa hora foi uma coisa nova e diferente, foi pressentimento do todo que o atingiu, o sentimento das conexões e correlações, da ordem, que também lhe diziam respeito, e o tornavam participante de tudo, o responsável por tudo. Quem possuísse a chave desse pressentimento, não poderia apenas reconhecer pelas pegadas um bicho, pelas raízes ou sementes uma planta, mas conhecer também a totalidade do universo: astros, espíritos, homens, animais, remédios e venenos; tudo ele poderia compreender em seu conjunto, e em cada uma das partes e sinais isolados reconheceria todas as outras partes. Havia bons caçadores, que sabiam decifrar melhor do que outro um rastro, um pouco de esterco, um pelo ou resíduos: por alguns pelinhos insignificantes sabiam não só de que espécie de animal provinham, mas também se se tratava de um animal velho ou novo, macho ou fêmea. Outros, pela forma de uma nuvem, um cheiro no ar, o comportamento dos animais ou das plantas, sabiam prever o tempo com antecedência de vários dias, seu mestre era inexcedível nisso, e quase infalível em seus julgamentos. Havia pessoas que tinham certas habilidades de nascença, como os meninos que conseguiam acertar uma pedra num pássaro a trinta passos de distância, sem nunca o ter aprendido; tinha simplesmente essa habilidade, que praticava sem esforço, como por encanto ou por um dom divino; a pedra voava por si só de sua mão, querendo acertar, como o pássaro queria ser atingido. Diziam que havia pessoas que sabiam prever o futuro: sabiam se um doente ia morrer ou não, se uma mulher grávida ia ter um menino ou uma menina. A filha da avó era célebre nisso, e o conjurador da chuva também possuía, conforme diziam, traços desse saber. Servo teve nesse momento a impressão de que na trama gigantesca das correlações devia haver um ponto central, de onde se poderia ver e decifrar o passado e o porvir. O homem que se encontrasse nesse ponto central veria correr ao seu encontro o saber, assim como a água corre para o vale e a lebre para a couve, sua palavra teria força e acertaria infalivelmente, qual uma pedra atirada por um caçador exímio; esse homem, pela força do espírito, reuniria em si todos esses dons e faculdades maravilhosos, deixando-os agir livremente no íntimo de seu ser: esse seria o homem perfeito, sábio, inexcedível! Tornar-se seu igual, aproximar-se desse ideal, estar a caminho dele, esse era o sendeiro dos sendeiros, era a meta final, dava à vida santidade e significado. Era mais ou menos isso que ele sentia, e aquilo que nós, com nossa linguagem conceitual, para ele desconhecida, tentamos exprimir agora, não consegue descrever nem a comoção do menino, nem o ardor da sua vivência. Tudo o que Servo vivera nesse dia, o levantar-se à noite, sendo conduzido pela mata escura e silenciosa, cheia de perigos e mistérios, a permanência na laje rochosa lá no alto, ao frio da manhã, o aparecimento do fantasma sutil da lua, as poucas palavras daquele homem sábio, o fato de estar sozinho com o mestre em hora insólita, tudo isso Servo vivenciou e conservou dentro de si como uma solenidade e um mistério: a solenidade da iniciação, a acolhida em uma liga e um culto, suas relações com o invisível e o mistério cósmico eram as de um servidor, mas eram relações honrosas. Essa vivência e muitas outras não podiam se transformar em ideias e menos ainda em palavras, e para Servo o mais longínquo e impossível dos pensamentos seria este: "Serei somente eu quem cria esta vivência ou será também a realidade objetiva? Sentirá o Mestre o mesmo que eu ou estará rindo de mim? Serão os meus pensamentos, no momento dessa vivência, novos, próprios, únicos, ou o Mestre, e outros antes dele, tiveram as mesmas vivências e os mesmos pensamentos?" Não, essas refrações e diferenças não existiam, tudo era realidade, tudo estava embebido de realidade, como a massa de pão é embebida de fermento. As nuvens, a lua e o espetáculo cambiante do firmamento, o solo de rocha calcárea, molhado e frio sob seus pés descalços, o frio úmido do orvalho, manando em névoa na atmosfera lívida da noite, o consolante aroma pátrio, de lareira fumegante e folhas secas, de que se impregnara a pele que o mestre trazia envolvendo os flancos, o tom de dignidade, e um eco de velhice e resignação à morte na voz rouquenha — tudo isso era mais que real, e penetrava quase à força nos sentidos do adolescente. E para a memória, as impressões dos sentidos são um substrato mais profundo do que os melhores sistemas e métodos de pensar.

O conjurador da chuva era das poucas pessoas que exerciam uma profissão, e havia adquirido uma arte e faculdade especiais, mas sua vida quotidiana não era tão diferente da dos outros, em seu aspecto exterior. Era um alto funcionário e gozava de consideração, recebendo também contribuições e remuneração da tribo, sempre que prestava algum serviço à coletividade, o que só acontecia em determinadas ocasiões. Sua função mais importante e solene, uma função sagrada, era marcar na primavera o dia da semeadura de cada espécie de fruto e de verdura; fazia-o sob a estrita observância das fases da lua, em parte de acordo com certas regras tradicionais, em parte baseado na própria experiência. Mas a cerimônia solene da inauguração, a semeadura do primeiro punhado de grãos e de sementes nas terras da comunidade, não fazia parte de suas funções, pois nenhum homem tinha um posto tão elevado para isso; esse ato era realizado todos os anos pela própria bisavó, ou por sua parenta mais velha. Só nas ocasiões em que o mestre exercia realmente as funções de conjurador da chuva é que era a pessoa mais importante da aldeia. Isso acontecia quando uma seca prolongada, a umidade e o frio prejudicavam os campos, e a ameaça da fome pairava sobre a tribo. Então Túru tinha de empregar os meios conhecidos contra a seca e a esterilidade do solo: sacrifícios, exorcismos e procissões. Conforme a lenda, quando todos os outros meios falhavam durante uma seca prolongada ou em chuvas infindáveis, e os espíritos não se aplacavam com nenhuma espécie de exortação, pedido ou ameaça, era usado um último e infalível meio, que parece ter sido usado com frequência nos tempos das mães e das avós: o holocausto do próprio conjurador da chuva pela comunidade. Dizia-se que a bisavó ainda havia assistido a um desses holocaustos.

Além dos cuidados com o tempo, o mestre tinha ainda uma atividade particular como invocador de espíritos, preparando amuletos e feitiços, e fazendo em certos casos o papel de médico, sempre que essa função não era privativa da bisavó. A não ser isso, mestre Túru vivia como toda a gente. Quando chegava a sua vez, ele auxiliava a preparar a terra da comunidade, e tinha também ao lado da choça a sua hortinha. Apanhava frutas, cogumelos e lenha, e guardava-os. Pescava e caçava, e tinha uma ou duas cabras. Era um campônio como outro qualquer, mas como caçador, pescador e ervanário não se assemelhava a ninguém, percorria o seu próprio caminho, era genial, e tinha a fama de conhecer uma porção de manhas, astúcias, vantagens e expedientes, quer naturais quer mágicos. Diziam que ele trançava um laço de vime de que nenhum animal podia soltar-se, sabia preparar de certa maneira as iscas para pescar, com um aroma e gosto especiais, sabia atrair caranguejos, e algumas pessoas acreditavam que ele entendia também a linguagem de vários animais. Mas o que ele dominava realmente era sua ciência mágica: a observação da lua e das estrelas, o conhecimento do tempo, o pressentimento das variações atmosféricas e do crescimento das plantas, a ocupação com tudo aquilo que estivesse em ligação com os atos de magia. De modo que era perito conhecedor e colecionador de toda espécie de planta ou de bicho que servisse de remédio ou de veneno, que fosse benéfico, ou protegesse contra qualquer espécie de malefício. Conhecia e encontrava ervas, mesmo as mais raras, e sabia onde e quando elas floresciam e davam sementes; conhecia também o tempo próprio para desenterrar suas raízes. Conhecia e encontrava toda a espécie de cobras e tartarugas, conhecia perfeitamente o emprego de chifres, cascos de cavalo, garras e pelos, sabia lidar com as abantesmas, os monstros, trasgos e assombrações, e também com as excrescências, gosmas e verrugas nos troncos, nas folhas, em grãos e nozes, chifres e cascos.

Servo tinha que aprender menos com o intelecto do que com os sentidos, com os pés e as mãos, os olhos, o tato, ouvido e olfato, e Túru ensinara muito mais pelo exemplo e pelo conhecimento sensível das coisas, do que por palavras e um ensino teórico. Era raro que o mestre falasse com nexo, e mesmo então as palavras serviam apenas para esclarecer seus gestos, de grande força expressiva. Os ensinamentos que Servo recebia não eram muito diversos do aprendizado de um caçador ou pescador com um mestre dessas artes, e esse ensino lhe proporcionava enorme alegria, porque ele só aprendia o que já sabia inconscientemente. Aprendia a ficar de tocaia, espiando, de ouvido atento, aprendia a aproximar-se pé ante pé, a observar, a se pôr na defensiva ou ficar vigilante e atento, a farejar e a procurar uma pista, mas a caça que ele e seu mestre procuravam não era só a raposa e o texugo, a víbora e a tartaruga, o pássaro e o peixe, mas o espírito, o todo, o sentido e a coerência das coisas. Eles estavam atentos para determinar com exatidão o tempo fugitivo e caprichoso, para reconhecer, adivinhar e prever suas variações, para perceber nos bagos de fruta e na mordida da cobra a morte neles contida, para espreitar o segredo que reside na relação das nuvens e tempestades com as fases da lua, as quais exercem uma ação sobre a semeadura e o crescimento, assim como sobre o viço ou o deperecer da vida em homens e animais. Na verdade, eles aspiravam à mesma meta da ciência e da técnica dos milênios posteriores, ao domínio da natureza e ao manejo de suas leis, mas o faziam por um caminho completamente diverso. Não se separavam da natureza nem tentavam descobrir seus segredos à força, nunca se contrapondo a ela ou lutando com ela. Continuavam parte integrante da natureza, com inteira e devota entrega de si próprio. É bem possível que a conhecessem melhor e soubessem contorná-la com maior inteligência que os homens de hoje. Mas havia algo que lhes era completamente impossível, mesmo nos seus mais arrojados pensamentos: dedicar-se e submeter-se à natureza e ao mundo espiritual sem medo, e muito menos enfrentá-los. Essa *hybris* lhes era desconhecida e lhes pareceria impossível ter outras relações com as forças da natureza, com a morte e os demônios, do que as do medo. O medo reinava soberano sobre a vida dos homens. Parecia impossível vencê-lo. Mas os diversos sistemas de sacrifícios religiosos serviam para suavizá-lo, encerrá-lo dentro de determinadas formas, iludi-lo, mascará-lo, integrando-o no conjunto da vida. O medo era a pressão sob a qual decorria a vida dessa gente, e sem o predomínio do medo sua vida não teria horrores, mas lhe faltaria intensidade. Quem conseguisse transformar uma parte desse medo em veneração, tinha conseguido uma coisa importantíssima, e tais homens, que haviam transformado o medo em devoção, eram os bons e evoluídos dessa época. Realizavam-se constantes sacrifícios, sob formas variadas, pertencendo determinada parte desses sacrifícios e ritos às funções do conjurador da chuva.

Ao lado de Servo crescia na choça a pequena Ada, uma bonita criança, o encanto do velho, e quando este julgou acertado o momento, deu-a ao discípulo por mulher. Desde então Servo foi considerado auxiliar do conjurador da chuva, Túru apresentou-o à matriarca da aldeia como seu genro e sucessor, e deixava-o substituí-lo em muitas ocupações e funções de seu cargo. Pouco a pouco, no decorrer das estações e dos anos, o conjurador da chuva foi mergulhando na vida de solitária contemplação dos velhos, passando a Servo todas as suas ocupações, e ao morrer — encontraram-no morto, agachado ao lado do fogo do lar, inclinado sobre algumas panelinhas cheias de uma beberagem mágica, com os cabelos brancos chamuscados pelo fogo —, o jovem, o discípulo Servo, já era há muito tempo conhecido na aldeia como um conjurador da chuva. Ele exigiu do conselho da aldeia um enterro com honras para seu mestre e instrutor, queimando sobre seu túmulo um montão de genuínas e preciosas ervas medicinais e raízes. Já fazia também muito tempo que isso acontecera, e entre os filhos de Servo, que formigavam na cabana de Ada, havia um menino que se chamava Túru: em seu corpo o velho retornara de sua viagem de morto à lua.

A Servo sucedeu o mesmo que outrora a seu instrutor. Uma parte do seu medo transformou-se em devoção e espiritualidade. Uma parte de seus anseios juvenis e de sua profunda aspiração conservou-se vivente, outra parte morreu, esgotando-se no trabalho, à medida que ele envelhecia, e esgotando-se também no amor e nos cuidados a Ada e às crianças. Objeto de seu grande amor e persistente pesquisa eram a lua e sua influência sobre as estações do ano e as variações atmosféricas; nesse assunto ele atingiu a sabedoria de Mestre Túru, chegando mesmo a ultrapassá-lo. E já que o crescer e minguar da lua estavam em relação tão íntima com a morte e o nascimento humanos, e por ser o medo da morte o mais forte dos temores que acompanham os homens no decorrer da vida, Servo, o adorador e conhecedor da lua, adquirindo um íntimo e vivo contato com esse planeta, chegou também a um contato santo e purificado com a morte; na idade madura ele não era escravo do medo da morte como os outros homens. Sabia falar respeitosamente com a lua, implorante ou com carinho, tinha a consciência de estar ligado a ela por laços espirituais sutis, conhecia com exatidão a vida desse astro, participando com todo o seu ser de tudo o que se passava sobre ele e com ele. Vivenciava seu desaparecimento e seu novo nascimento como um mistério, sofrendo com ela, e assustava-se quando os tempos de horror sobrevinham, e a lua parecia exposta a enfermidades e perigos, a transformações e danos, ou quando perdia seu fulgor, mudava de cor, escurecia, desaparecendo quase por completo. Aliás, durante esse período todos se interessavam pela lua, temendo por ela, vendo ameaças e aproximação de desgraças em seus eclipses, e fitando a medo seu rosto decrépito e enfermo. Justamente nesses períodos percebia-se que Servo, o conjurador da chuva, tinha ligação mais íntima com a lua e conheci-a melhor do que as outras pessoas; na verdade sofria com o destino da lua, sentia o coração angustiado de medo por ela, mas a recordação que ele guardava de tais fenômenos era mais nítida e consciente, sua confiança mais fundada, sua crença na eternidade e no renascimento, na possibilidade de corrigir e vencer a morte, maior do que a deles, e maior também o grau de sua devoção; nessas horas ele sentia-se pronto a participar do destino do astro até seu completo declínio e renascimento, sentindo mesmo por vezes um certo atrevimento, a coragem e a decisão temerárias de enfrentar a morte por meio do espírito, e fortificar seu próprio eu, pela devoção a destinos sobre-humanos. Traços desses sentimentos penetraram em seu ser e eram notados pelos outros; ele adquiriu a fama de um homem sábio e devoto, possuidor de grande calma e pouquíssimo receio da morte, de um indivíduo em boas relações com as potências.

Servo teve de pôr à prova esses dons e virtudes em duras provações. Certa ocasião teve de resistir a um período de crescimento desordenado das plantas e de condições atmosféricas adversas que se prolongaram por dois anos; essa foi a mais dura provação de sua vida. Os contratempos e maus sintomas principiaram pelas semeaduras, atrasadas repetidas vezes, atacadas em seguida por toda a espécie de pragas e malefícios, e praticamente destruídas. O povo sofreu impiedosa fome, e Servo com ele, e era de admirar que o conjurador da chuva não tivesse desmerecido da confiança e influência de que gozava, e pudesse auxiliar a tribo a suportar a desgraça com humildade e certa dignidade. Quando, no ano seguinte, se repetiram as adversidades e as desgraças do ano anterior, quando as terras da comunidade secaram e racharam sob a influência de uma seca impenitente, e os camundongos se reproduziram de modo apavorante, quando os solitários exorcismos e sacrifícios do conjurador da chuva não foram ouvidos nem obtiveram êxito, nem tampouco foram ouvidas as cerimônias públicas, os conjuntos de tambores, as procissões de todo o povo, e verificou-se com horror que o conjurador da chuva desta vez não conseguia conjurar a chuva, e não foi coisa fácil para Servo vencer tudo isso, ele teve de exceder-se a si próprio para arcar com tanta responsabilidade, e conseguir impor-se ante o povo apavorado e em ebulição. Houve duas ou três semanas em que Servo ficou completamente sozinho, diante da comunidade em peso, diante da fome e do desespero, e ante a antiga crença popular de que só o holocausto do conjurador da chuva poderia aplacar as potências. Servo venceu então pela passividade. Não ofereceu resistência à ideia de ser sacrificado, oferecendo-se mesmo em holocausto. Além do mais, trabalhou com indescritível zelo e dedicação para minorar os sofrimentos de todos, descobrindo água, pressentindo uma fonte ou um arroio, impedindo que no auge da penúria fosse destruído todo o rebanho, e nesse período de enormes aflições, ele se conservou ao lado da matriarca da aldeia, da bisavó que não conseguia conter seu desespero e desânimo, impedindo com seu apoio, conselhos, ameaças, feitiços e rezas, pelo exemplo e a intimidação, que ela sucumbisse, e deixasse reinar a confusão. Pôde-se então constatar que em épocas de inquietações e preocupações gerais, um homem é tanto mais apto a prestar auxílio, quanto mais tiver posto sua vida e pensamento a serviço do espírito e acima da personalidade, e quanto mais souber respeitar, observar, venerar, servir e oferecer sacrifícios. Esses dois anos terríveis, em que sua vida quase foi oferecida em holocausto, serviram para trazer-lhe finalmente enorme consideração e confiança, não entre os irresponsáveis, mas entre os poucos que tinham alguma responsabilidade e podiam avaliar o valor de um homem da sua espécie.

Através dessa e de outras provocações, sua vida foi sendo conduzida, até que ele chegou à idade madura, à força da vida. Havia ajudado a enterrar duas bisavós da tribo, perdera um lindo filhinho de seis anos, fora atacado por um lobo, vencera uma grave enfermidade sem auxílio alheio, sendo seu próprio médico. Sofrera fome e frio atroz. Tudo isso marcara sua face e não menos sua alma. Fizera também a experiência de que os homens que se dedicam ao espírito despertam nos outros uma estranha repulsa e antipatia, e que só são apreciados de longe, e lembrados em caso de necessidade, mas sem amor; não são considerados pelos outros seu igual, e sendo possível, evitam-no. Também ficara sabendo por experiência própria que os doentes ou infelizes preferem as inovações mágicas e os exorcismos, tradicionais ou recém-inventados, a sábios conselhos; que o homem prefere ser atingido pela desgraça ou praticar penitência pública a transformar-se interiormente, ou mesmo a fazer um exame de consciência; que acredita mais facilmente em feitiços do que na razão, em exorcismos mais que na experiência: coisas essas que, conforme parece, nos milênios que decorreram desde então, não mudaram tanto como pretendem muitos tratados de história.

Mas Servo aprendera também que um homem que procura decifrar os domínios do espírito não deve deixar de amar: deve observar sem orgulho os desejos e loucuras da humanidade, mas sem deixar-se dominar por eles; que do sábio ao charlatão, do sacerdote ao malandro, do irmão que presta auxílio ao vagabundo parasita, existe apenas um passo de distância, e que o povo, afinal, prefere pagar a um trapaceiro e deixar-se explorar por um propagandista de feira, a aceitar de graça um auxílio altruísta. Os homens não gostavam de pagar com confiança e amor, mas sim com dinheiro e mercadoria. Enganavam-se mutuamente e ficavam à espera de ser enganados. Era preciso aprender a considerar os homens seres fracos, egoístas e covardes, e a ver quão profundamente nós próprios participamos dessas más qualidades e instintos, sem no entanto deixar de crer e de alimentar com essa crença a própria alma; o homem também possui espírito e amor, nele habita algo que se contrapõe aos instintos e anseia por enobrecê-los. Mas tais pensamentos são já muito desconexos e sutis para que Servo os pudesse compreender. Pode-se dizer que ele estava a caminho de encontrá-los, que seu sendeiro ia desembocar neles e passar por eles.

Ao passo que percorria esse caminho, ansioso por pensamentos, mas vivendo muito mais pelos sentidos, pelo enfeitiçamento da lua, pelo aroma de uma erva, os sais de uma raiz, o sabor de uma casca de árvore, o cultivo de plantas medicinais, a cozedura de unguentos, a integração nos fenômenos do tempo e da atmosfera, ele desenvolvia em si próprio muitas faculdades, e entre elas algumas que nós, os pósteros, não possuímos mais e mal compreendemos. A mais importante delas era naturalmente a invocação da chuva. Havia frequentes ocasiões em que o céu se conservava severo, parecendo escarnecer cruelmente de seus esforços; no entanto Servo conseguiu centenas de vezes conjurar a chuva de diferentes maneiras. Mas no culto dos holocaustos, no rito das procissões, das invocações e das batidas dos tambores, ele não teria ousado modificar ou omitir absolutamente nada. Esse era apenas o lado oficial e público de sua atividade, a parte visível de seu cargo e de seu sacerdócio; tinha enorme beleza e transportava em êxtase, assistir, por exemplo, ao espetáculo de uma noite de um dia de holocaustos e procissão, em que o céu cedia, o horizonte se enublava, o vento cheirava a umidade e as primeiras gotas de chuva começavam a pingar. Mas era necessário a arte do conjurador da chuva para escolher bem o dia, para não desejar às cegas o impossível; podia-se implorar as potências, arremeter contra elas com pedidos, mas devia-se fazê-lo com senso e medida, com submissão à sua vontade. E mais ainda do que os belos e triunfais sucessos e realizações, significavam para Servo outras vivências, só dele conhecidas, e mesmo assim a medo, mais com os sentidos do que com o intelecto. Havia disposições do tempo, tensões da atmosfera e da temperatura, nuvens e ventos, cheiros diversos de água, terra e pó, ameaças e promessas, pressentimentos e premonições dos demônios do tempo, que Servo pressentia e sentia em sua pele, nos cabelos, em todas as manifestações dos sentidos, de modo que nada o surpreendia, e nada o podia desiludir; concentrava dentro de seu ser o tempo, vibrando em concorrência com ele e trazendo-o consigo, de modo a poder dar ordens às nuvens e aos ventos: não por um ato de vontade arbitrário, mas por uma união, uma ligação que abolia por completo a diferença entre ele e o mundo, entre sua essência íntima e o universo exterior. Então ele ficava parado a escutar, num enlevo; punha-se de cócoras, com todos os poros abertos, não só sentindo a vida dos ares e das nuvens em seu íntimo, como também dirigindo essa vida, produzindo-a, assim como podemos despertar e reproduzir em nosso íntimo uma frase musical que conhecemos bem. Então era bastante que ele sustasse a respiração — e o vento ou o trovão cessavam, bastava que inclinasse a cabeça em sinal de aquiescência, ou sacudisse negativamente a cabeça — e a chuva de granizo despencava ou deixava de cair, era suficiente que exprimisse em seu íntimo, com um sorriso, o equilíbrio das forças em luta — e nas alturas as rugas das nuvens se abriam, descobrindo o sutil e luminoso azul. Em períodos de puríssima concordância e harmonia anímica, ele trazia no seu íntimo o tempo dos próximos dias, com exatidão e sem perigo de erro, prevendo-o como se trouxesse no sangue a partitura inteira a ser tocada lá fora. Esses eram seus bons dias, os melhores, sua recompensa e seu enlevo.

Porém, quando se interrompia essa íntima ligação com o exterior, quando o tempo e o mundo se tornavam estranhos, incompreensíveis e imprevisíveis no interior do seu ser a ordem se turbava e as correntes se interrompiam, e ele sentia que deixava de ser um bom conjurador da chuva; seu cargo e a responsabilidade pelo tempo e pela colheita lhe pareciam pesados e imerecidos. Durante tais períodos ele era um homem caseiro, obedecendo e auxiliando Ada, participando com ela dos deveres de uma dona de casa, fazendo brinquedos e instrumentos para as crianças, cozinhando remédios pelos arredores. Sentia necessidade de amor, e o desejo de se assemelhar o mais possível aos outros homens, adaptando-se por completo aos usos e costumes, e chegando até a escutar as enfadonhas conversas da mulher e das vizinhas sobre a vida, o estado de saúde e os haveres do próximo. Mas nos bons tempos ele quase não era visto em casa, ficava a perambular, pescando, caçando, procurando raízes, deitado na relva ou trepado em árvores, farejando, de ouvido atento, imitando vozes de animais; fazia fogueirinhas, e comparava as formas das nuvens de fumaça com as nuvens do céu, embebia a pele e os cabelos de névoa, chuva, ar, luz do sol ou da lua, e além disso guardava também, como seu mestre e predecessor Túru, objetos que pareciam conter dentro de si o ser e as formas exteriores dos mais variados domínios da vida, e nos quais a sabedoria ou o capricho da natureza pareciam revelar uma pequena parte de suas regras de conduta, e dos mistérios da criação, objetos que reuniam de forma simbólica coisas completamente diversas, como, por exemplo, nós de troncos e de galhos, com restos humanos ou animalescos, seixos polidos pela água, com veios semelhantes a madeira, formas animais petrificadas, de períodos antediluvianos, sementes disformes ou gêmeas de frutos, pedras em forma de rim ou de coração. Decifrava os desenhos de uma folha, os lineamentos entrecruzados da cabeça de um cogumelo, pressentindo em tudo isso o mistério, o espírito, o futuro, mil possibilidades: magia dos símbolos, premonição de número e escrita, limitação do infinito e das formas variáveis dentro da simplicidade, do sistema, do conceito. Dentro dele residiam todas essas possibilidades de apreender o espírito, possibilidades sem nome, sim, mas não impossíveis ou fora de cogitação. Ainda no estádio de broto e de botão, mas essenciais para ele, possibilidades que lhe pertenciam e cresciam organicamente dentro dele. E mesmo se nós penetrássemos em milênios anteriores a esse conjurador da chuva e à sua época, a nosso ver primitiva, estamos certos de que, ao encontrar o homem, encontraríamos também o espírito, o qual não teve princípio, e sempre conteve em si a totalidade e a diversidade das coisas, de tudo aquilo que mais tarde ele venha a produzir.

Não fazia parte do destino do conjurador da chuva eternizar alguma premonição sua e apresentar provas concretas da sua veracidade, para ele quase dispensáveis. Ele não veio a ser um dos muitos inventores da escrita ou da geometria, nem da medicina ou da astronomia. Conservou-se apenas um elo desconhecido de um encadeamento, mas um elo indispensável como qualquer outro: transmitiu não só o que tinha aprendido, como também os conhecimentos adquiridos e conquistados por ele próprio. Teve também alunos. Ensinou dois aprendizes no decorrer dos anos, que se tornaram conjuradores da chuva, e um deles sucedeu-o nas suas funções.

Durante muitos anos dedicou-se às suas atividades e entregou-se às suas pesquisas, calmo e solitário, e quando pela primeira vez — isso se passou depois de uma época prolongada de pragas e de fome — um adolescente começou a visitá-lo, a observá-lo, a espreitá-lo, a venerá-lo e a persegui-lo, um menino que desejava tornar-se conjurador da chuva e mestre, ele sentiu, com uma estranha sensação de saudade no coração, que aquela importante vivência da sua juventude se repetia e se transformava; teve ao mesmo tempo, pela primeira vez, o sentimento corriqueiro e grave, que a um só tempo constringe e desperta: a juventude passava, o meio-dia da vida já fora ultrapassado, e a flor se tornara fruto. E, o que ele nunca imaginaria que pudesse acontecer, comportou-se com o menino, como o velho Túru se comportava com ele, e esse comportamento seco, reservado, desconfiado e hesitante, foi uma coisa completamente natural e instintiva, não era uma imitação do falecido mestre, nem o resultado de considerações pedagógicas ou morais, qual se fora necessário expor um adolescente a demoradas provas, para saber se suas intenções são sérias, e não lhe facilitar o conhecimento dos mistérios conferidos pela iniciação. Nada disso. Servo se comportou diante de seu aprendiz exatamente como qualquer pesquisador solitário, ao envelhecer, se comporta diante de seus admiradores e discípulos: confuso, tímido, reservado, evasivo, cheio de receio de ser perturbado em sua bela solidão e liberdade, em suas caminhadas errantes pelas selvas, suas solitárias caçadas e buscas de raridades, seus sonhos e espreitas; cheio de ciúmes de seus hábitos e preferências, segredos e meditações. Não abraçou o rapaz indeciso que se aproximava dele com respeitosa curiosidade, não o ajudou a vencer a indecisão nem o animou, e não considerou um prazer e uma recompensa, um reconhecimento ou um agradável sucesso, o fato de o mundo enviar-lhe afinal um mensageiro e uma declaração de amor, de alguém dedicar-se a ele e sentir-se seu semelhante, sentindo como ele a vocação para servidor dos mistérios. Não, antes de mais nada isso o aborreceu, parecendo-lhe um ataque aos seus direitos e hábitos, um assalto à sua independência, que só agora percebia quanto lhe era cara; revoltou-se, e começou a ganhar experiência em despistar e esconder-se, em apagar seus rastros, em desviar-se e escapar. Contudo sucedeu-lhe o mesmo que outrora a Túru. A conquista paciente e silenciosa do jovem aos poucos abrandou-lhe o coração, sua resistência foi cedendo pouco a pouco, até cessar por completo, e à medida que o jovem ganhava terreno ele ia lentamente ao seu encontro, concordava com seus desejos, aceitava suas demonstrações de interesse, passando a considerar o dever às vezes tão penoso de ensinar e ter alunos, como uma coisa inevitável, um dom do destino, a vontade do espírito. Tinha de ir-se despedindo dos sonhos, do sentimento e do prazer das possibilidades ilimitadas, de um caleidoscópico futuro. Em lugar do sonho e da ilimitada evolução, da soma de toda a sabedoria, ali se encontrava o aluno, uma pequena realidade, próxima e exigente, um intruso e desmancha-prazeres, mas imperioso e inevitável, o único caminho para o verdadeiro futuro, o único dever, o mais importante, o único sendeiro em que a vida e as ações do conjurador da chuva, seu caráter, seus pensamentos e pressentimentos podiam evitar a morte, continuando a viver num novo botãozinho. Suspirando, rangendo os dentes e sorrindo, tomou-o a seu cargo.

E nessa importante esfera de suas funções, que requeria talvez a maior das responsabilidades, a transmissão do ensino tradicional e a educação de sucessores, não faltaram ao conjurador amargas experiências e desilusões. O primeiro aprendiz que procurou ganhar suas graças e após larga espera e negativa o teve por mestre, chamava-se Maro, e causou-lhe uma desilusão que lhe custou a esquecer. Era um menino submisso e adulador, e durante muito tempo fingiu prestar completa obediência, mas faltavam-lhe qualidades, principalmente a coragem, o que ele procurava ocultar. Servo, apesar de perceber esse fato, tomou-o muito tempo por um resto de criancice, que desapareceria com o tempo. Mas não desapareceu. Faltava também completamente a esse discípulo o dom de entregar-se objetivamente e sem segundas intenções à observação, às atividades da sua profissão, aos pensamentos e pressentimentos. Era inteligente, possuía uma compreensão clara e rápida e aprendia com facilidade e segurança tudo o que se aprende sem devoção. Mas cada vez mais se evidenciava que ele tinha intenções e metas egoístas, isso é que o havia levado a querer aprender o ofício de conjurador da chuva. Antes de tudo queria que lhe dessem importância, queria representar um papel e impressionar, tinha a vaidade da pessoa talentosa, mas não escolhida. Aspirava aos aplausos, gabava-se, aos meninos da sua idade, dos primeiros conhecimentos e artes que adquiria — talvez o fizesse também por criancice, e podia ser que se corrigisse. Mas não só procurava aplausos, como aspirava também a exercer poder sobre os outros, e a obter vantagens; quando o Mestre começou a perceber isso, assustou-se, e aos poucos seu coração se fechou para o adolescente. Este foi levado por duas ou três vezes a cometer graves faltas, após já estar há vários anos aprendendo com Servo. Por sua própria conta, sem o conhecimento nem a permissão de seu mestre, e em troca de presentes, foi induzido ora a ministrar remédios a uma criança doente, ora a fazer exorcismos em uma choça contra a praga dos ratos, e quando, apesar das ameaças e promessas, foi apanhado praticando tais atos, o Mestre o dispensou de seu ensino, contou à Avó o que se passara e procurou apagar da memória esse rapaz mal-agradecido e inaproveitável.

Dois alunos que teve mais tarde, principalmente o segundo, seu filho Túru, compensaram-no dos trabalhos com o mau aluno. Por seu filho, o mais jovem e o último de seus aprendizes e alunos, ele tinha enorme amor, e acreditava que o filho poderia ultrapassá-lo, e era evidente ter retornado nele o espírito do avô.

Servo teve a satisfação, que lhe era uma fonte de energias para a alma, de transmitir para o futuro a soma dos seus conhecimentos, de sua crença, e de saber que existia alguém, duas vezes seu filho, a quem podia cada dia que passava entregar as atividades de sua função, quando se tornavam pesadas demais para ele. Mas o primeiro aluno, que fora malsucedido, não saiu mais de sua vida e seus pensamentos, tornou-se na aldeia um homem apreciadíssimo por muitas pessoas, e com certa influência, mas não gozava de geral consideração; casara-se, era apreciado como uma espécie de charlatão e trocista, era até chefe dos tocadores de tambor no conjunto de tambores, e conservou-se ocultamente um inimigo do conjurador, que ele invejava e a quem prejudicou por diversas vezes, em coisas insignificantes e importantes. Servo nunca fora adepto de relações de amizade e de reuniões, tinha necessidade de solidão e liberdade, nunca se esforçara por angariar consideração ou amor, a não ser em menino, com Mestre Túru. Mas agora sabia o que significava ter um inimigo figadal, isso amargurou muitos dias de sua vida.

Maro pertencia àquela espécie de alunos talentosos que, apesar de seus dotes, são desagradáveis e incômodos aos professores, porque seu talento não provém de forças profundas e íntimas, com bases orgânicas, signo delicado e nobre de uma boa natureza, de um sangue sadio e de um caráter firme, mas tem algo de superficial, de casual, e mesmo de usurpado ou roubado. Um aluno de pouco caráter mas inteligentíssimo ou de imaginação brilhante traz com toda a certeza complicações ao professor: este tem de transmitir ao aluno os conhecimentos e o método tradicionais, tornando-o apto a colaborar na vida do espírito — e não pode deixar de sentir que seu dever mais alto é proteger esses conhecimentos e essa arte da avidez de pessoas dotadas apenas de talento; o professor não deve ser um servidor do aluno, mas ambos têm de ser servidores do espírito. Essa é a razão pela qual os professores sentem diante de certos talentos fulgurantes, timidez e temor, tais alunos falseiam o sentido e o valor do trabalho do mestre. As exigências de um aluno de inteligência brilhante mas que não sabe ser um servidor significam no fundo um pecado contra a capacidade de servir, uma espécie de traição ao espírito. Conhecemos na história nações que passaram por períodos de distúrbios profundos da ordem espiritual, em que houve uma imensidade de indivíduos talentosos nos cargos de direção, nas comunidades, escolas, academias e estados, em que as variadas funções eram exercidas por pessoas talentosíssimas, que queriam governar, mas não sabiam servir. É certamente muito difícil reconhecer de pronto essa forma de talento, antes que o aluno se aproprie dos fundamentos de qualquer atividade do espírito, e em seguida com a necessária energia fazer o aluno retornar a atividades profanas. Servo também cometera erros, tivera paciência demais com o aprendiz Maro, confiara a um ambicioso e leviano muitos conhecimentos reservados aos adeptos, de que esse aluno não estava à altura. As consequências daí decorrentes para Servo foram mais funestas do que ele poderia imaginar.

Houve um ano — a barba de Servo já estava bem grisalha — em que a ordem reinante entre o céu e a terra parecia perturbada por demônios, de força e malignidade fora do comum. Tais perturbações começaram no outono, com um aspecto de horror e majestade que encheu todas as almas de espanto, paralisando-as de medo. Anunciaram-se num espetáculo inédito do firmamento, logo após a época em que o dia e a noite têm a mesma duração, época sempre observada e vivida pelo conjurador com certa solenidade e devoção, com uma atenção especial. Certa tarde a atmosfera se tornou rarefeita, ventava e fazia frio, o céu estava claro e transparente, com algumas nuvenzinhas inquietas, que pairavam em enorme altitude, retendo de modo inusitado a cor rosada do poente: ágeis flocos de luz, leves e esgarçados, no firmamento frio e lívido. Servo já vinha sentindo há alguns dias alguma coisa mais forte e esquisita do que em geral se sentia todos os anos na época em que os dias se vão tornando mais curtos, uma atividade das potências no espaço celeste. A terra, as plantas e os animais se amedrontavam, havia uma inquietude nos ares, algo incerto, indeciso, temeroso, uma ansiosa espera, em toda a natureza; eram também uma premonição, essas nuvenzinhas cintilando largo tempo essa tarde, num tremulante esvoaçar lá nos espaços, apesar de não soprar na terra vento algum: com sua rubra e implorante luz, lutaram porfiadamente, confiantes, para não se apagar, e após se ter extinto e esfriado o reflexo luminoso tornaram-se de súbito invisíveis. Na aldeia estava tudo calmo, diante da choça da velha bisavó os visitantes e as crianças que vinham ouvi-la já se tinham havia muito tempo dispersado, alguns meninos perseguiam-se e brigavam, e a não ser isso, todos já estavam em suas choças, e já tinham comido há muito tempo. Muitos já dormiam, e só uma ou outra pessoa, além do conjurador, observava as nuvens rubras da tarde. Servo se pôs a passear de um lado para outro na hortinha nos fundos de sua choça, perscrutando o tempo, com os nervos tensos, inquieto, e às vezes sentava-se para um breve descanso no toco de árvore entre as urtigas, que servia para se rachar lenha. Ao se apagarem as últimas velas de nuvens no céu ainda claro, em que cintilavam os últimos reflexos esverdeados, as estrelas tornaram-se de súbito nítidas e visíveis, aumentando rapidamente em número e brilho. Onde há pouco só se avistavam duas ou três, havia já dez ou vinte. Muitas dentre as estrelas, seus grupos e famílias, eram conhecidas do conjurador, ele já as vira centenas de vezes, seu retorno imutável conferia certa calma, elas traziam consolo, apesar de se encontrarem distantes e frias nas alturas, sem irradiar calor; inspiravam confiança, dispostas em ordem, anunciando harmonia, prometendo eternidade. Aparentemente estranhas, distantes e adversas à vida terrena e humana, insensíveis ao calor humano, aos tremores, sofrimentos e êxtases dos homens, infinitamente superiores a eles, uma superioridade quase escarninha, fidalgas e frias, majestosas e permanentes, as estrelas, todavia, estavam em relação conosco, talvez nos guiassem e governassem, e quando qualquer ramo do saber humano, qualquer propriedade espiritual, qualquer segurança e superioridade do espírito eram conquistados e conservados, brilhavam também quais estrelas frias e calmas, consolando com seu frio tremular, com um olhar eterno e levemente irônico. Era essa, por vezes, a impressão do conjurador, e apesar de não ter com as estrelas o contato íntimo e excitante, comprovado em constantes mudanças e retornos, que mantinha com a lua, tão grande, próxima, úmida, esse gordo peixe encontrado no oceano celeste, ele as venerava, e estava ligado a elas por muitas crenças. Entregava-se à observação prolongada das estrelas, abrindo-se à sua influência, oferecendo seu calor, seus temores ao olhar frio e calmo dos astros, o que era para ele com frequência um banho, uma bebida salutar.

Nesse dia elas fitavam como sempre, porém ainda mais claras, entalhadas na atmosfera tensa e rarefeita, e todavia o conjurador não encontrava dentro de si a calma necessária para entregar-se a elas; vinda de desconhecidas regiões, uma potência estranha penetrava nele, martirizando-lhe os poros, embebendo-se em seus olhos, com uma ação silenciosa e persistente, um fluxo, um tremor premonitório. Ao lado, na choça, a luz quente e fraca do fogo do lar tinha cintilações rubras e turvas; fluía ali uma vida pequenina e cálida, vibravam apelos, risadas, bocejos, havia um cheiro humano, de pele quente, de maternidade e de sono infantil, que parecia, com sua presença inocente, tornar ainda mais profunda a noite que caía, afastando as estrelas para bem longe, a distâncias e alturas inconcebíveis.

E então, enquanto Servo, na choça, ouvia a voz de Ada, num melódico e grave sussurro, uma melopeia, acalmando uma das crianças, começou no firmamento a catástrofe, cuja memória se conservou por muitos anos na aldeia. Na trama silenciosa e clara das estrelas, aqui e acolá, viam-se cintilações e bruxuleios, como se os fios em geral invisíveis dessa trama estremecessem; algumas estrelas isoladas tombaram em diagonal pelo espaço, como pedras arrojadas por alguém, fulgurando e se apagando de súbito, aqui uma, ali duas, acolá um punhado de estrelas, e mal o olhar se desviava da primeira estrela cadente que se extinguia, mal o coração, paralisado por essa visão, principiava de novo a bater, outras já vinham tombando pelo céu, em diagonais levemente curvas, ou quais luzeiros arremessados com fúria, despencavam em nuvens, às centenas, em grupos incontáveis, através da noite calada, como levadas por um tufão silencioso, ou como se um outono universal as arrancasse quais folhas secas da árvore do céu, atirando-as em silêncio para o nada. Quais folhas secas, quais esvoaçantes flocos de neve, elas perpassavam pelo espaço aos milhares, num silêncio tenebroso, tombando e desaparecendo por detrás das montanhas a sudeste, cobertas de florestas, onde, desde épocas imemoriais nunca uma estrela desaparecera: tombavam em qualquer sítio no vazio.

Com o coração paralisado, os olhos cintilando, Servo ali ficou, a cabeça enterrada entre os ombros, com um olhar de horror mas insaciável, fitando o céu transformado e enfeitiçado, sem confiar no que via, e todavia consciente daquele horror. Como todos os que assistiram a esse espetáculo noturno, ele julgou ver as conhecidas estrelas vacilarem, arrojando-se e tombando, e esperava ver em breve negra e vazia a abóbada celeste, caso a terra não a devorasse antes disso. Após uns instantes percebeu, no entanto, aquilo que os outros não percebiam; as conhecidas estrelas continuavam aqui e acolá, por toda a parte. A dispersão de estrelas não desencadeava seu brutal aspecto entre as antigas e conhecidas estrelas, mas no espaço que mediava entre o solo e o céu, e esses novos luzeiros, que tombavam ou eram atirados com um fulgor rápido e passageiro, ardiam com um colorido diverso das antigas e verdadeiras estrelas. Isso o acalmou e o ajudou a dominar-se, mas mesmo que fossem novas e passageiras essas outras estrelas que enchiam os ares com sua chuva, de qualquer modo o que acontecia era terrível, maléfico e desordenado, e profundos suspiros subiram à garganta ressequida de Servo. Pôs-se a olhar para a terra, a escutar, para verificar se o espetáculo fantasmagórico só a ele se mostrava, ou os outros também o viam. Em breve escutou rumores vindos de outras choças, gemidos, gritos e exclamações de pavor; outras pessoas também haviam visto e dado alarme, despertando os que ainda nada haviam percebido ou dormiam, e num instante o pavor e o pânico poderiam assaltar a aldeia inteira. Suspirando profundamente, Servo se resolveu. Ele, em primeiro lugar, era atingido por essa desgraça, como conjurador; ele, que de certo modo era responsável pela ordem no céu e nos ares. Constantemente previra ou pressentira grandes catástrofes: enchentes, chuvas de granizo, tempestades, sempre preparando e aconselhando as mães e os anciãos, impedindo que acontecesse um desastre, colocando a seu serviço seus conhecimentos, sua coragem e confiança, servindo de intermediário entre a aldeia e o desespero. Por que, desta vez, ele não previra e organizara as coisas? Por que não falara a ninguém sobre o pressentimento obscuro e premonitório que o assaltara?

Ergueu a esteira da entrada da choça e chamou baixinho a mulher pelo nome. Ela acorreu, com o filho mais moço ao peito, e ele tomou-lhe dos braços a criancinha e a colocou sobre a palha, deu a mão à mulher, pôs um dedo nos lábios, ordenando silêncio, conduziu-a para fora da choça e viu em breve seu rosto paciente e calmo se transformar num esgar de medo e de susto.

— As crianças devem continuar dormindo, não precisam ver nada, está ouvindo? — sussurrou ele, incisivo. — Não deixe nenhuma delas sair, nem mesmo o Túru. E você também fique aqui dentro.

Hesitante, incerto, não sabia bem o que dizer, nem o que devia revelar, e acrescentou então com energia:

— Nada acontecerá a você e às crianças.

Ela acreditou nele, apesar de sua fisionomia e seus sentimentos custarem a refazer-se do pavor que sentira.

— O que é isso? — perguntou, ao passo que seu olhar, passando ao lado do marido, se dirigia de novo ao céu. — É coisa muito ruim?

— É ruim — disse ele com voz suave —, creio mesmo que é muito ruim. Mas não vai atingir nem você nem os pequenos. Fique na cabana, feche bem a esteira. Eu tenho de ir falar com o povo. Vá para dentro, Ada.

Empurrou-a pelo buraco de entrada da choça, fechou com cuidado a esteira, conservou-se ainda durante uns instantes de rosto voltado para a interminável chuva de estrelas, em seguida inclinou a cabeça, suspirou de novo com o coração angustiado e se encaminhou depressa pela noite adentro em direção da aldeia, à choça da matriarca.

Ali se encontrava reunida a metade da aldeia, num surdo murmúrio, num alvoroço que o medo paralisava e continha a meio, cheia de espanto e de desespero. Algumas mulheres e homens se entregavam a um impulso de terror e destruição, com uma espécie de ira e volúpia, e se quedavam rígidos, como em êxtase, ou agitavam os membros descontroladamente; uma mulher tinha a boca cheia de espuma, dançava sozinha uma dança delirante e ao mesmo tempo obscena, arrancando aos punhados os longos cabelos. Servo percebeu que tudo se preparava, estavam quase todos meio entontecidos, enfeitiçados e enlouquecidos pelas estrelas cadentes, e talvez isso degenerasse em uma orgia de loucura, ira e autodestruição; já era mais do que tempo de reunir os poucos indivíduos de coragem e bom senso, e incutir-lhes ânimo. A velhíssima bisavó estava calma, julgava próximo o fim de tudo, mas não se revoltava, e opunha ao destino uma face enérgica, dura, quase sarcástica em sua rude aspereza. Servo conseguiu que ela o escutasse. Procurou demonstrar-lhe que as estrelas permanentes continuavam a existir, mas ela não conseguiu verificá-lo, seja por terem seus olhos perdido a força, seja por serem suas ideias a respeito das estrelas e suas relações com os homens muito diversas das do conjurador, para que os dois se pudessem entender. Ela sacudiu a cabeça, conservando seu corajoso sorriso escarninho, e quando Servo implorou-lhe que não abandonasse o povo, delirante de medo, a si próprio e aos demônios, ela concordou imediatamente. Em torno dela e do conjurador da chuva reuniu-se um pequeno número de pessoas amedrontadas, mas não enlouquecidas, que se prontificaram a deixar-se guiar.

Um momento antes do seu encontro, Servo ainda tinha esperanças de poder dominar o pânico por meio do exemplo, da razão, com palavras, explicações e conselhos. Mas, desde a rápida conversa com a bisavó, percebeu que já era tarde demais para isso. Esperava que os outros pudessem compreender suas próprias vivências e pretendia fazê-los partícipes de suas ideias, pensando que eles compreendessem não serem as próprias estrelas, ou não todas, que tombavam e eram carregadas pela tempestade cósmica, fazendo-os assim passar do estado de passivo pavor e espanto para uma observação ativa, conseguindo vencer a comoção. Mas percebeu em breve que a muito poucos ele conseguiria influenciar na aldeia, e, até que o conseguisse, os demais seriam tomados por completa loucura. Não, nesse caso, como acontecia com frequência, nada se conseguiria com a razão e com palavras sensatas. Felizmente havia outros meios. Se era impossível dissipar esse medo mortal, compenetrando-o de lógica, podia-se dirigi-lo, organizá-lo, emprestar-lhe forma e fisionomia, transformando aquele insensato conglomerado de loucos em uma unidade compacta, em um coro as vozes individuais descontroladas. Incontinênti, Servo passou à ação, empregando o meio adequado. Postou-se diante da multidão, gritou as conhecidas rezas com que em geral se abriam os cultos públicos de finados e de penitência, as lamentações fúnebres devidas a uma bisavó ou às imolações e solenidades de penitência em casos de perigo público, como as epidemias e enchentes. Gritou as palavras em compasso, marcando os tempos com palmas, e, ao passo que gritava e batia as mãos no mesmo compasso, inclinava-se quase até o solo, erguia-se de novo, inclinava-se, tornava a erguer-se; dez ou vinte pessoas já acompanhavam seus movimentos, a encanecida matriarca da aldeia ergueu-se, cantando uma melopeia rítmica, marcando os movimentos rituais com leves curvaturas de busto. Os que vinham das outras choças participavam de imediato da cerimônia, integrando-se ao seu compasso e espírito, e alguns, completamente enlouquecidos, perdiam em breve as forças e jaziam inertes no solo, ou eram domados e conduzidos pela melopeia do coro e o ritmo das curvaturas do cerimonial religioso. Ele vencera. Em vez de uma horda desesperada de malucos, ali estava uma multidão de devotos, prontos a oferecer sacrifícios e penitências, que se sentiam aliviados e com o coração alentado, por não necessitar encerrar dentro de si o medo da morte e o pavor, ou de os afastar aos berros, cada um por si, mas sim organizados em um coro comum, em compasso, numa cerimônia de esconjuro. Muitas potências ocultas estão ativas em uma cerimônia dessas, e seu maior consolo é a uniformidade, que duplica o sentimento coletivo, e sua infalível medicina é a medida e a ordem, o ritmo e a música.

O firmamento noturno continuava coberto de meteoros, qual uma cascata de gotas de luz a despencar em silêncio, que continuou por duas horas ainda, a gotejar seus enormes pingos rubros de fogo, enquanto o pavor da aldeia se transformava em resignação e devoção, em arrependimento; o medo e a fraqueza dos homens eram agora ordem e harmonia cultural, que se contrapunham à desordem celeste. Antes mesmo que a chuva de estrelas principiasse a amainar e rarefazer, o milagre se realizara, irradiando sua virtude benfazeja, e, quando o céu se foi aos poucos acalmando e normalizando, os penitentes exaustos tiveram uma impressão de alívio, julgando ter com suas práticas aplacado as potências e normalizado a ordem celeste.

Essa noite de pavor não foi esquecida, e durante todo o outono e o inverno falou-se nela, mas em breve não o faziam mais aos sussurros e esconjurando, mas em voz alta e com a satisfação com que se considera uma desgraça que se venceu, um perigo combatido com sucesso. Deleitavam-se ao descrever particularidades, cada um se havia surpreendido à sua maneira com aquele caso nunca visto, cada um pretendia havê-lo visto em primeiro lugar, faziam troça de certas pessoas excessivamente medrosas e fracas, e durante largo tempo reinou na aldeia uma certa excitação, por haverem visto uma coisa grandiosa, um fato importante!

Servo não participou desse estado de ânimo, nem do gradual apagar-se, do esquecimento daquele grande acontecimento. Para ele, esse fenômeno apavorante tinha sido um aviso inesquecível, era um espinho que não cessava de martirizar, e apesar de ter amainado por meio de procissões, rezas e penitências, a seu ver não havia terminado nem aplacado. Pelo contrário, com o decorrer do tempo, adquiriu para ele maior significado, porque seu sentido se ia esclarecendo, e Servo se ia aprofundando no seu sentido e decifração. Para ele, o fato em si, esse estranho fenômeno natural, já representava um portentoso e dificílimo problema, com muitas perspectivas: aqueles que haviam assistido a tal espetáculo poderiam passar a vida toda a refletir sobre ele. Uma só pessoa na aldeia poderia ter observado esse espetáculo com semelhante disposição e com um olhar semelhante ao seu, e era seu próprio filho e discípulo Túru, e essa seria a única testemunha válida para Servo, quanto a observações e correções. Mas ele não havia querido interromper o sono do filho, e quanto mais refletia sobre o motivo que o levara a isso, a razão pela qual renunciara, durante aquele acontecimento inédito, à única testemunha e ao único observador sério, tanto mais se fortificava sua crença de que havia agido de modo correto e seguido o aviso de um sábio pressentimento. Quisera preservar os seus dessa visão, e também seu aprendiz e colega, especialmente este último, porque a ninguém Servo era tão dedicado quanto a ele. Por essa razão lhe ocultara a chuva meteórica, subtraindo-o à sua visão, em primeiro lugar, por acreditar nos bons espíritos protetores do sono, principalmente os da juventude, e além disso, se a memória não lhe falhava, desde aquele instante, logo no início dos sinais celestes, ele pensara menos em um perigo momentâneo para todos do que numa premonição, num aviso sinistro para o futuro, e que dizia muito mais a ele, o conjurador, do que a todos os outros. Qualquer coisa se preparava, um perigo e uma ameaça, vindos da esfera a que suas funções estavam ligadas, e, sob qualquer forma que se apresentassem, antes de mais nada diziam respeito a ele. Contrapor-se a esse perigo com espírito vigilante e decidido, preparar-se intimamente, aceitá-lo, sem se deixar diminuir ou degradar, foi a admonição e a decisão que ele tirou daquele importante presságio. Seu destino futuro requeria um homem amadurecido e corajoso para enfrentá-lo, por isso não teria sido conveniente imiscuir seu filho nele, permitir que participasse dele pessoalmente, ou como confidente apenas, pois, apesar da boa opinião que tinha a seu respeito, não se podia saber com segurança se alguém tão jovem e inexperiente estaria à altura de suportá-lo.

Seu filho Túru, é claro, ficou aborrecidíssimo por ter perdido aquele espetáculo. Qualquer que fosse a explicação que se lhe desse, fora uma coisa fabulosa, e talvez em todo o resto de sua vida nunca mais se apresentasse um espetáculo assim, ele perdera a ocasião de participar e de assistir a um milagre cósmico e durante muito tempo ficou amuado com seu pai por isso. Esse amuo passou, e o velho o recompensou com carinhos e atenções renovados, ao passo que o introduzia cada vez mais nas funções de seu cargo, e era visível que, prevendo acontecimentos futuros, se esforçava por preparar Túru do modo mais perfeito possível para seu sucessor. Raras vezes falava com ele daquela chuva meteórica, mas com tanto mais entusiasmo lhe transmitia seus próprios segredos, suas práticas, seu saber e suas pesquisas, fazendo-se acompanhar por ele em suas excursões, suas experiências e investigações da natureza, em que até então nunca permitira que outros tomassem parte.

O inverno chegou e se retirou, um inverno úmido e brando. Não caíram mais estrelas, nem se deu nenhum fato importante ou fora do comum, a aldeia se acalmara, os caçadores iam à busca de caça, e das pontas dos esteios sobre as choças pendiam por toda a parte montes de peles de animais, enregeladas e rígidas, que em dias frios e ventosos produziam com suas batidas um rumorejo característico. Sobre longas achas lisas de lenha, preparadas para esse fim, traziam da mata os montes de lenha, fazendo-os deslizar sobre a neve. Justamente durante o curto período de congelamento, morreu uma mulher idosa na aldeia, e não foi possível enterrá-la logo; durante vários dias, até que o gelo do solo começasse a derreter, o cadáver congelado ficou acocorado ao lado da porta da choça.

Só na primavera é que as sinistras previsões do conjurador se confirmaram em parte. Foi uma primavera péssima, traída pela lua, uma primavera melancólica, sem entusiasmo e sem vida, e a lua esteve sempre atrasada, nunca se apresentavam juntos seus diferentes sinais, necessários para determinar o dia da semeadura; as flores da selva floresciam sem viço, e os botões ainda fechados pendiam mortos das hastes. Servo ficou preocupadíssimo, sem o dar a perceber, e só Ada e principalmente Túru viam como ele se consumia. Não só praticava os esconjuros usuais, como também realizava sacrifícios particulares, pessoais, cozia para os demônios papas e infusões aromáticas e afrodisíacas, cortou a barba e queimou os pelos da barba na noite de lua nova, de mistura com resina e cascas úmidas de árvore, que provocavam densa fumaceira. Evitou o mais longo tempo possível as cerimônias públicas, os sacrifícios comunitários, as procissões, o conjunto de tambores, com o propósito de que as preocupações com o tempo maldito dessa péssima primavera fossem só duas. De qualquer modo, quando o prazo usual da semeadura se atrasara bastante, ele teve que participá-lo à bisavó; e eis que deparou também com desgraças e repulsa. A velha matriarca, boa amiga sua e que lhe dedicava um carinho quase maternal, não o pôde receber, pois se sentia indisposta, estava de cama, e passara à irmã todas as suas funções e preocupações, e essa irmã não simpatizava com o conjurador, não tinha o caráter severo e franco da irmã mais velha, gostava de distrações e de folguedos, e essa inclinação lhe fora inculcada por Maro, o charlatão e tocador de tambor, que era hábil em preparar-lhe diversões e em bajulá-la, e Maro era inimigo de Servo. Logo após a primeira confabulação, Servo pressentiu essa frieza e antipatia, apesar de ela não o contradizer com uma só palavra. Suas declarações e conselhos, especialmente tendo em vista protelar a semeadura e a realização de sacrifícios e procissões, foram ouvidos e aceitos, mas a matriarca o recebera e tratara com frieza e como a um subordinado, e o desejo que Servo manifestou de ver a bisavó enferma ou de lhe preparar remédios foi recusado terminantemente. Voltou dessa conversa confuso, sentindo-se empobrecido e com um gosto desagradável na boca. Durante a metade do mês se esforçou à sua moda para preparar condições de tempo que permitissem a semeadura. Mas as condições atmosféricas, que tantas vezes vibravam em uníssono com suas disposições íntimas, persistiram em seu aspecto escarninho e desfavorável, e nem feitiços nem oferendas obtiveram êxito. Nenhum aborrecimento foi poupado ao conjurador, ele teve de se dirigir de novo à irmã da bisavó, e dessa vez para implorar paciência e protelação; e notou imediatamente que ela devia ter falado com Maro, aquele farsante, porque ao conversarem sobre a necessidade de determinar a data da semeadura, ou da organização de cerimônias de súplicas, a velha quis mostrar seus conhecimentos e empregou algumas expressões que só podia ter ouvido de Maro, o antigo aprendiz de conjurador. Servo pediu um adiamento de três dias, e a constelação se apresentou sob novo aspecto, e mais propícia, e ele marcou então a semeadura para o primeiro dia da terceira fase da lua. A matriarca se conformou com pronunciar a fórmula ritual apropriada à ocasião; essa decisão foi participada à aldeia, e todos se prepararam para a festa da semeadura. E então, quando por algum tempo tudo parecia de novo em ordem, os demônios manifestaram novamente a sua inveja. Justamente um dia antes da festa da semeadura, tão desejada e já preparada, a velha bisavó morreu, a festa teve de ser adiada, e em lugar dela foi necessário anunciar e preparar o enterro. Foi uma festa magnífica: atrás da nova matriarca da aldeia, de sua irmã e suas filhas, vinha o conjurador da chuva, em trajes de grande ornato das grandes procissões propiciatórias, a cabeça coberta com o chapéu de pele de raposa, alto e pontudo; era assistido por seu filho Túru, que batia a matraca de dois sons. Foram prestadas muitas honras à falecida e à sua irmã, a nova matriarca. Maro, com os tocadores de tambor guiados por ele, pôs-se em evidência, com agrado e consideração geral. A aldeia chorou e festejou, carpiu e divertiu-se, teve música de tambores e sacrifícios, foi um belo dia para todos, mas a semeadura foi novamente adiada. Servo mostrava-se digno e tranquilo, mas estava preocupadíssimo, tinha a impressão de que enterrava com a bisavó os tempos felizes de sua vida.

Logo depois, sob o expresso desejo da nova avó, realizou-se com a mesma pompa a semeadura. A procissão percorreu solenemente os campos, a matriarca espalhou solenemente a primeira mancheia de sementes nas terras da comunidade, ladeada por suas irmãs, trazendo cada uma delas uma sacola cheia de grãos, de onde a matriarca tirava as sementes. Servo respirou, quando a cerimônia chegou ao fim.

Mas o fruto semeado com tamanha solenidade não traria alegrias nem colheita, esse ano não trouxe bênçãos. Principiando com uma reincidência do inverno e do gelo, o tempo, durante a primavera e o verão desse ano, trouxe toda a espécie de malefícios e adversidades, e no verão, quando afinal uma vegetação rala cobriu os campos, sobreveio o último e pior dos golpes, uma seca incrível, como não houvera há tempos imemoriais. Semanas a fio o sol fervia na névoa esbranquiçada da canícula, os riachos secaram, o tanque da aldeia transformou-se num pântano imundo, paraíso das libélulas e de uma criação imensa de pernilongos; na terra ressecada abriam-se profundas fendas, e podiam-se observar as plantações que praguejavam e secavam. Por vezes as nuvens se acumulavam, mas eram tempestades secas, e se acaso caíam uns pingos de chuva seguia-os durante dias e dias um vento leste que tudo ressecava, e às vezes um raio tombava em árvores altas, queimando rapidamente suas copas quase secas.

— Túru — disse um dia Servo ao filho —, isso não vai terminar bem, todos os demônios estão contra nós. Começou com a chuva de estrelas. Acho que isso me vai custar a vida. Preste atenção: se eu for sacrificado, no mesmo instante tome o meu lugar, e a primeira coisa que você deve exigir é que queimem meu corpo e espalhem suas cinzas nos campos. Vocês vão ter um inverno de grande fome. Mas depois os malefícios vão cessar. Você tem de tomar cuidado para que ninguém se aproprie da colheita da comunidade, sob pena de morte. O ano seguinte será melhor, e todos dirão: que bom, temos agora um novo conjurador da chuva, um conjurador jovem!

Na aldeia reinava o desespero, Maro açulava as paixões, e não raro ouviam-se ameaças e esconjuros dirigidos ao conjurador. Ada adoeceu e ficou de cama atacada de vômitos e febre. As procissões, os sacrifícios, os longos e impressionantes conjuntos de tambores não obtinham mais resultado algum. Servo os dirigia, pois isso fazia parte de seu cargo, mas quando o povo se espalhava ele permanecia sozinho, todos o evitavam. Ele sabia o que era necessário fazer e também sabia que Maro já exigira da avó o seu sacrifício. Para salvaguardar sua honra e seu filho, ele deu o último passo: vestiu Túru com os trajes de grande ornato, levou-o à avó, recomendou-o como seu sucessor e demitiu-se de seu cargo, oferecendo-se em holocausto. A velha o fitou durante algum tempo com olhar curioso e inquiridor, depois inclinou a cabeça, concordando.

O holocausto realizou-se nesse mesmo dia. Toda a aldeia teria comparecido, se muitas pessoas não estivessem com disenteria, Ada também estava gravemente enferma. Túru, com seus ornatos e o chapéu alto de pele de raposa, quase teve uma insolação. Todas as pessoas importantes e os veneráveis que não estavam doentes compareceram, a avó com duas irmãs, os anciãos, e Maro, o dirigente do conjunto de tambores. Atrás deles seguia em confusão o povo. Ninguém dirigiu ofensas ao conjurador, tudo decorreu em silêncio, com um sentimento de opressão. Dirigiram-se à mata e procuraram uma extensa clareira determinada pelo próprio Servo para o lugar da cerimônia. Quase todos os homens traziam consigo machados de pedra para ajudar a rachar a lenha da fogueira. Ao chegarem à clareira, deixaram o conjurador no centro, formaram um pequeno círculo em seu redor, e bem mais afastada ficou a multidão, também em círculo. Como todos conservassem um silêncio indeciso e embaraçado, o próprio conjurador da chuva tomou da palavra.

— Eu fui o conjurador da chuva de vocês — disse ele —, fiz o meu serviço por muitos anos o melhor que pude. Agora os demônios estão contra mim, não tenho mais sorte em nada que faço. Foi por isso que me ofereci em holocausto. Isso aplaca os demônios. Meu filho Túru vai ser o novo conjurador da chuva. Agora matem-me, e depois que eu estiver morto façam tudo o que meu filho determinar. Adeus! Quem quer me matar? Eu recomendo a vocês que seja Maro, o tocador de tambor, é ele a pessoa própria para isso.

Calou-se, e ninguém se mexeu. Túru, escarlate sob o pesado chapéu de pele, tinha um olhar de angústia, e a boca de seu pai se crispou num esgar escarninho. Finalmente a avó bateu com o pé no chão, enfurecida, fez um aceno a Maro e gritou-lhe:

— Avance! Tome do machado e faça a sua obrigação!

Maro, com o machado na mão, postou-se defronte de seu antigo mestre, por quem sentia agora mais ódio do que nunca; o traço de ironia dessa boca velha e calada lhe causava um atroz sofrimento. Ergueu o machado, balanceou-o sobre a própria cabeça e, mantendo-o dirigido ao alvo, oscilante, olhou fixamente para o rosto da vítima e esperou que ela fechasse os olhos. Mas foi o que Servo não fez, conservou os olhos abertos com firmeza e dirigiu um olhar quase inexpressivo ao homem armado com o machado, mas tanto quanto se podia notar, esse olhar tinha ressaibos de compaixão e ironia.

Furioso, Maro atirou para longe o machado.

— Isso eu não faço — murmurou, penetrando à força no círculo dos veneráveis e perdendo-se entre a multidão.

Algumas pessoas deram umas risadinhas. A avó ficara pálida de raiva de Maro, aquele homem covarde e inútil, e também do altivo conjurador da chuva. Fez um aceno a um dos anciãos, um homem respeitável e calmo que, apoiado ao seu machado, parecia envergonhar-se dessa cena desagradável. Ele se adiantou, fez um leve e amável aceno de cabeça à vítima, pois os dois se conheciam desde os tempos de criança, e então a vítima fechou de bom grado os olhos, cerrou-os com força e inclinou um pouco a cabeça. O velho atingiu-o com um golpe de machado, e ele tombou. Túru, o novo conjurador da chuva, não pôde pronunciar uma só palavra, ordenou com gestos o que era necessário fazer, e em breve o montão de lenha estava pronto, e o morto foi estendido em cima. O solene ritual de atiçar o fogo com os dois paus consagrados foi o primeiro ato de Túru no exercício de suas funções.

O confessor

Era no tempo em que ainda vivia Santo Hilário, embora já avançado em anos. Vivia na cidade de Gaza um homem chamado Josephus Famulus, que até a idade de trinta anos ou mais tinha levado uma vida mundana e estudado os livros pagãos. Depois, por meio de uma mulher que perseguia com seus galanteios, conheceu a lei divina e a suavidade das virtudes cristãs, acedeu em receber o Santo Batismo, abjurou seus pecados e durante muitos anos frequentou os padres de sua cidade, de quem ouvia, com ardente curiosidade, as histórias tão populares da vida dos piedosos anacoretas do deserto. Tanta impressão lhe fizeram que acabou por palmilhar um dia, na idade de trinta e seis anos, aquele caminho que os santos Paulo e Antão e, depois deles, tantos pios varões haviam seguido. Entregou o resto de seus haveres aos anciãos para ser distribuído aos pobres da comunidade, despediu-se de seus amigos às portas da cidade e retirou-se de lá para o deserto, de um mundo desprezível para a vida pobre de um penitente.

Por muitos anos o sol o tostou e secou, gastou os joelhos em orações sobre a rocha e sobre a areia, jejuando até o pôr do sol, para então mastigar umas poucas tâmaras. Se por acaso os demônios o atormentavam com dúvidas, escárnio e tentação, ele os vencia à custa de oração, penitência e desprezo de si mesmo, como encontramos detalhes nas biografias dos santos padres. Em muitas noites de insônia, contemplava as estrelas, e estas eram igualmente fonte de confusão e dúvida. Decifrava as constelações, onde tinha aprendido, outrora, a ler as histórias dos deuses e os símbolos da natureza humana. Esta ciência era abominada com veemência pelos padres e o vexava ainda por muito tempo com fantasias e pensamentos da sua época de pagão.

Por toda a parte, onde naquelas regiões a aridez e a esterilidade do deserto eram interrompidas por uma fonte, um punhado de verdura, um oásis pequeno ou grande, viviam então eremitas, uns inteiramente sós, outros em pequenas comunidades, como representa um afresco no campo santo de Pisa, praticando a pobreza e o amor ao próximo, adeptos de uma nostálgica *ars moriendi*, de uma arte de perecer, de morrer ao mundo e ao próprio eu e de passar ao Redentor, que habita na luz imperecível.

Eram visitados pelos anjos e pelos diabos, compunham hinos, exorcizavam demônios, curavam e abençoavam, pareciam ter tomado sobre si, na intenção de reparar e resgatar, os prazeres mundanos, a rudeza e a sensualidade de numerosas gerações passadas e de muitas ainda por vir, por uma impetuosa onda de entusiasmo e de devotamento, por um superávit extático de renúncia ao mundo. Alguns deles estavam decerto de posse de velhas práticas pagãs de purificação, de métodos e exercícios de um processo de espiritualização que, desde séculos, atingiram grande desenvolvimento na Ásia. Mas não se falava disto. Estes métodos e exercícios de ioga não eram propriamente mais ensinados, mas estavam sujeitos ao interdito que o cristianismo baixava, cada vez com mais rigor, sobre tudo o que era pagão.

Em muitos destes ascetas, o ardor desta vida sazonava dons especiais: dom da oração, dom de expulsar os demônios, dom de julgar e castigar, de consolar e abençoar. Também em Josephus habitava em estado latente um dom que, com o correr dos anos, quando os seus cabelos já começavam a perder a cor, alcançou o auge da perfeição. Era o dom de ouvir. Se um irmão de uma das colônias ou um filho do século, atormentado e espicaçado pela consciência, vinha ter com Josephus e lhe falava de suas ações, sofrimentos, dúvidas e prevaricações e contava a sua vida, suas lutas pelo bem e suas defecções no combate, ou então uma perda ou uma dor, um luto, Josephus sabia ouvi-lo, sabia abrir de par em par o seu ouvido e coração, sabia receber o sofrimento e a preocupação e recolhê-la dentro de si, e assim despedir o peregrino aliviado e tranquilo. Lentamente, numa evolução que levou anos, esta sua função foi tomando conta dele até transformá-lo num instrumento, num ouvido em que se depositava confiança. Suas virtudes características eram uma certa paciência, uma certa passividade assimilativa e uma discrição a toda prova.

Com uma frequência cada vez maior era procurado por pessoas que vinham desabafar com ele, descarregar aflições represadas. Muitos deles, mesmo depois de terem-se submetido a percorrer um longo caminho até sua cabana de juncos, não encontravam contudo ao chegar e, depois da habitual saudação, a liberdade e a coragem necessárias para se confessar. Ficavam dando voltas, tinham vergonha, vendiam caro os seus pecados, suspiravam e permaneciam longo tempo, horas a fio mesmo, calados. Josephus se comportava sempre do mesmo modo com cada um dos que o procuravam, quer ele falasse de bom grado, quer lhe falasse a contragosto, quer sua conversa fosse fluente, quer entremeada de interrupções. Não fazia diferença se o visitante lançava de si seus segredos com fúria ou se se vangloriava deles. Para ele, todos eram iguais. Podiam revoltar-se contra Deus ou contra si próprios, podiam aumentar ou diminuir os pecados e sofrimentos, podiam confessar um homicídio ou apenas uma falta de castidade, chorar a infidelidade da mulher amada ou a perda da salvação eterna. Não se assustava se alguém lhe dizia ter intimidade com os demônios e tratar o diabo por "tu", nem o aborrecia se alguém lhe confiava longamente toda a sorte de coisas ocultando claramente o essencial, nem se tornava impaciente quando alguém se acusava de pecados inventados ou absurdos. Toda a sorte de queixas, confissões, acusações e escrúpulos de consciência que lhe eram trazidos pareciam perder-se em seu ouvido como a água que some na areia do deserto.

Parecia não ter nenhum julgamento nem sentir piedade ou desprezo pelo seu penitente. E apesar disso ou, quem sabe, justamente por causa disso parecia que o que lhe tinha sido confessado não caía no vazio, mas que, cristalizado em palavras e numa receptividade auditiva, perdia o seu peso e a sua maldição. Somente em casos extraordinários, ele pronunciava uma advertência ou exortação, mais raramente ainda dava conselhos ou impunha ordens. Dir-se-ia que tal atitude não fazia parte de suas funções e, por seu turno, os que o procuravam sentiam também que não era essa a sua incumbência. Sua função consistia em despertar e receber a confiança, em ouvir com paciência e amor, e através disto ajudar a levar à perfeição confissões que ainda padeciam de insuficiências, provocando tudo o que se coagulava e esclerosava na alma a fluir em torrentes e assim recolhê-

-lo e sepultá-lo no seu silêncio. No final de cada confissão, assustadora ou inocente, contrita ou vaidosa, permitia-se uma atitude mais pessoal: fazia o penitente ajoelhar-se ao seu lado, recitava o pai-nosso e beijava-o na testa antes de despedi-lo. Não era de sua conta, nem julgar nem perdoar pecados. Ouvindo e compreendendo, parecia participar no pecado e na culpa alheia, ajudando a carregá-la. Ouvindo em silêncio, parecia fazer descer às profundezas o que ouvia e a abandoná-lo ao passado. Rezando com o penitente depois da confissão, parecia aceitá-lo e reconhecê-lo como irmão e semelhante. Osculando-o, parecia abençoá-lo, de modo mais fraternal que sacerdotal, mais repassado de ternura do que de solenidade.

Sua fama espalhou-se por toda a redondeza de Gaza, era conhecido numa extensa área e o citavam às vezes ao lado do grande e venerável confessor e eremita Dion Pugil, cuja fama, aliás, era mais antiga de uns dez anos e repousava em capacidades completamente diferentes. O padre Dion era célebre justamente pela rapidez e clareza com que lia nas almas dos que se lhe confiavam, a ponto de conhecê-las melhor do que pelas informações que as palavras traziam. Frequentemente ele surpreendia um penitente hesitante, lançando-lhe em rosto seus pecados ainda não confessados. Este conhecedor de almas, de quem Josephus ouvira contar centenas de histórias espantosas e com quem ele jamais ousara comparar-se, era também um conselheiro cheio de carisma de almas transviadas, era um grande juiz, justiceiro e disciplinador. Ele impunha penitências, macerações e romarias, abençoava matrimônios, obrigava inimigos a se reconciliarem e sua autoridade era idêntica à de um bispo. Vivia nas cercanias de Ascalão, era porém visitado por peregrinos vindos de Jerusalém e até de outros lugares ainda mais afastados.

Josephus Famulus, como a maioria dos eremitas e ascetas, tinha travado longos anos a fio um combate ardente e extenuante. Mesmo tendo abandonado a sua vida mundana, mesmo tendo distribuído sua fortuna e dado a sua casa, mesmo tendo deixado a cidade com suas múltiplas incitações aos prazeres da carne e do mundo, teve contudo de levar consigo para o deserto o seu próprio ser, e este ser ia carregado de toda a sorte de instintos do corpo e tendências da alma, capazes de induzir um homem em perigos e tentações. Primeiramente, antes de mais nada, combateu seu próprio corpo, mostrou-se severo e duro para com ele, acostumou-o ao calor e ao frio, à fome e à sede, a cicatrizes e calos, até que ele feneceu e se tornou ressequido. Mas ainda assim, sob o magro invólucro de um asceta, o velho Adão tinha o desplante de surpreendê-lo e atormentá-lo com os mais despropositados desejos e apetites, sonhos e imaginações falazes. Nós bem sabemos que o diabo dedica uma atenção toda especial aos que fogem do mundo e praticam a penitência.

Quando acontecia que pessoas em busca de consolação e necessitadas de confissão iam procurá-lo, ele reconhecia aí, cheio de gratidão, um apelo da graça e experimentava ao mesmo tempo um alívio de sua vida de penitência.

Tais serviços espirituais conferiam à sua vida um sentido que transcendia o seu valor pessoal. Ele recebera uma função, poderia servir aos outros e a Deus como instrumento para salvar as almas. Era um sentimento maravilhoso e verdadeiramente estimulante. Mas na continuação revelou-se que também os bens da alma pertencem ainda à esfera terrestre e podem tornar-se tentação e cilada. Pois frequentemente, quando um desses visitantes chegava a cavalo ou a pé, e parava diante de sua gruta pedindo um gole de água para depois solicitar que o ouvisse em confissão, então se insinuava no coração de nosso Josephus um sentimento de satisfação e complacência consigo mesmo, de uma vaidade e amor-próprio, que o apavorava profundamente, tão logo o percebia. Não raro ele implorava de joelhos perdão a Deus e pedia-lhe que nenhum penitente mais viesse ter com ele, um ser tão indigno, nem das cabanas dos irmãos penitentes das redondezas, nem das aldeias e cidades do mundo. No entanto, quando, de tempos em tempos, os penitentes não vinham mesmo, a sua situação não melhorava muito. Quando de novo eles voltavam em bom número, ele se surpreendia em novo pecado. Eram os sentimentos de frieza e indiferença, de desprezo mesmo, que ele sentia contra os penitentes, ao ouvir certas confissões. Suspirando, assumia também este combate e havia épocas em que ele se submetia a exercícios solitários de humilhação e penitência, após cada confissão ouvida. Além disso erigia em lei tratar todos os penitentes não somente como irmãos, mas também com um respeito especial, tanto maior quanto menos a pessoa lhe agradasse. Recebia-os como mensageiros de Deus, enviados para prová-lo. Assim, com o correr dos anos, já bastante tarde, quando já começava a envelhecer, encontrou um equilíbrio de vida, e àqueles que viviam em sua vizinhança ele parecia ser um homem irrepreensível, que achara a paz em Deus.

No entanto a paz é também uma coisa viva, e como todo ser vivente precisa crescer e diminuir, precisa adaptar-se, precisa enfrentar crises e experimentar transformação. Assim sucedia também com a paz de Josephus Famulus. Era instável, ora visível, ora escapando à visão; num instante, próxima como uma vela que se leva na mão, noutro, longínqua como uma estrela num céu de inverno. E com o tempo apareceu uma nova e peculiar espécie de pecado e tentação, que lhe torturava a vida, com frequência cada vez maior. Não era um movimento forte e sensual, uma sublevação ou rebelião dos instintos. Parecia antes ser o contrário. Era um sentimento bem fácil de suportar em seus estádios iniciais, praticamente imperceptível no começo, um estado em que nem dor nem privação propriamente se manifestavam. Era um estado psíquico de frouxidão, tibieza, um tédio que apenas se poderia caracterizar negativamente, como um desvanecimento, um decréscimo e finalmente ausência de alegria.

Há dias em que nem o sol brilha nem as chuvas caem, mas o céu se fecha em si mesmo, cinzento sem ser negro, abafado, sem chegar à tensão da tempestade. Os dias de Josephus foram ficando assim, à medida que envelhecia. Cada vez era mais difícil distinguir as manhãs das tardes, os dias de festa dos dias ordinários, as horas de exaltação das horas de depressão. Tudo corria preguiçosamente, numa fadiga paralisante e tremendamente aborrecida. É a idade, pensava com tristeza. Estava triste porque tivera esperanças de que a velhice e a consequente extinção progressiva dos instintos e das paixões lhe trouxessem mais luz e mais alívio à vida, acarretassem um passo a mais para a harmonia, por que ele tanto suspirava, e a paz de alma da maturidade. Esperava tudo isso, e agora a velhice parecia decepcioná-lo e enganá-lo, não trazendo outra coisa senão este cansaço, este ermo cinzento e despido de alegria, este sentimento incurável de saturação. Sentia-se saturado de tudo: da existência pura e simples, da respiração, do sono da noite, da vida em sua gruta à beira do pequeno oásis, da eterna sucessão das manhãs e das noites, dos viajantes e dos peregrinos que passavam, dos que andavam a camelo ou de jumento e sobretudo daquelas pessoas que vinham para visitá-lo, daquelas pessoas meio loucas, medrosas e ao mesmo tempo de fé infantil que experimentavam a felicidade de lhe contar a vida, seus pecados e seus temores, suas dúvidas e autoacusações. Contemplemos um oásis: as águas da pequena fonte são coletadas numa bacia de pedra, correm pela relva, formam um pequeno regato e se dirigem para a aridez das areias e aí, após vida muito efêmera, secam em pouco tempo e morrem. Parecia-lhe por vezes que as confissões tinham o mesmo destino. Também elas, bem como todas as listas de pecado, estas biografias, estas crises de consciência, pequenas ou grandes, sérias ou fúteis, confluíam para os seus ouvidos às dúzias, às centenas, sempre renovadas. Mas o ouvido não estava morto como as areias do deserto, o ouvido estava bem vivo e não podia ficar eternamente a beber, a engolir e absorver. Sentia-se cansado, vítima de abuso e saturação, suspirava pela cessação das torrentes e dos burburinhos das palavras, das confissões, das queixas, das autoacusações. Ansiava que um dia reinasse a calma, a morte e o silêncio, em lugar deste escoar interminável. Sim, ele desejava que tudo isto acabasse, estava cansado, já não podia mais aguentar, sua vida perdera o sabor e o valor. Chegou ao ponto de experimentar às vezes a tentação de pôr termo à sua existência, punir-se e eliminar-se, como Judas, o traidor, fizera ao enforcar-se. Nos primeiros estágios de sua vida de penitência, o diabo tinha contrabandeado em sua alma desejos, representações e sonhos dos prazeres dos sentidos e do mundo. Agora a tática era prová-lo com imaginações de autodestruição, de tal modo que ele passou a experimentar cada galho de árvore para ver se servia ou não para se enforcar, a medir cada rochedo escarpado da região, vendo se era suficientemente abrupto e alto para o caso de um salto na morte. Resistia à tentação, lutava, não cedia, mas vivia noite e dia consumido num incêndio de ódio de si mesmo e desejo de morte. A vida se lhe tornara odiosa e insuportável.

Tal foi o ponto a que chegou Josephus. Um dia, quando estava de novo no alto de um daqueles penhascos, viu surgir lá longe no horizonte, duas, três, minúsculas silhuetas. Eram sem dúvida viajantes, talvez peregrinos, talvez gente que vinha procurá-lo em busca de confissão e, de repente, apoderou-se dele um desejo irresistível de sumir o mais depressa possível, para longe deste lugar, para longe desta vida. O desejo o arrebatou com tal força instintiva que pôs por terra e varreu todos os pensamentos, objeções e escrúpulos, que evidentemente não faltaram. Aliás, como poderia um asceta piedoso seguir um instinto, sem abalos de consciência? Num segundo já estava correndo, já estava voltando à sua gruta, à habitação de tantos anos sofridos, ao ninho de tantas exaltações e tantas derrotas. Foi só preparar, numa pressa inconsciente, uns punhados de tâmaras e uma cabaça de água, empilhá-los em seu velho alforje, pendurá-lo no ombro, apanhar o bordão e ei-lo abandonando a paz refrescante de sua pequena pátria, como um fugitivo sem repouso, desertor diante de Deus e dos homens e, o que era pior, desertor diante do que considerava como seu cargo e sua missão, aquilo que ele tinha de melhor em seu ser.

Primeiramente caminhou como um animal atiçado, como se de fato aqueles vultos longínquos, vislumbrados do alto da rocha, fossem perseguidores e inimigos. Mas no decorrer da primeira hora de marcha, perdeu aquela pressa e aquela angústia, a movimentação propiciou-lhe um cansaço benéfico. Fez a primeira parada, onde aliás não se permitiu ingerir nenhum bocado, pois ele tinha o sagrado hábito de não tomar nenhum alimento antes do pôr do sol. Aí sua razão, ultraexercitada no pensamento solitário, já começou de novo a despertar e a examinar o seu gesto instintivo sob todos os aspectos. Por menos lógico que isto possa parecer, ela não o desaprovou, mas o considerou antes com benevolência, pois pela primeira vez, depois de prolongado tempo, ela julgou o seu proceder inocente e isento de culpa. O que ele empreendera tinha sido uma fuga, uma fuga repentina e impensada, mas de modo algum indigna. Abandonara um posto, para o qual não estava mais apto, através desta sua retirada tinha confessado a si mesmo e ao eventual espectador o seu fracasso. Tinha desistido de uma luta diária, repetida e inútil e reconhecido a sua derrota. No veredicto de sua razão, isto não era formidável, nem heroico e estava longe do proceder de um santo; mas era sincero e parecia ser inevitável. Admirava-se agora, de que somente tão tardiamente tivesse fugido, de que aguentasse por tanto tempo, por tempo tão prolongado. A luta e a resistência acirrada que ele mantivera tanto tempo, para reter o posto finalmente perdido, pareceram-lhe agora um erro, ou antes, uma luta e um espasmo de seu egoísmo, de seu velho Adão. Agora sim, entendia por que esta teimosia lhe acarretara consequências tão desastrosas e diabólicas, por que lhe introduzira na alma tanta dilaceração e entorpecimento espirituais, por que lhe conduzira à possessão demoníaca do desejo de morrer e suicidar-se. Decerto um cristão não devia ser um inimigo da morte e, com maior razão, um penitente e um santo deveriam encarar a sua vida como um puro sacrifício. Mas a ideia de se dar voluntariamente à morte era de origem totalmente diabólica e só podia brotar de uma alma cujos mestres e guardiães não eram mais os anjos de Deus, mas os perversos demônios.

Durante um momento, permaneceu sentado completamente absorto em seus pensamentos, confuso, e finalmente profundamente contrito e abalado.

Oh, que vida desesperada e acuada de um homem que já caminha em direção ao fim de seus dias, que fracasso rotundo na vida! Que tortura contínua, esta abominável tentação de se enforcar no galho de uma árvore como o traidor do Salvador! Toda esta situação do seu passado recente tornou-se transparente e lhe aflorou à consciência com a distância que as poucas milhas percorridas lhe proporcionavam. O pavor tão entranhado diante do suicídio era ainda habitado por fantasmas remanescentes de um conhecimento pré-histórico, pré-cristão, de raízes pagãs, conhecimento da antiquíssima usança do sacrifício humano, para o qual era escolhido o rei, o santo, o eleito do clã e que não raras vezes era obrigado a executá-lo com as próprias mãos. Não eram só a origem e as ressonâncias pagãs deste uso proibido que o faziam tremer de horror, mas também a ideia de que a morte que o Salvador padecera na cruz afinal não era outra coisa senão um sacrifício humano livremente aceito. E, de fato, pensando bem, um pressentimento desta consciência já estava presente naquelas moções de desejo de suicídio. Era um impulso orgulhoso, perverso e feroz de sacrificar-se a si mesmo e assim imitar de maneira verdadeiramente ilícita o Redentor ou então dar a entender, de modo igualmente ilícito, que sua obra de redenção não tinha sido um êxito completo. Aterrorizou-se profundamente com este pensamento, sentiu porém que agora também tinha escapado daquele perigo.

Por bom tempo considerou este penitente Josephus o que ele um dia se tornara e que agora, em vez de seguir Judas ou também o Crucificado, empreendera a fuga e assim se pusera de novo nas mãos de Deus. Vergonha e aflição cresciam nele, quanto mais claramente reconhecia o inferno donde havia escapado, e no final a miséria lhe apertou a garganta como um bocado que não se consegue engolir, foi-se ampliando numa pressão insuportável, que encontrou subitamente saída e alívio ao prorromper em lágrimas, o que lhe fez um bem acentuado. Oh, há quanto tempo, que ele não tinha mais podido chorar! As lágrimas corriam, os olhos não podiam mais ver, mas aquela asfixia mortal tinha-se desvanecido. Quando caiu em si, sentindo o gosto de sal em seus lábios e percebendo que estava chorando, houve um momento em que lhe pareceu tornar-se de novo um menino e não ter maldade nenhuma. Sorriu, envergonhou-se um pouco de suas lágrimas, finalmente ergueu-se e prosseguiu viagem. Sentia-se inseguro, não sabia aonde a fuga o haveria de conduzir nem o que seria dele. Comparava-se a uma criança, mas não havia mais nenhum combate ou vontade dentro dele, sentia-se mais leve e conduzido, como que atraído e chamado por uma voz longínqua e bondosa, como se sua viagem não fosse uma fuga, mas sim o regresso. Foi ficando cansado e a razão também: ela já não falava mais, ou descansava, ou então já não se cria mais indispensável.

No ponto de água, onde Josephus pernoitou, descansavam alguns camelos. Como havia duas mulheres que pertenciam ao pequeno grupo dos viajantes, ele se contentou com um gesto de cumprimento e evitou entabular conversa. Mas depois de comer algumas tâmaras, após o ocaso do sol, de ter feito suas orações e deitado, pôde ouvir em compensação a conversa em voz baixa de dois homens, um velho e outro mais jovem, pois estavam deitados bem perto dele. Só pôde ouvir um pedacinho de seu diálogo, o resto foi apenas cochichado. Mas este pequeno fragmento foi o suficiente para absorver a sua atenção e interesse e lhe deu o que pensar, metade da noite.

— Está certo — ele ouvia a voz do velho dizer —, está certo que queiras ir ter com um homem piedoso e te confessares. Esta gente compreende toda espécie de coisa, eu te digo. Eles sabem mais do que simplesmente comer pão e muitos deles são iniciados nas artes mágicas. Basta gritarem uma palavrinha a um leão prestes a saltar e já a fera se curva, mete o rabo entre as pernas e se retira furtivamente. Eles podem domesticar leões, eu te digo; a um deles que era um varão especialmente santo, os seus leões mansos lhe cavaram a cova quando ele morreu e depois recobriram o corpo com terra, uma beleza! E tem mais, durante muito tempo ficaram sempre dois leões, dia e noite, montando guarda ao seu túmulo. E não é só leão que esta gente consegue domesticar. Um deles chamou à ordem um centurião romano, uma peste de soldado, cruel e brutal, o maior mulherengo de toda a Ascalão. Pois lhe esmagou o perverso coração! O sujeito saiu dali pequeno e medroso como um camundongo e procurou um buraco para se esconder. Mal se podia reconhecer o camarada depois desse fato, tão quieto e pequeno ele se havia tornado. Aliás, e isto dá o que pensar, o homem morreu logo depois.

— O santo homem?

— Oh, não! O centurião. Varão era o seu nome. Desde que o penitente lhe abriu os olhos e lhe despertou a consciência, ele começou a definhar rapidamente, contraiu por duas vezes a febre e depois de três meses era um homem morto. Bolas, para que lamentá-lo? Mas mesmo assim, eu pensei diversas vezes: o penitente não expulsou apenas o diabo, ele deve ter proferido alguma palavra sobre ele, que o levou para debaixo da terra.

— Um homem tão piedoso? Não posso acreditar.

— Creias ou não creias, meu caro. Mas desde aquele dia o homem murchou completamente, para não dizer que ficou enfeitiçado e três meses depois...

Houve alguns momentos de silêncio e então o mais jovem recomeçou:

— Há um penitente, ele deve viver por aqui, não sei onde exatamente, pelas redondezas, ele deve habitar sozinho junto a uma pequena fonte, na estrada de Gaza. Chama-se Josephus Famulus. Ouvi falar muito dele.

— Ah, sim! E que mais?

— Dizem que é enormemente piedoso e principalmente que nunca viu uma mulher. Se por acaso algum dia passam alguns camelos pelo seu retiro e uma mulher vem montada em algum deles, por mais espessos que sejam os seus véus, ele dá as costas e desaparece na mesma hora nas suas grutas. Já foram muitos, muitíssimos se confessar com ele.

— Não será tão ruim assim, senão eu já teria ouvido falar dele também. E o que é que sabe fazer o teu Famulus?

— Oh, vão apenas confessar-se com ele e se ele não fosse bom e não compreendesse nada, as pessoas não iriam correr atrás dele. Além disso, conta-se a seu respeito que ele mal diz uma palavra; que não é de seu feitio repreender nem passar raspanças; não impõe castigos ou coisas semelhantes. Deve ser um homem suave e até mesmo tímido.

— Sim, mas que faz ele, então, se não dá sarabandas, não leva a turma na dureza e não abre a boca?

— Dizem que ele só faz ouvir, suspirar divinamente e fazer o sinal da cruz.

— Mas isso é lá santo que se apresente? Tu não serás tão idiota de ir atrás desse pobre coitado caladão.

— Mas eu quero, hei de encontrá-lo, ele não pode estar muito longe daqui. Hoje à noite estava por aqui no ponto de água um pobre irmão. Vou interrogá-lo amanhã. Ele mesmo tem cara de ser um penitente.

O velho se esquentou:

— Deixa pra lá o teu penitente das fontes, de cócoras na sua gruta! Um homem que apenas ouve e suspira, e tem medo de mulher e não sabe fazer nada nem compreende nada! Não, não; vou dizer-te a quem deves ir! É um pouco longe daqui, ainda além de Ascalão, mas em compensação é também o melhor penitente e confessor que existe. Seu nome é Dion e chamam-no Dion Pugil, quer dizer, o Pugilista, porque ele briga com todos os demônios e se alguém lhe conta suas ações vergonhosas, então, meu caro, com o Pugil, não há suspiro nem silêncio, mas começa logo a desmontar o homem e olha que ele tem um jeito! Dizem que a muitos aplicou memoráveis surras, a um deles deixou ajoelhado, de joelhos nus, em cima de pedras a noite inteira e ainda por cima lhe impôs a obrigação de dar quarenta vinténs aos pobres. Isto é que é um homem, meu menino, vais ver e admirar. Basta ele olhar-te de verdade e pronto, o teu esqueleto começa a tremer. O olhar dele te atravessa. Suspiro aí não tem vez, o homem tem tutano. Se alguém não consegue mais dormir ou tem sonhos maus, visões, ou coisas deste gênero, o Pugil o põe de novo em forma: podes garantir. Não o digo porque ouvi mulheres tagarelando. Digo-te porque eu mesmo estive com ele. Sei que sou uma boa bisca, mas já visitei o asceta Dion, o pugilista, o homem de Deus. Fui com a consciência cheia de miséria, de vergonheiras e de sujeira. Voltei claro e limpo como a estrela da manhã. Isto é tão verdade como eu me chamo Davi. Toma nota. Nome: Dion, sobrenome: Pugil. Procura-o logo que puderes, verás um milagre. Prefeitos, anciãos e bispos foram se aconselhar com ele.

— Está bem — fez o outro. — Quando eu um dia passar de novo por aqueles lados, vou pensar no assunto. Mas hoje é hoje, aqui é aqui. E já que hoje eu estou aqui e que aqui na vizinhança deve morar aquele Josephus, de quem ouvi contar tanta coisa de bom...

— Tanta coisa de bom!... Como estás maluco por este Josephus!

— O que me agradou é que ele não xinga nem se enfurece. Devo dizer que isto me agrada. Eu não sou nenhum centurião nem nenhum bispo; sou um pobre sujeito e antes tímido, não poderia suportar muito fogo nem enxofre. Deus sabe muito bem que eu não tenho nada contra que me tratem preferivelmente com suavidade, é o meu temperamento, o que é que eu vou fazer?

— Há muita gente que gostaria assim. Ser tratado com suavidade! Depois que confessaste e expiaste e tomaste os castigos sobre ti e te purificaste, aí sim, talvez fosse oportuno seres tratado com suavidade; mas não quando te apresentas ao teu confessor e juiz, impuro e fedendo como um chacal.

— Está certo, está certo. Não deveríamos falar tão alto, o pessoal quer dormir.

De repente riu em surdina.

— A propósito, me contaram um fato engraçado a respeito dele.

— Dele quem?

— Do penitente Josephus. Ele tinha um costume. Depois que o visitante contava o que tinha a dizer e se confessava, então ele o saudava e abençoava em despedida, dando-lhe um beijo na face ou na testa.

— O quê, ele faz assim! Esquisito!

— Ora, tu sabes que ele tem medo das mulheres. Pois bem, contam que um dia uma prostituta da região foi ter com ele em roupas de homem. Ele não notou nada e ouviu suas histórias mentirosas e quando a confissão acabou, inclinou-se diante dela e deu-lhe solenemente um beijo!

O velho deu uma forte gargalhada. O outro fez depressa "pst, pst" e então Josephus não pegou mais nada além deste riso mal contido que se prolongou por alguns instantes ainda.

Ele olhou para o céu. O crescente da lua aparecia, nítido e fino, por detrás das copas das palmeiras, o frio da noite o fazia tremer.

Esta conversa noturna dos condutores de camelo lhe tinha apresentado diante dos olhos, de um modo estranho como diante de um espelho deformante, mas de qualquer maneira como imagem instrutiva, a sua própria pessoa e o papel, a que ele fora infiel. Então, uma prostituta se tinha permitido pregar-lhe esta peça! Bem, isso não era o pior, se bem que fosse bastante ruim.

A conversa dos dois desconhecidos lhe forneceu matéria para longas reflexões. Quando afinal, muito tarde, ele conseguiu conciliar o sono, isso foi possível porque a sua reflexão não tinha sido em vão. Tinha dado um resultado, tinha-o levado a uma resolução. Com esta resolução recente no coração dormiu profundamente e sem sobressaltos até o romper da aurora.

A sua resolução foi justamente aquela que o mais jovem dos condutores de camelo não tinha tido a coragem de tomar. Resolvera seguir o conselho do mais velho e procurar Dion, chamado Pugil, de cuja existência ele já sabia há muito tempo e cujo louvor hoje fora tão insistentemente decantado. Este famoso confessor, juiz de almas e conselheiro saberia decerto dar-lhe um conselho, pronunciar um julgamento, dar-lhe um castigo, apontar-lhe um caminho. Queria apresentar-se a ele como a um representante de Deus e aceitar de boa vontade o que lhe fosse ordenado.

No dia seguinte deixou logo o local de repouso. Os dois homens ainda dormiam. Neste dia alcançou, numa cansativa peregrinação, um lugar que sabia ser habitado por piedosos irmãos e de onde ele esperava chegar ao caminho habitual para Ascalão.

Quando chegou pela tardinha, descobriu a paisagem verde e acolhedora de um pequeno oásis. Viu aparecer árvores e ouviu uma cabra balir e lhe pareceu lobrigar na sombra verde os contornos dos tetos das cabanas e farejar a proximidade de homens. Meio hesitante foi-se achegando e aí sentiu que alguém o espreitava. Permaneceu parado e olhou em torno; percebeu então no meio das primeiras árvores, apoiado num tronco, um vulto sentado. Era um velho empertigado, com uma barba cinza-gelo e com um semblante digno, mas severo e rígido, que o olhava e que decerto o estava olhando já havia algum tempo. O olhar do ancião era firme e penetrante, mas sem expressão, como o olhar de um homem que estivesse habituado a observar, mas sem interesse e curiosidade, que deixa as coisas e as pessoas virem até ele, procura mesmo conhecê-las mas não as atrai nem convida.

— Louvado seja Nosso Senhor Jesus Cristo — disse Josephus. O ancião respondeu-lhe com um murmúrio. — Com licença — prosseguiu Josephus —, sois um estrangeiro como eu, ou sois um morador desta bela colônia?

— Um estrangeiro — disse o velho de barbas brancas.

— Venerável ancião, talvez poderíeis dizer se é possível daqui chegar até ao caminho que conduz a Ascalão?

— Sim, é possível — disse o velho.

E foi-se levantando lentamente, pois os seus membros estavam enrijecidos. Era um gigante descarnado. Ficou imóvel olhando em direção à imensidão vazia. Josephus sentiu que este velho gigantesco estava com pouca vontade de conversar, mas assim mesmo quis arriscar mais uma pergunta.

— Permiti-me ainda uma única pergunta, venerável? — disse ele respeitoso e viu os olhos do homem se despregarem do horizonte para o contemplarem com frieza e atenção. — Conheceis porventura o local onde se pode encontrar o padre Dion, chamado Dion Pugil?

O estranho franziu ligeiramente o sobrolho e seu olhar tornou-se ainda mais frio.

— Conheço-o — disse ele sucintamente.

— Então o conheceis — exclamou Josephus. — Indicai-me por favor onde mora, pois para lá, para o padre Dion, é que a minha viagem se dirige.

O velho espigado olhou-o de cima a baixo com ar inquiridor. Demorou para responder. Então caminhou de volta para o seu tronco de árvore, foi-se acocorando em movimentos em câmara lenta e acabou por sentar-se apoiado no tronco, na mesma posição anterior. Com um leve gesto da mão convidou Josephus a sentar-se também. Este obedeceu prontamente ao gesto. Ao sentar-se sentiu o grande cansaço de seus membros, mas o que esqueceu de imediato para concentrar toda a sua atenção no velho. Este parecia mergulhado na meditação. Em seu semblante cheio de dignidade, aparecia um traço de severidade e de reserva. Mas parecia estar recoberto por uma outra expressão, sim, por um outro rosto, uma espécie de máscara transparente, que exprimia uma dor antiga e solitária, que o orgulho e a dignidade não deixavam manifestar.

Demorou um pouco até que o olhar do velho voltasse a encará-lo. De novo, com grande insistência, este olhar o examinou também agora. De repente o velho lhe perguntou em tom imperativo:

— Quem sois afinal, ó homem?

— Sou um penitente — disse Josephus —, desde muitos anos levo a vida dos eremitas.

— Vê-se logo. Pergunto quem sois.

— Chamo-me Josephus, por sobrenome Famulus.

Quando Josephus pronunciou o seu próprio nome, o velho que, de resto, permanecia imóvel, encolheu tão fortemente as sobrancelhas que seus olhos por um momento se tornaram quase invisíveis. Parecia estar comovido, apavorado ou decepcionado com a declaração de Josephus. Ou talvez aquilo fosse apenas um cansaço natural dos olhos, um relaxamento de sua atenção, ou um pequeno acesso de fraqueza, tão comum em pessoas de idade avançada. Seja como for, permaneceu numa imobilidade perfeita, conservou por um momento os olhos firmemente fechados e, quando os reabriu, seu olhar parecia estar mudado, ou, se fosse possível, parecia estar ainda mais solitário, mais empedernido e cheio de expectativa. Abriu os lábios devagar para perguntar:

— Ouvi falar de vós. Sois aquele com quem vão se confessar?

Josephus respondeu afirmativamente com embaraço. Sentiu o fato de ser reconhecido como um desnudamento desagradável e já pela segunda vez se envergonhou com a constatação de sua fama.

O velho voltou a perguntar à sua maneira lacônica:

— E agora quereis portanto visitar Dion Pugil? Que quereis dele?

— Queria confessar-me com ele.

— Que esperais disto?

— Não sei. Tenho confiança nele e parece-me mesmo que é uma voz do alto, uma inspiração que me leva até ele.

— E quando tiverdes confessado, que fareis?

— Então farei o que ele me ordenar.

— E se ele vos aconselhar mal ou mandar o que não for bom?

— Não procurarei saber, se é bem ou mal, mas obedecerei.

O velho não proferiu mais nenhuma palavra. O sol tinha baixado, um pássaro gritava por entre as folhas da árvore. Como o velho permanecesse calado, Josephus se levantou. Timidamente voltou mais uma vez ao assunto proposto.

— Dissestes que vos era conhecido o lugar onde se pode encontrar o padre Dion. Posso pedir que me indiqueis o nome e me descrevais o caminho que leva até lá?

O velho repuxou seus lábios para uma espécie de fraco sorriso:

— Acreditais — perguntou com brandura — que sereis bem recebido?

Invadido por um estranho temor, Josephus não respondeu. Estava ali de pé, imóvel e embaraçado. Então disse:

— Posso ao menos esperar rever-vos?

O velho fez um gesto de saudação e respondeu:

— Vou dormir aqui e partirei pouco depois do nascer do sol. Ide agora, estais cansado e faminto.

Com uma saudação respeitosa, Josephus prosseguiu seu caminho e chegou à pequena colônia junto com o crepúsculo. Neste lugar habitavam, como num mosteiro, muitos dos assim chamados anacoretas. Eram cristãos vindos de várias cidades e localidades, que tinham construído aqui um abrigo no deserto para se entregarem, sem serem perturbados, a uma vida simples e pura, de silêncio e contemplação.

Deram-lhe água, comida e pousada. Percebendo que estava cansado, pouparam-no de perguntas e conversas.

Um deles recitou a oração da noite, que os outros acompanhavam de joelhos, dizendo amém conjuntamente. Viver em comum com esses homens piedosos teria sido em outros tempos uma bênção e uma alegria para ele. Agora, porém, ele só tinha uma coisa em mente, e mal despontou o dia apressou-se em voltar ao local onde deixara o velho na véspera. Encontrou-o deitado no chão a dormir, enrolado numa fina esteira, e sentou-se ali por perto sob as árvores para aguardar o seu despertar. Não demorou muito e o que dormia começou a agitar-se; acordou, desembaraçou-se da esteira, levantou-se pesadamente, esticou os membros enrijecidos, depois ajoelhou-se no chão e rezou suas orações. Quando se levantou de novo, Josephus se aproximou e inclinou-se sem dizer palavra.

— Já comestes? — perguntou o desconhecido.

— Não. Tenho o costume de comer apenas uma vez por dia e assim mesmo só depois do ocaso do sol. Estais com fome, venerável?

— Estamos viajando — disse este — e não somos mais jovens. É melhor que comamos um pouco, antes de prosseguir nosso caminho.

Josephus abriu seu alforje e lhe ofereceu algumas tâmaras. Trouxera também um pão de milho que lhe havia sido dado pelas pessoas hospitaleiras com quem havia passado a noite. Repartiu-o com o velho.

— Podemos partir — disse o velho, quando acabaram de comer.

— O quê? Vamos juntos? — exclamou Josephus com alegria.

— Por certo. Pediste-me de conduzir-te a Dion. Vem.

Josephus o olhou, espantado e feliz.

— Como sois bondoso — exclamou e já queria prorromper em agradecimentos. Mas o velho atalhou-o com um movimento brusco da mão e fê-lo calar.

— Bondoso é só Deus — disse. — Agora partamos. E por favor, trata-me de "tu" como estou fazendo. Que sentido têm as fórmulas e as etiquetas entre dois velhos penitentes?

O enorme velho começou a caminhar e Josephus o acompanhou. O dia tinha nascido. O guia parecia estar bem seguro da direção e do caminho. Prometeu que ao meio-dia chegariam a um lugar com sombra, onde poderiam descansar nas horas de maior ardor do sol. Outras palavras não foram trocadas durante o caminho.

Somente quando, após horas de grande calor, alcançaram o local de repouso e descansavam à sombra das rochas dentadas, Josephus dirigiu outra vez a palavra ao seu guia. Perguntou quantos dias de marcha eles ainda precisariam para chegar a Dion Pugil.

— Só depende de ti — disse o velho.

— De mim?! — exclamou Josephus — Ah! se dependesse de mim apenas, hoje mesmo eu já estaria diante dele.

O velho parecia também agora não estar com muita disposição para conversar.

— Veremos — disse ele brevemente, deitou-se de lado e fechou os olhos. Desagradava a Josephus observá-lo em sua sesta. Retirou-se sem fazer ruído para um canto um pouco afastado, e sem querer, também ele adormeceu. Tinha ficado longamente acordado durante a noite. Seu guia o despertou, quando lhe pareceu chegada a hora de prosseguir viagem.

No final da tarde chegaram a um lugar de acampamento, onde havia água, árvores e relvado. Aí mataram a sede, lavaram-se e o velho decidiu ficar. Josephus não estava de acordo e levantou timidamente uma objeção.

— Disseste hoje — disse — que dependia somente de mim chegar cedo ou tarde até ao padre Dion. Estou preparado a andar ainda muitas horas, se eu puder alcançá-lo, já hoje ou amanhã.

— Ah, não! — disse o outro. — Por hoje já fomos muito longe.

— Perdão — disse Josephus —, mas não podes compreender minha impaciência?

— Compreendo. Mas de nada te aproveitará.

— Então por que me dizias que isto dependia de mim?

— É como te disse. Tão logo estejas seguro da tua vontade de confessar e te sintas preparado e maduro para a confissão, poderás fazê-la.

— Hoje mesmo?

— Hoje mesmo.

Cheio de espanto, Josephus olhou a face tranquila do velho.

— Será possível?! — exclamou, transtornado. — És o padre Dion em pessoa?

O velho fez um sinal de cabeça afirmativo.

— Descansa aqui sob as árvores — disse bondosamente. — Não é para dormir, mas para concentrar-te. Também quero descansar e concentrar-me. Então poderás dizer-me o que desejas confiar-me.

Assim, Josephus de repente viu-se na sua meta e agora apenas podia compreender como não reconhecera antes o venerável e não adivinhara quem era a pessoa com quem tinha viajado um dia inteiro. Retirou-se, ajoelhou-se, rezou e dirigiu todos os seus pensamentos para aquilo que tinha a dizer ao confessor. Depois de uma hora, voltou e perguntou a Dion se ele estava preparado.

Agora então foi-lhe permitido confessar-se. Tudo o que ele vivera desde tantos anos e que após tanto tempo parecera ter perdido cada vez mais o seu valor e sentido, transbordou de seus lábios na forma de narração, queixa, perguntas, autoacusação. Toda a história de sua vida de cristão e penitente, vida que tinha concebido e encetado como uma purificação e uma santificação e que no final viera a dar em tanta confusão, obnubilação e desespero, tudo isso jorrava de seus lábios. Também não ocultou os mais recentes acontecimentos, a sua fuga e o sentimento de libertação e esperança, que esta fuga lhe tinha trazido, a gênese de sua decisão de procurar Dion, seu encontro com ele e como de início depositou nele confiança e afeto, como num irmão mais velho, embora no decorrer deste último dia por diversas vezes o tivesse julgado frio e estranho, até mesmo esquisito.

O sol já havia baixado muito, quando ele acabou de falar. O velho Dion tinha ouvido com uma atenção incansável e se abstido de qualquer interrupção ou pergunta. E também agora, quando a confissão chegou ao fim, nenhuma palavra saiu de sua boca. Levantou-se pesadamente, olhou Josephus com grande afeição, inclinou-se sobre ele, beijou-o na testa e fez o sinal da cruz sobre ele. Somente depois ocorreu a Josephus que era o mesmo gesto mudo, fraternal, sem pretensões a qualquer formulação de juízo, com o qual ele tinha despedido tantos penitentes.

Logo a seguir comeram, rezaram a oração da noite e deitaram-se. Josephus ficou ainda algum tempo a cismar, refletindo e pensando. Havia esperado uma condenação e uma descompostura em regra: contudo não estava nem decepcionado nem intranquilo. O olhar e o ósculo fraternal de Dion lhe tinham bastado, dentro dele reinava a paz e logo caiu num sono benfazejo.

Sem palavras ociosas, o velho o levou consigo na manhã seguinte. Tiveram pela frente uma viagem relativamente puxada para um dia. E mais ainda quatro ou cinco dias até chegarem ao eremitério de Dion. Lá passaram a morar; Josephus ajudava Dion nos miúdos serviços diários, conheceu a vida diária deste e partilhou-a, afinal não era muito diferente daquela que ele mesmo levara durante anos. Somente que agora ele não estava mais sozinho, vivia à sombra e sob a proteção de um outro e assim, sob este aspecto, a vida que levava era bem diferente da anterior. Das colônias das redondezas, de Ascalão e de muito mais longe ainda, continuava a vir gente em busca de conselhos e necessitada de confissão. De início, cada vez que os visitantes apareciam, Josephus dava um jeito de se retirar apressadamente e só reaparecia quando eles já tinham ido embora. Mas, cada vez mais frequentemente Dion o chamava, como se chama um criado, mandando-o trazer água ou fazer algum serviço e depois de ter procedido assim por certo tempo, habituou Josephus a estar presente, de vez em quando, a uma confissão, como ouvinte, caso a pessoa que se confessasse não tivesse nada em contrário. Mas para muitas delas, para a maioria, não era nada desagradável deixar de ficar sozinho, quer em pé, sentado ou ajoelhado, diante deste temível Pugil. Eles, os penitentes, preferiam a presença deste ajudante sossegado, de olhar amável e serviçal. Aprendeu assim aos poucos a maneira que Dion tinha de escutar, o estilo de suas palavras de consolação, de suas intervenções e repreensões, de suas sanções e conselhos. Raramente permitia-se uma pergunta, como aconteceu certa vez, quando um erudito, um homem cultivado, fez a Dion uma visita de passagem.

Este cidadão tinha, como se podia deduzir de sua narração, amigos entre magos e astrólogos. Fazendo uma parada, sentou-se uma ou duas horas para prosear com os dois velhos penitentes, era um hóspede delicado e loquaz; falou muito tempo, com muita erudição e elegância sobre as estrelas e da peregrinação que o homem com todos os seus deuses, do começo ao fim de uma era cósmica, deverá fazer através das casas do zodíaco. Falou de Adão, do primeiro homem, e como ele se identifica com Jesus, o Crucificado, e chamava a redenção de Cristo uma viagem de Adão, da árvore do conhecimento para a árvore da vida. Quanto à serpente do Paraíso, ele a qualificava de guardiã da fonte primitiva sagrada, das profundezas tenebrosas, de cujas águas noturnas se originam todas as formas, todos os homens e todos os deuses. Dion ouvia este homem, que falava um siríaco entremeado de grego, com toda a atenção e Josephus se admirava, chegava mesmo a ficar escandalizado, que ele não repelisse, refutasse e condenasse com zelo e ira esses erros pagãos, mas que o sutil monólogo deste douto peregrino conseguisse até ganhar a sua simpatia e servir-lhe de entretenimento. Dion o ouvia absorto e de vez em quando esboçava um sorriso, balançando frequentemente a cabeça a uma ou outra palavra do interlocutor, como se lhe estivesse agradando.

Quando este homem foi embora, Josephus perguntou com um tom veemente e quase de reprimenda:

— Por que ouviste com tanta paciência as doutrinas errôneas deste pagão sem fé? Pelo contrário, parece-me que as ouviste não só com paciência, mas até com simpatia e com certo prazer. Por que não o contradisseste? Por que não procuraste refutar este homem, puni-lo e convertê-lo para a fé de Nosso Senhor?

Dion balançou a cabeça sobre o pescoço fino e enrugado e respondeu:

— Não o refutei porque de nada teria aproveitado e sobretudo porque eu não teria condições para isso. Na retórica e dialética, bem como no conhecimento da mitologia e dos astros, este homem me é, sem dúvida, superior. Eu não teria arranjado nada contra ele. Além disso, meu filho, não é meu papel nem teu contradizer a fé de um homem sob o pretexto de que é mentira e erro aquilo em que ele crê. Confesso que ouvi com certo prazer este homem inteligente, pormenor que não te escapou. Causou-me prazer, porque ele falou com muito brilho e sabia muito, mas sobretudo porque me fez lembrar os meus tempos de jovem. Na juventude ocupei-me muito com este tipo de estudos e conhecimentos. As considerações mitológicas sobre as quais o desconhecido discorreu com tanta elegância não são absolutamente erros. São representações e símbolos de uma fé que não mais precisamos, porque adquirimos a fé em Jesus, nosso único Salvador. Para aqueles, porém, que ainda não encontraram a nossa fé, e talvez nunca venham a encontrar, a fé que professam e que se origina da velha sabedoria dos ancestrais é, com razão, digna de respeito. Por certo, meu caro, que a nossa fé é outra, completamente diferente. Mas porque nossa fé não precisa da teoria dos astros e dos iônios, das águas primitivas e das matrizes do universo e de todos estes símbolos, não se segue que todas essas doutrinas sejam em si erro, mentira e engano.

— Mas nossa fé — exclamou Josephus — é a melhor e Jesus morreu por todos os homens; portanto, nós que o conhecemos devemos combater essas doutrinas superadas e substituí-las pelas novas e verdadeiras!

— Isto estamos fazendo já há muito tempo, tu e eu, e tantos outros — disse Dion imperturbável. — Nós cremos porque a fé e o poder de Jesus e de sua morte redentora se impuseram a nós. Aqueles outros, porém, aqueles mitólogos e teólogos do zodíaco, e das velhas doutrinas, não foram atingidos, não foram ainda atingidos por este poder e não nos é dado forçá-los a serem atingidos. Não reparaste, Josephus, como este mitólogo sabia falar com elegância e habilidade extraordinárias e compor o jogo de suas imagens, e como ele se sentia bem neste seu mundo? Não reparaste como ele vivia em paz e em harmonia na sua sabedoria feita de imagens e símbolos? Ora, isto é sinal de que este homem não está oprimido por nenhum grande sofrimento, que ele está contente, que tudo lhe vai bem. Nós não temos nada a dizer às pessoas felizes, que estão passando bem. Para que um homem tenha a necessidade da redenção e da fé redentora, para que ele perca a alegria na sabedoria e harmonia de seus pensamentos e para que ele assuma o grande risco da fé no milagre da Redenção, é preciso primeiramente que as coisas não lhe corram bem, que tudo lhe vá muito mal mesmo. Ele precisa ter experimentado sofrimento e decepção, amargura e desespero, precisa que as águas lhe tenham subido até ao pescoço. Não, Josephus, deixemos este pagão erudito na sua felicidade, deixemo-lo fruir de sua sabedoria, seu pensamento e sua oratória! Talvez amanhã, num ano, em dez nos, experimentará o sofrimento, que destrua sua arte e sabedoria, talvez matarão a mulher que ele ama ou seu filho único, ou ele mesmo venha a sucumbir à doença ou cairá na pobreza. Se nós então o encontrarmos, interessar-nos-emos por ele e lhe contaremos de que modo nós tentamos tornar-nos senhores da dor. E se por acaso então nos perguntasse: "Por que não me disseste isso já ontem ou há dez anos?", responderíamos: "Naquele momento não eras bastante infeliz."

Ele ficou sério e calou-se um instante. Então, como se saísse do sonho de suas recordações, acrescentou:

— Eu próprio antigamente brinquei muito e me diverti com a sabedoria dos ancestrais. Mesmo quando eu já estava no caminho da cruz, teologizar sempre me trouxe prazer e, para dizer a verdade, também bastante preocupação.

"O que mais ocupava os meus pensamentos era a criação do mundo e o fato de que no final da obra da criação, enfim, todas as coisas deveriam ter sido boas, pois está escrito: 'Deus viu todas as coisas que tinha feito e viu que tudo era bom.' Em realidade, porém, foi apenas um momento, bom e perfeito, o momento do Paraíso, e já no momento seguinte entravam a maldição e o pecado na perfeição, pois Adão comeu o fruto da árvore, do qual estava proibido de comer.

"Houve mestres que defendiam a seguinte sentença: o Deus que fez a criação e que com ela criou Adão e a árvore do conhecimento não é o único e o supremo Deus, mas apenas uma parte sua ou um deus subalterno, o demiurgo. Sua criação não é boa, mas, ao contrário, um fracasso. O que foi criado, assim dizem eles, é amaldiçoado no espaço de uma era cósmica e entregue ao maligno, até que Ele mesmo, o Deus Espírito único, resolveu através de seu Filho pôr termo a este período de maldição. Desde então, diziam eles, e também era isto o que eu pensava, tinha começado a morte lenta do demiurgo e de sua criação. O mundo morre lentamente e fenece, até que venha uma nova era cósmica em que não haverá mais criação, nem mundo, nem carne, nem concupiscência, nem pecado, nem geração carnal, nem nascimento nem morte, mas surgirá um mundo perfeito, espiritual e redimido, livre da maldição de Adão, livre do eterno e funesto impulso do desejo, da reprodução, do nascimento e da morte. Nós culpávamos mais o demiurgo do que o primeiro homem pelos males atuais do mundo. Éramos de opinião de que deveria ter sido fácil ao demiurgo, se ele fosse realmente deus, criar Adão diferente ou de poupar-lhe a tentação. E assim, ao concluir nossos raciocínios, nós tínhamos dois deuses, o Criador e o Pai e não tínhamos receio de emitir juízo condenatório sobre o primeiro.

"Havia até outros mestres que davam um passo além e afirmavam que a criação não era absolutamente obra de Deus, mas do demônio. Nós acreditávamos, com nossas sutilezas, auxiliar o Redentor e a vinda da era cósmica do espírito. Inventávamos deuses, universos e planos cósmicos, discutíamos e fazíamos teologia. Houve um dia, porém, em que contraí uma febre e estive à morte. Em meus sonhos febris, eu estava continuamente ocupado com o demiurgo, precisava fazer guerra e derramar sangue. As visões e angústias eram cada vez mais terrificantes, até que na noite de febre mais alta, veio--me a convicção de que eu deveria matar minha mãe para apagar de novo minha origem carnal. O diabo com aqueles delírios febris açulou contra mim toda a sua infernal matilha. Mas curei-me e, para grande decepção de meus primeiros amigos, voltei à vida como um homem tolo, calado e sem espírito, que, é verdade, em breve recuperou as forças de seu corpo, mas não a alegria de filosofar. Pois, nos dias e noites de convalescença, quando aqueles horríveis delírios cederam e eu quase sempre dormia, sentia, em cada momento desperto, o Redentor ao meu lado e a força saindo dele para entrar em mim. Ao ficar bom, fiquei triste de não poder mais sentir a sua proximidade. Em vez dela, senti uma grande nostalgia desta proximidade e eis o que se me manifestou: tão logo eu participava de novo das disputas, eu sentia como esta nostalgia — era então o meu melhor bem — corria perigo de desvanecer e se perder nos pensamentos e palavras, como a água se perde na areia. Enfim, meu caro, foi o fim de minha sutileza e teologia. Desde então pertenço aos simples de espírito. Mas não quero impedir nem menosprezar quem entende de filosofia e mitologia, quem sabe jogar estes jogos nos quais eu também me exercitava outrora. Se eu tive de resignar-me a deixar insolúveis vários enigmas, como, por exemplo, se o Demiurgo e o Deus Espírito são um ou diferentes, se criação e redenção se interpenetram no tempo e no espaço, então com maior razão devo resignar-me também a não poder fazer cristãos — de filósofos. Não é a minha função."

Um dia, depois que alguém tinha confessado um homicídio e adultério, disse Dion ao seu auxiliar:

— Homicídio e adultério, isto soa verdadeiramente infame e impressionante, e de fato é bastante grave, eu o sei perfeitamente. Mas eu te digo, Josephus, na realidade estas pessoas do mundo não chegam a ser propriamente pecadores. Todas as vezes que eu tento, em pensamento, me meter na cabeça de um deles, eles me parecem ser perfeitas crianças. Não são bem-comportados, não são bons, não são nobres; são egoístas, sensuais, soberbos, irascíveis, mas no fundo, no fundo, são inocentes, inocentes do mesmo modo como crianças são inocentes.

— Mas — ousou Josephus — isso não impede que os recrimines com veemência e lhes apresentes o inferno escancarado.

— Justamente por causa disso. São crianças e, quando têm remorsos na consciência e vêm confessar, querem ser levados a sério e desejam ser repreendidos com toda a seriedade. Pelo menos é esta a minha opinião. Tu, por teu turno, procedias de outro modo. Não repreendias, não punias nem impunhas penitências, mas eras amável e despedias as pessoas simplesmente com o beijo fraterno. Não quero censurar, de modo nenhum, mas eu não saberia fazê-lo.

— Vá lá que seja — disse Josephus hesitante. — Mas dize-me uma coisa. Por que não me trataste como os teus outros penitentes, quando ouviste a minha confissão, mas me beijaste em silêncio e sem pronunciar nenhuma palavra de castigo?

Dion Pugil fixou nele seu olhar penetrante.

— Não foi correto o que eu fiz?

— Não estou dizendo que não foi correto. Foi correto, sem dúvida, senão aquela confissão não me teria feito tanto bem.

— Então não te preocupes com isso. Sem pronunciar uma única palavra, impus-te então uma longa e severa penitência. Trouxe-te comigo e tratei-te como meu criado e reconduzi-te à força às funções as quais quiseste subtrair-te.

Ele se voltou, era um inimigo de conversas longas. Mas Josephus, desta vez, mostrou-se persistente.

— Sabias de antemão que eu te obedeceria, eu já o tinha prometido antes da confissão, mesmo ainda antes de conhecer-te. Não, dize-me; foi realmente por este motivo que agiste assim comigo?

O outro deu uns passos para cima e para baixo, ficou parado diante dele, pôs-lhe a mão sobre os ombros e disse:

— As pessoas do mundo são crianças, meu filho. E os santos, bem... eles não costumam vir confessar-se. Nós porém, tu e eu e nossos semelhantes, nós penitentes, nós que estamos buscando, nós que deixamos o mundo, não somos mais crianças; não somos inocentes e não serão sermões objurgatórios que nos hão de endireitar. Nós, nós é que somos pecadores propriamente, nós que sabemos e pensamos, que comemos da árvore do conhecimento. Portanto, não devemos tratar-nos uns aos outros como crianças, a quem se aplicam varadas e depois se deixam correr. Depois de uma confissão e uma penitência, não corremos de novo para este mundo infantil, onde se celebram festas, onde se fazem negócios e de vez em quando ocorre também um homicídio. Experimentamos o pecado, não como um sonho breve e mau, do qual se pode desembaraçar-se com uma confissão e um sacrifício.

Nós vivemos nele, não somos nunca inocentes, somos pecadores perpétuos, moramos no pecado e no incêndio de nossa consciência. Sabemos que jamais poderemos saldar a nossa grande dívida, a menos que Deus nos olhe com misericórdia após nossa despedida deste mundo e nos receba em sua graça. Este, Josephus, é o motivo pelo qual eu não posso fazer-te, a ti e a mim, um sermão nem impor penitência a nenhum de nós dois. Nós não nos estamos ocupando deste ou daquele desvio ou prevaricação, mas continuamente com a própria culpa original. Por isso é que um de nós só pode assegurar ao outro, que está a par do que se passa e que o ama como irmão; mas não pode curá-lo com uma sanção. Não o sabias?

Josephus respondeu baixinho:

— É fato. Eu o sabia.

— Chega pois de conversa ociosa — disse o velho com brevidade e encaminhou-se para a pedra diante de sua cabana, sobre a qual tinha o costume de orar.

Passaram-se alguns anos. O padre Dion era acometido algumas vezes de uma fraqueza, o que obrigava Josephus a ajudá-lo de manhã, pois ele não conseguia levantar-se sozinho. Então ele ia rezar e também depois da oração não tinha forças para erguer-se. Josephus precisava sustê-lo. A seguir, ele permanecia sentado o dia inteiro e ficava contemplando perdidamente a imensidão. Isso acontecia em muitos dias; em outros, ele conseguia levantar-se sem precisar de ajuda. Não era todo dia em que podia ouvir confissões e, quando alguém se tinha confessado com Josephus, Dion chamava o penitente de parte e dizia-lhe:

— Estou chegando ao fim, meu filho, estou chegando ao fim. Vai e dize à gente: esse Josephus é o meu sucessor.

E se Josephus fazia menção de defender-se ou arriscar uma palavra, o ancião o fitava com aquele olhar terrível, que era capaz de penetrar uma pessoa como um raio de gelo.

Um dia, em que se levantou sozinho e parecia mais cheio de forças, chamou Josephus e conduziu-o a um lugar num canto de seu pequeno jardim.

— Aqui — disse — é o lugar onde me enterrarás. Cavaremos juntos o túmulo, temos ainda um pouco de tempo. Vai buscar-me a pá.

E assim, cada dia, na alvorada, cavavam um pedacinho. Se Dion conseguia reunir suas forças, ele enchia algumas pás de terra, com grande sacrifício, mas com uma certa vivacidade, pois este trabalho parecia proporcionar-lhe prazer. No decorrer do dia não desaparecia mais esta disposição; desde a hora em que se começava a trabalhar no túmulo, estava sempre de bom humor.

— Plantarás uma palmeira sobre o meu túmulo — disse um dia na hora do trabalho. — Quem sabe comerás ainda de seus frutos. Se não, um outro o fará. Algumas raras vezes, plantei uma árvore, mas foram muito poucas, poucas demais. Há alguns que dizem que um homem não deve morrer sem ter plantado uma árvore e deixado um filho. Pois bem, eu deixo uma árvore e te deixo, pois és meu filho.

Ele estava calmo e mais sereno ainda do que quando Josephus o conheceu. Tornava-se cada dia mais calmo e sereno. Um dia, ao cair da noite — já tinham comido e rezado — lá do seu leito chamou Josephus e pediu para ficar um momento fazendo-lhe companhia.

— Quero contar-te uma coisa — disse ele cordialmente. Não parecia ainda cansado nem sonolento. — Tu te lembras ainda, Josephus, que maus bocados passaste em teu eremitério de Gaza e como ficaste entediado de tua vida? Tu te lembras como fugiste e resolveste procurar o velho Dion e contar-lhe a tua história? Tu te lembras ainda como encontraste o velho na colônia dos irmãos e o interrogaste acerca da moradia de Dion Pugil. Pois é. Não foi um milagre que aquele velho fosse o próprio Dion em pessoa? Quero agora contar-te como isso se passou. Também para mim foi um acontecimento singular e um autêntico milagre.

"Sabes muito bem o que acontece quando um penitente e confessor vai ficando velho e já ouviu uma infinidade de confissões de pecadores que o têm na conta de um homem santo e sem pecado, e nem desconfiam que ele é um pecador maior do que os outros. Então tudo o que ele faz lhe parece inútil e em vão. O que outrora lhe parecia sagrado e importante, ou seja, que Deus o tivesse colocado nesse lugar e concedido a honra de ouvir as torpezas e ignomínias das almas humanas e assim aliviá-las, tudo isso lhe parece agora um fardo enorme, excessivamente pesado, até mesmo uma maldição. Acaba por ter horror da presença de cada coitado que vem ter a ele com seus pecados de criança, deseja vê-lo partir e ele mesmo também partir, nem que seja num laço pendurado ao galho de uma árvore. Assim aconteceu contigo.

"Agora chegou também para mim a hora da confissão e eu me confesso. Também a mim sucedeu o mesmo que a ti. Também pensei ter-me tornado inútil e estar espiritualmente apagado e não poder mais suportar a afluência contínua de pessoas cheias de confiança que me traziam toda a imundície e o cheiro pútrido da vida, de que eles não sabiam como ficar livres e de que também eu não sabia como me livrar.

"Ora, eu tinha ouvido falar muitas vezes de um penitente chamado Josephus Famulus. Segundo ouvi dizer, as pessoas gostavam de ir confessar-se também com ele, e muitos o preferiam a mim, pois era voz corrente que ele era um homem brando e amável e não exigia nada das pessoas. Não lhes passava descomposturas, antes as tratava como irmãos, ouvia-as apenas e as despedia com um beijo. Não era o meu estilo, tu o sabes, e quando ouvi falar, as primeiras vezes, deste Josephus, seu método me pareceu tolo e demasiadamente infantil. Mas agora que eu começava a pôr em dúvida se o meu próprio estilo valia alguma coisa, eu tinha toda a razão para abster-me de julgar o estilo desse Josephus e de pretender fazer melhor do que ele.

"De que forças poderia esse homem dispor? Eu sabia que ele era mais moço do que eu, mas bem entrado em anos. Isso me agradou. Dificilmente eu teria confiança num homem jovem. Senti-me atraído por ele. Assim resolvi ir em peregrinação até Josephus Famulus para lhe confessar a minha angústia e pedir-lhe conselho ou, se ele não desse conselho, pelo menos haurir dele consolação e fortalecimento. Esta simples resolução já me fez bem e me aliviou.

"Encetei pois a viagem e parti em direção ao lugar onde diziam que ele tinha o seu eremitério. Enquanto isso, o irmão Josephus tinha experimentado as mesmas provações que eu e feito a mesma coisa. Cada um tinha recorrido à fuga para buscar conselhos com o outro. Quando ele apareceu diante dos meus olhos, antes que eu tivesse alcançado a sua cabana, conheci-o já pela primeira conversa. Tinha mesmo a aparência do homem que eu esperava encontrar. Mas estava fugindo. As coisas corriam mal para ele, tão mal ou pior ainda do que para mim. Ele não queria saber de ouvir confissões, mas ele mesmo estava desejoso de confessar-se e depositar sua angústia em mãos estranhas. Naquele momento isso constituiu para mim uma singular decepção, causou-me uma grande tristeza. Pois se também este Josephus Famulus, que não me conhecia, estava cansado de seu serviço e se desesperava na procura de sentido para sua vida — não parecia isto significar que nós não valíamos nada, que nós ambos tínhamos vivido inutilmente e havíamos fracassado?

"Conto-te o que já sabes. Deixa-me resumir. Permaneci sozinho aquela noite junto à colônia, enquanto recebias acolhida com os irmãos. Exercitei a meditação e procurei imaginar-me na pele deste Josephus e formulei o seguinte juízo: que fará ele quando souber amanhã que ele fugiu em vão e que em vão depositou sua confiança no Pugil? Que fará quando souber que o Pugil é também um desertor e um homem acometido pela dúvida? Quanto mais eu me punha em sua pele, mais ele me dava pena e tanto mais eu era inclinado a admitir que ele me fora enviado por Deus, para conhecê--lo e curá-lo e junto com ele conhecer-me e curar-me. Então pude dormir, mas já metade da noite havia passado. No dia seguinte começaste a tua peregrinação comigo e te tornaste meu filho.

"Eis a história que queria contar-te. Percebo que choras. Chora à vontade, vai fazer-te bem. E já que a minha loquacidade está passando da conta, tem a bondade de ouvir-me ainda um pouquinho e recebe-o em teu coração: o ser humano é estranho e não se pode fiar dele. Não é nada impossível que num dado momento aqueles sofrimentos e tentações voltem a assediar-te e tentem vencer-te. Digne-se Nosso Senhor enviar-te um filho e um pupilo tão amável, paciente e de grande consolação como ele me enviou na tua pessoa. Quanto ao galho da árvore com que o tentador te fez sonhar outrora, e a morte do pobre Judas Iscariote, posso dizer-te uma coisa: não é apenas um pecado e uma loucura dar-se uma morte assim, ainda que a Nosso Senhor não constitua problema perdoar também este pecado. Mas é além disso uma lástima quando um homem morre no desespero. Deus nos envia o desespero não para matar-nos, Ele no-lo envia para despertar em nós uma vida nova. Mas quando Ele nos envia a morte, Josephus, quando Ele nos desata desta terra, de nosso corpo e nos chama para perto de si, então é uma grande alegria. Poder dormir quando estamos cansados e deixar cair um fardo que se carregou durante muito tempo em larga caminhada, eis uma delícia e uma coisa maravilhosa.

"Desde que estamos cavando a minha sepultura — não te esqueças da palmeira que deve plantar sobre ela —, desde que começamos a cavar o túmulo tenho estado mais alegre e mais contente. Foram raras as vezes em que me senti tão bem. Tagarelei demais, meu filho, e tu te cansarás. Vai dormir, vai para a tua cabana. Que Deus esteja contigo."

No dia seguinte Dion não veio para a oração da manhã nem tampouco chamou por Josephus. Este ficou temeroso e ao entrar pé ante pé na cabana de Dion, aproximando-se de seu catre, viu que o velho adormecera para sempre. Seu rosto resplandecia com um sorriso infantil que irradiava levemente.

Sepultou-o, plantou a palmeira sobre o túmulo e ainda viveu o ano em que a árvore deu os primeiros frutos.

A encarnação hindu

Um príncipe dos demônios, ou antes a parte de Vishnu que se tornara homem em Rama, encontrou a morte com a seta da lua crescente, numa de suas cruentas batalhas de demônios, tendo depois surgido novamente no ciclo das formas; chamou-se então Ravana e viveu como príncipe guerreiro à margem do enorme Ganges. Foi ele o pai de Dasa. A mãe de Dasa morreu cedo, e mal sua sucessora, uma bela e ambiciosa mulher, deu um filho ao príncipe o pequeno Dasa começou a ser um estorvo para ela; em vez de Dasa, ela pensava ver elevado a soberano seu próprio filho Nala, de modo que fez tudo para afastar Dasa do pai e tinha a intenção de livrar-se dele na primeira oportunidade. Porém um dos brâmanes da corte de Ravana, Vasudeva, o encarregado dos sacrifícios, sabia do seu projeto, e esse homem prudente fez malograr seu intento. Ele tinha pena do menino, e além do mais parecia-lhe que o pequeno príncipe havia herdado da mãe a propensão à devoção e ao sentimento de justiça. Vasudeva ficou de olho em Dasa, para que nada lhe acontecesse, esperando uma oportunidade para afastá-lo da madrasta.

O rajá Ravana possuía um rebanho de vacas consagradas a Brahma, consideradas animais sagrados, e de cujo leite e manteiga se faziam com frequência oferendas ao deus. Os melhores pastos do país eram reservados a elas. Um dia chegou um dos pastores dessas vacas consagradas a Brahma, que vinha trazer um carregamento de manteiga e dar a notícia de que na região em que até então o rebanho pastara se anunciava a seca, de modo que eles, pastores, haviam decidido levá-lo para mais longe, em direção das montanhas, onde mesmo no tempo mais seco não faltariam fontes nem alimento fresco. Esse pastor inspirava confiança ao brâmane, que o conhecia há muito tempo; era um homem amável e fiel, e quando no dia seguinte o pequeno Dasa, filho de Ravana, desapareceu e não foi mais encontrado, os únicos que conheciam o mistério do seu desaparecimento eram Vasudeva e o pastor. Então o menino Dasa foi levado pelo pastor às colinas, onde encontraram o rebanho que ia indo lentamente, e Dasa se juntou de bom grado ao gado e aos pastores, crescendo como menino pastor. Ajudava a guardar e a tocar o gado, aprendeu a tirar leite das vacas, brincava com os bezerros, deitava-se debaixo das árvores, bebia leite doce e tinha esterco de vaca nos pés descalços. Ele gostava desta vida, ficou conhecendo os pastores e as vacas, e a vida que levavam, ficou conhecendo a floresta, suas árvores e frutos, e gostava de manga, de figo do mato e da árvore de varinga, pescava a raiz doce do lótus nas lagoas verdes das matas, usava nos dias de festa uma grinalda de flores rubras de gerânio moscado, aprendeu a proteger-se dos animais da selva, a evitar o tigre, a fazer amizade com o esperto mungo e o alegre ouriço, e a passar a época das chuvas na meia escuridão da choça de proteção; ali os meninos se entregavam a seus infantis folguedos, cantavam versos ou teciam cestos e redes de junco. Dasa não se esqueceu totalmente de seu antigo lar, mas em breve o passado se transformou para ele em um sonho.

E um dia em que o rebanho se encontrava em outro sítio, Dasa foi à floresta, porque estava com vontade de procurar mel. A beleza da floresta exercia enorme encanto sobre ele, desde que a conhecera, e essa mata, principalmente, parecia ser belíssima; pela folhagem e os galhos das árvores se infiltrava a luz do dia, como douradas serpentes, e assim como os ruídos, o chamado dos pássaros, o sussurro das enfolhadas copas, as vozes dos macacos se entrelaçavam e cruzavam numa amena e suave trama luminosa, semelhante ao jogo da luz no arvoredo, assim também chegavam, uniam-se e separavam-se os aromas, os perfumes das flores, de madeiras, folhas, águas, musgos, animais, frutos, terra e mofo, odores acres e doces, selvagens e íntimos, excitantes ou tranquilizantes, animosos ou angustiados. Ora murmurava um riacho em uma grota invisível da floresta, ora dançava sobre as brancas umbelas uma borboleta de um verde aveludado, com manchas pretas e amarelas, ora crepitava um galho dentro das sombras azuis do arvoredo e enfolhadas copas se inclinavam pesadamente, ora um animal bramava no escuro da mata ou uma macaca briguenta ralhava com sua família. Dasa esqueceu-se do mel e, ao olhar alguns pássaros de cores exuberantes, avistou, por entre grandes filicíneas que formavam um bosquezinho espesso dentro da grande mata, uma pista que se ia apagando, um sendeiro muito estreito, e, caminhando em silêncio e cautelosamente por esse atalho, descobriu sob uma árvore de vários troncos uma pequenina choça, uma espécie de tenda com a coberta em ponta, uma cabana feita de uma trama de folhas de filicínea, e ao lado da choça, sentado no chão em postura ereta, avistou um homem imóvel, com as mãos pousadas sobre os pés cruzados, e abaixo dos cabelos brancos e da fronte larga, os olhos calmos e inexpressivos baixados ao solo, abertos, mas dirigidos para dentro. Dasa compreendeu que aquele homem era um santo, um iogue, não sendo esse o primeiro que via. Os iogues eram homens veneráveis e preferidos dos deuses, e era bom fazer-lhes donativos e demonstrar-lhes respeito. Mas esse, que estava ali sentado diante da linda e escondida choça de filicíneas, em postura ereta, com os braços em repouso, pendentes ao longo do tronco, entregue à meditação, pareceu mais simpático ao menino, mais estranho e venerável do que todos os que já vira. O iogue parecia pairar acima da terra e, apesar do olhar ausente, parecia tudo ver e saber, e o rodeava uma aura de santidade, um halo de dignidade, ondas e labaredas de ardor concentrado e de energia ioga o circundavam; o menino não teria jamais a coragem de penetrar nessa aura, ou de perturbá-la com uma saudação ou um chamado. A expressão de dignidade e a estatura elevada do iogue, a luz interior que brilhava em sua face, a concentração e a firmeza férrea de seus traços emitiam ondas e irradiações, em cujo centro ele dominava como uma lua, e a força espiritual acumulada, a expressão de calma e de vontade concentrada de toda a sua figura formavam um círculo mágico em seu redor, e sentia-se que esse homem, apenas com o desejo e o pensamento, sem erguer os olhos, poderia matar alguém e fazê-lo retornar à vida.

Mais imóvel do que uma árvore, cujo alento faz balouçar a folhagem e os galhos, imóvel como um ídolo de pedra, o iogue continuava sentado em seu lugar, e desde o instante em que o avistou o menino também ficou imóvel, preso ao solo, acorrentado e atraído de modo mágico por aquela visão. Imóvel, olhava fixamente para o mestre, e viu uma mancha de sol em seu ombro,

outra mancha de sol nas mãos em repouso, e ao ver essas manchas de luz
solar desaparecerem lentamente e surgirem de novo começou a compreender
com espanto que tais manchas nada tinham a ver com esse homem, nem
tampouco os cantares dos pássaros e as vozes dos macacos na floresta em
derredor, ou a abelha parda do mato, que pousou nesse momento no rosto
do meditante, cheirou sua pele e rastejou por sua face, erguendo em seguida
o voo, nem toda a variegada vida da floresta. Dasa sentiu que tudo isso, tudo
o que os olhos veem e os ouvidos ouvem, o bonito ou o feio, o que desperta
amor ou causa medo, tudo isso nenhuma relação tinha com o santo homem,
a chuva não o poderia esfriar nem aborrecer, o fogo não poderia queimá-lo, o
mundo em derredor era para ele apenas superfície e desprovido de qualquer
sentido. O pressentimento de que o mundo inteiro era somente brincadeira e
superfície, uma brisa, ondas a passar sobre abismos desconhecidos, aflorou
então no príncipe-pastor, ali imóvel, a observar; não era um pensamento,
mas um tremor, uma ligeira vertigem, uma sensação de horror e de perigo,
e ao mesmo tempo de atração e ansioso desejo. Pois ele sentia que o iogue
submergira, através da superfície do mundo, penetrando no mundo da
superfície, mergulhando no abismo da existência e do mistério das coisas;
rompera a rede mágica dos sentidos, o jogo da luz, dos ruídos, das cores e
das sensações, afastando-a de si próprio, e firmando-se com fortes raízes na
essência e no imutável. O menino, apesar de ter sido educado por brâmanes,
e ter recebido muito raio de luz espiritual, não compreendeu tudo isso com
o intelecto, e nem o teria podido exprimir com palavras, mas sentia-o, assim
como em horas abençoadas sentimos a proximidade do divino, sentia-o como
um tremor de respeito e admiração pelo homem que ali estava, como um
sentimento de amor por ele, e uma aspiração por uma vida como parecia
levar o meditante ali sentado. Dasa ali se quedou e, ao fitar o velho, teve a
estranha recordação de sua própria origem, dos príncipes e do reino, e com
o coração cheio de emoção, quedou-se nos limites das moitas de filicíneas,
deixando que os pássaros voassem e as árvores conversassem em tom suave
e farfalhante, que a floresta continuasse a ser floresta e o rebanho distante a
ser rebanho, entregando-se àquele encantamento, fitando o eremita a meditar, preso pela incompreensível calma e impassibilidade de sua figura, pela
paz luminosa de sua fisionomia, pela força e concentração de sua postura,
por sua completa dedicação ao serviço.

Mais tarde ele não saberia dizer se haviam passado apenas duas ou três horas, ou dias inteiros, diante da choça. Quando o encanto que o mantinha preso se desfez, quando ele se esgueirou em silêncio pelo sendeiro entre as filicíneas, procurando a saída da floresta, e chegou finalmente às pastagens onde estava o gado, não sabia ainda muito bem o que fazia, sua alma continuava enfeitiçada, e ele só despertou ao ouvir a voz de um pastor que o chamava. O pastor recebeu-o com palavras de repreensão por sua longa ausência, mas, quando Dasa o fitou com um olhar absorto, como se não entendesse suas palavras, o pastor calou-se de pronto, surpreso pelo olhar diferente e estranho do menino, e por sua atitude solene. Mas após um instante perguntou:

— Onde esteve você, meu caro? Viu talvez um deus ou encontrou um demônio?

— Estive na floresta — disse Dasa —, tive desejos de ir até lá, queria procurar mel. Mas depois me esqueci disso, porque vi um homem sentado, um eremita imerso em pensamentos ou rezando, e quando o avistei, e vi seu rosto iluminado, fiquei parado, fitando-o por largo tempo. Gostaria de ir lá à noite e de levar-lhe donativos, esse homem é um santo.

— Faça isso, Dasa — disse o pastor —, leve-lhe leite e manteiga doce; devemos venerar esses santos e levar-lhes donativos.

— Mas como deverei falar com ele?

— Você não precisa falar com ele, Dasa, basta inclinar-se diante dele e colocar a seus pés os donativos, não é preciso mais do que isso.

Assim fez Dasa. Ele custou a encontrar de novo aquele lugar. O sítio diante da choça estava vazio, Dasa não teve coragem de entrar na casa e colocou então seus donativos no chão, na entrada da choça, afastando-se em seguida.

Enquanto os pastores ficaram perto desse lugar com as vacas, Dasa levava todas as noites donativos ao eremita, e certa vez tornou a ir lá de dia, encontrando o venerável praticando a concentração, e dessa vez também não resistiu ao desejo de receber os raios da força e da bem-aventurança do santo. E mesmo depois que deixaram a região, e Dasa ajudou a tocar o gado para outra pastagem, por largo tempo ele não pôde se esquecer do que acontecera na floresta, e como costumam fazer os meninos, quando estava sozinho entregava-se às vezes ao sonho de chegar a ser também um eremita e um praticante de ioga. No entanto, com o tempo essa recordação e esse sonho foram empalidecendo, principalmente porque Dasa se transformou com rapidez em um robusto rapaz, e se dedicava com alegria e ardor aos jogos e lutas com os companheiros. Mas em sua alma quedou uma centelha, o leve pressentimento de que o principado que ele perdera só poderia ser compensado pela dignidade e o poder da ioga.

Um dia em que eles se encontravam perto da cidade, um dos pastores trouxe de lá a notícia de que ia haver uma grande festa: o velho príncipe Ravana, tendo perdido as forças e sentindo-se muito debilitado, marcara o dia em que ia passar as funções de soberano a seu filho Nala, e em que este seria proclamado príncipe. Dasa teve desejos de assistir à festa, para conhecer a cidade, da qual só restara em sua alma uma leve recordação da infância; queria ouvir a música, ver o préstito e as liças dos nobres, e observar o mundo desconhecido dos citadinos e dos poderosos, com tanta frequência descrito nas sagas e nas lendas; para ele, também era uma saga ou uma lenda, talvez menos do que isso, a sensação de que em tempos remotíssimos esse fora também seu próprio mundo. Os pastores haviam recebido ordem de levar à corte um carregamento de manteiga para o sacrifício a realizar-se no dia da festa, e com grande alegria Dasa soube que fazia parte dos três escolhidos para esse encargo pelo chefe dos pastores.

Para entregar a manteiga, eles foram para a corte na noite anterior à festa, e o brâmane Vasudeva os recebeu, pois era ele o encarregado da cerimônia do sacrifício, mas não reconheceu o rapaz. Com grande entusiasmo, os três pastores assistiram à festa, e viram de manhã cedo principiar o sacrifício sob a direção dos brâmanes, vendo a manteiga dourada e luzidia envolvida pelo fogo e transformada em chamas que subiam para os céus em ardentes labaredas, levando às alturas do infinito o fogaréu e a fumaça impregnada de gordura, em veneração aos deuses. Os pastores viram no préstito os elefantes com palanques dourados no dorso, onde os cavaleiros se sentavam, viram os carros reais ornamentados de flores, viram Nala, o jovem rajá, e ouviram também a música retumbante dos tambores. Foi tudo grandioso, pomposo e um tanto ridículo, pelo menos na opinião do jovem Dasa; ele estava estonteado e encantado, extasiado até, pelo barulho, pelos carros e cavalos ornamentados, por toda aquela pompa e prodigalidade fanfarrãs, e encantadíssimo com as bailarinas que dançavam na frente do carro do príncipe, com seus membros esguios e delicados como hastes de lótus; ficou admirado com o tamanho e a beleza da cidade, mas apesar disso, em meio à embriaguez e à alegria, observava tudo com os sentidos sóbrios de pastor, que no fundo despreza os citadinos. Dasa não podia sequer imaginar que ele próprio fosse o primogênito e ignorava que diante de seus olhos Nala, o irmão usurpador, de quem não conservava a mínima lembrança, era ungido, consagrado e festejado em seu lugar, quando ele, Dasa, era quem deveria viajar na carruagem ornamentada de flores. De qualquer modo, o jovem Nala não lhe agradava, parecia-lhe tolo e mau, com seus modos de criança mimada, e com a vaidade insuportável que deixava transparecer em seu exagerado convencimento, e Dasa gostaria muito de pregar uma peça a esse rapaz, de dar-lhe uma lição, mas não se apresentou nenhuma oportunidade, e em breve ele se esqueceu disso, tal a quantidade de coisas que havia para ver, ouvir, rir e apreciar. As mulheres da cidade eram bonitas, com seus olhares, movimentos e palavras excitantes, e os três pastores ouviram certas palavras que se gravaram por longo tempo em seus ouvidos. Essas palavras eram ditas com um tom de caçoada, pois dá-se com os citadinos o mesmo que com os pastores: desprezam-se mutuamente, mas apesar disso os bonitos e robustos rapazes, alimentados com leite e queijo, vivendo quase o ano todo ao ar livre, agradavam muitíssimo às mulheres da cidade.

Quando Dasa voltou da festa, tinha-se tornado um homem, perseguia as moças, e teve que medir suas forças com outros rapazes, lutando a murros e em lutas livres. Depois eles foram de novo para outra região, onde havia salgueiros anões e águas paradas, cheias de junco e de bambu. Ali ele viu uma moça que se chamava Praváti e tomou-se de desvairado amor pela bela mulher. Ela era filha de um arrendatário de terras, e a paixão de Dasa era tão grande que ele tudo esqueceu e desprezou para possuí-la. Quando os pastores, depois de algum tempo, retiraram-se da região, ele não quis ouvir suas advertências e conselhos, mas despediu-se deles e da vida de pastor, que tanto amara até então, e ficou naquele lugar, conseguindo que lhe dessem Praváti por mulher. Ele cultivava para o sogro campos de painço e de arroz, ajudava no moinho e no corte de lenha, construiu para a mulher uma choça de bambu e barro, e conservava a mulher fechada dentro da choça. Quão poderosa é a força que leva um jovem a abandonar seus amigos, seus camaradas e seus hábitos, a mudar de vida e representar o papel nada invejável de genro, entre pessoas estranhas! Tão grande era a beleza de Praváti, tão grande e tentadora a promessa de intensos prazeres que se irradiava de seu rosto e de seu corpo, que Dasa ficou cego para tudo o mais, e entregou-se por completo a essa mulher, sentindo em seus braços enorme ventura. Contam-se histórias de deuses e santos que se enfeitiçaram por uma mulher sedutora, com quem ficaram abraçados durante dias, luas e anos, fundindo-se com ela, imersos no prazer, esquecendo-se de tudo. Assim Dasa desejava que fosse sua sorte e seu amor. Mas outro era o seu destino, e sua ventura teve pouca duração. Durou cerca de um ano, e mesmo esse ano não foi inteiramente venturoso, houve espaço para muita tristeza, para exigências maçantes do sogro, para implicâncias dos cunhados, para caprichos da jovem esposa. Mas sempre que ele ia para a cama com a mulher, tudo era relegado ao esquecimento, tal o encanto com que seu sorriso o atraía, tão doce era o prazer de afagar seus membros esguios, de tal modo o jardim da volúpia se abria em milhares de flores, de aromas e de sombras, no corpo jovem da mulher.

Ainda não se passara um ano de ventura, quando houve certo dia agitação e ruído nos arredores. Vieram emissários a cavalo, anunciando o jovem rajá, e em seguida Nala em pessoa surgiu com seus homens, cavalos e bagagem, para entregar-se à caça naquela região; por toda parte se armavam tendas, ouviam-se os relinchos dos corcéis e o som das cornetas. Dasa não se importou com isso, mas continuou a trabalhar no campo e a cuidar do moinho, evitando os caçadores e os cortesãos. Mas ao voltar um dia para a choça, não encontrou a mulher, a quem tinha proibido expressamente que saísse de casa; sentiu uma punhalada no coração, e teve o pressentimento de que a desgraça se acumulava sobre sua cabeça. Correu à casa do sogro, mas Praváti não estava lá, e ninguém a tinha visto. A opressão de medo aumentou em seu coração. Ele procurou-a na horta de couves, nos campos, esteve um ou dois dias andando de um lado para outro entre sua choça e a do sogro, espiou nas plantações, desceu às nascentes de água, rezou, chamou pelo seu nome, com voz carinhosa ou lançando pragas, e procurou seus rastros. Finalmente seu cunhado mais moço, um menino ainda, revelou-lhe que Praváti estava com o rajá, morando em sua tenda, e a tinham visto montada em seu cavalo. Dasa ficou espreitando o acampamento de Nala às escondidas, e trazia consigo a funda que usava nos seus tempos de pastor.

Sempre que a tenda do príncipe, fosse dia ou fosse noite, parecia ficar um instante sem guarda, ele se aproximava de mansinho, mas logo chegavam os guardas, e ele tinha de fugir. Do alto de uma árvore, em cujos galhos se escondeu, e de onde avistava o acampamento lá embaixo, ele viu o rajá, cuja fisionomia já conhecia e lhe era repulsiva, desde a festa na cidade. Viu-o montar a cavalo e partir, e daí a horas, quando o rajá, ao voltar, apeou do cavalo e empurrou o pano de entrada da tenda, Dasa viu que uma mulher jovem se movimentava nas sombras da tenda, e saudava o homem, e pouco faltou para que ele caísse da árvore, ao reconhecer nessa jovem sua mulher, Praváti. Agora ele se certificara, e seu coração se oprimiu ainda mais. Se a ventura de seu amor com Praváti fora grande, não foi menor seu sofrimento, seu ódio, o sentimento de perda e de ofensa que o assaltou. É o que sucede ao homem que concentra toda a sua capacidade de amar num único objeto. Com a perda desse objeto, tudo desmorona, e ele fica pobre entre destroços.

Durante um dia e uma noite Dasa andou errante pelas moitas dos arredores, e cada breve instante de repouso fazia retornar o sofrimento ao coração do miserável, e ele tinha de correr e movimentar-se, com a impressão de que precisava correr e caminhar até o fim do mundo, até o fim de sua vida, a qual perdera o valor e o brilho. Todavia não se dirigiu para a distância e o desconhecido, mas conservou-se sempre nas proximidades da sua desgraça, rodeando sua choça, o moinho, os campos cultivados, a tenda de caça do príncipe. Finalmente escondeu-se de novo nas árvores por sobre a tenda, agachado e à espreita, amargurado e em ânsias, como um animal de rapina esfomeado, oculto entre as ramagens, até que chegou o momento em que teve de concentrar todas as suas forças, à espera de que o rajá surgisse diante da tenda. Então ele se deixou escorregar silenciosamente do galho, ergueu a funda, vibrou-a e acertou a pedra na testa do homem odiado, que caiu de costas por terra e ficou imóvel. Não parecia haver ninguém por ali, em meio à tempestade de volúpia e de ódio, que bramia nos sentidos de Dasa; por um momento sobreveio uma profunda calma, assustadora e estranha. E, antes que se fizesse ruído e os servidores acorressem alvoroçados, ele desapareceu por entre as moitas e a selva de bambu que continuava após os limites do arvoredo, descendo pela encosta até o vale.

Depois de saltar da árvore, no momento em que vibrara, na embriaguez da ação, a sua funda, enviando a morte, teve a impressão de que extinguia também sua própria existência, como se gastasse suas forças até o extremo limite, e com a pedra mortífera ele próprio se atirasse também ao abismo da destruição, entregando-se de boa vontade à ruína, contanto que o odiado inimigo tombasse por um instante em sua frente. Mas agora que o silêncio respondia ao ato daquele instante inesperado, o instinto vital que ele ignorara até então o preservou do abismo hiante, tomou posse de seus sentidos e membros, fê-lo procurar a selva e a espessura das moitas de bambu, obrigou-o a fugir e a tornar-se invisível. Só quando encontrou um abrigo e se viu a salvo do primeiro perigo, veio-lhe à consciência tudo o que estava acontecendo. Completamente exausto, nos limites de suas forças e com a respiração opressa, quando a embriaguez da ação foi passando, à medida que suas forças se debilitavam, dando lugar ao raciocínio frio, a primeira coisa que ele sentiu foi desilusão e raiva por ter escapado com vida. Mas mal sua respiração se normalizou e a vertigem do cansaço passou, esse sentimento de moleza e negação cedeu lugar à resistência e ao instinto vital, e a alegria selvagem de seu ato voltou-lhe de novo ao coração.

Dentro em breve tudo se pôs em movimento nas proximidades, principiando a caçada ao assassino, a qual durou o dia inteiro, e ele só pôde escapar por ter ficado silencioso e imóvel em seu esconderijo, e porque ninguém se atrevia a penetrar profundamente no mato, por causa dos tigres. Ele dormiu um pouco, depois ficou de novo à espreita, continuou a rastejar, descansou de novo, e no terceiro dia depois do crime já passara para além da cadeia de colinas, continuando a andar em direção das altas montanhas.

A vida de expatriado conduziu-o aqui e acolá, tornou-o mais duro e indiferente, e também mais prudente e resignado, mas à noite sonhava sempre com Praváti e sua antiga felicidade, ou aquilo a que ele chamava de felicidade, e sonhou também muitas vezes com sua perseguição e sua fuga, pesadelos apavorantes e angustiosos como este: ele fugia pelas florestas, e seus perseguidores o seguiam com tambores e cornetas de caça, por matas e pântanos, por moitas de espinheiros, e sobre pontilhões apodrecidos, quase a ruir; ele ia carregando qualquer coisa, um peso, um pacote, uma coisa bem embrulhada, oculta e desconhecida, que apenas sabia ser uma coisa de valor, não devendo ser entregue a ninguém em circunstância alguma, algo valioso e perigoso, um tesouro, talvez uma coisa roubada, envolta em um pano, um tecido de cor, com um estampado marrom e azul, como o vestido de festa de Praváti — e ele tinha de fugir e se esgueirar, arrastando-se com esse pacote, roubo ou tesouro, sob perigos e dificuldades, por sob galhos pendentes até o chão, por entre penhas inclinadas, ao lado de serpentes, e atravessando pontezinhas estreitíssimas, que provocavam vertigens, sobre rios repletos de crocodilos, e finalmente teve de parar excitado e exausto, então desatou os nós do pacote um por um, abrindo o pano, e o tesouro que dali retirou e colocou nas mãos trêmulas de pavor era a sua própria cabeça.

Vivia escondido, como um nômade, agora não propriamente fugindo dos homens, mas evitando-os. E um dia uma de suas caminhadas levou-o a uma região cheia de colinas cobertas de relva, que lhe pareceu linda e alegre, e que parecia saudá-lo, como se o conhecesse: ora um prado coberto de capim florido a balouçar-se brandamente, ora um grupo de salgueiros que ele reconhecia, e lhe fazia recordar os tempos alegres e inocentes em que ignorava o amor e o ciúme, o ódio e a vingança. Eram essas as pastagens em que havia guardado outrora o rebanho com seus camaradas, na época mais alegre de sua juventude, que o fitava dos profundos abismos do passado que não volta mais. Uma doce melancolia em seu coração respondia às vozes que ali o saudavam, à aragem sussurrante nos salgueiros prateados, à cantiga jovial em tempo rápido de marcha, dos pequenos regatos, aos cantares dos pássaros e ao zumbido profundo e dourado dos zangões. Ali havia sons e aromas de refúgio e de pátria, e ele, habituado à vida errante de pastor, nunca havia sentido em nenhuma outra região uma tal sensação de propriedade e de lar.

Acompanhado e guiado por essas vozes de sua alma, com sentimentos de quem retorna ao lar, pôs-se a caminhar pela aprazível região, não se sentindo, pela primeira vez após meses terríveis, um perseguido, um fugitivo e condenado à morte, porém com o coração alerta, sem pensamentos, nada desejando, entregue por completo à alegria e tranquilidade das coisas presentes e próximas, com a alma receptiva, agradecido, admirado pela primeira vez sobre si próprio e sobre seu estado de alma novo, estranho, que pela primeira vez sentia com encanto: surpreso por essa receptividade sem desejos, essa jovialidade sem tensão, essa maneira atenta e grata de gozar objetivamente. Das verdes pastagens passou para a floresta, caminhando sob as árvores à meia-luz, em que se esparziam pequeninas manchas de sol, e ali seu sentimento de retorno e de pátria se fortaleceu, conduzindo-o a caminhos que seus pés pareciam encontrar sozinhos, até que ele chegou, através de uma selva de filicíneas em um espesso bosquezinho dentro da grande mata, onde havia uma choça minúscula, e diante dela, sentado no chão, viu o iogue imóvel, o mesmo iogue que ele observara outrora e a quem trouxera leite.

Como se despertasse, Dasa ficou parado. Ali tudo continuava como sempre, por ali não passara o tempo, não houvera assassínio nem sofrimento; ali o tempo e a vida pareciam ter a consistência do cristal, tranquila e eterna. Ele observou o velho, e voltaram a seu coração a admiração, o amor e a aspiração que outrora sentira em sua primeira visão. Observou a choça e pensou consigo mesmo que era preciso sem falta repará-la antes do começo das chuvas. Depois ousou dar alguns passos tímidos, entrando no interior da choça, e espiou o que havia lá dentro; não era muito, quase nada mesmo: um leito de ramagens, uma casca de abóbora com um pouco de água e uma sacola de ráfia vazia. Tomou consigo a sacola e foi procurar alimento na floresta, trazendo frutas e o miolo doce de árvores, e em seguida levou a casca de abóbora e encheu-a de água fresca. Estava feito tudo que havia por fazer ali. Tão pouca coisa era necessária para uma pessoa viver. Dasa sentou-se no chão e mergulhou em sonhos. Estava satisfeito com essa silenciosa calma e essa vida de sonhos na floresta, estava satisfeito consigo mesmo, com a voz em seu íntimo que o havia conduzido até ali, onde em rapazinho ele já sentira um vago sentimento de paz, ventura e pátria.

E assim ele ficou com o homem silencioso. Renovou a provisão de ramos, procurava alimento para ambos, e depois de reformar a velha choça começou a construir uma segunda, que fez para si próprio a pouca distância dali. O velho parecia suportá-lo, mas não se podia saber se havia percebido sua presença. Quando se erguia da sua concentração, era somente para ir dormir na choça, para comer uma migalhinha de alimento ou fazer um pequeno passeio na floresta. Dasa vivia ao lado do venerável como um criado ao lado de um homem importante, ou, antes, como um animalzinho doméstico, um pássaro manso ou um mungo com os homens, como um servidor, e quase despercebido. Como vivera durante largo tempo fugitivo e escondido, sem segurança, com má consciência e sempre imaginando que o perseguiam, essa vida sossegada, o trabalho leve e a vizinhança de uma pessoa que parecia não notar sua presença fizeram-lhe muito bem por algum tempo;

dormia sem pesadelos e esquecia-se por meio dia ou um dia inteiro do que acontecera. Não pensava no futuro, e, se acaso uma aspiração e um desejo o assaltavam, era apenas o desejo de ficar ali e ser acolhido e iniciado pelo iogue nos mistérios da vida de eremita, de tornar-se também um iogue e participar da ioga e de sua altiva despreocupação. Ele principiara a imitar com frequência a postura do venerável, a sentar-se como ele, imóvel, de pernas cruzadas, e a dirigir o olhar, como ele, a um mundo desconhecido e suprarreal, tornando-se insensível a tudo o que o rodeava. Mas em geral logo se cansava, ficava com os membros rígidos e dores nas costas, atormentado por mosquitos ou sensações estranhas na pele, atacado de coceiras e irritações que o forçavam a mover-se, a coçar-se e finalmente a erguer-se. Algumas vezes, porém, sentira também outra coisa, uma sensação de vazio interior, de leveza, e de estar flutuando, como o conseguimos em certos sonhos, onde só tocamos por vezes a terra, e com um brando impulso, a afastamos de novo, para pairarmos no espaço como um floco de lã. Nesses momentos assaltara-o o pressentimento da sensação que se teria em flutuar assim, quando o corpo e a alma depõem seu próprio peso, para vibrar no alento de uma vida ensolarada, maior e mais pura, em que somos elevados e sugados pelo além, pelo intempório e o imutável. Mas eram apenas instantes e pressentimentos. E após esses instantes, quando retornava desiludido à vida de todos os dias, ele pensava que tinha de conseguir que o mestre o instruísse, o iniciasse em suas práticas e artes ocultas, fazendo dele um iogue também. Mas como poderia conseguir isso? Não parecia que o velho chegasse um dia a percebê-lo com seus olhos, que fosse possível trocarem jamais uma palavra. Assim como o velho parecia estar para além do dia e das horas, da floresta e da choça, parecia também além das palavras.

Todavia falou um dia uma palavra. Sobreviera uma época em que Dasa todas as noites sonhava de novo, sonhos ora de uma doçura desconcertante, ora de um horror desconcertante, ora com sua mulher Praváti, ora com os sustos da vida de fugitivo. E durante o dia ele fazia progressos, não suportava por muito tempo ficar sentado e dedicar-se a exercícios, tinha que pensar em mulheres e no amor, e punha-se a perambular pela floresta. Talvez isso acontecesse por causa do tempo, pois os dias eram de um calor abafado, com rajadas de vento quente. Era novamente um desses dias de mau tempo, os mosquitos enxameavam, e Dasa tinha tido de novo à noite um sonho desagradável, que deixara um ressaibo de medo e de opressão, de cujo conteúdo ele se esquecera, mas que agora, de dia, lhe parecia significar uma queda lamentável, a bem-dizer inadmissível e vergonhosa, em estados e períodos de vida pertencentes ao passado. O dia inteiro ele ficou a andar furtivamente, ou sentado no chão em redor da choça, inquieto e de humor tenebroso, procurando distrair-se com um ou outro trabalho, sentando-se por várias vezes para praticar a concentração, mas assaltava-o de pronto uma inquietação febril, seus membros estremeciam, tinha a sensação de formigas a arrastar-se em seus pés, sentia ardor na nuca, não aguentava nem por curtos momentos permanecer assim, e olhava interdito e envergonhado para o velho, que continuava sentado em postura perfeita, e cujo rosto, de olhos dirigidos para dentro, pairava como a corola de uma flor, numa jovialidade intocável e tranquila.

Nesse dia, quando o iogue ergueu-se e se dirigiu para sua choça, Dasa, que estivera muito tempo à espreita, esperando esse momento, aproximou-se dele e com a coragem dos medrosos, falou-lhe assim:

— Venerável, desculpe-me ter perturbado sua calma. Eu procuro a paz, procuro calma, quisera viver como você e vir a ser como você. Olhe, sou moço ainda, mas já passei por muitos sofrimentos, o destino brincou comigo de modo cruel. Nasci para ser príncipe e fui relegado a pastor, tornei-me pastor, fui crescendo, alegre e forte como um bezerro novo, com inocência no coração. Depois passei a olhar as mulheres, e quando encontrei a mais bela pus minha vida a seu serviço, e morreria se não a recebesse por mulher. Abandonei meus companheiros, os pastores, fiz a conquista de Praváti, recebi-a por mulher, tornei-me genro e servidor, tive de trabalhar duramente, mas Praváti era minha e me amava, ou eu acreditava que ela me amasse, todas as noites voltava a seus braços, repousava em seu coração. Olhe, então chegou o rajá naquela região, o mesmo homem por culpa de quem eu fui expulso em criança, chegou e levou-me Praváti, eu a vi em seus braços. Foi a maior dor que já senti, ela transformou-me e mudou totalmente minha vida. Assassinei o rajá, matei, levei a vida de um criminoso e de um perseguido, todos estavam à minha procura, eu tinha que temer pela minha vida a todas as horas do dia ou da noite, até que cheguei aqui. Sou um insensato, venerável, sou um assassino, talvez me prendam e me esquartejem. Não posso mais suportar esta vida, tenho que livrar-me dela.

O iogue ouvira essa explosão calmamente, de olhos baixos. Depois ergueu-se e fitou Dasa em face, com um olhar lúcido, penetrante, de uma firmeza quase insuportável, concentrado e luminoso, e enquanto observava a face de Dasa e refletia sobre sua precipitada narrativa, sua boca se contraiu lentamente em um sorriso e uma risada, e com uma risada silenciosa ele sacudiu a cabeça e disse sorrindo:

— Maia, maia!

Totalmente confuso e envergonhado, Dasa ficou parado, e o outro, antes da refeição, dirigiu-se por um momento para o estreito sendeiro entre os fetos, onde se pôs a caminhar de um lado para outro a passos calmos e compassados; depois de caminhar uns cem passos, ele voltou e foi à choça, e seu rosto era o mesmo de sempre, dirigido para outra região que não o mundo das aparências. Que riso seria esse, que daquele rosto sempre impassível, respondera ao pobre Dasa? Durante muito tempo Dasa refletiu sobre isso. Teria sido benevolente ou sarcástico, esse riso terrível, no momento da confissão e do apelo desesperados de Dasa? Consolador ou condenatório, divino ou demoníaco? Fora apenas a ironia cínica dos velhos, que não conseguem tomar nada mais a sério, ou a risada caçoísta do sábio sobre a tolice alheia? Seria uma recusa, um adeus, uma despedida? Ou seria um conselho, um incitamento a Dasa, para que o imitasse e risse também com ele? Dasa não podia adivinhá-lo. A altas horas da noite ele se pôs a refletir sobre aquela risada em que sua vida, sua ventura e sua desgraça pareciam se ter transformado para esse velho, e seus pensamentos giravam em torno dessa risada como se mascassem uma dura raiz, que não obstante tem certo sabor e aroma. E do mesmo modo ele mascava aquela palavra, refletia e se atormentava com a palavra que o velho pronunciara com tanta clareza, com uma jovialidade e satisfação incompreensíveis, com uma risada: "Maia, maia!" Dasa conhecia aproximadamente o sentido dessa palavra, pressentia o seu significado, e a maneira com que o iogue a pronunciara a sorrir também parecia revelar um sentido. "Maia" tinha sido a vida de Dasa, a juventude de Dasa, a doce aventura e a amarga desgraça de Dasa, "maia" fora a bela Praváti, "maia" o amor e seu prazer, "maia" a vida inteira. A vida de Dasa e de todos os homens, tudo era "maia" aos olhos desse velho iogue, era uma espécie de infantilidade, um espetáculo, um teatro, uma imaginação, um nada dentro de uma pele colorida, uma bolha de sabão, era algo de que se pode rir com certo prazer, e se pode ao mesmo tempo desprezar, mas de modo nenhum levar a sério.

Porém, se para o velho iogue a vida de Dasa era uma coisa resolvida com aquele sorriso e com a palavra "maia", para Dasa não o era, e por mais que ele desejasse ser também um iogue sorridente e considerar sua própria vida apenas como "maia", desde os últimos dias e noites de inquietação havia despertado nele e criado vida, tudo o que durante certo tempo parecia esquecido após a exaustão da fuga. A esperança de aprender realmente a arte da ioga ou de fazer o mesmo que o velho parecia-lhe pequeníssima. E nesse caso... que sentido teria nesse caso sua permanência nessa floresta? Tinha sido um refúgio, ali ele criara novo alento e adquirira forças, readquirira de certo modo o equilíbrio, o que já tinha um certo valor, já significava muito. E talvez nesse entretempo já tivesse cessado na região a caça ao assassino do príncipe, e ele pudesse continuar seu caminho sem grande perigo. Foi o que resolveu fazer; no dia seguinte partiria, o mundo era grande, e ele não podia ficar sempre ali naquele esconderijo. Essa decisão trouxe-lhe uma certa calma.

Ele tinha a intenção de partir nas primeiras horas da manhã, mas quando despertou após um longo sono, o sol já brilhava no céu e o iogue já começara a sua concentração, Dasa não queria partir sem despedir-se, e além disso tinha também um pedido a fazer. De modo que esperou horas e horas até que o velho se levantou, estirou os membros e principiou a caminhar de um lado para outro. Então Dasa se colocou defronte dele, inclinando-se repetidas vezes, e não desistiu, até que o mestre de ioga lhe dirigiu um olhar inquiridor.

— Mestre — disse ele humildemente —, vou seguir meu caminho, não quero mais perturbar tua calma. Mas permite-me ainda desta vez, venerável, um pedido. Quando te contei minha vida, riste e exclamaste: "Maia!" Por favor, ensina-me mais alguma coisa sobre a "maia".

O iogue virou-se em direção da choça, e seu olhar ordenou a Dasa que o seguisse. O velho tomou da cuia de água, entregou-a a Dasa e mandou-o lavar as mãos. Dasa obedeceu. Então o mestre jogou o resto de água da casca de abóbora nas ramagens de filicínea, estendeu ao jovem a cuia vazia e ordenou-lhe que fosse buscar água fresca. Dasa obedeceu correndo, e seu coração estremeceu com a sensação da despedida, pois ia pela última vez por esse estreito sendeiro à fonte, pela última vez levava a leve cuia de beirada lisa e gasta ao pequenino espelho de águas, em que as escolopendras, as abóbadas do arvoredo e o doce azul do céu, disperso em pontos luminosos, se refletiam, e que agora, quando ele se inclinava ali pela última vez, também refletia seu próprio rosto, na meia-luz pardacenta. Mergulhou na água a cuia, pensativo e lentamente, sentia insegurança e não podia atinar com a razão de seu sentimento de estranheza e, já que estava decidido a partir, também de tristeza que lhe causava o fato de o velho não o ter convidado a ficar ali por mais algum tempo ou para sempre.

Acocorado à margem da fonte, bebeu um gole de água, ergueu-se cautelosamente com a cuia, para não deixar escorrer a água, e fez menção de entrar no curto caminho de volta, quando um som chegou aos seus ouvidos, um som que o encantou e horrorizou, uma voz que ouvira tantas vezes em sonhos, e em que pensara com amarga saudade em muitas horas de vigília. Em tom suave, infantil e enamorado, esse som atraía através do crepúsculo da mata, e seu coração estremeceu de susto e de prazer. Era a voz de Praváti, sua mulher. "Dasa", chamava a voz, atraindo-o. Incrédulo, ele olhou em seu redor, com a cuia de água ainda na mão, e eis que entre os troncos das árvores ela surgiu esbelta e elástica com suas longas pernas, Praváti, a amada, a inesquecível, a infiel. Dasa deixou a cuia cair e correu ao seu encontro. Sorridente e meio envergonhada, ela ficou diante dele, fitando-o com seus grandes olhos de corça, e de perto ele pôde ver também que ela calçava sandálias de couro vermelho, que seus trajes eram belos e ricos, e ela trazia uma pulseira de ouro no braço e pedras preciosas cintilantes e de várias cores nos cabelos pretos. Ele estremeceu. Seria ela ainda uma prostituta de príncipes? Não tinha ele matado Nala? Andava ela ainda com seus presentes? Como podia apresentar-se assim diante dele e chamá-lo pelo nome, enfeitada com esses braceletes e pedrarias?

Mas ela estava mais bela do que nunca, e, antes de conseguir perguntar-lhe qualquer coisa, ele não pôde deixar de abraçá-la, mergulhou a fronte em seus cabelos e, erguendo-lhe o rosto, beijou-a na boca, e ao fazê-lo sentiu que tudo voltava e lhe pertencia de novo, tudo aquilo que possuíra outrora: a ventura, o amor, a volúpia, a alegria de viver, a paixão. Com seus pensamentos já estava bem afastado dessa floresta e do velho eremita; floresta, eremitério, meditação e ioga se haviam dissipado e estavam já relegados ao esquecimento, não pensou mais na velha cuia de água, que devia levar ao iogue. Ela ficou à beira da fonte, quando ele se dirigiu com Praváti para os limites da mata. E às pressas ela se pôs a contar-lhe como chegara até ali e tudo o mais que sucedera.

Era assombroso o que ela lhe contava, e com assombro, encantado e em sonhos, como num conto de fadas, Dasa correu para sua nova vida. Não somente Praváti era novamente sua, não só o odiado Nala estava morto e cessara há muito tempo a perseguição ao assassino, como além disso Dasa, o filho de príncipe que se tornara pastor, fora anunciado na cidade como o verdadeiro herdeiro e príncipe, pois um velho pastor e um velho brâmane haviam feito reviver a recordação do seu afastamento e espalhado por toda a parte essa notícia, e o mesmo homem que haviam por algum tempo procurado por toda a parte como assassino de Nala era agora procurado para ser investido no posto de rajá e entrar solenemente na cidade e no palácio de seu pai. Parecia um sonho, e o que mais agradou ao surpreso Dasa foi o feliz acaso de que entre todos os emissários que o haviam procurado por todos os lados fosse justamente Praváti quem o encontrara e saudara em primeiro lugar. Nos limites da floresta ele encontrou tendas, e cheirava ainda a fumaça e a caça. Praváti foi saudada em júbilo pela sua comitiva, e imediatamente principiou uma grande festa, quando ela deu a conhecer Dasa, seu esposo. Ali se encontrava um homem que havia sido companheiro de Dasa entre os pastores, e fora ele quem conduzira Praváti e a comitiva até ali, o sítio em que ele vivera outrora. O homem riu-se com prazer, quando reconheceu Dasa, e correu ao seu encontro, seu primeiro impulso foi dar em seu ombro uma amistosa palmada, ou abraçá-lo, mas seu camarada era agora um rajá, e ele ficou paralisado no lugar em que estava; depois continuou a andar mais devagar, respeitoso, saudando depois com uma profunda inclinação. Dasa ergueu-o, abraçou-o, chamou-o carinhosamente pelo nome e perguntou-lhe que presente lhe poderia dar. O pastor desejou uma vitela, e trouxeram-lhe três, escolhidas entre o melhor gado do rajá. Apresentavam ao novo príncipe cada vez mais pessoas, funcionários, chefes de caçadores, brâmanes da corte, e ele recebia suas saudações; trouxeram uma refeição, ouviu-se música de tambores, guitarras e flautas, e toda essa festa e pompa parecia um sonho a Dasa, ele não podia crer que tudo fosse real, para ele só era real Praváti, sua jovem esposa, que ele apertava em seus braços.

Em pequenas caminhadas dias e dias, o préstito se foi aproximando da cidade, tinham mandado emissários para espalhar a boa nova de que o jovem rajá fora encontrado e estava prestes a chegar, e quando se avistou a cidade, ela já vibrava com o ruído dos gongos e tambores, e o préstito dos brâmanes veio ao seu encontro solenemente, todos vestidos de branco, chefiados pelo substituto de Vasudeva, que outrora, há uns vinte anos talvez, enviara Dasa aos pastores, e há pouco tempo havia falecido. Saudaram Dasa, entoaram hinos, e haviam acendido diante do palácio ao qual o conduziram enormes fogueiras propiciatórias. Dasa entrou no palácio e lá dentro também o receberam com novas saudações e homenagens, com versículos de bênçãos e boas-vindas. Lá fora a cidade festejou uma festa de júbilo, que se prolongou pela noite adentro.

Instruído diariamente por dois brâmanes, aprendeu em pouco tempo os conhecimentos que pareciam indispensáveis, assistia a sacrifícios, pronunciava discursos e exercitava-se nas artes cavalheirescas e guerreiras. O brâmane Gopala o iniciou na política; instruiu-o a respeito de sua situação, de sua casa e de seus direitos, disse-lhe quais as pretensões de seus futuros filhos e quem eram seus inimigos. Em primeiro lugar devia-se citar a mãe de Nala, que outrora se apossara dos direitos do príncipe Dasa, atentando contra sua vida, e que agora devia odiá-lo duplamente, como assassino de seu filho. Ela fugira, tendo se colocado sob a proteção de Govinda, o príncipe vizinho, em cujo palácio vivia, e esse Govinda e sua casa eram inimigos antigos e perigosos, já haviam combatido contra os avós de Dasa, e tinham pretensões a certas partes dos seus domínios. Ao contrário, o vizinho ao sul, o príncipe de Gaipali, tinha sido amigo do pai de Dasa e nunca pudera suportar o falecido Nala, era um importante dever visitá-lo, presenteá-lo e convidá-lo para a próxima caçada.

A Sra. Praváti já estava completamente adaptada à sua qualidade de dama nobre, sabia apresentar-se como princesa, e tinha uma aparência maravilhosa, com seus belos trajes e joias, como se seu nascimento não fosse menos ilustre do que o de seu senhor e esposo. Os dois viviam felizes em seu amor, ano por ano, e sua ventura dava-lhes um certo brilho e fulgor, como aos preferidos dos deuses, e por isso o povo os venerava e amava. E quando, após ter esperado em vão por muito tempo, Praváti lhe deu um lindo filho, a quem ele deu o nome de seu pai, Ravana, sua felicidade foi completa, e tudo o que ele possuía em terras e poder, em casas e estrebarias, em depósitos de leite, gado vacum e cavalos, adquiriu então aos seus olhos um duplo significado e importância, um elevado brilho e valor: essas propriedades haviam sido belas e agradáveis para rodear Praváti, para vesti-la, cobri-la de joias e prestar-lhe homenagem, e agora eram ainda mais belas, agradáveis e valiosas, como herança e futura ventura de seu filho Ravana.

Praváti encontrava prazer principalmente nas festas, nos préstitos, na suntuosidade e no luxo dos trajes, em joias e na grande criadagem, ao passo que as maiores alegrias de Dasa provinham de seu jardim, onde ele mandara plantar árvores e flores raras e valiosas, e para onde fizera vir também papagaios e outras aves de variegada cor, e costumava diariamente levar-lhes alimento e divertir-se com eles. A par dessa ocupação, interessava-se por assuntos eruditos, e como grato aluno dos brâmanes, aprendeu uma quantidade de versos e adágios, a arte de ler e de escrever, e tinha um escriba particular, que sabia preparar os rolos de escrever com folhas de palmeiras, e sob cujas delicadas mãos principiou a formar-se uma pequena biblioteca. Ali entre os livros, num pequeno e suntuoso aposento com paredes de madeira de lei, toda entalhada com figuras e imagens, em parte douradas a ouro, sobre a vida dos deuses, ele reunia de vez em quando pessoas suas convidadas, brâmanes, a fina flor dos eruditos e pensadores entre os sacerdotes, para discutirem sobre assuntos sagrados, sobre a criação do mundo e a maia do grande Vishnu, sobre os santos Vedas, sobre a virtude do sacrifício e a virtude ainda maior da penitência, por meio da qual um mortal pode conseguir que os deuses tremam de medo diante dele. Os brâmanes que haviam falado, discutido e argumentado melhor recebiam presentes valiosos, muitos levavam como prêmio de uma discussão vitoriosa uma linda vaca, e às vezes era ridículo e comovente ver os grandes eruditos, que haviam acabado de pronunciar e explicar os versículos dos Vedas e espalhado seus conhecimentos a todos os céus e oceanos, retirarem-se orgulhosos e cheios de si com seus presentes honoríficos, causa de ciumentas brigas entre eles.

Em meio às riquezas, à ventura, a seu jardim, a seus livros, o príncipe Dasa tinha muitas vezes a impressão de que tudo e todos, tudo aquilo que faz parte da vida e do ser humano não passavam de uma coisa estranha e duvidosa, comovente e ridícula a um só tempo, como os vaidosos e sábios brâmanes, luminosa e sombria, a um só tempo desejável e desprezível. Se ele deixava seu olhar deliciar-se com as flores de lótus no tanque de seu jardim, no jogo cintilante das cores da plumagem de seus pavões, faisões e caláos, nas entalhaduras douradas a ouro do palácio, essas coisas lhe pareciam às vezes divinas, penetradas do ardor da vida eterna, e outras vezes, ou ao mesmo tempo, sentia nelas algo de irreal, inseguro, problemático, uma tendência para o enfermo e a dissolução, uma inclinação para recair no informe, no caos. Assim também, ele próprio, o príncipe Dasa, fora príncipe e depois pastor, tornara-se assassino e fora da lei, e finalmente elevara-se de novo a príncipe, desconhecendo quais os poderes que o guiavam e incitavam, incerto sobre o amanhã e o depois de amanhã, o jogo de maia da vida, em toda a parte, continha nobreza e baixeza, eternidade e morte, grandeza e ridículo. Até mesmo a amada, até mesmo a bela Praváti, parecera às vezes aos seus olhos sem encantos e ridícula, com pulseiras demais nos braços, demasiado orgulho e triunfo nos olhos, preocupada demais com a dignidade de seu andar.

Mais ainda do que seu jardim e seus livros, ele amava Ravana, seu filhinho, a realização de seu amor e de sua existência, a finalidade de seu carinho e preocupações, uma criança delicada, linda, um verdadeiro príncipe, com olhos de corça como a mãe, e inclinada à reflexão e aos sonhos como o pai. Muitas vezes, quando este via o pequeno no jardim, parado por muito tempo diante de alguma árvore decorativa, ou acocorado em um tapete observando uma pedra, um brinquedo de madeira entalhada ou uma pena de pássaro, com as sobrancelhas levemente erguidas e um olhar calmo, um tanto absorto e fixo, tinha a impressão de que o filho se parecia muito com ele. Dasa só ficou sabendo quanto o amava, quando pela primeira vez teve de separar-se dele por tempo indeterminado.

Um dia chegara um emissário da região limítrofe com o país de Govinda, seu vizinho, avisando que súditos de Govinda haviam invadido sua terra, roubado gado e aprisionado também uma quantidade de gente, que levaram consigo. Imediatamente Dasa se preparara, fizera-se acompanhar pelo chefe do seu pequeno exército uma dúzia de cavalos e de pessoas, e partira em perseguição aos salteadores; e nessa ocasião, antes da partida, quando pegara nos braços seu filhinho e o beijara, o amor em seu coração lhe doera como ardentes labaredas. E durante a longa cavalgada veio-lhe um conhecimento, uma compreensão, oriundos também dessa dor ardente, cujo poder o surpreendera, parecendo-lhe uma advertência do desconhecido. Enquanto cavalgava ele se pôs a refletir por que razão estava montado a cavalo e por que partira com tanta preocupação e presteza; sobre qual seria propriamente o poder que o forçava a tal ato e tais lidas. Refletira sobre isso e reconhecera que no fundo de seu coração não lhe importava muito, nem lhe causava sofrimento algum, o fato de lhe terem sido roubados e assaltados animais e homens em qualquer ponto dos limites de suas terras, que o roubo e a ofensa a seus direitos de príncipe não teriam bastado para o transportar em ira e o incitar à ação, estaria mais de acordo com seu temperamento dar por terminado o caso do roubo de animais com um compassivo sorriso. Se assim tivesse agido, porém, ele tinha a consciência de que estaria sendo extremamente injusto com o emissário que correra até o limite de suas forças para trazer a notícia, e não menos com as pessoas que haviam sido roubadas ou levadas para fora de sua pátria e de sua vida pacífica, arrastadas a terras estranhas e à escravidão. De fato, ele teria cometido uma injustiça a todos os outros súditos a quem não fora arrancado nem um só fio de cabelo, se houvesse desistido de uma guerra de vingança, e eles mal teriam suportado e compreendido que seu príncipe não protegesse melhor o país, e que se acaso eles sofressem algum dia qualquer ato de violência, não poderiam contar com vingança nem auxílio. Ele percebia que era seu dever essa cavalgada da vingança. Mas que significa o dever? Quantos deveres há, que nós com frequência deixamos de cumprir sem que nosso coração se confranja! Qual era então o motivo do dever de vingar-se não lhe ser agora indiferente, de não poder eximir-se ao seu cumprimento, e não executá-lo com negligência e sem ânimo, mas com entusiasmo e paixão? Mal essa pergunta se apresentou a ele, seu coração lhe deu resposta, confrangendo-se de dor exatamente como na despedida de Ravana, o príncipe. Se acaso o soberano, reconhecia ele agora, permitisse que roubassem o gado e assaltassem o povo sem opor resistência, os assaltos e atos de violência nos limites de seu país se repetiriam cada vez com maior frequência, e finalmente o inimigo se iria aproximando, atingindo-o naquilo que lhe causaria a maior e mais amarga das dores: em seu filho! Roubar-lhe-iam o filho, seu sucessor, haviam de roubá-lo e de matá-lo, talvez sob torturas, e esse seria o limite máximo de dor que ele poderia suportar, pior, muito pior do que a morte da própria Praváti. E por isso ele cavalgava com tanto entusiasmo e era um soberano cumpridor de seus deveres. A razão disso não era o sentimento pela perda de gado e de terras, nem o bondoso interesse por seus súditos, tampouco o orgulho pelo nome de soberano de seu pai, mas o amor violento, doloroso e insensato àquela criança, e o medo violento e insensato da dor que a perda dessa criança lhe causaria.

A esse ponto de suas reflexões ele chegara naquela cavalgada. Aliás, não conseguira encontrar os súditos de Govinda e castigá-los, pois eles haviam desaparecido com seu roubo e, para demonstrar sua firme vontade e sua coragem, precisou atravessar também as fronteiras e causar estragos em uma aldeia de seu vizinho, carregando consigo um pouco de gado e de escravos. Demorara-se por muitos dias, mas durante seu retorno vitorioso, ele se entregou de novo a profundas reflexões, e voltou para casa calado e tristonho, porque reconhecera quão fortemente, e sem esperanças de fuga, ele estava preso e enleado com todo o seu ser e todos os seus atos, numa pérfida rede. Sua inclinação para pensar, sua necessidade de tranquila contemplação e de uma vida inativa e inocente cresciam sem cessar, mas por outro lado, por amor a Ravana, por medo e preocupação por ele, sua vida e seu futuro, crescia também a força que o arrastava à ação e a envolver-se na luta, e o carinho trazia a dissensão, o amor trazia a guerra; somente para ser justo e castigar, ele já havia roubado um rebanho, levado o pavor da morte a uma aldeia, e arrastado à força pobres e inocentes criaturas, e disso resultariam naturalmente novos atos de vingança e de brutalidade, e assim por diante, até que sua vida e seu país mergulhassem por completo na guerra, em atos de brutalidade e ruído de armas. Era esse o pensamento ou visão que o faziam retornar ao lar tão calado e triste.

E, efetivamente, o vizinho inimigo não lhe deu tréguas. Repetiu por várias vezes seus ataques e assaltos. Dasa, para castigá-lo e revidar foi obrigado a partir para o combate e teve de suportar que seus soldados e caçadores causassem a seu vizinho novos prejuízos. Na capital viam-se cada vez mais cavaleiros e homens armados, em muitas aldeias das fronteiras havia constantemente soldados de guarda, e reuniões do conselho e preparativos tornavam intranquilos os dias. Dasa não conseguia compreender o sentido e a vantagem dessas eternas guerrilhas, sofria com os que eram atingidos pela guerra, lamentava os que perdiam a vida, sofria por causa de seu jardim e seus livros, que tinha que abandonar cada vez mais, a fim de preservar a paz de seus dias e de seu coração. Falou muitas vezes sobre isso com Gopala, o brâmane, e algumas vezes com sua esposa Praváti. Era preciso, disse ele, fazer tentativas no sentido de pedir a um dos mais ilustres soberanos vizinhos que servisse de árbitro em negociações de paz, e, por seu lado, ele, Dasa, estava disposto a auxiliar as negociações, desistindo de algumas pastagens e aldeias ou permitindo sua divisão. Ele ficou desiludido e um pouco irritado ao perceber que nem o brâmane nem Praváti queriam saber desse assunto.

Houve entre ele e Praváti uma viva discussão por diferenças de opinião, que levou a uma desavença grave. Ele apresentou-lhe suas razões e pensamentos com veemência e implorando compreensão, mas ela ouviu cada palavra sua como se não fosse dirigida contra a guerra e aquela inútil matança, mas unicamente contra a sua pessoa. A intenção do inimigo, explicou ela com uma catadupa de palavras apaixonadas, era aproveitar-se da benevolência e do espírito pacífico de Dasa (para não falar em seu medo da guerra), e fazer com que ele firmasse paz sobre paz, cada uma delas com vantagens para o inimigo, conseguindo mais terras e mais gente, e finalmente, longe de contentar-se com isso, assim que Dasa estivesse bem enfraquecido, declararia a guerra e lhe roubaria tudo o que lhe restasse ainda. Não se tratava de conservar rebanhos e aldeias, nem de vantagens ou desvantagens, era uma questão vital, tratava-se de sobreviver ou de ser destruído. E se Dasa não sabia o que ele devia à sua soberania, a seu filho e à sua mulher, ela tinha de mostrar-lhe o seu dever. Praváti tinha os olhos chamejantes, sua voz tremia de emoção, há muito tempo que ele não a via assim tão bela e apaixonada, mas isso só lhe trouxe tristeza.

Nesse ínterim, os assaltos à fronteira e as agressões continuaram, e só com tempo das grandes chuvas tiveram temporariamente um fim. Porém na corte de Dasa existiam agora dois partidos. Um, o partido da paz, era pequeníssimo, e a ele pertencia, além de Dasa, alguns brâmanes mais velhos, homens eruditos e completamente entregues às suas meditações. Porém o partido da guerra, a que pertencia Praváti e Gopala, tinha de seu lado a maioria dos sacerdotes e todos os oficiais. Preparavam-se com entusiasmo para a guerra, e sabiam que o inimigo, do outro lado, também fazia o mesmo. O menino Ravana foi instruído pelo chefe dos caçadores na arte de atirar com o arco, e sua mãe o levava em sua companhia para assistir a cada revista das tropas.

Nessa época Dasa se recordou muitas vezes da floresta em que vivera outrora por algum tempo, como um pobre fugitivo, e também do velho de cabelos brancos, que vivia lá como um eremita da concentração. Muitas vezes se recordava dele e sentia o desejo de procurá-lo, de vê-lo de novo e ouvir seus conselhos. Mas ignorava se o velho ainda estava vivo, ou se o ouviria e lhe daria conselhos; e se acaso ele vivesse ainda e lhe desse um conselho, não obstante tudo seguiria seu curso prescrito, e não seria possível modificar coisa alguma. A concentração e a sabedoria eram coisas boas, coisas nobres, mas pareciam florescer apenas à margem da existência, e os atos e sofrimentos daquele que nadava na correnteza da vida, lutando com suas ondas, nada tinham a ver com a sabedoria, eram fatos objetivos, eram destino, tinham que ser praticados e suportados. Os deuses também não viviam numa paz eterna nem na eterna sabedoria, conheciam também o perigo e o medo, lutas e batalhas, ele sabia disso por muitas narrativas. E assim, Dasa conformou-se, não discutiu mais com Praváti, montou a cavalo para assistir à revista das tropas, viu a guerra aproximar-se, pressentindo-a à noite em excitados sonhos, e à medida que emagrecia e seu rosto tomava uma cor escura, via murchar e empalidecer a ventura e a alegria de sua vida. Só permaneceu o amor a seu filho, amor que crescia com as preocupações, com o preparo e os exercícios das tropas, e era a flor rubra e ardente de seu jardim em ruínas. Ele ficava admirado de ver quanto vazio e melancolia se podia suportar, como um homem se podia acostumar com as preocupações e os desgostos, e se admirava também de que num coração, que parecia vazio de paixões, pudesse florescer um amor assim, ardente e dominador, cheio de receios e cuidados. Talvez sua vida não tivesse um sentido, mas não deixava de ter um cerne e um centro, girava em torno do amor ao filho. Por sua causa ele se levantava da cama pela manhã e passava o dia ocupado com seus trabalhos e com aborrecimentos que tinham por finalidade a guerra, e que lhe eram repugnantes. Por sua causa ele dirigia as reuniões do conselho com paciência, só se opondo contra as decisões da maioria na medida em que pudesse influir para contemporizar as coisas, e para evitar que se atirassem numa aventura irrefletida.

Assim como as alegrias da sua vida, seu jardim e seus livros se haviam tornado aos poucos para ele estranhos e infiéis, ou ele se tornara estranho e infiel a eles, também se tornara estranha e infiel aquela que fora tantos anos a ventura e o prazer de sua vida. Principiara com a política, e naquela época, em que ela lhe falara com tanta paixão, em que Praváti ridicularizara seu receio de errar e seu amor à paz, chamando-os quase abertamente de covardia, e com as faces em fogo falara com palavras ardentes de honra de soberano, de heroísmo e do ultraje sofrido, nessa época, impressionado e com um sentimento de vertigem, ele sentira e vira de súbito quanto se afastara sua mulher dele, ou ele dela. E desde então o abismo que se abrira entre eles se tornara cada vez maior, e continuava a crescer, sem que nenhum dos dois fizesse nada para impedi-lo. A bem-dizer, caberia a Dasa fazer essa tentativa, porque esse abismo só a ele era visível, e em sua imaginação ele se tornava o abismo dos abismos, o abismo universal entre o homem e a mulher, entre o sim e o não, entre a alma e o corpo. Quando se punha a recordar o passado, tinha a impressão de ver tudo com clareza: como Praváti, essa mulher de sedutora beleza, o fizera outrora apaixonar-se por ela e brincara com ele, até que ele se separasse de seus camaradas e amigos, os pastores, e de sua vida tão alegre de pastor, e por sua causa ficasse vivendo no estrangeiro e na servidão, como genro, em casa de pessoas sem bondade, que se aproveitavam de sua paixão para fazê-lo trabalhar para elas. Depois surgira Nala, e sua desventura principiara. Nala conquistara sua mulher, esse rico e elegante rajá, com seus belos trajes e tendas, seus cavalos e seus servidores, havia seduzido a pobre mulher, que não estava habituada ao luxo, e isso não lhe devia ter oferecido muita dificuldade. Porém teria ele conseguido seduzi-la com tamanha rapidez e facilidade, se ela fosse no íntimo fiel e casta? Pois bem, o rajá a seduzira, ou a levara consigo, causando-lhe a mais terrível dor de sua vida. Mas ele, Dasa, vingara-se, havia matado o ladrão de sua ventura, fora esse um momento de enorme triunfo. Mas imediatamente após esse ato tivera de fugir; durante dias, semanas e meses vivera nas selvas e nos juncais, como um indivíduo fora da lei, sem confiar em ninguém. E que fizera Praváti durante esse tempo? Nunca haviam falado muito a esse respeito. Mas de qualquer modo ela não havia ido à sua procura, e só o procurara e achara quando ele, por seu nascimento, fora proclamado príncipe, e ela necessitou dele para subir ao trono e alojar-se no palácio. Então ela surgira, e o levara para longe da floresta e da vizinhança do venerável eremita; depois o haviam vestido com trajes suntuosos e aclamado rajá, e tudo isso fora apenas um esplendor e uma ventura frívolos — mas na realidade, que havia ele abandonado então, e que recebera em troca? Em troca recebera o esplendor e os deveres do soberano, deveres fáceis no princípio, que se foram tornando cada vez mais difíceis, em troca recuperara a bela esposa, as doces horas de amor com ela, e depois viera o filho, seu amor por ele e as preocupações crescentes por sua vida e sua ventura ameaçadas, sendo que agora a guerra era iminente. Fora isso que Praváti lhe trouxera, ao descobri-lo na floresta, ao lado da fonte. Mas em troca disso que abandonara e deixara ele? Abandonara a paz da floresta, uma piedosa solidão, deixara a vizinhança e o exemplo de um santo iogue, deixara a esperança de ser discípulo e sucessor, a profunda, radiosa, inabalável tranquilidade de alma do sábio, a libertação das lutas e paixões da vida. Seduzido pela beleza de Praváti, enredado pela mulher e influenciado por sua ambição, ele abandonara o único caminho em que se adquirem a liberdade e a paz. Assim se apresentava agora a ele sua existência, e de fato era esse mais ou menos o seu significado, pouca coisa era preciso colorir e apagar, para ser esse o seu aspecto. Entre outras coisas se apagara aquela situação em que, sem ser ainda discípulo do eremita, ele já estava se preparando para abandoná-lo por sua livre vontade. De tal modo facilmente as coisas se modificam, quando são recordadas.

Praváti via as coisas sob um aspecto completamente diverso, apesar de se entregar a tais pensamentos muito menos do que seu esposo. Sobre Nala não se pensava mais. Pelo contrário, se sua memória não falhava, fora somente ela a causadora da felicidade de Dasa, fora ela quem o elevara de novo a rajá, lhe dera o filho, o cumulara de amor e de ventura, para no fim perceber que ele não estava à sua altura, nem era digno de seus orgulhosos planos. Pois para ela era claro que a próxima guerra só podia conduzir à derrota de Govinda, e ao aumento de seu próprio poder e de suas propriedades. Em lugar de alegrar-se com isso e cooperar para isso, Dasa se recusava, recusa aos seus olhos pouco própria de um soberano, a guerras e conquistas, preferindo envelhecer na inatividade, ao lado de suas flores, árvores, papagaios e livros. Vishvamitra era um homem diferente, o comandante da cavalaria era após ela o mais ardente partidário e recrutador da guerra e da vitória iminentes. Qualquer comparação entre os dois falava a seu favor.

Dasa percebia muito bem a amizade de sua mulher por Vishvamitra, quanto ela o admirava e se deixava admirar por ele, por esse oficial valente, talvez um tanto superficial, talvez não muito inteligente, com sua forte risada, os dentes bonitos e perfeitos, e a barba bem-feita. Ele percebia com amargura e ao mesmo tempo com desprezo, com uma indiferença sarcástica, com que se iludia a si próprio. Não espionava nem queria saber se a amizade dos dois ultrapassava ou não os limites do permitido e do honesto. Observava a paixão de Praváti pelo bonito cavaleiro, as atitudes com que ela lhe demonstrava sua preferência, diante do esposo quase desprovido de heroísmo, com a mesma tranquilidade aparente, mas no íntimo amarga, com que se havia habituado a encarar todos os acontecimentos. Se isso significava uma infidelidade e uma traição, que a esposa se dispunha a cometer, ou apenas a expressão de seu desprezo pelas convicções de Dasa, tudo dava na mesma, isso era um fato e se ia desenvolvendo, vinha ao seu encontro como a guerra e a fatalidade, não havia nada que se pudesse contrapor a isso senão a atitude passiva da aceitação, da resignação, e essa era a maneira máscula e heroica de Dasa, em lugar do ataque e da conquista.

Quer a admiração de Praváti pelo comandante da cavalaria, quer a dele por ela se mantivesse ou não dentro dos limites da decência e do permitido, de qualquer modo, ele o percebia, Praváti era menos culpada do que ele próprio. Dasa, o pensador e cético, inclinava-se muito a procurar nela a culpa ou torná-la também responsável pela perda de sua ventura, pelo fato de ele se ter enredado de tal modo no amor, na ambição, nos atos de vingança e de vandalismo, e culpava de um modo geral a mulher, o amor e a volúpia por tudo na terra, por toda a dança, toda a caça das paixões e desejos, do adultério, da morte, do assassínio, da guerra. Mas sabia muito bem que Praváti não era a culpada nem a causa, porém vítima também, que não fora ela própria quem fizera a sua beleza, nem seu amor a si mesma, nem tampouco era responsável por eles, que ela era apenas um grãozinho de poeira em um raio de sol, uma onda na correnteza de um rio, e que só a ele competia ter-se privado de mulheres e do amor, da fome de felicidade e da ambição, e permanecer um pastor contente entre pastores, ou vencer a própria imperfeição no caminho oculto da ioga. Ele fora negligente, falhara, não estava destinado a grandes feitos, ou não fora fiel à sua vocação, e afinal sua mulher tinha razão, considerando-o um covarde. Em compensação ele tivera com ela esse filho, esse lindo e delicado menino, por quem tanto se preocupava, e cuja existência continuava a ser o sentido e o valor de sua vida, e era uma enorme ventura, uma dolorosa e temerosa ventura, mas de qualquer modo uma ventura, a sua ventura. Essa ventura ele pagava agora com a angústia e a amargura no coração, com o preparo para a guerra e para a morte, com a consciência de estar se encaminhando para uma fatalidade. O rajá Govinda estava lá em suas terras, aconselhado e incitado contra ele pela mãe do assassinado Nala, aquele sedutor de má memória, e os assaltos e exigências de Govinda eram cada vez mais frequentes e atrevidos, somente uma aliança com o poderoso rajá de Gaipali teria tornado Dasa suficientemente forte para forçar a paz e capitulações do vizinho. Mas o rajá de Gaipali, apesar de demonstrar benevolência a Dasa, era parente de Govinda, e com a maior cortesia se furtara a todas as tentativas de se interessar por essa aliança. Não havia por onde fugir, não havia esperança de se fazer ouvir a voz da razão ou de humanitarismo, a fatalidade se aproximava e era preciso curvar-se a ela. O próprio Dasa chegava quase a desejar a guerra, o despencar dos raios acumulados e o apressar dos acontecimentos, que agora já não era mais possível evitar. Procurou mais uma vez o príncipe de Gaipali, trocou gentilezas com ele sem nenhum resultado, pediu insistentemente ao Conselho moderação e paciência, mas há muito fazia tudo isso sem esperanças, e continuava a armar-se para a guerra. A luta de opiniões do conselho só girava em torno da dúvida sobre se deviam esperar o próximo assalto do inimigo para responder com a invasão de suas terras e a guerra, ou se era preferível deixar que o inimigo atacasse em massa, para demonstrar ao povo e ao mundo inteiro que ele fora o culpado e violara a paz.

O inimigo, sem se preocupar com essas questões, pôs fim às reflexões, consultas e hesitações, e um dia iniciou o ataque. Encenou um assalto maior, que atraiu Dasa, com o comandante da cavalaria e seus melhores homens, que acorreram às pressas às fronteiras, e enquanto eles se encontravam a caminho, o inimigo atacou com o grosso do exército, invadindo o país, entrando na cidade de Dasa, onde ocupou as portas e sitiou o palácio. Quando Dasa foi notificado do que sucedia e voltou incontinênti, soube que a mulher e o filho estavam encerrados no palácio ameaçado, mas que nas ruas em luta o sangue corria, e seu coração se comprimiu numa dor atroz, ao pensar nos seus e nos perigos que os rodeavam. Então, de comandante e chefe sem entusiasmo e cauteloso, transformou-se em ardoroso guerreiro, que a dor e a cólera inflamavam, e arremessou-se com sua gente numa carreira desabalada em direção da sua cidade, onde encontrou as ruas em pé de guerra; a golpes de espada conseguiu chegar ao palácio, atacou o inimigo e combateu como um desatinado, até que, ao alvorecer desse dia sangrento, a exaustão o derrubou, completamente vencido e com vários ferimentos.

Quando voltou a si, era um prisioneiro, a batalha estava perdida, e a cidade e o palácio haviam caído nas mãos do inimigo. Amarrado, foi levado a Govinda, que o saudou sarcasticamente e o conduziu a um aposento, aquele mesmo aposento de paredes entalhadas e douradas, com os rolos de manuscritos. Ali, sentada em um tapete com o busto ereto e a face petrificada, se encontrava sua mulher Praváti, com guardas às costas, e estendido em seu colo o menino; como uma flor colhida, as formas delicadas jaziam sem vida, o rosto cinzento, os trajes embebidos de sangue. A mulher não se voltou, quando lhe apresentaram o esposo, não o enxergou, e continuou a olhar fixamente, com um olhar inexpressivo, para o pequenino morto; Dasa achou-a estranhamente mudada, e só daí a momentos notou que seus cabelos, que vira tão negros poucos dias atrás, estavam grisalhos. Já há muito tempo ela devia estar ali sentada, com o menino no colo, rígida, a face qual uma máscara.

— Ravana! — exclamou Dasa — Ravana, meu filho, minha flor!

Ajoelhou-se, e uniu seu rosto à cabeça do morto; como um mendigo, ajoelhou-se ante a mulher calada e a criança, lamentando a ambos, homenageando os dois. Sentiu o cheiro de sangue e da morte, de mistura ao aroma do óleo de flores com que estavam ungidos os cabelos da criança. Com um olhar estarrecido, Praváti fitava os dois.

Alguém tocou-lhe no ombro, um dos oficiais de Govinda, que o mandou levantar-se e o levou embora dali. Ele não dirigira palavra alguma a Praváti, nem ela a ele.

Assim amarrado como estava, deitaram-no num carro e o conduziram à cidade de Govinda, a um cárcere, onde suas cordas foram em parte desatadas; um soldado trouxe uma bilha de água e a colocou a seus pés no chão de pedra, depois deixaram-no só, fecharam a porta e a aferrolharam. Uma ferida em seu ombro queimava como fogo. Tateando, procurou a bilha de água e molhou as mãos e o rosto. Também tinha desejos de beber, mas não o fez; assim, pensou ele, morreria mais depressa. Quanto tempo iria ainda demorar! Quanto tempo! Ansiava pela morte, assim como sua garganta seca ansiava por água. Só a morte poderia pôr fim ao martírio de seu coração, só então apagaria em seu coração a imagem da mãe com o filho morto. Mas, em meio de tantas dores, o cansaço e a fraqueza se apiedaram dele, seu corpo escorregou ao solo e ele adormeceu.

Quando despertou, ainda sonolento desse curto e leve sono, quis esfregar os olhos, meio tonto, mas não o conseguiu; tinha ambas as mãos ocupadas, seguravam qualquer coisa com firmeza, e ao criar ânimo e abrir os olhos, não havia mais muros de calabouço em seu redor, mas uma luz esverdeada fluía clara e forte sobre a folhagem e o musgo, ficou a piscar, a luz o atingia como um golpe silencioso mas violento, perpassou-lhe pela nuca e as costas um arrepio de pavor e um estremeção de susto, e ele piscou de novo, crispou o rosto como a chorar, e abriu largamente os olhos. Encontrava-se numa floresta e segurava com ambas as mãos uma cuia cheia de água, aos seus pés se refletia, parda e verde, a bacia de uma fonte, e ele sabia que por detrás das moitas de filicíneas se encontrava a choça, e o iogue estava à espera da água que mandara buscar, aquele mesmo iogue que havia rido de modo estranho, e a quem pedira que lhe ensinasse qualquer coisa sobre a "maia". Ele não havia perdido batalha alguma, nem perdido um filho, não tinha sido um príncipe, nem pai; mas o iogue havia acedido ao seu desejo, instruindo-o sobre a "maia": palácio e jardim, livraria e criação de pássaros, preocupações de soberano e amor de pai, guerra e ciúme, amor por Praváti e atroz desconfiança dela, tudo era nada — não, nem mesmo nada, tudo havia sido "maia"! Dasa, completamente abalado, ficou ali parado, com as lágrimas a correr-lhe das faces, a cuia a tremular e a balouçar-se em suas mãos, a cuia que ele acabara de encher para o eremita, cuja água transbordava das beiras, escorrendo-lhe pelos pés. Tinha a impressão de que lhe haviam cortado algum membro, afastado alguma coisa de sua cabeça, sentia um vazio interior, e de súbito todos os longos anos que vivera, os tesouros que guardara, as alegrias que gozara, as dores sofridas, o medo que sentira, o desespero que atingira as raias da morte, eram-lhe tirados, apagados e transformados em nada — e no entanto não se extinguiam! Pois a recordação permanecera, as imagens haviam ficado dentro dele, ainda via Praváti sentada, grande e rígida, com os cabelos repentinamente grisalhos, e o filho estendido no colo, como se ela própria o houvesse sufocado, estendido como uma presa, com os membros pendidos e murchos sobre seus joelhos. Oh! Com que rapidez e horror, com que crueldade e profundeza ele havia sido instruído sobre a "maia"! Tudo se condensara para ele, muitos anos cheios de vivências se resumiam em alguns instantes, tudo fora um sonho, tudo aquilo que lhe parecera uma realidade premente, e talvez tudo o mais também não passasse de um sonho, o que acontecera antes, as histórias de Dasa, filho de príncipe, sua vida de pastor, seu casamento, a vingança que tirara de Nala, seu asilo ao lado do eremita, haviam sido imagens, tal como se admiram na parede entalhada de um palácio, onde se veem flores, estrelas pássaros, macacos e deuses por entre a ramagem do arvoredo. E tudo o que ele agora vivenciava e avistava, o despertar da prisão de soberano, da prisão da guerra e do calabouço, sua presença na fonte, essa cuia de onde ele deixara escorrer um pouco de água, juntamente com os pensamentos que o assaltavam — tudo isso não era em última instância entretecido da mesma matéria, não era sonho, fogo de artifício, "maia"? E tudo quanto ele chegasse futuramente a vivenciar e a ver com os próprios olhos, a apalpar com as mãos, até sua morte — era feito de outra matéria, de outra espécie? Era um jogo e uma aparência efêmeros, espuma e sonho, era "maia", todo aquele jogo de imagens da vida, belo e horrendo, encantador e desesperador, com suas ardentes delícias, suas dores ardentes.

Dasa continuava ali parado, entontecido e paralisado. A cuia vacilou de novo em suas mãos, e a água se derramou, borbulhou nos dedos de seus pés e se espalhou pelo chão. Que deveria fazer? Encher de novo a cuia, levá-la ao iogue, ser alvo de sua ironia por tudo o que sofrera em sonhos? Não era tentadora a ideia. Deixou a cuia inclinar-se, esvaziou-a e atirou-a no musgo. Sentou-se na relva e se entregou a sérias reflexões. Estava farto, mais do que farto desses sonhos, desse entrelaçamento demoníaco de vivências, alegrias e sofrimentos que constringem o coração e fazem paralisar o sangue nas veias, e de súbito não passavam de "maia", e nos davam a sensação de sermos um tolo; ele estava farto de tudo aquilo, não desejava mais nem mulher nem filho, nem trono, vitória ou vingança, nem ventura nem inteligência, nem poder nem virtude. Nada mais desejava a não ser calma, a não ser um fim, nada mais desejava do que fazer cessar a rotação dessa roda, esse infindável desfilar de imagens, suprimindo-os. Desejava conseguir paz interior, desejava desaparecer, como o desejara durante aquela última batalha, ao acometer contra o inimigo, golpeando em seu redor e recebendo golpes, ferindo e sendo ferido, até tombar exausto. E depois? A isso se sucedia a pausa de um desfalecer, de um leve sono ou da morte. E logo em seguida se despertava de novo, devia-se deixar penetrar de novo em seu coração as torrentes da vida, e em seus olhos o terrível, belo e atroz fluxo de imagens sem fim, inelutável, até ao próximo desfalecer, até à próxima morte. A morte era talvez uma pausa, um curto e ínfimo repouso, o tempo de se retomar alento, mas depois tudo continuava, e éramos de novo uma das milhares de figuras na dança selvagem, embriagante e desesperada da vida. Ah! Não havia extinção, não havia fim.

Inquieto, levantou-se de novo. Se era certo que não havia repouso nessa maldita dança da roda da existência, se seu único e ardente desejo era irrealizável, então ele podia do mesmo modo encher de novo a cuia de água e levá-la ao velho que lhe ordenara que lhe levasse, apesar de não ter direito algum de lhe dar ordens. Era um serviço que exigiam dele, era uma incumbência, podia-se obedecer e executá-lo, era melhor do que ficar sentado, refletindo sobre a melhor maneira de suicidar-se, era efetivamente muito mais fácil e melhor obedecer e servir, muito mais inocente e agradável do que o domínio e a responsabilidade, ele já o sabia. Está bem, Dasa, tome então da cuia, encha-a bem direitinho de água e leve-a lá acima ao seu amo!

Quando ele chegou à choça, o mestre o recebeu com um olhar estranho, um olhar levemente inquiridor, entre compassivo e irônico, de quem compreende e concorda, o olhar de um menino mais velho para um mais moço, que ele vê chegar de uma aventura penosa e um tanto humilhante, uma prova de coragem que lhe foi exigida. Esse príncipe-pastor, esse pobre sujeito que o procurara, vinha apenas da fonte, é certo, havia ido buscar água e se demorara menos de um quarto de hora; mas de qualquer modo vinha também de um calabouço, perdera a mulher, o filho e o principado, absorvera um ciclo de existência humana e lançara um olhar à roda girante. Provavelmente esse moço já fora despertado uma vez ou muitas vezes, e respirara um bocado de realidade, do contrário não chegaria até ali, nem ficaria tanto tempo; mas agora parecia ter despertado realmente, e estar maduro para iniciar o longo caminho. Eram necessários muitos anos só para conseguir ensinar a esse moço a postura e a respiração corretas.

Apenas com este olhar, misto de benevolente participação e indício das relações que se haviam estabelecido entre eles, das relações entre mestre e discípulo — apenas com esse olhar o iogue admitiu o jovem. Esse olhar expulsou da cabeça do discípulo os pensamentos inúteis, e o recebeu na disciplina e no serviço. Nada mais há a narrar sobre a vida de Dasa, tudo o mais teve lugar para além das imagens e das narrativas. Nunca mais ele abandonou a floresta.

Este livro foi composto na tipografia
Palatino LT Std, em corpo 9,5/14,5, e impresso em
papel off-white no Sistema Cameron da Divisão
Gráfica da Distribuidora Record.